【长篇历史小说】

XIAN
FUREN

先夫人

〔上 册〕

【崔伟栋◎著】

中国社会科学出版社

图书在版编目（CIP）数据

冼夫人．上册/崔伟栋著．—北京：中国社会科学出版社，
2008.10（2018.1重印）

ISBN 978－7－5004－7123－3

Ⅰ.①冼… Ⅱ.①崔… Ⅲ.①传记小说—中国—当代

Ⅳ.①I247.5

中国版本图书馆 CIP 数据核字(2008)第 116866 号

出 版 人	赵剑英	
责任编辑	郭晓鸿	
责任校对	周　昊	
责任印制	戴　宽	

出　　版	中国社会科学出版社	
社　　址	北京鼓楼西大街甲 158 号	
邮　　编	100720	
网　　址	http://www.csspw.cn	
发 行 部	010－84083685	
门 市 部	010－84029450	
经　　销	新华书店及其他书店	

印　　刷	北京明恒达印务有限公司	
装　　订	廊坊市广阳区广增装订厂	
版　　次	2008 年 10 月第 1 版	
印　　次	2018 年 1 月第 2 次印刷	

开　　本	710×1000　1/16	
印　　张	21.75	
插　　页	2	
字　　数	360 千字	
定　　价	69.00 元	

目　录

序 一

欧 初

新年伊始，接到当年粤桂边纵战友、原电白县县长、广东炎黄文化研究会理事蔡智文同志电话，说电白县一位名不见经传的文学新人崔伟栋，用三年时间，夙兴夜寐，写出了一部近三十万字的长篇历史小说——《冼夫人》的第一部。我听了这个消息，甚为高兴。及至看了小说打印稿及作者绘制的插图，果然很有特色。

冼夫人，是我国一千四百多年前南北朝时代的女中豪杰。电白是她的出生地和归葬地，我曾经在电白战斗过、工作过，对这块土地特别有感情。我知道这里人杰地灵、英才辈出，有全国独一无二的冼府、冼墓、冼庙"三冼"并存的历史遗址，有当年抗击孙卢联军围剿俚人的古战场，广泛流传着许许多多冼夫人当年平叛锄奸、爱国爱民的故事传说。在博大精深的炎黄文化和冼夫人文化的熏陶哺育下，电白做了大量扎扎实实的工作，各方面都有显著进步，是全国"五好县"和"百强县"。

几年前，电白出版了一部为专家学者高度评价的《冼太夫人史料文物辑要》，我曾为该书写了序。如今电白崔伟栋又写了一部很有深度的长篇历史小说《冼夫人》。这是冼夫人文化研究方面的深化，也是同类题材小说的创新，具有突破性意义。

冼夫人，生于梁，死于隋，赤胆忠心，为国为民，是伟大的军事家、政治家和思想家，周恩来总理誉之为"中国巾帼英雄第一人"。"冼夫人精神"的精髓是"爱国爱民"，我们要永远学习、弘扬这种精神。在祖国还未完全统一的情况下，弘扬冼夫人"爱国爱民"精神，更是具有特殊的历

史意义和现实意义。

小说，是一种形象化的精神产品。通过可见可闻可触可感的典型人物，塑造冼夫人的英雄形象，弘扬"冼夫人文化"，对于建设富强、民主、文明、和谐的社会主义祖国，有特殊的历史作用。

《冼夫人》作者崔伟栋，是电白一位基层干部，年当不惑，从小耳濡目染故里乡亲对冼夫人的崇敬。几年前，他以冼夫人精神为动力，利用业余时间，创作出版了一部颇有分量的图文并茂的十六万字文学评论集《水浒人物札记》。这是崔伟栋文学作品的处女作。接着，他又克服了许多困难，撰写了这部长篇小说。

听说，为了写好这部三卷本长篇，他搜读了一百多部南北朝时期及前前后后的各种历史典籍和历史小说，跑遍了广东、广西、海南、湖南、江西和长江下游许多地方，遍访当年冼夫人征战沙场的故地，体验融合各地的风土人情、民间传说，塑造了小说中的冼夫人形象和数百个小说人物，对历史真实和艺术真实、原型和虚构、古代和现代等方面的和谐统一，作了可贵的、有益的、很有成效的探索，积累了许多宝贵的经验。

崔伟栋同志这种执著的开拓进取精神和严谨求实的写作作风，非常可贵。希望崔伟栋同志再接再厉，精益求精，早日写好长篇小说《冼夫人》第二部、第三部，为弘扬冼夫人文化，繁荣中国社会主义文学艺术，作出新的更大的贡献。

2007 年 4 月 9 日于广州

（本文作者系原中共广州市委书记，
人大常委会主任，广东省炎黄文化研究会会长）

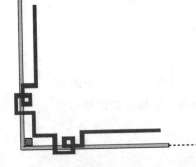

序 二

蔡运桂

（一）

崔伟栋先生的长篇历史小说《冼夫人》上册已脱稿，要我写序，令我为难。我对冼夫人的所处时代社会生活乃无知之辈，对冼夫人的生平也知之甚少，故曾推之不写，但伟栋说："我写的是历史小说，不是历史，从文学的角度，你有发言权。"因推不掉，只好接受这难以胜任的差事。

我与伟栋认识仅有几年，经朋友的推荐，曾为他的处女作《水浒人物札记》写过序言。他作为电白县的基层干部，仅有高中学历，凭着他的坚强毅力，发奋自学成才。不仅写出文学评论专著，又能写历史小说，还有绘画才能。在文学艺术上的多方面才艺，为众多的科班出身文学艺术工作者难以企及。他为了写《冼夫人》，阅读大量古籍，如《北史》、《南史》、《宋书》、《南齐书》、《梁书》、《陈书》、《隋书》、《新唐书》、《旧唐书》、《资治通鉴》等"正史"，还读了《世说新语》、《太平寰宇记》、《岭表录异》等"稗史"、"杂记"之类。还研读大量有关地方志和民间传说等等。要读懂这些古籍，非有坚实古文功底不可。在《冼夫人》文本中，大量的人物对话，官场来往书柬、奏折等等，多用仿古体，有的甚至以古文为主，似乎从史料中抄来，其实是作者效仿南北朝时代的行文形式自我创造。书中的叙事文字，吸取了《水浒传》、《三国演义》等古典名著的语言营养与谋篇布局方面的技巧。其语言文白相间，古今结合，显得简练凝重。《冼夫人》在《电白新闻》及网上发表后，不少网友赞扬作者驾驭语

言的功力，说"那半文半白的独特语言风格，给人耳目一新的感觉"，"似乎是在读明清小说"。那些几乎纯粹运用古文的写法，其长处是增强文本的历史感，但对古文基础差的读者会造成阅读障碍。《冼夫人》作为章回体小说，既有《三国演义》排兵布阵的磅礴气势，又有《水浒传》中聚义厅排座次，歃血誓盟，武林格斗的紧张场面。还有某些似《红楼梦》宝黛之间的缕缕柔情，使故事起伏跌宕，有张有弛，增强了文本的可读性。

（二）

　　冼夫人是公元六世纪出现在南越大地的女英豪，被周恩来同志称为"中国巾帼英雄第一人"。著名历史学家吴晗先生说："她对当时当地人民生活安定和生产发展有贡献，对祖国各民族的团结、统一有贡献，这样的人物是应该肯定的，应该歌颂的。故事剧里有穆桂英挂帅，佘赛花百岁挂帅，杨门女将等剧目。我要向戏剧家们建议，为什么不写冼夫人呢？她的一生是值得也应该写成历史剧的（1961年1月14日《光明日报》）。"虽然近几年来，曾出版过冼夫人传奇之类的著作，但在读者中的影响力不大。伟栋先生受吴晗先生文章的启发，有感于穆桂英、杨门女将、佘太君、花木兰等这些子虚乌有的人物，凭着文学作品《杨家府演义》、《木兰辞》以及历代演出的戏剧而深入民间，广为传扬，致使普通百姓误认为是历史人物。而包拯、岳飞是历史人物，他们能名扬华夏，很大程度上是靠《包公案》、《说岳全传》以及相关戏曲的作用。伟栋认为："如果过去有一部能得到大众喜爱的，描写冼夫人光辉形象的文学作品的话，毋庸置疑，冼夫人这个闪亮名字，将会是举国上下，家喻户晓了。"伟栋还认为："冼夫人最核心的思想是爱国爱民、团结统一……现在我们国家还没有完全统一，在这样的情况下，弘扬冼夫人的爱国主义精神，更有其特殊意义。"这是伟栋下决心写《冼夫人》的主要动因。尤其是他出生于冼夫人的家乡，更感到弘扬冼夫人精神有义不容辞的责任。

　　史称"冼夫人，高凉人也"。根据文物古迹考证材料，认为冼夫人出生于今天的电白县山兜丁村。古代高凉，包含粤西七八个县市。而冼夫人生活和战斗的足迹，不仅在今天粤西大地，而且在海南岛也有建树。故粤西和海南岛供奉冼夫人的庙宇星罗棋布。因此，今天再来争论冼夫人是电白人，还是高州人、阳江人似乎没有多大意义。她出生于电白县，我们把她作为粤西人、广东人，甚至是中国女英豪来颂扬，更具有重大意义。今天电白人民、粤西人民、海南岛人民，都有权利利用冼夫人这一文化资源为发展家乡的文化经济建设服务。冼夫人已成为一种文化和精神角色，进入中华民族的价值体系。冼夫人文化和精神，是否有发扬光大的价值，是看其价值理念是否对社会发展提供精神动力。今天我们正在致力于完成祖国统一大业，反对分裂，加强民族团结，构建大团结、大和谐的社会。弘扬冼夫人精神，具有深远的现实意义。

我们也应该看到，今天粤西和海南人民对冼夫人这一历史人物的光辉事迹并不十分了解。多数老百姓是把冼夫人作为冼庙的神来顶礼膜拜的。众多的善男信女，祈求冼夫人保佑，无疑带有迷信色彩。这跟老百姓文化水平不高和我们对冼夫人作为历史英雄人物宣传不够有关。崔伟栋的《冼夫人》，要把冼夫人从神坛上请下来，抹去其迷信彩服，还原她古代中国女军事家、思想家、政治家的光辉形象。像江泽民同志所说的成为"吾辈后人永远学习的楷模"。我们应该从对冼夫人的崇拜中，产生一种巨大的民族向心力和凝聚力，为维护中华民族的大团结、大和谐作出贡献。

（三）

有关冼夫人的"正史"记载，最详的是《隋书·谯国夫人》。但全文不足一千五百字。要利用这稀有的史料来构建《冼夫人》上中下册七八十万字的鸿篇巨制，对于一位初写长篇历史小说的业余作者来说，无疑是一种艰难创举。作者知难而进，决心把《冼夫人》作为巨大的文化工程来营造。要完成这部巨著，作者必须有丰富的历史知识，熟悉时代背景，必须具有利用正史、野史、民间传说素材构建长篇巨著的消化综合能力。

冼夫人历经南北朝梁、陈、隋三个朝代，《冼夫人》上册仅写梁朝一代。其间，南北诸国连年混战，恃强凌弱，民无宁日。在梁朝辖地也战火不断。王侯将相，各霸一方，叛逆频仍，忠奸难辨，皇族内部也各自心怀鬼胎，相互暗算，分裂势力大于统一力量。冼夫人就是处在这种错综复杂

的政治斗争中，始终支持中央政权，坚持国家统一，民族团结，反对割据称雄。她深知分裂所带来的战乱，必然破坏生产，使百姓遭殃。据《资治通鉴·梁纪二十》所载："侯景之乱，州郡太半入魏……诏令所行千里，民户著籍不盈三万而已。"在这种战乱形势下，打仗之兵，多于农耕之人。当时冼夫人拥有南越俚僚十万户加上海南岛万多户。若搞独立王国，中央政权也无可奈何，而冼夫人正是在爱国爱民思想支配下，坚决支持中央政权，打击分裂势力而受俚僚和汉族百姓的拥戴。

《冼夫人》上册，描写了冼夫人少女与少妇时代的光辉形象。她的一生战斗不息，活到八十多岁。上册只写了冼夫人战斗生活的小部分，但文本中涉及的历史事件和历史人物很多，还虚构了一些人物事件，很大成分是为冼夫人这一中心人物作铺垫的。文本中写冼夫人参加了几场战争，如打冼家岭山贼之战，显示出少女的武功；打李迁仕之战，以送礼诱惑敌人，表现她的谋略；支援陈霸先北伐平侯景叛乱，打败刘蔼、蔡路养诸路叛军，展示出她运筹帷幄的军事才能；在回师南越中，吓退齐安太守褚俭，联合落金岛海盗围攻高州的叛军；永宁郡首领王望如与儿子向冼夫人负荆请罪，并带来高州辖下诸郡长官齐来向冼夫人请罪的举动，把冼夫人的威望推上第一个高峰。在第十二章中王望如一段话可以说是对冼夫人青年时代的功绩总结："冼来山数代为俚酋，势力雄大并不为奇，奇就奇在生一个好女儿，旷世无双呀！先不说她小小年纪即随父兄征战，智屈冯府州而救百姓于危难之中，先不说她扶夫共参政事，惠民礼士，虽首领兄长有忤犯律法者亦严惩不贷。最为奇者，是创办学校，启导冥蒙，激浊扬清，感化黎元呀！此举乃开岭南千年之先河，依我看呀，虽华夏圣贤也未必及她，我朝奉为护国夫人，诚非偶然呐！"

近十几年来，许多历史题材的影视剧目，增加不少"戏说"成分，以吸引观众的眼球。作为长篇历史小说的《冼夫人》，自然也有虚构成分，但《冼夫人》虚构一些人物事件或细节，都不是"戏说"，不是为了取悦读者，而是为了更好地表现冼夫人形象，如文本中的一位男性英雄人物韦放是虚构的，他作为梁朝大将军韦叡的儿子，年少气盛，口无遮拦，在北上伐魏战争中冲撞梁朝诸大将，并受诬陷，而不得不在父亲安排下南逃投靠冼来山。他出身将门，精通兵法和战术，在南逃到冼家岭时不幸陷入贼

巢，在危难之中被百合儿（冼夫人少女时的称谓）所救，韦放成为冼夫人学习中原汉文化，学习兵法的老师。又让他与投降冼来山的女贼赵媚娘结婚，与冼夫人和冯宝结婚一脉相承，俚汉通婚，为汉族与南越少数民族融合起了示范作用。文本中，还虚构了百合儿在台风中入村救人受重伤，昏迷一年多的事件。这一年中，冼家军奉陈霸先之诏出兵讨伐李贲。李贲的叛乱，有官逼民反的性质，这个人物曾被史家定为农民起义首领，让冼夫人避开这一仗，使其与镇压农民起义脱掉干系。她苏醒康复之后，又奉父亲之命赴俐门国国庆盛典，国王送延年益寿药——婆韦子给冼来山。回家路上碰到村民对抗官府横征暴敛，十六位村民被抓，村民又扣押冯融儿子冯宝，百合儿把带来的宝药向当地豪右庞拟昌换来一万多担粮食救济村民。恰遇冯融大军前来围剿村民，百合儿晓以大义说服冯融退兵，放出十六位被抓村民，冯宝也得到释放，平息了战争。这些情节体现着冼夫人少女时代的爱民思想，及其果断化解官民冲突的本领。

历史小说，必须尊重历史事实，但细节描写也不可或缺。历史事实有如树干，细节有如婆娑枝叶。《冼夫人》虽然着重写军事斗争，但也有许多细节描写，丰富了冼夫人的性格。如冼夫人第一次出场是打虎救韦放。她用石头打虎，引猛虎向她扑来，而跌入陷阱，她"格格格"地笑着，毫无惊惧之态，表现了冼夫人少女时的勇敢、机敏与俏皮个性。又如她十一岁时女扮男装，随父赴冯起文五十岁寿诞，来祝寿的众俚酋表演射箭技艺，结果冼夫人（百合儿）独占鳌头，艺惊四座。又如百合儿向韦放学兵法，韦放念，百合儿写，而写完后能背诵出来。上述两个细节，都为后来冼夫人成为军事指挥家作了铺垫。再如冼夫人少年时喜欢养虎，而老虎成为百合儿的忠诚伙伴，对昏迷一年多的百合儿，又舔又舐，终于使百合儿苏醒过来。这种匪夷所思的细节，既丰富了冼夫人的精神世界，又增添了作品的情趣。

以上所述，仅限于《冼夫人》上册，只占全部著作的三分之一，因此对完整的《冼夫人》作出评价还为时过早。读完《冼夫人》上册后，仍感到有些不足的地方。有些章节，铺叙太广太长，如第九章下半部与第十章上半部，都是写朝廷王侯将相争权夺利的斗争，这也许与作者要写成三部头巨著，不得不扩大战争范围，拉长故事有关。还有一点，从历史上看，公元6世纪初，南越的文化、经济还十分落后，但文本写了许多豪华宫

殿、豪华庆典、婚宴等等，似乎脱离特定时代、特定地域文化经济条件而刻意夸张，读之，感到缺乏真实性。在写第二、三部时，要有所注意，不要为了场面的华美而失了朴质、真实。

2007 年 3 月 8 日于广州

（作者系中国作家协会会员，原广东省作家协会党组书记、专职副主席）

　　魏军夜袭梁军营寨，箭矢雨一般密集地向梁营这边射来。韦叡站立在城营最高处调度御敌，部将马仙琕请韦叡下来避箭，韦叡不肯听劝。当时，梁军被魏军的猛烈攻势吓蒙了，顿时手忙脚乱、惊惶失措，韦叡在城楼上厉声大呼，众军士才稳定下阵脚，拼死抵抗。魏军到底攻不进来，被迫退去。（见第一章）

　　那虎受惊吃痛，大吼一声，发起性来。韦放惊慌间，随着猛虎向右转身时，看见离虎不足三丈的一棵大树下，竟立着两位少女，年龄约在十四五岁之间，手里拿着小石头又掷向猛虎。那虎身上噼里啪啦连中石头，咆哮如雷，竟撇下韦放，向对面的两位少女扑去。两位少女见虎追来，扭转身儿撒腿就跑，还"格格格"地发出一连串的笑声。（见第一章）

长关暮色将军影　古岭残阳药圣魂

　　公元 420 年东晋灭亡（恭帝元熙二年）至 589 年隋统一（隋文帝开皇九年），计一百七十年，在我国历史上呈南北对峙局面，史称"南北朝"。南朝从 420 年刘裕的宋代起至 589 年陈亡，历经宋、齐、梁、陈四代。北朝则自 439 年北魏统一北方始，至 534 年分为东魏、西魏。后，北齐代东魏，北周代西魏，而北周又灭北齐。至 581 年，北周又为隋所代。及至隋灭陈，灭后梁，才最终结束了南北对峙之局面。

　　梁开国皇帝，即梁武帝，姓萧名衍，字叔达，小字练儿，南兰陵中都里人。萧衍是汉相国萧何的后人，史称他生来便很奇异，两胯骈骨，顶上隆起，且右手掌纹形同一个"武"字。至成年时，已是遐迩闻名的博学多通、有筹略、有文武才干的俊彦之士。当时，萧衍与沈约、谢朓、王融、萧琛、范云、任防、陆倕等名士文杰交游，时人号为八友。王融学识渊博，尤善相术，他十分敬重萧衍，多次对亲朋戚友道："将来能宰制天下者，必是萧衍。"齐建武四年，萧衍官至雍州刺史，镇守襄阳。是年七月，明帝崩驾，东昏即位。扬州刺史始安王萧遥光、尚书令徐孝嗣、尚书右仆射江祐、右将军萧坦之、侍中江祀、卫尉刘暄等六人摄政专权，更直内省，分日帖敕，弄得朝野上下，不知所从。萧衍对从舅张弘策道："政出多门，必定出乱子。《诗》云：'一国三公，吾谁适从？'何况今日有六个之多，不大乱才怪呢。"于是萧衍暗地里招兵买马，养精蓄锐，待机而动。未几果然天下大乱，诸侯纷纷拥兵自立，攻战割据。永元三年二月，萧衍在襄阳起兵，发檄全国，竟陵内史曹景宗、襄阳太守王茂、南中郎谘议参

军萧伟、南中郎谘议参军萧憺、益州刺史刘季连、梁州刺史柳惔、司州刺史王僧景、魏兴太守裴师仁、上庸太守韦叡、新城太守崔僧季等举兵响应。萧衍等拥立南康王为帝，与废帝东昏交兵。萧衍战功显赫，势力敌国，先后官至中书监、都督扬南徐二州诸军事，大司马、录尚书、骠骑大将军、扬州刺史、建安郡公、散骑常侍、左光禄大夫、考侍中丞相，都督中外诸军事，剑履上殿，入朝不趋，赞拜不名。萧衍位极人臣，暗有受禅之志。沈约、范云力主萧衍篡位，萧衍终于在天监元年行受禅之礼，废齐和帝，建立梁朝。

萧衍自命是千年难得一见的应天顺人的贤明皇帝，好大喜功，穷兵黩武，自登基后，意欲一统天下，频频向北朝用兵。北魏以南梁新朝甫立，根基未稳，也累累调兵南犯，故南北边境战火不断，狼烟常起。老百姓不能休养生息，朝廷还加重各种赋税徭役，致使举国上下，怨声载道。这期间，各州郡反映民间不堪重负，抵制苛捐杂税的奏折多到可以堆成一座小山。尤其是来自广州、交州的报告更是惊人，广、交两州百姓不满新朝官员盘剥豪夺，起先是抗租抗税，后来发展到聚众围攻官衙府办，甚至好些郡州的俚人、僚人造反起来，赶官杀吏，势态严峻，几乎失控。当时，梁武帝正准备讨魏，哪有闲暇顾及这些"疥癣小患"，漫不经心地说道："岭南乃不毛之地，蛮夷不服教化，自古有之。俚僚逆反作乱，非止一端，惟加以镇压殄灭，以儆效尤。"

天监五年，梁武帝大举起兵北伐，大将军韦叡率军破北魏军，取合肥。韦叡字怀文，京兆杜陵人，本是齐上庸太守，随萧衍起兵，梁朝初，任豫州刺史。韦叡精通兵法，巧于应变，又善抚士卒，因而所部兵旅军法严整，所向无敌。他体弱不能骑马，常乘木舆督战，魏人闻风丧胆，称其为"韦虎"。

次年，韦叡与曹景宗率兵救钟离，又大败魏军。当时，魏中山王拓跋英与平东将军杨大眼等率兵十万攻钟离。钟离城北面临着淮水，魏兵即在邵阳洲修桥而渡。拓跋英在南岸攻城，杨大眼据北岸立寨，以通粮道。钟离城中只有三千军马，梁将昌义之苦苦支撑，和将士们顽强抵抗。韦叡与曹景宗率部屯兵邵阳洲。当晚，韦叡令军士乘夜挖掘壕沟，立栏栅，树鹿角，截洲为城，一夜之间，营城已建立起来，相距魏营仅有百余步远近。次日清晨，魏将拓跋英见到这座天外飞来的大营，顿时大惊失色，以杖击

地，大呼："是何神力？是何神力？"韦叡军容整肃，甲器精新，魏兵见了，先就泄了一半气。

韦叡派深谙水性的勇士言文达等人，潜行水底，携书信入城告知守将昌义之，城中这才知道外援已到，全城守军勇气倍增，斗志昂扬，无不摩拳擦掌，准备里应外合，歼击魏军。

魏军大将杨大眼勇冠三军，当日率领一万精锐马军冲击韦叡大营，韦叡急调多辆兵车集结为阵迎敌。杨大眼指挥马军合围这个车阵。韦叡一声令下，暗伏车阵中的两千弓弩手一时箭如雨发，洞甲穿心，魏兵伤亡无数，杨大眼也被射中右臂，带箭败走。

翌日，拓跋英亲自领军来战。韦叡乘坐木舆，手执白角如意指挥督阵。魏军一连数次进攻，均战败退去。当晚，魏军夜袭梁军营寨，箭矢像雨一般密集地向梁营这边射来。韦叡站立在城营最高处调度御敌，部将马仙琕请韦叡下来避箭，韦叡不肯听劝。当时，梁军被魏军的猛烈攻势吓蒙了，顿时手忙脚乱、惊慌失措，韦叡在城楼上厉声大呼，众军士才稳定下阵脚，拼死抵抗。魏军到底攻不进来，被迫退去。

韦叡与曹景宗商议破敌之计。预先制造好高大的战舰，这战舰足有魏军修建的桥梁一般高，为火攻做好准备。韦叡与曹景宗商定：韦叡攻桥南，曹景宗攻桥北。这时已是三月天气，阴雨连绵，淮水暴涨。韦叡令南梁太守冯道根与庐江太守裴邃、秦郡太守李文钊等乘战舰急进，突袭驻扎在邵阳洲上的魏军。魏军抵敌不住，全军覆没。又调派一批小船，船上装着禾草，灌满油膏等引火之物。一声令下，火船竞发，直冲魏桥而去。真是风怒火盛，烟火冲天。梁军敢死队勇往直前，拔栅砍桥，此时河水又急，倏忽之间，魏军的桥梁、寨栅纷纷着火，化为乌有。冯道根等将领身先士卒，拼命冲杀，梁军个个奋勇，人人争先，无不以一当百，喊杀声震天动地，魏军大败。拓跋英见桥已毁，急急脱身弃城而走，杨大眼也放火烧营逃去。魏军土崩瓦解、丢盔弃甲，淹死在水里的有十余万，被杀的有十余万。韦叡使人报知昌义之，昌义之喜极而悲，忘记了答话，只是一个劲地大呼："起死回生，起死回生呀！"

大同二年四月，梁武帝又向北魏发动大规模战争，但梁武帝以为名将韦叡毕竟老了，再不用他，却派怯懦昏庸的六弟临川王萧宏和吕僧珍做主帅，统百万大军北伐。临川王萧宏以帝弟的身份带兵，器械精新，军容盛

大之极，连魏人都称是百年来所未有的事。

萧宏和吕僧珍俱是不懂兵法战事的怕死鬼，虽然前军已克梁城，诸将亦建言乘胜深入，但萧宏和吕僧珍却在洛口按兵不动。听得魏调邢峦引兵渡淮水，与中山王拓跋英合围梁城时，萧宏吃惊不小，忙召诸将商议退兵。吕僧珍先说道："知难而退，不亦善乎？是该退兵，是该退兵。"萧宏道："我亦以为然，不知众将看法如何？"柳惔不同意退兵，他问道："自我大军所到之处，何城不克？我不明白有何难不难的。"裴邃冷笑一声，道："如果这时退兵，正是敌人梦寐以求的事，有什么难的？"马仙琕也忍不住了，站了起来，大声说道："大王怎能出此亡国之言，轻率退兵。天子倾举国之兵托付大王，我们只有前死一尺，无有退生一寸。"昌义之更是面红耳赤，须发尽竖，大怒道："大王，可马上斩了吕僧珍，岂有百万之师未出逢敌，就望风溃逃的道理，我们有何面目回去见圣上？"

其时韦叡之子韦放亦在军中，闻得临川王召众将议退兵之事，气急之下，不避嫌疑，直闯入帐中，大声说道："目今境况大利我方，宜当进兵，怎能退去？末将已有破贼之计，理当为国建功灭贼……"说犹未了，吕僧珍大喝道："韦放休得放肆，你是什么人，诸大将正在议军国大事，你擅自闯入，已是死罪，还不退下！"韦放还要争辩，奈何被众军士推了出去。

裴邃道："韦放很有见地，吕将军为何不让他说话？"萧宏摇了摇头，说道："小小年纪，能有什么见识，胡说罢了。年轻气盛，年轻气盛呀！"朱僧勇、胡辛生气得拔出剑来。吕僧珍沉下脸，问道："朱、胡二将军意欲何为？"朱僧勇怒道："你们要退就退好了，下官决意向前寻死！"说完，和胡辛生大踏步闯出帐去。这时，萧宏只好罢议。吕僧珍私下对众将道："也别以为就我吕僧珍惜身保命，原是殿下夜来头风患了，还怎么主持军旅？只怕引起军中疑测，故欲全师而返罢了。今儿倒好，弄得我倒做了恶人。"说罢，恨恨不已。

萧宏既不敢进军，又碍于诸将的反对，所以也未便即时退兵回去，只好在洛口按兵不动，坐地观望。魏将拓跋英前锋已在十里外下寨扎营，萧宏闻报，当时脸色大变、惊慌失措。他结结巴巴道："这可怎么好？这可怎么好？我都说就该撤兵回去，那个拓跋英很厉害呢。"裴邃道："军主不必惊慌，我们百万大军，还会怕拓跋英这个老匹夫？下官以为，此时当趁其军兵乍到，阵脚未稳，出奇兵袭之，定获全胜。"吕僧珍听了摇摇头，

道："裴老将军不可轻敌，那拓跋英是魏之名将，精通兵法战阵，且老谋深算，料事如神，此时我军未知对方虚实，只能坚守，不应草率言战。"萧宏忙道："吕将军所言极是，我军应以守为上，拓跋英纵然英雄，我不出战，他能奈我何？诸将再不要争辩，尽力助我守寨好了。"众将见军主这样决定了，尽都叹息摇头，无言而退。

翌日，魏中山王拓跋英率大军已至洛口，知得梁军没有动静，笑对诸将道："梁军怯战耳。萧衍老头儿弃韦叡不用，这都是我朝圣主洪福。萧宏不知兵机，吕僧珍贪生惜命，拥百万大军远来，又坐等不战，如果粮草不济，岂能长久？善用兵者，多多益善，不能将者兵多何益？一盘散沙而已，诸君看我克日大破梁军，必雪合肥、邵阳之耻。"

一连几日，魏军在大寨前叫阵搦战，梁军都坚守不出，任由魏兵叫破喉口，万般辱骂，萧宏不理不睬。正自以为得计，忽然报告魏使求见，萧宏传令放进来，那魏使昂首阔步，大咧咧地走入帐中，向上作了一揖，开口说道："我朝大将军引甲兵迎战入侵之敌已有时日。你军虚有百万之数，不思进取，坐等观望，既不敢战，又不愿退，空劳物力，坐吃山空，祸不远矣！中山王深知临川王心中凄苦彷徨，进退歧途，是以赍送礼物一份，谨表慰藉，请收下吧。"魏使说完，嘿嘿冷笑几声，转身趾高气扬出帐去了。萧宏忙叫人取过礼物，打开看时，原来是两袭女人用的巾帼衣物之类。帐下众将当时气得大叫大嚷，闹成一团。

忽然寨外传来一片呐喊声，探哨报道："魏军主帅拓跋英率军在寨外发话，要请大王面谈。"萧宏惊疑不定，忙与众将来到寨栅前观时，只见对方魏军阵里齐刷刷地扯嗓子唱起歌来："不畏萧娘与吕姥，但畏合肥有韦虎……"这个韦虎，就是当年合肥之战、邵阳之战威震敌胆的大将军韦叡。这两句歌词魏兵反复高唱多遍，真是字字清楚入耳，梁兵听了，说不上是什么滋味。那萧宏、吕僧珍两人脸上红一阵，白一阵，又青一阵，气得浑身发抖。忽然，歌声停了，阵中门旗下走出一个身着金甲白袍，骑着黄骠马的将军来。这个将军就是魏中山王拓跋英。他身材很是瘦小，背还有点驼，眉毛胡子都花白了，看上去已有六十好几的年纪。只见他微微躬身，双手抱拳，朗声说道："南朝众将听了，我就是拓跋英。你们入侵我国疆土，兴不义之师，虽然声势浩大，实为乌合之众，纵多无用。萧宏小子听着，你本纨绔之徒，焉能带兵？拥百万之众，至今未知何所，你死不

足惜，只可惜那百万之众不日即为你而灭。临川王爷，早时送去的衣物还合用吧？"说到这里，拓跋英仰天哈哈大笑起来，然后又说道："不谈这个。对了，听说你们军中有韦老将军的儿子韦放在列。那好！"拓跋英翘首向对阵左右张望，提高嗓门喊道："韦少将军，听说你父亲已退役在家，他老身板儿可还硬朗？请代我向他问安，就说老头子向他叩首啦！"

韦放和将士们在寨栅内张看，拓跋英的高声喊话，他也听到了。他不自觉地往萧宏站立的地方望去，然后又回过头来，默然不动。身旁马仙琕拍拍韦放的肩膀，笑道："韦将军呀，那拓跋英可不敢轻看你老呀。"胡辛生瓮声瓮气地说："如何？要是韦老将军领军，我们还会受这窝囊气？"韦放见大家都议论起来，涨红着脸道："我就不信这个邪，哪有百万大军怕这个老家伙的？咳！不说了，不说了，说也无用。"正在议论，忽然看到拓跋英传令引兵退去。梁军原地不动，只是呆呆的观望。

魏军退回本寨，众将余兴未了，还在谈论着梁军的丧气状。大将军奚康生派遣杨大眼来至拓跋英军中助战，杨大眼对拓跋英道："大王，梁人自克梁城以后，久不进军，其势可见，必定是不敢与我交战。大王若进据洛水，梁军势必大败溃逃无疑。"拓跋英眯着眼听杨大眼说完，微笑道："这是奚将军的看法吧？梁军怯战，我岂能不知？萧宏、吕僧珍都是昏庸之辈，不值一提。可是不要忘了，他们手下还有一班当初韦叡、裴邃的部将呢。韦叡退役，裴邃见在。这班人可不能小看呀！梁军势大远来，利在急战。现在他们按兵不动，正是我求之不得的大好事，所以还应观其形势变化如何，切勿与之交锋。"杨大眼等将听了，尽都心悦诚服。

萧宏自那日被拓跋英恣意羞辱一番，气得发呆，众将亦以为是从来未有之奇耻大辱，纷纷请命出战。但萧宏气愤归气愤，始终不敢与魏兵交战。裴邃提议分军进取寿阳，留大军停洛口，萧宏固执不从，传令全军："再有言战者斩！人马前行者斩！"

一连数日，萧宏呆在帐中吃酒。粮官入禀道："粮草只能维持五日，应当如何处置呢？"萧宏喷着酒气，乜斜着眼问："援粮怎么还不运来呢？"粮官答："沿路连日暴雨，路途受阻。怕是三五日内到不了的。"萧宏低头看着酒盏儿道："这样呀，那得省着点了，由明日开始，我只吃酒和肉好了，米饭暂不吃吧！"粮官默然退出，军中传令，自明天起，饭食减半。

一夜，天气很是闷热，萧宏在帐中吃着酒。至深夜，突然狂风暴雨席

卷而来。此时萧宏正在醉乡之中，听到风雨大作，疑是魏军攻至，吓得魂不附体，屁滚尿流，慌乱间令亲兵近卫扶上马背，仓皇逃跑。手下不知就里，见萧宏死命奔跑，也只有跟着奔跑。诸将见军中大乱，不知发生了什么事，纷纷冒雨来到萧宏大营帐中，可是查遍整座大营，也不见主帅踪影，大家这一惊可不小。此时群龙无首，百万之众像炸开了的马蜂窝，纷纷弃甲投戈，再也顾不了那些病老残弱的兵士，似排山倒海之势全线溃退逃命，沿途军资辎重丢弃殆尽。恐慌之中，人踩马踏，伤亡兵士达五万多人。

萧宏、吕僧珍等逃回建康，怕罪责难逃，商量妥了，萧宏在梁武帝面前指责马仙埤、朱僧男、胡辛生、韦放等辈不听劝阻，贸然进兵，以致损兵折将；又言韦放在阵前与敌方闲谈私话，大有通敌之嫌。梁武帝大怒，下旨有司查审一应有关人等。韦放得了风声，星夜逃回荆州。

大同二年五月十三日，临近黎明时分，荆州城将军府堂厅里，白发苍苍的老将军韦叡靠在椅背上坐着，久久凝视跪在面前的儿子韦放，无力地摇了摇头。过了很久，才沉重地叹了口气，道："避开一下也好，免得他们碍目。北方呢你是去不得了，那边虽然为父的故旧朋友不少，但绝不能投到那里去，你要是投那里去，正好落个叛逃的口实。只有投南方去方妥。我夜来想过，南越高凉山兜庄的冼来山，是那里俚僚人的首领，很有势力，你去投靠他，足可安身立命。我早年奉旨平叛，在那里和他有一面之交。他曾被我擒获，见他生性耿直，是条汉子，不忍心便把他放了。他感激我，要与我结义金兰，我为了诚服地方诸酋，便也应允。记得他当时二十二岁啦，我比他大五岁，如果还在世呢，总有六十五岁了吧。我领军回来时，临别他送我一块玉佩，上面刻有一只虎，说是祖上传下的，噢！就是你身上佩的那个。千万记得，不要弄丢了。这去岭南路途遥远，崎岖难走，一切须靠自己，说不得辛苦艰难。此番出门不便带书，见面时只要拿出玉佩，大概他也记起我来。"韦放抬起头来，仰视着父亲道："父亲，只是我走了，上面追问起来，如何应答得过去呢？我放心不下。"韦放此时不觉悲从中来，眼泪止不住要往下滴出。韦叡双手微抖，颤声说道："傻儿子，别瞎操心。谅他们亦不会怎么对我。我为主上效忠一辈子，将功折罪，也过得去啦！何况我这把老骨头，丢到哪儿还不一样？唯一是你母亲，我一时还不让她知晓。日后再说吧。"韦放再也忍不住眼泪，哽咽

着说道："孩儿不孝，不能侍奉双亲左右，还让父母为儿担忧，我……我……"韦叡厉声道："糊涂！好男儿本当志在四方。你这次远行，我权当你出征去了。"韦叡说到这里，又叹息了一声，挥了挥手道："起来吧。"

韦放又叩了个头，站起身来，用手拭了拭脸上泪水，然后垂手立在父亲身旁。只见仆从寿儿手把宝剑，身背包裹行囊进得厅来，躬着身，轻声道："老爷，包裹物件都收拾好了。"韦叡点点头，道："好！就这样吧，现在该有五更天了，正好出城。寿儿，在路上好好防着点，只是千万小心谨慎才好，切要仔细！"寿儿忙答道："老爷放心好了，奴才谨记在心。"

韦放从寿儿手中接过宝剑，系在腰上，道："父亲，孩儿走了。"韦叡从椅子上站立起来，身子微微颤抖，道："且慢，我送你们到门口。"韦放心里一酸，只叫得"父亲"两字，喉咙便哽得再说不下去，赶忙和寿儿上前扶着父亲向厅外走来。一连转过四五节弯弯曲曲的甬道，才来到院东侧旁门，那里早有仆从备好两匹好马在候着。韦叡抬头望了望天空，道："走吧，天色不早了。"韦放、寿儿接过缰绳，先后翻身上马。走出几步，韦放掉转马头，深情地看了父亲一眼，然后和寿儿策马慢慢向城外走去。

韦叡呆立在门口，望着韦放、寿儿渐渐远去的身影，不觉双目模糊，潸然泪下。

韦放、寿儿主仆俩自出了荆州城，马不停蹄，穿州越郡，途中休息时少，赶路时多，才数天光景，早过江州南康地界。沿途关隘虽也有人盘查，但不十分严格，只随便问了几句，就过去了。只是沿途各处都有逃荒的穷苦百姓，个个衣衫褴褛、满脸尘土、骨瘦如柴。他们扶老携幼，或成群结队，或三五个人不等，一路而来，饥饿小孩的哭声不绝于野，令人悲怆凄凉。韦放询问了好些人，都说是官府赋税苛杂，徭役繁多，又逢大灾失收，无法挨下去了，才逃离乡井。不过他们其实也不知道逃到哪里才是安身之所，只能摇头叹气，听天由命罢了。韦放出身将门，自小在父亲官衙里长大，养尊处优，锦衣玉食，从来不知什么是饥饿寒苦。直到十六岁那年，才开始跟随父亲四出征战，但绝大部分时间都是在金戈铁马、剑啸弓鸣的战场里度过。说到真正体验民间的疾苦凄楚，他还是头一遭。现在南逃途中所见的一切荒凉景象，使他感叹不已，原来民间困苦到了这样田地。回想自己的遭遇，虽然难过，但和这些四处漂流、居无定所的饥寒百姓相比起来，似乎又觉不值一提了。

打过南康后，一路都是崇山峻岭，渐渐人烟稀少起来。山路崎岖，荆棘丛生，一天走不了多少路程。为了赶路，韦放、寿儿这两天老早就起程。这天，两人一连气策马奔跑前行，傍午时候，只见前面老大一块界碑映入眼幕，走近才看清楚是"大庾岭"三个字。韦放高兴地大喊："寿儿快看，我们进入南越地界啦！"寿儿望着迎面而来的高山大岭，擦了一把汗，喃喃着道："也该到了，这两天山路走得我屁股都发麻。"

寿儿打跟随少主人韦放南投以来，路上对韦放尽心照顾。主仆两人又是年龄相仿的年轻人，路上谈谈说说，倒也融洽无间。这时，听少主人说要进入南越了，好奇心顿起，便问道："少爷，我早听人说，百越地险人怪，那里的人敢情不会不穿衣服吧？"

韦放听了，忍不住笑将起来，道："胡说！听父亲说了，那里的人淳厚着呢。"随即又严肃地道："是了，寿儿，到那里后，我们可不能乱说话，少惹麻烦，只要快点找到冼来山叔父才好。"寿儿赶忙应道："知道了。"随即"驾"的一声又跟了上来。

面前就是大庾岭，乃越城、都庞、萌渚、骑田、大庾五岭之一，峰峦叠嶂，峻高万仞，宛如天堑雄关，把南天限隔开来，故自古有"南有五岭之戍"的说法。相传汉武帝时，庾姓将军筑城于此，才有大庾之称延续至今。

大庾岭山道崎岖险峻，举步维艰。韦放、寿儿两人下地牵马攀登，犹是吃力气喘，还未到岭腰，两人浑身大汗淋漓，衣服尽湿。寿儿苦着脸道："少爷呀！如何是好？这岭都没有路，怎能攀得过去呀？"韦放笑道："这就是路呀！往上爬就是。当年庾伊戍守在这里，筑城通驿，都不叫苦。就是父亲早年率兵南征，也是翻越这座大庾岭过去的。大批的粮草辎重，还不是将士们肩抬手提，运搬过岭去？现在我们空手步行，并无负担，轻松多了。只要咬紧牙关，再高的山岭也可以跨越的。"寿儿笑道："少爷，我是说说罢了，不会怕苦的。这是进入南越的咽喉之道吧？我们逃难而来，还怕路途难走么？"韦放道："你知道就好。走吧，我们得在天黑前赶过岭去。"

太阳快落山时，韦放、寿儿才翻过大庾岭，找个山野村店歇下来。

次日一早，韦放、寿儿便又赶路。走至下午，两人进入始兴郡城。这里把守的兵士可比沿途的严厉得多，细细盘问了韦放两人一番才让过去。

进入大街，韦放不敢再骑马，和寿儿牵着马慢慢步行。始兴郡虽不算十分繁华，但由于是南越要隘去处，故有重兵驻守。城里大街两边商铺也不少，诸类货物琳琅满目。做买卖的叫卖声此起彼伏，间杂不断。忽然，前面响起"咚、咚、咚"的锣声，大街上的行人都躲闪开去，只见十数个官兵手执刀枪利刃，押着几个五花大绑的犯人走来。韦放、寿儿赶紧避到路旁，等这帮人过去了，才问卖山货的店家："这几个人犯了什么罪呢？"那店家见问，左右张望了一下，才答道："这几个是瑶民，抗租抗税呗。都是从山里逮回来的，这些瑶人也挺大胆，大前天就杀了几个官兵呐。"店家说完，摇了摇头。

韦放、寿儿来到十字街口，向南街走了百来步远近，见到一个酒望竿，走近看时，上面雕檐下悬着一块写有"安和客栈"的牌匾，韦放道："今儿咱们就在这里住下吧，歇息一天再走。"只见店伙慌忙迎了出来，笑容满面，接过缰绳，哈着腰儿道："您老里面请，小的帮您照看牲口。"说罢，自牵马匹往后院去了。

主仆俩进得里厅，找个靠近内墙角的座儿坐下。韦放解了佩剑，寿儿接过，连同包裹一起放在桌儿上。韦放环顾四周，有三四张座桌已有客人在喝酒吃饭。这时，堂倌从柜台里赶过来招呼，微笑着道："客官看用点什么？这可是有名的百年老店呐。"韦放望着寿儿道："咱们这些时赶路，很是辛苦，从没喝过酒，今儿吃些吧。"便要了一碗肉脍香菇，一盘子酱牛肉，一盘烧鹅，两大碗炒面，一壶酒。一会儿，酒菜上齐，两人慢慢吃了起来。

这时，一位约有五十四五年纪的客人来到韦放旁边的座头坐下，要了一碗汤肉面，自个儿吃着。

韦放道："寿儿，这里的饭菜不错呀，味儿很好，唔！这酒也不错。"寿儿答道："你是饿了，我觉着味淡，比不上家里好。"

邻座那客人慢慢转过身来，看了看韦放、寿儿两人，脸上显出笑容，轻声地问："客官是打北面来的吧？"韦放慌忙放下酒盏儿，看着老者回答道："是呀！请问您老……"那老者又问道："客官是吃饭呢？还是也住店呢？"韦放道："想住下，赶路劳累，好容易来到这里，打算停留一天再走呢。"那老者点了点头，又问："客官从北面来，那边情况如何？"韦放道："朝廷连年征战，一些地方又遭灾荒，百姓苦得很呀！"老者摇摇头，轻轻

叹口气，道："唉！这里也不好，也闹兵荒。前儿瑶民又反了，官兵大队人马开进瑶山。"老者说到这里，往左右扫了一眼，又往韦放这边挪了挪板凳，然后用手掩着口，凑近韦放的耳朵小声道："听人说，这两天要禁城。你吃罢饭，赶路去吧，不然怕出不了城啦！"韦放吃惊地问道："瑶民怎敢对抗朝廷？不会是真的吧？"那老者声音压得更低，道："千真万确，朝廷新税才颁行，官衙派人在瑶寨张贴告示，都让杀了。"老者顿了顿，又道："我见你是外乡人，才提醒你，赶紧走，免得麻烦。"

韦放谢过老者，回头端起酒盏，一口喝干，压低声音对寿儿道："赶快吃饭，我们不住店了，赶路要紧。"寿儿愣了愣神，见韦放脸色紧张异样，不敢多问，端起碗来，三口并做两口，狼吞虎咽猛扒。

吃罢饭，韦放提剑起身，寿儿在包裹里取些碎银，付过账，问店家讨回马匹，两人牵马急步向大街上走去。不大一会儿，来到西城门，果然城门守军也严格盘问了一阵，才让他们出城走了。

路上寿儿问道："少爷，你早先还说在这城里逗留一两天呢，怎么和那个老头说了几句又急着要走了？"韦放道："老人告诉我，他们这里瑶民造反，说这两天要禁城，我们就走不了啦。"

他俩又走了两天，路上几次见到小股官兵捕捉一些瑶民、俚人。韦放不敢管闲事，只是远远见着就闪避开去，免得遇上官兵惹出是非来。他已打听清楚此去山兜庄的路径，只要一天工夫即可到达。想到马上就可见到冼来山，他显得很是激动，十几天来的颠簸劳顿、担惊受怕早觉一扫而空，荡然无存。

韦放道："寿儿，你跟我南来，觉得冤吗？"寿儿道："哪有的话，我罕着呢。从前我跟老爷说，让我去军中侍候少爷吧。老爷说，少爷在军中可不是少爷，用不着你服侍。嗨！我就心痒的不行。"韦放道："你未到过战场，哪里能知道，那叫戎马生涯、生死难卜、朝不保夕。你走些山路就叫苦了，还受得那份苦？"寿儿想了想，又嘀咕着道："听老爷说，蜀道难。我没到过两川，我估摸这儿的道路也与蜀道相差无几。要不是逃难，我劝少爷别到这地方来。这里什么鬼天气，热得要命，蚊虫儿又多，咬得我夜里睡不好觉，如今也觉困顿得不行。"说着在马上又打了一个哈欠。韦放笑了笑道："我觉着这儿的民风不错。过去常听人们说这南蛮之地，最是野蛮不过，史书也说南越俚僚，洞穴而居，现在看来，都是胡说的。

真是尽信书，则不如无书呀！自入始兴后，这一路走来，感觉他们只是衣服妆饰稍为奇特外，别的也没什么两样。就淳朴、热心一桩，就并不比我们中原礼仪差。比如在始兴时，我已感觉有些头晕脑涨，肚子不大舒服的症候，我想准是病了，但喝了他们煎的'凉茶'，我就感觉好多啦！可不，这一路每日喝两碗，现在轻松、精神着呢！"寿儿皱了皱眉，道："啊呀！这个叫'凉茶'的，你说好，我只觉得苦得要命，比药剂儿还难下咽呐，我可不敢碰它。"韦放道："这其实就是药呀！他们这地方，溽暑多雨，吃了这个'凉茶'呀，不易生病。湘人喜吃辣子，就是因为那地方潮湿得厉害，吃了辣子祛湿御寒呢，同是一个理吧。汉贾谊当年贬谪长沙，听人说长沙地方潮湿，怕活不长，心里很是忧伤，接连写了《吊屈原赋》、《鹏鸟赋》，后来到底死了，才仅三十三岁呐。我想他这么聪明，又为何不吃辣子呢？后来的伏波将军马援平南时，将士们都受了瘴气的毒，全都病倒了，幸得土人教他煮薏仁水让将士们吃了，才解决了问题。"

寿儿道："我不知道这许多典故，我只听人说，南蛮的毛贼厉害，这回我信了。这连着两夜住店，都有人失盗，吵吵嚷嚷的，害得我不能好生睡觉。"韦放听了，不禁哈哈大笑起来，道："好寿儿哎，哪个地方没有盗贼？哪个地方没有好人？我们在始兴遇到的老者不是好人吗？如果不是他，我们恐怕很长时间也出不了城呢。话说回来，只是我们平安就好。"

两人说说笑笑，太阳又西斜了。只见前面山脚林荫处一溜几间草屋，隐约一个酒旗儿斜伸出来。韦放满心欢喜，道："我们就在这村店过夜打尖吧。"

两人来到店前，下马步行过小溪石板桥，是一块平坦的地面，显然是经人工整理过的。草屋背靠青山，朝东坐立，门前两棵老大的榕树婆娑苍郁，垂髯拂拂，地面一片阴凉。韦放心里赞叹不已："好一幅乡野山居图呀！"

寿儿把马匹拴在榕树下。只见里屋走出一个姑娘来，头顶盘着一大束黑油油的发丝，两只耳垂儿坠着杯口粗的大耳环，手腕、足腕各戴着一只银镯子。韦放一见，大为愕然："乡野山村，竟有如此绝色女子！"

那姑娘美目顾盼，笑靥绽开，迎着韦放道："客官住店呀？快快请进。"那姑娘的声音如同银铃般清脆动听。韦放不敢逼视，赶忙把头低下，和寿儿随着姑娘入到屋里。这是一间两丈见方的厅堂，近门口一个大木柜台，上面摆放着两个老酒坛子，还有一把破旧的算盘子，柜台墙壁上挂着一副弓一壶箭，左边靠里一张大长方木板桌，四围几条长板凳。韦放、寿儿各自把剑、包裹解下来放在板桌上，随即坐了下来。韦放问道："店家，还有吃的吗？"

那姑娘笑吟吟地答应道："有呀！有鹿肉，有牛肉，有米饭，也有酒呢。"随即又向里间唤道："猛儿，有客人啦，快弄饭菜上来。"里间一个男子的声儿答道："知道啦！"

不大一会儿，一个年轻小伙从里屋端着托盘出来了，把饭菜一碗一碗地摆放到饭桌上，道："客人请慢用。"说完，又端着托盘子进里间去了。那姑娘道："这是鹿肉，这是牛肉，香喷喷呢。我们山村人家，只有这些啦。"

韦放端起碗来，扒了一口米饭，又夹了一块鹿肉送到口里，咀嚼了一下，赞道："确实香得很呢，噢！是了，请问店家，贵地是……"姑娘笑道："呵，我们这里叫西巩，土名又叫冼家岭，都是山野地方，客人见笑了。"那姑娘说着，又向韦放深看了一眼，忽然脸上飞红，朝里屋去了。

韦放一听那姑娘说出"冼家岭"三字，当时心头鹿撞了一下，暗道："会不会……"

忽然，在吃着饭的寿儿"哎呀"叫出声来。韦放问道："怎么啦？"寿儿道："我忽然觉得肚子疼痛起来，我得出去解手。"一边说着，一边捂着肚子朝门外走去。

出得门来，寿儿急步来到屋后山脚下，四周望了望，便在矮树丛里蹲下来，拉了一会儿，觉得舒服多了。忽然听到身后传来轻微的声音，他扭转头来看时，原来身后不足两丈处竟有个岩洞，洞口被茂密的树丛遮掩着，如果不是有响声，并不容易发觉。寿儿赶忙系好裤子，蹑手蹑脚探到洞口旁的树丛里，伏下身子偷听。

只听得一女子的声音从洞里传出："不行，我要那个公子哥儿。"又听得一男的道："这怎么成，一起做了干净！"那女的道："我不管，财物归你，人你得给我留下。"那男的道："要留下财物，人就更不能留了。"那女的道："我这就给他们下点醉丹，不许你乱来。"那男的道："咳！不要脸的丫头！"

寿儿越听越吃惊，那女的竟是女店家。男的是谁？听起来声音有点

熟，但一时又来不及去想了，他一蹦而起，拔腿就朝草屋奔去。

洞里人听到响动，急窜出来，只见一人随手一甩，亮光闪处，奔跑中的寿儿"哎呀"一声，一个踉跄，几乎摔倒。寿儿忍住疼痛，边跑边高声叫唤："少爷！不好了，我们入了黑店啦！"

韦放听到寿儿的叫声，大吃一惊，在板凳上蹦立起来，随手"嗖"的一声拔出宝剑。

寿儿已闯到门口，他倚门喘气，哑声大叫道："少爷快走呀，别管我了。"

韦放一步跨到门口去扶寿儿，见寿儿后背插着一把匕首，寿儿这时脸色苍白，豆大的汗珠从额头上直冒出来。

门外传来一阵刺耳的大笑声："哈哈哈！客官别来无恙？"韦放抬头一看，不觉惊呆了，大笑的那人竟是在始兴安和客栈遇见的老者。老者手执一把利剑在一丈开外站着，身旁是执着两柄弯头刀的女店家，然后就是那年轻店伙，双手执着一根棍棒。再看榕树下时，那两匹马已然不见踪影。

韦放惊愕之余，立起身来，提剑走出门口，看着三人问道："诸位，我们素昧平生，无冤无仇，为何伤我同伴？"那老者听了，干笑几声，打着哈哈道："噢噢！听你这样说来，倒像是刚出道的雏儿哩。你的同伴不是说了吗？我们是开黑店的，是杀人越货的盗贼。"韦放道："你一直从始兴跟我们到这里才下手？"老者道："本想在始兴下手，一怕人多眼杂，在城里无法脱身。二呢，考虑到你老不是等闲之辈，怕扎手。所以，老头儿只好送你到这里啦。"韦放道："那么你说的瑶人造反的话都是假的？"老者道："瑶人造反是真的。当然咯，我是为了把你诓出城外才好下手呀。"说罢挤挤眼，耸耸肩，摆出一副迫于无奈的样儿。

韦放又问道："那你在路途中为何又不下手？"老者道："谁说不下手？你那个同伴鬼得很，半夜不肯睡下，我又怕你老身手不凡，老头儿单人独马可不敢造次，只好在别的客人口袋里讨点路费盘缠。好在你我有缘，可不，你老还自家送上门来啦。"

韦放这时又惊又恨又懊恼。他出身军门，青少年起就随父军中，经历多次大战恶战，且自幼在父亲的影响下，深研兵法战阵，什么鬼谷子兵书、黄石公兵书、姜太公兵书、孙吴兵书都早已滚瓜烂熟，倒背如流，颇有心得。他自认是大将之才，每每与人坐谈立论，神采飞扬。父亲曾告诫

他，说他虽有慧心，但根基并未扎实，尤其是冲劲有余而稳重不足，这都是为将之大忌。兵法虽然熟记于心，也有所悟，但那只是皮毛而已，离大将之才还远着呢。他心里老大不服气，定要刻苦努力，弄出个名堂来给父亲看看。他没有兄弟姐妹，且已二十七岁了，却死活不肯议婚成家，母亲数番责备，他也固执不从，老用霍去病"匈奴未灭，何以家为"来搪塞，双亲也拿他没法儿。现在避祸南逃，堂堂少将军落入小毛贼套中竟懵然无知，让小毛贼牵着鼻子走，真是越想越气恼，羞愧难当，无地自容。

那老者见韦放发愣儿，便阴笑道："别愣啦！依我说，还是让我一剑解决了罢啦。本来我想用点醉丹让你平静了账，谁知你小子竟有人疼，哼！"说到这里，他转脸狠狠地瞪了女店家一眼。

韦放不由向女店家望去。女店家与他的眼光刚一对接，即急急避开。韦放顿了顿，道："财物你们拿去好了，放我们走吧！"回头又向寿儿看了一眼，见寿儿已经跌坐在门槛上，靠着墙边，样子十分痛苦，便关切地问："寿儿，你觉得如何，你还能走吗？"寿儿艰难地答道："少爷，我……我是走不了啦，怕快……"

韦放眼眶里泪水在滚动。他调过头来，道："诸位好汉，我是走路的人，身边没有多少财物，用不着杀人害命吧？"老者恶狠狠地说道："你钱多也好，钱少亦罢，老头儿不管。上回我截着一个，也说身上没钱，结果了他，我才知道是大主儿，包裹里尽是珠宝。北方人鬼得很，大伙儿别跟他扯闲，并肩子上！"随着"上"字出口，老者一剑早向韦放刺来。

韦放一侧身让过这剑，并不还手，怒喝："你们姓甚名谁？"

老者道："老头儿叫马春，那是我的儿子马猛，那是赵媚娘。怎么？还怕你到阎王爷那里告我？"那马春口里答应着，手下却没停，"刷刷刷"一连三剑上中下三路刺出。韦放见马春来势凶猛，不容急慢，当即出剑迎敌。

马春在正面攻杀，马猛、赵媚娘又各在左右侧面攻上来，韦放立时被包围在中间。起初，韦放只是惊怒交加，却不想杀人，这时看来是非见输赢不可了。他想这几个蛮人虽然凶恶，但自己足以对敌。以自己的实力，杀退他们并不难，但寿儿现在的伤势，恐怕是凶多吉少，带着他又怎能走得脱身？谁知这样一分神，左肩膀立被马春刺中一剑，韦放大怒，手上劲儿一紧，宝剑快如电光石火，左中右连剑分刺，竟把三人逼退开去。

马春惊得大叫："我说这小子扎手，现在信了吧。大家别走神，趁着天已黑，结果了他吧！"

韦放断喝一声："未必！"剑已刺到马春的面门，韦放以为得手，岂知马春在这千钧一发之际，宝剑翻转，早搭上韦放的来剑，向左一拉，韦放的剑竟被他拉偏，直向赵媚娘右胸刺去。突然韦放剑势回收，赵媚娘逃过一劫。可就这么慢了慢，韦放的左臂又被赵媚娘的刀拉了一道口子。马春得意得大叫："好！好！媚娘，加紧上。"

这样又斗了十多个来回，韦放暗暗吃惊，心想："我又看走眼了，这不是一般的毛贼呀。这个马春，我竟然赢他不得。那个马猛，功夫尚浅，连剑锋范围都靠不近来，不足担忧。那个媚娘，看得出，武艺并不在我之下，如果她尽力助拳，我不过十个回合，必定落败。"这时心里一急，大叫起来："寿儿，寿儿，你怎么样了？"可是不见寿儿回答。

马春见久战不下，心里焦躁起来，嚷嚷道："媚娘，你今儿是怎么了？平日里和我过招，像只母大虫，今儿却像绣花……"哪知话音未落，马春左上臂中剑，他气得哇哇大叫："老子纵横江湖三十多年，未曾翻船，不想今日吃这小子咬了一口。老儿要抖出看家招数啦！"

随着马春的叫嚷声，韦放胸、腰、胳膊连中三剑。韦放大惊失色。要论冲杀搏斗之威猛，应该说韦放比马春胜出一筹，何况韦放正当年轻力壮，可是马春的这一连串剑法，刁钻古怪、阴险莫测，韦放真是见所未见，更不知道如何应对。这时要救寿儿是万万不能了，自己的性命都恐怕不保，再战下去，必死无疑，只有拼死逃跑，才是活路。这样一个念头闪过，剑尖疾向马猛点去。马猛突见一道寒光直逼脑门，吓得"哎呀"一声，急向后仰，就在这一瞬间，韦放就势纵身从马猛头顶跃过，凄厉大叫："寿儿，我救不得你了呀！"拔步直向后山奔去。只听得身后马春大声吆喝："快赶上呀！别让他跑了！"

韦放这时头也不回，只顾往山上奔走。好在这时有月亮，地下依稀可见。他一提气，早奔上山顶，回头看时，后面没有人追来，才松了口气，脚步放慢了下来。又走了一会儿，渐渐感觉身上伤口痛得要紧，用手在胸口摸摸，黏糊糊都是血，幸好不是致命处，自思只要止住血就不妨事。便在一块大石头上坐了下来，放下手中宝剑，三两下脱了衣服，撕成布条，然后把胸部、腰部、左肩膀上的伤口都包扎了。韦放不敢十分停留，便又

连忙提剑站起，向对面山岭走去。

韦放一连气翻越十多座山头，这时天已放亮。他环视四周，还是望不见尽头的崇山峻岭，一直连绵不断，仿佛要通到天上去。韦放发起愁来，置身于这荒山野岭之中，又饥又渴又累，且又身受重伤，万无生理。这时浑身上下像裂开一样的疼痛，低头看时，血水还汩汩地往外渗出，两条腿都被血染红了，直滴到地上。他暗暗叫苦："不行，我还得走，一定要找到有人家的地方。"求生欲望驱使他颤巍巍地走着。他用宝剑当拐杖，连滚带爬地又翻了一座山，最后实在走不动了，跌坐在地上连连喘气不止，只觉心头火燎火燎在烧。忽然他眼光一亮，原来对面豁壑下出现一条小水溪。他顿感精神为之一振，挣扎着站立起来，一手提着宝剑，一手攀缘着石头、树木往下走。突然"嗖"的一声，一只野兔儿从树丛里蹦出来，像箭一样飞跑而去，倒把韦放吓了一跳。他定了定神，来到小溪边，俯身蹲下，放了宝剑，两只满是血和泥的手也来不及在水里洗洗，就掬起水来往口里送。喝足了水，提剑刚一站起，顿觉天旋地转，腿一软，"扑通"一声跌倒在水中，小水溪都让血染红了。他挣扎着爬了上来，喘了一会儿，拿了宝剑，撑在地上站了起来，颤抖着走到一块大石前，放下宝剑，背靠大石躺下，这才感到全身像散了架，再也动弹不得。

韦放被溪水一泡，全身湿淋淋，虽然伤口痛得紧，头脑倒觉清爽了许多。这时太阳正照在头顶上，他想休息一会儿再走，两眼刚要合拢，忽然，"扑扑扑"一阵声音响过，韦放猛激灵，睁开双眼看时，只见十数只鸟从周围草丛中振翅飞起，扑打着翅膀儿向四面飞去。韦放觉察到这鸟儿显然是受了惊吓，不禁疑心顿起，他警觉地想站立起来，但无论如何挣扎都无济于事，始终无法站起来，双腿毫无知觉，好像不属于自己的了。正在这时，离他三丈开外的草丛里，窜出一只斑斓猛虎来。韦放一见，立时大惊失色，颤抖的手摸索到身边的宝剑，握住剑柄撑着地，居然背靠大石站了起来。那虎已发现韦放，如电的目光死死盯着他，低俯着身一步步逼近，将及一丈地时，那虎后腿前撑，弓着背，钢鞭似的一条尾巴左右上下蠕摆起来。突然"扑"的一声，一块石头横飞过来，正中猛虎的右耳根子上。那虎冷不丁一愣，掉头向右一望，"扑"的一声，又一石头飞来，正中鼻子上。那虎受惊吃痛，大吼一声，发起性来。韦放惊慌间，随着猛虎向右转身时，看见离虎不足三丈的一棵大树下，竟立着两位少女，年龄

约在十四五岁之间，手里拿着小石头又掷向猛虎。那虎身上噼里啪啦连中石头，咆哮如雷，竟撇下韦放，向对面的两位少女扑去。两位少女见虎追来，扭转身儿撒腿就跑，还"格格格"地发出一连串的笑声。

韦放本来身体已到了虚脱的状态，哪里还能经受得起这惊心动魄的一击，只见他面如死灰，两眼发直，说不出是惊，是恐，是急还是忧，一口气接不上来，双眼一黑便昏厥过去。

韦放迷迷糊糊醒来时，已是躺在床上了。他睁眼看了看屋里，却是一间两丈见方的房间，近门内侧一个大立柜，靠窗户放着一张长方桌，上面放着一把大茶壶，两只碗，地上再就两把座椅。虽然摆设很简单，但很是整洁明目。韦放心想道："这是哪里呢？是谁把我救了？"他轻轻吸了一口气，有一股浓重的药味钻入鼻里来。他轻轻掀开薄薄的被子，看到自己胸脯、肩膀、腰、胳膊几个地方还包扎着草药，用手摸了摸，轻轻按了按，已经没有疼痛，只是有点儿麻麻的感觉。回想自己这些天来的遭遇，就像一场梦。想到寿儿现在生死未明，不禁一阵难受袭来。他轻轻地叹了口气，忽然又想到那天猛虎追赶的两个少女，不禁又一阵冷战，心里这样搜肠刮肚，鼻子不由一阵清酸，眼眶也润湿了。

韦放轻轻地朝门外叫唤一声："有人在吗？"这时，一阵轻快的脚步声传入，一个仆从模样的人进来。这人中等个子，五十上下年纪，笑吟吟地说道："噢！你老醒啦？"他手里托着托盘，上面是一碗草药泥，还有一小碗药面。他把托盘轻轻地放在桌面上，一边摆弄着药泥，一边很高兴地说道："真是神，猴药张说你老今天未时醒，竟一丝不差。"

韦放问："猴药张是谁？"仆从道："是一个身手不凡的郎中呢。他本名张义圭，说起来话长啦，横竖闲着是闲着，这样吧，我边与你老换药，一边聊吧。"说着去解开韦放肩膀的绷带，又一边说："他原本不是郎中，是做木匠活儿的，那年他与伙伴李九进山里放树开板材，他俩在山里搭了一间草屋，吃住都在山里。每日里日上而作，日下而息。一天，他俩正在木马上拉锯开板，干得浑身臭汗。忽然，来了一只野山猴儿。我们山里人飞禽走兽见得多了，也不为怪。那只猴儿呢，却不怕生，起先在远处站着观望，一会儿，再走前一些。猴儿一边看他俩拉锯，一边两只爪子仿照推拉动作。天已正午，张义圭放下活儿，弄米去煮饭，只有李九一人独自在木马上首慢腾腾地拉着锯，当然吃力啦。那猴儿见了，便走到下首抓着锯

把，推拉起来，猴儿初时很不顺手，不大一会儿，便也像人一样顺当了。"

韦放听了觉得有趣，不禁笑将起来。仆从已给韦放换了药，重新包扎好，道："好了，药换好了。"然后又问道："你还想听不？"韦放笑着答道："听，当然听，你接着说吧。噢，是了，你坐下说吧。"

仆从在椅子上坐了，清了清嗓子，道："那猴儿可不赖，帮着李九一直锯开三块大板，累得满头大汗。饭弄好了，张义圭取来三副碗筷，笑着招呼猴儿道：'尊客，你辛苦了，过来我们一起吃饭吧。'那猴儿也不客气，挥了一把汗水，过来学着张义圭的样儿拿碗去锅里盛饭，竟津津有味地吃了两碗，猴儿咂吧着嘴，抚摸着肚子直打饱嗝儿。大家歇息了一会儿，又干起活来，直到太阳西斜时，那猴儿才离去。第二天早晨，那猴儿又来了，照旧在下首拉锯，干到该吃饭时就吃饭，休息好了又干活，太阳西斜就离去。一连四五天，都是这样，依时来，依时去。张义圭也觉得奇怪，道：'这猴儿通人性哩。'李九有些紧张，道：'怕是不好呢，莫不是山精野魅？如果真是，我们就危险了。不行，得弄个什么法儿治它。晤！有了，明天我在木马上安机关杀了它吧。'"

韦放动了动身子，想坐起来，道："我坐起来听吧。"仆从见了，连忙按住，连说道："动不得，不能起来，你得躺着听我说。"接着又道："次日，猴儿又来了。并没有什么异样，还是像往常一样在下首拉锯。李九心怀鬼胎在上面拉锯，拉着拉着，突然'轰'的一声，木马卡楔脱落，大木头倒撞下来，不偏不倚，把猴儿压个正着。那猴儿痛得龇牙咧嘴，凄厉大叫，又挣扎不得。张义圭在旁边看了不忍，上前尽全身力气移开大木头，那猴儿挣扎起来，可是颤抖着一个踉跄又倒下，又挣扎起来。猴儿可惨呀，浑身鲜血淋漓，皮开肉绽，手脚都折了，犹自趔趄着去了。张义圭惊得呆若木鸡，李九害怕极了，道：'猴儿这一去，万一回来复仇怎么办，这可怎么好？怎么好？'打这夜起，两人夜里轮值守护，这样惶惶恐恐地过了五六天，都没有事发生。李九道：'可能猴儿害怕，不敢再来，或者猴儿伤势过重，死了吧。'从此，两人又像往常一样劳作起来。"

仆从说到这里，转身在桌子上提起大茶壶，倒了碗水，道："你听了那么多该累了，喝口水吧。"把碗端到韦放面前，韦放靠着碗喝了两口，道："你继续说下去吧，说得真好。"仆从道："这可是真实的事哩。"他把

碗放回桌上，道："我又往下说呢。一夜天要亮时，熟睡了的张义圭似乎觉得有异常，一个激灵睁开双眼，那猴儿正坐在床沿，双手还捧着一大捆草药。李九也惊醒了，见这情景，吓得龟缩成一团不敢动弹。张义圭大着胆望望猴儿，见猴儿了无恶意，很和善的样子。猴儿将草药放到床上，分拣成数堆，指指自己的臂膊，又指指这堆草药；指指自己的胸肋，又指指那堆草药，口里吱吱嘎嘎的发出叫声，如此这般摆弄了一通。张义圭醒过神来，猴儿是在教他疗伤药方哩。再看那猴儿身上伤疤累累，然体健如初。自此，张义圭得了异方，给人疗伤，不论刀伤跌打，无不神验。李九鲁钝，义圭教了这个，他又忘了那个，到底学不成。张义圭从此被人称为'猴药张'，本名倒不为人所知了。"

韦放听完，慨叹良久，末了呼口气，道："真是神呀！"仆从不无得意道："当然神啦！不是的话，你能三天工夫就好了许多？记得你被庄汉扛回来时，已是昏迷不醒，那个样儿呀怪怕人的，脸色像白纸一样。一连三个郎中看过了，都说你伤口感了生水，都不肯下药，摇着头说不中了。可猴药张一来，就说，谁说没治了，其实伤并不重，只是失血多了，劳累又太过，且又中了暑毒，故有此虚脱昏死之症。好在这小伙本来体健神全、先天充盈，一经用药，七八日即可望好。他还说除了内服外敷，还要另服醉丹。"

韦放一听到"醉丹"两字，心里一凛，急问："醉丹？醉丹是啥东西？"仆从望了望韦放，然后答道："醉丹就是麻药呀，吃少量睡得沉，又止痛，吃多了就再也醒不来。"韦放"噢"了一声。仆从又道："猴药张给你服了醉丹，让你沉睡三天三夜，好恢复体力，又不会疼痛。这醉丹也真是好东西，你睡着浑然不知，我给你喂药粥，你还一边睡着呢。老爷乐得直夸猴药张是神仙。"

韦放露出疑惑的眼神："你家老爷？"仆从道："是呀！那天把你扛回来时，老爷看到你脖子上戴的玉佩就发愣。"说着指了指韦放的玉佩，又道："我们也不知何故，老爷忽然间脸色大变，跺脚吼叫：'快请猴药张！'……"

韦放听到这里，一骨碌从床上翻起，打拦住仆从的话头："且慢！这不是猴药张家？你家老爷看了我的玉佩？快告诉我你家老爷叫什么名字，是不是叫冼来山？"仆从见韦放如此紧张，也呆了，连说："是呀！是呀！

怪不得呢，你果然是与老爷相识的。"韦放这时迫不及待，早忘记有伤在身，大声道："快带我去找他！"说着就要落地，仆从双手按住，劝阻道："现在你的伤还未痊愈，老爷今天早上还来看过，还嘱我要好好侍候您哪。"韦放这时欣喜若狂，两手高举，像要飞起来，大呼道："啊呀！我韦放终于找到叔父啦！"

一阵"哈哈哈"的爽朗笑声在门外响起，随后有人道："老头儿猜得不差，果真是我贤侄到啦！"口气显得热烈兴奋。

韦放抬头看时，是一个老者和一个年轻小伙走进来。老者一部花白的胡须将及一尺，精神清奇异常。韦放知道这位老者定是冼来山了，赶忙下地倒头便拜。冼来山快步上前，双手扶起韦放，连道："使不得，贤侄伤未痊愈，休得多礼。"随即扶韦放坐回床上。仆从挪挪椅子，冼来山坐了。见韦放生得高大魁梧，仪表堂堂，心里很是高兴，回头对站立在身旁的年轻小伙道："老四，这是韦少将军，你可过来见礼。"那年轻小伙便上前向韦放拱手作了揖，道："小弟冼操，拜见少将军。"韦放赶紧还礼，笑着点头道："兄弟，快不要讲礼！"冼来山高兴地说道："唔！这样才亲热，今后你们兄弟相称，才不见外。"然后又问韦放道："少将军，老仆冼福啰唆得很呢，我让他这几天陪你，可曾令你厌烦？"韦放笑着答道："哪得厌烦，他见多识广，风趣得很呢。"冼福喃喃道："少将军愿意听，我才说呢。要是我知是少将军，我才不会嘴碎讨嫌，老爷又不明示，适才多有冒犯，还望少将军海量。"

大家听了都笑将起来。冼来山又问冼福："送来的燕窝用完了吗？"冼福道："还有好些，按老爷吩咐的，每天早晚喂少将军两顿稀燕窝粥，早起喝一碗参汤。"冼来山点了点头，道："唔，明日老四再送些来。"

韦放心里一阵激动，心里道："叔父待我有如父子情深，原来我好得快，猴药张的草药固然神奇，叔父的人参、燕窝起很大作用呢，怪不得父亲与叔父肝胆相照，难中托依了。"

冼来山充满关爱地问："贤侄，你一路南来，遥遥数千里，艰难自不必说，你是在哪里受的伤？"韦放道："侄儿与家仆寿儿自离家后，一路而来，还算太平，没有什么变故。只是在冼家岭村店遇上强盗。这三个强盗都有名字，一个为头的叫马春，一个叫马猛，是马春的儿子，另一个是女的，叫赵媚娘。"冼来山眉头皱了一下，道："马春？哼！是这小子？怪不得贤侄要吃亏。"

　　原来这马春是南海番禺人氏，早年行走江湖，专事鸡鸣狗盗、飞檐走壁的勾当。后被官府捉了，发往高要太守、西江督护陈霸先处充军，陈霸先爱他武艺出众，便拟留用。岂料马春劣性不改，抢劫、偷盗无所不为，四处作案。陈霸先令人四下缉捕，马春害怕，仓皇逃窜。他先是躲到瑶人部落，陈霸先派兵攻打瑶寨，瑶人惊恐，逼他逃亡他处。马春恨瑶人不容，竟杀了瑶人首领，然后逃至粤西。高凉俚僚各部落慑于陈霸先的威严，没有人敢容纳他，后来实在没路可走，便上冼家岭投山贼章光先落草去了。只是他又受不了山寨的清苦，还要四出作案，剪径截劫，杀人害命。现在冼来山听韦放说起他来，便恨恨地说道："当年我曾和他交过手，曾刺他一剑，冷不防也中了他发的飞刀。这些年没听人说起他的踪迹，原来躲在冼家岭。"韦放道："这马春武艺确实十分了得，侄儿竟然不是他的对手。寿儿就是被他飞刀所伤，才不能跟我逃出来。唉！现在还不知是死是活。"说罢，沉重地叹了口气。

　　冼来山连忙安慰韦放，道："贤侄也不必过于伤感，死生有命，老夫定当打探明白，不管寿儿在与不在，也要讨个实讯，倘若还在，自当讨还，贤侄宽心好了。"韦放道："也是侄儿时乖运蹇，冼家岭遇盗，几乎性命不保，好不容易拼死逃出，谁知又遇上猛虎，我那时是筋疲力尽，无法抵抗，看着坐以待毙。这时竟有两个少女舍命相救，侄儿逃过性命，只是那两个女孩小小年纪，为救我而葬身虎腹，回想起来，始终愧疚于心，伤感不已。还望叔父也寻查一番，或能找到她们的父母兄弟，侄儿亲自登门谢罪……"

　　刚才说起马春，冼来山还是气鼓鼓的，这时听韦放说起两个少女舍命相救之事，而韦放又显得如此愧疚难当，垂头丧气的样儿，冼来山不禁哈哈大笑起来，道："贤侄呀！你还不知哩，那两个小女孩，一个是老夫小女，你的妹子呀，一个是丫头武哥。她俩没有葬身虎腹，一些事儿都没有呀！"冼操、冼福见韦放大瞪着眼睛，便也摊摊手，笑着道："没事呀！"

　　韦放大喜过望，一块大石落了地，狂喜道："呀？她们真的没有事？还是我的妹子？那又是如何逃离虎口的呢？"冼操好像满不在乎，轻描淡写地说道："也不怎么逃，她俩引猛虎追至陷阱里去，那虎'扑通'

一声掉下去不就完了吗?"韦放道:"她那么小的女孩子,不怕猛虎?"冼来山笑着和大家对视一眼,道:"她会怕猛虎?"跟着大伙儿都大笑起来。韦放又问:"她叫什么名字呢?"冼来山微笑着答道:"她呀,小名百合儿!"

　　老五冼飞分开众人，闯了进去，看了看，急步上前，突然显出惊人的手疾眼快，双手已紧紧抓住两头公黄牛的角，只听得一声大吼，两头公黄牛被冼飞硬生生地扳倒，两只牛头按贴在地里动弹不得，只有八只蹄儿乱蹬乱踢。(见第二章)

　　他（韦放）回首向阵中望去，"冼"字大旗下众军士整肃有序，斗志昂扬。一千马军的前面，便是冼氏兄妹诸将，骑在高头大马上，甲亮衣明、精神抖擞、活力四射。百合儿尤为奇特，骑着青花马，手执洒金刀，左右是武哥、七儿两骑护翼，马前还牵着那头娇健的斑斓猛虎，真是盎然天趣、光彩照人。（见第二章）

隔岸生风催战火　濒危惜玉露痴情

　　冼来山，表字一泉，高凉山兜庄人氏。冼氏世代为俚酋，到冼来山这一代，最为强盛。梁朝新政甫立，南越俚僚百姓不堪重负，嗟怨之声闻于朝野。大通中，百越大旱，米五千钱一斗，官府照章课税，贪吏又趁机横敛，很多百姓饥饿致死。中大通元年，灾情复重，各俚僚部落相继造反抗官。广州刺史萧映认为南江危急，宜速立重镇防护，便上表台省于高凉立高州，以西江督护孙冏为高州刺史。孙冏素无治干，加以贪残成性，他惧怕俚僚部落日渐雄大，难以治制，刚抵高凉，即隐瞒重灾，谎报军情，纠合新州刺史卢子雄起兵数万，镇压俚僚部落。冼来山率先联合各部落举兵抵抗，双方各有损伤。孙冏、卢子雄起初以为南蛮野民，皆是乌合之众，一鼓即可荡平，岂料苦战数年，才知要剿灭俚僚部落，实乃痴心妄想，比登天还难。为了保存自己的实力，孙、卢把意图赶尽杀绝俚僚部落的策略慢慢放了下来。

　　冼来山生有五子一女，长子冼挺，次子冼定，三子冼齐，四子冼操，五子冼飞，女儿冼百合。百合排行最小，年方十五岁，最是奇特。她出生时，母亲梦见百合花开，满室异香缭绕，经久不散，因此乳名百合儿。百合儿满月时，一僧经过其庄院，作歌道："岭南龙虎际会，高凉云烟顿起。啊啊——呀——冼氏五虎一凤，惟凤最祥。"歌罢狂笑而去。冼来山五个儿子，自小均生得魁梧出众，孔武有力。冼来山延师设帐，冀望儿子们读书知礼，谁料这几个儿子顽劣淘气，连着请的几个先生宿儒，都让他们打跑了。冼来山没了法儿，知道儿子们只好摆弄枪棒，便将祖传武艺悉数搬

出，少不得言传身教。这几个儿子读书不行，学武却是颇具天赋，一点即通，过目不忘，今时今日，这五兄弟个个武艺高强，遐迩罕有匹敌。唯独百合儿又大异于众位兄长，才一岁多时，冼来山抱着她在书房里看书，冼来山读到得意处，念出声来，百合儿竟也跟着念。冼来山大喜，即刻请来老师教读。至四岁时，百合儿已认字五千余。冼来山又教她学武艺，其悟性之高令冼来山大为吃惊，不足一年时间，百合儿把那十八般武艺"矛、锤、弓、弩、铳、鞭、锏、剑、链、挝、斧、钺、戈、戟、牌、棒、枪、杈"一一习得娴熟自如、得心应手。百合儿八岁那年，和众丫环在井边玩耍，一个丫环的银簪掉下井里，那丫环急得哭了起来。百合儿二话不说，竟攀缘下井底打捞，好在当时是冬天，井水才三尺深浅，她硬是把簪子捞了上来。为这事，冼来山把众丫环婆子狠狠地训了一顿。

百合儿十一岁的时候，曾随父亲到新州土龙冈俚人首领冯起文府上赴宴。百合儿当时穿着男装，身上背着雕须弓。很多客人笑问冼来山："冼老爷，你带小公子来学艺呀？"原来冯起文武艺高强，射箭更是他的成名绝技，自诩只佩服汉李广的技艺，大有自郐以下俱不足道之口气。果然这天冯起文又趁着酒兴表演射箭绝技，声言主客同乐，在庄院校场准备好三十多个箭靶子，请众俚酋登台献艺，射得好的还有丰盛的彩礼。众俚酋彼此客套一番，便也纷纷提弓上场，或在距靶子八十步处，或在距靶子一百步处不等，各自引弓搭箭，射向目的，也有射得好的，也有连靶子影儿也摸不着的。众俚酋尽情射了一阵，便簇拥冯起文表演神射。冯起文先是谦逊推让，然后捋捋袍袖，从仆从手里接过弓箭来，看了看靶子，然后走至离靶子一百二十步的地方站定，场上立时掌声雷动。冯起文笑了笑，又走到离靶两百步的地方，场上立时又掌声雷动。冯起文向箭靶看得真切，张弓搭箭，只听"嗖"的一声，那支箭离弦飞出，不偏不倚，"扑"的一声，正中靶心红点。众人大声喝彩不已。冯起文此时踌躇满志，随手把弓丢给仆从，拱手打圈儿给众人致意。忽然，百合儿拿着自己的雕须弓走上前来，道："我也要射。"众俚酋见是冼来山的公子，连说："好好，后生可畏，后生可畏呀！"冼来山知道他们看不起这个毛头小孩，便笑了笑，对百合儿道："好好射，别让众位老爷笑话了。"百合儿对冯起文道："冯大老爷，您叫人在靶子上贴两层甲叶儿，我才射！"冯起文听罢一愣，"噢"了一声，随后笑道："好好！听你的，快在靶心处贴上两层甲叶，然后再

看冼公子神射！"众酋长听了，尽都摇头微笑不语。甲叶贴好后，百合儿走到离靶子二百八十步的地方立定，大伙儿见了尽都惊疑不定，眼睛直瞪瞪地注视着百合儿，全场鸦雀无声。只见百合儿从身后箭壶中取出一支箭，搭上弦，拉满弓一箭射出，那箭带着风"嗖"的一声直向靶子飞去，"扑"的一声插在靶子的甲叶上，箭尾翼儿还"嗡嗡嗡"地在颤动着。众人围上去查看，果然洞穿甲叶，且正中红点。众俚酋跷着大拇指向冼来山称贺："冼老爷，恭喜恭喜，令公子真是由基重生，由基重生呀！"冼来山这时乐得合不拢嘴，赶紧向众俚酋打躬作揖不已，连声道："哪里，哪里，小孩子不懂事，胡闹罢了，诸位美誉太过，美誉太过啦！"

百合儿十三岁时就许字罗州刺史冯融的公子冯宝。罗州刺史冯融与冼来山是通家，世代交好。冯融与冼来山过从甚密，情忠志笃。一次两人对饮，都有醉意，冯融笑对冼来山道："我有犬儿，你有虎女，不知肯俯就否？"冼来山亦笑答："你若不怕驱犬入虎口，我也无话可说。"两人对视一阵，抚掌大笑。

冼来山祖业殊为庞大，庄院府邸占地三百多亩，土人称为大堡。大堡四围筑有三尺厚的土墙，高两丈余，南北各有一门，上设望楼。高墙四围有护河环绕，下设吊桥，平时有庄兵把守。去西三里是西城，四围土墙高丈八，分南北两门，内存兵器军需，战时驻庄兵，平时练兵用。中设点将台，面前大片平坦地为校场。冼氏章制，非战时，壮勇除适时练兵，其余时间都做农活，一旦发生战事，校场鼓角大鸣，壮勇则可立时集结，无一落后。去北四里地是北楼阁，名称北楼阁，其实并不是楼，这是冼氏牲畜饲养地，平时大群牛羊圈养在这里，战马亦在此处管养。去东三里是东堡，乃仓廪重地，又称屯粮围，驻有壮勇三二十人。此地闲杂人等一概禁入，故最为清静——韦放就在此疗伤休养。

冼来山自知道韦放是避祸而来，此事就再不对任何人提起。韦放在屯粮围养伤半月有余。本来，以韦放的体能，到第八天已是康复如初，冼来山怕韦放会落下病根，才硬要他耐心静养，这也是冼来山的一片苦心。冼来山今天早晨派人去接韦放，自己早已招齐几个子女在大堡等候。

门外报入，说韦放到了，冼来山带了大伙即刻迎出外厅。韦放跟着冼福快步来到廊下，正要往里走，忽然看见右边廊道柱子底下拴着一头猛虎，韦放不由一愣，便站住了。那虎躺在地上，眯缝着眼睛，很是安详平

静的样子。冼来山迎了上来，见韦放疑惑不解，便笑道："这虎是百合儿养的。"韦放"哦"了一声，大为诧异，暗道："百合儿养的，这可是稀罕事儿呢。"

冼来山牵着韦放的手进到厅堂，韦放扶冼来山去正中坐了，然后跪在冼来山面前叩拜。冼来山连忙摆手道："贤侄快快请起，我们一家子不必拘泥过多礼节，大家坐了说话方便。"韦放行过礼，起来在冼来山旁边坐下。冼来山问道："贤侄的伤全好了吗？"韦放道："全好了。侄儿这次受伤，若不是叔父百般照料，延医治疗，恐怕侄儿这命早就没了。"冼来山道："快别这样说，是了，你们兄弟还没有认识呢，好，我来引见。这是韦少将军，他打今儿起要在咱家长住下来，以后你们兄弟相称。老大，从你开始，依次过来与少将军见礼。"老大冼挺答应一声，即和众兄弟走上前来，参拜韦放。韦放慌忙起身，一一答礼。冼来山环顾四周，问道："百合丫头呢？跑哪儿去了？"

只听得一阵"格格格"的笑声，百合儿和丫环武哥从屏风后面走出来。冼来山笑骂道："顽皮的小妮子，没大没小，见你大哥在这里，也不过来拜见。唉！都是你娘下世得早，惯得不像样儿！"那百合儿吃吃笑着走上前来，朝韦放福了福，又忍不住笑着坐到父亲身边。冼来山笑道："百合儿，你去请大嫂子、二嫂子、三嫂子都过来这里，说韦少将军到了。"百合儿"唔唔"应着，赶紧和武哥往里面去了。韦放不禁心里赞叹："好俊美的女孩儿，怎么我刚到此地，尽见着俊秀的女子？往常听人们说，南蛮化外恶地，人丑物异，现在看来，这种说法好没道理。"

大伙在这里叙着闲话，那花厅下已备好了酒饭。仆人过来禀报道："老爷，饭好了。"冼来山站起来，对韦放道："贤侄，自你来后，有伤在身，直到今天我才为你洗尘，好！今日老夫定要喝几盏儿。"又对几个儿子道："你们哥儿们今天也喝些酒，多敬韦少将军。"

这时，百合儿陪着几位嫂嫂过来，都与韦放拜见了。老大冼挺已有两个儿子，大儿十岁，名奉义，次儿七岁，名奉达。老二冼定已有三男一女，大儿九岁，名奉捷，次儿七岁，名奉超，三儿四岁，名奉民，女儿方才满周岁。老三冼齐才有一女，只有三岁。丫环、妈子都带过来拜见了。大家一齐入席。菜肴丰盛自不必说，冼来山今日显然高兴异常，还把那寻常难得一见的陈酿取出来。大伙儿边吃边谈，场面好不快乐热闹。席间，

韦放笑着问百合儿道："百合妹，廊下拴的猛虎，是那天陷阱里捉的吧？"百合儿笑道："才不是，大虎养不熟，我这只花儿是打小养大的呢！"老四冼操道："八年前，庄北猎户李五儿打了一只还喂奶的母虎，把四只虎崽也捉了回来，送来给小妹把玩，小妹乐得满地乱跑。她说虎崽没了娘，怪可怜的，要把虎崽养大。父亲听她这样说了，由得她去。她也真有法儿，把四只虎崽抱去北楼阁喂母牛奶，可养了两月有余，三只崽死了，只剩这一只，花儿这名还是妹子给起的。"

韦放又问："这现在大了，它不抓你？"百合儿笑了笑，答道："才不抓我呢，我们庄里人都不抓的，可乖了！"老二冼定道："这虎不怕生，不随便抓人。但只听妹子一人的话，妹子要让它抓你，它就翻脸不认人，凶得很呐！"老三冼齐又道："有一次，妹子和几个丫头跑上西山玩儿去了，我们到处找不着她的影儿。花儿忽然挣断绳带，一路跑了出去，我们跟在后面，花儿直奔西山，结果把妹子找回来了。你说这花儿也难怪妹子疼它。"

韦放听得呆了，心想："如花似玉的百合儿，原来是伏虎菩萨呀！"冼来山见韦放发呆，便端起碗来，笑道："你们众兄弟向少将军敬酒，别老说百合儿的故事。"大伙儿齐齐又满饮一碗。

饭罢，冼来山趁着酒兴，要带韦放去庄院外周遭走走。冼氏兄妹都跟了出来。来至后园，看到许多树木，韦放都不认识，便问："这枝盘节错，叶子黑油油的是什么树木？"百合儿道："那叫荔枝，是果树呐，挂的果子像鸽蛋大小，红红的，鲜艳欲滴，果肉玉白甘甜。"韦放道："我们北方可没这东西。"百合儿道："你可惜来迟了，已经摘光，你刚到我家时，还有一些，可惜你又受了伤。这树一年才挂一次果，明年吧。不过龙眼倒是快熟了，到时采些你吃吧，也很甜。"百合儿说着，指着挂满枝头的龙眼果，又道："这便是龙眼。"韦放举手掐一颗往口里送，咀嚼一下，又吐了出来，皱着眉头道："不好吃。"百合儿道："还未熟呢，少将军怎么就吃了！"大家都哈哈哈地笑将起来。

在外面看大堡，才觉气势壮大。韦放止不住赞叹道："好大的家业！"冼来山此时微醺，被太阳一晒，更是满脸红光。听韦放称其家业，深感自得，笑道："祖先积攒的家当，殊为不易，尔辈后人，更应珍惜。可笑诸邻鼠辈，心有不轨，每常觊觎。老夫岂是碌碌之人乎哉！"言罢，振挥双臂，"呵呵"大笑起来。

大伙说说笑笑，早来到田园旷野。展眼望去，但见群山环抱，村民房屋尽修在山脚下，错落有致，衬着青山绿水，煞是好看。现下正值禾熟时节，田野稻浪翻滚，满目金黄，早有不少村民下田收割，一派丰收景象。众人行过一片土坡，只见前面空旷草地上围着很多人，好像在观看什么，不时又传来一阵阵紧张的吆喝声。冼来山道："我们过去看看是什么事。"大伙走近看时，原来是两头公黄牛在地里相争角斗，满地乱撞。两个村民手里拿着扯断了的缰绳，跟着牛儿转着跑，口里吆喝着，但又不敢走近。两头公黄牛斗得正凶，双眼瞪得眼珠子都要蹦出来，鼻孔"嘶嘶嘶"喷着粗气，四角相抵，"格嘎"有声，委实吓人。围观的村民指手画脚，时而发出惊叫声，但又无可奈何。老五冼飞分开众人，闯了进去，看了看，急步卜前，突然显出惊人的手疾眼快，双手已紧紧抓住两头公黄牛的角，只听得一声大吼，两头公黄牛被冼飞硬生生地扳倒，两只牛头按贴在地里动弹不得，只有八只蹄儿乱蹬乱踢。众人一齐大呼。几个庄户飞跑上去，用缰绳系上牛鼻子，分牵开来。韦放目睹这一幕，暗暗吃惊，心里道："刹那间徒手制服两头角斗中的公黄牛，非有千百斤气力不可，西楚霸王亦不过如此呀！老五不声不响的，哪来这神力！"

这时，一个仆人匆匆过来找着冼来山，在他耳旁小声说了几句。冼来山点了点头，随即对众人道："大伙儿都回去，少将军请到我书房来。"

众人回到庄里，韦放和那个仆人随冼来山入到书房。冼来山示意韦放也坐下，然后向那仆人道："贵儿，你快说说情况。"

贵儿道："我和亚三到冼家岭后，寻着那个村店，只是没有人住了。我俩在岭上遇见一个樵子，他告诉我们说，那天在山上砍柴时，见到两男一女押着一个像是受了伤的男子往冼家岭山寨去了。那个受了伤的男子骑在马背上，一个年轻女子牵着马和另两个男子步行。听那樵子说了，那个被押着的男子约有二十来岁年纪，是个脸蛋圆圆、身材胖胖的中等个子。"韦放听到这里，连忙插嘴道："这个圆脸蛋的正是寿儿，原来还没死。"贵儿接口道："是！听说没事儿。"冼来山呼了口气，道："这就好，这就好，只是……"忽然眉头皱紧，沉重地说道："只是他们投冼家岭山寨去，那就有些麻烦。"韦放见冼来山这样说，不免紧张起来，问："叔父，为何麻烦？"

冼来山右手把着长须，沉吟好一阵，才道："冼家岭山寨是强盗的巢穴。寨主姓章名光先，武艺很是高强，聚集有三千人马，专事打家劫舍，邻近村寨均不敢与之为敌，官府更不敢惹他。三年前，他假道本庄去问天龙庄借粮，我不肯让道，大家交上手来。我与他战了近一百回合，拼个平手，他无奈引兵退去。我想他从此必定记恨在心，现在我若去问他要人，肯定不给。"

韦放不由担心起来，低声道："哦！是这样。"冼来山道："不管怎样，人总是要救的。我看先请君圣庄霍全老爷帮忙，或许有用。我现在就修书。贵儿，去把阿福找来，还是你与阿福去一趟。"

贵儿应声出去。冼来山匆忙写好信札，用过名讳，封好。一会儿，贵儿和冼福入来。冼来山把信札交与冼福收了，吩咐道："见了霍老爷，多多致意，务必小心，别误事了。"

冼福和贵儿连连应诺，出来赶紧备好两匹快马，往君圣庄奔来。一路马不停蹄，次日傍晚时分，两人到了君圣庄。冼福通了姓名，庄汉引两人进便厅里坐等。一阵儿工夫，只见霍全走出厅来，冼福、贵儿慌忙起身参拜。霍全微笑着摆了摆手，道："不必拘礼，我与你家老爷多年往来，彼此敬慕，殊非一般。不知冼老爷有何示下，二位匆促至此？"

冼福取出书信，双手呈了上去，道："我家老爷有要紧书信拜上霍老爷。"霍全接过书信，启封看了。随即笑着对冼福道："冼老爷吩咐的事宜，霍某定当照办就是。今日晚了，二位用过晚膳，权且在敝庄住一宿，明日定有回音。"冼福谢过，和贵儿随庄汉下去。

霍全是个将近六十岁的人，很是斯文儒雅，与人交接非常谦恭有礼。他生有八个儿子，三个女儿。子女们学文习武，都有老师传授，至于教得好不好，学得好不好，他从不过问。别人称他子女们读书出息，武艺高强，他也只是笑笑，道："有什么出息，凑热闹罢了。"家政一切事务尽交由大管家仇伦处置，他一概不理不问，每日里和一班清客闲聊消遣，或躲在书房里翻书查典，一派逍遥自在，与世无争的样儿过日。近年来，他对诸俚酋中不断涌现的争霸称雄现象，总是持冷静观望的态度，不轻易发表看法。尤其有人对他说起冼来山势力日渐雄大，他毗邻咫尺，实难自安，不得不防。他似乎并不在意，笑着道："邻舍强大好呀！还可保护我呢。"别人也真难摸得准他心里是怎么想的。

这时，他又把目光落在几案的书信上久久不动。忽然他眼睛一忽闪，开口说道："把阮先生请来。"

阮先生姓阮名乔，本是霍全府上的清客，跟随霍全已有六年长久。霍全和他很谈得来，认为他博学多才，应变机敏，霍全每遇难决之事只是与他商量。阮乔深知霍全器重他，所以也竭尽心力，尽忠霍全，久而久之，俨然以谋士军师自居。

阮乔入到厅里，见霍全背手在慢慢踱着步，似乎在思考什么问题，便问："明公急召学生，不知何事？"霍全指指椅子，示意阮乔坐下，然后缓缓说道："冼来山不知什么人让冼家岭的章老大给扣了。冼来山托我说情放人，先生对这事怎么看？"

阮乔这几年早察觉出霍全是个外宽内深，极具城府的有心人，绝不是像别人说的贪图清闲、无所事事、碌碌无为的财主爷，十足一个人闲心不静的是非人。别看他似乎对什么事都漫不经心，老对人打哈哈，其实心里亮堂着呢。阮乔心想，霍全与章光先暗中来往已久，霍全要章光先放一个人，还不是举手之劳？冼来山既然相求霍全，霍全照办就是，有什么难处？忽然阮乔心中朗然，便微笑道："明公，学生以为不必帮他。"

霍全听了一愣，随即转过身来，问："却是为何？"阮乔道："为明公大计耳。冼来山势力日见雄大，目中无人。冯起文五十寿庆，他也敢耀武扬威，竟让小儿子当着众人下冯起文的脸面。我探了探十多位庄寨主的口气，对冼来山大有臣服之心。有些人虽然心里不服，但口里却不敢硬。现今三十二庄寨，只有乌狗山的邓成锦、三魁庄的石道民、土龙冈的冯起文这几家有力抗衡，别的都是顺风竹，哪边风劲往哪边摆。明公与冼来山毗邻，一有风吹草动，势必首当其冲，强秦远交近攻之荼毒，明公岂能不闻？"

霍全一直注视着阮乔把这段话说完，末了点点头，道："先生所论甚是。冼来山势力日渐雄大，我每觉锋芒所逼，食寝难安。冼来山托我求情放人，是以为章光先在我势力范围，必定给我面子的缘故。又有谁知我与章光先交好，实是迫于势耳。我的事瞒不了先生。我既想拔去章光先这根刺，亦想除去冼来山这根钉。连年来，我之所以忍气吞声资给章光先钱粮，无非买个太平，让我养精蓄锐、待机而动、应运崛起罢了。龟儿子愿与山贼来往，龟儿子愿把钱粮往冼家岭搬。只是就此拒绝冼来山，未免过

于显山露水，授人以把柄。"霍全双眼眯缝，压低声音道："我怕引火烧身呀！"

阮乔走前一步，很严肃地说道："明公有此大志，可喜可贺，学生追随听教，实为此耳。今日明公视学生为知己，袒露心迹，我阮乔唯有感激流涕，别无他言。明公熟读诸子百家，当知'虽有智慧，不如乘势；虽有镃镆，不如待时'。现在时势来了，只在明公把握。况这火只在他们两家里烧，烧不到明公身上来的。我以为明公大可以修书冼家岭山寨，求章光先放人。"

霍全摇了摇头，道："这事不妥，万一章光先给我面子，真的把人放了，火就烧不起来。"阮乔得意地说道："明公放心。依我看，嘿嘿，章光先必不肯轻易放人。明公忘了冼来山当年不让章光先借道的事了，两人早有前隙。冼来山不敢直接去问章光先，却来请明公讨情即是这个意思。明公若是为别的人讨情，章光先那肯定得给面子，可如今是为冼来山，章光先怎肯低头。到那时，冼来山必定震怒，兴师问罪。章光先败了，我们少去一根刺，冼来山不论胜负如何，都是元气大伤。我们权且隔岸观火，从中便宜取事。"

霍全心中暗骂："阮乔这小子真够狠的，我的心事让他看个透切。"脸上显出笑容来，赞道："先生真乃活诸葛呀！"阮乔紧跟一步，道："明公何异刘玄德。"两人说罢，相视大笑。

冼福和君圣庄的大管家仇伦两匹马朝冼家岭而来。他们拂晓便动身，走了近三个时辰便到了冼家岭山寨脚下，两人热得满身大汗。冼福抬头望去，好座山寨，四面尽是悬崖峭壁，像刀削过一般笔直直下。这样凶险的峭壁连绵十数座山头，远远望去，似是人工砌成的城墙。中间最高山峰处，茂密苍翠的树木掩映下一座大关城，上头高悬着一面杏黄旗，旗上依稀一个"章"字。山脚下只有一条道路横斜着上去，真是奇险无比，铁壁雄关。这个山寨原本是"盘龙寺"道场，寨主章光先就是这寺里的和尚，他每日大醉闹事，住持云起长老累次劝诫责罚，章光先不服，起歹心把长老杀了，干脆占山为王做了强盗。

仇伦、冼福进了山口，便见一个石牌楼，门楣上凿"倚龙鸣泉"四字。如今泉水早涸，不见飞瀑。楼前石阶也没有了，开成一道大壕沟，上面设了吊板桥。这牌楼已成了冼家岭山寨的山门。仇伦、冼福在山门下了

马。把门的几个喽啰盘问一阵，一个喽啰扯高嗓门朝山上通报，只听得上面一级一级报上去，一会儿又一级一级传下来，这通报声在幽静的山谷里显得尤其清劲，使人肃然。仇伦、冼福牵着马匹往上走，一直走过三道关口，才来到山顶。又见一道大牌楼，门楣上有"盘龙寺"三字。冼福、仇伦在门道旁大树上拴了马匹，才跟喽啰走入大殿里来。来至大雄宝殿，大门两旁站有十个持枪带刀的喽啰，很是威武。两人进得殿内，见原先的大佛像依旧都在，只是厅堂正中高处却悬上了一面"聚义厅"的牌匾。堂上披着虎皮的大交椅上，一排儿坐着五位山大王。

　　中间正位的就是大寨主章光先，他四十二三年纪，足有八尺长大，魁梧剽悍，一部浓黑的络腮胡子几乎遮去半边脸。他虽然不当和尚，不穿僧衣了，但还习惯留着大光头。左肩上首的是甘弁，年纪三十上下，生得堂堂一表，威严超凡。他本是吴越会稽人氏，商贾出身，因往朱崖经商，渡海时遇了大风，船翻货没，几个伴伙尽都失散，不知死活下落，他有幸被人救起，逃得一命。甘弁回乡途经冼家岭时被章光先截住，两人斗了一个时辰不分胜负，章光先便把他留在山寨做了二寨主。这甘弁不惟武艺出众，更难得是他深有谋略，奈何章光先说谋略无用，做强盗还是靠厮杀斗勇。他知道章光先乃粗鲁汉子，便也不理论。下首的是杜大海，二十六七年纪，生得骨突筋暴，黑如涂漆，矫捷悍勇异常。杜大海自小在盘龙寺出家，后随章光先当了强盗，在山寨坐第四把交椅。章光先右肩上首是马春，他初来投章光先时，章光先不大欢迎，后看他剑术确实非同一般，便留他坐了第三把交椅。下首便是赵媚娘，她才二十一岁，高凉僚人。她父亲赵显和马春结义为兄弟，做着月黑风高、飞檐走壁的营生，一次失手被官府杀了。马春把她从家里接出来收养，那时她才五岁。马春自小教她和儿子马猛一同学艺，一双弯头刀要得出神入化，远近罕有敌手。尤是那五把飞刀，单发齐发，随心所欲，发无不中。那年马春被陈霸先逼得走投无路，带着她和儿子马猛来投章光先，章光先说她是女孩儿，晦气不吉，不肯收留山寨中，赵媚娘不服气，挑战章光先，章光先便让杜大海教训这不知死活的黄毛丫头。哪知两人斗了半天，杜大海竟占不了半点便宜，章光先暗暗称奇，不得不服，便答应让她坐了第五把交椅。

　　仇伦、冼福上前一步，抱拳作揖。仇伦道："君圣庄仇伦拜见章大王及四位大王。"说罢又作一揖。那章光先道："仇大管家亲临荒山，有何贵

干呐?"声音虽然不大,却低沉有力,出自底气超人的章光先口里,有如钟鸣,在空阔的大殿内"嗡嗡"作响。

仇伦又作一揖,道:"敝东家有书信面呈大王。"说着取出书札,双手呈了上去。一个喽啰过来接了,呈到章光先面前,章光先接过,拆封看了,勃然大怒道:"老天有眼呀!这叫山不转水转。马老三说这小子是冼来山老匹夫的人,我还不信,现在果然。龟儿子若不是老匹夫的人,我看在霍老爷的面子上,或者可以放人,现在没得商量!冼来山老匹夫当初挡老子的道,眼睛长在额头上,我好话说尽,舌根子嚼烂,奶奶雄,老匹夫死活不答应。老龟儿子,今天要放人,门都没有。快回去告知老匹夫,让他将万金彩礼,亲来跪叩求我。"

仇伦道:"大王,凡事看在我家老爷份子上,您老就权且饶他一命吧,不然,家老爷面子上也不好看。"仇伦又连连作揖,小心求乞。

章光先大手一摆,吼道:"不行!天王老子也不行,休得啰唆!惹火了我,把你也捉了!看在霍全的份上饶了你,快回去,让龟孙子冼来山老匹夫来求我。"

仇伦见章光先说绝,再没有余地可周旋了,便不敢再则声,只好拱手作揖,和冼福又下山来。

仇伦、冼福两人返到君圣庄时,已近黄昏。见了霍全,把章光先不肯放人的情形说了一遍。霍全显出很失望的样子,连连搓手摇头,懊恼不已,道:"这可怎么好,这可怎么好?这,这章光先也太不够意思了,你叫我如何向冼老爷交代。这章光先恃着山寨险要,人强马壮,从不把我们庄放在眼里。"这样嘀咕了一阵,随后又无可奈何地叹了一口气,道:"老夫无能,我只好复书一封,向冼老爷请罪了,让他别想良法方可。"

霍全当即写好回书,让冼福收了,然后亲自送出庄门,又关切地说道:"我也不留你了,救人要紧,请拜上冼老爷,霍某无能,只得恕罪了。"冼福谢道:"霍老爷已尽心尽力,老爷怎好相怪,小的就此拜过。"说完,和贵儿向霍全作了一揖,上马匆忙而去。

冼来山心急火燎地在大堡里等待消息。他虽然不时劝导韦放宽心,说尽管自己和章光先有过执,但是霍全很够朋友,肯助人,且又是极有头面的人物,只要他出面相帮,寿儿一定可以平安回来。他说是这样说了,其实他心里一样没底儿,心里的焦急又不便表露出来。这都四更天了,冼来

山和韦放、老大冼挺仍在书房里闲聊。忽报冼福和贵儿两人回来了，冼来山心里一沉，暗想章光先果然不肯放人。这时，冼福和贵儿满头大汗地入到书房，冼福一头喘气，一头把霍全如何修书冼家岭山寨，他同仇伦如何上山乞求，章光先如何见书发怒，不肯放人的事说了，然后取出霍全的复书呈给冼来山。冼来山没有接书，那脸由红变白，由白转青，青筋暴起，双眼圆睁，突然一拳下去，"嘣"的一声，把面前的条几砸得粉碎，怒叫道："我不把这个冼家岭山寨翻个底朝天，捣得稀烂，冼某誓不为人！"

韦放见冼来山如此震怒，连忙劝阻，道："强盗如此猖獗无礼，确实令人气愤难平。但叔父年事已高，切不可气恼太过，身子要紧。寿儿既然已有了下落，我们宜当从长计议，不怕救不出来。"冼挺也劝道："韦少将军说得极是，对这些强贼野夫，父亲犯不着动气，孩儿自当引兵征讨，救回寿儿。"冼挺说着，忙又端来一碗茶送到父亲千上。

冼来山喝了一口茶，恨恨地说道："老大，你即召齐众弟妹，商议攻打冼家岭。我就不信，我冼来山纵横岭南数十年，摆不平你这个小贼窝子。"

冼挺应声出去。韦放问冼来山："叔父，我们大动刀兵，不怕惊动官府么？"冼来山"嘿嘿"冷笑两声，一脸不屑地说道："官府？官府哪管你这闲事。过去我们诸寨争斗，抢掠土地人口，有人请官府出面调停，府老爷道：'你们江湖恩怨，宗族部落械斗，自家解决算了，国家设置官衙军兵，责任重在安疆保边，抵御外敌。'他这样说，落得两头做人情，都不得罪。"停了停，又道："他就要管也管不了，官兵打仗顶屁用。记得当年孙囵、卢子雄两头蠢猪引大兵数万杀来，烧杀淫掠，无恶不作，可是我们一旦迎战，他们便土崩瓦解、无所作为。孙囵、卢子雄前年起大兵征交州，听说还未交战即溃退回广州。官兵平日欺榨百姓，确是虎狼之师，说到真正打仗，哼！前年山贼黄五滚仔向高凉郡借粮，围了三天三夜，郡守左惟恭吓得屁滚尿流，搂着小妾躲在床底下不敢出来，好在城墙高固，贼也无法一时攻破，后来我带兵马赶到，贼才退去。"

韦放听了，恍然一笑。冼来山看着韦放道："当然，像你父亲带的兵又自不同。那年你父亲和我都还是年轻人，可他却很是持重，所部纪律严明，对百姓秋毫无犯。我单搦他独斗，他笑着道：'我不与你斗勇，但我却可以生擒你，你等着吧。'后来，我是被你父亲捉了，但我心悦诚服。"

说到这里，冼来山竟还有点不好意思，随即又露出无比敬佩的神色来。

韦放心想："叔父武艺高强，勇冠三军，当年的英姿，仿佛可见，父亲的话肯定不假。可能也是他生平罕遇对手，是以心高气傲，这也难怪。他不管是官军还是盗贼都视若无物，唯独对父亲始终钦佩如初，情动之处，眉飞色舞，确实是耿直硬汉，性情中人。无怪乎父亲事隔数十年后，仍临危托依，说是肝胆相照，情同兄弟，一点都不过分呀！"

这时，冼氏众兄妹都已到齐，围在冼来山身边坐了。冼来山望了大家一眼，道："这么晚了还把你们兄妹找来，是有要紧事商议的。寿儿确实还困在冼家岭山寨，章光先贼首记恨我当年不让道之仇，不肯放人，还百般羞辱我，为今之计，只有起兵破贼，方能救得寿儿。章匪贼势强大，又恃山寨险恶，我们务必尽力应对，不可托大。老二、老三留下守家，老大、老四、老五、百合儿都随我一同讨贼。老五打头押粮草先行，老四押辎重断后，起马军一千，步军千五，三日后启程。"冼来山说到这里，望望韦放，又道："少将军你看如何？老夫本是粗人，如今气恨得不行，只是胡乱调度，不知可妥？"

韦放还未及回答，站在百合儿身后的武哥就笑着道："韦公子还怕虎呢，他会指挥打仗？"

像武哥这样的丫环，大堡里现时有三十多个，年龄总在十一二岁到十六七岁不等。百合儿刚满周岁时母亲便故去，由乳娘带大，到百合儿五六岁时，原先的丫环年龄都大了，或是被冼来山放了家去，或是在大堡找家生的奴仆配了。冼来山不愿百合儿孤独，又先后选来三十来个和百合儿年龄相仿的女孩儿，整日和百合儿做伴为伍，百合儿把她们俱当姐妹看待，学文习武都在一处。武哥、七儿、阿秀、子正、夫辛、孟娘、三彩儿这几个丫环与百合儿最是相得，早晚不离。冼来山见了，也自欢喜，不知不觉中，将这些女孩儿视为己出，情同父女。这几个如花似玉的女孩儿也自与众不同，不只学文认字，待人接物落落大方，更兼武艺出众，跑马射箭，无有不能。冼来山自得感叹："大堡的女孩儿，不让男儿汉。"平日冼来山议事商讨，这些女孩儿在旁，时有插嘴掺和，冼来山也不以为怪，自是娇纵惯了。今日武哥口快多话，冼来山怕韦放多心，忙呵斥道："小丫头不知深浅，说话口没遮拦。少将军将门虎子，什么大战场没有经历过？少将军要不是身负重伤，且又疲劳过度，还会怕一只老虎不成？"转脸对韦放

道："少将军你说，别理小孩子胡诌。"

韦放笑了笑，道："叔父久经战阵，调度的自然不错。小侄斗胆向叔父请求，倘若叔父不嫌小侄愚蒙无能，愿当马前卒，一同破贼。"冼来山忙道："少将军如此说时，正合我意。老大正欲少将军从旁指点，岂有嫌弃之理。"

冼来山原先考虑到韦放毕竟是客，且刚刚伤愈不久，他怎好意思开口点韦放随军征战。现在韦放主动提出，他便只得应允。

韦放问道："不知叔父军中有医生否？"冼来山微微一怔，道："平时已有两位，贤侄认为……"韦放笑道："叔父倘若请得猴药张随军，肯定最好。"韦放想起自己伤得那么重，能够在短短几天时间痊愈，确信"猴药张"是神医无疑，且战场上多见金疮伤，正用得着"猴药张"这样的独门绝技，便不避唐突，向冼来山提了出来。

冼来山笑道："噢，你也知猴药张的名堂呐？他确是神医。只是他的性子怪，过去我曾几次请他出山，他都说，'我才不跟你去打架，整天打来打去，有甚好处，害得百姓妻离子散，惨得很呐。'何况他现已九十多岁了，也出不来啦。不过，我知道他有个徒儿深得其真传，而且还精通武艺，真是文武全才的人物。他这徒儿姓廖名明，一次上山采药，听到有人呼救，他循声赶去，原来是白虎山的山大王许贲带喽啰截住四个过路客商。廖明劝许贲不要伤人害命，许贲大怒，与廖明斗了起来，廖明手执采药铲，硬是战败许贲，救了过路客商。好！少将军提得好，我们庄上那两个郎中，别的还可以，就是金疮伤还欠火候，庄兵在战场上伤了，他们只能止止血，可是十天半月动不了臂膊，这怎么能行？好，拼着我的老脸，猴药张大概肯放他出来。"冼来山很是兴奋，转头朝冼定道："老二，你亲自去放鸡冲拜猴药张，务必请他徒儿廖明过来助我。"冼定连连答应："我天亮就去找他。"

冼来山一拍大腿，霍地站起，挥手道："就说这许多，大后天都到西城集合，即时出发，不得有误！"

大同二年六月初七日拂晓，冼来山率兵开向冼家岭。次日傍午时分，军马来到冼家岭，离冼家岭山寨约十里的道路旁安营扎寨，营寨背靠二牛山，面前是一片空旷草地，土人称为稳影坡。看着中军帐立起来了，冼来山对韦放道："少将军，我与你到前面走走。"韦放道："好！"后面百合儿

牵着猛虎花儿跟上来："等等我。"冼来山回头笑了笑，道："这丫头。"见后面跟着贵儿、兴儿、三才几个仆从，冼来山摆了摆手，道："你们不用跟来，这可不是大堡，都在营里呆着，该干什么就干什么去。"冼来山在战场从不带奴仆，也不兴别人带。这次攻打冼家岭山寨，几个儿子定要仆从跟来，为是冼来山年纪大了，不比从前。冼来山知道这也是儿女们的一番孝心，只得应允。

他们步行将及三里地，立在高处远远眺望冼家岭山寨，并没有什么动静。正在指指点点，忽见远处有两骑从冼家岭山寨那边奔驰过来，来到近一里地时又站住了。两骑似乎在向这边观望，不多一会儿工夫，又掉头向山寨驰去。冼来山笑道："贼已知我们到了。我们也回去吧。"

三人回到营寨，吃过午饭，忽报冼家岭山寨有人递战书来了，冼来山暗骂："好龟儿子，我还忍不得呢，你就坐不住了。"随即传令，诸将都到中军会齐，召见贼使。

中军帐里，冼来山端坐中间那张虎皮帅椅上，两旁分立众位将军，左边是韦放、冼百合、武哥、七儿、夫辛，右边是冼挺、冼操、冼飞、廖明。冼来山手拍几案，庄严地说道："传贼使进帐。"

两个喽啰进来，先朝上作了一揖，然后向冼来山呈上战书，冼操接了又呈到冼来山面前几案上。冼来山朝那两个喽啰瞪了一眼，然后打开战书，看也不看，旋即提笔在上面批下"明日决战，誓斩秃贼"八个大字，不等墨干，即塞入原封，随手丢去喽啰脚下，厉声喝道："速滚回去，让章匪引颈受死吧！"两个喽啰拾起文书，不敢吭声，匆忙离去。

次日，冼来山令冼挺、廖明、夫辛等率五百军守寨，亲与韦放、冼操、冼飞、百合儿、武哥、七儿，将马部军各一千人开到冼家岭山寨下，离山寨约有两里地射住阵脚。这时已是巳牌时分，太阳时隐时现，天气很是闷热。冼来山抬头望望天空，嘀咕道："这天像要下雨。"韦放已清楚看到冼家岭山寨的地形，心里暗暗吃惊："好险恶的山寨呀，叔父想要打破这山寨，恐怕非十日半月之功呐。"他过去在中原征战，都是一马平川的大战场，似此崇山峻岭，凹凹凸凸的战场真是见所未见。自思唯有遵从叔父的指挥，随机应变才稳妥。他回首向阵中望去，"冼"字大旗下众军士整肃有序，斗志昂扬。一千马军的前面，便是冼氏兄妹诸将，骑在高头大马上、甲亮衣明、精神抖擞、活力四射。百合儿尤为奇特，骑着青花马，

手执洒金刀，左右是武哥、七儿两骑护翼，马前还牵着那头矫健的斑斓猛虎，真是盎然天趣、光彩照人。韦放心里道："这像画上的神女行乐。"蓦然间又不觉担心起来，冼氏兄弟肯定跟随叔父经历过不少战斗场面，自然无须担忧。只是百合儿和那两个丫环，年纪不过十五六岁，纵有武艺，这里须不是演兵场，片刻间将血肉横飞、刀枪无情，那时又哪有闲暇顾及这几个女娃子。再回头看身旁的叔父冼来山，似乎又感觉不出他有丝毫的担忧，心里又道："既然叔父敢让她参战，自然有他的道理，百合儿虽然只有十五岁，绝不是等闲可比。"这样想着时，把那悬着的心略略放开一些。

突然，对面冼家岭山寨一声炮响，山门开处，冲下大队人马来。冼来山见了，勒马倒退两步，大刀一摆，厉声大叫："大家听了，准备战斗！"

冼家岭山寨人马旋风般到了山脚下，斗大的"章"字大旗迎风飘扬，打头的正是寨主章光先。他手持一柄金背大砍刀，勒马立在阵前。两边一字儿四骑排开，便是甘弁、马春、杜大海、赵媚娘四位头领，率着两千军马，擂鼓呐喊声中早已列成阵势。

冼来山目张眉扬，苍髯拂动，指着章光先高声喝道："章光先秃贼听着，你无故羁押无辜平民，贼性难改，必遭天灾。你若知罪悔过，将我亲朋放了，或许你我恩怨即可一笔勾销。倘若执迷不悟，负隅顽抗，哼哼！今日大兵到处，只怕你贼巢颠覆，虫蚁无存。好好想想，犹未为晚。"

章光先听了，"呵呵"大笑，也指着冼来山大骂道："好个不知廉耻的老匹夫，你这个勾结官府，威逼邻里，残害百姓的老贼。你恃着财雄势大，目中无人，图谋称霸，别以为别人不知。三年前旧账未算，今日你又带兵犯境，你自当死，送上门来，定教你片甲不回，方解我心头之恨。冼来山老匹夫听着，你的人是我捉了，但万万不会放的，养胖了取心肝老爷们下酒。怎么样？老贼你能咬我的屁？"

冼来山大怒，更不打话，拍马举刀杀向章光先，章光先大喝道："冼老匹夫斗狠，我且与你斗三百合。孩儿们都别动，看我必斩冼老贼。"言罢，大吼一声，烈马飞出，挥刀迎敌。

韦放观冼来山与章光先恶战，心里吃惊不小，章光先正当壮年，刀沉力猛。冼来山虽然六十多岁了，却依然声威气壮，雄风犹在。两把大刀舞得呼呼风响，大刀轰当轰当撞击之声不绝于耳。两军战鼓声、呐喊助威声一阵紧似一阵。两人战到一百回合，根本分不出胜负，且是愈战愈勇。韦

放不免担心，暗道："依我看来，叔父若在少壮之年，章光先绝非对手。叔父年纪毕竟大了，久战必定吃亏，我得赶快替下他。"当即拍马而出，挺矛大叫道："叔父且歇，让我擒捉此贼！"

对阵甘弇见了，挺方天画戟跃马冲出阵来，喝道："来将休得猖狂，认得甘弇么？"韦放陡见甘弇生得仪表堂堂、气度不凡，大为惊讶，脱口问道："你相貌不俗，如何也来做贼？"甘弇脸上一红，似有愧色，随即喝道："少说废话，且看我画戟。"韦放大怒，暗道："这盗贼还看不上我呐。"更不打话，挺矛和甘弇斗了起来。

马春已认出韦放，失声惊叫道："甘家兄弟，这小子果真未死，他手硬得很，你得当心。"说着舞枪杀上来，意图夹攻韦放。

百合儿听马春这么一说，知道害韦放、寿儿的就是他，哪里还按捺得住，怒叱道："老贼！你就是害我大哥的老贼呀！姑奶奶今天可饶不了你，看刀！"随着"看刀"两字出口，百合儿飞马出阵，舞刀杀向马春。

马春见是个女孩儿，老大看不起，嘿嘿冷笑道："你是谁家女孩，要来找死吗？"百合儿大怒道："教你认得姑奶奶！"洒金刀当头劈下，马春并不招架，拨转马头急躲了开去。忽然一声娇喝："小娃子不知死活，让老娘收拾你！"百合儿循声望去，竟然是一个年轻貌美的女贼，心里不由惊叹："好美呀，我都没见过这么美的女孩子。"眨眼间，赵媚娘跃马来到面前，弯头双刀寒光闪闪。百合儿不敢轻敌，举刀抵住，杀了起来。

这边阵上冼飞早已手痒难忍，刚才听出马春是截劫韦放、寿儿的元凶，就已火起。见他撇下百合儿，奔向韦放，便闪电般一马飞出阵来，狼牙棒当头向马春打下。马春听到脑后风响，大吃一惊，急忙回身，双手持枪往上一架，"当"的一声，狼牙棒砸在枪柄上，震得他手心发麻，长枪几乎脱手。还未醒过神来，狼牙棒又到，这一次马春再不敢接，勒转马头想逃。可是冼飞的狼牙棒总是跟在马春头上忽闪，马春惊出一身冷汗，大呼："四弟救我！"杜大海见马春危险告急，大喝一声："我来也！"提开山大斧风驰电掣飞马而来。

马春大半生做着飞檐走壁、风高月黑的生涯，性格行藏诡秘、狡诈，剑术多在步斗上下功夫，多年的经验练就他在高屋、地下随心所欲，腾挪跳跃，所谓江湖本领。在大战场，却不可与那叱咤风云、铁枪大弓的马上将军同日而语。如果在地面步战，马春或许不会那么快便输给冼飞，可在

马背上厮杀，却是他的弱项，哪受得了洗飞万千斤力气的重击？洗飞的狼牙棒非同一般，棒头是镔铁实心铸成，连铁柄共重九十九斤。这么笨重的兵器，洗飞使起来得心应手，又快又猛，马春这灵巧的身材，加之已五十开外，自然无法抵挡，惟有开溜了。好在这时杜大海及时出手，才救了马春一命。洗飞见马春来了帮手，回势一棒向杜大海打去，杜大海一斧劈下，正中棒头，轰当一声，火星迸射。杜大海手心一阵发麻，顿时大惊失色，心中暗忖："哪里来的野小子，怪乎马春老儿抵挡不住。"马春大叫："你小子叫什么名字，快报上来！"洗飞不答，又一棒打向马春，马春急忙闪过，又问一句："你小子叫甚名字？"洗飞还是不答，又一棒打向杜大海。杜大海不敢硬接，闪过一边，大声道："三哥不要问了，这小子八成是个哑巴。"洗飞大吼一声，恍如霹雳："你龟孙子才是哑巴！"追着马春、杜大海两个打转儿。忽然，马春似乎想腾出右手来。洗操眼尖，立时想起马春飞刀厉害，父亲曾被他所伤，当即一马飞出，口里大喝道："贼将想干什么？"举枪向马春刺去。马春猛然听到洗操的大喝声，怔了一怔，便又抓起长枪，迎战洗操。

韦放久战甘弁不下，焦躁起来，又担心洗来山和章光先已恶战二百多合，到底还能支持多久？好在洗飞力敌两贼，犹占上风。马春虽然刁钻狡猾，现在老四上去了，再也不用担忧。便抽空望了望百合儿这边，见百合儿竟和赵媚娘战个平手，心里暗暗称奇。赵媚娘的武艺不在马春之下，他是领教过的，现在才知道百合儿虽然年少，原来武艺高强到如此程度，实在出乎意料。心中没了顾虑，枪法一紧，又逼住甘弁。

阵上武哥见那女贼和百合儿斗了多时，还未见落败，她怕百合儿久战吃亏，便吆喝那虎道："花儿，快去抓她！"那虎听了，呼的一声扑出阵去。这时赵媚娘正用心应对百合儿，战了近一百余合，也自焦躁起来："这女娃子不过十五六岁，却如此了得，真是少见。我如果赢不了她，日后也难以对人了。"正在酣战，陡见一只猛虎扑上前来，赵媚娘一愣，坐下马猛然受惊，咴咴嘶叫，前蹄闪失，险些把赵媚娘颠下马来。百合儿见有机可乘，举刀砍下。这厢韦放看见，急急大叫："百合妹不可！"百合儿急忙缩手，怔了一怔，随即娇叱一声："你可换马再战！"

眨眼间赵媚娘已控定马匹。突然洗家岭山寨阵中"咚咚咚"一阵锣声响起，军马当即向山寨退走。章光先虚晃一刀，大叫道："众兄弟，撤！"

随即撤下冼来山向后退走。甘弁、马春、杜大海、赵媚娘同时也撒手退去。冼来山回首向本阵大呼："贼兵已败，大伙快追！"当先挥刀策马追上去。后面大队人马立时摇旗呐喊，杀声四起，震天动地，像潮水般涌来。冼家岭山寨军马刚退入山口，冼来山军马已扑到山脚下。就要抢入山口，韦放高声大叫："众军莫追，即速后退！"话音未落，只听山上一声炮响，隆隆隆檑木滚石冲砸下来，飞石火炮打得军士们惨叫连天，抱头鼠窜。冼来山暗叫一声："完了！"撕心裂胆地大呼："众军快退呀！"

众军退回营寨，校点军马，伤亡兵士一百多人，损失战马三十余匹，刀枪器械一大批。冼来山的坐骑被砸伤了腿股，冼飞被檑木砸到左肩，幸好伤不重，让廖明上了金疮药。帐外数十伤兵或坐在地上，或躺在地上，痛苦得呻吟不止，廖明和另两位医生忙着给众伤兵上药包扎，累得大汗淋漓。

众将入到中军帐，见冼来山满脸偎倖，一言不发地坐在帅椅上。过了好一会儿，冼来山才沉重地吐口气，道："才一开战，就受到如此重创，实在气闷！"冼操恨道："眼看章贼就要落败，怎知他使诡计。"冼来山道："可恨！章光先什么时候也会使阴了？"转脸望着韦放，又道："贼退时，你已经看出阴谋，可惜迟了，大队军马一时兴头上又哪里控得住，咳！"

韦放道："贼兵没有败象，阵脚不乱，又何必退兵呢？肯定是有埋伏无疑。和我厮斗的那个甘弁，不是寻常的强盗，不仅武艺了得，我估摸着章光先能够用智，多半是出在他身上。"沉吟片刻，又劝道："胜败兵家常事，叔父也无须过于烦恼。"

百合儿问道："韦大哥，我想问你，我才要斩那女贼时，你为何拦阻住了？"百合儿问这句话时，脸上似笑非笑，眼睛紧盯着韦放看。

大伙儿见百合儿这样问韦放，不由一齐把眼光投向他。韦放一时窘得满脸通红，说不出话来，便把头来低了。冼来山也感奇怪，但见韦放窘迫若此，不便再问，连忙一脸严肃，把话岔开："快别谈这些无关要紧的话了。今天大伙儿都看到了，贼寨不仅是地势险要，易守难攻，且人强马壮，确是劲敌，贼首们个个可称得上是一等一的好手。现在我们商量下步如何破敌吧。"冼来山想起今日和章光先的恶战，心里不由发憷。这章贼也太厉害了，与自己战了近三百合，且越战越勇。自己在年轻时不在话下，如今已老了，感觉浑身麻酸。若不是章贼突然中途撒手退去，自己恐

怕不敌。冼来山是个很倔强的人，轻易不肯认输，他这样的想法，自然不愿显露出来。

韦放道："叔父今日与章贼的一场大战，令侄儿大开眼界，叔父当年雄风，可想而知。众弟妹个个武艺超群，破贼必矣。诚然如此，我今天观了地形，贼寨险峻异常，易守难攻。侄儿愚见，欲破贼寨，恐非十日半月之功，当有持久之打算。贼人见我初到，阵脚未稳，又值今日新败，必然挫伤锐气，或者贼兵今夜乘机劫寨，我们不能不防。"说到这里，韦放走上来，俯身在冼来山耳根小声说了几句，冼来山连连点头，又轻声和韦放说了几句，韦放连连摆手，好像推辞什么，冼来山拍了一下大腿，很是坚决的样子，道："贤侄再不要推，就这样定了。"随即清了清嗓音，正身严肃道："大伙儿听着，少将军有破敌之计，众将都听少将军调遣，违令者斩！"

韦放见冼来山这样说了，不好再推，当下正身敛衽，一脸凛然，道："叔父今次让我调兵，我不得不从。冼操、七儿听令，你两人可带五百军马在营寨左山坡处埋伏。百合儿、武哥听令，你两人可带五百军马在营寨右密林处埋伏。两支军马听到营寨中炮响，即合兵围截掩杀贼兵。冼飞听令，你带五百军马伏在营内，一旦贼兵突入前营，你即点炮发号呐喊。冼挺、廖明、夫辛听令，你三人把伤兵都移至后营，再派一百军士保护，兼顾粮草安全。"夫辛插嘴道："少将军。我和武哥、七儿都会武艺，都能打仗，为何她们都上阵杀敌，独派我看守伤兵？"韦放笑了笑，道："我知道。你以为守护伤兵是轻松的事？如果贼兵突入后营，你同样要动刀动枪，拼命厮杀的。"然后又对冼来山道："叔父，侄儿与你引兵在营北三里地山道埋伏，截住贼兵退路。"

诸将各领命分头去准备行事。

冼家岭山寨为庆祝今日大获全胜，杀牛宰羊，大吹大擂，犒劳三军。聚义厅里众头领相互贺喜，酒碗碰得"叮当"乱响。章光先显得十分激动得意，他捧着大碗，频频向众人劝酒。他抹了一把满是胡须的大口，哈哈大笑道："冼来山老匹夫今日大败而逃，心胆俱裂，应该知道我冼家岭的厉害了。冼来山纵横高凉数十年，自以为天下无敌，岂知天外有天，被我一鼓击溃，英名扫地。来来，满饮此碗。"仰脖子又一碗喝下。

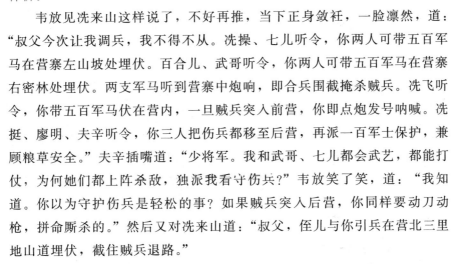

马春道："老大，这事皆因我而起，我会尽力助老大退敌保寨。"章光先道："说什么屁话！就算你不捉那小子，我迟早也要找冼老儿算账，况他自来寻死，怪得了谁？"言毕心满意得，复又哈哈大笑。杜大海喷着酒气道："大哥说的极是，等我们消灭了他，夺了他的家业，那才称心。"

章光先见赵媚娘闷声不响，怔怔发呆，便端起酒碗，道："媚娘，大伙儿都高兴，你为啥不出声儿？来，干一碗。"赵媚娘笑了笑，端起碗来，也喝了一大口。

马春趁着酒兴，又道："大哥，我意欲今夜去劫寨，杀他冼老儿措手不及稀巴烂！"杜大海用拳头擂着桌面大声附和道："三哥说的对，是该趁热打铁，干他娘！"

席间甘弇一直不大说话，这时听马春要去劫寨，便道："依我说，三哥今晚莫去为好！"他停了停，道："按理说，敌兵初来乍到，营寨未稳，将士劳顿，正是劫寨的好时机……"马春打断他的话："你既然这样说时，那又为何阻拦？冼老头今日吃了败仗，军无斗志，此时劫寨，必获大胜。"

甘弇看了马春一眼，搓了搓手道："正是因为他吃了败仗，才不能去。他若胜了，反而放松警惕，不加防备，我们才有机会。他今新败，必然十分警觉，十分防备。"他又扫了大家一眼道："我今日在阵上看了敌方的队伍阵容，十分整肃有序，不像别的一般庄兵乡勇，可知冼来山并非徒有虚名，实实在在的有霸主风范，这倒也罢了，最要提防的是与我厮斗的那人，听他口音，显然是中原来的，绝非寻常之辈。我劝你别去，免得吃亏。"

章光先瞪着眼，默不作声。杜大海忍不住瓮声瓮气地说道："都像你们这样胆小，敌兵何日能退去？况他又不是天兵神将。他龟儿子！他纵有埋伏，我又怕他娘，我与三哥今夜去劫寨，如若不胜，老子提吃饭家伙来见！"说着猛地站了起来，举手又把碗中的酒喝干，把碗重重甩在桌上。马春满脸通红，也站了起来道："老大，就这样定了，我与老四去劫寨，众位弟兄留在山寨等候消息好了。"

章光先用手猛一拍光头，坚决地说道："好！不入虎穴焉得虎子，缩头缩尾干不了大事，奶奶的龟儿子，端他的窝儿！"

当晚四更天，马春和杜大海率兵一千乘夜下关，衔枚疾走了六七里

山路，看看来到洗来山大营前，令军马停了。马春和杜大海两骑潜行挨近大营观望，见营内灯火通明，不时有守夜兵士在来回走动，感觉没有什么异常。马春对杜大海道："似此有什么埋伏？都睡死了。我们直突入去，必获全胜。"杜大海深以为许。传令军马放慢脚步，轻轻向大营逼近。离大营三四百步时，马春拔剑一挥，大呼道："孩儿们，杀呀！"一马当先冲入营去。杜大海带大队军马喊杀连天，汹涌而入。杀入中军帐看时，不见一个人影，又冲入各帐营看时，还是没有人影。众喽啰扯嗓大叫："我们中计了，营内空无一人呀！"忽地一声炮响，喊杀声四面雷动。马春暗叫不好，惊得不知所措。杜大海飞马过来，大叫道："三哥快撤呀，我们被包围啦！"未等马春回答，已先自一马向营外冲去。当下军马大乱，众喽啰乱闯胡撞，马踏人踩，还未见到敌人，已自死伤不少。马春急得人叫："大伙儿不要慌，快退走！"拍马向营门突去。火把明处，只见一将手抡狼牙棒，正是洗飞，他引着五百军马从营内杀出。又见洗操、七儿领军从左边杀了过来，洗百合、武哥领军马从右边杀了过来，惊得马春屁滚尿流，魂飞魄散。马春左冲右突，刚至营门，遇上杜大海，两人再也不敢接战，拼死突出重围，和众喽啰往北溃逃。走有三里地，见后面没有追兵，正自庆幸逃得性命。忽地前面山谷一声炮响，山道两旁火把一齐亮起，洗来山、韦放两骑领着五百兵士截住去路。马春暗暗叫苦，心想这下完了。他沙哑着嗓门大叫道："四弟，说不得要拼老命了，必须撞过去。"说罢跃马挺枪，冲了上来。韦放大喝一声："老贼走哪里去？"挺矛拦住马春厮杀起来。洗来山挥刀挡住杜大海，杜大海大叫大嚷，开山大斧狠命乱劈。洗来山一声断喝："贼将看刀！"杜大海耳边呼的一声，刀在他左肩劈下，险些切中臂膊，他也顾不得了，一马撞了过去。马春不敢和韦放硬战，虚晃一枪，在马背上狠狠一拍，那马发狂地向前一跃，也闯了过去。众喽啰逃命心切，刀枪乱舞，冲出来时，只剩一半。洗来山高声大呼："将士们快追，杀他个片甲不留呀！"众军士踊跃向前，高声呐喊，穷追不舍。忽然雷声大作，下起大雨来。韦放追上洗来山，道："雨大路滑，我们已大获全胜，不必追了，须防他有援兵。"洗来山当即传令收兵回营。

马春、杜大海率残兵败卒逃回到山脚下时，被甘弇带五百援兵接着。马春抹了一把脸上的雨水，哭丧着脸道："甘家兄弟，你所说不差，我们

中了冼老贼的埋伏，损兵折将，有何面目回山寨去。"甘弁道："事已至此，恨也无益，先上山去吧。"甘弁见马春、杜大海狼狈的样子，一时也不知怎么说才好。看了看逃回来不足四百的喽啰，已是个个垂头丧气、衣甲不全、浑身带伤，甘弁叹了口气，策马向山上走去。马春、杜大海低着头，与众败卒尾随而行。这时，天已放亮了。

　　见百合儿写完这两句，韦放拿过那页纸看了看，心中大为诧异，不禁赞道："百合妹写得一手好书！"百合儿笑笑，重又取回那页纸放在面前，道："老师你继续念吧。"（见第三章）

　　赵媚娘刻不容缓，叫声"寿儿"，策马冲至吊桥时，大喝一声，那马腾空飞起，从那群喽啰头上掠过，赵媚娘借着那势，弯头刀一挥，绳断桥坠，"轰隆"一声重重砸在壕沟上面，几乎在同一时间，赵媚娘和寿儿两骑跃上板桥，呼一声闯了出去。（见第三章）

虎帐谈兵惊绝代　龙潭脱险跃神驹

　　马春在厅房里自个儿喝着闷酒，想着刚才在聚义厅被章光先臭骂了一顿，骂他没脑子，又自作主张去劫寨，结果把山寨的老本都赔了。自己打上洗家岭山寨以来，章光先从未这般恨他，都是赵媚娘这个丫头害了自己。当初倘若在洗家岭村店里下手干掉那两个小子，那是神不知鬼不觉，还会留下这许多麻烦事？如今可好，惹了洗来山老贼，大动干戈，今儿恐怕是欲罢不能了。章光先又是个自大自狂的人，决不肯向洗来山低头，势必血战到底。章光先胜了，可能万事作罢，如果败了，岂不迁怒于我？马春这时越想越气，恨恨连声，忍不住又喝了一大口酒。

　　外面还在下着雨。这时，赵媚娘从外面回来，不声不响地脱下斗笠往墙壁上挂。赵媚娘自跟马春上了洗家岭山寨，就称是马春的义女，章光先自然把她安排和马春父子同一处房屋住下。马春当初把赵媚娘从家里接出来时，确实像父亲一样管带着她，将她和儿子一样看待，教她写字认字，教她练武。赵媚娘的天赋很高，不论学文习武均比马春儿子马猛强，而且慢慢长大了，出落得美人儿般。马春慢慢也有了他的心思："这妞儿长大了，干脆配给猛儿好了，这样大家好照应，也对得起赵家兄弟，他九泉有知，也不会怪我。"偏偏马猛虽然年龄比赵媚娘大六七岁，但却很不懂事，脑子笨得像头猪，又不会哄女孩子，整日不见他说一句话，呆着个脸木头似的。马春估摸赵媚娘早知道他的打算，才对马猛毫不理睬，冷淡得很。尽管马春着急，但这事又不好明说，就是说了，儿子也不会懂。眼见那天赵媚娘似乎在村店时就看上了韦放，才不肯下手杀他，留着寿儿不杀恐怕也是这个事由，马春又如何看不出来。昨天，阵上赵媚娘差点让百合儿杀了，韦放出面喝止，这事儿连山寨里众头领都觉得蹊跷。刚才在聚义厅里，章光先还问起这事，当时赵媚娘满脸通红，无言以对，幸得马春顾左右而言他，把话岔开去，不然赵媚娘定有麻烦。

马春见赵媚娘准备往房里去，便道："媚娘，你过来，我有话与你说。"

赵媚娘过来站着，低着头还是不声不响。马春这会儿喝了不少酒，双眼都红透了，他打量一下赵媚娘，见她没精打采的样儿，便放下酒碗道："你也别怪人家说你，在阵上的事，敌人怎么会救你？这事你和谁说去？如若大伙儿坐实你通敌，你就完蛋！你的事瞒不了我，你对那小子有意，那小子也对你有情。"说到这里，他狠狠地瞪了媚娘一眼，话儿一转，道："可是别做梦了，你们成不了事，我自然亦不会让你们成事。先别说他现今是我们的敌人，就是朋友也不成。我自小把你养大，不能说没有恩吧？我把你当闺女看待，有如己出，自小起宠着你，比儿子还亲。"这时马春的声音拉高了，道："可你指儿往外拐。今天与你说白了吧，我已决意将你配给猛儿，今后你既是我的女儿，又是我的儿媳。打今儿起你就趁早死了这条心，再不能胡思乱想！"

赵媚娘听马春这样说，心里一急，顿时涨得满脸通红，争辩道："我一直以来，只把你当作父亲，只把猛儿当作大哥。你要敢这般逼我，我……我唯有一死！"马春脖颈青筋暴起，大吼道："什么？你小妮子如今长翅膀了，敢不听我的话了？"

赵媚娘一转身向门外走，马春大叫："你给我回来，外面下着雨，你到哪儿去？"见赵媚娘头也不回去了，马春气得狠狠地拍桌板，骂道："他娘的，死不要脸的贱人！"

这时，马猛从外面回来，身上还滴着雨水，见马春在吃酒，也过来坐下，拿碗正要倒酒，马春一把抢过酒壶。马猛愣了愣，马春大吼道："你混蛋只知吃酒撑肚子，还懂得什么屁事？"

马猛见父亲无端发火，不知何事，双眼也呆了。马春见马猛这样儿，更火了，指着骂道："你看你这个熊样儿，就怪不得人家看不上眼，你有魂儿没？"马猛一头雾水，一脸委屈，问："爹！你怎么骂我啦？"马春道："傻儿子，你都二十好几了，该懂事了吧。"说着摇了摇头，叹了口气，声

音低了下来道："你怎么不和媚娘好呢？"马猛还是懵然不解："怎么不好？我尽让着她……"马春又火了，道："放屁！我要你与她情同夫妻，不是兄妹之情，懂吗？"

马春当年把赵媚娘接来时，马猛已经十来岁了，他早知道媚娘不是自己亲妹妹。这时才知父亲原来是为这件事呵斥他，当下涨红着脸，咕哝道："我从没有听父亲提过，我……我想……"

马春倒了碗酒，推到儿子面前，轻声道："现在不得不提啦。过去我一直想，反正是一家子人，还不好办？只要我一句话就妥。媚娘这小妮子最近着了魔。你还记得吧，就是前儿在村店遇到的那小于，不知怎么媚娘就看上他了。打那起，媚娘就心神不定，话也不说了，常常一个人坐着发呆。昨天那小子在阵上还救了媚娘一命，可知两情相许，都有意了，我怎能不急？你是我的儿子呀，我不看着你俩成双结对，我死不瞑目！也对不起你死去的老娘。"马春拍了拍额头，又叹一口气。马猛嗫嚅道："我是想，媚娘那么美，我也不敢想。"马春又急了，骂道："你他妈的浑小子，大男人想就要动手，光想顶屁用，像婆娘的成不了气候。要是老子，嘿嘿，我早就……"他知道这样说不好，又改口道："你把生米煮成了熟饭，她还不是你碗里的？这也要老子教你吗？你小子真把老子气昏了！"

马猛一口气把酒喝干，默不作声。忽然一个喽啰进来禀报道："三大王，大王召你议事。"

马春站起身，在墙壁取斗笠戴了，一头向外走，一头回头道："你想想吧，敢作敢为方为好汉呀。"

马春来到聚义厅，四位头领都在座了。马春刚坐下，章光先抖了抖袍袖，道："早时我与老二商议了一会儿，老二说得不错，洗来山老匹夫营里是有能人，马三爷昨晚劫寨吃了亏就是证明。老二说昨日对阵的小子是外地口音，认准是那个寿儿的同伙无疑。他是什么样的人？和洗老儿是何干系？这都得弄明白为好。"

马春赶紧开声道："这不难，把寿儿叫来一问便知。"章光先道："那好，带寿儿。"门外喽啰应命去了。

一会儿工夫，寿儿带到。他并没有上绑带枷，看上去也没有受过什么重刑，只是明显比以前瘦了许多。马春瞪着眼问道："寿儿，现在我问你，与你一起的那位公子爷是谁？姓什么名什么？还有，你们与洗来山老贼是

什么关系？你只要好好答，我们不会难为你。如有半句假话，哼！别想活命。"

寿儿在村店被马春飞刀刺中后背，并不致命，只是痛晕过去而已。后来迷迷糊糊中听到马春道："你救这小子干吗？让他死了算了！"他知道是赵媚娘给他上药包扎。后来，马春他们把他押上冼家岭山寨，杜大海道："留这小子干吗？杀了吧。"赵媚娘不依，道："谁要敢动他一根毫毛，老娘就跟他拼了！"还拔出弯头刀来。甘弁道："杀与不杀都无大紧要，留下也好，要是大主儿找上门来，添补些钱银，山寨有好处，何必胡乱杀人。"章光先见甘弁这样说了，便命人把寿儿关在马棚边的一间矮屋里，并安排人给寿儿送吃的，只是不让他走动。一连几天，有喽啰进来给他上药，伤势逐步好了起来。这两天，寿儿听得炮响声，有时依稀听到喊杀声，不知道到底发生了什么事。他心里所担心的是少爷韦放的生死安全，不知是死了还是活着。每想到这些，心里就一阵阵难受不已。现在见马春这样问他，心里顿时又惊又喜，暗道少爷肯定没死，而且又肯定找到了冼来山。听贼首的口气，很可能起兵救自己来了。既然少爷已寻到冼来山，有了依所，在这僻陋边远之地，把少爷的名字告诉贼盗也是无妨的。寿儿这样想时，便朗然答道："我家少将军出身名门，姓韦名放，自小征战沙场，文武双全，还会怕你们这些小毛贼！我家老爷与冼来山老爷是莫逆之交，多年兄弟相称。这次少爷是奉父命投亲来了。这都是真话，也用不着怕你们。"寿儿这时忘记自己是阶下囚，是个将要死的人，竟然很自豪起来。

章光先道："这就是了，老二看得不差。"挥挥手，又道："把他押下去，好生防守。"

寿儿随喽啰出去时，转头望了望赵媚娘。赵媚娘一凛，急忙把视线移了开去。章光先扫了众位头领一眼，道："奶奶雄，怪不得冼老贼一下子就会用诡计了，原是来了帮拳。"杜大海却不服气，粗着嗓门道："来了帮拳怕个屌，老子不怕！老大，自咱立山以来，怕过谁？要是软给冼来山老头儿，今后咱们没饭吃了。操他奶奶的鸡巴崽子！"

马春见杜大海发火，便缓声劝解道："老四，也不要小看冼来山。冼来山虽则年纪老大不小，事实是功夫不减当年。你看他和老大拼了近三百合，硬是没有破绽。不光如此，那个使狼牙棒的浑小子，简直就是万人敌，也不知他小子哪来的死力气。老四出名的劲大力沉，犹是难挡。还有

那个黄毛丫头，更是离奇，我猜她定是冼老贼的女儿，顶多十五六岁吧，却怎地了得，赵媚娘都不是对手。哼！冼来山这老贼，往后再不可轻看他。"马春故意把冼来山那方实力夸大许多，一是为昨夜偷袭失败开脱，二是为赵媚娘遮掩，免得章光先疑心赵媚娘通敌成实。不然的话，赵媚娘倒霉不算，唯恐自己也脱不了干系，他马春和章光先的关系可不能与杜大海攀比。马春说完还拿眼斜视一下赵媚娘，样子好像在说："你这不知好歹的死妮子，老子百般庇护你，你还死不要脸。"

章光先看着甘弁道："老二，你说说吧。"甘弁点点头，然后又望了大家一眼，道："胜败兵家常事，起先我们不是也胖了一阵吗？昨夜一战山寨损伤不小，但也无须丧气。与冼来山两次交锋，我们已知道了虚实。将在谋而不在勇，冼来山纵然英雄，我们不与他硬拼，凭借山寨地势险要，先坑他个挂牌免战，坚守不出，他又能奈何得我？冼来山远方举家而来，利在速战，时日一久，必有变化。首先他粮草不济，还不卷铺走人？届时乘胜追之，岂不便宜。他便硬挺着不退，山道运粮不便，徒耗财物，我再从中施计，出奇兵突袭大堡，令其首尾不能相顾，必为我擒矣。"

马春连声说好，杜大海圆瞪着双眼，大声道："好个届，这不是罢战了？我可不服气，奶奶的！"

章光先把大手一摆，道："老四嚷嚷甚么，都听老二的，让冼老匹夫想着摸不到，干着急，咬不了我的届。"

冼来山反偷袭一战大获全胜，摆酒宴庆贺，奖赏有功将士。酒后冼来山感觉头重脚沉，浑身发软，到傍晚竟卧床不起。贵儿过来报告，韦放与大伙儿都慌了，连忙让廖明进帐为冼来山把脉诊治，廖明号过脉，和众人来到外间。韦放急切地问："不妨事吧？"廖明首先让大家不要急，他笑笑道："老爷这是伤风的症候，不碍事的。老爷前日恶战一天，体力尽失，得不到休息，又淋了雨，外感风寒，致有此症。只是老爷年事已高，三两天难望痊愈，让他多卧床休息，再用些药，慢慢就可望好。"

韦放是十分相信"猴药张"的，听他徒儿廖明这样说了，才略为放心，道："不妨事就好，不妨事就好。"廖明又道："少将军、众位兄妹放心好了，廖明不敢胡说，这就回帐里配齐药，煎好让老爷吃了就好的。"说罢匆匆出帐去。

韦放又和众兄妹入到里间，见冼来山连连咳嗽，满脸通红。韦放连忙

走到床前，俯身摸摸冼来山的前额，很是烫手，连忙叫兴儿快去弄条湿冷毛巾过来，敷在冼来山的额头。百合儿揉着父亲的心口，轻轻呼唤，眼泪止不住直往下滴。冼来山气喘起来，韦放忙把他扶起半靠在床头躺着。冼来山喘了一会儿，睁开眼来，见韦放及众儿女都焦急地围在床前，百合儿哭得眼红红的，便微笑着道："哪里爹就死了，快不用哭啦，我这是……这是小病小痛，不妨事的。"百合儿抽泣道："爹，女儿怕你……"冼来山笑道："傻孩子，一病就死，那还了得。何况寿儿还没有救出，哪里就肯死了."冼来山说着，摸了摸百合儿的手，轻轻拍着，脸上充满慈爱。

冼来山朝帐外望去，问："雨停了么？"冼操答道："还在下呢，恐怕这毛毛雨要下好几天呐。真气闷。"冼来山叹了口气道："唉！下雨路滑，只好休息几天了。"

这时，廖明已亲自煎好汤药端过来。韦放接过碗，将这汤药口里尝了尝。近十年来，韦放不论是随父军中还是在家里，只要是父母病了，他都亲自喂药，喂前总要先自尝一下，慢慢已养成了这个习惯。冼来山望着韦放，不禁心里一阵暖和，叹道："好个知礼义，知冷暖的少将军呀！"一会儿，把药服了。韦放和冼挺又轻轻扶冼来山躺下，掖好被子。廖明对大伙儿道："让老爷好生睡睡，也发些汗才好。"韦放道："好，大家都出去吧！"交代贵儿、兴儿几个仆从好好服侍守护，才和大家退了出来。

一连十多天，毛毛细雨从没停过。冼来山虽然感觉比前好了许多，只是四肢乏力，懒懒的起不了床，心里也不由着急起来。这天中午，他把韦放找来，问他这些天冼家岭可有什么动静，韦放告诉他说，自那夜伏击一战后，冼家岭就偃旗息鼓，再无声息。冼来山感到奇怪，沉吟良久，挪了挪身子，问："依你看，冼家岭的意图是？"韦放道："依侄儿愚见，冼家岭自那役后，不敢硬拼了。食少兵精，利于速战；粮多卒众，事宜持久。章匪自度野战非敌，城守有余。以为我们远道而来，运粮不便，势不能持久，等我们粮草耗尽，军心涣散时再行攻击。"

冼来山脸色凝重，沉沉呼了口气，道："这也是毒计呀！半月来我们的粮草恐怕也所剩无几了吧？"韦放道："侄儿也正要为此事来找叔父商量。粮草只能再支撑七到八天了。"冼来山又呼了口气，道："我估摸着也是这样，得赶紧派人回去运粮，再拖延不得了。"

韦放沉吟片刻，看着冼来山轻声道："叔父，您身体欠安，我看是否

考虑先退兵回去，然后再作……"

　　不等韦放说完，冼来山一声"不行"打断，他挣扎着想坐起来，即时脸上通红，呼呼气喘，韦放忙不迭扶住了。冼来山喘了一会儿，郑重地说道："不行呀，此时退去，得费多少时力？何况寿儿尚未获救，更不能退兵了。"

　　其实，冼来山这次出师讨伐冼家岭山寨，也不只是为救寿儿一人而来，他早就有消灭冼家岭的打算。自章光先在冼家岭占山为王后，倚恃山势险要，人强马壮，动辄问邻近村寨借粮，各庄寨惧他势大，从不敢说个不字。和王庄马殿英不买他的账，结果章光先大为光火，起兵血洗和王庄，杀了马殿英满门，马殿英好好一个承传三代的酋长家族毁于一旦。各庄寨不是不知道，只要大伙儿联手合作，还是可以抑制甚或战败章光先的。问题是这些庄寨均以相互倾轧、明争暗斗为能事，只顾着扩大地盘，敛聚己利，恨不得大伙都灭了，只留下自己称雄，所以都采取明哲保身的态度，任凭章光先肆虐，慢慢地章光先的势力更大了。冼家岭山寨地处两粤要冲西巩，广州刺史萧映深以为患，数番责成高州治郡起兵剿灭。一直以来，州府俱是虚张声势，做做样子而已，不想去虎口拔牙，徒招麻烦。地方酋长豪右有时相互开玩笑说，谁要敢去惹章光先，就服他够狠。冼来山就不服气。事实上章光先也深知冼来山不比他人，故此从未敢到他头上动土。那年章光先去天龙庄借粮，打算静悄悄地从冼来山庄上过去，哪知冼来山硬是把他截了下来，好说歹说没有用，最后斗起来，从此结下仇隙。冼来山以为冼家岭山寨毗邻自己势力范围，不除掉它，始终对自己是个威胁。别人都不敢碰章光先，他偏不信这个邪门，除掉章光先，日后冼来山家族在众酋中将更加确立称雄地位。

　　冼来山今次起兵讨伐冼家岭山寨，是为救人而来，出师有名，显得理直气壮。起初估计一鼓足可荡平草寇，岂知冼家岭山寨人强马壮，山险寨固，实在出于意料之外，半月多来，毫无进展，徒费粮草。现在势如骑虎，若言退兵，怎能心甘。韦放见冼来山主意已定，也不好再劝，道："侄儿是担心叔父的身体……"冼来山道："不要怕，我自个儿清楚，我只是有点儿累罢了。"冼来山强坐起来，韦放连忙去扶，冼来山连连摆手，他背靠着床栏，吩咐贵儿道："去把他们兄妹叫来，也把廖明叫来。"

　　贵儿去了一会儿工夫，冼氏兄妹和廖明都陆续来到。众人给冼来山请

了安，然后在旁边垂手侍立。廖明上去把了一会儿脉，面有喜色，道："老爷又好了好些，似此不过三五日可望康复。"众人听了尽都欢喜。

冼来山从百合儿手里接过碗来，喝了一口水，清清嗓音，道："想不到这一病就是十多天，看来真是老了，没用啦。想当初，我和海贼张文德战了三天三夜，也不当一回事。章光先这小子算个屁，要是不退去，早拿了他的脑袋。"

韦放又听冼来山说起当年的英雄史，心里暗自好笑，叔父就是过分要强，才拼得筋疲力尽，体虚致病。可是好笑归好笑，韦放还是十分信服的。冼来山以高龄力战章光先，那是有目共睹的事实，并非纯属信口开河、自吹自擂。

冼来山又道："章光先贼子想和我玩持久，较忍劲，躲在贼穴再不出头，我又何惧？问题是耗粮米，损钱银。我们军中粮草待不了几天，得马上补给。这差使就由老四去办，你准备行装，明天动身回大堡，不管天气如何，五天期限，粮草务必赶到。"说到这里，冼来山缓缓气，又道："章光先秃贼等着瞧吧，我看你的粮食往哪讨要，不出二十天你得给我乖乖地滚下山来，哼！"

大家见冼来山精神好多了，心里高兴，便也谈了许多。后来廖明说老爷说话多了怕累着不好，主张让他多休息，大家便要退出，冼来山把韦放、百合儿叫住，让他俩都在床前椅子上坐了，然后道："少将军，咱们不是外人，有话直说。老夫承传祖业，至今已有五世。膝下五男一女，五男均不喜文，只好斗武，唯有小女百合儿，自小聪慧，不论学文习武，都有心得。南人崇尚斗武，俚僚喜相攻击，诸酋争端不断，讨伐连年，稍有松弛，即为人并。现在我已是风烛残年，事实不忍祖业轻易为他人所有，于是苦苦支撑，难以自安。老夫每每冥思苦索，始知匹夫之勇，不足一提，攻城守寨，全靠方略。无奈岭南僻野，地角一隅，虽有仰渴之心，苦无教化之泽。今日贤侄南来，其实是天助冼家，我意欲让你教导百合儿兵法战阵，不知你以为如何？若小女冥顽不灵，倒也罢了，倘若还堪指点，略有悟性，还望贤侄劳心劳力，老夫期望之切哪。"

自韦放在冼家住下来，冼来山就有请他教导百合儿习学兵法的想法了。当年冼来山与韦叡对抗，自家兵精将猛，还是输给韦叡。韦叡生得斯文儒雅，看上去根本不是厮杀的料，冼来山多次叫阵，要与韦叡决战独

斗，韦叡总是一笑置之，说为将之道，重在指挥，不是独个斗勇。今天看来，韦放与他父亲如同一个模子出来的，同样温文尔雅、处事稳重，十足大将风度。尤其是这些天来韦放在战场上的表现，更令冼来山佩服，虽败不馁、虽胜不骄、安闲若定、挥洒自如，认为当年韦叡亦不过如此，因而更加坚定让韦放教女的决心。

冼来山让韦放教女习兵法的提议，韦放乍一听很是突然，心里想，我本是避难而来，不应该过问冼家之事，只是为了救寿儿才不得不参加讨贼，而自己无意之间又显出行家面目，怪道父亲教训我稳重不足，可知自己确是轻狂。但冼来山与父亲情同兄弟，于我又有再造之恩，今日向我提出这个要求，于情十埋，殊不为过，我又如何敢拒绝？想到这里，韦放道："叔父要侄儿指点贤妹，侄儿诚惶诚恐，不知所措。我虽随父征战有年，其实只是鲁莽之大，哪知战阵兵法。父亲亦曾让我习学兵书，无奈我年幼无知，管窥蠡测，不得要领，因而父亲常责备我狂妄浅见、纸上谈兵，如今想来，确是如此。我自问在兵法上的认知只是皮毛而已，怎敢乱说胡道？"

冼来山摆摆手道："嗳！贤侄太过谦了，你的学识，众人俱服。我也不瞒你说，老夫一生争强斗胜，劳积渐成，日感力不从心，恐一旦撒手西去，百年家业随之灰飞烟灭。唯一庆幸的是，百合儿志向不让男儿，必可继承祖业，振作冼氏。贤侄出身名门，自小从军，华夏精髓，集结于身，纵横之计，诚不让人。小女倘若造化，得贤侄大学之一二，老夫不胜拨云见日之喜。"

韦放见冼来山的话已说到这个份子上了，再推辞肯定不妥，便赶紧答应道："既然叔父不嫌侄儿才疏学浅，侄儿当尽力就是，只怕误了贤妹……"冼来山见韦放答应，连声说"好"，忙不迭地叫百合儿拜师："百合儿，快跪下。"

百合儿打小时起就听父亲说过当年韦叡的故事，看着父亲佩服的神情，就知道韦叡是不凡的人物，心里早就神往。到知道韦放就是韦叡的儿子，是自己的大哥时，更是眉飞色舞、激动万分。近日来，见韦放在战场上弓马娴熟，而又会用智用计，大败冼家岭山寨的偷袭，越来越对韦放敬重有加。今日父亲让她和韦放留下，起先她并不知晓是什么事，听了父亲的话后，才知是要让她拜韦放习学兵法，真是天大的喜事，早已控制不住

心中的喜悦。当父亲叫她"跪下"两字刚出口，她便充满虔诚，毕恭毕敬地跪下去，行起庄严的拜师礼来。韦放连忙把她扶起，道："百合妹，打今日起，我们便一起学吧。由于在军中，时间难以固定，总要自己掌握才好，或在叔父中军帐，或在兄长处均可，横竖你想到什么，尽管问好了。遗憾的是我平日所习的兵书一本也不在手中，幸愚兄略有记性，还能记住，待我记忆上来，笔录在本子上，权当对照好了。"

冼来山满心喜悦，叮嘱百合儿道："百合儿，自今日起，少将军既是你的兄长，更是你的老师，务必恭敬受教，刻苦勤学，不要负了我意，切记，切记！"百合儿连连答应不已。

次日，天刚蒙蒙亮，韦放就起来了。按平时的惯例，先到各营地巡视一番，查问值夜的兵士几句，然后回至帐营里来。昨日冼来山郑重其事，让他教百合儿研习兵书，便自觉责任重大，夜来很久不能入睡，把那旧时读过的兵书细细回忆，心里默诵一遍。这时韦放坐到几案上，铺摊开纸，执毫在手，准备先将《孙子十三篇》忆录出来。刚写几行，只见百合儿走入帐来。看上去百合儿今天特别高兴，她笑吟吟道："老师早！弟子给老师请安了。"韦放点点头，笑道："呵！你来得好，坐下吧，我正写着字呢。"

百合儿走近几案前，见纸上写着《孙子十三篇》，下面已有好几句。笑道："这是兵书吧？"韦放放下笔，道："这是《孙子兵书》，我先录出来给你。"百合儿道："韦大哥，不如你念着，我来写怎么样？"韦放想了想，站起来微笑道："也好，这样大家伙儿都有活儿做，不气闷。"

百合儿坐到椅上，拈笔在砚里蘸蘸，就着韦放写过的那张纸又看了看，笑道："开始吧。"韦放道："好！接着'凡此五者，将莫不闻'句。"说着又往下诵道："知之者胜，不知之者不胜。故校之以计，而索其情。曰：主孰有道？将孰有能？"

见百合儿写完这两句，韦放拿过那页纸看了看，心中大为诧异，不禁赞道："百合妹写得一手好书！"百合儿笑笑，重又取回那页纸放在面前，道："老师，你继续念吧。"韦放道："好！'天地孰得？法令孰行？兵众孰强？士卒孰练？赏罚孰明？吾以此知胜负矣。'"念到这里，韦放又往百合儿那边望了望。百合儿低着头一边写，一边嘀咕道："你不要老是好呀好的，只管往下念就可以了。"韦放笑道："好！我就一直往下念好了，你写

好啦。"说着背起双手，在帐里踱起步来，诵道："将听吾计，用之必胜，留之；将不听吾计，用之必败，去之。计利以听，乃为之势，以佐其外。势者，因利而制权也……"韦放愈念愈快，百合儿亦愈写愈快，额头汗珠儿渗了出来。兵士几次进来催请用早膳，两人均不理会。一个时辰过去，洋洋数千言的《孙子兵法》已全部录好，除了有几个字百合儿停下笔来问韦放外，几乎是一气呵成，顺当得很。

　　百合儿放下笔来，伸伸懒腰，搓搓手儿，笑道："老师请过目，看有什么地方抄漏啦。这样吧，你看着，又轮到我背，这样方便。"韦放大吃一惊，惊异地看着百合儿，好一会儿才问道："你现在就背熟了？"百合儿笑道："也不一定，试试看是如何。"边说边把那写好的书页拾掇好。递到韦放手里。韦放满腹狐疑，道："那再好不过，我这里看着，你快背吧。"百合儿清清嗓音，笑道："老师，我开始背啦，'始计第一，孙子曰：兵者，国之大事，死生之地，存亡之道，不可不察也。故经之以五事，校之以计，而索其情：一曰道，二曰天，三曰地，四曰将，五曰法。道者，令民于上同意，可与之死，可与之生，而不危也；天者，阴阳、寒暑、时制也；地者，远近、险易、广狭、死生也；将者，智、信、仁、勇、严也；法者，曲制、官道、主用也……'"百合儿一口气背完《孙子十三篇》，竟然一字不差。末了看着韦放笑道："怎么样？哪里错了吧？"韦放大张着口，简直惊呆了，好一会儿才回过神来，兴奋得手舞足蹈，大叫大喊："啊呀！我的好妹子哩，我这才知道什么是过目不忘哩。你，你真是旷古未有的奇女子呀！"

　　韦放把这抄好的书页收叠好，说装订好后再让百合儿取去细读。然后又坐下来，看着百合儿严肃地说道："这些兵书，是前人的心得经验之谈，弥足珍贵。我们只要细细揣摩，不难发现里面的用兵规律。读兵书，其实与读其他书一般，总要熟读，然后自然生巧，将书之精髓化为己有，这才是读书之法，最忌生搬硬套，不加变化。春秋时，赵国大将赵括，熟读兵书，自以为天下无敌。他父亲赵奢临死前曾说他只是'纸上谈兵'，若不端正，贻害无穷。后来果真如此，赵括率兵与秦大将白起交战，兵败身亡。"

　　韦放说到这里，顿了顿，满脸通红，原来他想起父亲当初曾警告他别"纸上谈兵"的话来。这个内情，百合儿当然不知晓，此时她正聚精会神

听讲，也留意不到韦放这细微的变化。韦放继续道："三国时期的马谡也是这样的失败者，他本也熟读兵书的，然而就是因照搬兵书中的训条吃了大亏。一次用兵时，马谡把军队屯扎在离水源很远的一座孤山上，说甚么兵法云'凭高视下，势如破竹'，结果让敌人包围起来，断了水源。马谡还未意识到局势的严重，末了又说兵法云，'置之死地而后生'，不用说最后失败了。说起来，倒像是兵书把他害了，可见食古不化，一成不变是极其有害的。"

这时，兵士端来两碗茶，百合儿接了一碗，递到韦放面前，韦放接过呷了一口，放回几案上，又道："为将之道，切不可执死不变，拘泥古制，全在随机应变、出奇制胜为根本；为将之道，当以法治军，有功者赏，违令者罚，设而不犯，犯而必诛，惟其如此，方能保证令行禁止，整肃军容，达到战无不胜之目的。"

兵士又进来催请吃饭，韦放才打住话，对百合儿道："今天就到这里吧，怎么样，在这里吃饭吧？"百合儿站起身，笑道："我还是回那边和爹一起吃，我走啦。"说完出帐去了。

自这天起，或在早上，或在晚上，百合儿跟韦放研读兵书，不知不觉已近十天时间。这期间，韦放除了让百合儿抄出《吴子兵法》、《鬼谷子兵书》外，又陆续说了一些诸如孙子练女兵、田穰苴斩庄贾、曹操割发代首、周亚夫军细柳之故事，无非说明军纪整肃的重要。令韦放十分高兴的是，百合儿不惟听得入神，且对这类故事不时加以评点，且有其见地。其悟性领会之高深，有如神助，令韦放自愧不如，赞叹不已。

前几天，冼来山的身体已完全康复，冼操又如期运来粮草军需，且又带来八百援军，冼来山高兴异常。这天冼来山设了宴席，把韦放及众将都请到中军帐来。等大伙儿入席坐定，冼来山高兴地说道："自攻冼家岭山寨以来，大家忙于军务，从没饮宴。今日老夫康复如常，听说百合儿自跟韦少将军习研兵法，学有所进，老夫满心欢喜，特备小酌，权当谢师吧。"百合儿连忙站起身来，向韦放作了一揖，笑道："弟子深谢老师教诲。"韦放摆手笑道："快别这样说了，这个老师我快不敢当了，学生厉害着呢！"

冼来山和大家听了都笑将起来，众人吃菜喝酒，谈得开心。忽然，冼来山面转严肃，语气凝重地说道："我们也不能光顾着高兴，这些天，我老在琢磨，冼家岭开战至今已有一个月了吧？我们都运粮接济了，冼家岭

却毫无动静，按理说他们的粮食亦应该所剩无几，怎么一点儿焦急的迹象都没有呢？"

忽然帐外有人说道："快让我见见老爷，奴才心急死了！"大伙向帐外望去，却是兴儿扛着大布袋与冼福进来了。冼福满身湿淋淋，从头到脚尽是泥土。兴儿把布袋放下，抹一把汗水，对冼福笑道："我说让你先洗个澡，换过衣服再来见老爷，你又等不得，急着过来不可。"

冼来山放下箸，问道："阿福，你怎么来了？"冼福道："开始我就要跟老爷来，老爷不让。前几天四爷回大堡运粮，奴才听得老爷身子欠安，当时急得不知怎么好。本要跟四爷来的，为是龙眼欠火不能掐。百合姑娘那天吩咐的，等龙眼熟透了，掐些过来给少将军吃，说少将军是北方来的，让他尝个新。"武哥笑问："你弄了多少来呀？就这一袋么？"冼福笑道："有、有，多着呢，有三挑担呀。"兴儿已解开大布袋，把龙眼抄了上来，分堆儿放在各人面前。百合儿挑一些果粒大的让给韦放，笑道："老师，吃吧，甜得很呢。在家里时还未熟，你就吃了，这回可大不一样呐。"韦放笑笑，剥开壳吃了一个，点头称赞道："确是好吃，怎么叫龙眼呢？"七儿把一颗龙眼撕去半边皮肉，让韦放看，笑道："少将军看看，像不像眼珠子？"韦放"哦"了一声，道："确实像眼珠子，真有趣。"廖明笑道："这龙眼也叫桂圆，肉、核儿都可入药。"韦放又"哦"了一声，笑道："桂圆就是它呀！"

冼来山吃了几颗龙眼，问冼福道："你怎么满身是泥？像在泥坑里滚过一样。"冼福笑道："可是呢。龙准仔三个庄汉硬要走山路，说路近。这山路高低不平，又是雨后，十分泥泞难走的，奴才一路连滚带爬，也不知摔了多少跤，才来到营地。"

韦放听冼福说到这里，忽然心里一动，向冼来山问道："叔父，上冼家岭山寨确实只有一条道么？"冼来山见韦放神色有异，忙道，"自古就是一条道，再没第二条了。"他想了想，又道："冼家岭山后虽也有一条道经过，可是被峭壁隔住，根本无法上去。贤侄意思是……"

韦放眼睛一亮，道："叔父，明天起我们派兵去山后那条道上埋伏。"百合儿问："你是说，冼家岭山寨的粮草是从那条道上来？"韦放额首道："绝对有这个可能。"冼来山听了，把着胡须的手往下一捋，道："老夫也狐疑，其中必有文章。老大、老五，由明日始，你兄弟俩带三百兵士去北

山伏击，日夜紧紧盯梢，不得有误。"洗挺、洗飞兄弟应声领命。

章光先自打定主意坚守不出，让洗来山粮尽退兵时再行追击，便以为高枕无忧了。这毛毛细雨一连下了二十多天，才慢慢转为晴天。起先章光先很是得意，自忖这般恶劣的天气，看你洗来山能支撑多久。哪知派出探哨的人回来说，洗来山的粮草已运到营来。章光先暗暗发愁，"洗来山老家伙是铁了心啦，不想走了，要困死我呢。山寨中的粮草所剩无几，再这样下去，不用几天就得停火断炊。"他情急之下派人去向君圣庄霍全讨粮求援，派去的人回报说霍全答应了，粮草最迟两天可到，这才稍稍安心。这天，他把甘弁、马春、杜大海三人召到聚义厅议事。章光先道："众位弟兄，前些时，我听从老二的计策，坚守不出。一连二十来天，洗来山老贼竟全无退意，又运来粮草，这是存心与我耗到底啦。我们山寨粮草已尽，眼见这个计策落空，只好另想他法了。"杜大海气呼呼地说道："大哥，要打就打吧，你这般惧怕洗来山，往后我们在江湖中再无立足之地了。"马春咬牙切齿，道："是该大战一场了。我不亲手杀了那小子，老子不能解恨！只是必须想一个万全之策方可。"

甘弁见章光先拿眼看他，便道："既然洗来山不退，我们可寻别法破他。洗来山又调来援军，大堡多半没多少兵马可用，我们可乘虚袭击。我愿带轻骑一千突袭大堡。洗来山闻讯，必定回军救援大堡，我在中途伏击，大哥可在其退兵时追击，洗来山背腹受敌，必为我擒矣。"章光先大喜，赞道："此计大妙，但必须等霍全援粮运至，方可施行。"甘弁道："大哥，计已说出，当行则行，兵贵神速，不能拖延. 我怕敌方万一想到这点，已有准备，此计便虽奇无用了。"章光先道："贤弟无须担忧，只在这三五天时间，误不了事的。何况粮草未到，也急不得的。"甘弁拗不过章光先，心里有些不乐，只能默不作声。

一个小头目进来在章光先的耳朵根说了几句话，章光先点点头，道："今天议到这里，大伙儿散了吧。"众头领即起身散去。

下午辛牌时分，马春和马猛在家里坐地吃闲酒。赵媚娘走了进来，一面解腰刀，一面气呼呼地说道："老大刚才又把我找去问了一遍，说我找寿儿去了。是不是你告诉他的？"

马春一脸茫然，摊摊手，道："我才不会那么多事。你想想，我会去告你吗？"赵媚娘瞪了马春一眼，道："不是最好，把我逼急了，我可什么

都做得出来。"

马春事实并没去章光先那里说什么，也不知晓赵媚娘去找寿儿这桩事。可是听了赵媚娘说出这番话来，心里不禁咕咚一声，暗道："这小妮子去找寿儿干么？"忽然他脸上露出笑容，道："别生闲气了，快坐下吃饭吧。"

媚娘不吭声，朝里间去了。马春对马猛道："你去把媚娘请出来。"见马猛起身进去，他往两边瞧了瞧，在身上摸出一小瓶来，揭开木塞儿，在空碗里抖下一些白粉末，又连忙提壶倒上半碗酒。这时，媚娘和马猛出来了。

马春道："媚娘，你有什么话对我说好了，千万别耍小孩子脾气，和章老大顶撞，你知道这人暴躁如烈火。"

赵媚娘道："我也不怕，受不了我走人。"说着坐了下来，端起面前的酒碗，狠狠地喝了一大口。马春劝道："别顾着吃酒，吃些菜吧。"

一会儿，只见媚娘脸红耳赤，双目乜斜，似有醉意，道："奇了！今天我才喝了一碗酒，感觉醉了，现在头昏眼花，我得去躺一会儿。"便站起身来，摇晃着走进房去。

马春连忙压低声音对马猛道："小于，媚娘的心全变了，我不得不来这手，我刚才已在她酒里下了醉丹，你要把握时机，休得错过了。"

马猛乍一听马春的话顿时一脸惊异，瞠目结舌，"这，这"的一时竟说不出话来。

马春瞪了马猛一眼，站起身来，走到门外，顺手把门带上去了。

这里马猛发着愣，不知心里是什么滋味。一时想到赵媚娘是自己的妹妹，不觉后背心直发凉，一时想到婀娜娇娆、美丽无比的赵媚娘是自己的老婆，不觉又一阵昏厥，浑身酥麻。这时他满脸发热，心口像打鼓一般咚咚直跳，他一口又喝干一碗酒，不知是什么魔力催使他站了起来，径直向赵媚娘的房间走去。来至房门，马猛掀起帘角，探头往里看时，见媚娘和衣躺在床上，好像睡着了。他轻手轻脚蹑到床前，见媚娘一只手搭在胸前，身上又没盖被子，看了一会儿，再也忍耐不住，伸手去摸了摸媚娘的手，没有反应。这时马猛气喘急促，脑血贲张，便俯下身去，双手搂抱住媚娘亲嘴。媚娘在梦中感觉气闷难耐，一个激灵猛醒过来，睁眼看到马猛搂着自己，大吃一惊，想抬手打马猛一巴掌，可那手却是软绵绵的一点儿

气力都没有，手打在马猛脸上，倒像是摩挲了一下。她更加慌了，想挣扎起来，可是身子觉得不听使唤，不能动弹。她这时脑袋"嗡嗡"作响，像要炸开来，暗自叫苦不迭，知道是吃了醉丹，她急得迸出声来："马猛，你要干什么？"

马猛见赵媚娘醒了，但他也不害怕，淫笑道："媚娘，你不用急，我在和你好呢。"媚娘道："你要和我好，不能这样对我。"马猛道："不这样不行，阿爹怕你跟那小子跑了，说这样生米煮成了熟饭，你才听我的话，才会跟我过。"

赵媚娘心中喷火，暗骂道："好你个马春，该千刀的禽兽！"忽然脸上堆下笑来，道："猛儿，你且听我说，我既然是你的人了，你还急什么？我现在吃了酒，口渴得紧，你快给我端碗茶来。"

马猛停下手来道："你早跟我这样说就好了，我这就给你端茶去。"

骗得马猛出去，赵媚娘急忙把手伸进口袋里摸出一个小包来，哆嗦着从小包里倒出两只小瓶子，拿起一小瓶子揭了塞儿，又倒出两三粒红色丸儿，一齐塞进口里咽下。原来这个包里是一瓶醉丹，一瓶解药。赵媚娘跟马春行走江湖，身上已习惯带着这东西。媚娘服过解药，顿感清醒许多，手脚也恢复自如。

只见马猛手里端着大茶碗兴冲冲地进来，坐到床沿上，一只手去扶赵媚娘坐起，然后把茶碗端到赵媚娘的口边，赵媚娘喝了一口便摇头不要了，马猛把碗放到桌板上，回转身又想来抱媚娘。赵媚娘不动声色，待他俯身来抱时，右手用力向他颈上一掌击下，马猛哼都没哼一下便倒了下去。赵媚娘推开马猛，翻身起来，找了条裙带子，把马猛背手绑了，放躺在床上，又用一块破布团子塞在马猛口里，然后急急理了理头发衣裙，取过弯头双刀，飞刀腰袋，都系在腰上，出得屋门，直向大马棚走来。

大马棚在山寨的西面，这里有一大片参天的树木，林荫下一排儿十多间通连着的大房子，里面养着几百匹战马，靠东那间便是关押着寿儿的矮房。赵媚娘快步走来，把守的两个喽啰见是赵媚娘，也不拦阻，还笑着打招呼。赵媚娘说大寨主要提审寿儿，那喽啰不敢怠慢，连忙过来开锁。锁一打开，赵媚娘双掌疾挥，击晕两个喽啰，随即一手一个拖人矮房墙角边放下。寿儿看见这猝然发生的一幕，惊愕万分．赵媚娘道："别愣了，你主人的救兵就在山脚下，我现在就与你逃出去，快走吧。"

寿儿一脸诧异，道："你与我一起逃？"赵媚娘焦急起来，道："这还有假？快，快跟我来！"

寿儿跟赵媚娘出了矮房，往右一拐来到大马棚。马棚里几百匹马儿正在悠闲吃草，寿儿一眼就看见自己和少爷的两匹马也拴在一个单独的马栏里养着，当时喜不自胜，惊叫道："我们的马也在这里呢！"

起初，马春把寿儿连人带马押上冼家岭山寨，甘弁一见这两匹马就大为惊诧，道："哪来的两匹宝马？这可是难得一见的千里良驹。"甘弁确有眼力，原来这两匹马是大宛国贡品，中大通五年，梁武帝赐给大将军韦叡，以示皇恩浩荡。韦放南下投奔冼来山，路途遥远，山道崎岖难走，非一般脚力可胜任，因此韦叡为韦放主仆特备这稀世千里明驼。这两匹宝马半月长途跋涉，日日兼程，少有休息，竟始终体力充沛、神骏异常。韦放虽饱学兵书，历经沙场，却是在父亲严格正统的教育下长大起来的，平时除了在家庭便是在疆场，那些闲书杂学极少涉猎。他只知道这两匹马是好马无疑，但并不知道是千里神驹。甘弁出身商贾，早年又与人合伙贩马，知道马援养马致富的故事，且对关于相马之类的杂说略有心得，虽远没有伯乐之神奇，但大致上能说出宝马的神貌来。当时甘弁指出这两匹是千里马时，冼家岭山寨众头领都惊疑不已。章光先先是相了相，走上前用力重按马背，那马纹丝不动，章光先很是高兴，道："果然好马呀！"甘弁道："千里宝马多出自西域诸国。宝马之中，以汗血最为神品。这两匹马虽非汗血，然在世间，亦不可常见。马经说的，龙颅突目，平脊大腹，重有肉，此三事备者，即千里马。这两匹马肢势稳健，神气飘逸，明眼人一看便知是好马。"章光先听甘弁这般说了，更是手痒难忍，他先去牵韦放骑坐的那匹红马，翻身上去，才要抖鞭，那红马竟咴咴嘶叫，人立起来，章光先死死抓住缰绳，大声吆喝。那马四蹄�动，在地上乱蹬，屁股颠起老高，拨抖起一片尘土。章光先哇哇大叫，发狠鞭打那红马。那红马咆哮性起，倒在地上打滚翻腾，章光先纵然骑术超人，力大剽悍，也被这烈马甩出老远。杜大海哈哈大笑道："老大，这马不服你骑哩。"章光先爬了起来，摸摸光头，气鼓鼓的又来牵寿儿骑的那匹白马，章光先刚骑上去，谁料故伎重演，那白马如法炮制，又将章光先重重地甩了出去。章光先大怒，一蹦而起，拔宝剑奔来要杀这两匹马。甘弁忍住笑，劝阻道："老大不必动火，大凡宝马性忠，刚烈难驯。此两马牵之可以，骑则不能，这是

恋主的缘故，也是宝马的秉性。牲畜之为物，俱有灵性，我们只要诚心善对，好好饲养一定时日，不怕它不俯首驯服。"章光先空对两匹宝马，此时骑又骑不得，杀了又确实舍不得，只好无可奈何地挥挥手，道："他奶奶的，老子从没见过这样的畜生，去去去，听老二的，拉去养起来吧。"确也神奇，这两匹马刚牵人大马棚，那几百匹马见了都惊恐不已，好像见了猛兽一般，养马的喽啰没法儿，便将这两匹马另栏饲养，独个儿上草料，却才相安无事。

寿儿已经一个多月没见这两匹马了，今日甫一见到，倒像亲人久别相逢，欢喜难禁。他急步上去，抱住马的脖颈，又是亲，又是摩挲，那两匹马也竖起耳朵，扬动尾巴，缠绵亲热。

赵媚娘问道："没鞍的马你能骑么？"寿儿回过神来，道："能，现在逃命，顾不得许多了。"忙解下那匹红马来，将缰绳交与赵媚娘接着，道"这是少爷的坐骑，给你骑吧。"赵媚娘听了，脸上一阵红晕泛起，小声道："是你少爷的马？我能骑吗？"寿儿道："怎么不能？这马走山路如履平地，平稳得很呐。"说话时，寿儿又解下那匹白马，道："走吧。"赵媚娘牵马走在前面，回头叮嘱道："你跟上我，不要走散了。"

两人一前一后牵马慢慢步出大马棚，寿儿翻身骑了上去，催赵媚娘道："你怎么还不上马？"赵媚娘"哦"了一声，也腾身上了马背。寿儿见赵媚娘小心翼翼的模样，很是纳罕，心道："怎么像没有骑过马的？"寿儿哪里知道赵媚娘此时已是失魂落魄，她自小身世凄苦，早年丧父，幸得马春带大了她。十几年来，跟着马春父子东奔西走，颠沛流离，居无定所，小小年纪便过起强盗生涯来。她已习惯这种蒙面行窃，上马逃亡的营生，整日面对像父亲的马春，像哥哥的马猛，除此以外再也不想认识其他男人。直到那天在冼家岭村店遇到韦放，才隐约萌生一种说不出来的感觉，自此闷闷不乐，若有所思，韦放的影子不招自来，挥之不去，以致神魂颠倒，无法控制。她对韦放的思念之情与日俱增，日间犹可，夜更难熬。她每常自责："人海茫茫中我怎么遇到他，我在想他，他会想我么？我与他只见一面，那是生死搏斗的时候，他会留意到我么？"她想起韦放与马春恶战时怕伤及自己以致受伤的一幕，心头就扑扑直跳，脸红耳热。再想到那天冼百合几乎杀了自己，幸被韦放及时喝止的一幕，更是心动神摇。她此时骑在韦放的马上，自思这马是千里良驹，恋主怀旧，不易驯

服，偏偏我骑了竟然无事，莫非天意？媚娘想到这里，再也难禁情迷意乱，不觉痴了。

两骑看看来到关前。把关的几个喽啰问道："五大王要往哪去？寨主有令，谁也不许离寨。"这时赵媚娘的脸色冷若冰霜，厉声喝道："我有急事要出关，快让开！"

一个小头目过来拦阻："不行呀，大王的命令你又不是不知道，五大王请回吧。"赵媚娘怒道："你敢违我将令，知罪吗？你要误了大事，砍了你的脑袋。"

正在纠缠，突然山顶传来一声喝问："谁要出关？啊！赵媚娘？你要往哪去？啊！你带这小于出关？啊！快拦住，别让他们跑了！即刻禀报大王，赵媚娘要背反！"

这个大叫大嚷的正是杜大海，他带着十数个喽啰巡查山寨，见此情形，随即飞马冲下来，大叫道："反贼休走！"

顿时山上鼓角齐鸣，数百喽啰随着扑下关来。把关的数个喽啰剑拔弩张，截住赵媚娘。赵媚娘大喝一声："让道！"放马冲去，手一扬，三柄飞刀甩出，三个喽啰应手倒下，其余喽啰各持枪刺来，赵媚娘大喝道："不怕死吗？"两把弯头刀寒光一闪，又倒了两个喽啰。赵媚娘与寿儿两骑闪电般到了山门，见吊桥高悬在半天里，数十喽啰挺枪执刀拦住去路。赵媚娘回首一望，山上杜大海已带大队喽啰呐喊着追了上来，相距不足八百步了。赵媚娘叫道："寿儿留意，我一放倒吊桥，你就跟我向外冲。"声音未落，扬手两柄飞刀射向吊桥悬绳，那知急了，只射断一根，还有一根吊着板桥在晃动。赵媚娘刻不容缓，叫声"寿儿"，策马冲至吊桥时，大喝一声，那马腾空飞起，从那群喽啰头上掠过，赵媚娘借着那势，弯头刀一挥，绳断桥坠，"轰隆"一声重重砸在壕沟上面，几乎在同一时间，赵媚娘和寿儿两骑跃上板桥，呼一声闯了出去。

这时，杜人海也闯出山门，张弓一箭射来，正中寿儿后肩，寿儿晃动一下，到底没有坠马，哪知马却慢了下来。赵媚娘回头看时，原来寿儿的马后腿股也中了一箭。赵媚娘暗叫不好，只得放慢马护着寿儿走。

不知怎么回事，杜大海的马也慢了下来。后面人喊马嘶，瞬间，章光先、马春领着马军追赶上来。章光先问："怎么不追了？"杜大海道："寿儿这小子给我连人带马射中了，走不了啦。"章光先道："这好呀，你早应

乘势追击，杀了这两个狗男女。"杜大海道："穷寇莫追，赵媚娘武艺高强，更兼飞刀了得。我怕独力难支。"章光先骂道："混蛋！一个娘们儿有什么可怕的，跟我追去。"言罢策马挥刀，带队飞驰而来。看着快追上了，章光先又骂道："奶奶雄，我早说过娘们儿惹祸，你小于马老三不信，这回知道了吧？"马春也大骂道："抓住她剥她的皮！"

赵媚娘走在后面，遮挡着寿儿，章光先怒不可遏，看得真切，一箭射去，正中赵媚娘后背心，赵媚娘"哎呀"一声，趴在马背上。

正在这万分危急的关头，只见前面风驰电掣般奔来一队军马。原来是韦放、百合儿、武哥、七儿等率一队马军巡查到此。韦放远远看见冼家岭方向一队马军追赶两骑而来，觉得有异，即速引军赶来，相距五六百步时，仿佛一个是寿儿，一个是赵媚娘，看情形都像受了创伤。韦放大叫道："是寿儿么？是……大伙快快营救。"一马当先冲了上去，快到面前时，赵媚娘终于坐立不稳，跌下马来。百合儿见敌兵驰来，忙与武哥、七儿指挥马军严阵以待。章光先见来了援军，且天色将晚，怕中了埋伏，便不敢再追，勒住马头，大声骂了几句，随即引军掉头退去了。

　　冼飞双手从车架上抱起一根大木头，足有数百斤重，大叫道："大伙儿闪开！"放步飞来，猛地一声大吼，有如巨雷，那根大木头带着一股劲风直向洞门撞去，"轰隆"一声，那洞门被撞了开去。（见第四章）

　　霍廷典大怒，放马奔来。百合儿大喝道："你也不怕吗？"应声一箭射出，霍廷典急忙一闪，那箭却射掉他头盔上那根雉羽，带着一股劲风，从头顶上飞过。（见第四章）

如敌如朋施妙语　似真似幻布奇兵

　　寿儿、赵媚娘被接回营寨，廖明赶紧给赵媚娘起出箭镞，上了金疮药。百合儿见赵媚娘已包扎好，便命武哥、七儿搀扶着她回自己营帐休息。韦放私下问廖明："这姑娘的伤要紧吗？"廖明笑道："不妨事。虽说伤在后背心，但伤口不深，未伤及要害处，三两天准好。"韦放点点头，又来看望寿儿。寿儿的伤更轻了，只是叫痛不已，并无大碍。韦放知道两人均没生命之虞，放下了心。

　　冼来山和众将得知救回了寿儿，一齐都来看视，韦放都替他们引见了。冼来山很是高兴，说了许多安慰的话语，寿儿感激不已。韦放仔细打量了寿儿一番，笑道："寿儿，自那晚我逃出来，就以为你凶多吉少，哪知你吉人天相，逢凶化吉，你真是命大呀。"又问道："你这番是如何逃出来的？"

　　寿儿身陷缧绁，自料断无生还之理，岂知绝处逢生，得与韦放相见，此时欣喜若狂，有如梦中，便将赵媚娘如何救他出来，又如何冒死闯关的经过说了一遍。大家对赵媚娘的举动似乎不解，你看我，我看你，只有韦放把头来低了。忽然百合儿笑道："这有甚么不明了，赵媚娘是为韦少将军来的。不然的话，赵媚娘为何要逃？大伙儿想想，倘若赵媚娘在冼家岭野店用了醉丹，恐怕少将军与寿儿早就没命了，还会留下今日的故事么？那天在阵上时，少将军不让我伤赵媚娘的事，起初我也奇怪，之后琢磨琢磨，就明白了七八分，韦少将军对赵媚娘有意啦。也难怪，这么个美人儿，我见犹怜，比画上的美人还要好看。"百合儿说了这番话，又朝韦放

笑了笑，问："少将军，我说的是不是呀？"

韦放的脸腾地一下子红到耳根，窘得一时不知所措。冼来山见这情形，心里已有几分明白，忙阻止百合儿道："百合儿，你别乱说话。"百合儿道："我也不是乱说，大伙儿要是不信，赶明儿我问赵姑娘去。"

寿儿道："百合姑娘说得没错，确是有这事儿呢。那天我中了马春的飞刀，是赵姑娘救了我，为我上了金疮药，当时马春还不让。大伙想，当强盗的还会那么好心呐？我起先也闹不明白。后来上了冼家岭山寨，把我关在大马棚矮屋里，还是赵姑娘使人每日给我上药疗治，送吃的。直到那天章光先贼首审问我，我说出了少爷的身世，那晚赵姑娘便私下来问我，问少将军可曾婚娶，这下我算真通晓啦，原来赵姑娘是喜欢我家少爷呀！"

韦放听寿儿这么说，更臊得无地自容，连着几次想打断寿儿的话，无奈寿儿连珠炮似的说下去，竟插不上口来。这下见寿儿都说出来了，便骂道："寿儿，你，你才是真正胡说，看我如何整治你。"

这时，冼来山完全明白了。他想，要说男女一见钟情的事亦属常见，而像他们在生死关口萌生的恋情却也算是奇缘。眼前赵媚娘的背逃举动，不是下了最后决心，殊难轻易就可做到，可知她对韦放一往情深。而韦放呢，肯定也于赵媚娘心驰神往，那天阵上喝止百合儿的情急之状，若非心疼赵媚娘，那又作何解释？刚才冼来山已留意到韦放对赵媚娘伤势的关切之情，现在又目睹韦放对百合儿、寿儿说话所显露的心慌意乱之状，更证实韦放对赵媚娘心仪已久，情至意融。想到这里，冼来山笑道："少将军也无须不好意思。这般说来，赵姑娘确实是好女子，她这番痴心确实难得，你总要不辜负她才好。"

韦放支吾道："叔父，这……"冼来山手一摇，"嗳"了一声，笑道："这有甚么不好意思呢？男婚女嫁，天地之宗，况且你又未娶妻。你在我这里，这桩大事我自然得做主，想来你父亲也不会怪我的。"说完，冼来山哈哈大笑起来。

百合儿见父亲这般高兴，便向他道："阿爹，让赵姑娘和我在一起住吧，我来照顾她。"冼来山笑道："好吧！好吧！随你喜欢。哈哈哈！"

次日，冼来山和韦放等人过来看望赵媚娘。起先韦放不愿过来，百合儿数番撺掇，又说韦放像个腼腆的女孩儿，还不及赵媚娘爽快。韦放没法，只得跟着过来了。

昨晚，百合儿回到帐营时，赵媚娘还未开口说话，经不住百合儿、武哥等百般询问，细心照料，好像自己的心事人家早已知晓，不觉间把那戒备、生分之情都渐渐忘却了。百合儿说起众将不解赵媚娘背反山寨的缘由，而韦放低头不语，心慌意乱，而寿儿又将媚娘对韦放一往情深的事和盘托出时，赵媚娘羞得满脸通红。百合儿把赵媚娘当成了姐姐，无话不谈，还说父亲已决意为她保媒，主持婚事。赵媚娘听百合儿说了半夜的话，虽然口里不吭声，而心里实在充满感激，其快乐之情状无法表述。赵媚娘的箭伤原本不重的，上了廖明的药后即时就没有了痛苦，到第二天早晨，已感觉好了大半，这时听百合儿说冼来山、韦放等都过来看视她，慌忙整装迎了出来。冼来山看了赵媚娘，不觉大笑道："果然是我侄媳妇呀！"

韦放脸又红起，道："叔父快别这样说。"百合儿笑道："嗳，放哥哥，你要再是这样说时，不惟赵姑娘不依，我也不依的。"又指指低首不语的赵媚娘，道："怎么？是她今日不该来找你，还是你那天本不该救她？"大家都笑了起来。

冼来山坐了下来，捋了捋胡须，笑道："百合儿别闹了吧，等这仗打完了，老夫就给少将军、赵姑娘完婚，真是一对郎才女貌的好姻缘哪！"

忽然，帐外响起一阵急促的脚步声，只见冼挺大步流星、气喘吁吁地闯入来，不及问讯，即道："原来大伙都在这里。父亲，韦少将军算得没错，冼家岭山寨果然有外援粮草，让我们截住了，是君圣庄霍全运来的。"

冼来山听了，又惊又怒，腾地蹦起，咬牙切齿，抖着手道："好呀！君圣庄霍全原来竟是个奸诈阴险、卑鄙无耻的小人。一直以来，枉我敬他是个知礼重义的君子，呸！原来干这见不得人的勾当。好你个霍全，奸贼呀！我非灭了你不可！"

韦放见冼来山震怒，连忙劝阻，道："叔父千万别动怒，现今我们正与冼家岭山寨对敌，不宜又向君圣庄动兵，先留着这个脸皮，待破了冼家岭山寨，再举师问罪未迟。现在我们截取了他的粮草军需，无疑使冼家岭走上了绝路。"转身又向冼挺道："大哥，你快说说经过如何。"

冼挺接过夫辛递来的一大碗水，一口喝干，抹了抹嘴道："自父亲命我与五弟留意北山后，我们便日夜不敢松懈，一直埋伏在那路段处。今日辰时，才发现有运粮队上来，我们突然四面围堵上去，截获了粮车。君圣

庄押粮庄丁九十人，连大管家仇伦一个都不曾走脱，全部擒获回来，二十五部粮车已驾回大营里。"

韦放又问："你敢保证一个都没走脱么？"冼挺肯定道："不会错。当时有十数个庄兵打算逃走，被我和五弟连射死了五个后，其余都再不敢动了。我审问仇伦时，他说的数目一样，因而错不了。"韦放脸有喜色，对冼来山道："叔父，侄儿有破敌之计了。"冼来山大喜过望，道："好得很呐，你就调动吧。"

韦放把手一挥，提高嗓门道："军情紧急，等不得回中军帐了，快带那个管家仇伦。"

眨眼间仇伦被押了入来，他一眼看到冼来山，顿时双腿打战起来。冼来山怒火中烧，大喝道："跪下！"仇伦扑通一声跪下，叩起头来。冼来山冷笑道："仇大管家，你押粮不易，路途辛苦呀。哼！你主人是条狗，你是什么呀？你敢在我鼻子底下运粮助贼，你胆子也够大的了，够忠心啦！有什么样的奴才，就有什么样的主子。你那个好主子，日后我自会与他算账，现在我先和你了结一下吧。"

仇伦以为冼来山要杀他，早吓得三魂去了七魄。那头像捣蒜一般叩个不住，哭道："冼老爷，冼大老爷呀，不关小人的事呀，我只是跟在主人身后的一条狗呀！主人，呸！霍全吩咐的，小人怎敢不听，我也是身不由己呀！冼大老爷，呜呜……您，您就饶了小人吧！呜……"

冼来山把脸一沉，瞪着仇伦道："哼！你不想死也可以，等下我们问你，你如实回答，若有半句假话，哼哼！砍了你的吃饭家伙，知道吗？"仇伦忙不迭答道："知道，小人知道，不敢有假话。"又连连叩头不已。冼来山道："好！我且问你，你给冼家岭山寨运粮几次了？"仇伦道："这是第一次呀，确实是，如若有假，老爷您砍了我的狗头。昨天主人派我上山去报知章光先，说今天准时运粮上山的。"冼来山道："你上山走哪条道？"仇伦道："是从山后那条道上去的。他们山后有一条暗道，很是隐蔽，别人都不知晓。后山原本有个大岩洞，非常宽敞，足可住百几十人，是当日云起长老闭关面壁的密室所在，后来云起长老圆寂了，章光先便把岩洞打通至山后，做了一个牢固的洞门，我们的粮草就打这洞运上去的。只此句句是实，并不敢有半点虚言。"冼来山沉着脸点点头道："好！等下我们还有话问你。左右！与我先押下去！"仇伦又赶忙叩了几个响头，由庄兵押

出帐去。

百合儿看着韦放道："韦大哥是不是想冒充运粮队从后山攻进山寨？"韦放点了点头，高兴地说道："百合妹说得不错。叔父，我们就按这计策行事吧。只是……"他掉头望望赵媚娘，又道："我担心万一章光先不肯开门，我们是很难进去的。"

赵媚娘见韦放看她，脸又红了，道："自章光先疑心我之后，凡重大的事再不肯让我知晓。我知道山寨的粮草确是支持不了几天，章光先很是焦急，绝不敢延误了。就算他疑心，不肯开后山门，我们也有办法的……"

大伙的眼光都投向赵媚娘。韦放急道："你快说说看！"赵媚娘道："我想和百合妹两人偷偷从后山上去，潜入洞内。他肯开门最好，要是警戒不开，我与百合妹杀了把门的兵士，同样可将洞门打开来。"

韦放皱一皱眉，道："如若这样，当然很好，只是你的伤……"赵媚娘笑道："不要紧的，这是小伤，上了药后，眨眼竟好了。"韦放呼了口气，道："既然如此，那就依计行事。"众将又商量了一阵，才分头各自准备去了。

下午申牌时分，韦放一行九十人乔装的运粮队来到冼家岭山后，二十五部大牛车停了下来。走在前面的韦放、冼飞跟仇伦都下了马。韦放放眼张望，四周尽是悬崖峭壁，却不见有什么洞门。跟着仇伦走有数百步，转过面前的巨石堆时，眼前竟现出　个洞门来。韦放暗自称奇："把个洞门安在巨石堆后面，冼家岭山寨的盗贼也算是想绝了。"这石堆足有八九丈高大，上面长满杂草树木，根盘藤缠，确是绝妙的天然屏风，把洞口刚好遮掩住了，外面的人怎能见到？且这里是盗贼匪穴所在，别的村民乡夫，过路客人躲避还来不及，就是那药农樵子也不愿问津，冼来山又怎能知晓这个秘密呢。

忽然洞口上面传来一声喝问："站住！你们是干什么的？"抬头看时，只见峭壁高处钻出两个小喽啰来，又喝道："好大的胆子，敢在这里张看。"仇伦朝上喊话道："不要误会，快报知章大寨主，我们是君圣庄霍老爷派来的运粮队，二十五大车粮草都运来了。"上面喽啰又喊道："且等一等，站住了别乱走动。"一会儿，上面站出一个身材魁梧的大汉，倒提开山大斧，正是冼家岭山寨四寨主杜大海。

昨天赵媚娘和寿儿的逃走，令章光先大为光火。他大骂马春当初不该把赵媚娘带上山来，如今证实红颜是祸水了。马春当然不敢吭声，只能自认倒霉，白养了赵媚娘这女娃子十几年。章光先骂过后又庆幸，好在早怀疑赵媚娘通敌，如果让她知道君圣庄有粮草运上山寨这桩事，后果更糟。即便如此，他也严命大伙千万提备，不能再出差错。尤是今日君圣庄约定有粮草上山，他更不敢大意，特调杜大海亲自在后门把关，以防不测。

杜大海在上面看了这二十五部运粮车，大声问："你是君圣庄霍老爷府上大管家仇伦吗？为何这早晚才到？"仇伦答道："小人正是仇伦，原本应是中午到的，哪知粮车到了三宝山时，一部车的轮子损坏，整车粮都翻倒下地，后来才换了车，所以耽搁到现在。好了，四当家的，让我们把粮草运进去吧！"杜大海道："我是认得你仇大管家的，奈何近日我们山寨里出了叛徒，不得不小心提防。这样吧，天色已晚了，你们且把粮食卸下地里来，然后你们自去，让我们自家搬抬人去好了。"

韦放听了，暗暗着急，果然贼兵已有警戒，看来只有希望百合儿和赵媚娘了，他压低声音对身旁的冼飞道："做好准备，万一不行硬攻上去。"

忽然，站在岩石上面的杜大海很是紧张的样子，喝问洞下喽啰出现什么事，跟着走下洞去。原来百合儿和赵媚娘早已从后山攀上悬崖，潜入洞内隐蔽处躲藏了，只等韦放他们一到便里应外合。岂知杜大海竟然警觉得很，不肯开洞门。两人知道只有硬闯了，便交换一下眼色，潜近洞口，只见五个喽啰执枪持刀在洞口来回走动。这时洞里已渐渐黑了下来，两个喽啰刚要点上洞壁的油灯，突然"呀"的一声，被百合儿、赵媚娘每人一个解决了，余下三个感觉有异，大呼起来。上面杜大海听到叫声，急忙提大斧走下洞来。刚一着地，突然一人挥刀劈来，杜大海大斧一拦，"当"的一声抵住，仔细看时，见是赵媚娘，顿时一惊，大喝道："赵媚娘，原来是你这个叛贼！"赵媚娘并不出声，一刀紧似一刀的攻上来，逼住了杜大海。只听那洞口旁的喽啰叫喊起来："不好了，那贼去开洞门啦。"杜大海大急，吼道："快禀报寨主，冼来山攻寨了。"他欲摆脱赵媚娘，去堵住洞门，无奈赵媚娘紧紧咬住，又哪里走得脱身。那厢百合儿冲上去腾手要托洞门闩。这扇大洞门板，足有五寸厚薄，里面是两根一尺见方，一丈多长的大门闩上下闩着。不把门闩拿开，在洞外是无法人得来的。百合儿刚把

门闩一端托起，又见五六个喽啰一齐冲上来长枪乱刺，百合儿一手仗剑抵挡，左手又去托门闩，终于让她托开了一根，只是上边那根老高，手够不上去。这几个喽啰很是骁勇，不同一般，百合儿被纠缠住了，一时也难托开另一根门闩。忽然一声长啸，一条身影旋即来到面前，大喝道："你还想开门么？"百合儿看时，竟是马春。百合儿知道这时要想弄开门闩是极难的了。怒喝一声："马春老贼，看我先斩了你，接剑。"一剑当头刺去，马春用剑抵住，斗有十数合，马春暗自吃惊："这女娃子非同小可，武艺似在赵媚娘之上，我与这几个喽啰一并战她，竟奈何不了。"正在酣战，那厢赵媚娘由于伤口未愈，与杜大海斗了几十回合后，渐觉后背伤口疼痛起来，手上的弯头刀渐渐慢了，被杜大海一斧震飞一柄刀。杜大海大为得意，叫道："我不把你这叛贼斩了不能解恨。"突然一阵炮声、鼓角声骤起，山顶上喊杀连天。赵媚娘大惊，山寨大队人马就要赶下来，再不打开洞门，就要坏事。心里一急，一时不知疼痛，一柄弯头刀又挥洒开来。

洞口外韦放知道情况有变，再不能等了，大叫道："众位弟兄，来不及了，准备撞门冲杀！"只见二十五部粮车上揭去盖布，纷纷跃下数百名士兵来。冼挺、冼操一齐手执军器，翻身下马，带众兵士围住洞口。

这时，仇伦见没有人再顾及他，抬眼往左右一睃，拔腿就溜。刚走出数十步远，被冼飞几步赶上，抓住一拳打晕，提到一空车上扔下去。冼飞双手从车架上抱起一根大木头，足有数百斤重，大叫道："大伙儿闪开！"放步飞来，猛地一声大吼，有如巨雷，那根大木头带着一股劲风直向洞门撞去，"轰隆"一声，那洞门被撞了开去。

韦放宝剑往后一挥，高叫道："杀呀！"众将士齐声鼓噪，挺兵刃冲入洞去。这时洞里灯火通明，章光先已率众喽啰冲至洞口，黑压压的堵在上面。冼飞见赵媚娘不敌杜大海，一个箭步跃上前来，狼牙棒当头劈下，杜大海大斧一挡，哪里招架得住，慌忙躲了开去。韦放见百合儿力战马春与众喽啰，怕有闪失，忙拔步上前，挥剑疾刺，叫道："老贼，今日你死期到了。"马春见洞门已被打破，自知大势已去，哪里还敢接战，便虚晃一剑，向密集的人丛里钻身逃去，韦放穷追不舍，提剑赶来。章光先这时急红了眼，大吼一声，飞身跃下，挥刀劈向冼飞。冼飞撇下杜大海，回棒砸来，正打在章光先的刀口，"轰当"一声，火星四射，章光先大惊失色，自知不敌，抽身要走，冼飞大吼道："贼将逃哪里去？"随着叫声，一棒打

在章光先的头上，把个天灵盖都打飞了，胖大的身躯重重地倒在地上。杜大海哭喊道："大哥，你怎么了？"扑向冼飞，哇哇大叫，形同拼命，开山大斧呼呼乱舞。冼操持枪刚要上来，冼飞叫道："四哥不必，让我了结他吧！"声音未落，只听得杜大海惨叫一声，被冼飞一棒打在前胸，轰然倒地，那护心甲都震飞开来。

众喽啰见一刹那间，几位头领死的死，逃的逃了，哪里还敢抵抗？背翻身都朝山上退走。韦放率众将士尾追而上，喊杀声震天动地，追至山顶时，众喽啰尽都四散鼠窜去了，走不迭的，都丢枪弃刀，跪地讨饶。大队人马来到聚义厅，四面都搜遍了，就是找不到甘弁。韦放道："大伙分头再找，一定要寻到甘弁，记住捉活的，不要伤他性命。"

当时章光先接到山后告急，便和马春率大队喽啰前来救应，甘弁则率一千兵守住前山口。这时甘弁接报后山失守，敌兵已冲上山顶，便决心一死，随即率喽啰冲下山来。刚出得山口空旷地面，忽然一声炮响，顿时火把通明，却是冼来山、廖明、武哥、七儿、夫辛众将带大队军马截住去路。甘弁再回头望时，韦放、冼挺、百合儿、赵媚娘又带兵从山上追了下来。前后两面把甘弁堵住。冼来山策马上前，横刀喝道："贼将还不下马受死？"甘弁进退无路，苦笑道："甘弁不幸，也只有这样的结局了。"说罢长叹一声，拔出宝剑来，正欲自刎，忽地一箭飞来，射在甘弁右腕，宝剑脱手掉在地上。这一箭是百合儿放的，她数番见韦放说起甘弁来都是赞不绝口的，很是佩服的样子，便救了他一命。冼来山大喝一声："拿了！"众军士一拥而上，用绊马索绊倒甘弁，捆绑了起来。其余喽啰全都投降了。

冼来山率军回至营寨，已是二更初。整座大营灯火通明，冼来山高坐中军帐里，军士押甘弁上来，冼来山喝他跪下，甘弁瞪了冼来山一眼，不出一声。冼来山怒道："败将为何不跪？"甘弁微微一笑，道："我今败了，惟求一死，何必大呼小叫的！"冼来山大怒，手在几案上重重一拍，喝道："推出去斩了！"甘弁脸不改色，举步向帐外走去。百合儿忙站出来，劝阻道："父亲不可，甘弁为人忠勇，且有智谋，暂不可杀。"转身问甘弁道："将军文才武略，英雄无敌，为何甘心在章光先手下做强盗？"见甘弁不语不言，又道："我听闻将军曾向章光先进计，出奇兵突袭我大堡，令我等首尾不能相顾。好在章贼愚蠢无知，不能采用。"冼来山插言道："确有这

等事?"百合儿笑道:"赵姑娘告诉我的,还会有假?"又走前几步,看着甘弁道:"如若甘将军大计得以施行,恐怕被俘的该是我们。"一边说,一边早把甘弁的绳索解开。冼来山并不拦阻,摆了摆手道:"将军大才,令人佩服,既不肯降,随你去吧!我决不为难你。"甘弁望望四周,低下头来,好一会才长叹一声,不自觉地跪了下去,道:"败军之将,再难言勇。如若不弃,甘弁甘效犬马之劳。"冼来山见了,慌忙跑下来双手扶起。

韦放一旁看了,暗暗称奇,他深知甘弁这般的人是不会轻易就肯投降的。他原先已有劝降甘弁之意,冼来山发怒时,便欲出来劝谏,那知百合儿抢先发言,且又说中甘弁的痛处,让甘弁有台阶可下,真是妙不可言,暗自称赞百合儿的才智非一般人所及。便连忙上前向甘弁施礼道:"甘将军深明大义,韦某早已敬慕,还望日后不吝赐教,小弟定然洗耳恭听。"甘弁慌忙答礼,连称不敢。甘弁见冼来山上下人等均待他如此礼重,从此死心塌地降服了。

次日,冼来山大摆筵宴庆贺,大小新旧将领会聚一堂,其余兵士庄勇都赏酒肉。席间冼来山道:"这次为救寿儿,不得已起兵攻打冼家岭山寨,一个月来,将士们同心协力,不曾休歇,终于破了章光先匪巢,为地方百姓除了大患。更可喜可贺的是,老夫无德无能,又得甘将军、赵姑娘二位大才相助扶携,日后大堡兴盛,全在诸位大贤用心。唯一可惜没能抓住马春这个老贼,让他漏网法外,贻害百姓。哼!"冼挺道:"纵然抓不到他,这贼子也破了胆,再难作为了。日后我们再行查访打探,不怕他逃到天上去。"韦放又与甘弁谈些兵法武艺,相互钦佩不已。甘弁至此才知韦放原是将门之后,久经战阵的将军,当下心悦诚服,赞叹有加,还对韦放称赞百合儿年纪虽小,却深通文韬武略,实属罕有,将来必成大器。大伙儿谈笑风生,频向冼来山劝酒,这酒宴一直吃到傍晚才散了。

冼来山一时欢喜,吃了不少酒,醉了两天才醒。百合儿等人一直守在身旁,很是担忧。这天韦放又过来探视,冼来山后悔道:"老夫高兴过了头,贪杯误事。少将军,快召众将中军帐议事。"韦放道:"叔父中酒,理当养息才好。"冼来山翻身起来,伸伸臂膀,笑道:"没有事的,我躺了这两天,倒觉精神许多呐。"百合儿笑道:"还说呢,大伙儿都吓坏了。"

一会儿,众将齐集中军帐中,冼来山道:"我这番用兵,意在殄灭盗匪,保境安民。既已救出寿儿,我本意足。叵耐君圣庄霍全,心怀叵测,

助纣为虐。好在天必佑仁，人心归正，及时识破霍全之用心。冼氏为酋，已历经五世，前人创业，殊为不易，我辈守成，志诚惟德。霍全既有觊觎之心，若不去除，迟早必为大堡之患，我岂能坐等屠宰，由人摆布？老夫欲趁此大胜之际，发兵讨伐君圣庄，还望诸位助我父子，并力攻破君圣庄，方解我心头之恨。"韦放道："君圣庄霍全既然资助冼家岭山寨粮草，其贼心已现，若不剿灭，天理难容。我等情愿竭尽心力，随叔父前去便是了。"甘弁忙道："甘某不才，愿领兵亲去，何须冼老爷费心。"冼来山大喜道："如将军肯去，再好不过。我们应从长计议，君圣庄既敢与我为敌，必早有准备。"

韦放道："冼家岭山寨是要紧去处，既为我有，当留兵驻守，免生枝节。冼家岭实乃一夫当关，万夫莫开的天险所在，留兵三百，大概也够了。"冼来山点点头，道："就按贤侄的意思去办吧。"百合儿看甘弁一眼，微笑道："为防不测，父亲还应调兵一千回大堡，不致二哥、三哥无兵可用。"冼来山又点点头道："确应如此，还要告诫老二、老三务必十分小心提防，别让人家掏底了。还有，让阿福、贵儿、三才几个都随军回大堡，横竖留在这里也没事可做，只留下兴儿跟我吧。"冼来山知道寿儿必要随着韦放，便没有提他。

众将正在商议，忽探马飞报人来，说君圣庄约同梁化乌狗山的邓成锦、新州土龙冈的冯起文起大兵前来拒敌，邓成锦已在君圣庄西三十里下寨，冯起文在君圣庄东二十五里扎营。冼来山甫一闻报大惊失色，对韦放道："我早预料到乌狗山与土龙冈对我有图谋，这些年来，虽然还没有明动干戈，但已是暗地较劲。好呀，今天终于都露了面孔，我们拼了吧，这仗迟早都要打的。"韦放暗暗发愁，君圣庄既是始作俑者，敢与大堡为敌，军力必定相当，要破他已属不易．如若再加上两路援兵，大堡分身无术，如何对敌？想到这里，不由眉头收紧，脸色凝重起来。百合儿道："这两处来兵，和我们并没有交过战。我的想法，宜分兵抗衡。我与赵姑娘、武哥、七儿、夫辛引兵一千去迎冯起文，千万不能让他们三路逼近，串成一气就不好办了．"甘弁十分赞同百合儿的看法，他道："冼姑娘这想法很好，我愿提一千兵去抵抗乌狗山的邓成锦。"冼来山道："邓成锦兵力素来强盛，在诸酋中甚有名望，甘将军要去会他，正是劲敌。我怕你独力难支，再派老大、老五助你。"冼来山望望韦放，投去征询的眼光，韦放呼

了口气，道："也只能这样了，重要的是我们三路必须相互呼应，随时注意敌方动向。如若不成，宜当退兵大堡，另谋良策，切不可求胜浪战，轻率用兵。"

冼来山把着胡须的手向下一挥，神色坚决地说道："就依这计策行事，老夫亲会霍老爷，揭他伪君子之面纱下来。左右，与我带仇伦上来！"

仇伦又被推到帐中跪下，他已知道冼来山攻破冼家岭山寨，山寨头领都已死的死，降的降，逃的逃，土崩瓦解了。如今冼来山大获全胜，必定移师攻打君圣庄，怎会轻饶自己，这时已是面如死灰，瘫软如泥。忽听冼来山发话道："仇伦，我本当斩了你的狗头，又怕污了我的刀。现在须要留你回去报知霍全贼子，说我克日荡平君圣庄，叫他引颈受死吧。"说到这里，冼来山提高嗓音，大喝道："左右，与我把仇伦的鼻子割下来，再放他回去！"兵士得令，上来按住仇伦，一个兵士拔出匕首，切下仇伦的鼻子，顿时血流满脸。仇伦痛得大哭大喊，捂着没鼻子的脸鼠窜而去了。

次日凌晨，百合儿、甘弁分别引军先行开拔。正午时分百合儿率军来到黑金岭，距冯起文大寨十里扎营。次日，百合儿、赵媚娘、武哥、七儿、夫辛带着二十名兵士来到冯起文寨前，使人向对面寨中发话道："冼将军请土龙冈冯起文老爷说话——冼将军请土龙冈冯起文老爷说话——"

一会儿，冯起文寨门开处，一队人马冲了出来，为头的正是土龙冈庄主冯起文。他骑着乌骓马，全身披挂，提两杆长矛，很是威严整齐。后面跟着他的二个儿子冯岑翁、冯涣翁、冯盛翁都是全身披挂，手执军器，乘骑高头烈马，引着两百庄兵，旗帜鲜明地来至寨前列队。百合儿拱手微笑道："来的可是冯起文冯老爷么？"

冯起文见是一个女孩子问他，心里一怔，策马上前几步，拱手道："正是冯某，不知你是……"百合儿见他疑惑的目光，便又笑道："冯大老爷，我是冼来山的女儿冼百合，四年前在贵庄曾拜会冯大老爷，冯老爷贵人事繁，想必忘记了。"

冯起文暗忖："我虽和冼来山经常会面，但从没有见过他的女儿。"他用眼一扫，对面齐刷刷的都是骑着高头大马的女将，且又个个生得娇艳异常，风姿绰约。更令人惊奇的是，那几个女将的马前还牵着一头斑斓猛虎，真是旷古未有的事儿。"冼来山老儿是怎么啦，哪里招来这许多女娃子，他敢派这几个女娃子来抗我，是什么意思？"便又笑着说道："冯某老

糊涂啦，实在想不起来在哪里见过冼大小姐呀，还望明示。"百合儿嫣然一笑，道："冯老爷名满百越，技压群雄，怎么会记得我这个黄毛丫头，四年前你老五十寿庆，我跟着阿爹向你敬过酒呢，怎么就忘了？"

冯起文大吃一惊，道："你就是那个射穿甲叶的小……"他意欲说"小子"，话到嘴边，赶忙打住。百合儿笑道："我正是那个小子呀，当时我男装打扮，想不到冯老爷看不出来．那时我年纪小，不懂事，还望冯老爷海涵。"说到这里，又向冯起文拱了拱手。

冯起文赶忙回礼，连称不敢。然后又笑道："侄女儿今日来到，肯定要教导冯某，就请示下吧。"百合儿笑道："冯老爷快别这样说，晚辈怎敢。其实呢也没有什么大事情，只是父亲不明白冯老爷为何要助霍全，所以派小女子前来请教。"

冯起文笑道："哦哦！这事么，本来我是不该来的。只是霍全说冼老爷无故兴兵侵犯君圣庄，去书让我来评个理，因此来了。"百合儿笑道："叔父差了，你老诚实待人，想不到你被霍全骗了。这样说起来，你肯定不知原委，如若叔父肯让小侄女告知，不嫌啰唆……"冯起文道："你说吧，不必太客气。"百合儿道："上月我爹老朋友的儿子和一个仆从南来投奔，在冼家岭让章光先手下马春截了。马春谋财害命，幸好我表哥逃了出来，那个仆从却让马春押上山寨中。父亲派人带书请君圣庄霍全帮忙救人，霍全说章光先不给面子，救人无门。父亲没法，只得起兵攻打冼家岭山寨。叔父，您是万万想不到的，霍全原来是个伪君子，阴毒的小人。他不帮我们倒也罢了，他却暗地里资助章光先粮草，企图置我们于死地……"

冯起文打断话道："真有这等事？"百合儿回头指指后面赵媚娘："千真万确，叔父要不信，可问这位赵姑娘，她原来就是冼家岭山寨的头领。叔父您想，我父亲虽然平日性子暴躁了些，但绝不会干对不起人的事。叔父您是个深明大义的人，依您说，这般的事儿出在您身上，您能坐视不管么？"

冯起文一时语塞，"这……这"的说不出话来。百合儿又道："我父亲是好管闲事。那年，冼家岭山寨章光先去问天龙庄借粮，途经大堡，我父亲想那天龙庄季臣是个志诚君子，怎能不帮？便拦住章光先说情，可是章光先不听劝，角争起来，因而结下仇怨。其实说起来，我们打下冼家岭山

寨，也是为地方除了大害。章光先累向各村寨借粮，搅得鸡犬不宁，生灵涂炭，这个毒早应去除，叔父你说是么？"见冯起文不吭声，百合儿笑了笑，又道："我说冯老爷让霍全骗了，不光指这些事，还另有要紧的呢。叔父试想，您这次前来，就算助君圣庄打败了我们，甚或灭了我们村寨，得利的还不是君圣庄？于叔父又有何益？分下的土地，隔着几百里地，十多个村寨，还不是名有实无？依侄女儿愚见，这实在是百害而无一利呐，不知叔父以为然否？"

冯起文已经听呆了，他捋着胡须，沉吟起来，竟忘记了答话，好一阵才道："侄女儿这一席话，确是在理，我就信你的，今天就拔寨回去。"百合儿道："我父亲说得不差了，他说冯老爷是个万中无一的爽快人，秉公无私，刚直任侠，在诸酋中的地位无可替代，怎么可能让霍全骗了，必要亲自来说个明白。我就说，不用父亲来吧，我拜会过冯老爷的，冯大老爷是个公正的人，他一定会信我的话的。"冯起文"哦哦"连声，道："那是，那是。"百合儿微笑道："还望叔父也派人劝说乌狗山邓成锦老爷。凭着冯老爷的威望，我想邓老爷是应该明白事理的。"冯起文笑道："我试试看吧。侄女儿，替我复上冼老爷，就说我冯起文拜过啦！"说罢拱手作别，慢慢勒转马头，率兵回寨。

刚人到中军帐，冯起文就深深感叹道："都说冼来山英雄无敌，哼！那只是一勇夫而已，不足一提。依我看来，比这个女孩儿就差得远啦。冼来山生有五个儿子，个个英雄？"他摇了摇头，道："这个女娃子才真正厉害呀！冼来山，冼来山，你小老儿哪生修来的福？"言罢又连连感叹不已。

大儿冯岑翁问道："父亲，我们就真的收兵回去？"冯起文翻眼看着冯岑翁道："不回去？留在这里？我早说过，叫你们兄弟好好读些书，你们只当耳边风。光学武艺有屁用，有时是要用脑的。你看人家一个女娃子，先不说她的武艺如何，光是她那嘴皮子，没理也说成有理，何况还真有点理呢！哎！是谁说来着，这，这叫不战而屈人之兵，懂吗？"

冯起文接到霍全约他联手抗击冼来山的书信，本不大愿意，心想冼来山打你关我什么事，自己与冼来山素无恩怨，没来由做甚么恶人。但霍全许他灭了冼来山后平分土地，这就让他动心。起兵时，冯起文又盘算，先扎下寨来，并不出战，让霍全与冼来山交锋。今日百合儿一番话，令他大吃一惊，自己怎么想不到这一点呢？要是得不到土地，那不是空劳费

心了。

百合儿率将士回到营寨，即使人打探，果然冯起文拔寨回去了。赵媚娘笑道："姑娘真行，冯起文数千军马，一席话就打发了。"武哥道："那还用说，我们姑娘是天上的星宿投世，他冯起文怎敢惹她。"百合儿笑道："快别说嘴了，我心里还在突突跳呢。我好言相劝，能让冯起文自己退去，当然很好。冯起文要是不听，我们交锋起来，先不说胜负如何，这里一拖下去，父亲那儿就有麻烦。哎！不知甘将军那路如何？事不宜迟，我们得赶紧生火造饭，一吃过饭，即拔寨回父亲那儿去才是要紧。"

冼来山、韦放率中路军马来至四子山，距君圣庄二十里下寨。自分兵后，韦放更加谨慎，传令兵士坚守营寨，却不出战。他现下最担心的是百合儿一路，虽深知百合儿、赵媚娘等人武艺高强，才智过人，但现在独当一面，不能不往坏处想。如果败下来，冯起文发兵冲击，万一甘弁那路又支撑不了，那时，霍全、邓成锦、冯起文三面夹击合围，事态就严重了。

这晚子时，冼来山来到韦放营帐，韦放让他坐了。冼来山道："我实在料不到乌狗山、土龙冈会出兵助霍全，这于我们十分不利。冯起文兵力雄盛，为人又很狂妄，百合儿吃得消么？万一败了……"韦放还未回答，忽报百合儿回来了，冼来山和韦放都大吃一惊，冼来山一蹦而起道："难道真的败了？"两人神色慌张，正欲迎出帐去时，百合儿与赵媚娘已急步入来。见她俩脸有喜色，冼来山惊疑不定，急道："你们这会子回来，情况怎么样？"百合儿从兵士手中接过茶水，一饮而尽，笑道："父亲别急，冯起文这路没问题了，我已将他劝转回去啦！"便将经过说了一遍。冼来山、韦放直听得眉飞色舞，连声称好。韦放欢喜不已，笑道："百合妹一席话，胜似十万兵，好，太好啦！只要冯起文这路退去，甘弁拖住邓成锦，我们即可进兵攻打君圣庄。"

次日，冼来山与诸将在中军帐商议攻打君圣庄方案。至傍晚时，探马飞报甘弁、冼挺领军马回来了。冼来山领着诸将慌忙上马迎了出去，出营寨将及一里地时，便见甘弁、冼挺、冼飞率队奔驰而来。冼挺老远就大喊起来："父亲，邓成锦退去啦！"瞬间三人来到面前，滚鞍下马，冼来山忙问："邓成锦也撤兵回去啦？是怎么回事？"甘弁见百合儿、赵媚娘都在，便问："冼姑娘怎么也回来了？你那边怎样？"百合儿把经过说了。甘弁又惊又喜，道："百合姑娘聪慧天纵，可贺可喜，甘弁佩服至极，这叫不战

而屈敌之兵，兵法上乘者也。这般说来，乌狗山的邓成锦肯定是收到冯起文的书信，才引兵退去的。起初我引兵至彼，还未接战，至今日早晨，探得邓成锦悄然退兵，我还以为是邓成锦用计，便也不追，令探马尾随其后，一直看他军马全部回乌狗山去了，才知是实。当时我很是奇怪，这是怎么了？却原来是百合姑娘奇计退敌。难得的很，难得的很呐！"一边说着，一边还赞叹不已。

冼来山道："既然两路兵都已退去，兵不血刃，再好不过，我们现在可集中兵力猛攻君圣庄。霍全呀霍全！天要灭你，奈何！"此时冼来山长髯飘拂，颇为得意。

自冼来山与章光先交战之日起，君圣庄霍全就加紧秣马厉兵。他的长子霍廷昭知道父亲要与冼来山为敌，很是不以为然，他劝谏道："父亲要抗拒大堡，孩儿深以为不妥。俚僚百越，诸酋争雄，非今日之始，以致战乱不断，百姓难安。纵然称雄夺霸，又岂能摆脱兴衰交替之运？比如父辈得意，难料子代失宠，皆因英雄辈出，随波逐浪，是为千古一定之理。冼来山数代为酋，于今最盛，诚不可与之争锋。孩儿这样说来，也并非恭维冼来山。在诸酋中他确是出类拔萃的人物。当年孙冏、卢子雄率大兵征讨俚僚部落，烧杀掳掠，横行肆虐，数十庄寨，无以为敌。冼来山登高一呼，率先抗击孙冏、卢子雄，接连挫其气焰，致使诸酋振奋精神，联兵抗敌，孙冏、卢子雄才罢兵回去，这都是有目共睹的事实。冼来山是百越屏障，俚僚靠山。父亲切不可以友为敌，自伤和气。"霍全勃然大怒，大骂霍廷昭无所作为，妇人之见，罚他关在房里面壁思过，再不许出入走动。

霍全每日和阮乔商量计议，冼家岭战况他都了然在目。他本希望章光先出兵硬战，便能削减冼来山兵力，哪知章光先玩起持久战来，令霍全着急不已。后听得章光先不从甘弁围魏救赵，直捣大堡的计策，霍全气得连连顿足，恨声不绝，大骂章光先有勇无谋，迟早必为冼来山擒捉。章光先与冼来山相持日久，霍全已知其粮尽，情急之下，冒险救援，并使仇伦转告章光先，务必从速突袭大堡，方为上策。无奈粮草被截，章光先山寨土崩瓦解。至此，霍全明白这火要烧到自己头上来了。霍全为保万无一失，连夜派人带书赶赴乌狗山、土龙冈，约同邓成锦、冯起文联合起兵，企图一举歼灭冼来山。又岂料这两路军马才扎下寨营，又不辞而别，匆忙回去，令他大伤脑筋，自思只有孤注一掷，拼死抵抗了。

冼来山把大营前移十里扎下。站在望楼远眺，群山脚下，竹林掩映处，依稀可见君圣庄。韦放与百合儿带着数个兵士策马来到庄前高地里，朝庄里观望。君圣庄修在元晟山下。元晟山山雄峰峻，怪硌嶙峋，树木常青，飞瀑长流，旧传此山乃君祖道场，君圣庄才因而得名。君圣庄四面环山，面抱一片略有起伏的大坡地，庄寨周围筑着两丈余高的石城墙，南向一座大城楼，上有悬桥，元晟山涧水经年不息引入护河，然后蜿蜒流向庄寨左旁的密竹林溪中。韦放、百合儿正在那里指指点点，忽见寨门开处，冲出一支人马来，为头的正是霍全第四子霍廷典，全身披挂，挺一杆长矛，骑一匹青鬃马，带一百多马军飞驰而来。霍廷典大叫道："甚么贼人，敢窥我宝庄？"兵士们见对面人众，转身要走。韦放也道："贼兵来了，咱们回去吧。"百合儿道："不要急，等下再走不迟。"她对兵士道："都站住了，贼兵靠近，再放箭射他们。"看看君圣庄马军来到三四百步时，众兵士忙忙放箭，射倒了两个马军。那队马军停了停又赶过来，两个小头目冲得最快，大声喊道："他们只有几个人，都捉活的。"百合儿取下雕须弓，轻声道："叫你吃两箭才知厉害。"说着张弓一箭射去，那个小头目"哎哟"一声倒撞下马来。霍廷典大怒，放马奔来。百合儿大喝道："你也不怕吗？"应声一箭射出，霍廷典急忙一闪，那箭却射掉他头盔上那根雉羽，带着一股劲风，从头顶上飞过。霍廷典大吃一惊，勒住马不敢再追，呆呆地观望了一阵，才掉转马头，教马军把两三个伤兵扛抬上马背回庄去了。

次日巳牌时分，冼来山率大队军马来到君圣庄前列成阵势。冼来山横刀立马，在阵前来回走动。约有一刻钟光景，只见君圣庄寨门大开，随着鼓角声、呐喊声冲天而起，霍全率大队军马鼓涌而出，瞬间列成阵势。放眼望去，君圣庄军阵前旌旗林立，旗面描着奇兽怪鸟，令人目眩，几乎把君圣庄的人马都遮掩住了。冼来山感到奇怪，霍全这小子平日深居简出，在家里搞些什么鬼名堂。便大笑道："霍老爷做了什么好事，不敢出来见人哪！"

只见中间大旗掀开，闪出霍全来，他骑着一匹白花马，身着皂袍，并不披挂，只是佩一把嵌金镶玉的缅刀，模样闲散，笑口吟吟，拱手作揖道："冼大老爷，你我多年深交，老朋友了，今日兵戎相见，小弟实在很不明白，还望明示！"冼来山拍马上前几步，朗声道："人们都称霍老爷笑里藏刀，老谋深算，安闲若定，喜怒不形于色，从前我都不相信，一贯以

来都视霍老爷为正人君子，还骂他人是王八崽子，搬弄是非，轻薄霍老爷。今天我算服了你了，原来我冼来山才是蠢猪一个，真是瞎了眼啦!"

霍全微笑道："我还是不明白，我在哪里错了？还望冼老爷指点。"冼来山脸都青了，怒道："霍全你小子还敢与我装糊涂？你祖宗十八代，睁着眼说瞎话。"又策马走前几步，指着霍全骂道："你私通强盗，与章光先暗中往来，其罪一也。我为民除害，为国靖匪，讨伐章贼，劳师动众，耗费钱粮，几至倾家荡产，你却暗中支持章光先贼匪，资给粮食、刍秣，助纣为虐，其罪二也。你平日装得一本正经，却是表里不一，实乃包藏祸心。犯下死罪，不知悔改，还勾结邓成锦、冯起文起兵拒我，幸得天心昭彰，邓、冯两庄悔悟退去，其罪三也。凡此种种，难以抵赖。你实为诸酋之败类，俚僚之耻辱。我今兴义师而来，你若知耻，赶快自缚马前，尚讨生路，不然，寨子一破，怕你难逃章光先下场。"

霍全昂首"呵呵"大笑道："人说冼老爷年入垂暮，火气益盛，今果然矣!"转而脸色一沉，道："冼老爷确有英霸之气，欲独霸岭南么？此志确令霍某佩服备至，然奈众酋不屈服何？告诉你吧，霍某誓不拜在你脚下，你别以为你天下无敌。"

冼来山大怒，又上前几步，后阵百合儿和韦放几乎同时喊出："再不能走前了!"可是迟了，霍全阵中掩旗内七骑像离弦的箭一般飞出，正是霍全次子霍廷赞、三子霍廷章、四子霍廷典、五子霍廷麟、六子霍廷信、七子霍廷景、八子霍廷炳七员骁将。他们兄弟早已潜伏掩旗下，直待父亲赚得冼来山走近阵前，即突然袭击，七件兵器齐指冼来山，事起猝然，万不能避，冼来山连声惨叫，翻坠马下。霍廷信俯身探手，正要捉拿地上的冼来山，突然一箭飞来，射在他的手腕上。霍廷炳抢过来，探身下去又要拿时，又一箭飞来，却射在坐下马颈上，那马狂跳起来，几乎把霍廷炳摔下。只听一声大吼，一狼牙棒平地里横扫过来，"叮当"声中，把霍氏兄弟逼退开去。来将正是冼飞，只见他俯身一抓，早把冼来山提上马来，双腿一夹，那马像箭一样向本阵飞奔而去。这时，韦放、百合儿、冼挺、冼操、赵媚娘、甘弇、武哥众将已各自抵住霍氏兄弟厮杀起来。霍全阵上看了，怕诸子不敌，慌忙鸣金收兵，向寨中退走。韦放挥枪一指，马步军一齐掩杀过去，追至吊桥时，霍全军马已全部退人寨中。韦放挥军正欲突人去，忽听一阵号角响起，城墙上冒出大队弓弩手，箭矢像蝗虫一样飞来，

追到城墙脚下的军马被射倒一大片，百合儿大呼："都退回去！"走不及的又被射倒一大批，冼操、赵媚娘都中了箭。韦放见寨内已有准备，不敢硬攻，忙率军马退回大营里来。

众将慌忙过来看望冼来山，冼来山已痛得昏了过去。廖明给他服了醉丹，敷上金疮药，约有两个时辰，冼来山才醒转来，大家松了口气。廖明道："好险呀！老爷总有七八处伤，好在都没有伤着致命处。这个霍全够阴险的。"武哥道："要不是百合姑娘、韦少将军及时放箭，恐怕老爷要让他们捉去了。"韦放道："这次我们吃了大亏了，损兵折将，连四哥、赵姑娘都挂了彩，好在未铸成大错，救回叔父就万幸了。这都怪我考虑不周，低估了霍全。"赵媚娘摸了摸脚上的伤口，道："怎么全能怪你，这个霍全，出名的笑里藏刀，连冼老爷都让他骗了几十年，还去请他出面救寿儿呢。"冼挺道："我跟随父亲征战有年，从没见过像霍全这样列阵的，用旗子把军马都遮掩了起来，阴森森的，我还以为是使巫术，哪知是埋有杀手。哼！"

百合儿见父亲醒了，才放下心来。她一直坐着一声不响，忽然她眉头一扬，眼睛放亮，看着韦放、甘弁道："我今天就要破君圣庄。"韦放道："哦！百合妹有何计策，快说来听听。"大家都看着百合儿。百合儿笑道："好！我们对外称父亲伤重身亡，只得连夜撤兵回去。此去十里是四子山，山道两旁是一片茂密树林，可以伏兵。我们先埋伏一支军马在此。今晚退兵，君圣庄若追来时，让他过去。前方掩杀回来，伏兵突起截击，让其来去无路。敌兵既追，肯定不是小队，这样一来，他庄寨已虚。我们另设一支伏兵在君圣庄左旁密竹林里，乘虚突袭，可获全胜。大家以为如何？"

韦放一拍大腿，连称道："此计大妙，大为可行！"甘弁愕然，暗道百合姑娘哪来的许多智慧，小小年纪，如此大才，若非亲眼所见，实在令人难以置信。不觉道："确实是妙。如果冼老爷没有受伤，此汁难行。真是良才天成！如若敌方中计，不消说，可一鼓荡平君圣庄。万一敌人不追，我们亦无损失，这是万全之策，甘弁也以为可取之极。"韦放道："那好吧，今晚就依此计行事！"大伙又商讨一会，才各自准备去了。

霍全今日大败冼来山，甚是得意，犒劳过将士后，又把阮乔找来。霍全道："亏了先生奇计，令冼来山胆寒，从此不敢小觑君圣庄。"阮乔谦恭道："哎！此乃明公大智大勇，绝非学生一人所能。明公十年生聚、十年教训、韬光养晦，诚心所致，非人可及，成大事之霸主呐。今日明公大败洗来山，一挫他数十年之威名，诸酋不日必当俯首称臣，明公亦即今之南越王矣。"

霍全笑道："先生欲使老夫做游于沸鼎之鱼么？此言今后休得再提。"忽又脸色严峻道："今天抓不到洗来山，贻害无穷呀！"阮乔笑道："虽然不能活捉洗来山，但依学生估算，洗来山凶多吉少。他如此年纪还受得起折腾？至少有七八处伤吧，不死也差不多了，不用等到明天，必有消息。"

霍全点了点头，又道："洗来山自破了章光先，陡增一千多军马，且又得甘弁、赵媚娘两个头领。洗来山如今兵强将广，大出我原先意料。"阮乔道："明公亦无须过忧，洗来山打下洗家岭，肯定有人留守，他怕丢了老巢，听说又调兵回大堡去了。能与明公对阵的，顶多就两三千号人马吧，今日一阵，他至少有数百人受伤。我们君圣庄将及五千军马可用，明公尽可宽心。"

忽然探马报人，说洗来山大营突然慌乱起来，似闻有啼哭声，兵士都在收拾包裹行囊，似是要撤兵的样子。霍全急问阮乔："先生你看……"阮乔兴奋异常，道："这必是洗来山死了，大堡要退兵啦！"霍全道："我们怎么处置？"阮乔道："无须犹豫，即起兵追之。洗来山一死，大堡群龙无首，还不乱了套。机不可失，明公可即速发大兵追击，必获全胜。"

霍全沉吟一会，不放心地问："会不会是计策？"阮乔道："不大可能，洗来山一介武夫，能有什么计策。可派人再探，如若确实是洗来山退兵，我们绝不可放弃这次机会。不过，我们要起大队军马掩杀过去，如果不胜，还能自保。"

霍全点头同意，当下商议定了。霍全与阮乔来至演武场。霍氏七兄弟都已整装待命，霍全走上点将台，厉声传令道："探得消息，洗来山老贼已死，大堡贼兵惊惶逃走，此乃千载难逢的战机。今令廷赞、廷典、廷鳞、廷景、廷炳率四十军马追敌，我与阮乔、廷章、廷信领一千军马守庄。各遵将令，休得误事。"这时探马又报入，洗来山军马已全数拔寨往大堡方向退去。霍全大喜道："阮先生确实料事如神，看得准了。洗来山已死，我复何惧？马上出发追击，务必赶尽杀绝方称我心。"霍氏诸子领命去了。

韦放拔寨退去，走了近五里路程，这时天已渐渐黑了，后面鼓噪声远

远传来，韦放对冼挺笑道："霍全果然追来了。看百合妹的好戏吧。"又对廖明道："廖医生，你一定要注意叔父的安全，可与七儿、夫辛护着中军先走，我们放慢脚步等霍全过来。"廖明领命去了。韦放随即吩咐赵媚娘："退过四子山三里地，便命兵士随路丢弃物件、行装，丢得越多越好。"赵媚娘答应了。

后面喊杀声越来越近，韦放厉声高叫道："将士们听好了，敌人已中计追来，战斗马上就要开始，我们要与追敌保持一里的距离，大伙听好了吗？"只听一片声回答"知道了"。韦放往后面望去，黑地里亮起一大片火把来，韦放估计追兵已接近两里地了。前面已是四子山，韦放策马奔前头去，大声道："赵姑娘，准备好啦！"

君圣庄霍家五子领四千军马沿路追来，喊杀声震天动地，忽见路上丢满包裹物件，更是欣喜若狂，霍廷景大笑道："大堡贼兵逃命心切，丢盔弃甲，我等快赶上去，杀他个片甲不回。"君圣庄军马又起一阵鼓噪，追得更欢了。

忽地前面一声炮响，不知多少箭矢从四面黑地里射来，君圣庄军马纷纷中箭，顿时一片大乱，叫苦连天。虽然自家队里火把通明，却看不见对方，竟不知箭从何来。霍廷典大叫道："坏了啦，今番我们中计了！"霍廷赞勒住马，叫道："众兄弟不要慌，赶快掉头退去。"众军士听得"退去"两字，乱哄哄翻转身就逃，顿时人踩马踏，死伤不知其数。刚逃至四子山，忽地前面黑地里又一阵乱箭射来，前头走的军士又被射倒一大片。霍廷赞凄厉大叫道："天亡霍氏，天亡霍氏呀！"几乎哭了起来。突然前面亮起大片火把，满天通明，三员大将持着军器，立在马上，正是甘弁、冼操、武哥，三人奉计率着一千军马伏在四子山，截击君圣庄军马退路。甘弁高叫道："甘某在此，贼将下马受缚吧！"霍氏五子待要上前厮杀，忽地后面鼓噪声起，回头看时，灯火通明处，原是韦放、冼挺、赵媚娘引一千军马赶上来了。冼挺大喝道："君圣庄将士听了，你等中我奇计，已是进退无路，还不弃械投降，更待何时？"霍氏五子惊得魂飞魄散，在马上团团打转，没路可逃。霍廷赞颤声道："弟兄们呀，我们伤亡惨重，无力再战了，没法子我们投降了吧！"说罢丢了兵器，下得马来，跪在地上。其余四子也先后下马投降，那些庄兵更不抵抗，纷纷弃械，跪成一片。

按计策，百合儿与冼飞领一千军马伏在君圣庄左侧密竹林里。天刚黑下来时，果见君圣庄出来大队人马，朝四子山狂奔而去。百合儿笑道："霍全上钩了，追出来啦！"这时冼飞就要攻袭庄寨，百合儿把他劝住，道："急不得，先让他们追下去，回不来时，我们再动手。"冼飞连连呼气，摩拳擦掌，恨道："霍全老贼伤了父亲，等下擒了他，剥了他的皮。"

半个时辰过去，百合儿还是不让动手。忽然听得一阵急促慌乱的马蹄声自远传来，夜幕中，依稀见四子山方向奔回十数骑，直来到寨门下停了，只听得大叫道："赶快开门，有急事禀报老爷！"

城楼上灯火腾地亮了，站出霍全父子和阮乔来。霍全急问："情况如何了？"那叫门的道："不得了，中了冼来山的计啦，五位大爷都被困住了，我们拼死逃出来报信呀！"霍全听了，"哎呀"一声，差点晕倒过去，好一会才哭喊出来："天亡我也！快快备马，我亲自提兵去救，不然来不及了。"阮乔劝阻道："明公，我们若再出兵，庄寨已是空虚，去不得呀！"霍全摆摆手，凄然道："我儿子都没了，纵有家业又当如何？"言罢急促走下城楼去。

片时，寨门开了，火把明处，霍全、阮乔、霍廷章、霍廷信带一千军马冲了出来。突然一声炮响，喊杀声冲天而起，庄寨左侧杀来地队军马。霍全这一惊非小，险些跌下马来，脑子轰的一声："这里又有伏兵，这下完了。"他抓紧缰绳，大叫道："快退回寨去！"猛见一将疾如旋风，眨眼间已来到面前，大吼道："霍全老贼，纳命来！"来将正是冼飞，挥狼牙棒向霍全当头砸下。霍廷章、霍廷信一人执枪，一人抡刀，双双飞马过来抢救。冼飞棒重力沉，勇不可当，霍廷章、霍廷信兄弟哪里招架得住，惊得手忙脚乱，护着霍全落荒而走。霍全自知不敌，拍马先逃，阮乔跟随其后，霍廷章、霍廷信兄弟俩在后面抵挡着边战边退。百合儿领军马掩杀过来，霍全军马被冲得七零八落，四散溃逃。这时霍全父子已上了吊桥，冼飞大吼一声："逃哪里去！"如晴天霹雳，飞马跃上吊桥，突入寨去。百合儿见了，大呼道："杀呀！"率军马也鼓拥而入。君圣庄已乱成一团，霍全父子和阮乔拼命逃窜，后面跟着不足一百的庄兵，被冼飞、百合儿追得无处躲藏，转了一大圈，只好又逃出寨门。冼飞、百合儿带军马也赶出寨门来，只见寨外灯火照得满天通明，韦放率军已把霍全父子团团围住。百合

儿大喝道："霍全，你还不下马受缚么？"

霍全立马不动，朝四面望了望，然后又看看身旁的两个儿子，再看看阮乔，长叹一声，自忖已无生路，绝望之下，凄厉大叫道："我霍某人苦苦经营几十年，料不到有此灭族之灾。老天呀老天，你太不公了呀！"拔出宝刀来自刎了。霍廷章、霍廷信、阮乔尽皆下马受缚。

次日傍午，霍全眷属合口一百多人都被集拘到演武场来。点将台中间坐着冼来山，他虽然还不十分走得路，然已无大碍了。两排侍立着韦放、冼氏兄妹、甘弁、廖明、赵媚娘、武哥、七儿、夫辛等将，场面很是庄严肃穆。只听冼来山道："霍全蓄谋已久，妄图消灭大堡，独霸俚僚，以致费尽心机，害人不成，反招杀身。这是天助冼氏，神主公理呀！冼来山虽然粗鲁，不通文墨，却略知礼义，霍全咎由自取，死不足惜，然子辈父命难违，虽有过失，一律既往不咎，尔等无须恐慌。"忽然冼来山把脸一板，转声调道："可是恶人不除，灾难不去。阮乔枉读诗书，实属斯文败类，留之无益。左右，与我推出斩了！"

兵士把阮乔押出去。人丛里一人突然跪下，哭丧着脸道："冼老爷饶了我吧。"冼来山看时，却是没鼻子的仇伦，便笑道："你只是一条狗，杀你何用？"仇伦听了，把那头叩得扑扑直响。

冼来山又道："霍氏诸子，惟长子最良。霍廷昭为人厚道，深明大义，可继祖业。其余兄弟，不得争端，不然，冼来山决难坐视不管。"台下一片声答应附和不已。

昨晚攻下君圣庄，百合儿对韦放道："我听父亲说霍全有八个儿子，惟长子霍廷昭颇有正气。可是从开战始，至今未见人影，我们一定要把他搜寻出来才好！"众人寻至住处，刚好遇见霍廷昭欲自缢，便救了下来。霍廷昭凄然道："父辱子死，为何救我？"百合儿笑道："你是贤人，死了岂不可惜。"霍廷昭一怔，低下头来再不吭声。

冼来山传命回师。当天，从君圣庄运走的粮食足有一万斛之多，装成二百多部大车，浩浩荡荡押回大堡。冼来山当时看到君圣庄储粮仓廪二十多座，不禁呆了，好久才惊叹道："枉我冼来山让人称为财大势雄，今日才知是小巫见大巫，不值一提。霍全呀霍全，你用心良苦，与我抗衡，又岂知天不可违，生死命定的道理呐。"他当时就要把储粮全部取走，百合儿劝阻道："父亲不可，既破了君圣庄，大堡威胁已除。目今霍全已死，

霍氏举家不安，情思浮沉，正要好自抚慰，令其释怀泯仇，才能相安无事，不起争端。"后来，有人将这话告知霍廷昭。霍廷昭感激之情油然而生，暗自叹道："百合姑娘大仁大义，人所不及。君圣庄再不会与大堡为仇。"

　　又一阵旋风卷来，屋顶瓦面唆唆乱响，整个屋子抖颤起来，百合儿只说得一句："快跟我出去！"一手拉起那婆婆往身后一背，随手搂住那小女孩，弓身向门外蹦出，脚刚着地，又一阵暴风扑到，屋顶上瓦面尽皆剥去，满天乱飞，一根桁木随风飞下，横扫过来，正砸在百合儿后脑勺上，百合儿摇晃一下，腿一软，扑地倒了下去。（见第五章）

　　李贵闪避不及，被打了一鞭，顿时心中大怒，喝道："你这残害百姓的斩头瘟官，你竟敢打我！"上前一把抓住鞭子，猛一用力，将那巡城官翻倒头扯下马来。（见第五章）

惨雾愁云笼大堡　腥风血雨起交州

冼来山回至大堡，未及三天，竟又卧床不起，大伙儿恐慌起来，忙让廖明诊治。廖明号过脉息，安慰大伙道："不要紧的，老爷总是年事已高，又历两月征战，身受创伤，元气大损，今又感了风寒，故而疲乏体虚。然脉象清正，并无邪滞，只要安心静养，调以扶元，慢慢也会康复的。"大伙听了，方才放心。

一日，韦放又过来探望冼来山，冼来山躺在床上，让韦放在床前坐了。冼福沏好茶过来，轻放在旁边的几案上，韦放谢了。韦放见冼来山脸色苍白，很是虚弱，便关切地问："叔父现在感觉如何，比前可好些？"冼来山微微一笑，道："好些了吧，只是浑身乏力，不得劲儿。唉！老啦！不过不碍事的，不必担心。"他想了想，问道："阿福呀，韦少将军、甘将军、赵姑娘的住处都安置妥了么？"冼福忙答道："都安置妥了，少将军、甘将军、廖医生住在东堡。少将军称那儿林木茂盛，清爽怡人，是读书的好地方。赵姑娘被百合姑娘拉去一起住了，就在百合姑娘外间收拾好一间大房，说住一起好说话儿，赵姑娘也很是喜欢。"

冼来山道："这就好，这就好，我病倒了，凡事照顾不周，好在少将军是自己人，不会怪我。"韦放忙道："说哪里话来，已够让叔父费心了，叔父只管安心静养，不必为这等小事挂怀。"冼来山又道："哦！是了，我曾答应破了章光先便为你把婚事办了。如今连霍全都破了，是该办啦。"韦放脸红了起来，道："这事不急，等叔父养好身子再议不迟。"冼来山道："这事绝不能延缓啦，贤侄不必推辞。"韦放道："我知道叔父关心侄

儿，只是叔父身体未安，这时论婚，侄儿万万不敢应承。"冼来山见韦放态度坚决，便也不再强求，叹口气道："好吧！等我好了再说吧。"

谁知冼来山这一病，直到第二年五月初才慢慢好起来。那天，百合儿和武哥、孟娘、三彩儿几个陪父亲来到尔堡，韦放、甘弁接了，寿儿几个仆从也跟随后面，大伙儿在堡内走着。转过甬路，前面露出一片翠竹林来。走近看时，却是一座小园子，许有四亩地大小，园里虽没亭台楼阁、盘曲回廊，然清水池中，绿草地里，却有数堆透剔如玉的黄蜡石，连片清香沁人的竹桂兰，时有小鸟、蜂蝶觅食缠花，真是万籁有声，生机盎然。冼来山惊讶道："过去没有这个吧，是什么时候有的？"百合儿笑道："这是少将军、甘将军、廖将军他们弄的。起先阿福说要请人来，少将军不许，说大家闲着没事，自己动手才好。大伙儿提锄把铲，整整辛苦了近两个月，才有这个样子。我与武哥她们也过来帮忙呢，阿福说我们都成了园丁花匠啦！"冼来山边走边四处张看，摸摸石头，又摸摸竹木，颔首笑道："好呀，好呀！少将军、甘将军、廖将军他们在这里住了，闲时也好走动走动，才不闷。大堡虽也有两座园子，本来也够大的，但我不喜欢。亭子、廊道太多，反而显得障眼，因是祖上留下来的，我不好改动。这个园子好，看似简陋，却无媚气呢。赶明儿你们也给我弄一个这样的园子，要不干脆我也搬来这边住好了。"寿儿笑道："少将军、甘将军尽说些什么三略、六韬的事，我们听着又不懂，闲着没事，浇浇花木也好呢。"武哥看着韦放笑道："百合姑娘今日本要赵姑娘来的，扭捏了半天，赵姑娘死活不肯。"韦放的脸腾地红了。

忽然，兴儿找了进来，禀报道："老爷，廖明回来了，说'猴药张'仙去啦。"韦放问："是何时去的？"兴儿答道："昨天夜里。"韦放道："叔父，侄儿欲往放鸡冲吊丧。"冼来山叹了口气道："猴药张与我老朋友了，是该吊祭，你就与老大代我去一趟吧。"大伙儿见冼来山感伤"猴药张"，意兴索然，便不再游，地齐都回大堡来。

一月后，韦放与冼挺、廖明从放鸡冲回到大堡。"猴药张"没有儿女，廖明自小跟他悬壶行医，情如父子。韦放被"猴药张"死里救回，恩同再造。因而两人直把"猴药张"后事办了，方才回来。自此廖明再无牵挂，在大堡专事冼氏。

转眼到了七月，冼来山择吉日为韦放完婚。韦放考虑到自己是避难而

来，凡事不能张扬招摇，宜应从简，便将这个想法向冼来山说了。冼来山起先不依，堂堂大堡，何时办事如此遮掩，况是为侄儿成室燕庆，更不能寒碜。后来细细一想，似有道理，道："贤侄少年老成，处事稳重，不奢浮华而致物议。只是太委屈贤侄啦！"于是把那准备张灯结彩，大摆筵宴，遍请州吏郡长、乡绅豪右的繁文缛礼一概免去，只在大堡设了七八十围酒席，族人会聚一堂以示庆喜。冼来山把韦放婚后住处安排在大堡府邸，是西厢南向靠小院的花厅大间，共有五间房子，很是阔敞明亮。当日大婚礼成，韦放、赵媚娘自是被众人嬉笑着拥入洞房。

一日午中，天气出奇闷热，众人无事，都出庭院纳凉。冼来山坐在毛竹躺椅上，手里不时摇着大葵扇。忽然他站了起来，仔细朝天上看着，接着自言自语道："今年天气很不好呢，这几天肯定有风篩呐。"韦放见说，也朝天上看着，问道："风篩？风篩是什么呀？"赵媚娘笑道："风篩就是吹狂风呀！有时遇上大风篩，可吓人了，夹杂着雨水，拔树倒屋。"冼来山道："唔！我们这里近海，夏秋季节便时不时有这风篩呀，往北八九十里就没有了，吹不到呢。"

百合儿道："看来东堡的库仓都要防备才好，及早派人加固瓦面，门窗都要关实。"冼来山道："百合儿说得很是，这几年都没打过风，众人都大意了，唔，老大、老二，你兄弟俩就专管这桩事吧，大意不得的，目下仓廪盈实，要是毁坏了，不是小事。"冼挺、冼定齐齐应允了。

冼来山确实看得准了，第四天午后，这天气就开始发恶，先是满天云团翻滚，时而有些小雨，那风一阵阵吹起，却不凉快。至天黑下来，那风又渐渐加大，雨点随着那呼呼的风声噼哩啪啦地甩到瓦面上。韦放的屋子所有窗户都关得严严实实，但那几案上的灯火还是不停地闪眨着。韦放有点不安，在房里踱着步，时而望望屋顶，时而又望望躺在床上的赵媚娘。赵媚娘笑道："睡了吧，你走来走去的干吗呢？"韦放道："这屋子好像在摇动呢。"赵媚娘道："等会可能更大风呢。你怕了？"韦放道："这风我真没见过，敦煌、寿昌、凉兴诸地我也曾到过，那里被称为风库，但我觉得不及这风厉害。"

两人躺在床上，正说着话时，那风更大了。韦放听着外面发狂般的呼呼风声，又道："怎么好像成团结块的砸来？"忽然听得外间寿儿说话道："三彩儿，阿秀，要不要告诉少将军知道，里面大爷们和百合姑娘都身着

簑衣出去了，说是要去救人呢。"又听得三彩儿道："这风我都怕，怎么处？"听口气很是紧张的。韦放和赵媚娘一翻而起，整整衣服，赶出外间来。韦放责怪寿儿道："怎么不早说？"赵媚娘道："你们在家里守着吧，我与少将军到前面去看看是如何了。"

两人跟寿儿匆匆赶到前大厅。厅里进进出出一大群人，地下满是树叶和雨水。韦放见冼来山脸色严峻，忙问道："怎么了？"冼来山道："很是不好，这是数十年不遇的大风呀，已刮倒了不少房屋了，听阿福说龙坑村还砸死了四五个人，伤了十几个啦！百合儿说，阵亡将士的遗属一定要抢救出来，她已和众兄长带两千多庄兵分头去了。"正说时，冼挺随着一股狂风闯入来。他身上虽然穿着簑衣，但也无济于事，已浑身湿透，只见他喘着粗气道："阿爹，赵伯冲的父亲砸死啦。我们赶到时，他已被倒墙压住。我们拼力挖开泥砖时，他已没气了，只救出赵伯冲的两个兄弟。"韦放看冼挺的两只手时，已是十指都伤了，指尖还在滴着血。冼来山满脸泪水，道："赵伯冲上阵像条猛虎，不幸阵亡，丢下老父和两个幼小兄弟，而我们却救不了他的父亲，我……"

韦放猛一拉赵媚娘的手，道："媚娘，寿儿，我们救人去。"说完拔步向门外奔出。冼来山急得大叫道："你们不熟识道路，怎能……老大，你快去带着他们……"冼挺答应一声，又奔出去了。

外面风更大了，一阵紧似一阵，一阵狂似一阵，吹得人都站立不稳，左右摇摆。冼挺追上韦放、赵媚娘及寿儿，和数十庄兵摸黑前行，赶至大竹园庄子来。路上尽是被刮倒的大树，狂风掀飞起来的瓦面桁木、用具杂物满地都是，那低洼之处，雨水浸成河塘，如若不熟悉地形路径，根本无法行走。韦放眯着眼大声问冼挺道："百合妹呢？"冼挺大声答道："我们兄妹、甘弁、廖明等人都分头带庄兵赶往各寨子抢险救人，百合妹带人往五明寨去了，那儿很远的。"又一阵狂风卷来，路口两棵大榕树双双倒地。风声夹着房屋轰然倒塌声连续不断，冼挺大喊道："众庄兵赶快入村去，肯定又压到人了！"大伙儿顶着狂风，拔步齐向大竹园村奔入去。

百合儿率着三百庄兵已把五明寨的乡民接出寨来，将至庄口，狂风声里，百合儿听到寨内传来细微的哭声，百合儿一惊，知道寨里还有人未出来，便赶紧把搀扶着的一位老伯交给一个庄兵领着，抽身赶人寨来。夜色朦胧中，坍塌的房屋十有六七。循着哭声寻去，才见一矮屋里透出灯光

来，百合儿蓦然想起，这是王阿狗的家。王阿狗是大堡的庄兵，一次征战，冼来山被敌兵追至一密林沼泽地，连人带马陷落泥潭，再也不能脱身。敌兵也不敢过来捉他，只在对面硬地发箭射他，王阿狗和身扑在冼来山的身上挡箭，被射成刺猬一般。王阿狗死时家里只有一个老母亲和一个才两岁的女儿，——老婆早在生女儿时便难产故去。老母亲整日啼哭，终致失明。冼来山感激王阿狗恩义，长期接济他的遗属，不时遣人打点生活起居。

百合儿暗责自己糊涂，竟忘记了王阿狗家，此时不容再想，一个箭步闯进门去，原来门板已被大风吹开了，屋内的灯火也被吹熄，借着夜色，只见王阿狗的老娘搂抱着六岁的孙女儿蜷缩在屋角边哆嗦不止。又一阵旋风卷来，屋顶瓦面唆唆乱响，整个屋子抖颤起来，百合儿只说得一句："快跟我出去！"一手拉起那婆婆往身后一背，随手搂住那小女孩，弓身向门外蹦出，脚刚着地，又一阵暴风扑到，屋顶上瓦面尽皆剥去，满天乱飞，一根桁木随风飞下，横扫过来，正砸在百合儿后脑勺上，百合儿摇晃一下，腿一软，扑地倒了下去。

小女孩被压在地上，惊得哭叫起来："姐姐，你怎么了呀？"数个庄兵闻到哭声，飞奔过来，把百合儿、老婆婆和小女孩都移抱到旷地里。大伙儿连连呼叫："百合姑娘，百合姑娘，你快醒来呀！"一个庄兵摸到百合儿后脑，满手是血，惊叫道："不好了，百合姑娘伤到头部啦！"众人听了，顿时一片大乱。那老婆婆知道救她祖孙俩的是百合儿时，当时呼天抢地，号啕大哭。

这时，冼飞带着数十个庄兵来到，一听百合儿受伤，猛地惊叫起来，吼道："大伙儿都让开！"一手拨开人群入去，跪地抱起百合儿摇晃着，哭叫道："百合儿，百合儿，你醒醒！你醒醒呀！"见百合儿不应声，冼飞慌了，忙把百合儿背起身来，对众人大吼道："快让廖明回大堡来！"言罢背着百合儿拔步朝大堡方向奔去。

至次日清晨，那风才慢慢停了，可雨还在下个不止。百合儿躺在床上，一直没有醒来，廖明昨夜已为她诊治，内服外敷。大家一夜不曾离开，看着廖明愈来愈紧张的样子，都把心揪紧了。韦放问廖明道："怎么样，要紧么？"廖明没有作声，只是把头轻轻摇了摇，很久才吐口气道："恐怕不好！"廖明说这话时，带着哭腔。大家一听，顿时都惊呆了。武哥

放声大哭，接着七儿、阿秀、夫辛、子正、孟娘、三彩儿一班丫环都搂抱着哭成一团。赵媚娘扑在韦放的肩上，泣不成声。冼氏兄弟都蹲在地上抱头而泣。冼来山老泪纵横，颤抖着哭道："百合儿呀，你真的如此苦命么？你自幼丧母，我都能把你拉扯大，不想今日要舍我而去，你真狠心啊！啊……啊……"冼来山捶胸顿足，撕心裂胆地大哭起来。

韦放红着双眼，两手揪住廖明，凄切已极，吼道："我将死之人都可救活转来，百合儿怎么不能？你快说，百合儿一定能活过来！你听到么？"廖明并不挣扎，泪水流了下来，道："廖明该死，廖明无能呀！倘若恩师还在，或者还有希望，现在……"廖明喉咙哽住，再也说不下去。

寿儿哭道："百合儿不会死的，她一定能活转过来！百合儿是神仙，怎么会死……"韦放揪着廖明的手慢慢松了开来，呆呆地站着不动。廖明五内俱焚，暗祝道："百合儿，你快醒来吧，你再不醒，恐怕廖明在大堡再也呆不下去了。"

一个月过去了，百合儿还是不醒。冼来山遍请数州十多郡名医术士探视施治，尽都束手无策，无功而去。韦放心里自是明白："廖明出自名门，尽得猴药张之奇妙，尚且技穷乏术，还有再生之望么？"因而心灰意冷，陷入绝望。可冼来山却依然充满希望，百合儿虽然未能醒来，浑身上下俱不能动，但是给她喂食汤粥之类，却能下咽，脸色也逐日红润起来。冼来山每日早晚必过来看视，吩咐众丫环婆子好生服侍，小心护守，一有变化，即便禀报。冼来山始终认为，百合儿既能服食，便不会死，百合儿为救人而伤，神灵护佑，更不会死。他这样反复数番地说，大堡内内外外，上上下下才逐步有了生气，起居如常。

一日，高州两名吏使快马传来军书，冼来山接了。启封看时，竟是西江督护、高要太守、直阁将军陈霸先手迹书缄："八月十九日，霸先白，伏闻长者祈承祖德，自齐其身，数世清音，于斯惟盛。是以遐弥仰仗，良贤恭维。至拔义奋仁、摧珍凶顽、顾泽乡邑，诚不让人。仆虽驽骀，遥匮千里，犹羡叩请政误，日夕神驰乎哉！交趾武林与夺任情，以刻暴失众心，遂使逆叛李贲，坐呈猖獗，涸乱数州，遘诛累岁。斯时二江鼎沸，京畿震怒。仆荷国恩，乱者必斩；长者贤达，安能不闻？伏祈驱赶狻猊，举发义师，会猎于西江，荡寇于绝城。霸先聆教当属俯仰于是！"

冼来山读罢又惊又喜，把书信递给众人传阅。冼来山又复坐下来，把

着胡须，沉吟良久，才微微笑道："早几年已听得交趾李贲造反，朝廷派孙同、卢子雄领兵征讨。孙、卢败后，又不知派谁将兵，至今尚未奏功，这李贲也非常人了。唔！陈霸先也知大堡冼来山么？"他右腿跷搭在左腿上，颇为自得。

冼挺问道："父亲真要出兵助陈霸先？"冼来山看了看冼挺，领首笑道："嗯！那是当然。大丈夫立世，当以信义为先。陈霸先乃当世之英雄，今奉诏讨贼，既然慧眼识英，倚重于我，我又岂能不助他呐？兵是要出的，不过我这次却不会去领兵啦。我老了，确实是老啦，动辄就病，且病一次非半年几个月不可。过去我病了，你们会照顾，到了陈霸先军中，谁来照顾我？我也不想看别人笑话，说冼来山到底老了，没用啦。因此，这次我是不会去的。"说到这里，冼来山睒了韦放、赵媚娘、甘弁一眼，接着又道："韦少将军他们也不会去。你们兄弟领兵去吧！"

韦放心头一热，知道冼来山考虑到他是朝廷钦犯，南逃而来，不宜显山露水，招人眼目。至于赵媚娘、甘弁呢，他们原是绿林好汉，有案在身，也不能抛头露面，自找麻烦。韦放心中暗道："叔父用心良苦，为友为朋，抛却一应私心，可谓仁至义尽了。"

冼挺道："父亲所言极是。我们兄弟代父从军，责无旁贷，理所当然。只是，只是父亲年事已高，我们兄弟皆不在家，若有差池，不孝罪名，便是三江之水也难以洗清。更有甚者，百合妹难星未退，我们兄弟早晚在旁，犹感凄恻，若说远离，更是断肠，我身为长兄，父亲呀，你叫我如何放心而去呐！"说罢，冼挺凄然泪下。

冼来山厉声道："老大，你怎么越来越不长进了。是人都会老的，难道你能守我一辈子？至于百合儿，生死命定，由她造化。况且我们不会照顾她？少将军、赵姑娘、甘将军，我皆视为子女，如你们兄弟一般，有他们在大堡，还有什么不放心的？我现在就决定了，你与老二、老三、老五，还有廖明都去，奋力讨贼，也为我争口气。"

廖明道："老爷，我也去？"冼来山道："当然要去，横竖百合儿就是这个样子，也无须施药。沙场征战，时刻用着医生，你也可大显身手，救死扶危。"

众人见冼来山主意册定，再难变改，遂一概应命，准备行程。

交州李贲原本是土豪世家，势大财雄。李贲龙准隆颡，相貌奇特，膂力过人，喜爱结交豪杰好汉。每常索镜照映，揣摩自赏道："我的相貌，万千无一，若不为官，却是万万不能的事。"他自少壮起，便与州郡吏员来往，早晚从意进出府衙州办，州人乡邑托办的事，无论巨细，总有交代。州吏贪图钱银，乐得和他交朋攀友，以至兄弟相许，并无阶级之分。

一日，李贲在路上遇到一过路人，这过路人站定了紧盯着李贲上下打量，李贲奇怪，问道："你是什么人？只管盯着我看，是何缘故呐？"过路人道："我是方士，甚能看相望气，凡经一目，无不神验。我初见大爷时，还以为你是大贵之相，现在才知错了，罢罢，大爷请走你的路吧。"

跟随李贲的仆从喝道："你这老头不知深浅，你知道我家大爷是谁吗？"那方士微微一笑，看看仆从，道："噢，老头子不知道呀！"

李贲喝止仆从，慢慢下得马来，仔细打量那方士，笑道："奴才无知，长者无须计较。是了，晚生李贲，这里叩见大贤，还望大贤不吝赐教，晚生感激不尽。"说着向那方士深深一揖。

方士也不回礼，只是笑道："我老头子也不是什么大贤小贤。只会相人望气，混口饭吃。这样吧，你我今日见面，也算有缘。恕老头无礼，大爷相貌，乍看贵不可言，其实是阴阳错误，南北反斗，驳赤之相也。缘因内气外透，正根不稳。不过，仕进虽然无望，如若反思内敛，足可守财，不失为一方甲富呀！好了，老头子就此告辞。"说完拱手一揖，飘然而去。李贲不以为意，笑道："此等江湖骗子，何必信他。"

同郡州有一个叫做并韶的读书人，生得眉清目秀、神采飞扬。然而家道不好，度日艰难。并韶常得李贲眷顾接济，因此十分感激："我性格耿直，眼高志狂，别人看不上我，却幸得李贲关怀，我日后仕途腾达，定报李贲大恩。"李贲大笑道："并韶呀并韶，你也算直得可以，你一个穷读书的，文章再好，能当饭吃？你不饿死已是大幸，我还望你报答呀？"

并韶的文章做得很好，富于辞藻，尤其情感备至，深受时人推许。爱州刺史胡世钦读了并韶的《映泉草洲赋》，拍案惊奇，称道："此子交趾第一！"但见有"霖霖云凝兮鬟缡珠，般若娉娉兮秋色睐。阿问谁？子与圃溽两相知！"句，又摇首批眉道："然旖旎太过，人骚士狂客之族矣，五经所谓治世之模楷，还应务之所先。"

梁朝仿效殷、周以乡塾贡士，两汉由州郡荐才之模式，提倡州举茂

异，郡贡孝廉。各州郡均把所谓人才俊彦推荐至台省建康，供朝廷择优录用。中大通五年七月，交州举荐秀才十七人，并韶亦在其列，赴京诣选求官。吏部尚书蔡撙阅过并韶文章，也自认可。可看到并韶这个名字时，他却摇头了，道："通观古贤前哲，并无并姓。仕出名门，将相有种。并韶的文章，怕是别人代笔亦未可知。"他想是这么想了，却又查无实据，为了慎重起见，便除并韶广阳门郎之职。广阳门，即建康城西面南头第一门。并韶为人耿直，自认才华横溢，抱负甚高，如今朝廷给他当个看门官，当然很不服气，引为奇耻大辱，感觉无颜见人。

李贲当时陪伴并韶入京候选，顺便在建康访访友人故旧，做些生意上的买卖。一日经过广阳门时，遇见并韶，两人许久不见，便拖住在一旁说话。忽地一巡城官骑着大马，率着十数个兵士查巡至此。那巡城官见并韶只顾与闲人谈说，却不过来迎迓行礼，心中十分不快，拿鞭子指着并韶喝道："门官见我为何不拜？你拿着朝廷俸禄，却擅离职守，该当何罪？"李贲正与并韶说得高兴，见巡城官高骑马上，趾高气扬的样子，心中不由火起，赶前喝道："我们乡里见面，说说话儿犯法吗？"那巡城官见李贲身材长大，长相凶猛，也自忌惮。可自忖自己堂堂一官长，小民百姓怎能顶撞，这还了得？便举马鞭打来，口里骂道："田舍郎意欲何为？"李贲闪避不及，被打了一鞭，顿时心中大怒，喝道："你这残害百姓的斩头瘟官，你竟敢打我！"上前一把抓住鞭子，猛一用力，将那巡城官翻倒头扯下马来。那巡城官痛得大叫大嚷："反了！反了！快与我拿下这刁民！"众兵士挺兵器围了上来，要捉李贲，被李贲几拳打翻两个，一手拉住并韶，大叫"快走"，一齐向城外奔去。

两人出得城外，喘息甫定，并韶问道："现在我们往哪去？你打了官差，闯下祸来了。"李贲道："往哪去？回交州呗。我打了那瘟官算个屈，我恨不得杀了他小子呢。"并韶有点儿懊悔，叹道："行李包裹都在下处，这样走了，官职也没啦。"李贲笑道："行李包裹丢了么，回去后我加倍偿还，你尽管放心好了。至于那官职么，呸！"李贲一脸不屑，狠狠地啐了一口，骂道："什么狗屁屌官！堂堂大丈夫，岂能当看门狗！"并韶知道这时再后悔也没用了，逃命要紧。李贲找个村野酒肆，与并韶美美地饱吃一顿，然后掏银两请店家买来两匹快马，两人乘坐了直奔交趾而来。

李贲、并韶一个月后回到德州鹿溪庄，李贲对并韶道："秀才公呀，

我说你今后也不用求官了，干脆在我府里做事吧。"并韶回想这次往京城求官险些惹来麻烦，实是有些后怕，李贲打伤朝廷命官，自己也卷入案中，要是上头追究起来，肯定脱不了干系，有了这个前科，以后在仕途上要再有作为，唯恐已是不能。李贲豪爽奔放，势力烜赫，我能跟他共事，今生也不枉了。并韶想到这里，打定主意，从此便在李贲府里住下。并韶满腹锦绣，一身清雅，待人接物，落落大方，且兼能写会算，处理起李府的财物来有条不紊、一丝不苟，俨然一个大管家。李贲见并韶如此卖命忠实，很是赞赏，他笑对并韶道："你是大才，屈在我这里真是可惜，不过比当那个看门官强多了啦！"并韶听了但微笑不语。

交州刺史武林侯萧谘，是鄱阳王萧恢的儿子，而这个鄱阳王爷，就是梁武帝之弟。武林侯萧谘为人贪婪刻暴，自到任上，便极尽横征暴敛、飞扬跋扈之能事。交趾原是贫瘠之地，州郡府衙不甚齐整，萧谘眉头皱起，摇头不已，咕哝道："老伯怎么把我安排到这里来？唉！要想活命，我得想点法子呢。"他叫人把这破旧的州府治所拆掉，然后在城里寻到一大豪右，那天，他不请自来，带一班随从护卫直闯其宅。那大户见州伯登门造访，起先很是欢喜不尽，哪知这爷坐下来后，便直截了当地说道："唔，这儿很不错。我没有府办，如何理事？就权且借你这里用吧。"大户这下可傻了眼，忙找来城里诸豪右磋商应对，后来才知侯爷的本意，原是让他们凑钱银起造府办。这班大户自然不敢抗命，忍痛乖乖给他筑了一座富丽堂皇的官衙。

萧谘在辖下各州府广选民间美女娇娃，竟致千人，分置各行所别院，供他淫乐歌舞。朱鸢郡太守牛之毫刚直廉明，见萧谘荒唐之极，愤懑道："如此大张旗鼓选美，须不是皇帝？"萧谘知道了怒不可遏，命人把牛之毫拘来狠狠打了三十大板，关了五天大牢才放回去。诸同僚虽深为不平，但慑于萧谘金枝玉叶，无可奈何，只能暗暗叹息。

交趾多盗贼，但凡擒获，不论大盗小贼，罪责当诛否，萧谘便命开膛破腹，挖眼刨心，凌迟处死，竟无一幸免。贼盗受此酷刑，呼天惨叫，萧谘高坐上头，笑问："还敢做贼么？"其残忍如此，以致州郡惧他暴戾成性、草菅人命，竟再不敢报盗。

中大通四年五月，新昌、嘉宁、隆平、宋平、朱鸢诸州郡大涝，房屋倒坍数十万间，田园尽毁，死亡百姓上万人。州吏讨情减捐，萧谘一概驳

回："丰年既无加租，灾年岂能减税，都像汝等昏聩不明，以小废大，本末倒置，国将不存，民又安在？"萧谘无视灾情，征敛依旧，老百姓叫苦连天，怨声载道，纷纷逃亡。

萧谘以府库虚空、财力低迷为由，虚钱立悬券发行于市。又将州下私有宅田店邸几百间悬上文契鬻让，得实银数千万两。至期讫，便驱赶券主复夺其田宅，致使州下百姓、商贾一夜之间沦为破产，苦不堪言。李贲亦在其列，损失惨重。中大通五年十月十九日，李贲会同诸券主上州郡理论，历数萧谘罪恶，鸣鼓而攻之，围观者达数千人。

一日，李贲、并韶在东庄设筵席请友人宴饮，忽然来了两员吏差，说请李贲、并韶上州郡一趟，刺史有要紧事商讨云云。李贲已是微醺，遂不以为意，别过友人，与并韶随吏差往州府来。吏差将李贲、并韶引至公厅。李贲见公堂上坐着德州刺史曾绍祖，便深感奇怪，暗忖这可不是坐地立论的地方呀！曾绍祖见到李贲，笑吟吟道："李老爷呀，多日不见，你很忙呀！"李贲也笑道："哪里哪里！州尊传呼晚生，怎么在这里坐地呀！"曾绍祖又笑道："李老爷何须客气，我们往日有交情，那是私事，可今日却是为公。"说到这里，那笑吟吟的嘴脸立时拉成吊死鬼的模样儿，喝道："左右，与我拿了这两个反贼！"随着吆喝声，帷幔两边涌出数十兵士，李贲、并韶措手不及，都被缚了。

李贲双眼喷火，怒问："我犯了何罪？你竟绑我！"曾绍祖笑道："你倒来问我呀！你平日财大气粗，颐指气使，骄横惯了，不拘是谁，都不放在眼里，这都罢了。不想你竟敢在京都城里，众目睽睽之下，无故殴打朝廷命官，意同谋反。今又畏罪潜逃，罪加一等，上头已下了缉捕文牒，限期将你缉捕归案。更有甚者，你有案在身，不思悔过，还敢招摇过市、变本加厉，率人围攻州府，肆意诽谤侯爷，你还有王法么？数罪一身，款款该死，便是阎王老子也难保你活命！"李贲瞠目结舌，一时也无言以对。

曾绍祖转而又指责并韶道："你本是我州秀才，通文达理。朝廷惜才重贤，破格择你为官，本该感恩流涕，从此报效朝廷。岂知你竟不自爱，滥交招灾，与匪徒同流合污。李贲殴打朝廷命官，你知情不报，胁从李贲潜逃日久，罪不容诛，一同收监归案。"并韶同样无话可说。

曾绍祖叠拼成文案，把李贲、并韶都定了死罪投在大牢里。又派军兵数百人火速分头赶赴各处，将李贲名下财产、庄园、府邸尽都查封了。第

三日，德州抚军行参军李迁仕率五百军兵，羁押李贲、并韶投交州来。

李贲、并韶每人一部囚车关着，李迁仕骑着大马，持长矛走在前头，后面五百军士尾随护卫。前方尽是山路，十分崎岖难走，看看来至一片密林深处，李迁仕把马停住，高叫道："众位军士听了，前面就到慧光岭，是强盗左波生、吕乃臣、屠子僧出没地盘，他们虽不敢与官府作对，但我们不宜声张，悄悄过去算了，办完这趟子事，回去有赏的，都听清楚了！"众军士听了，俱慌乱起来。李迁仕在马上弹压喝叫，才又平静。

前面那山道愈来愈狭窄，抬头望去，树木茂密，蔽不见天。忽听一阵号角响起，密林处乱纷纷涌出数百贼盗来。都是横眉立目，筋突皮顽之辈，各执刀枪棒叉，呼啸怪叫，挡住了去路。为首三条大汉，并不骑马，都手执军器，叉腿立在前头。那个浑身黑透，约有三十二三年纪的大汉大喝道："什么贼官府，敢派贼兵来剿我们？"李迁仕慌忙答道："我们是德州驻兵，是借这儿经过，并非征讨你们。"那大汉道："既不是来征讨，那很好！若要借路经过，也好办，照老章程，留下买路钱吧！"李迁仕道："我们是官兵，押囚犯上交州去，哪来什么买路钱给你？"那大汉又道："老爷左波生，从不做赔本生意，但凡过路的都要收取银两，你也不能例外。既然没钱，那好，得把犯人留下，等你回去将钱来换赎也可！"

李迁仕大怒道："官府也敢截劫，你不想活了么？"言罢挺矛跃马，突向前来，左波生呵呵大笑，执大刀迎战李迁仕。岂知这李迁仕中看不中用，未经三合，被左波生一刀背砸下马来，另两位头领大叫道："孩儿们，贼官被擒了，杀尽那些贼兵！"众喽啰一齐鼓噪，冲杀官兵。官兵见主帅被擒，哪里再敢抵抗，哗啦一声全都溃散而去。

左波生命喽啰打开囚车，放出李贲、并韶来。李贲很是疑惑，不知强盗为何搭救自己，大张着眼睛上下打量左波生几个头领。左波生拍拍胸脯，大笑道："李老爷，你认不得我了，我是范修呀！"李贲好一会才恍然想起，随即也大笑起来："你是范修这小子呀！多年不见，你又改了名字，我只听人说慧光岭的好汉叫左波生、吕乃臣、屠子僧，我又没机会见到你，怎知左波生就是范修哪？"

范修和李贲同是德州鹿溪庄人氏，范修自小好打抱不平，经常惹下麻烦，却得李贲排难解忧。范修十七岁那年在一大户府中行窃被抓获，大户定要送官。范修母亲在李贲府门长跪不起，李贲没法，只得登门为范修讨

情。那大户碍着李贲的面子，便把范修放了。后来范修闯荡江湖之中，与李贲再无谋面，事隔十多年，范修已改名左波生，李贲又哪里认得出来？

范修翻倒头要拜李贲，李贲忙双手扶住，笑问道："你怎么在慧光岭做起强盗来？"范修道："一言难尽，自李老爷救了我后，我便再也没回家去，与几个伴党决意在慧光岭聚义。起先都是做些小买卖，吓走过客，抢些财物算了。后来投奔来人伙的人渐渐多了。去年大涝灾，安人、隆平等数州投来五百多人，我都受了。哪！这吕乃臣、屠子僧兄弟，便是带那五百多人来投我的头儿，如今都当了二头领、三头领。现在山寨可红火了，有千多人马，官府从不敢过来找麻烦。"

李贲又问道："你怎么知道我犯案了，救下我来？"范修笑道："前两天我们寨有几位兄弟到德州城踩点，听得说李老爷恶了侯爷，被抓了。又听得说要送交州，因而我带兄弟们在此日夜等候。往交州只有这条路，再没别处，因而救下李老爷来。"李贲叹道："今次自分必死无疑，险些害得我兄弟并韶一起丧命，幸好都让你们救了，岂非天意！好啦，别的暂不说他，让我引见，这就是并韶，大才难得，写得一手好文章，因为我连官儿都丢啦！"大伙儿都相互拜过了。范修道："李老爷，既然已到这个境地，你再也不能回去啦，干脆一不做，二不休，杀了这个贼官，上山聚义好么？"

跪在地下的李迁仕听了，吓得全身抖战，叩头求饶，连声道："老爷们，不关我的事，不关我的事呀！上官差遣，不得不来。况且李老爷、并老爷都没伤着。不若这样吧，我回去也是死，你们就留我一条狗命，在山寨里效力吧。"李贲笑道："你可是朝廷命官呀！堂堂六品哩，你肯做强盗？"李迁仕又叩头不已，道："愿意，一百个愿意，决无虚言。"李贲看着李迁仕怕死的样儿，摇了摇头，然后又笑道："并韶丢了那个看门官，就觉可惜，我当时说了，看门官算个屌，我定让你做人上人，你看，只在今日，这个六品大员就得给你叩头，谢不杀之恩，还要入伙做强盗，你过瘾了吧？喂，李大人，做强盗比当官儿好吗？"说完哈哈哈狂笑起来。

李贲把手一挥，道："我可不想做强盗，我要当官。李大人呀李大人，你是先做官儿，然后当强盗，我李贲呢，是先当强盗，然后再去当官，你我彼此彼此。好！就听范修兄弟的，先上山当几天强盗。"大伙儿上得山寨来，都入到聚义厅去，范修把李贲扶去正中交椅坐了，李贲并不推辞，

就让范修、并韶、吕乃臣、屠子僧、李迁仕次第拜了，然后又互拜。祭过天地，歃血誓盟，礼毕，都分座次坐了，才又让众喽啰分批叩拜。李贲传命大摆筵宴，犒劳三军。

眨眼间十天过去。这日众头领正在坐地谈论，忽然探马报回，德州刺史曾绍祖前日抄斩了李贲一家三十一口、并韶一家七口，所有名下财产庄园宅邸入官。李贲、并韶两人如五雷轰顶，惊得呆了，许久才放声大哭。李贲咬牙切齿道："我没有杀人害命，怎么将我全家抄斩？曾绍祖呀曾绍祖，你够残忍暴戾了呀！我不把你开膛破肚，李贲誓不为人！"并韶哭得晕了过去，众人救了半天方才醒转。并韶哭道："并韶一介书生，胆小怕事，连鸡都杀不了，如今却遭此横祸。上天呀，你太不公了，从此以后并韶要杀人了，曾绍祖呀，我定要吃你的肉！"

范修也禁不住掉泪，他劝慰两人道："大哥、三弟不可悲伤太过。不共戴天之仇，岂能不报！明日尽起山寨军马攻打德州，把曾绍祖碎尸万段，为民除害！"吕乃臣问李迁仕："不知德州有多少军马？"李迁仕道："不过一千号。那天曾绍祖为防不测，让我带五百军马押送，如今尽都溃散了，城里所存能有多少？"屠子僧道："若是如此，我们尽山寨千多人马，可破德州。"众头领商议定了，明日开拔起兵。

曾绍祖听逃回来的兵士报说，李贲、并韶让慧光岭的左波生截劫去了，当时气怒交加，即火速命人快马飞报交州刺史萧谘。萧谘大怒，回书责令曾绍祖调兵剿灭慧光岭强盗，不可姑息养奸，遗患无穷。曾绍祖情急之下，斩了李、并两家数十口，后来猛地想起，李贲、并韶既然与强盗一伙的，岂能善罢甘休，势必起兵复仇，攻打德州。曾绍祖心里发憷，忙与众吏员商讨对策。曾绍祖道："前者侯爷命我拘捕李贲归案，府尉李迁仕押案犯至慧光岭时，让山贼左波生截去了。下官细细想来，既然李贲与山贼同一条道的，其反意已现，迟早必来攻打州郡，诸位以为该如何应对才好？"众吏员听得山贼势大，公然劫去囚犯，早吓得心惊肉跳、手足无措，此时俱面面相觑，默然不语。好一会，长史程子轩才道："李参军率兵五百，左波生尚且得逞，可知贼势颇大，实非传言。卑职以为，府君把李贼眷属正法于市，法属当然，然操之过急矣。眷属若在，李贼投鼠忌器，或许未敢有所作为，贼属不存，李贼顾虑已无，而仇恨更深，攻城必急矣……"

曾绍祖挥手打断程子轩的话，道："这个无须再议。目今贼必来犯，德州兵微，望诸君助我守城。倘若同仇敌忾，杀贼退敌，也是为国家建功一场。"

曾绍祖见众吏或是沉默不言，或是乱说一通，毫无建树，心里更是焦虑，便速速罢议，率众吏上得城楼来，亲督兵士百姓加紧修固城墙，抵御来敌。并传令官兵上下人等，若有松懈差池，军法论处。曾绍祖连续三日不曾休息，看看都准备就绪。这日傍午时分，探马飞报，贼兵倾巢而来，离城不足十里了。曾绍祖全身披挂，率众官上了北城门。眨眼工夫，烟尘起处，敌兵已白茫茫一片卷至城下，原来李贲所率慧光岭人马俱穿着孝服。曾绍祖在城楼上看了，倒吸了一口凉气，暗道："我失策了，哀兵必胜呀！何况我兵并不相若。"

李贲、范修、并韶、吕乃臣、屠子僧、李迁仕手执军器，策马来到城门下。李贲指着城楼破口大骂道："曾绍祖狗官听了，你欺榨百姓，残害良民，杀了我全家合口，血海深仇不共戴天！等我打破城子，你死期到了。"并韶也指着骂道："萧谘贪残刻暴，罪恶滔天，擢发难数，交州百姓恨不得吃他的肉！你身为命官，不知清守，反附贪暴，我虽有过，罪不当死，缘何灭绝人性，杀我一家！狗官纵死百次，不能抵罪！"曾绍祖也在城楼上数落李、并谋反之罪，复又指着李迁仕大骂道："李贲、并韶两贼反叛，本性如此，诚不为怪。你吃着朝廷饷银，官居六品，如何也投贼了，差也不差？"

李迁仕恼怒，大叫道："我是弃暗投明！"张弓一箭射上去，却射在曾绍祖身后的柱上，曾绍祖大吃一惊。城楼里乱箭射下来，李贲五人慌忙倒退避箭。

下午未牌时分，李贲下令攻城，顿时鼓噪声震天动地，数百军士持着盾牌前冲，后面跟着数百扛抬云梯的敢死队，冲至城脚，云梯纷纷趴架在城墙上，敢死队攀缘而上，勇不可当。李贲挥舞大刀，率先登上城墙，接连斩杀数十人。忽听城门下喊杀声大起，原来是城里豪杰杜三泰率子弟数十人，杀散官军，从里面打开城门，迎接李贲军。范修见城门顿开，率军马鼓涌而入，城里一片混乱。曾绍祖见城已破，带着数十亲兵护卫从西门突围，正遇着并韶单骑迎头奔驰而来，大叫道："狗官走哪里去！"挺枪便刺曾绍祖。曾绍祖数十亲兵上前抵挡，并韶手忙脚乱，哪能应付得了，眼

看性命不保，幸得吕乃臣率兵赶到，杀退曾绍祖亲兵，救了并韶。慌乱中，曾绍祖率亲兵直向西门突去，巷口里一马跃出，正是屠子僧，一棒当头打下，曾绍祖翻下马来，后面亲兵勒马不住，一冲而过，曾绍祖被踩死马下。

李贲一举攻下德州，入至衙府，一切公文档案尽皆焚毁，并韶欲要阻止已然不及。又打开牢狱释放所有囚徒，众囚徒跪在地上，山呼万岁。又把曾绍祖一家合口二十余人，统统斩首。还要斩杀德州众官时，并韶力阻，道："德州罪恶，全在曾绍祖一人，今已正法，公理见诸百姓，无须再杀众官，以显大哥义心。"并韶又引见杜三泰等人，李贲哈哈大笑道："若非义士奋力相助，李贲决难轻易就得德州。今日攻破德州，为百姓伸义，杜义士实为第一功呀！今后杜义士就助我讨贼，一同创建功业。"杜三泰大喜，赶忙谢了。数日后，杜三泰又引荐好友郑维、沙孟、伍良邦来见李贲。李贲见三人都是豪杰，很是高兴，尽都接纳了。

李贲声威大震，半月之内，四方投军者纷至沓来，军马陡增至两万多人。李贲自封德王，范修、并韶、吕乃臣、屠子僧、李迁仕、杜三泰等人都封做将军，慧光岭山寨原有小头目和新投来头领俱封副将。李贲欲举大军进攻交州，并韶阻道："萧谘是交州祸之根源，能讨而去之，举州百姓称贺。然萧谘乃交州首脑，皇室根苗。义军现时攻之，诸郡必定来援，那时我军首尾相顾，势难取胜。今德州为我所有，诸郡势必惶恐。义军这时任取一郡，邻郡都不会救援，何故呐？只求自保，不复敢出兵啦。我军应先攻打就近郡州，这叫近急远缓之计。譬如齐国虽强，诸国既灭，独能自存么？到那时，我义军岂止百万，生擒萧谘便只是探囊取物。"

中大通五年十二月十一日，李贲留杜三泰、屠子僧、伍良邦和程子轩等原班吏员率军马一万五千守德州，自与并韶、范修、吕乃臣、李迁仕、郑维、沙孟等起兵一万攻取爱州，沿途百姓纷纷响应，踊跃投军，李贲军马又增五千多。

李贲军马日夜兼程，只两天便赶至爱州，把整座城池围得水泄不通。李贲和并韶驱马来至南城门，命军士朝城楼上喊话。城楼站出爱州刺史胡世钦，只听得他大声道："我是本州刺史胡世钦，请并韶答话！"并韶策马上前几步，拱手施礼道："晚生就是并韶，不知州尊有何教诲？"胡世钦道："你本是交州文杰，乡邑秀才，日夕必为国家重用，展一生之抱负。

奈何从贼叛逆，为此不忠不孝、千载被骂的蠢事呢？"并韶道："州尊此言差矣。非是并韶不忠不孝，并韶寒苦读书，殊为不易，虽是考官糊涂，识浅屈才，然并韶只怨时乖，又岂致背反朝廷之理。李贲殴打官差，其实事出有因，诉诸有司，罪不当死。武林侯贪残暴戾，鱼肉人民，百姓怨声载道，人所共知。曾德州附贵攀权，残害忠良，草菅人命，滥杀无辜，李贲与并韶数十家口一日之间，含恨蒙冤，身首异处，州尊知之无？州尊责我不忠不孝，试问乾纲不振，国之不国，志士忠所何附？贪官杀我全家，并韶孝向谁行？"胡世钦喝道："强词夺理，一派胡言。汝等攻破德州，杀了曾绍祖，已是罪不容诛，如今又煽动民众围我城子，意欲何为？"并韶笑道："攻打德州，本为报仇雪恨，为民除害而已。岂知义旗一举，万众附应，这是并韶始料不及的。并韶今日势成骑虎，反未必死，不反必亡，惟有顺应民意，除暴去恶，为交州百姓疲于奔命了。州尊中直清正，素有贤名，并韶安得不知？我虽兴兵而来，绝无杀戮之举。之所以繁言细语，无非诉以衷曲。还望州尊深明大义，审时度势，开怀纳义，顺天应人，为交州百姓权衡舍取。"

胡世钦再不说话，他又往城下四方望去，黑压压的军马中，有数以万计的分明是身着破烂的穷苦百姓，有的甚至是提着耕作用的锄头钉耙之类。"民心不可违呀！爱州只有三千军马防护，眼见是守不住城池了。"胡世钦长叹一声，即下令打开城门，带一帮吏员出城投降。李贲、并韶十分尊重胡世钦，说了很多抚慰的话，传令三军，对爱州城内百姓不准有丝毫侵犯，违令者定斩不赦。

不到一年，李贲、并韶大军连下德州、利州、明州、爱州、交州辖下等十数州郡。唯独朱鸢太守牛之毫率领军民坚决抵抗，范修、吕乃臣、李迁仕等领军一万攻打近四个月了，竟毫无进展。消息传来，在新昌的李贲大怒，亲与并韶领大军赶到朱鸢，范修接了，李贲很不高兴，责备道："自我举义以来，无坚不摧，诸州郡或破或降，都是十天半月之间。你率一万精锐健儿，快有四个月了吧，还不破城，却是何故？"范修不敢吭声，李迁仕道："这个牛之毫，软硬不吃，冥顽不化，虽然年近六十，勇猛犹存。他登城督战，把那滚石檑木、弩箭、滚油沸水尽都用了，我们先后折了三千多军马，吕将军也被飞石砸伤左臂，因此未能破城。"李贲勃然大怒，大骂道："这老匹夫如此可恶，看我领军破城，斩牛之毫老贼的头！"

次日清晨，李贲尽起大军把朱鸢四面围了。李贲衣甲精鲜，率大队战将来至东门。李贲朝城楼厉声道："牛之亳老匹夫听了，本王自举义讨贼以来，战无不胜，攻无不取，所向披靡，十数州郡望风而降，你老匹夫焉敢逆天而行，抗拒义师？"牛之亳在城楼上手指李贲，大笑道："甚么驴头草王！王侯爵禄乃朝廷恩赐，岂是自封的。汝等乱徒占州掠郡，杀吏赶官，祸害百姓，犯下十恶不赦之罪，还在梦中呐。我牛之亳堂堂朝廷命官，凛凛七尺之躯，岂肯降贼？人在城在，城破人亡。"

牛之亳刚正清廉，爱民如子，任上案不积卷，刑无冤狱，深得百姓拥戴。中大通四年，交州诸郡大涝，百姓惶恐思乱，牛之亳及时开仓赈灾，府吏赵信阻谏道："库中储粮，本为军事非常之用，府君一旦用之，若遇兵乱，如何应对呢？朝廷必不见谅呀！"牛之亳叱道："目今数郡百姓遭灾，尽都逃荒去了，再不开仓，旦夕便有民反，何待兵乱？百姓纵然不乱，都逃荒他处，朱鸢已是空城，要我等何用？"遂发粮米四百万石，解了百姓燃眉之急，朱鸢竟无一人外逃，甚为士民称颂。李贲军斯时势如洪水，诸州郡不降即破，无法抵挡。牛之亳叹道："武林侯殃民祸国，致使交州鼎沸，乱党得以乘机，这都是吏属耻辱之事。我唯有尽忠职守，与朱鸢共存亡。"朱鸢有五千军马，范修领军一万攻城数月，俱不能下。城里百姓自发组军参战，尽家里所有拥牛之亳守城，都把自家粮食倾瓮捐交郡里，有的甚至拆了房屋，把砖石木头搬上城墙，为御敌之军需。朱鸢军民团结若此，范修纵然兵强势大，轮番进攻，竟也徒劳。

傍午时分，李贲鸣炮攻城，数万将士奋不顾身，呐喊冲锋，如同蜂拥，沿云梯疾登而上。牛之亳在城上挥剑督战，弓弩手箭如雨发，那些檑木滚石飞滚而下，打得李贲军叫爹哭娘，又溃退回去。李贲大怒，他身披藤甲，挥舞大刀，飞身跃上云梯，大呼道："本王今日定要破城，后退者律斩！"将士们见李贲亲冒矢石登城，哪敢再落后，顿时群情振奋，喊杀连天，复翻身又扑上去了。城上箭矢滚石渐渐稀疏，李贲大笑道："老匹夫技止此耳！"随即与敢死队跃上城墙，挥刀砍杀。牛之亳喉口都叫破了，犹自左冲右突，仗剑抵敌。几个亲兵拉他逃命，他不管不顾，声色俱厉，沙哑着嗓子大呼："将士报国，正在今日，牛之亳只有断头，决无惧死！"李贲军已纷纷涌入城楼，上百军士持枪执刀围住牛之亳，喝叫他弃械投降。牛之亳脸色俱变，宝剑乱舞，有如发狂。他身上已多处中枪中刀，鲜

血淋漓，眼看就要倒下，又强挣扎站起，靠在城墙边喘着粗气。末了，他看着众人笑道："知道牛之毫的厉害了么？"便挥剑自刎了。

李贲深恨朱鸢百姓力助牛之毫抵抗，下令屠城，并韶急忙拦阻："大王要杀尽全城百姓？此举万万不可！大王吊民伐罪，义旗甫立，恩信未布于百姓，断不能做此自毁长城的愚事。朱鸢百姓拥戴牛之毫，委以性命，正是牛之毫素来清正廉明，勤政爱民所致，我义军正应褒扬，岂能抹杀？望大王坦荡义怀，摈弃前隙，何愁天下百姓不焚香顶食以迎大王呐？"

李贲纳从并韶所言，当即传令三军不得入屋扰民，违令者斩。还出安民告示，晓遍全城，众百姓才安定了下来。又厚葬了牛之毫，率众将登门抚慰其遗属。

中大通六年十二月初八日，李贲挥师北进，直指交州。交州刺史武林侯萧谘闻讯大哭，半晌方说得一句："天亡我也！"交趾郡太守方远道："逆贼李贲势大如潮，才及一年，交趾十数州郡尽失，再无完土。如今李贼拥兵数十万之众，势难抵挡，侯爷不若避其锋锐，暂回广州，再图良策。"长史于若道："目今交州兵微将寡，若退广州，怕未及走远，即为逆贼追逼。"方远道："可以重金贿李贼，使其不赶。"萧谘摇头叹息道："只可惜我家土地，拱手送与强盗了。"众吏再无别法，只好依方远的计策去行事。

方远驾运十多车金银珠宝，向南而来，在半途与李贲大军相遇。李贲深感奇怪，便传方远来见。李贲问道："你这是干什么呀？"方远忙答道："刺史已回广州，不在交州了。特派下官押来所有积蓄，犒劳义师，别无他意。"李贲听了，微微一笑，下马来看时，十多车大小箱子尽是金银珠宝，不禁大喜，道："侯爷呀侯爷，你搜刮得真多呀！好！你回去告知萧谘，让他走得远远的，再不要回来啦！"方远拱手谢过，带从人掉转马头去了。

并韶道："大王怎么答应让萧谘走了？萧谘是交州大害，罪大恶极，如何轻易放去？"李贲笑道："赶人不要赶上呀！我如今大事成矣，无须再与他硬拼。萧谘留下钱银空手而去，这是大好事呢，他要是携银而逃，我们万一赶不上，岂不是交州百姓的血汗都让他掳走？那才真是可惜呐。"并韶摇头搓手，叹息不已。

萧谘逃回广州，广州刺史、新渝侯萧映得讯大惊，忙把萧谘合家及随行吏员接入府里。萧映是帝弟始兴王萧憺的儿子，都系皇室宗亲。萧谘抱着萧映痛哭失声："大哥呀！我把交州丢了。"萧映忙着劝慰不已。安顿好萧谘一家后，萧映即上折子奏报行台。梁武帝大为震惊，下旨遣萧谘与高州刺史孙冏、新州刺史卢子雄率大兵十万讨伐李贲。

孙冏、卢子雄召集众将商议起兵，部将杜僧明进言道："南方瘴热，春气深则瘴气起，染之者必死，行军尤自可怕，军主宜当小心在意，务必人秋方可进兵。"诸将都是如此认为，卢子雄即致书新渝侯萧映，萧映阅书大怒，大骂卢子雄贪生惜命。萧谘问道："他信里说什么来着？"萧映道："孙冏、卢子雄说春瘴方起，请待至秋方可用兵，这两个家伙诸多推诿，实在可气！"萧谘道："确是胡说，我在交州经年，又不见犯瘴致病了？"萧映驳回原书，命孙、卢克日进兵，不得延误。

孙冏、卢子雄再难推托，领大军赶赴交州。刚至合浦，便有兵士不适水土，生起病来。孙冏见地形复杂，山高水低，不敢贸然深入，把大军扎住了休歇。不到三天，大营里生病将士达数百人，先是发寒发热，然后又吐又泻。孙冏让军医诊治，却毫无效验。孙冏惊慌不已，杜僧明道："这是犯瘴毒了，百药无功呀！"至第十天时，竟有百多士兵死去，而又有数千兵士接连病倒。孙冏、卢子雄吓得手脚发软，孙冏连道："怎么好？怎么好？退兵回去，萧映必不放过我等，不退吧，非死清光不可。老天呀，你怎么老是与我作对？"孙、卢两人几乎要哭了。这样拖了一月有余，大营里死亡将士近半。诸大将纷纷闯入中军帐谏请退兵。孙冏哭丧着面孔道："我也想退呀，可回军必死呀！"主将杜天合道："不退军才必死，此乃天灾人祸，不信新渝侯不近人情。"卢子雄道："军主，我们回去再说，是生是死，随天摆布吧！"孙冏见卢子雄都这样说了，当下豁出去，传令退军。

李贲探得孙冏、卢子雄大兵溃退的消息，大笑道："当年诸葛武侯南来，尚且吃了大亏，何况孙冏、卢子雄这两个蠢材。不知天时，不晓地利，怎能为将。贼兵此番败去，都胆寒矣。从今以后可高枕无忧啦！哈哈！"

孙冏、卢子雄引兵回到广州，检校军马十停去了六七停。孙冏、卢子雄自分罪责难逃，双双绑缚了来见萧映。萧映苦笑道："二位将军是生是

死，各安天命吧!"命人下在大牢里等待处置。

萧谘奏报孙冏、卢子雄与贼交通，逗留不进，延误军机。不及一月，行台敕命在广州赐死。城里很多人为其叹息，都说萧谘贪残误国，孙冏、卢子雄倒做了牺牲品，孙、卢两人虽然无功，其实无过，死得冤了。

卢子雄弟卢子略、卢子烈都是雄豪任侠之辈，家属也在南江随任。噩耗传来，卢氏举家抱头痛哭。卢子雄部将杜天合召集卢子雄旧部在南江商议，杜天合激愤道："卢公累代待遇我等恩重如山。如今含冤负屈而死，我们不报此仇，枉为丈夫。我弟僧明乃万人之敌，若召集百姓围攻广州，谁敢不从？攻破广州，即斩二侯首级祭奠孙、卢英魂，然后等待行台使至，那时再束手任由朝廷处置，死犹胜生。纵然攻城不下，兵败身亡，亦无恨矣。"

杜天合、杜僧明兄弟是广陵临泽人，普通三年，卢安兴任广州南江督护，杜天合、杜僧明兄弟及义兴阳羡的周文育等人都被卢安兴启用，相约南下赴任。杜氏两兄弟都是豪杰，而杜僧明胆气最为过人，他生得身材瘦小，而力大无穷、勇猛矫捷、弓马娴熟，多次随军征讨俚僚有功，因而深得卢安兴倚重，提拔为新州助防之职。卢安兴死后，杜氏兄弟继事其子卢子雄，忠心益诚。卢子雄死讯传来，杜僧明当即就要进广州城行刺二侯，杜天合死命拉住不放，他捶胸失声大哭，一夜不眠。如今听兄长欲举兵讨伐广州，早已按捺不住，立地拍案而起，拔剑吼道："大丈夫恩怨分明，此仇必报！有不从者，如若此案！"说罢一剑斩下面前几案一角。

周文育猛地站立起来，大声道："卢府君两世恩德，众人尽知，只有杜家才能报么？杜将军义薄云天，文育岂能落后？愿随将军而去，斩杀二侯，以慰卢府君英灵！"

周文育字景德，本姓项，名猛奴，祖居新安寿昌县。他自幼丧父，由老娘带众兄妹艰难度日。猛奴十一岁时，能反复游水中数里，蹦跳五六尺高，每与乡中儿童群聚戏耍诸技，众莫能及。义兴人周荟当时率兵在寿昌浦口驻扎防卫，见了项猛奴，很是奇异，便把他召来谈话，问些家庭出身情况，猛奴答道："我自小没了父亲，如今母亲已是暮年，众兄妹虽都长大成人，无奈朝廷赋役繁重，由是度日艰难，家里一贫如洗。"周荟听了深为同情，便随猛奴回家里来看时，果然家徒四壁，兄妹成群。周荟感叹不已，又向猛奴的母亲深深一拜，恳求道："老娘亲自幼把猛奴兄妹拉扯

成人，艰辛寒苦自不必说。我看猛奴相貌不凡，行事独异，将来必有出息。我与猛奴有缘，竟如己出，您就让我收为养子吧!"猛奴老娘见周荟情真意恳，是志诚君子，便欣然答允了。到周荟成任期满，即带猛奴一同返京都来，周荟找到老朋友太子詹事周拾，请他为猛奴起名字。周拾笑道："老朋友奉命戍守浦口，保得老命回来，还收了螟蛉，可喜可贺呀!好! 猛奴就立名文育，字景德吧。"周荟大喜，赶忙让周文育叩头谢了。

周荟又让兄长的儿子周弘让教周文育习书学算。周弘让学识渊博，尤善隶书，他把蔡邕的《劝学》及一些古诗文抄录下来交与周文育去习学，周文育看了，竟不知是什么东西。他对周弘让道："这鬼东西有什么好学的，我看了就头痛，才不学呢! 人丈夫立世，当以长枪大槊取富贵。"周弘让大奇，继而壮之，当即改教他习武骑射，这下对了周文育的胃口，乐不可支。

司州刺史陈庆之与周荟同郡，过从甚密。普通二年三月，陈庆之启用周荟为军主，率兵五百往新蔡县瓠地慰劳白水蛮。白水人密谋拘执周荟投魏，不料阴谋败露，周荟与周文育领五百兵士和数千白水兵对抗。一日之间，双方激战数十回，周文育前锋陷阵，勇冠军中，一柄长矛横冲直撞，连杀数百人。周荟不幸战死阵中，周文育飞驰入阵内，抢回周荟的尸体，白水兵惮他勇猛无敌，也不敢十分相逼。傍晚时分，双方各引军退去。这次战役，周文育浑身创伤共有九处，将士们看了俱各战栗不已。伤口刚愈合，周文育便打了辞呈，护送周荟灵柩还葬故里。陈庆之为周文育的节义所感动，倍加赞扬，另厚奉赗赠送他回去。

周文育葬了周荟，躲在家里很少出门。一日吏差送呈文状到，是陈庆之举周文育为长流令。周文育打点行装便要赴任，又报卢安兴为南江督护，启用周文育同行供职，周文育考虑再三，便弃了长流令，随卢安兴南来。至大庾岭下时，周文育又后悔了，进退不定，他寻到一个卜卦的老者指点前程，老者道："君北去不过做令长，南入则为公侯。"周文育道："谁望做公侯了? 能赚到钱就好，我家里很穷的。"老者又细看周文育一眼，微笑道："老儿算卦甚为灵验，再不会错，你若不信，现下就得银三千两，可作验证。"周文育双眼发光，盯着老者问："这话当真，你不骗我?"老者笑道："须臾便有验效，何来骗你。"周文育将信将疑，付过酬金走了。这晚，大伙儿刚在客栈住下，便有一个商人来找周文育与他赌

博，结果周文育胜了，赢银三千两。次日周文育兴高采烈上路，再无悔意，卢安兴问他，便如实说了。卢安兴笑道："卜者之言，岂能尽信。"至南江后，周文育忠于职守，数番征讨俚僚立功，除授南海令。

卢子雄所部诸将，首推杜僧明、周文育雄烈剽悍。如今杜天合、杜僧明、周文育都决意讨伐广州，为卢子雄报仇雪恨，诸将哪敢再有支吾，尽都齐声附和，慷慨其辞道："这正是我们之所愿，杜将军就请命令吧！"

杜天合大喜，与周文育率众结盟，奉卢子雄弟卢子略为主，起兵攻打广州城。百姓痛恨二侯贪赃枉法，一日之间，竟相呼应，以致有数万人踊跃投军。新州各属州郡吏员官差慑于杜、周威势，纷纷响应胁从，唯有南江督护沈颁沉默未动，杜天合命人把他传来，责道："二侯陷害忠良，仕民无不切齿，鸣呼不平，你竟无动于衷，是何道理？"沈颁道："二侯是功是过应由朝廷来断，怎能凭一己之私，滥动干戈，骚乱岭南？"杜天合大怒，骂道："竖儒与奸侯同流合污，残害忠良，留之无益。"喝命推出斩首示众。沈颁脸无改色，至死大骂不止。

卢子略屯兵城南，杜天合屯兵城北，杜僧明、周文育各引军分据城东、城西，四面围定广州。杜、周含恨而来，竟不迟疑，旋即发起攻击。广州城内官民震恐，乱成一片。萧映派敢死队混出城去，飞马传书西江督护、高要太守陈霸先火速救援。

陈霸先字兴国，小字法生，吴兴长城下若里人，世居颍川，历代出仕。先祖陈达为丞相掾，历太子洗马，出为长城令。陈达很喜欢是方山水，便把家安在这里。他曾对亲近的人说："此地山川秀丽，当有王者兴，两百年后，我子孙必钟斯运。"

陈霸先生于天监二年癸未，他少年起便倜傥豪放，常怀大志。渐渐长大，极爱研读兵书，苦练武艺弓马，且处事明达果断，为当时所推崇。史称陈霸先得身长七尺五寸，日角龙颜，垂手过膝，很是奇异。他曾游学义兴，拜在许氏门下习艺。一夜，梦天开数丈，有四个朱衣人捧日而来，朱衣人命他张口吞下。陈霸先惊醒时，犹觉腹中奇热，自此他认为自己是受命于天的非常人物。

大通二年，新渝侯萧映为吴兴太守，很看重陈霸先，曾目视他对群僚道："此人将来了不得，前程大得很呐！"到萧映任广州刺史时，陈霸先提拔为中直兵参军，随府镇兵广州。萧映命陈霸先招募军马，未及三日，已

有千人，萧映随即让他接管宋隆郡兵事，所属安化两县官长不服气，起兵抗拒，陈霸先尽都讨而平之。后来又升至西江督护、高要太守之职。广州治内有西、南两江，俱都源远流长。西江源自晋兴郡，经南定、东宁、龙诸州人成州界，与漓水交汇。高要治成州，而成州正当西江口，系人桂、黔、川之要道。当年汉武帝讨南粤王，自巴、蜀调发夜郎兵下牂柯河，会师番禺，即从此水路过来。所以特别设置督护，专事行兵征讨之任。陈霸先任上政治武备诸务，俱都整肃不乱，深受吏民称许。

陈霸先接得广州告急之讯，吃惊之下，即率精兵三千，卷甲兼行赶赴广州。途中行军时，部将曹文豹惧怕卢子略兵多将广，势大难敌，很是担忧。陈霸先笑道："叛军已入我腹中啦！叛军虽多，又有何惧？用兵重在调度，不重多寡。你又何必担忧！"至广州城外，见卢子略大军已将广州重重包围，水泄不通，部属都顿生怯意，勒马不前，副将潘达道："似此从何处突入城去救援？"陈霸先笑道："我们要突入城去再让人家围着打呀？愚蠢之至！我在外围游击，敌人处于腹背受困之状，就不能肆意攻城，城内危急即可缓解。如此一来，胜则随我所欲，万一败了，还可逃命呢。卢子雄旧部，惟杜天合颇有才干，善于征伐。卢子略庸才耳，我只要把杜天合这蛇头斩了，其余都不足道。好啦，都随我斩蛇头去吧！"

陈霸先引军来至城北，列队射住阵脚。对面就是杜天合寨营，陈霸先跑马阵前，对将士们指指点点，忽然杜天合寨内一声炮响，立时寨门洞开，飞拥出大队军马来，为头的将军正是杜天合。他把宝剑一挥，大呼道："将士们冲呀！"刹那间鼓声大作，噪声四起，万多军马排山倒海扑过来。只见陈霸先鞭梢一挥，前排马军向阵左右两端一靠拢，现出后面二千多弓弩手来，陈霸先一声令下，箭如雨发，杜天合军马旋即倒下一大片。杜天合也不能幸免，额头、胸下连中两箭，翻身下马。数名亲兵冒死把他抢了回去。杜天合军见主帅落马，顿时大乱，再不敢往前冲，霎时旗帜披靡，刀枪尽弃，溃散奔逃。近万军马乱纷纷人踩马踏，死伤不计其数。

杜天合起初意欲趁着陈霸先行军疲惫，寨营未立，一鼓作气将其摧毁，刚一出寨，突然便以数倍于敌人的兵力压过去。哪知陈霸先临危不惧，竟然猜透他的心思，事前早有准备，三千甲兵弹指之间全都变成了射手。杜天合虽然兵多，然而绝大多数是一时凑合的民兵，未经任何训练便匆匆投入战场，得胜犹可，一遇挫折，尤其是出乎意料的突发变故，早已

惊慌失措，作鸟兽散了。

杜天合伤势过重，一回到营寨便死去。得讯赶来的杜僧明抱着兄长的尸体呼天抢地，哭得死去活来，众人无不落泪。杜僧明咬牙切齿道："去把周文育也调来，活捉陈霸先，为兄长报仇。"部将柳熙从劝道："将军把周将军调来，西路岂不空虚了。目今北路已溃，再调西路，我怕主公独力难支。"杜僧明叱道："杀兄之仇，不共戴天。二侯自顾不暇，早已胆寒，还敢出城来战？陈霸先乃心腹大患，若不去除，跟在我们屁股后面起哄，我们又岂能专心破城？破了陈霸先，再捉二侯未迟。"众将再不敢违拗，遵将命去了。

次日清晨，杜僧明、周文育率大军在城北列阵，等待陈霸先决战。已牌时分，才见陈霸先率军马前来，粗略一看，不过两千人马，然而衣甲精新，个个斗志昂扬，陈霸先鞭梢一指，早已摆成阵势。陈霸先跑马出阵，离敌方不过两百步远，刚要开口说话，只听弓弦响处，杜僧明、周文育在门旗下各引强弓射来，陈霸先一惊，急躲时，肩膀上早中一箭，忙勒回马便逃。那边杜僧明见射中陈霸先，心中大喜，就要下令冲锋，忽听阵后大声呼号起来，杜僧明翻转头急问何事惊慌，有兵士报道："陈霸先派兵在后寨烧粮啦！"杜僧明大吃一惊，忙对周文育道："我们尽起兵来与陈霸先决战，后寨空无一人，烧了粮草那还了得，你即带兵回救后寨，我赶陈霸先去！"

周文育策转马头向阵后驰去，大叫道："后队都随我来，抢救粮草啦！"阵后人头涌动，后队军马都随周文育匆匆退去。

杜僧明见周文育带人马回去了，方才略略放心，挺起大刀，大吼道："都随我来，活捉陈霸先！"阵前军马再起噪声，蜂拥赶来。忽然天下起大雨来，不一会，满地径流，白茫茫一片。陈霸先率军马冒雨一连气奔驰了十多里，来到柏延山前，陈霸先传令军马都上山顶。瞬间，杜僧明率兵赶至山脚下，见雨大路滑，军马不敢上去，杜僧明咕哝几句便领军撤回去了。

半个时辰后，只见曹文豹带着一千多军马来到山下，陈霸先让他们都上山顶。曹文豹叹息着对陈霸先道："军主呀，真是可惜，火刚点着，就下起大雨，又淋灭了，却不是天意？"陈霸先笑道："没烧起来才好呀！留着有用呢。我让你去烧粮，本是为了扰乱敌人的军心，让他首尾相顾，不

然我可对付不了。杜僧明这小子要拼命，我险些让他提了，如果没有你这把火，我几乎性命不保呀！"

雨渐渐停了。陈霸先传令在山顶上撑帐立营，潘达问："军主这次用兵，早先告诉我们不得安营扎寨，只带干粮，不准生火。缘何现在又要立营？"陈霸先皱眉微笑道："唔！我中了箭，不用休息了？前天没雨，露天可宿，今儿下雨啦，没有帐篷，如何睡呐？"又传令在山脚下空旷处挖掘大深坑设陷阱，众人又不解，陈霸先笑道："山地里野猪多，挖了陷坑我才睡得安稳呀！"又传令各将士不拘进军、退兵都不许在陷阱上面走过，将士们齐声答应，都心里道，傻子才会走上面过。

天黑下来后，陈霸先突然传命集合。只听陈霸先道："我今晚要去劫营，带两千人入去，其余都守营寨。"曹文豹阻道："军主才受伤，应留在营里休养，就让末将去吧。"陈霸先笑道："这点伤算什么呀？不会碍事。这样吧，潘达跟我走一趟。"当即整装待发。

杜僧明退回去后，又派人前来打探，远远望见陈霸先军马在山上扎营。杜僧明深感纳罕，暗道："这两天我并不见陈霸先有什么营寨，原来立在山上呀。"忽然忍不住笑出声来："陈霸先呀陈霸先，往常听人说你甚会用兵，原来只是传闻。听兄长说过，切不可把营寨安在山顶上，被人断了水道，还有活路？"

掌灯时，杜僧明把周文育请来吃酒。他笑道："今日陈霸先吃了亏，粮草烧不起来，还中了我一箭。我已查探明白，原来陈霸先的营寨扎在柏延山顶，这是兵家大忌呀。明日我与你围了柏延山，看陈霸先飞哪儿去。"周文育道："杜将军说的极是。然陈霸先敢以区区三千将士抗我，必有胆识过人之处，如今日调人烧我粮草就是一例，倘若不是天降大雨，粮草就没有了。我们还应提防才是。"两人说得高兴，吃了不少酒，二更时分，还未散去。忽听寨内一片喧哗声起，两人起身问时，左右进帐报告："陈霸先率军前来劫寨。"杜僧明把酒盏儿一甩，大叫道："陈霸先真够大胆，那点子兵也敢劫寨？周将军，我与你杀出去，这番不能让他走了。"两人也不披挂，即提军器上马，带兵杀出。

陈霸先的军马还未入寨，就让敌方发觉，陈霸先慌乱间掉转马头就逃，两千人马跟在其后飞奔。不一会儿，后面喊杀连天，火把通明，杜僧明、周文育领大队军马尾追而来。陈霸先大声吆喝："都跟上我，都跟上

我，不要走散啦！"奔到柏延山下，陈霸先又大呼："跟着我的马后绕开陷阱上山！"方上得山顶时，杜僧明、周文育大军已赶至山下，只听杜僧明大呼道："我也不用等到明天，只今晚就要捉陈霸先，为兄长报仇！将士们冲呀！杀上山顶，活捉陈霸先！"杜僧明与周文育率先冲了过来，只听得"隆隆隆"声响成一片，杜僧明、周文育连人带马和跑在前头的军士尽数都陷落大坑里去了。后面大队人马黑地里收脚不住，又纷纷滑落大坑中，一时大坑里人喊马嘶，叫苦连天。

陈霸先在山上令弓弩手朝着火把明处射箭，大片人马随着倒地，余下的哪里还摸得着东南西北，野地里四散逃命去了。

陈霸先命兵士在大泥坑里寻出杜僧明和周文育，两人均已昏迷，陈霸先吩咐军医救治，次日才醒了。陈霸先过来探视，杜僧明挣扎着要起来，无奈手脚都伤，哪里站得住？陈霸先笑道："杜将军无须动气，你要报仇，等伤好了再说吧。我用这计策擒你，你不服气是吧？你包围广州城的兵民计有数万之多，且又同仇敌忾，我区区三千兵怎能解围？我不设营寨，只让军士带干粮，战到哪吃到哪，战到哪宿到哪，抬脚能走，倒地能睡，这都是我平日训练有素的缘故。不然，设下小小的营寨，焉能固守？你们大军一到，挥手就没有了。我昨天忽然又在山上立营，是为了引你上当，我带头劫寨也是引你上钩。别人去了，你可能不会追来，你万万想不到的会落了我的陷阱。好了，你俩好好疗伤。"说完出帐去了。

杜僧明对周文育道："陈霸先果然厉害呀！你说，他会不会杀我俩？"旁边守护的兵士笑道："我看八成不会。你想，陈太守若要杀你们，干吗又要救你们呢？你俩被压在大坑最底层，不用一个时辰准完蛋。这两天，我曾听太守对众将说，'叛军中，惟杜僧明、周文育是良材，我一定要收为己用，为国家出力。'你想，他会杀你们吗？"杜僧明、周文育两人听了沉默不语。忽然一位副将进来传命道："奉军主令，杜僧明、周文育二位将军一旦伤愈，即遣送下山，不得拦阻。"

傍晚时候，陈霸先还在帐中与众将议事，只见杜僧明、周文育跌跌撞撞走入来，后面紧跟着几个护卫。那杜僧明、周文育朝陈霸先扑通跪下，陈霸先慌忙起身扶起两人，笑问："我已通令将士们知晓，二位将军来去自便，他们难为你俩不成？"杜僧明摇头道："并无难为。我与周文育深感明公大义，愿在帐下为一小卒。"陈霸先笑道："噢！我杀了你的兄长，你

不记恨?"杜僧明道:"原先记恨,恨不得吃你的肉,从今以后却是不恨了。我射你一箭,你都不恨,我还恨得起来么?"陈霸先呵呵大笑起来,道:"真是杜僧明呀!陈霸先没有看错人。周文育,你也是一条汉子,陈霸先相见恨晚,你也愿意随我?"周文育笑道:"那是当然,能跟随明公,周文育南下不枉了。"陈霸先两手拍着杜僧明、周文育的肩膀,又大笑起来。

当晚,陈霸先探得城南的卢子略、卢子烈军马已尽数溃退逃去。他知杜僧明、周文育对卢家恩义未了,便不追寻二卢,由他自去。

陈霸先破卢子略军,解了广州之围,捷报传于行台。梁武帝深以为异,叹息不已。授陈霸先直阁将军,封新安子,邑三百户,还派遣画工前来为其写真。梁武帝拿着陈霸先的画像细细端详,半晌才笑道:"这小子确是妙人。我在,为我安,我不在则为我乱矣!"

　　冼挺正在想时，满山遍野吹起一片号角声，顿时鼓噪大作，飞箭滚石隆隆而下。冼挺大惊失色，大呼："将士们都贴身躲在大石下，都不要乱跑！"军马已是大乱，躲不及的被大石砸得头破血流，纷纷倒地，惨叫连天。冼挺见此惨状，一拳打在大石上，大叫道："都是我该死，都是我该死呀！"（见第六章）

　　廖明让陈霸先坐下来，把手放在几案上，廖明就着手号了一会儿脉息，又道："请军主再让我看看腿脚。"陈霸先把长袍下摆掀起，伸出双腿，廖明帮他卷起裤管，看双脚时，关节处俱已红肿，青筋突起。廖明帮陈霸先放下裤管，然后笑道："军主，你这是患的风湿症，让我为你治吧。"（见第六章）

渡水穿山飞将出 惊天动地睡花苏

　　李贲入主交州后，采纳并韶建言，举数十万大军乘胜北进。不到两年光景，晋兴郡、南定州、石州、郁林郡、宁浦郡、定川郡均为李贲所得。大同二年三月，李贲自称越帝，置设百官，改元大德，消息传至行台，朝野震动。其年冬，广州刺史新渝侯萧映卒。次年，陈霸先率三百兵士送丧还都，来到大庾岭时，却好行台诏书发至，除授陈霸先为交州司马，领武平太守，与交州刺史杨暕、定州刺史萧勃南讨李贲。陈霸先命潘达率兵护灵进都，自己回治地广招军马，准备远征之计。杨暕知得陈霸先训练兵士，甲器精新，十分高兴，道："能克贼者，必是陈司武也。"这期间，但凡治军兵事，都交由陈霸先定夺。

　　大同三年八月，陈霸先与各路军会集在番禺起兵。曲阳侯萧勃是梁武帝从父弟萧昺的儿子，这次授定州刺史之职，他并不愿意，但又不好抗旨。他给杨暕去书，称近日有疾在身，不能从军前往交州征讨，暂留曲江疗养。杨暕知萧勃自恃金枝玉叶，不愿去交州受苦，所以也不敢强之。萧勃自分兵微将寡，难以治制封地，探得西征军士都不愿到遥远的交趾服役，便打起了小算盘，偷偷来到西江，准备向西征诸军中招兵买马，充实自己的实力。他暗地里找到杨暕，委婉说辞，诱之以利，希望杨暕帮他。杨暕左右为难，不敢造次答允，便召集诸将商议，众将听了，或是摇头叹气，或是沉默不语。陈霸先十分慷慨，忍不住站起来道："交趾惹出这么大的叛乱，罪责实由宗室而起，以致僭乱数州，弥历年稔。定州又欲昧利目前，不顾大计么？霸先今日奉诏讨贼，决意将生命系之始终，岂能畏惧

宗室而负国家？如果有人敢冒天下之大不韪，在这里拉走军马，阻遏西进。那么又何必大老远的跑去交趾讨贼？问罪之师，这里便有目标啦！"言罢甩袖而去。

　　陈霸先回到本部帐营，还恨恨不已地与众将谈议刚才的事。忽报高凉大堡冼来山遣儿子冼挺、冼定、冼齐、冼飞前来投军，所率三千军马都至大营了。陈霸先大喜过望，猛然站起来道："好呀！冼来山果然应约。诸位都随我迎出去！"说着带众将大步流星赶出营门，远远见着冼氏兄弟即伸手迎迓，朗声道："冼家兄弟，想死霸先啦！有你们兄弟助我，何愁李贼不破！"冼家兄弟见陈霸先接得礼重，也自欢喜不已，俱各抱拳拱手致礼。冼挺将自家兄弟都介绍了，然后又引见廖明，陈霸先更是高兴不已，连道："好得很呢，廖兄既是将军，又是医生，军中正用得着，求之不得呀！"陈霸先和冼家兄弟甫一见面，有如故人，毫不生分。寒暄过后，又忙着引见部属诸将，然后才拉起冼挺、冼飞的手入帐座谈。

　　杨暕知得冼家兄弟来投军，便找陈霸先过来问。杨暕笑道："陈司武缘何倚重庄兵乡勇？俚僚人反复无常，村俗无礼，殊难驾驭，留在军中必定无益。"陈霸先道："刺史怎能如此说话，俚僚人亦我之子民，岂能拒之门外？方今正当国家用人之际，但能讨贼，便是成臣。此言刺史日后再不可提。"

　　陈霸先勒部先行西进。九月初，西征大军开进石州苍梧境内。杨暕见山脉逶迤，林深草茂，未敢轻入，把大军扎在伦罗山下。杨暕力排众议，推陈霸先任先锋，领军先进。新州刺史王祖弼所部将士趁机扰民，入屋抢掠，无所不为。杜僧明忍不住在陈霸先面前指斥其恶，陈霸先虽也愤恨，但见杨暕似有偏护之意，便不好多说，只暗暗叹息不已。

　　一日，冼齐率五百兵士巡山，忽闻林木深处传来呼救声，冼齐策马引军循声赶去看时，原来是密林里数个官兵搂抱着两个年轻女子不放，旁边还有三二十个官兵在拍手起哄助威。两个女子又叫又哭，又抓又打，拼命挣扎。那几个官兵淫笑着，口里乱七八糟说下流话不停。这时，那边跑过来几个本土打扮的汉子，其中一个较为老成斯文的汉子道："使不得！使不得！官长快放手了，这是陈老爷员外的小姐，你们怎么敢这样无礼！"那几个官兵继续在姑娘身上乱摸。一个蹦牙的官兵还道："甚么狗屁员外，就来吓人了？老子报效朝廷，来这鬼地方救你们，还不该慰劳慰劳呀？这

姐儿长得水灵俊秀，也知情趣啦，让老爷们开心也好。"那几个汉子大怒，扑上前来便要动手。一个像小头儿模样的官兵大喝道："你们这班蛮子不要命了么，敢打官军？都给抓了！"数十官兵一下挺刀枪围了上去，捉住了那几个汉子。小头儿走上前来，每人抽了几扇耳光子，骂道："敢与官兵作对，是不是想反啦？都带回大营去，当李贲逆党论处。那两个姐，嘻嘻，带回让长官尝尝新鲜儿，油光水滑的，妈的鸡巴羔子，我见了也动心。"

官兵推着几个人刚要走，猛听一声大喝："站住，把人都放了！光天化日竟敢胡作非为，强抢民女，没王法了么？"官兵都往山坡上望去，只见冼齐脸色冷峻、怒目而视。小头儿忙拱手道："将爷，属下是新州刺史麾下……"不等他说完，冼齐又喝道："不拘是谁，都得把人放了！"那小头儿道："不知将爷是……"冼齐道："老子是高凉冼齐，怎么着，不信么？"那小头儿冷笑道："噢，是冼家大爷呀！末将失敬啦，我听我们军主说，陈军主放着许多朝廷军马不用，却起用蛮俚。今日看来，确实够横。"冼齐怒问："废话少说，你小子放不放？"那小头儿把脸一沉，道："不放！这人要带回大营，你有能耐找我家军主说去。大伙儿走，别管他胡扯蛋！"

冼齐大怒，策马跃下山坡，五百兵士也拥过来挡住去路。冼齐命兵士把两个姑娘和几个汉子都放了，那个老成的汉子跪下谢恩，冼齐道："不用啦，都走吧，日后没事别在山上乱走。"那几个汉子千恩万谢，簇拥着两个姑娘匆匆去了。

小头儿目瞪口呆，见冼齐人多势众，自知非敌，再不敢嘴硬。冼齐大喝道："滚！再不要让老爷见到你！"小头儿带着数十官兵悻悻而去，末了还回转头道："俚蛮不要慌，山不转水转，走着瞧。"

那小头儿却原来是王祖弼的族弟，名叫王祖言，在王祖弼辖下当个助防卑将，平日里为非作歹，治地百姓恨之入骨。他回营里找着王祖弼，诬告冼齐私放疑匪，还告冼齐蔑视军主王祖弼，指责王祖弼怂恿部属抢掠偷盗，诸般害民，如此这般，说得有鼻子有眼睛。王祖弼勃然大怒，气冲冲直奔帅营来见杨曤，杨曤好言相慰，命传陈霸先来见。陈霸先刚进帐，还未坐下，王祖弼就指着问道："陈兄你也算看得起我，试问你我素日并无恩怨，如何撺掇部属诽谤于我？冼齐等辈本是俚僚蛮族，化外野民，不知礼法，专事劫掠相残之能事，怎么能让其混入军中，乱我法度，长此下

去,岂不害群?"陈霸先微微一笑,道:"王刺史亦无须动气呀!你不惧全军上下之所笑,而独耻区区洗齐之一言乎?平日所闻,霸先还未轻信,今日所为,数百兵士尽都目睹,岂能有假?我辈奉旨讨贼,本为伸义张仁,殄灭凶顽,拯救万民,广播皇霖。倘若扰害百姓,失德三军,与李贲逆贼又有何异,还有面目耻笑俚僚蛮夷么?"王祖弼拍案蹦起,还要争辩,杨嘌挥挥手,阻住王祖弼,道:"都别争了吧!我们均肩负皇恩,为国平叛,理当同心共济,奋力杀贼!陈、王二公俱是我之臂膊,失一不可。日后俱应尽弃前隙,不要再起无谓之风了。三军将士数万之多,又岂能面面俱到,瑕疵全无?总要以大局为重,不必拘泥小节而误事为好。"大家不欢而散。

陈霸先命洗挺、洗定、洗齐、洗飞兄弟及廖明引军搜索而进,随后大军准备翻越伦罗山。洗氏兄弟带本部二千军马人得山中,满目荆棘丛生,野草齐腰深浅,军士都下马来,摸索而行。走有半个时辰,入到一豁壑大沟,抬头往上望,深不见顶,探哨报回,前面已无去路,都被悬崖隔断了。洗挺生疑:"我怎么如此糊涂,进入这里来,要是有交州兵设伏,岂不坏事?"正在想时,满山遍野吹起一片号角声,顿时鼓噪大作,山上飞箭滚石隆隆而下。洗挺大惊失色,大呼:"将士们都贴身躲在大石下,都不要乱跑!"军马已是大乱,躲不及的被大石砸得头破血流,纷纷倒地,惨叫连天。洗挺见此惨状,一拳打在大石上,大叫道:"都是我该死,都是我该死呀!"洗定、洗齐爬到洗挺身边来,往山上看时,石头还源源不绝地滚飞下来。洗定道:"大哥呀!这样不是办法,我们冲出去吧!"

忽然山上又往谷底丢下干柴草等引火之物,紧接着又射下火箭,顷刻间谷底纷纷着火。洗齐大声道:"大哥,再不走来不及了!等下谷底树木起火,无处藏身呀!"洗挺双目都急红了,"交州兵真够狠呀,要烧死我们。不冲出去,难逃活命。"主意一定,猛站起来,振举大刀呼道:"将士们都跟我从来路冲出去,快!"洗家兄弟俱各飞身上马,率军从原路突围。回首看时,谷底已是大火冲天。十月天气,风高物燥,干柴烈火,一触即着。洗挺挥了一把冷汗道:"好险哪,走慢一步就全军覆没呀!"刚冲至谷口,突然一声炮响,鼓噪又起,数千交州兵出现在谷口四围,乱箭像雨一般射来,洗挺立中一箭,几乎下马,数百军士被射倒地里。洗定大叫:"将士们快往后退!"可是后面大火已趁着风势疾卷而来,进退无路,将士

们吓得魂飞魄散，四处窜逃。忽然又听得鼓噪声起，交州兵纷纷溃散奔走，众人急望时，只见一队马军呐喊着从交州兵背后杀过来，锐不可当，当头三条大汉，刀劈枪挑，交州兵纷纷倒地。一条大汉大呼道："前面可是高凉冼将军么？"冼挺应声答道："正是我们冼家兄弟。好汉是谁，怎么救我们来了？"

那大汉道："冼将军快跟我们冲出去。"冼挺再不迟疑，大吼道："将士们快跟我来！"一马当先，率军突出谷口，跟着那队马军奔跑一阵，来到一块平地里。那三条大汉勒马下地，赶过来抱拳作揖。冼挺上下打量三条大汉，实在素无谋面，慌忙也下马还礼，道："冼挺与各位不曾相识，为何救我？"为头的大汉笑道："冼将军，我们是苍梧北望寨的陈姓兄弟，父亲陈践余，为一方酋长，我们有兄妹四个，我叫陈本，二弟陈全，三弟陈坦，四妹年方十六，就是前天在山上让你们救下的那妹子呀！"一个汉子已认出冼齐，指着笑道："大爷呀，那天救我们的冼大爷就是他呀！"冼挺望望冼齐，道："是你呀，怎么不见说起这事。"冼齐不好意思地笑笑。

陈本大喜，赶忙上前又施礼不已，道："多谢冼爷救我妹子。"冼挺道："你们怎么知道我们困在谷中？"陈本道："我们寨兵报说看见打着'冼'字大旗的官兵进伦罗山了，我父亲就派人跟着探看。哪知你们走进死谷，父亲着急，即派我们救援来啦！"

冼挺道："若非你们搭救，今日定难生还。我常听家父说，苍梧北望寨陈老爷为人刚正，武艺甚高，儿子个个英雄豪杰。无奈路途遥远，无缘得见。天幸今日在此相识，深慰所望。不若你们兄弟也投陈太守，我们一同讨贼如何？"陈本摇摇手，笑道："冼兄美意我岂能不知，只是父亲不愿与官府往来，这是他一贯之志，我们也不好强违。这样吧，反正已没事了，我们也该回去啦。"说完拱手道别，与众兄弟翻身上马，刚要举步，陈本又勒住马道："你们要过伦罗山深为不易，我留下两个寨兵向导，走过大山再让他们回来。"

冼挺大喜过望，忙不迭感谢不已。陈本的马队去了，冼挺直到看不见影儿，才回头对廖明道："你给我上点金疮药吧。"说着在一块石头上蹲坐下来。刚才大乱时冼挺早将箭拔掉了，他怕影响军心，一直忍着不作声。箭射在左胸上，廖明忙帮他解开衣服，好在不是伤得很深，那血水已自凝住。冼挺一边让廖明上药，一边问："伤了多少人马？"冼定道："校点过

了，折了近六百号人马，轻伤的都逃了出来，重伤的逃不出，恐怕都已烧死了吧。"众人黯然伤色。冼挺望了大伙一眼，长叹一口气道："还未过岭就伤了这许多兄弟，冼挺无能呀！"廖明已上好药，冼挺站起来，伸伸臂膊，道："找地方扎下来，飞报陈太守，明日过岭！"

永平郡太守刘历师据伦罗山阻击西征军，今见西征军势大难挡，自知不敌，便弃城南逃。杨曒得了永平，诸郡震动。郁林郡、南定州、晋兴郡等数十州郡官长原是旧吏，逼于李贲大势所趋而更换城头旗号罢了，今见朝廷发大兵大举征讨，自料颠覆只是早晚的事，便又算盘倒转，大开城门纳义去恶，新桃换旧符再接故主人。不到两月时间，诸郡望风而降。西征大军以风卷残云、摧枯拉朽之势笔直南下，包围朱鸢。朱鸢郡太守、上将军吕乃臣据城抵敌，陈霸先昼夜猛攻，大破之，吕乃臣弃城护众僚属、眷属逃去。陈霸先所部频频报捷，累立战功，工祖蒯深为不安，叱责部属用心不专，坐失良机，以致让人家趁势得利。

接连大片失地，李贲大为光火，大骂诸郡治吏守臣贪生怕死，反复无常，不战而降。柱国大将军、领德州牧、丞相并韶道："诸郡方伯多为前朝故吏，见风而摆，皆趋势而已，诚不为怪。交趾固守，利在气候地理，北军远来，势在速战。天子当以我之长克敌之短，时日一拖，必有变化。苏历江天险也，派上将据守嘉宁城，北军万不能下，目今已是十二月天气，春瘴即起，北军步孙、卢其后亦未可知。"

李贲采纳并韶的意见，调大司马、左光禄大夫、车骑大将军范修为大都督，司徒、尚书仆射、平北大将军杜三泰为副都督，总领三军诸军事，统大军八万、战将上千员，于嘉宁苏历江口立城栅以拒西征军。

杨曒见交州兵据苏历江拒敌，声势浩大，也自把大军去三十里扎下营寨。杨曒传谕各部，未知敌方虚实，不宜冒进。

陈霸先集所部将领议事。陈霸先道："我军已深入交州腹地，非比从前，苏历江守军当是李贼精锐之师，即所谓亡命党从，必以死战为始终。可想而知，要荡平此寇，战斗激烈之程度肯定是前所未有，实在不宜轻敌造次，以招败辱。"冼挺道："军主所见甚为高明。我军深入南地，气候渐变，目今已是十二月天气，春瘴疠气不日就将发起，于我军诚为不利，我们不得不防。"陈霸先眼睛一亮，忙道："我正为此事疑虑。孙冏、卢子雄西征败绩，实为瘴毒肆虐。冼将军世居岭南，百越禁忌祖代相传，如何应

对瘴毒，冼将军定有良方，万祈不吝教我，霸先必当为国请功。"

冼挺沉吟片刻，道："高凉俚僚风俗，又与交趾大不相同，听我父亲说过，以薏仁、蕺菜、竹蔗、板蓝根、茅根、桑叶诸物煎水服下可解瘴毒，染疾前服之尤有防病奇功。军主何不采备此物煎水，尽让将士们服食，纵不见效，也没甚害处的。"

陈霸先高兴异常，即传命按方大量购采药物，用大锅煮成汤汁，大桶挑了送遍各部大营。一时上千口铁锅热气腾腾，药香四溢，将士们奔走相告，争着饮用，忙得无可开交。王祖弼看着陈霸先命人送来的药汤，微微一笑，心道："陈霸先故弄玄虚，妄呈己能，处处挤对我。我王祖弼又焉能咽下这口恶气？看我明日起军先行攻敌，你陈霸先这先锋官差也不差。"

次日，王祖弼率本部三万军马冲击交州兵大营，杜三泰迎头痛击，大败王祖弼军。王祖弼损兵达上万人，被杨暕召去痛斥个狗血淋头，杨暕还警告他，若再有差池，必以军法论处。

三天后，杨暕尽起大军来到交州兵大营前。范修、杜三泰已率八万大军严阵以待，但见尘浪滚滚，旗帜飘飞，遮天蔽日，两军十多万军马对峙而列，蔚为壮观。将近巳牌时分，杨暕发起进攻，数万军马随着震天动地的鼓噪声以排山倒海之势掩杀过去，刹那之间，两军相接，惨烈的大混战开始了。顿时，整个大战场充斥着人喊马嘶、刀枪军器撞击、惨叫连天的声浪，一阵紧似一阵，一浪高似一浪，分不清源自战场的东南西北。

陈霸先、王祖弼等军主护着主帅杨暕在高处调度指挥。陈霸先见王祖弼脸色有变，执剑的手微微发抖，便笑道："王军主没见过如此阵仗吧？老实说，十多万军马大混战，我陈霸先也是第一次经历呀！"王祖弼瞥了陈霸先一眼，又望了望杨暕，却不吭声。忽然战场中似乎有异，西征军竟像不敌。陈霸先大惊，率亲兵策马飞奔下来，突入阵中，却好见到杜僧明与周文育一边大喊杀敌，又一面弹压将要溃逃的将士。杜僧明、周文育左冲右突，如入无人之境。杜僧明一把大刀快如闪电，顷刻间又斩杀上百人，浑身衣甲都被鲜血染红。陈霸先叹道："往日听得说卢子雄麾下杜僧明、周文育是两员虎将，万人之敌，今日一见，才知是实。周文育高大魁梧，虎背熊腰，倒也罢了，那杜僧明身躯短小，却如此勇猛剽悍，确是旷古未见呀！"突见两员敌将夹攻杜僧明，险象环生。只听杜僧明大喝一声，斩杀一员敌将，另一敌将拨马想逃，被杜僧明飞马赶上，刀光起处也劈下

马来。陈霸先忍不住大呼道："临阵忘身，触白刃而不惮者，唯我杜将军也。"

冼家兄弟在混战中各自冲散。冼挺在激战中连受了两处刀伤，鲜血直流。冼齐忽然杀了过来，见冼挺受伤，很是吃惊，要护他杀出去，冼挺不依，大叫道："冼挺纵死也不逃走。"这时正遇李迁仕挺矛刺来，冼齐举枪一架，李迁仕那杆矛几乎脱手飞去，吓得他伏下身子拨马逃去。冼挺、冼齐两骑双双向东面突来，却见冼定被十多名敌将围住，情势危殆。冼挺大喝一声，挥刀与冼齐杀人重围，顷刻之间，斩杀数员敌将，其余敌将俱都逃溃。冼挺问冼定道："见到五弟和廖明么？"冼定道："刚才还和我一起，后来又不见啦！"冼挺率两弟又向南奔来，只见前面车马纷纷向两边闪躲开去，赶过来看时，原来是冼飞冲杀敌军，敌将纷纷败逃。冼挺大喜道："五弟有了。"冼飞此时像一头暴怒的狮子，紧追吕乃臣、屠子僧、郑维不放，三将死命奔跑，却不能脱身。冼飞飞马赶上郑维，一棒打下马来，吕乃臣、屠子僧回马来救，双战冼飞。猛听得冼飞大吼一声，一棒打掉吕乃臣的天灵盖，屠子僧大吃一惊，"呀"的一声还未叫出来，也被冼飞回棒扫下马来，旁边廖明一马飞出，一枪结果了性命。冼飞见了众位兄长，很是高兴，道："大哥，这样战法，没有个了儿，我已打杀上百员敌将，犹是没完没了。不若寻着敌人主帅，擒了他才能完事。"冼挺道："五弟这个办法好！你们都跟着我，再不要走散了！"众兄弟与廖明答应一声，驱马跟奔而来。冼齐眼尖，见到上坡高处一面帅字旗迎风飞扬，大叫道："敌人主帅就在对面，我们快突过去！"

范修与杜三泰正立马在高处指挥督战，猛见战场里突出一队人马来，势不可挡，倏忽间来至面前。范修大惊，忙令众护卫拦截，自与杜三泰飞马过来接战。冼飞马快，早已一棒向范修当头打到。范修见来势凶猛，急忙摆刀一挡，"轰"的一声，刀被震飞开去，范修吓懵了，又拔剑招架，大叫："护卫在哪？"声音未落，随着"呼"的一声风响，被冼飞一棒打落马下。杜三泰急红了眼，舍下冼挺等人，飞马来救范修，冼飞一棒打去，杜三泰挺刀一拨，大惊失色，大叫道："杜三泰非你敌手！"回马落荒而走。冼飞放马追来，杜三泰回马又战，终是不敌，拨转马头又逃，冼飞死命追来，杜三泰急忙提弓在手，回身一箭飞来，正射在冼飞的肩膀上。冼挺大惊，呼叫道："敌将十分厉害，五弟莫要追啦。"冼飞也知杜三泰是劲敌，便勒马不追，终让杠三泰与数十亲兵逃去。

激战中的交州兵突见帅旗蓦地倒下，轰然大乱，数万大军像洪水一般向后溃逃。西征大军乘势掩杀，鼓噪声震天动地，顿时像狂风暴雨一样卷刮过去，杀得交州兵尸横遍野，血流成河。

苏历江之战，西征军歼敌三万多人，次月，接而攻克嘉宁。杨暃心满意得，杀牛宰马，犒劳三军。陈霸先部功勋卓著，获赏尤丰。三天劳军过后，杨暃挥师直逼交州。李贲知道交州难守，下旨迁都退走新昌郡，当下文武百官、三宫六院妃嫔上万人，由杜三泰率五万大军拱卫，浩浩荡荡逃入典徹湖。

典徹湖在新昌郡界，源接武平江，方圆四百余里水面，十数座大山连峰耸立湖中央，出入只有水路，并无旱地。最险的是湖岸周围遍布沼泽，不明路径的人一旦陷入，九死一生，轻易莫想得脱。交州军在新昌去了地界立营鹿砦，大造船舰。半年过去，数百艘战舰俱已造好，全部下水典徹湖中，李贲命谙水将官日夜训练水军，由讨虏大将军沙孟、振威大将军伍良邦亲当催督。又命尚书仆射左季民，左民尚书周石略，铁卫将军、少府郭伟元在典徹湖五真山监造元里宫并将帅百官府邸。御史中丞王知昌劝谏道："目今国难当头，宜节省浮费以周急务，不应大动土木，以招民怨。"李贲大怒道："竖儒怎敢如此，天子行在所，岂能寒碜随意！国威何在？"遂下旨重责王知昌二十大板，其他官员再不敢言。元里宫修造得飞檐斗拱、红墙绿瓦、画梁雕栋，极尽辉煌壮伟之能事。数万民工夜以继日耗时八个多月才告竣工，期间劳累致死者不计其数。

李贲起居元里宫，深为自得，每常对群臣感叹："朕自人得典徹湖，如大龙归海中矣！杨暃纵有能耐，如凤凰入水，无所作为啦。"并韶多次在李贲面前口出怨言，痛惜范修、杜三泰不遵己命，造次与杨暃决战，以至元气大伤，嘉宁失守，洞开南疆大门。这话传到杜三泰耳中，杜三泰大怒道："并韶这小子只会舞弄文墨，军旅之事，全然不知。兵在进退纵横之间，岂有一定不变之理？我不进军，坐着等人家来打？苏历江败绩怎能一概归罪于我？"自此起深恨并韶。

德州别驾、执信将军李迁仕系龙州马平人氏，家境清贫，普通四年服役镇戍明州，因功得以擢用。李迁仕在边地多年，一直未带眷属妻小，到李贲在德州起事，他才使人秘密从马平接来老小，从此一家团聚。杜三泰

屡立战功，百官为之刮目，李迁仕把妹子配与杜三泰为妻，同僚攀亲，关系更非一般。一日，李迁仕过杜三泰府中坐地，聊及前程渺茫，荣辱难卜，两人不由深深感叹，吁嘘不已。李迁仕道："大德气数将尽，人心思乱，我们不能没有打算呀！"杜三泰大吃一惊，左右张望一眼，压低声音道："这话再莫提起，灭族呀！"李迁仕又道："并韶这人，深于用奸，我怕不利于你呀！"杜三泰道："这我知道！可我出身布衣，深得大德倚重，我意已足。并韶不容于我，碍在皇上份子上，一时也未敢对我怎么样。"李迁仕还要再说，杜三泰忙把他阻住了。

并韶风闻得李迁仕克扣军饷据为己有，命有司立案查办。李贲知道后大为恼怒，要斩李迁仕，幸得杜三泰尽家财力保，方能免死饶恕。杜三泰更恨并韶，上朝下朝并不答言搭讪。李贲听说并杜不和，很是忧虑，寻个日子把他俩找来聊天，李贲道："朕视你两人为股肱，早晚不能分离，望舍弃前隙，共赴国难，才是朕之所望呀！"并韶、杜三泰听了只是唯唯诺诺，事实并不解仇。

杨暿领军屯扎在典彻湖口，却未敢进入。各部将帅俱望湖兴叹，并无良策破敌。陈霸先部扎军最前沿，他每日登高眺望湖中，但见白茫茫一湖碧水，也自叹李贲殊非常人，逃得其所矣！

陈霸先命冼挺查探典彻湖周围路径，画图本回报。冼挺、冼定率数百军进入密林草地，摸索而行，来至伊回渡附近。这里的林木更为茂密，几乎透不进光来，将士们深一脚浅一脚小心步进。忽然前头有人惊叫起来，冼挺、冼定赶过来看时，原来是几个兵士连人带马陷入沼泽潭里了，几个士兵伸手去救，哪知却也被拉入泥潭中去。冼挺惊得大叫道："大伙儿千万别用手去拉，快去取绳索过来！"绳索还未取到，那些士兵和马匹在泥潭里挣扎，谁知越是挣扎用力，陷下越快，起先只是齐腰深，眨眼间便没过头顶，只见泥潭面上动了几下，就再也没有踪影。冼挺、冼定目睹这一幕，倒吸了一口凉气，不寒而栗。呆了一会，才又领军离去。

陈霸先无法可施，一连半月烦躁不安，不能入眠。他本有风湿的症候，来到这南方湿溽之地，不觉旧病又犯了，足部又酸痛了起来。这天，众将在陈霸先帐营议事，廖明见陈霸先腿脚不便，问道："军主的腿怎么了？"陈霸先笑道："哦！老毛病又犯啦！这几天腿脚又痛酸了。"廖明笑道："军主能让廖明看望一下吗？"陈霸先道："当然可以，我忘了你是医

生啦，你就试着疗治疗治。"

廖明让陈霸先坐下来，把手放在几案上，廖明就着手号了一会儿脉息，又道："请军主再让我看看腿脚。"陈霸先把长袍下摆掀起，伸出双腿，廖明帮他卷起裤管，看双脚时，关节处俱已红肿，青筋突起。廖明帮陈霸先放下裤管，然后笑道："军主，你这是患的风湿症，让我为你治吧。"陈霸先笑道："这是老症候啦，快有十多年了吧，时好时坏，痛起来非十天半月不可。我心里急呀，我还要指挥破贼呢！"廖明笑道："军主无须焦急，但一用药，三天准好。"自这天起，廖明每日过来，服侍陈霸先服了药，还给他按摩腿脚。三天后，陈霸先果然治愈腿疾。他高兴得直夸廖明："我这腿病经了多少有名郎中，均不能治，倒让廖明给治好，真神呀！"

陈霸先命将士们就地砍伐树木，制成近万只大小不等的木筏。然后去见杨暵，建议进攻典徹湖，杨暵举棋不定，忙召诸将商议。诸将不同意陈霸先的提议，俱都沉默不言。陈霸先忍不住了，道："今日军主召我们商议破敌之策，何等大事，公等俱皆一言不发，是何道理？"南江督护徐颖量道："李逆据典徹湖之险固，现要破他十分难呐！"陈霸先道："攻守在人，何论险固。照徐公说来，我们便没法可施啦！李贲能水守，我军不可水攻么？"王祖弼摇摇头，道："陈司武勇气可嘉，然以木筏战其大舰，无异以卵击石，于事无补，还须从长计议，别寻良策为好呀！"诸将俱都附和。陈霸先心中气恼，激动地站了起来，大声道："我西征大军自起兵以来，已有一年多时日了，经久征战，将士们都已疲劳不堪，且我们又是孤军作战，并无援助。现在我大军已深入敌方心腹重地，今日若一战不捷，还望生还回去么？如今借藉李贲军屡败屡逃，疲于奔命，人情未固，军心不稳、夷獠乌合的契机，较易将其摧殄荡平。所以今日我们全军应同生共死，万众一心，奋力破敌。如若再无故停留，首鼠两端，时事去矣！"众将尽都装聋作哑，默然不应。杨暵扫了大伙一眼，呼口气道："今日就议到这里吧，还望诸位都能想出好办法来。"

当晚，武平江水突然涨高七丈，汹涌澎湃，奔流滚滚，注入典徹湖中。原来是武平江上游连日暴雨滂沱所致。陈霸先即令所部驾木筏乘流攻进典徹湖。周文育、杜僧明、冼挺、冼定、冼齐、冼飞、廖明各乘巨筏率先顺流而人，后面两三千只大小木筏紧跟其后，飞流而来。顿时，鼓噪大

起，喊杀连天。泊锚在湖中的数百艘战舰还未来得及散开，被奔腾而来的大木筏撞击得纷纷穿洞进水，东倒西歪。周文育、杜僧明在大木筏上指挥数千军士向舰群放射火箭，舰船纷纷着火焚烧起来。整个典徹湖浓烟滚滚，烈火冲天。舰上的交州兵惊慌之中纷纷投水逃命，烧死的、淹死的不计其数。伍良邦、沙孟两将各驾小船突火而逃。火光中冼定、冼齐乘大木筏横撞过来，伍良邦的小船被撞沉水中，沙孟驾小船拼命逃跑，冼定张弓一箭射去，沙孟应手落水。

杨曍知得陈霸先部乘激流攻入典徹湖，兴奋异常，拍案而起，道："陈霸先死士也！吾辈焉能落后？"即传令诸军都乘木筏鱼贯而入，顿时数千只木筏浩浩荡荡直奔五真山冲去。

李贲已知陈霸先率大军焚毁舰群，急得捶胸大哭，连声大叫道："天亡我也！天亡我也！"杜三泰闯入后宫，大呼道："陛下，此时不是哭的时候。陈霸率敢死队焚我舰群，杨曍三军也攻入五真山啦！陛下快随我走吧！"李贲不敢迟疑，即领后宫、百官上千人，由杜三泰数千军马护卫，匆匆渡上南岸，逃人恩散山去了洞中。

李贲称帝后，曾游恩散山。愚恩山崇高险峻，终日云雾缭绕，山路迂回扑朔，行人极易迷途。李贲信步山中，饱看着奇峦怪峰、隐洞诡岩，甚是得意，对从侍道："这座山无异于仙境化地，在这里足可颐年养老呀！"忽见路上一僧侣迎面而来，李贲忙站住了。那僧侣打个问讯，笑道："施主有这般雅兴，大好事呀！"李贲笑问："我想在这山住下，可以么？"那僧侣笑道："怎不可以，你日后就要到此。"李贲笑道："天下名山僧占多，我是与你说笑，不会和你争地盘。"那僧侣笑道："不是说笑，这确是留给你的。你不久就要来。你就住这去了洞吧。"李贲问道："这去了洞在哪呢？"那僧侣道："说远不远，说近不近，这条路往右转五百步即是。这洞奇呀！你来了就见洞口，去了就没有啦。"说完，僧侣径自去了。

李贲率军逃入恩散山，很快便寻到去了洞。进得洞内，豁然开朗，足可供上万人起居。李贲大笑道："老僧没有骗我，去了洞别有乾坤呐，我无忧矣。"并韶听到"去了"两字，低头沉思："去了！去了！似为不祥！去了，即屈獠也。我与李贲都是獠人，怎么跑入这地方来了？"但此时李贲高兴异常，并韶又怎好乱说？便沉默不言，只是内心浮想联翩，怏怏不乐。

　　李迁仕私下找着杜三泰，道："李贲沐猴而冠，到底烂泥扶不上墙。目今大势已去，只剩数千人躲入此去了洞，负隅顽抗亦枉自徒然，我们不必陪他而死。我思考再三，欲降陈霸先去，你意下如何？"杜三泰道："李贲倚重于我，在此国破危难之际，我怎忍背他而去？这决不是大丈夫所为。"李迁仕着急道："你再不能迟疑不决了。李贲于你我都有恩德，只是并韶这小子处处与我们作对，我走后，他决不能容你，只怕李贲也保你不了。到那时你别后悔！"杜三泰低下头来，再不做声。李迁仕摇摇头，叹口气道："我也不再勉强你。我要走啦！你当断即断，好自为之。"

　　陈霸先率军在恩散山下扎寨，把出入山口都堵死了。他连日派诸将带兵上山搜索，莫想找到交州兵一个影儿。陈霸先苦苦寻思："李贲就在恩散山中，匿藏到哪里去了呢？不成插翅飞上天了？"这日正在帐中坐着纳闷，忽报李迁仕单枪匹马下山来降。陈霸先大喜，忙迎了出去，大笑道："李将军迷途知返，善莫大焉！霸先欢迎之至，欢迎之至！"李迁仕也笑道："迁仕虽然愚钝，亦颇知礼义，前者屈身投贼，实逼于势耳。迁仕每常愧疚自责，彷徨终日。今日天兵一到，拨云见日，交趾重见光明。迁仕早怀义心，意欲反戈杀贼，奈未得其便罢了。迁仕今日来投，未为晚吧？"陈霸先哈哈大笑，执着李迁仕手道："未晚，未晚！正当其时也。李将军快请进帐。"

　　陈霸先等李迁仕坐下了，才笑道："今日李将军回营，必能教我。"李迁仕看着陈霸先，眯眼笑问："可将功折罪乎？"陈霸先打着哈哈，连道："那是当然，那是当然。"李迁仕欺身过来，道："李贲躲入去了洞去啦！"陈霸先道："原来地名去了大抵源自这去了洞哩。我们搜了几日，怎么就寻不到呢？"李迁仕道："这恩散山山高险峻不说，且奇幻无比，兵士出入去了洞口，常常不知去向，若没别人接引，轻易走不进去的。"陈霸先感叹道："李贲作乱已久，终须逃不出厄难。倘若今日成擒，便是李兄大功呀！"李迁仕忙着谦逊不已。

　　次日清晨，陈霸先命冼挺、冼定、冼齐、冼飞领军三千随李迁仕先行上山。又令杜僧明、周文育领军五千随后接应，兼防李贲突围窜逃。众将俱各准备去了。

　　自知得李迁仕下山投降，李贲气得吹胡子瞪眼，拍案大骂。并韶意欲囚禁杜三泰及李迁仕眷属妻小，李贲不许，道："李迁仕本是前朝官吏，

今见我朝势孤，投敌去了并不为怪。杜三泰随我立国，数年来耿耿忠心，有目共睹，怎能与李迁仕同日而论？我不罪他，他必死战，保我等安生过日。"杜三泰闻言感激流涕、顿首不已。忽报陈霸先部前锋数千军马朝去了洞讨来。李贲大惊道："李迁仕投敌，去了洞秘密尽露，如何是好？"杜三泰奋然道："三泰深荷国恩，虽肝脑涂地无以为报！敌兵既然敢来，三泰自当领军拒敌。三泰今日誓以必死，有敌无我！"说完头也不回，领军出洞迎敌。

冼挺众兄弟率军马逼近去了洞，突见前面树木掩映的悬崖下冲出一队军马来，打头的大将正是杜三泰。冼挺目视众弟道："杜三泰勇猛非常！诸弟切不可轻敌。"只见杜三泰在前面勒马立住，怒目而视。冼挺也令军马停下。李迁仕拍马出列，朝杜三泰高声道："你听我的劝告，也过来吧！"杜三泰苦笑一声，道："你寻你的富贵去吧，三泰誓死不降！"冼定大怒，放马挺刀冲了过去。杜三泰大喝一声，飞马迎敌，两把大刀立时厮杀起来。杜三泰暗忖："不能与之硬战，等我用箭射他。"虚晃一刀，拍回马便逃。冼定策马赶去，冼挺大叫："二弟留意他的箭！"声音未落，一箭射在冼定左胸。冼齐、冼飞齐叫一声："二哥！"双双飞马奔去，扑向杜三泰。杜三泰见两将赶来，勒转马头又逃。冼挺挥刀大呼道："将士们冲呀！"三千军马压了过去，刹那间喊杀声震荡整个山谷。交州兵抵敌不住，四散溃逃。

冼齐、冼飞追杜三泰来至一万丈悬崖，再无去路。杜三泰回头笑道："杜三泰今日死生在此，不怕死的就来吧。"冼齐挺枪上前，疾刺杜三泰的坐骑。那马吃痛狂蹦乱跳，把杜三泰颠倒地下。冼齐举枪便刺，杜三泰双手猛地接住长枪，尽力一拉，冼齐竟被他扯下马来，两人在地下抱着翻滚厮打。杜三泰一脚踩空，滑下悬崖，冼齐一见，急忙伸手拉住杜三泰的右手，两人齐齐向悬崖滑下，冼齐一只手死命抱住一棵大树不放，拉着手的杜三泰悬空晃荡。冼齐大叫："五弟快来帮我呀！"这都是一瞬间的事，冼飞几乎惊呆了，听到冼齐呼叫，闪电般从马上翻下，箭步扑了过来，左手抱住大树，探身抓住杜三泰的手臂，叫道："三哥放手！"随着大喝一声，一手把杜三泰提上地面。冼齐也攀上来了。杜三泰绝处逢生，站在地上呆呆的半晌说不出话来。

冼挺领兵杀散交州兵后，便下马跟着李迁仕到处寻找去了洞。可是转

来弯去，却无踪影，李迁仕着急道："冼将军，真是奇了，我竟找不到洞口。"冼挺看了李迁仕一眼，便朝右边密林走来，却见一块大石上坐着一个喂奶的妇人。这妇人面黄肌瘦，怀里的孩子也骨瘦如柴，有气无力的吮着乳，这妇人干瘪的乳房再也挤不出奶水来了。冼挺看了不忍，对兵士道："给她一点干粮喂孩子吧。"那妇人接过兵士递来的干粮，看着冼挺道："将爷在这干什么呀？"冼挺道："我们在打仗。贼首李贲躲入去了洞，我们硬是找不到洞口。"那妇人道："去了洞，我知道，从前我们庄里人避贼曾入过去了洞。去了洞有前门，还有后门。"说着用手指去，又道："后门就在对面那大石后的密树丛里。"

冼挺大喜，谢过那妇人，急步奔来，在大石后拨开树丛看时，果然是一个洞口。这洞口很窄小，仅容一人进去。冼挺看了看李迁仕，李迁仕惊慌道："这洞口黑咕隆咚的，我没走过。"冼挺笑道："那我入去吧。你带军士在洞外把守，兼顾照管我二弟。"说着丢下大刀，抽出宝剑，拨草摸入洞去，几个胆大的军士也随后跟入来。

洞里一丝光亮都没有，冼挺摸索着行进，起先伸不直腰，随后愈走愈宽阔，渐渐有些微弱的亮光透来，洞壁依稀可见。仔细看时，洞穴分岔错综复杂，莫辨方向。冼挺暗道："李贲大概也不知道这里还有一个洞口，不然的话，定会派兵把守，我又怎能入得来。"冼挺对身后的军士道："都不许说话，我要杀他个措手不及！"

又摸索着走了一段路，似听得有人说话的声音，冼挺身贴在洞壁上，示意后面的军士别动，然后蹑上前去看时，隔壁却是一间足有三四丈见方的厨房所在，里面灯火通明，果蔬、鱼肉及一切刀砧厨具整然在目。三个厨子正在灶头忙这忙那。忽然一个人进来道："老三子，皇上口淡，要弄些燕窝粥上去。"一个厨子应道："知道了。"冼挺心里道："这还是御厨房呢。"不觉暗自好笑。冼挺估计那传话人定是内侍阉人，待他走出通道时，便远远跟了上去。走有三百步远近，来至一处所在，却与别处大不相同，洞壁四面都悬挂着帷幔。冼挺探头往里看时，室内灯烛通明，珍奇古玩充斥其中。冼挺吸了口气，一阵幽香扑面而来。冼挺心想："这定是李贲的寝宫无疑。李贲国破逃亡之中尚且如此讲究，平日糜腐奢侈可想而知。"冼挺仔细看去，寝室虽然宽敞华丽，却并无一个侍卫禁军。

原来李贲并不知晓去了洞还有后门。他把寝宫安在大洞深处，所有将

士尽数都去前门把守，能在这里出入的便是那些照顾他起居的内侍宫女之类的人了。

冼挺提剑轻步入来，走进隔间，听到有男女说笑声音，冼挺闪在暗处，掀帷帐看时，却是李贲躺在床上由两个宫女陪着捶骨按摩。只听李贲道："朕能住在这里也觉满足，就让陈霸先慢慢去找吧。"这时，那几个士兵也进来了，冼挺下巴一摆，大伙都朝里间逼近。冼挺掀帘入去，朝外坐着的宫女看见了他，猛地惊叫起来。李贲一骨碌翻起时，冼挺的剑尖已对着他的胸口。李贲不敢挣扎，被几个士兵反手五花大绑捆了。李贲豆大的汗珠从额头上直冒出来，看着冼挺问："你们是从哪进来的？"冼挺笑道："天兵自然是从天上来的。陛下，走吧，大家在外面等着见驾呐。"士兵们推着李贲往外走来。士兵问："还走后洞口出去么？"冼挺笑道："不用啦！有了这个皇上保驾，我们从前门出去。这回是把他们一窝端了。"一直往外走了两三千步远近，沿通道都有护卫把守，可看到冼挺的剑搁在李贲的脖子上，个个都只能干瞪眼，无法作为，傻呆呆的跟在后面出至大堂厅来。

大堂厅里并韶与百官们好像在议事，突见冼挺押羁李贲出来，全都惊呆了。不知是谁叫道："快救皇上！"众侍卫刚要上前，冼挺把剑在李贲脖颈轻轻一拉，顿时鲜血渗出，李贲痛得大叫："都不要动，谁动杀无赦！"冼挺大喝道："把洞门打开！"李贲也叫道："陕把洞门打开！"只听得隆隆声起，那扇厚达一尺的大铁闸拉了起来。冼挺押李贲刚走近大门口时，不由大吃一惊，脚下竟然是一个两丈见方的深坑，冷森森的望不见底。冼挺倒吸一口凉气，暗道："如若从前门攻进，便是千军万马也填不满这个大坑呀！"只见洞顶放下板桥来，却好架在大坑上面，冼挺才推着李贲从板桥上过去。那几个士兵蹦出洞外，当即放声大呼："冼将军捉住李贲啦——冼将军捉住李贲啦——"顿时满山同应，大队军马都朝洞口奔来。冼挺回首笑道："你们头儿去了，你们还要留在这里么？"并韶叹了一口气，低下头率众人都走出洞来。

陈霸先率诸将已在洞外，大队军马全合拢在周围。陈霸先飞步上前，用拳头擂着冼挺的肩膀，大叫道："冼将军哪！不世之功，不世之功呀！"

去了洞从此便称屈獠洞。冼挺感激那指路的妇人，可是派人去查询数日俱无踪影。去查的人回来说，这恩散山方圆四五十里都没有人家。冼挺

听了沉思不语。

　　大同五年六月，杨暕下令斩了李贲、并韶，传首京师。数日后，冼挺率众弟及廖明过陈霸先处辞行。陈霸先道："交趾事已完，西征大军不日亦回师。你们都是将才，愿随霸先么？"冼挺道："挺与众弟奉父命来投将军，今事已毕，理当回去。将军美意，挺在这里谢过！"说罢与众兄弟抱拳一揖，回营帐中来。

　　冼挺来投陈霸先时，带军马三千人，现在不足八百人回去，冼挺不禁凄恻伤感。陈霸先前来送行，备酒礼一份，金银珠宝若干。冼挺坚辞不受，只与众弟各满饮一碗酒，随即翻身上马，率队绝尘而去。

　　自冼挺与众弟领军投陈霸先去后，冼来山一心放在百合儿身上。他外表虽没什么，而内心暗地里凄苦，常在深夜独自流泪，不能成眠。大堡里的丫环轮番上西山焚香拜祝天地，让百合儿醒来。武哥等几个丫环每日看着百合儿静静沉睡，心里堵得慌，又不敢哭出声来。韦放、赵媚娘、甘弁等人每日都或早或晚过来看视，俱都摇头叹息，难禁悲伤。

　　又一个月过去，百合儿沉睡依旧。一日，武哥、七儿、孟娘几个丫环在屋里守看百合儿，忽然花儿闯了进来，直走到床沿前站着看百合儿。武哥看着花儿挣断了的绳缰，叹道："姑娘快醒来吧，花儿都来看你了。"孟娘听了这话，"哇"的一声哭了起来。七儿哭道："连禽兽都有良心，怎么不叫人悲伤。"外面婆子听到哭声，忙进来探看，见到那只猛虎，便骂道："看虎的银儿死哪去了？让它进来搅局！"说着便要去赶那虎，可那虎动也不动，任由婆子吆喝。婆子又不敢动手打它，正在没奈何处，冼来山与韦放、冼操进来了。冼来山道："不必赶它出去吧！那虎自幼是百合儿养大，终日相处快十年之久，该有感情了吧，如今百合儿沉睡不醒已有两月多，那虎见不到百合儿，自然挂念。就让它陪着百合儿吧！"

　　自此日起，这虎就留在百合儿屋里，只是喂食拉便才由丫环带出去，遛一遛又回床前地上躺着。这天，韦放、赵媚娘又过来看望，武哥忙让他两人坐了。大家正在说着话儿，站在床前的花儿忽然伸舌去舐舐百合儿的手掌，夫辛见了忙道："花儿，不要捣乱，你静静躺着就好，让姑娘好好睡吧。"韦放道："百合儿睡得久了，让花儿舔吧，活动活动筋骨血脉也好。"夫辛听韦放这样说，再不管它。花儿舔了手，又去舔百合儿的脚心，如此反复不停。

一年过去了。那日下午，武哥、阿秀、三彩儿几个丫环在屋里谈论起洗挺领军西征的事，阿秀道："都一年多了，大爷他们还未回来。这些天，我老见老爷朝庄外张望，怕是想他们了吧。"武哥道："咳！傻丫头，哪有当爷的不想儿子的理！别说老爷，就我们又哪个不念着呢？去打仗呐！你说是去玩儿？前些天，韦少将军和赵姑娘亦在念叨呢！"忽然三彩儿道："都别说话！"武哥、阿秀见三彩儿紧张，忙朝床前望来。三彩儿呼气喘促，又道："花儿，先不要舔了，让我看看。"武哥、阿秀走近床沿，竟看到百合儿的手动了动，大家都惊叫起来。武哥道："阿秀，快去请老爷来！"阿秀答应一声，三脚并作两步飞跑出去。

　　白合儿的手又动了动，接着脚又动了动。武哥、三彩儿抓着百合儿的手拼命大呼："姑娘，姑娘，快快醒来，快快醒来！"外面的婆子也入来了，见此情状，喜得眼泪乱迸，道："呀！好了，姑娘的手脚都会动了，这就要醒啦！二位姑娘，快大声叫呀！"

　　百合儿的嘴唇翕动一下。武哥感觉自己的手被百合儿攥着了，更大声叫喊起来。百合儿的头又动了动，接着双眼慢慢睁了开来，看着武哥，缓缓发出微弱的声音："武——哥——"武哥、三彩儿喜极而泣，抱着百合儿放声大哭。

　　这时，洗来山、韦放、赵媚娘、甘弁、洗操等人都赶来了。洗来山一步跨入房来，大声道："我苦命的孩子，你终于醒过来啦！为父……"洗来山惊喜若狂，老泪纵横，大发悲声。屋子塞满了人，哭声、笑声不绝于耳，那些仆人、婆子、丫环们挤不入来，只好在外面大声问安。韦放开口道："百合儿醒来，这是天大的喜事，大堡上下谁不高兴异常。只是百合儿刚醒，身子还弱，应多多休息，不宜喧哗伤神。请大伙儿都先散去好么？"大伙儿听了韦放的话，都说有理，屋子内外才慢慢静了下来。

　　洗来山坐到床沿，紧紧抓着百合儿的手，道："百合儿呀，自你昏睡不醒，大伙儿的担忧就不消说了。你能醒来，真是天地有灵，祖先的荫庇呀！你现在觉着怎样？"百合儿微笑道："阿爹，我感觉很好！只是觉得浑身疲累无力。"韦放道："不妨事的，这是百合妹在床上躺得久了，才会疲乏无力，慢慢会好的。"

　　外面说话声又起，原是兴儿与三才扶着庄里的老郎中刘祺之来了。刘祺之八十多岁，脉理遐迩闻名。百合儿昏迷不醒时，他也过来看过，也说

不好，摇头叹息不已。刚才兴儿与三才去请他，说百合儿醒了，他根本不相信，急着过来看个真实。

大伙儿让他坐到床前。他先看了百合儿的面色，然后又颤巍巍的为百合儿把脉，好一会儿才点着头道："好，真的好啦！晤！唔！脉象平和诸邪全无。好！"众人问他还须服药否，他摇头道："无须！只要个十天半月，即可康复啦。"坐了一会，兴儿与三才才又送他回去。

回到屋里，赵媚娘犹是高兴异常，道："百合儿醒了，压在大伙儿心头的大石没啦！咳！说起来罪过，她要是……现在好了。"韦放出了一会神，道："百合儿醒来，我觉着与那虎有关呢。百合儿情性天真，义感神灵，那虎断缰而来，为她舔手舐足竟达一年有月之久，决非偶然之举。花儿救主，可称义虎啦。"说罢感叹良久。

大堡上下人等，每日过百合儿处请安问好，看着百合儿逐日康健起来，冼来山欢喜不已。那天，众丫环只扶着百合儿在房里走动几步，百合儿便笑着把她们推开了，她活动了一下筋骨，走出屋去，深深吸了口气，叹道："这一睡就是一年多，真像一场梦呀！"武哥道："姑娘站一会就可，回屋里去吧，等下吹了风，老爷又怪了。"百合儿笑道："哪里就那么娇弱了，现在我感觉比从前更精神啦。"

眨眼半年过去。一日，冼来山与韦放、甘弁等闲聊。忽然百合儿、赵媚娘从外面赶入，百合儿大声呼叫："阿爹！大哥们回来啦，已到庄外了。"冼来山一听又惊又喜，起身便往外走，大叫道："快，大伙都迎出去！"

冼操与寿儿等人早在庄门外等着，见父亲一帮人过来，便一齐上马奔了出去，远远见着"冼"字大旗，众人便挥手呼唤起来。瞬间冼挺、冼定、冼齐、冼飞、廖明飞奔到面前，滚鞍下马。冼来山也下马来，扶着冼挺，再看着冼定、冼齐、冼飞、廖明，全都满脸灰尘，形色憔悴，不由肚里辛酸，一时说不出话来。冼挺焦急地问："父亲，百合妹呢？"冼来山还未答言，后面武哥就笑道："孟娘、三彩儿这两个死丫头硬要姑娘躲起来惊吓大爷们呐。"这才见孟娘、三彩儿扶着百合儿笑吟吟地从人群后面走出来。冼挺、冼定、冼齐、冼飞众兄弟大喜过望，飞跑上来，拉着百合儿问长问短，忙个不休。百合儿大声笑道："大哥们快放手，捏得我肩膊痛啦！"

廖明惊呆了，拉过冼操问道："姑娘是什么时候醒来的？"冼操笑道："半年前就醒了！"廖明喜不自胜，连道："天意！天意！百合姑娘是神呀！"

冼来山笑道："都离开快两年了，当然有很多话要说，慢慢再叙吧。"忽然又面转严肃地问冼挺："你们兄弟都回来了，仗打得怎么样呐？"廖明道："禀过老爷，仗打完啦，李贲也被斩啦，这李贲还是冼大哥生擒的呢。陈霸先将军称他立下不世之功呐。"冼来山大喜，看着众兄弟道："这才不负我之所望呐。大丈夫立世本当如此。"

冼挺道："只是带去的三千人马，如今只有八百回来。咳！孩儿有愧呀！"冼来山扫了兵士们一眼，面容严峻，大声道："打仗哪能不死人，你们能回来就是大幸。你们为大堡争了气，都是好儿男，不论生的、死的都是大功臣呀！"

入春以来，粤西十数州郡大旱，高州、罗州等郡灾情尤为严重，从未下过滴雨，方圆数百里田地龟裂，颗粒无收。大堡冼来山两年来浮费甚大，见此年景很是焦急。管家汪正卓与贵儿等人从诸乡催账回来，呈报年成不好，秋收无望。冼来山焦躁起来，严责管家、理财人等办事不力，敷衍塞责。百合儿见父亲发怒，忙劝阻道："既然逢灾失收是实，佃户用什么来缴征呢。强之无益，反致逆乱呀！大堡这两年连着征战，阵亡将士遗属理应抚恤；风灾过后，村民房屋倒坍殆尽，我们更应扶持。不如将今年佃租都免了，再从公库出银赈灾度荒，以安民心。"冼来山知道女儿所言在理，火气稍熄，然要他免了佃租，又出仓赈民，一时实在难下决心。忽报海昌郡守陈伯恩陪上使到大堡。冼来山急忙出迎。陈伯恩一见冼来山，笑不拢口，拱手道："翁公大喜呀！翁公大喜呀！大爷征李贲有功，朝廷除授南梁州刺史，下官前来讨赏呐！"

冼来山惊喜不已，忙把陈伯恩及使吏人等让进厅里落座。使吏取出任文，双手递呈冼挺手中，冼挺跪接了。陈伯恩微笑着说了许多谦恭的话，冼来山连连拜揖，诺诺不已。冼来山又命将出谢礼程仪，使吏虚让一番才收下了。陈伯恩笑道："今后伯恩在刺史翼下护庇，海昌再无所忧矣！"

梁武帝采纳散骑常侍朱异的提议，将州郡分为五品等级，其牧守职位高低、参僚属吏多少，都以等级来区别。上品州郡二十个，次品州郡十个，三品州郡八个，四品州郡二十三个，五品州郡二十一个。五品之外，

还有二十余个州郡根本不知处所。共计一百零七州郡。五品以下州郡多在边境镇戍之地。朝廷在荒僻村落设置州及郡县，刺史守令都用地方豪右担任，有时一人领两三个州郡太守，徒有州名而无实土，却起到倚重将帅之才，尊重地方习俗的效用，所谓羁縻政策。这些地方，山高水远，朝廷与州郡很难上传下达，贡税几乎都免了，实为自治。冼挺助陈霸先征李贲有功，除授南梁州刺史之职，同属虚有其名而无实职的官长。然虽如此，亦足显贵了。

百合儿自苏醒后，冼来山怕她身子弱，一直不让她随意离开大堡府邸。直到今日，她才与武哥牵着花儿步出大堡，来至西山那片大草地里。百合儿唤那虎道："花儿呀，你不用老跟着我，你也自个儿去玩吧！"那虎把头扬了扬，尾巴卷摆一下，活蹦乱跳地跑了开去。武哥笑道："姑娘今日好兴致呀！满脸灿烂的。"百合儿笑道："当然啦！我沉睡了一年多，今日才真正出来玩儿呢。这还不是要紧的，难得阿爹免了乡民佃租，还出仓赈灾，这是大好事呀。怎能不高兴呵？"武哥道："老爷初时很不愿意，怕是大爷荣膺功勋，一时高兴才肯的。"百合儿道："也不全为这个。阿爹虽有些固执，还是热心热肚的。"

她俩找个草地坐下，看那虎在那边尽情撒野玩儿。花儿忽儿撒腿狂奔，忽儿又在地下翻滚。忽然那虎动也不动，双目紧盯前方，好像发现了什么东西。接着俯下身子，匍匐而行，行有十数步又停下来，尾巴开始蠕动。突然那虎猛向前扑，似乎抓到了什么东西。百合儿唤道："花儿呀，你抓到什么了呀？"

花儿听到百合儿唤它，掉转头便向这边奔来。花儿来到面前，朝百合儿扬头嘟起嘴巴，两人都看清楚了，原来花儿嘴里叼着一只大蝴蝶儿，一边翅膀还在扑打着呢。武哥笑道："姑娘呀！花儿捉蝴蝶让你玩呐。"百合儿笑了笑，伸手从虎嘴巴里取下蝴蝶，放在掌心里把玩。武哥道："哎，这蝴蝶通体红透，两翅里各有一点白，是稀罕物儿呢，听我娘说了，这叫明佛。"百合儿把玩了一会，便把蝴蝶放飞了，笑向花儿道："花儿呀！日后你别再捉这些小东西了，它可经不起你折腾呢，知道不？"那虎似乎听懂主人的意思，只在百合儿身边缱绻缠绵。

武哥笑道："花儿捉蝴蝶儿给你玩，你还怪它。去年你沉睡不醒，要不是花儿每日里给你舔手舔脚的，还怕你醒不来呢。"见百合儿沉默不语，

若有所思，武哥忽然把起百合儿的手看了看，摸了摸，然后"啊呀"一声，百合儿见武哥奇怪的样儿，不禁笑问："怎么?"武哥笑着道："小姐儿，我告诉你一件好笑的事，你爱不爱听?"百合儿笑道："你小鬼头今儿怎么啦? 一会儿看手，一会儿摸手，一会儿又神秘兮兮的。有话就说。"

武哥笑道："我那天去找阿秀说话玩儿，阿秀告诉我说：'韦少将军别看他日里斯斯文文，一脸正经的，夜里坏得很呢。'"百合儿望了望武哥，问："怎么夜里就坏得很呀?"武哥道："小姐儿别打岔，你听我说。阿秀说，那晚都四更天了，听得赵姑娘房里在说话。少将军说，'媚娘，你真是天生丽质，整日里骑射打仗，手儿还是那么软软的，油光水滑，珠圆玉润的。'好像是赵姑娘又打了少将军一下，笑着骂他，'你太坏了，摸得人家发慌。'小姐你说，可能是坏，半夜三更的也不肯睡了。"

白合儿听到这里，脸一下腾地红了，笑骂道："死丫头，你才坏呢。这也随便好说的!"武哥笑道："小姐，你的手儿也软温温的，也是天生丽质吧?"百合儿扬起手来，笑骂道："你还说，看我打你!"武哥赶紧躲开，笑着道："小姐你别打我! 你在想姑爷了吧? 赶明儿告诉老爷去，也把你的婚事办了。"百合儿低下头，幽幽地说道："我没有见过他。既然是阿爹定了的，大概错不了。"接着又喃喃地说道："要不我不嫁人，我有花儿做伴儿就好。"武哥刮着脸儿羞她："耶耶! 脸儿不红! 我听人说，花儿是牡的呢，你还做伴儿?"武哥说完，跳起身来就逃。百合儿一蹦而起，挥手对花儿笑道："花儿，去抓这死丫头，她骂你呢!"说着和花儿去赶武哥。

正在那里嬉闹，忽见七儿与一个小丫环找了来。七儿笑道："到处找不着影儿，原来在这里呢。"武哥笑得在地下打滚，捂着肚子道："你来干什么? 这里没你的事。"七儿笑道："还说呢，自个儿跑了来玩，也不叫我。姑娘快回去吧，老爷找呢。"

大家回到大堡，还未进到厅堂，就听到里面大伙儿的说笑声。百合儿走了入来，笑问道："阿爹，什么事那么开心? 也让我听听。"冼来山笑道："跑到西山玩儿是吧，好! 应该到外面走走。有一件事儿，还要让你走远路呢。"百合儿忙道："到哪儿去呢?"冼来山道："到俐门国去贺庆呀。百合儿虽然自小跟我走过不少州郡城府，但从未到过异国他邦，今日遂了你的心愿啦! 这两天你就可以走了，路途遥远，早走几天，路上才不匆促。"

俐门国在交趾九德郡南部，与林邑国毗连，疆土纵广约有一百二十余里，人口二十多万。自晋义熙三年明倚立国，至今已历五世。俐门国虽是小国，然物产丰富，尤以盛产玳瑁、贝齿、吉贝、沉香等最为著名。吉贝是树木名，即爪哇木棉树，花成蒴果木质，果瓣内密生鹅毳状棉毛，抽其丝绪纺织为布，洁白度与纶布没有两样，其丝纱也可染成五色织成斑布，向来深得国人喜爱。国人不拘王室尊贵、百姓平民，除脸部以外浑身尽都刺纹，或纹以花草，或纹以鸟兽，花花绿绿，各显其趣。国人都裸身披发，以吉贝帛缦披身。女子披缦布外，还用璎珞缠绕脖项为饰。

齐永元元年二月，郎昆四世因没子嗣，便让惟一的女儿召里公主继承王位。王弟伦比、柯灵以为王兄此举有悖祖制，坚决反对，突然起兵围攻王宫。郎昆不敌，遂带召里公主投奔九德郡太守陈歧棱避祸。陈歧棱初任九德郡太守时，由于违谬时俗，致使百姓不满，政令不行，幸蒙郎昆诸般支助，才得民顺政通，以此有恩。陈歧棱助郎昆复国，联络州中阮文通、黎世威等数家豪右起兵讨伐伦比。时冼来山客寓阮文通府中，应邀一同征讨。伦比苛政暴虐，国人难堪重负，无不思念旧君，以至郎昆大军甫一入境，百姓即群起响应，投军助战兵民达三四万人。伦比失道寡助，不足半年便兵败身亡了。郎昆在是年十二月十三日复国，自此将这日定为国庆日，每年小庆，十年大庆，遍请各邻国诸邦王室显贵、官长豪右会庆。冼来山逢十年大庆日必定出席，是他当年亲口答应召里女王的，数十年来从不爽约。今岁俐门国大庆又到，冼来山考虑自己年事已高，确实不宜再出远门，便决意让百合儿代他赴会。

冼来山说了好些俐门国的风土民情，以及当地诸多禁忌之类，百合儿都一一记住了。末了冼来山笑道："百合儿代父赴庆，还是头一遭，女王见你是女孩子，肯定更加高兴。总之，出门走走，多长见识，也是好事呢。"

百合儿笑道："阿爹，您让我赴会俐门国，我高兴自不必说，我还想让赵姑娘与我同行呢。"冼来山笑道："好呀！你与赵姑娘同去，途中才好照应，也不寂寞无聊。好！就请赵姑娘同行。"

韦放见冼来山看他，便也笑道："能去俐门国做客，别人还罕不到呐，我先祝贺啦！"顿了顿，又道："俐门国旅途遥远，崎岖难走，依我说，就让百合妹、赵姑娘骑我与寿儿带来的两匹马上路吧。"说到这里，韦放转

头望着寿儿道："寿儿，你现在就去把那马牵过来。"

武哥笑道："啊呀！我听赵姑娘说了，少将军那两匹可是千里宝马呢。"冼来山"哦"了一声，道："千里马呀？老夫数十年来骑过不少好马，千里马还是头一回见，我今天要开开眼界。好，我也出去看看。"

大伙儿都来到大院。不一会，寿儿把马牵过来了，大家围着观看。冼来山细细相了一会，看着韦放道："真是好马！怎么不见你说过?,,韦放微笑道："侄儿也不知道这就是千里马，还是听赵姑娘说起，原来甘将军会相马，这才难得呢。"甘弁微微脸红，笑道："韦将军过誉了，我也只是知些皮毛，肤浅得很呐。这两匹马神骏异常，一般人都可看出来的。"

韦放笑道："我曾听人说，西域大宛国多出善马，有一种叫汗血宝马的，其祖先原是天马。张骞第一个对汉武帝言及此事，汉武帝便派使者携金银珠宝前往大宛国求宝马。大宛国王认为大汉朝远在天边，纵然强大，军队也到不了大宛，无须献宝马讨好顺从，便一口拒绝了。使者恼怒，诸般指责大宛国王。大宛国王派兵围攻驿馆，杀了汉使，将带去的财物尽都夺了。于是汉武帝派遣贰师将军李广利先后领大军十余万人伐大宛国，历经四年，大宛国无力抵抗，国人只好杀了国王毋寡，献出宝马三千匹，汉军才班师回去。可知要得一匹宝马殊为不易。我与寿儿逃难而来，数千里路程，少有休息，然这两匹马竟不掉膘，且神骏愈增。我当时逃难心切，丝毫没有注意，我才疏学浅，有眼无珠，有负宝马矣！惭愧呀！我日后再不敢骑坐它啦，这白的就送与百合妹乘骑，这红的就让媚娘用吧。"

百合儿赶忙谢了。武哥笑道："赵姑娘怎么不谢呀？你才要谢呢，若不是这匹红马，你能与韦少将军成此良缘?"赵媚娘的脸一下子腾地红到耳根。大伙儿都哈哈大笑起来。

　　老人酒量奇大，他一边说，一边吃酒，估摸着也吃了三四碗酒，此时
满脸通红，神气活现。这故事张融听过了的，这时只是不停地给老人与冯
宝添酒。冯宝也有酒意了，双眼直瞪瞪地看着老人，不做一声。（见第七
章）

　　百合儿眼睛一亮，对赵媚娘道："快看，这骑在大白象上面的定是女王了。"四象后面的那头奇大白象，正是女王的坐骑，象背上高立一金顶大罗盖，玉扶栏正中软垫座上，高坐俐门国王召里。（见第七章）

第七章

搜神公子遭厄难　赴会女儿得奇珍

　　百合儿、赵媚娘这天离了大堡，向西而来。路上两人说说笑笑，信马由缰，好不快活。虽然沿途都是山路，挺难走的，但两人骑在马上丝毫不觉颠簸，如履平地。前面是一条山溪，约有一丈左右宽窄，两人并不加鞭，打算由马蹚水而过好了，可刚至溪边，两匹马却无须起步助跑，原地向上跃起，四蹄早已凌空，轻飘飘地落在对岸。百合儿不由赞道："真是宝马呀！"

　　赵媚娘看着百合儿笑道："姑娘，现在这两匹马归我们啦，不如给它们都起个名字吧，整日白呀红的不好叫呢。"百合儿笑道："也好！"她想了想，道："我这匹白马，细看有些青灰斑点，就叫菊白好啦。你那匹呢，浑身红赤，只额上有一块白，干脆就叫明佛吧！"赵媚娘道："干么叫明佛呀？是啥意思呢？"百合儿笑起来，道："赵姑娘你不知啦，前天花儿在草地里捉了一只蝴蝶儿，颜色像你这匹马一般通体红透，只翅膀上有一点白，武哥说叫明佛，你这马不就是明佛了？这名字好听得很呐。"赵媚娘听了也笑起来，道："原来是这样呀！"

　　刚过午，两人入了罗州地界。赵媚娘笑道："姑娘到婆家啦！要不要进去会会如意郎君呢？"百合儿脸一红，嗔道："嫂子大不正经，嫁了人还是这样，怪不得韦放大哥说你是天生丽质。"赵媚娘羞得满脸通红，继而恨恨地说道："一定是阿秀这小妖精嚼舌根儿，回去我拧扁她的嘴，看她还敢胡说！"百合儿格格大笑起来，道："你也别骂人家，自己不怪说话声大了，这会子又来怪人。是了，姐姐，说正经的，你怎么一眼就看上了我

放哥哥的？要是他不喜欢你，你冒死来寻他，那不冤死了？"赵媚娘笑道："说来也不相信。我当初在冼家岭一见到他，就好像……哎！不说了，也说不出来。当时我想，我来投他，如果他不要我，我再死了算了。后来我也后悔，怎么一个大姑娘家自个儿跑来找男人的，真是笑死人了。"百合儿好一会儿才喃喃道："唉！缘分这事儿，我想是有的。我真为你高兴，放哥哥确实喜欢你，这就很难得了。"赵媚娘脸上又一阵红晕泛起，低着头微微笑了。

两人说着话儿，不觉进入罗州城。大街上到处是拥挤成群的饥民，他们扶老携幼，手里还拿着碗盘之类，好像在等着领粥食。百合儿对赵媚娘道："今年不好了，大旱失收，很多百姓要挨饿啦！我们庄也不好，唉！好在阿爹开仓拨出米粮来……"赵媚娘道："乡民都称大堡出了姑娘这样的活菩萨呢，那些人，我到庄外遛马，一些人还把我当成姑娘了，纷纷要向我叩头呐。"百合儿道："这也支撑不了几天。但愿老天快下一场大雨，不然这灾就大了。"

忽然，有十数个小孩儿围了上来，有的还向她俩伸着手。百合儿见这帮孩子衣衫破旧，满身尘土，像是从乡下来的，一时也不知怎么说好，便在包里取了些碎银，递到为头的孩子手里，道："你拿着银子，买点东西和大家均着吃吧。"那孩子接过银子，连声道谢，与那帮孩子去了。

来到州办，见十多个士兵在驱赶那些围坐在衙门口地甲的饥民。百合儿不由朝衙里面瞅了一眼，然后对赵媚娘轻声道："我们走吧。"

罗州刺史、怀化侯冯融祖上是北燕皇族。北燕开国皇帝冯跋原是后燕中卫将军，字文起，长乐信都人。后燕主慕容熙暴戾昏庸，弄得举国上下民不聊生，怨声载道。冯跋乘机起事，大呼道："我当为民求生！"杀了慕容熙后自立为王，建立北燕。北燕初期，冯跋奋发图强，颇有作为，在诸国中尚能自立，可在冯跋死后，国力每况愈下，传至昭成帝冯弘时，更弱得不堪一击。宋文帝元嘉十三年，北燕终于被北魏所灭。当时，昭成帝逃奔高丽国以求庇护，命其族人冯业率三百人浮海归宋。冯业合族三百人口乘船南渡，在广州新会定居下来。冯氏自冯业至冯融，历事宋、齐、梁，已三世为守牧方伯。但毕竟不是本土人，又不知恤民与惠，故而民不拥戴，政令不行，只能勉为支撑罢了。

冯融与夫人袁氏只生有一子，名宝字孟怀，自幼很是聪慧，习读经书

百家，过目成诵。尤喜神怪之说，举凡《述异记》、《博物志》、《青史子》、《搜神记》、《燕丹子》、《西京杂记》、《山海经》、《神仙传》、《列异传》等闲书无不搜罗殆尽，终日捧读，爱不释手。若闻有传神志怪消息，不论远近，即亲去寻根溯源，记录卷中。且又好酒，与南巴郡张融、高州龚自明、本邑洪通、时元等为友，常聚一起畅饮高谈，日夜不弃。父亲冯融责备他不务正业，专事怪异不诞为乐，将来必无出息。他听了只是笑笑，不甚理睬，犹是我行我素，乐此不疲。

今年大旱灾，眼见税赋无法征缴，冯融焦虑不安，整日和属吏幕僚商议对策，镇压抗租庄民农户，弄得城乡不宁，怨气日深。月前，各村落乡邑父老数十人上州办报灾告饶，希望州主体恤民苦，减租减税。冯融大为恼怒，一言不合，即令衙役尽数驱赶出去。日前，派出去催税的官兵在石龙郡风林寨被杀了两个，冯融又惊又怒，派兵突袭风林寨，捉了为头的十六个寨民，下在死囚牢里，专等文案备整，即如数斩首示众，以儆效尤。

一个月过去了，这天还是晴空万里，依然没有丝毫雨意。冯融这日上午在府里与几个幕僚议事，拟请神司祭天降雨。众人正在筹谋。冯宝自外而入，见此情景，刚要闪避开去，冯融一声喝住，道："近来刁民闹事，很不太平，你不在家里好好读书，整天在外面胡搅，结交不三不四的朋友，于你有甚么益处？"冯宝站在那里不做一声。冯融道："我们在商议求雨之事。我意欲让你代我率众民祈祷上苍龙神雨帝，普降甘霖拯救黎民，不知你有何看法？"

冯宝道："父亲为何做如此荒唐之事？"冯融惊诧，道："这是于国于民之大事，怎么是荒唐了？"冯宝道："父亲为国为民，当知矜恤民间疾苦。去年以来大旱逾时，民饥野荒，已是大不幸，何父亲又强迫征敛？我以为此适得其反，逼民于绝路哪。"冯融道："正因为如此旱灾苦民，我才决意求雨，有何不妥？"冯宝道："父亲大可求雨，不过亦不可抱太大希望。我听村老说了，这雨怕一年内不可得的。父亲身为州主，饱读经书诸子，岂不知西门治邺之典？以其劳民悴物，祈神降雨，倒不如将这银钱赈灾来得实际，是可深得民心，谨慎过日，庶几感应神灵，或许可望降下甘霖来也未可知。所以我以为当务之急，是即速把捕获的村民赦免，尽都释放，继出安民告示，开仓赈灾，这才是万全之举呢。"

冯融勃然大怒，叱斥道："你愚昧无知，竟敢信口胡扯。政宽民漫，

自古而然。刁民抗官造反，如不加以镇压，势必孳生祸端，日后如何治州？"冯宝顿时面红耳赤，争道："不然！仓廪足而知礼仪，岂有饱暖而思乱者？父亲不察民情，妄自用刑贪法，才是孳生祸害之源呐！古贤曰：人君知恶而弗改，必受天殃，天有常福，必予有德，天有常灾，必予夺民时者。故夫民者至贱而不可间也，至愚而不可欺也。故自古至于今，与民为仇者，有迟有速，而民必胜之……"冯融气得脸青目突，浑身发抖，大怒道："叛逆之论！叛逆之论！反了反了！你快给我滚，我再不要见你。"冯宝见父亲震怒，再不敢言，赶紧拔步跑了开去。

冯宝一溜烟跑回屋里，仆从若砚接着，忙湿了毛巾让冯宝抹了脸，道："早间有人送书来呢。"冯宝道："何不早说，快拿来我看。"若砚去几案上取过书信递上，冯宝接了，见是南巴郡的张融署名，欢喜道："好久不见他了，看有什么说的。"忙拆封看了，原是张融请他到南巴小住几日。冯宝大喜，对若砚道："快备我马，我要往南巴郡走一趟。若父亲问起，说我访友去了，三几天即可回来。"若砚答应了。

张融表字泰次，南巴郡海门庄人，出身寒苦，家有父母弟妹，靠着田园度日。张融自幼喜读书。曾有一汝阳商贾来海边收货，遇风滞留其家。这商贾是个通文墨的人，见张融灵性敏慧过人，便教他认字，当饭食之酬。张融父母很是欢喜，尽家里所有款待先生。半年后，先生留下几本书籍给张融便回乡去了。张融刻苦勤奋，自始终日捧卷，从不停歇。至十五六岁时，略有微名，为地方所推崇。张融与冯宝交友，甚是相得。冯宝怜他穷困，劝他到父亲治上供一闲职，张融不肯，说自己闲散惯了，不愿受人羁勒，因而更得冯宝钦敬。近几年来，张融常与冯宝诸友人或聚于酒肆，或会于山野之中，高谈阔论，终日不厌。张融比冯宝长两岁，已是二十一岁了，尚未娶亲，父母为此常嗟叹不已。张融安慰双亲道："大丈夫何患无妻。"其洒脱如此。

冯宝策马望南巴郡海门庄而来，傍晚时刻到了张融家中。张融一家接着冯宝很是高兴，当即让入堂屋里坐了。张融吩咐家人准备酒菜相待。冯宝笑道："我们兄弟之间，用不着客气，家里所有就可，不必破费。唔！只要有酒就好。"张融笑道："贤弟自远方来，酒自然是要吃了。"冯宝道："兄促弟来，不光是为了吃酒吧？"张融笑道："那当然。我得知一传奇，有趣得很呐，原本打算录好给你捎去。但我怕词不达意，糟蹋了古人，因

此请你过来。贤弟才过子建，定令此传奇生辉。"冯宝道："那你现在就说罢。"张融笑道："先不急，等下请另一个人过来了，我们一边吃酒，一边说话。"冯宝道："不请也罢，我们兄弟对饮长谈，岂不乐趣？"张融笑道："贤弟不知，这人你虽不曾相识，等下见了，你必喜欢，我说的传奇一事，就是出自他所言，真真妙不可言呢。"冯宝一听惊喜异常，连道："这样说时，快快请去。"张融道："贤弟无须心急，刚才你到时，我已让妹子去请了，估摸就要到啦。"

正说时，只听得门外一人笑道："是什么贵客到了？让我也见识见识。"跟着走进一个约有七十上下年纪的老人来。这老人身体硬朗精瘦，满脸皱纹，黑黝黝的双手都是老趼，时值正月，天气阴冷，依然卷着裤腿，赤着双脚，看着就知道是庄稼汉无疑。张融父母让了座，自进里间去。一会儿，点上油灯来。张融弟妹端出酒菜，摆放在板桌上。张融请冯宝与老人一齐入座。张融笑道："这位是冯公子……"那老人笑道："我自家介绍吧，老汉没名字，大家都叫我李八叔的。嘿嘿，老汉今日有口福，吃上酒，乐得很呢。"

冯宝见老人风趣，也觉欢喜，便忙着让酒让菜不停。老人喝了一大口酒，嘴里咂吧着连道："好酒！好酒！"张融笑道："李八叔，你也别光顾着吃酒，有着呢，先吃些鱼肉吧。"

老人把一只脚缩起搁在自家板凳上，然后一手摩挲着满是泥土的大脚板，一手端起大酒碗，笑眯着眼儿道："张相公不要管着我，你不说我也知，你是怕我吃多酒了会误事。别怕，我不会忘了你请我来说故事，就是说给城里来的这位公子哥儿听的。我忘不了，我告诉你，我说故事，得先吃些儿酒，才说得好了。"

冯宝听了，也笑起来，道："正是如此说，要吃酒才说得好。来，我们共饮了这碗如何？"大家一起干了一碗。老人抹了一下嘴，晃晃脑袋，道："老汉要说了。"冯宝忙道："好！我在听着呢。"

老人道："这可是个真实的故事哩，就发生在我们这里。这个故事就叫姊妹岭。哎！古时我们这儿可没有这岭呀，这岭是后来才有的。你听我往下说吧——古时我们这里是一片汪洋大海。海边有姊妹俩自幼就没了父母，相依为命，打鱼为生。这日，太阳刚出来，姊妹俩便在海上撒网捕鱼。晌午时候，姊妹俩感觉腹中饥饿了，船里备有一只大南瓜，便切开来

煮食，瓜子儿抛到海里去。忽然间乌云密布，遮天盖日。姊妹俩看见一块惊人的乌云直向头顶压过来，紧接着霹雳一声炸雷，姊妹俩连人带小船俱都翻没在海中啦。"

　　这时张融见冯宝已听入神了，手里拿着箸不动，双目紧盯着老人，便笑道："也要说，也要听，也要吃呀！夹菜，夹菜！"冯宝笑了笑，连道："好！好！"吃了口菜，又端起碗来道："李八叔，咱们又干一口儿吧。"老人道："好！"喝了一口，又往下说道："姊妹俩死了，但她俩阴魂不散，随着翻滚起伏的浪头，飘飘荡荡，不知往何处去。只见前面有一座非常雄伟壮观的殿堂，四方透彻，八面玲珑，像水晶一样，光华四射，美丽极啦。原来这就是南海龙宫呀！姊妹俩刚走近龙宫大门，便被守门的鱼兵虾将挡住了。鱼兵虾将厉声大喝道：'何方游魂野鬼，竟敢直闯龙宫？'姊妹俩当即大喊'冤枉'，要面见龙王。虾将说见龙王必先通报，龙王恩准了方可进见。说完虾将入去。一会儿虾将出来，说可以了。姊妹俩跟着虾将，走了很长阶路，过了好几道大门，才来到一座大殿堂下。殿上正中高坐着一位衣着富丽堂皇、描龙绣凤的王者，很是威严。殿下两边站满文武百官，阶前布满持枪执戟的武士，殿堂高处横匾大字'水晶宫'。虾将悄悄告诉姊妹俩，上面高坐的就是龙王了。龙王问道：'你们要见我，有什么事呢？'姊妹俩听了，扑通跪下便失声痛哭，将海中打鱼惨遭雷击一事诉说了一番。龙王沉吟了一阵，转过面来，与身旁的龟丞相不知说了些什么。然后又见龟相走下殿来，与右班一个长得青面獠牙模样的人出殿去了。好一会儿，龟相回来，向龙王禀报道：'姊妹俩遭雷击，实有其事。我与巡海夜叉仔细察看清楚了，姊妹俩尸身尚浮在海面上，她俩身上有雷公批文浪贱粮米，必应天谴字样，可是我们寻遍周围却并未发现有粮米，就像刚才她俩说的，倒是有不少南瓜子儿浮在水面上头。依臣看来，定是雷公错看了，误杀姊妹俩啦。'姊妹俩听了，更是泣不成声、求龙王做主不已。龙王在上面说道：'鬼魂之事，本来归阎王所管，我是管不了的。但姊妹俩死得冤枉，又在我的海疆里，我就得过问一下了。前年我在千仙会上，曾听说雷公在酒后误杀三个无辜的人而无人过问，这家伙没王法啦。丞相与我备好文案，我要上天庭一次，定要讨个公道。'龟相即取来文房四宝，沉吟片刻，挥笔立就，作成呈上龙王。状辞上写着道……哎！写什么来着？反正是说雷公无道，屈死姊妹俩的话。"

这时，冯宝插口道："李八叔，你歇歇，我替你念吧，看是不是这样？"那状辞上写道：'臣下听人说，赏必当其功，罚必当其罪。没有功劳的人受到奖赏，会打击有功而得不到奖赏的人。就是那无功受禄的人本身也会不安。没有罪的人受到惩罚，本人当然不服，而旁人亦会不平。姊妹俩饥寒交迫而知安分守己，相依为命，打鱼而生，无故而遭雷击，致使亡魂不散，呼冤喊屈于海域。臣子以为，雷公轻率办事，草菅人命，当严加追究，不宜姑息养奸。祈望整肃朝纲，安良民于尘世，慰冤魂于灵冥。'

张融大声叫好，又干了一碗。老人喜得眼泪都要掉下来，他眨巴着眼笑道："正是这样说，正是这样说，公子哥儿真是聪明，你老是怎么知道的？"张融笑道："你别管他怎么知道了，还是往下说吧。"老人连连说好，又喝了一口酒，道："那龙王收好状子，吩咐道：'我这就上天庭，姊妹俩可留在宫中等待消息好了。'龟相等众官一概应命。龙王穿云破雾，不一会儿进了南天门，直到灵霄殿，行过君臣大礼，呈上状书。玉帝看了一遍，脸有愠色，开口说道：'这雷公太不像话啦！玩忽职守，有负朕望。来人！速将雷公擒来。'两名天神得令，去了好大一会儿，回来报说雷公畏罪潜逃，到处寻不着，可能逃落在凡间去了。玉帝更加恼怒，大声道：'这还了得，哪一位与我下去凡间擒拿罪人归案？'文班转出太白金星来，他慢声细气地说道：'下界真人张道陵，虽未归位仙班，却已得道多年。此人与我深交，往来天庭数回，陛下也见过他的，可令他捉拿雷公。'玉帝听了，点头应允。"

冯宝笑道："李八叔呀，你越说越好啦！"老人得意道："那是当然，我说过的，吃了酒我才说得好，下面才好呢。那凡间张道陵，其时寓居一座破庙里，梦中接得玉帝敕命，不敢怠慢，当即披头散发、焚香烧符、步罡踏斗作起法来。只见面前那口困妖瓶儿好像在吸气呢，不一会儿，一股旋风卷过，雷公被两尊金甲神捉到。雷公跪在张真人面前苦苦哀求。张真人道：'别费口舌。我只是奉玉帝之命捉你，至于放不放你，我做不了主，到时你跟玉帝说去吧。'说着，将雷公抓起来，像搓泥团一般搓为一团，塞入困妖瓶，盖上盖子，盖子上又用太上老君'急急如律令'封好。这时已是深夜四更天了，真人进入内室，上床睡去。真是无巧不成书呐，这夜月色甚好，庙外四周寂静无声。邻里某乙夜来输得精光，经过破庙时，便顺手进来，看有什么彩头。他进入到真人厢房里，东摸西摸，借着窗外月

光，见到那口困妖瓶子样儿好看，许是里面有值钱物件，便将瓶盖来揭开了，刚要伸手入去摸时，忽然那瓶口一股黑烟涌出，在房周围旋转起来。某乙这一惊不小，'啊呀'一声夺门而出。那股黑烟直冲天空去了。真人听到声音，立时惊醒过来，走出看时，那困妖瓶口已被打开，雷公逃得无影无踪。真人气极了，恨恨地说道：'好你个雷公，竟敢拒捕逃走。我先回天廷缴令，恐怕你罪加一等哩！'

老人酒量奇大，他一边说，一边吃酒，估摸着也吃了三四碗酒，此时满脸通红，神气活现。这故事张融听过了的，这时只是不停地给老人与冯宝添酒。冯宝也有酒意了，双眼直瞪瞪地看着老人，不做一声。老人又换另一只脚搁在板凳上，透口气道："你们也吃酒呀！唔！继续说。那真人连忙梳洗装束，一路云雾，转眼工夫便来到南天门，进入灵霄殿。玉帝刚好早朝，南海龙王及天庭众文武都在。真人行过常朝礼，将雷公拒捕逃跑经过述了一番。玉帝说了一些慰劳的话，然后道：'这事，朕已尽知了。真人劳苦不易。'说到这里，玉帝忽然提高嗓门说道：'雷公，你以为躲起来便没事了么？还不滚出来，向南海龙王及张真人谢不杀之恩。'只见从玉帝龙座背后珠帘里走出雷公来，他低着头跪在阶前。玉帝又说道：'雷公活罪难逃，死罪可免。罚他到太上老君处烧火炼丹。雷公须痛改前非，如若有功，再行复职。'雷公谢恩而退。张真人目瞪口呆，无可奈何。龙王这时浑身发抖，脸都青了，正欲出班说话，身旁太白金星用手轻轻拉他，堵着耳朵对他道：'龙王兄，此事我看到此为止吧，你不见玉帝说话么？你千万不能再说什么了。你大概还不知道哩，雷公与九太子的交情不薄呢。'听到上头宣布退朝，各官员散去，龙王没法可施，只好恨恨地回南海去了。"

只听"砰"的一声响，冯宝一掌拍在桌板上，猛地站立起来，愤然道："天理何在，天理何在呀！"张融见冯宝醉了，动情如此，忙笑道："暂不评论，暂不评论，且听他说下去，还未完呢。"

老人望了望冯宝，又道："过去一直都是只有响雷没有闪电，自从这件事后，雷公可能多少有些后怕，打雷总是事先用灯火探照明白了，然后才开雷，故此就有了现在的闪电后响雷的习惯。某乙做贼救了雷公，雷公自然感恩，故此雷公再不打盗贼啦！"

冯宝和张融都笑了起来。冯宝道："李八叔，还有下文吧，下面姊妹

俩怎么样呀？你快往下说。"老人叹了口气，道："唉！是有下文。姊妹俩有冤没处申诉，怨气冲天，在海中和翻覆的船一道化为三座山岭啦。龙王自觉愧对姊妹俩，更恨玉帝偏私，激愤之下，下令退去海水十多余里，宁愿缩小自己的海域，让姊妹俩化成的岭头露出地面，让世人知晓天理不公，世道不平呐。"

冯宝见老人停了下来，忙问："李八叔，这故事完了么？"老人点头道："完啦！就是这样。那姊妹岭，就像女人的一双乳房呐，近处像一只翻覆着的船一般的山，当地人就叫覆船岭。"冯宝已喝了数碗酒，他醉眼蒙咙地看着张融道："泰次兄呀，我明天便要访姊妹岭，你陪我吧！"老人道："这里去有二十里上下，很是容易的事。"大伙又吃了一会酒，老人才起身辞去，张融见冯宝确实困倦了，赶紧安排他歇息。

次日清晨，冯宝就要上路，见张融没有马匹，便道："干脆我们都不用马匹，步行才好，一路慢慢观赏景致才妙。"张融只得应允。两人出得门来，走有八九里远近，便是信鸟堀，邻近四五里都没人家，甚是荒僻。忽然前面黑林里跳出五个大汉来。为头一个笑问："哪一个是冯宝冯公子？我们借一步说话。"冯宝一愣，不觉答道："晚生即是冯宝，不知诸位……"那人笑道："你就是冯公子，那很好。"随即向其余四人喝道："给我绑了。"

那四个大汉怒目而视，朝冯宝逼近。事出猝然，冯宝待要挣扎，怎禁得四个大汉一齐动手，当时被反绑起来，口里还被塞上布团，做声不得。张融被这一幕吓呆了，结巴着道："你，你们是甚么人，为何绑冯公子？"那头儿笑道："有事想请冯公子一会儿。你既是一伙的，那也不客气了，与我也绑了，一起请吧！"那四个大汉又来绑张融，张融大叫："清平世界，光天化日，你们怎么……"一个大汉扇了张融一记耳光，张融再不敢挣扎，也被绑了，塞上布团。那头儿道："还是给他们喂点醉丹吧，迷倒了装在布袋里，驮在马背上，以免路上让人发觉。"说完在口袋里摸出一个小瓶儿来，倒出些末儿在掌心里。一个大汉取下冯宝口里的布团，令冯宝张口，冯宝不肯，死闭紧口不开。那大汉火了，挥手便要打。那头儿骂道："蠢蛋，你捏住他的鼻子，口不就开了。"那大汉便捏紧冯宝的鼻子，冯宝喘不过气，把口来张了，那头儿食指蘸了一点儿粉末去冯宝口里一抹，接着如法炮制，也给张融喂了醉丹。冯宝猛吐唾沫不止。那头儿笑

道："没用的。这药末儿只要一沾口里，吐也吐不出来，安静睡吧，四个时辰你就会醒了。"

百合儿、赵媚娘在路上走了半月有余，这日到了交趾九德郡境。沿路风俗民情大异，当地土著衣着光怪陆离，果然不拘男女贵贱，均浑身刺绣，很是奇特。百合儿笑对赵媚娘道："我说要出门来走走，确实长了见识，这里的风俗和我们那里真是大大不同。一年有四季，十里不同天呀！中原人笑我们是南蛮不化之地，穷山恶水，最是野蛮，我就不服气。我们那里人虽然衣着打扮与中原人各有差别，别的都是一样，当初放哥哥初来时亦有同感。但这里确实大有异处，衣服自不必说了，就那披发赤足，文身袒腹的女子，我还是头一遭见的。"赵媚娘笑道："确实是这样，男的文身倒不觉怎么样，只是那女的，我觉着是可惜了。你看那些姑娘本来长得很美，硬是让文身弄丑了。"百合儿道："虽是如此，可能我们觉着不惯，人家倒觉着美呢。你不见，越是俊美的女子，越是纹绣繁多，色彩斑斓耀目。好了，别说了，父亲教我随乡入俗，我们这样评头品足，让人家听到了，还道我们轻狂浅识就不好啦！"

两人不入州城，又赶了一段路。忽见前面树木掩映的大草地上立着两根棕黑色的大柱，拍马走近看时，这大柱足有九丈高。两人下得马来，上前细看，原来是青铜铸成的大柱子，上面还有文字，百合儿念道："大汉界柱。"下面还有些小字已是模糊不清。百合儿猛省，道："这两根铜柱是汉伏波将军当年平南所立。"赵媚娘道："姑娘怎么知道呢？"百合儿笑道："是放哥哥告诉我的。哎，真大呀！"说着上前搂抱铜柱，好一会才松开手来。

前面查询了土人，知道再有五十余里便是俐门国都府义真城，两人很是高兴。百合儿道："好了，今日天色尚早，我们赶入义真，后天才是庆典大会，我们来得正是时候呢。"

傍晚时，百合儿、赵媚娘抵达义真城。举目四顾，但见大街小巷，车水马龙，人流涌动，络绎不息。那百姓人家户户尽都张灯结彩，门槛悬结诸般繁多的饰物，镏光四溢，百彩纷呈，令人目不暇接。百合儿不由赞叹："俐门虽是小国，然都城自有气派。真是举国欢庆之日呵！看那城里百姓尽都喜气洋洋，颂情流露，可知女王召里视民如子并非虚传，也怪不得她的王土能失而复得了。"

　　两人下马步行了半个时辰，才来到禁城王宫。这里更是不同，王宫诸殿飞檐斗拱，座座高耸入云，构造巧夺天工，从瓦面到阶道自上而下，元不镶金镏银，在夕阳的映照下金碧辉煌、光华熠熠。王宫外殿元紫门阶陛呈台站着很多前来贺庆的客人，衣着光鲜，形形色色。这些人或高或矮，黑白不一，多半是见所未见的他邦显要贵胄。元紫门是国王款待贵宾用的馆舍，隔着宫墙外大街与禁城相望。这所馆舍奇大无比，可供上千宾客下榻休憩，最难得的四季树荫掩映，绿草成茵，祥和安谧，清爽怡人。宾客们次第呈上拜匣礼单，门吏禁卫忙着点头哈腰，接受贺礼，又满脸笑容地让了进去。百合儿、赵媚娘牵马上前，呈了拜束贺礼，门吏接过拜帖看了，复又看着百合儿，脸上堆下笑来，连道："欢迎之至，欢迎之至！"又与一门吏交头接耳一番，才恭敬地让百合儿、赵媚娘随那门吏进来。那门吏牵着那两匹马，带她俩一直走过八进院庭，才来至内宅。这里宾客稀少，很是安静，一个禁卫过来，把两匹马自牵去后槽管养。一会儿，两个内侍引百合儿、赵媚娘到东厢屋里歇下。这屋里相连四间上房、外间是一花厅，阔口通道出去是一小园子，都植种肥叶蕉树，晚风吹来，透出一股清香，沁人心脾。赵媚娘笑道："这里的天气真怪，都十二月了，还是那么温爽，一点寒意都没有。"早有侍从掌上灯火，又送上晚膳。百合儿、赵媚娘走路疲乏，吃过饭后，便沐浴上床歇去。

　　次日天刚亮时，百合儿与赵媚娘就匆匆起来了。侍从送入早膳，笑对两人道："今日国王祭过天地，上元罗寺礼佛后，便要巡阅王城，与万民同乐。"百合儿笑道："我们吃过早饭，也要到城里观礼。"

　　两人用过早膳后，徒步上大街来，那些来宾都陆续出了馆舍，出街闲逛。百合儿、赵媚娘来到十字街口，展眼望去，但见大街两旁百姓万民尽都焚香伏地而跪，口里颂念，虔诚至极。一炷香工夫，南街传来佛乐，时隐时现，宛如天籁之音。接着街口大队仪仗过来，先是八百人扶旋执幡。次是三百人手执乐器，管弦丝竹，各司其音。次是四头大象排行，上坐八位女子，俱是美娥娇娃，盛装夺目。百合儿眼睛一亮，对赵媚娘道："快看，这骑在大白象上面的定是女王了。"四象后面的那头奇大自象，正是女王的坐骑，象背上高立一金顶大罗盖，玉扶栏正中软垫座上，高坐俐门国王召里。只见她头戴足有两尺多高的镏金塔冠，玉旒飘拂，身着金丝银缕的紧体缩袖服，两臂戴有数十只珠光宝气的金银镯环，胸前捧着大玉净

瓶，瓶口插着一枝杨柳，仪止雍容华贵，神态庄重端祥，光着双脚，盘膝而坐。后面便是文武百官上千人，皆徒步而随。殿后禁卫军两千人马，浩浩荡荡，依次而行。

转眼仪仗来至十字街口，女王召里丰扬柳枝，洒点甘露，跪在地上的百姓顿时欢喜雀跃，振臂高号，欢呼"万岁"的声浪此起彼伏，经久不息。赵媚娘目睹此情景，甚为激动，对百合儿道："我从没见过这场面呢，那女王就像菩萨呐。"百合儿笑道："他们这里崇尚释教，万民朝佛。其实说起来，召里也是菩萨呢。"

下午，按旧例便是俍扶园晚宴，女王遍请众宾客人御园来，百合儿、赵媚娘亦随人流跟进。俍扶园却是一个望不到边的大草地，建筑甚少，园内四面俱植棕树，品种各异，高的参天耸云，矮的不及人高。女王召里常在此跑马射箭，嬉乐消遣。这俍扶园本是汉伏波将军马援平南时的大军营地，故又名伏波坡。明倚立国，部属黎臣觉以为此地灵气活现，劝明倚在义真建都。明倚怕伤了地气，造园时一依伏波坡原貌，只是在园里遍植树木、绿草，别的楼台亭阁、奇花异石一概不置。时至今日，伏波坡之名便渐渐鲜有人知了。

傍晚时分，百官俱盛服入园。执事传谕，女王偶感疲惫，不能入园会宴。百合儿心道："女王终究是贵人，大庆之日繁文缛节，如何应付得过来。"忽见草地里生起八堆大篝火来。众官与宾客三五一群席地而坐，各自交谈。百合儿笑道："我们也随乡入俗吧，这很有意思呢。"接着便有百数个歌女舞娃，围着火堆舞蹈起来。一会儿，又有三百戎装打扮的男伎上去作力士舞，其举手、蹈足，嗔目、颔首，都有执杀进退之势，折旋之间，声色俱厉，观者为之动容。

侍从端来酒菜饭食，都摆于草地上。食物多是烧烤煎炙之类，入口又香又辣。赵媚娘吃了口酒，赞道："好酒呀，甘美无比呢。"这时，前面的宾主都围火起舞，虽脚高手低，技艺各异，然都兴奋十分，尽情挥洒，伴着"嗬、嗬、嗬"的节拍声，手之舞之，足之蹈之。两个侍女过来招呼百合儿、赵媚娘，百合儿笑道："我们一起跳舞吧！"便各自拉着手舞起来，一个侍女对百合儿笑道："你们跳得真好，比我们还好呢。"百合儿格格笑道："我这是情之所至，随心所欲呢，并没甚么章律的。"

次日，百合儿、赵媚娘直到快响午才醒来，百合儿伸伸懒腰，道：

"我们来这里都学懒啦，现在才起来，让别人笑掉牙了。"赵媚娘也打了个哈欠道："昨夜很迟才睡下，这时我还感觉不够呢。"百合儿下床来，笑道："嫂子，你昨夜跳得真好，那么个大美人，一经舞动起来，真真我见犹怜，回大堡为放哥哥倾情一舞，保准他眼都直了。"赵媚娘啐了一口，笑道："哟！你是说谁呢？人家明明赞你，你倒扯上我了，你那腰肢儿水蛇一般，我要是男人，早讨你啦！"两人都笑将起来。百合儿道："累归累，我觉着高兴异常，下午的国宴，看又有啥乐趣的。"赵媚娘道："姑娘，下午的宴会我就不去了吧，让我躺一躺。"百合儿笑道："你真是变懒了。下午的宴会一定得去，这叫有始有终。我也不会乐不思蜀的，明天我们就回大堡如何？"

下午的宴会还是设在㑃扶园，所不同的是园里早已撑起大片荫棚，上千张几案摆置齐整，五颜六色的旌旄旆旗，何止千万计，和风吹过，旒带飘飘，蔚为壮观，中间显眼处一座帐篷，便是女王御座行在。女王御座正对面不足三百步处一座大台子，三丈见方，五尺高矮，台面铺上猩红的地毯，四沿并无护栏。这时园里人流涌动，熙熙攘攘，足有万数之多。侍者数百人进进出出，引路导座，宾客次第入席坐下。忽报"女王驾到"，鼓乐声起，熏香袭人，众宾客复又站起侍立。只见园门进来一队禁卫军，持枪执戟，分立两旁，又见上百侍女执事体态端庄，脸含笑意地进入园来，又分立两旁侍立。才见宫扇锦伞下，女王金冠玉衣，由两个侍女搀扶着缓步而来。后面便是文武百官，各随品级，挨次而入。女王召里站在中央地里，满脸笑容，轻缓地说了一番话，无非是奉天承运、化及万民之恩，与民同乐，国运昌隆之泽。然后入到御座坐下，百官与宾客才又就座。几案上已备有各类果品，俱是榴莲、代积、山竹、水信子、凤梨、大佛手、香蕉、叉明、火龙、菩萨眼等数十种珍稀贡品。大多数见所未见，赵媚娘咬了一口榴莲，还未咀嚼，忙又吐了出来，苦着脸道："这是啥东西，那么难吃。"旁边一宾客笑道："这是好东西呀，初吃很难下咽，吃两次你就喜欢啦。"百合儿试着也吃一点儿，笑道："果然大有异处。"

未牌时分，一执事走上台前，清嗓大声道："女王陛下谕旨，今岁不比往年，特设打武戏乐，以博一笑。宫内武士上台献技，任由宾客搏击，有连接打倒三位武士者，可获女王赏赐黄金千两。放对章则不宜使用兵器，只是空手对搏，以免误伤人命，违悖庆典之原旨。"此言一出，座上

即时骚动起来，人声鼎沸。赵媚娘笑道："这可有趣了。"百合儿也笑道："女王怎么想起这玩儿来了。嫂子还说不来呢。"只见一队禁卫军往台子走去，四面把台子围了。又见五十个勇鸷剽悍的大汉雄赳赳的列队登上台子，八字儿在台上叉手站立。

不知是哪个宾客说了句："近前去看。"刹那间，众宾客纷纷起身往台子涌去。百合儿对赵媚娘笑道："我们也跟去看吧。"说着两人跟了上来。禁卫军并不弹压，这宾客们却自动空出中间宽约十数步的通道来，好让女王在帐篷里视线不阻，一览无余。台上又有二十个身着黑色衣裳的汉子，各手执一只牛角，堵在口里"嘟嘟嘟"地一齐吹响。一个武士走向台前，双手合十向台下众宾客施礼作揖一周。忽见一宾客上台去，行礼毕，道："我第一个上来玩玩，博个乐儿吧。"起手便向那武士打出一掌，那武士竟不闪避，受了这宾客一掌，这宾客暗吃一惊，翻掌再击，那武士不容他打到，一只像鹰爪一般的手猛地抓住宾客的掌，用劲往后一带，宾客竟被拉到后面，随即那武士向右转身，一掌跟着推出，宾客呼地一声被打倒台上。顿时台下一阵爆笑，有宾客指着道："这般武艺也敢来现丑。"

忽然又一个宾客上去了。这人六十上下年纪，精瘦得像个猴儿。上得台来，朝那武士道："老头儿贪这银子，你让我拿了吧。"台下一片哗然。那武士也忍不住笑了，道："那好，你只要打倒我就成。"老者也不见怎么动作，一根手指已戳到武士的下腹，武士"呀"的一声叫了出来，随即哇哇大叫，双拳齐向老者击去。谁料老者轻飘飘地一闪已到武士背后，反掌向武士背上击去，只听到低沉的"扑"的一声，老者笑道："你也下去吧。"武士没有飞下台去，趔趄一下，慢慢倒在台上了。

台下一片喝彩声大起。老者回头对台上的人道："我可以拿银子了吧?"一名武士刚要出手，忽然，一名四十多岁年纪的大汉跃上台来，阻住武士道："你们不是这位前辈的对手，都退下，让我来讨教几手吧。"老者"嘿嘿"笑道："你……"这大汉道："我是他们的老师，他们都是我调教出来的。刚才我已看了前辈的手段，确实非同凡响，因此也想见识见识。"老者笑道："老头儿才不会那么傻。才说好的，打倒你那几个徒儿即可拿银子，现在却弄出老师来了，这不能算数的呐。"大汉道："你只要与我打一场，不管输赢银子都是你的，总可以了吧?"老者笑道："这还差不多。好吧，动手吧。"大汉道："请前辈手下留情。"说着合十施礼。老者

笑道："好说好说，那出手吧。"大汉知道对方不肯先出手，便再不客气，说声"得罪了"，一掌随声打出，老者不敢怠慢，用掌来拦，刚搭上手便暗暗称道："这家伙是老师了，力沉劲猛，恐怕赢不得他。"大汉也惊叹："哪里来的这人，看不出劲力奇大，怪得徒儿吃亏，我也未必能胜。"不敢心存侥幸，一掌紧似一掌地使了开来。斗了近五十个来回，两人额上都渗出汗珠，犹未见胜负。这时台下一片寂静。百合儿心里暗暗叫好："这样的拳法也是少见了，父亲以拳脚著称，我看与他俩旗鼓相当。"忽见一内侍上台来，道："女王有谕，二位英雄均是武艺超群，难分上下，无须再争，都有重赏。"台上台下听了都大声喝起彩来。

宴会直到酉末戌初才散去。百合儿、赵媚娘回到下处，意犹未尽，显得很是兴奋。赵媚娘道："姑娘，看着他们厮斗，我都手痒呐。"百合儿笑道："这两人再斗下去，有可能两败俱伤，好在女王止住了。这是庆典的场面，弄出人命就不好了。"两人说说笑笑，刚沐浴过，便有两个侍儿过来传谕，说女王召里要见百合儿。百合儿暗暗纳罕："女王有什么事，夜深了还要找我？"当下望了望赵媚娘，道："嫂子，你也与我一起去吧。"赵媚娘答应一声，便要去带兵器，百合儿笑道："不用了吧，禁宫里怎么会让你携带兵刃。"两人略为装束，便随侍儿出到元紫门，早有舆驾在候着，百合儿、赵媚娘都上了舆驾，朝禁宫而来。

女王召里在内廷召见百合儿。百合儿、赵媚娘入去时，女王早在等候了。这内廷却不像别的宫殿那样金碧辉煌、炫人眼目，倒是素雅清奇、脱俗无媚。朦胧的纱幔里透出一丝旃檀，使人烦闷尽失，疲惫全无。百合儿一拜下去，女王便急忙扶起，她拉着百合儿的手，上下左右仔细打量一番，笑道："好俊美的女儿！"又看着赵媚娘笑道："你们不相上下，都美得很呢。"说着便让百合儿、赵媚娘坐了。

百合儿这才看清楚女王的模样儿，心里暗道："女王近五十的人了，然而风韵犹存，单看她的手儿、脚儿，依旧是润泽光滑、洁白如酥，年轻时是大美人呢。"女王笑问道："这里荒芜野地，你们还习惯吧。"百合儿忙道："好得很呢，我这几天见了好些稀奇，就是陛下那天赐福万民的场景，我还是头一回见，真要谢阿爹让我来贺庆呢。"女王笑了笑，道："噢！是了，你阿爹身板可还硬朗？十年没见啦。"百合儿笑道："托女王的福，阿爹很好。说起女王陛下，他可高兴啦，赞陛下母仪天下，德比舜

尧呐!"女王微笑道:"多谢了。你这次来,我甚为高兴。要送你一些东西带回去。我已让人张罗去了。"

正在说话时,里面侍儿惊叫起来:"啊呀!有贼,快来人呀!"百合儿、赵媚娘霍地站起,护在女王左右。宫门外闯进数十禁卫军来,立时把女王围在中央。女王道: "不要大声嚷闹,惊动客人不雅,赶走贼儿算啦。"

十来个禁卫持兵器奔入里间搜查。突见两个蒙着脸的黑衣人持着宝剑从帐幔后跃出,一个黑衣人手里还提着黑布包裹,正要从侧殿窜去,被十数个禁卫持兵器拦截住。那十数个禁卫又从里间追了出来,眼见两贼人无路可走,便要成擒时,哪知提着包裹的贼人宝剑一划,众禁卫军纷纷闪避,竟拦阻不住。

百合儿猛地从一名禁卫手里夺过宝剑,飞身跃出,口里叫声:"嫂子保护女王,我来擒贼!"人随声到,一剑直向提包裹的黑衣人刺去。那贼见来势迅捷,连退数步方才立定。另一贼人叫道:"老大,看样子不妙呀,我先走了。"说完一个骨碌,黑暗里跃出窗外逃去。

提包的贼人不敢与百合儿硬战,疾刺几剑也想脱身,百合儿一剑紧似一剑,喝道:"你还逃得了么?"一剑把贼人的面纱揭了下来,百合儿不由惊叫道:"呀!是你呀!"原来这贼却是今日在台上夺锦的老者。老者道:"你是谁?来管这闲事?"百合儿笑道:"放下包裹再走。"突地一剑刺中老者左手腕,包裹掉在地下。老者只说得一声:"可惜!"便夺路而逃,禁卫军直追出去。

百合儿拾起包裹,回到女王面前来,道:"贼人逃去了。看是盗了什么物件?"打开看时,女王惊道:"奇了,这贼人的消息真灵,怎么就知道来盗此物。这是婆韦子,是药呢。这药草长在火山洞里,寻常不易见到,传说吃了益寿延年,可解百毒。"百合儿拿起来仔细看时,却是拳头大小颜色棕黑的球状物,表皮布满毛茸,用指压按,软绵绵的很有弹力。赵媚娘笑道:"这东西看起来挺平常的,倒像猴头菇呢,就有这么多好处?"

女王拿着婆韦子,在顶部裂缝处轻轻掰开,原来却是两瓣连着的。女王指着笑道:"看,这里面已长了梅花斑了,据说有千年之龄啦。这是干的婆韦子,鲜的我没有见过,听说鲜的婆韦子颜色玉白如雪,怎么干了反变了黑色?"

女王重又让百合儿、赵媚娘坐下来。女王对百合儿笑道："这婆韦子我本要送你父亲的，你今日又正好从贼人手里要回，岂不是天意？"百合儿忙道："这么名贵的东西，我怎么能收呢？还是女王留着吧。"女王笑道："狼牙修国王年前送我两只婆韦子，我用了一只，也没觉出有甚好处。你带给你阿爹吧，他年纪大了，或许有用。"又朝一侍儿问道："那些东西都准备好了么？"侍儿道："都有了，都在这锦囊里了。"女王笑道："那好。我也没甚好东西给你，这袋里是一根扶南犀杖，几只水晶铎、玛瑙碗，都是些小玩意，你都带回去，也表表我的心意。"百合儿赶忙谢了。女王又道："听说你们明天就走了，我也不留你，回去后代我向你阿爹请安。"百合儿又谢了。两人又与女王说了好一会儿话，才辞了出来。

次日清晨，百合儿、赵媚娘用过早饭，打点好了行装，过宫里与女王拜别。女王拉着百合儿、赵媚娘的手，直送出宫门外，又说了好些珍重的话才让她俩走了。

自离了俐门国，出了交州境地，百合儿、赵媚娘两骑一路朝东而来。路上谈起俐门国所见所闻，不知不觉十天过去，早又过了晋兴、宋寿、合浦、百梁诸郡，再有近百里便到罗州地界。沿途只见一帮帮村民拖男带女、扶老携幼，纷纷出外逃荒。百合儿对赵媚娘道："俐门国邻近州郡风调雨顺，五谷丰登，如今回到这里，却是一片荒凉。这老天也太不公了，怎么就不下雨。我们一路回来，越是往东走，旱灾越是严重，到了这里更是满目荒芜，田野里见不到一棵青苗，百姓怎么过呵！"说着感叹不已。赵媚娘道："这有什么办法呢，叹也没用。"

这天晌午，来到一处山野村店，两人歇马打尖，一问只有米饭、粗菜，别的什么也没有。赵媚娘皱皱眉，百合儿笑道："能有饭吃就算不错啦，穷苦百姓这年头粥都喝不上呐。"店家笑道："还是这姑娘知冷暖呀。我这店小本经营的，积不了多少粮米，只怕做了这几天，也要关门啦。这会子就算有银两也没处买吃的。"百合儿道："我们一路从西而来，这儿的灾情最重吧？"店家道："可不是，已经一年多没下过一滴雨，地下干出火来。唉！几条庄子村寨连着求雨请神，竟无灵验，许多人家挺不下去，都逃他处去啦。"百合儿道："官府都不管吗？"店家道："才不管你的死活，不来追逼赋税就感激不尽了。"

百合儿不再问，与赵媚娘匆匆吃过饭继续上路。看看将人到罗州地

界，这时天色已晚，便找了一间客栈住下。二更将尽，两人刚要宽衣歇息，忽然看到窗户外似有人影晃动，赵媚娘出去开门看时，却没有人。赵媚娘道："我感觉从俐门国出来后，沿途住店，似乎都有人想打我们的主意。"百合儿笑道："真要是这样，可不是大水冲了龙王庙，他们不认你这个贼祖婆呢。"赵媚娘道："莫不是冲着婆韦子来的？"百合儿道："我看着也像。"赵媚娘笑道："这婆韦子是稀罕物儿，听那女王说是十分难得的宝物呐。你不见，那贼儿竟敢进入王宫偷盗，足见此物高贵得很了。只是现在是我们的东西了，他要想得，却是妄想。"百合儿道："也不知这贼儿是哪一路的，他既知这东西在我们手里，肯定不是等闲之辈，我们切不可大意。他跟我们走了数千里，可见是志在必得的。"赵媚娘笑道："姑娘，不若我们今晚装糊涂捉了贼儿，玩一坑解闷也好。"百合儿笑道："也好，你说怎么个捉法？"赵媚娘凑近百合儿的耳朵说了一阵，百合儿点头笑了。

吹熄了灯火，两人上床睡去。三更天时还不见动静，赵媚娘轻轻起来，轻轻开门出房去。百合儿继续装睡，忽然听到屋顶有轻微的响声，百合儿知道有戏了，还是躺着不动，眯缝着双眼朝屋顶紧盯着看，屋顶的瓦面被一块块掀开，隐约露出一个天窗来，响声小到几乎听不到，如若睡着了，莫想发觉得了。借着微光，百合儿看到瓦面洞口一条绳索缓缓坠下。百合儿心里暗笑："被赵媚娘说中了，这贼果然是从天而降呢。怎么这般笨，都是一样的套路。"百合儿还是一动不动。只见一个人头从瓦面洞口倒探了下来，似乎转动着朝四方望了望，然后半个身子下来了，接着整个人都下来了。百合儿暗暗纳罕，这屋顶椽子格口能有多大？这贼怎么能钻入来？等那贼沿着绳索滑下将及地面时，百合儿猛地从床上蹦起，笑道："你这才来呀！"那贼大惊，一翻身抓住绳索便往屋顶上攀爬，动作比猴儿上树还要捷速轻灵。刚攀到瓦顶，忽然哎呀一声连人带绳掉了下来，才一着地便被百合儿一脚踢翻。

屋顶上赵媚娘笑道："还有一个同伙逃啦。"说着也从瓦洞口钻了下来，却不用绳，轻轻飘飘地落地站着。百合儿笑道："你也可从狗洞里进来呀，回头教我。"赵媚娘笑道："你才不会学这下三流的东西。"说着亮起了灯火。那贼龟缩在角落里，不敢做声。忽然房外有脚步声过来，接着有人说道："我是店家，听到客人房里有响动，过来问问有什么事呐？"赵媚娘道："多谢啦，没甚事，我们在闹着玩呢！"那店家道："没事就好。

客人早歇了吧，有什么好玩的明天再玩吧。"说完自去了。百合儿拉张椅子坐下，问那贼道："你怎么跟了来的，想偷我们的财物？"那贼道："我们伙伴两个，他叫李殿，是石州里山庄庄主；我叫盘柳宗，是朱崖人，行走江湖，以偷盗著称。"赵媚娘道："盘柳宗，你既是偷盗为业，倒也罢了。只是那个李殿，出身员外，富贵中人，怎么也干这勾当呢？他可不欠银子使用。"盘柳宗道："我与李殿老早就是朋友，李殿受罗州光寿庄员外庞拟昌所托，约我一齐往俐门国宫廷偷婆韦子。"赵媚娘惊道："呀！那晚在女王宫里偷盗的就是你俩？"盘柳宗道："正是我们。刚要得手，却让你们截了去，李殿还受了伤。"

百合儿道："为何冒这么大的险去偷这个什么婆韦子呢？"盘柳宗道："这我可不知晓，李殿告诉我，只要盗得此物，庞拟昌便付我万两银子。我与庞拟昌毫无瓜葛，素无相识，只是为财所动，不得不来。我不知庞老爷怎么晓得俐门国女王有这个婆韦子，派我们前往偷盗。我们好不容易才打探清楚，想在庆典那天人多眼杂，正好下手。至于要这个婆韦子作何用，我也不便问他。"赵媚娘笑道："那个李殿员外，他的手段比你强多啦。"盘柳宗道："那是当然，他拳脚、剑术远近少有匹敌，称雄一方。虽然如此，犹是输给两位姑娘，难怪他说姑娘是他的克星。"百合儿笑道："好！你还算老实，陪我们玩了一夜，我也不为难你。你走吧。"盘柳宗将信将疑，道："姑娘要放我走？不把我送官了？"赵媚娘喝道："送什么官？姑娘就是官！她说放你，你就请走，还要等打么？"盘柳宗千恩万谢，又朝百合儿叩个响头，才从地上拾起剑来，一步一拐的出门去了。

百合儿笑对赵媚娘道："让这贼儿一搅，今夜无法睡了。"赵媚娘道："姑娘，这婆韦子真值钱呀，就值万两银子？"百合儿颔首道："是值钱。这东西我曾听阿爹说过，但我还是头一回见呢。记得阿爹说，罗州的庞拟昌是出了名的吝啬鬼，如今他都肯出银一万两求取此物，我估摸这东西绝不止这个数呢。"赵媚娘笑道："这两个贼儿也算倒霉到家啦，辛辛苦苦大老远的跑到俐门国，几乎得手了，可巧又遇上姑娘，伤了一个，回到这里又伤了一个，却不是赔了夫人又折兵呐。"说着两人都笑起来。

次日两人早早起来，用过早饭，收拾要走，结账时，百合儿让赵媚娘多给店家些银两，那店家连说无须许多，推辞不受。赵媚娘笑笑说道："要了吧，等下我们走了，你就知道要啦。"两人笑着出门上马走了。

　　两人走了约莫二十里路程，来到一个村寨，见这个寨子里的百姓尽都拖枪拽棒、持刀执叉，进进出出的相互呼应，神情很是紧张的模样。百合儿心里惊疑，忙下马向村民打听，一个年纪大的老汉看了看百合儿两人，道："两位姑娘敢情是外乡来的。快走吧，别问那么多了，这里出大事啦！"百合儿更是奇怪，非要问个明白。老汉道："姑娘不知，赶紧走吧。我们风林寨要与邻寨抗拒官府，就要打仗啦！"百合儿吃惊地问："为什么要打仗呢？是与哪里的官府打呢？"老汉叹口气道："咳！和罗州官府打呐。我们风林寨方圆左近数百里一年多来没下一滴雨，田地龟裂，寸草不生，颗粒无收，大旱灾呀。我们都没粮食了，已经吃了好几个月野菜、树皮啦。现今连野草都不长，可吃的树皮早吃光了，很多人家都逃荒去啦。官府不管我们百姓死活，依照丰年一般征粮纳赋，我们往哪弄去呐？上头逼下来，一粒不能少，村民不忿，便把告示撕了。官府即派役差下来捉人，追捕时不想从山崖里跌下去死了两个，府爷震怒，说我们抗赋杀吏，意同谋反，派大兵围了庄寨，抓了十六个精壮的村民下在大牢里，声言叠成文案，不日一并斩首示众。我们数庄父老上衙门百般求告，官府不纳，都被驱赶了出来。乡民没法可想，前日把府老爷的公子冯宝抓了来拘做人质，然后通知州里放人交换。官爷震怒，要起兵来寨里抢人，村民得了探报，商议妥了，全聚在前寨大打谷场里，准备与官军开战哩。姑娘快走吧，免得受累。"

　　百合儿和赵媚娘听到这里，各各惊愕了，好一会才回过神来，谢过老人，匆匆上马向大打谷场而来。走了约有三五里地，果然前面到处是持枪执刀的饥民，纷纷拥向大打谷场。那里已有一万多人，都围坐在打谷场里。百合儿和赵媚娘下了马，混在人群中，步行而来，远远听得场子中央有人在高声说话。挨近看时，是一个年轻小伙子，他正说到："我们遭遇大灾，已无活路，官府照旧横征暴敛，把我们往死里逼。据探报，就在这两天，冯融老贼将要起动全部官兵，来我们庄寨抢人。我们不能分散，都要集结在打谷场里，官兵来了，就和他们拼。官府说我们造反，由他们说去，横竖反也是死，不反也要饿死。就是死，我赵章逑也要杀他几个做伴儿。"这叫赵章逑的小伙说得气壮激昂，场上立时响应声大起，"——狗官敢杀了我们兄弟，我们就与他拼命！""——狗官公子在我们手里，他要敢来，先宰了这公子爷！"愤怒的大呼声此起彼伏，在大打谷场上空震荡不已。

忽见场中央立起两根大柱子，几个庄民推上两个人来，绑在柱子上。百合儿心口扑通直跳，暗道："这肯定是冯宝了。"忽又见一个老成的中年人站了出来，说道："各家各户仅剩的粮食都要集中到这里来，统一开锅，大伙均着吃，也不能饿坏了冯融的儿子。"百合儿听了暗想："这人心肠热着呢！"这时有人问："程见贤，我们这点粮食还不够一顿呢，下顿怎么办？"好一会儿，叫程见贤的中年人又道："有什么办法，只有饿肚子挨啦！官府不肯放人，我们也不放人，惟有至死为止。不然如何对得起被捉去的众位兄弟呐，他们十几个人在大牢里吃苦还会比我们少？官府若真一杀了十多位弟兄，那我们就跟官府拼了。"

这时，百合儿、赵媚娘忍不住往场中央挤入去，程见贤见了，大声喝问道："她俩是谁？是谁带她们来的？"人们顿时慌乱起来。百合儿满脸笑容，走近前来，抱拳打拱道："叔伯兄弟们，无须紧张。我俩是过路客人，听了你们不平的遭遇，确实令人愤慨，我们是打不平来啦！"赵章逵紧盯着百合儿道："这是我们跟官府的事，你……"百合儿笑道："路见不平，拔刀相助，这是我们分内之事。何况这官府也真真是令人气愤不过，我不得不管了。"赵章逵道："姑娘想管，你管得了么？"百合儿笑道："我当然管得了。我敢保证定要冯融放回抓去的十多位兄弟。不过我要问明白了，如若冯融真是这般无视灾情，横征暴敛，我不但要管，我还要参加你们这次义举，与你们一起抗击官军呐。"赵章逵激愤地说道："冯融苛政害民，人所共知。"又指着绑在柱子上的冯宝道："就连他的儿子冯宝也供认不讳。这冯宝是我带几个弟兄捉来的，姑娘如若不信，可亲自问他。"百合儿转过脸来，看着冯宝，心里不由一阵刺痛，她强忍着眼泪，微微颤抖道："你就是冯宝……"

冯宝被绑在柱子上，见这阵势，已知难逃活命，本已心灰意冷，闭着眼睛等死。忽听得有女子说话的声音，睁眼看时，竟是一位戎装打扮的绝色美人，听她口气，显然不是这几个庄寨的人，此时竟忘却自己是个将死之人，双目只顾紧盯着百合儿看，见百合儿转头问自己，便朗然道："冯宝虽然怕死，但决不会卖父求生。村民所说句句是实，并无虚妄。"百合儿笑问："听公子此言，大有侠骨义风。父子至爱，你如何不规劝父亲？"冯宝苦笑道："横竖我是要死的人了，说也无妨。我是个没用的人，父亲

常斥责我狂妄无知……老实说，我对父亲所作所为大大的不以为然。就说这事吧，我就因父亲捉了村民，与他顶撞起来，心里不快，才跑出来散心，不然，村民怎么能捉到我？唉！不说了，父债子还，父罪子替，天公地道，无须逃责。"百合儿又笑道："如此说来，公子还是性情中人了。"绑在柱子上的张融开口道："姑娘，公子确实是正人君子，绝非薄幸无义之人，我是公子挚友，今日虽死，亦不后悔。"

这时有庄民道："别听他们公子爷胡扯，说也没用，不能放他。"百合儿回头环视众庄民，接着庄严地说道："看来官府暴横已是千真万确，我决意与大伙儿一起抵抗官军，直到救出被困的兄弟为止。不过，我们现遇灾年，粮食全无，饿着肚子，如何打仗呐？当务之急，先弄点粮食，以解燃眉之急。请问，你们这里哪个庄寨最富有呢？"

一个庄民道："光寿庄员外庞拟昌富甲一方，远近闻名。"百合儿笑道："那再好不过，就去向他要粮。"程见贤摇头道："没用，庞拟昌虽然富有，但吝啬成性，有名的一毛不拔，我们几个庄寨的父老曾求他放赈救急，他断然拒绝，还说我们抗拒官府是杀头灭族之罪呐。"百合儿笑道："不怕，我们不是问他借，是向他买。"赵章逵道："哪来的钱银？"百合儿道："我有钱。我听人说，庞拟昌四处求购婆韦子，你们可曾听说有这回事？"程见贤道："这事姑娘怎么得知？那庞拟昌虽然富甲一方，为人却十分刻薄，到四十岁时才得一子，如今都十四五岁了，不想这儿子在十一岁时得了怪病，庞拟昌急得要命，四出求医，天下郎中都几乎看遍，却治不好。眼见一天重似一天，后来有个老番僧经过其宅，看了他儿子的病，连说'孽障'，还说此病人间没法治了，最多只能活到十六岁。庞拟昌痛哭流涕，长跪不起，求老番僧救他儿子性命，最后老番僧叹口气道：'我给你留下方儿吧。只是一件，要千年婆韦子来配药，才能救活公子，不然就没法儿了。'所以庞拟昌到处求购婆韦子。"

百合儿笑道："这就是了。这千年婆韦子就在我手里，现在我们就去找庞拟昌，不怕他不借粮。你们派几个人带我俩拜访他去。"赵章逵道："我带人跟姑娘去，大伙不要走散了，都在打谷场等待消息。"

赵媚娘悄悄对百合儿笑道："姑娘原来有这一手，看来救公子有希望了。"百合儿笑道："别高兴过头了，还不知道呢。也唯有这样了，我们找庞拟昌去吧！"

　　百合儿一行十数人走了有二十里路远近，来到光寿庄，门人通报了，才引百合儿、赵媚娘、赵章逵三人入到厅里，那庞拟昌早在那里坐等。百合儿抱拳道："拜过庞大老爷。"庞拟昌忙起身答礼，笑道："休得多礼，快请坐，快请坐。"百合儿三人都坐了。庞拟昌笑问道："三位屈驾荒庄，不知有何贵干呐？"百合儿笑道："庞老爷是爽快人，我也直话直说吧，我想来向贵庄借粮。这方圆上百里旱灾严重，乡民无法生存，求大老爷大发慈悲，开仓赈民，共渡难关。"

　　庞拟昌重又打量百合儿一番，然后嘿嘿笑道："庞某薄有财产，理应赈灾救贫，但村民抗租抗税，杀害官差，意同谋反，如果我这时发粮出仓，岂不是助反作乱了？官府怪罪下来，庞某担当不起呀！姑娘只得休怪。"百合儿笑道："庞老爷无须推托，我也不是来白要。老爷不是要找千年婆韦子吗？"庞拟昌双目放光，要站起来，忽然又慢腾腾的笑道："求购婆韦子，确有其事，我是为朋友所托。"百合儿笑道："恐怕不光如此吧。我听人说，庞老爷为令公子四出求购婆韦子，还派人寻到俚门国去呐。"

　　庞拟昌大吃一惊，还未答话，忽然一个仆从走到庞拟昌身旁耳语一番。百合儿向四周扫了一眼，见屏风后似有人影晃动，她心里明白，又笑道："我有千年婆韦子，正要出手，庞老爷所要不正是此物吗？"转头对赵媚娘道："嫂子，你把婆韦子取出让庞老爷看看吧。"赵媚娘解开包裹，取出婆韦子，上前递给庞拟昌。庞拟昌并不接，只在赵媚娘手里看了一眼，笑道："老夫是看过了，却不知真伪？"百合儿笑道："这也不难，庞老爷何不请出府中妙手，一看即知。"庞拟昌脸一红，只好干笑道："盘老五出来吧，侠女有请呐。"

　　只见屏风后走出一个人来，正是偷盗婆韦子的盘柳宗。赵媚娘笑道："妙手可看准了。"盘柳宗向百合儿抱抱拳，笑道："姑娘，我们又见面了。谢姑娘不杀之恩！"百合儿笑了笑，道："不说了，快看婆韦子吧。"盘柳宗诺诺连声，忙在赵媚娘手里细看了一番，对庞拟昌道："庞老爷，错不了，正是这个，我们在王府里见过，错不了。"

　　庞拟昌站立起来，笑道："那好，看来是了。"忽然庞拟昌让仆从端过一盘清水来，然后又让赵媚娘把婆韦子放进水中，赵媚娘不肯，眼望着百合儿，百合儿笑道："你就按庞老爷说的办吧。"赵媚娘见百合儿允了，便将婆韦子轻轻放入那盘水中。庞拟昌道："可以了，请拿起来吧。"赵媚娘

当即取起婆韦子。这时奇怪的事儿出现了，只见那盘清水立马结成冰块。百合儿等人都惊愕不已，"这是怎么回事？"庞拟昌喜极，连说："是了，是了，果然是宝物呀！"

原来，当年那老番僧告诉庞拟昌，说如果是千年婆韦子，只要放进水里一泡，然后取出，那盘水就会结成冰。现下一试果然如此。庞拟昌忙冲着百合儿作揖不迭，道："望姑娘大发慈悲，把婆韦子让给我吧！"赵媚娘道："经庞老爷试过，这婆韦子果是宝物无疑，现在我也不想卖了，就请告辞。"说完拉着百合儿就要走。那庞拟昌急的扑翻身便跪下去，朝着百合儿连连叩头，乞求道："姑娘呀，不瞒你说，我老头子年近半百，才得一子，不幸得了怪病，药石无方，后得一高僧指点，要用千年婆韦子方可活命。老头子几年来遍地寻访不着，姑娘有此宝物，还望见赐，只要救得我儿子，舍下无论何物，姑娘俱可取走。"百合儿笑道："庞老爷还算是爽快人，既然这样说了，那就把婆韦子留下救你儿子吧。我今日也是为救人而来，府上别的甚么珠宝金银，我一概不要，就请庞老爷给我一万石粮米即可。"庞拟昌这时哪敢再支吾，连声答应："如姑娘所说，按数兑现。"他又叩了个头，才立起身来，急命管家账房，即速备好大车，开仓取粮，末了又小心问百合儿道："粮食都送到什么地方去呢？"百合儿笑道："我们会派人带你们把粮食全运到各庄各户，我自有安排。"庞拟昌拍着胸口道："姑娘但请放心，庞某人言出必行，绝无反悔。"

百合儿对赵媚娘、赵章逵笑道："庞老爷是至诚君子，既然他答应了，我们把婆韦子留下，随即回打谷场等待去。"便从赵媚娘手里接过婆韦子，双手递到庞拟昌手中，道："庞老爷，我们就此别过，后会有期。"说罢拱拱手，与赵媚娘、赵章逵一齐走出厅来。

打谷场里上万庄民自百合儿、赵媚娘、赵章逵等十数人往光寿庄去后，都在胡猜疑惑，不信能从庞拟昌庄甲弄来粮食。傍午时候，只见百合儿十数匹马飞奔而回。百合儿刚一下马，即对赵章逵道："你快告诉大伙儿，通知各家各户集中地点接粮，要紧要紧。"赵章逵兴奋异常，走到场中央立定，高声道："大家听了，我们有幸遇到这位大仁大义的姑娘，她将无价珍宝婆韦子献出，向庞拟昌换得粮米一万担，庞拟昌已派大车运送，估摸下午可运到各庄各户。这位姑娘与我们非亲非故，却如此侠义心肠，救我们于水火，大家不能忘其大恩大德！"说着向百合儿纳头便拜。

上万庄民听了，纷纷跪地叩拜，欢呼声大起。

百合儿也兴奋不已，连道："大伙儿快快请起，些小事儿，何须如此。"赵媚娘暗对百合儿道："姑娘，可向他们要回冯宝。"百合儿忙小声道："快别说了，这事还急不来。"

程见贤端着两碗水上来，百合儿、赵媚娘都接了。程见贤充满感激地对百合儿道："姑娘呀，你叫我们如何报答你才好呀！"这时，一个庄汉端着两碗饭菜走来，看着绑在柱子上的冯宝、张融道："刚才听了你们说的话，你冯宝还不算太坏。我们虽饿着肚子，也不能饿坏了你，你们都吃点饭吧。我来喂你。"说着，拿碗凑近冯宝的口边，用筷子给冯宝扒米饭。那冯宝已两天没饭吃了，这时大张着口吃了起来。又一个庄民过来，端起地下另一碗米饭，道："你喂冯公子，我来喂张公子吧。"说着喂了张融一大口。旁边百合儿心里暗暗凄苦，眼泪几乎要掉出来："冯宝贵为刺史公子，何曾受过苦来，今日遭此厄难，却也可怜。冯宝呀冯宝，你就忍了吧，我一定会救你出去的。"

当晚初更时分，大打谷场里生起数堆柴火。赵章迭和被分派到各村寨分粮的三千村民都喜气洋洋地回到大打谷场来，说庞拟昌果不爽信，一万石白米一粒不少都运来了，各家各户都领到粮了，正欢天喜地生火下米呢。大伙都说，许久没见大米饭了，今天都要吃一顿呐。赵章迭把程见贤拉在一边，悄声道："已经一天了，我们还不知这两位姑娘的名字，也不知她俩从何处来，到何处去。"程见贤道："千万别问，这两位女子定是行侠仗义的非常人，你想，她俩敢身怀无价之宝走在异土他乡，为非亲非故的村民弄来粮食，这是从来没有的事呀。她们不愿说起，我们谁也别问，到该问时再问吧，反正我们知道她俩是天底下最好的人。"

一会儿工夫，数个庄民端来饭菜，都放地里摆着。程见贤、赵章迭请百合儿、赵媚娘一块吃饭。百合儿对赵媚娘笑道："来吧，大伙儿一块吃吧，我们忙了一整天，现在也觉饿得不行了。"那边一个庄民笑嘻嘻地端着大碗米饭走过来，边吃边道："真香呀！大米饭呀大米饭，要不是遇上侠女，你老还不肯露面呢，我今儿要狠狠地啃你三大碗呐！"此言一出，打谷场顿时响起一片欢快的笑声。

二更时分，村民弄来几块大破布篷，一眼便知是用无数旧衣裳、旧被子缝合起来的，眨眼工夫便在场中央处搭起一个小帐篷。程见贤过来对百

合儿道："就请姑娘在此过夜吧。"百合儿谢了。三更时分，上万庄民都在打谷场里露天而宿，他们躺卧在地上，头枕着各类刀枪棍棒，横七竖八，呼呼睡去。只有程见贤、赵章逵与数十放哨的庄民还在四围巡行。

这夜天气很是闷热。百合儿、赵媚娘和衣躺在帐篷里的一块破席上，眼光光的看着破帐篷顶，许久都无睡意。赵媚娘翻了个身，堵着百合儿的耳朵道："姑娘，你真也睡了？你的意思到底怎样？我都急死了，不如乘夜劫走公子吧。"百合儿压低声音道："难道我不急？但现在不行。如果只是为了救走公子，凭着我俩身手，白天都可以，何须等到黑夜。这时我们要是劫走公子，村民还以为我们是官府派来的，激怒了他们可不得了，数个压寨的庄民合起来足有一万多人，到时群起而攻罗州，那就是大事了。再者，万一罗州冯融已率兵前来，没见着冯宝，还不大加杀戮？到时真是

场大血战呀，还不知要死伤多少人呢，岂不是反惹来人祸？我正在想着万全之策，怎么说得冯融先把捉去的庄民放了就好办。我敢说，只要冯融放了庄民，我有办法要回冯宝。天一亮，我就去州郡找刺史。别说了，快睡了吧，要是让他们听到的话反为不美。让我再想想吧。"

四更时分，百合儿刚要蒙眬睡去，忽听帐篷外慌乱声起。百合儿和赵媚娘一蹦起身，走出帐篷来。只见程见贤、赵章逵大呼大伙集合，百合儿、赵媚娘大步赶过去。赵章逵紧张道："接得探报，冯融起大兵杀过来了。"百合儿大吃一惊，暗道："糟了！抢在我的前头了。"忙问道："你们打算怎样应对？"程见贤道："我们不怕，他公子在我们手里。只要他放了我们十多位兄弟，我们也放人，不然，拼了吧。我们担心的是，官军天亮前一定赶到。请两位姑娘暂避一时，如若姑娘有什么差池，我们可是大罪人了。"赵媚娘笑道："大家无须担心，我们行走江湖之中，见过不少场面，舞枪弄剑的还难不倒我们。"百合儿道："我早决意和大家同甘共苦，直到救出被捉去的兄弟为止。我本想天亮后赶往罗州府衙面见刺史冯融，陈说利害，让官府放人。现在既然官兵来了，我更不会走开去的，请大伙儿先让我与官府交涉，说得来万事俱休，如若不行，再图良策。只是大伙切莫冲动，都看我调度。"大伙儿早已信服百合儿，这时已不知不觉把她当成首领了，一齐都大呼道："愿听姑娘的。"

百合儿环视大伙儿一眼，大声道："大伙儿相信我，我很是感激。好，再过一会天就要亮了，大伙儿先集合好，做好准备，官兵到了，都要沉住

气，切勿惊慌失措，更不能轻举妄动，擅自冲杀，大伙都明白了吗？"众庄民听了，又一片声答应。

赵媚娘得便问百合儿道："姑娘，你叫他们准备，莫非真要与官兵打仗？"百合儿笑道："我才不会让他们打仗呐，我让大伙儿集合起来，才不致乱闯胡撞。当然咯，上万人整齐列队，阵容庞大，也好震慑冯融，我才有话说呀！"

几个庄民又跑马回来报说，官兵离这里只有五里路远近了。庄民们很是紧张，提刀执棍，不做一声。这时天已放亮，百合儿、赵媚娘都上马立在阵前。只见前方尘头起处，大队官兵已黑压压来到。赵媚娘对百合儿道："看样子有三千多军马呢。"百合儿不答，只点了点头，两目注视着前方。眨眼间官兵已在打谷场对面五百步处射定阵脚。为头两个官长模样的人全身披挂，骑着高头大马出在阵前。那个约有六十出头年纪的官长大声道："我是罗州刺史冯融。尔等聚众谋反，抗赋杀吏，犯下十恶不赦之罪，今又变本加厉，劫持囚禁命官眷属，妄图胁逼本州，凛凛国家禁令，竟视如无物，还有王法吗？本州今日提大兵前来捕捉元凶，以正国法，尔等气势汹汹，意欲抗拒么？"

百合儿正要上前答话，忽见本阵中冲出十数骑持枪执刀的小伙，为头的便是赵章遬。他指着冯融大骂："你们这些贪官，专事残害百姓，鱼肉人民，今日事已至此，我们抱必死之志，你儿子在我们手里，你只要敢冲杀过来，我们先将你儿子宰了。"

冯融身边的那位将官忍耐不住，厉声大骂道："你这几个浑小子不知死活，你要敢动公子一根汗毛，定教你们鸡犬不留，你还未知本官厉害，看我先捉了你们。"说着拍马舞大刀飞出阵来。这将官姓宁名光，河南汝阳人，是罗州助防府尉，生得豹头环眼，一部洛腮胡子却是黄色的，筋暴骨突，剽悍异常。赵章遬等十数骑不知厉害，各提刀枪围了上去，乱戳乱砍。宁光哈哈大笑，那把大刀舞得风车儿转，又快又狠，眨眼工夫，这十数个小伙已有七八个挂彩，赵章遬大惊，忙命退回阵中。宁光放马赶过来，百合儿叫道："嫂子，你去截住他，不要伤他！"赵媚娘答应一声，飞马舞弯头双刀拦住宁光去路。宁光见是个女的，哪里放在眼里，鼻子哼了一声，起手一刀砍下，赵媚娘左手刀向上一架，右手刀闪电一般向宁光头上横削。宁光见来势奇险，赶忙把头一偏，却被赵媚娘一刀劈下半个头

盔，宁光大吃一惊，忙提马奔回本阵，赵媚娘也不追赶。

百合儿微微一笑，缓马走前几步，大声说道："请罗州刺史答话。"冯融看见又是一个女子，便策马上前，上下打量一番，问道："有何话说？"百合儿笑道："刺史已经看到啦，以刀兵相见，你未必占得便宜。你纵有三千军马，但我们这里有一万多庄民，如果混战起来，很难知道结果。到时刺史损兵折将不说，万一激怒了庄民，把公子伤了，刺史你想，国法家罪你承担得起吗？刺史既无必胜把握，何不听我一言？"冯融道："你是谁？"百合儿笑道："你也不必问我是谁，我只是个过路的人，路见不平罢了。"冯融道："你敢拿话威吓本官。本官为国平叛，虽败犹荣，也对得起宗庙。冯宝身陷贼于，那是他咎由自取，怨不得别人。戬灭反叛，是公，救冯宝，是私，我岂能以私废公，本末倒置。"百合儿笑道："刺史公私分明，说的似乎有理，但事实差矣！年遇旱灾，百姓颗粒无收，以野草树皮为食，苦不堪言，刺史身为朝廷命官，一方州伯，怎能视而不见？国家法度，必当遵守，但时遇不测，亦应权宜行事。国以民为本，民之不安，国又何存？这么显浅的道理，刺史岂能不知。山民未知礼义，何足深责，且这些庄民并非反叛，官衙差役之死伤，实为追捕庄民，不慎跌落深谷而致，并非庄民所杀，刺史怎能不察？我为刺史计，幸大错未铸，尚有回旋余地，不如把抓去的十多个庄民都放了，然后出榜文告示，安喻百姓，再拨相应财粮赈灾，百姓深明大义，必定感恩戴德，似此官民同济，共度荒年，于国于民两相有利，岂不为好。"

冯融听了百合儿一番话，沉默起来，自思眼下的情势，倘若混战起来，于己肯定不利，救冯宝更是毫无把握。起先他出兵时，信心十足，度量这些庄民只是乌合之众，只要大兵压境，自然任其宰杀，现在看来却是万万不能。且这两个女子不知是哪来的，显然是庄民的头儿，武艺高强自不必说，只这番说辞已足令他气馁。战吧吉凶难料，退吧自觉无颜。想到这里，抬首朝百合儿道："你能让我看看儿子吗？"百合儿笑道："怎么不能。"回首朝赵章遗道："让刺史看看冯公子！"

立见阵中推出冯宝、张融来。冯融细细看过，冯宝虽然绑着双臂，却能自己行走，并无损伤。冯融道："我把庄民放了，你能保证放回冯宝吗？"百合儿道："当然能。当日刺史捉去庄民，父老求告无门，迫不得已之下才劫持冯公子以为人质。是刺史声言起兵前来，庄民才集结自保，哪

里就真的造反了?"冯融道:"好,我就信你的。"随即提高嗓音道:"本来大兵到此,犯上作乱之徒,决不宽宥,以明国威。然天有好生之德,既然尔等知罪悔过,悬崖勒马,本州姑且恕饶,暂不追究。来人,把那些庄民都放了。"士兵得令,即时将十六个庄民推出阵来。百合儿暗暗好笑:"这就好办了。"原来冯融救子心切,也已做了这手准备。冯融又朝百合儿道:"你把冯宝放了,我们一齐交换吧。"百合儿笑道:"那是当然。"回头大声道:"把冯公子、张公子都放了。"庄民忙把冯宝、张融解了绳索,送出阵前,那边十六个村民也跌跌撞撞走过来。

冯宝、张融向对阵走去,来到百合儿马下时,冯宝站住了,痴痴地看着百合儿,百合儿耳根都红了。冯宝道:"姑娘真乃旷古未有之奇女子,冯宝逃得性命,没齿难忘,姑娘能留下芳名否?"好一会儿,百合儿才答出话来:"公子快回去吧,何必问我名字,如若有缘,我们还会见面的。"冯宝一边走一边回头,百合儿不禁跟了几步,猛一醒悟,心头扑扑直跳,赶忙打住马,目送冯宝回阵里去。那边早有数十个士兵迎了上来,接着冯宝、张融。随即听到冯融大呼一声:"传命,收兵回州府。"便见官兵缓缓向后退去。

百合儿一声不响,一直望着官兵去得没了踪影。赵媚娘跑马过来,轻声道:"姑娘,公子回去了,我们走吧。"忽然一阵疾风卷过,四面尘土滚滚,紧接着大雨倾盆而下。百合儿与赵媚娘策马奔回打谷场,挥手对庄民道:"下雨了,大伙儿都回去吧,我们就此别过。"说罢一抖缰绳,两骑风雨里飞驰而去,只听得身后传来一片大呼声:"女侠、活菩萨呀……"倏忽间,什么也听不到了。

　　武哥弯下腰，用手点数着道："一，二，三……呀，姑娘，真的很多双穗稻呀，我都数不过来啦。"冼夫人与冯宝都在轻把着谷穗细看，笑答道："是呀！我也看到了，是很多呐，真好！"冯宝放开谷穗，拍了拍手，笑道："我可真开了眼界，好得很呐。"（见第八章）

一天傍午时候，冼定与贵儿两骑从高凉郡城公干回来，行至程庄一小河溪里，见石板桥下一个村姑正在浆洗衣服。这村姑长得灵巧婀娜，白净秀气，冼定不免多看了两眼，赞道："这姑娘很可爱呢。"（见第八章）

丽日高翔比翼鸟　恶风险折连理枝

冯宝回到州衙，当晚便发冷发热，说起胡话来。冯融忙延医诊治，郎中看过后，道："公子是受了惊吓，以致元神不守，外感风邪，并无大碍。"说罢留下方儿去了。服了三天汤药，冯宝渐渐好了，冯融及袁夫人方才放心。吩咐仆从、丫环好好服侍，不许少爷离府外出。一日，冯宝若有所思，呆呆地坐了一会儿，便过书房来，书童若砚、丫环锦儿、玉杏等人忙跟在后面。冯宝翻箱倒柜，找出一方上好的绢绫，摊铺在书案上，然后磨起墨来，若砚见了忙道："少爷病刚好了，不能劳神的。"锦儿亦劝阻道："正是呢，少爷病后体虚，回头累着了，老爷、夫人又怪了。"冯宝头也不抬，挥手道："去去，都一边呆着去，别在这阻住了，烦不烦？我又何曾有病了，瞎咋呼！"若砚等人还要劝时，冯宝不耐烦了，索性把若砚、锦儿、玉杏都推出书房外，然后把门关上闩。

若砚、锦儿、玉杏几个人坐在廊道上守着不敢离去，说着闲话儿。好半天，才听见里面冯宝道："一日思子三百度，疑是仙魂下尘来。"若砚忙起身问道："少爷，好了吗？"冯宝把门开了，笑道："好了，都进来参谒吧。"众人都围到案前观看，绢上原是画着一个身着戎装，骑着骏马的美人，那马蹄下还有数朵云彩缭绕。若砚道："这是谁呀？"冯宝点头微笑道："都猜猜吧，不过你们是猜不到的。"玉杏歪着头细细看了，道："往常少爷画的金母、弄玉、宓妃诸神都不及这个美，不知是哪路神仙。"冯宝道："其实我画她，只是亵渎了她，我这幅画哪及她神采之万一。"锦儿道："似嗔似笑，若仙若凡，确实画得好了。"冯宝嘿嘿笑道："你们俗眼

凡胎，又哪里看得出来，画上的人我冯宝是见过的，如今魂牵梦萦，即为斯人耳。"玉杏眨巴着眼，吃惊道："那天少爷昏迷时说胡话，说的那个侠女，庶莫是她？真是羞死人了。"冯宝忙问道："我在梦中说到她了？"锦儿红着脸道："什么梦中，是说胡话呢，听着就让人……"冯宝道："不得亵渎她，情到痴时方是真呐，若非她救我，我早就没命了，还能见到你们吗？"若砚道："少爷还是她救的？你又喜欢她，干吗不去找她呐？"锦儿忙道："若砚你要死了，你还说，看老爷打断你的腿。"冯宝笑道："我是要去找她的，虽然她不肯留下名字，但我总能寻到。你们把这画挂在我书房里，若要参拜，必先沐浴焚香，知道吗？"众人都应允了。

一夜三更初时，冯融才从府衙回来，袁夫人接了，道："老爷，我有话与你说，宝儿自获救后，调理了一番，身子也早复原了。只是他好像忘不了那位什么侠女，整日里悬在心上。今日午后我到书屋看他，刚走近书房廊道，听见书房里有说话声，我站在窗户外往里瞧时，却见他朝着墙上一幅画儿诵拜，口里还乱七八糟胡诌什么，我当时没有进去，后来找锦儿问了，原是画着那个侠女，每日焚香祝拜呐。我怕宝儿痴心，这么下去哪是个结果。"冯融愕然道："真有此事？我早知道宝儿不长进，每日结交些不三不四的朋友，尽把那些闲书搜来读了，如何何益？说起他我就来气，前日要不是去找那个甚么张融，听甚么搜神记，还会让叛逆捉去！弄得我投鼠忌器，进退两难，被反民所逼。我堂堂三品大员、一方州伯去向刁民乞讨，终致互换人质收场。你说我脸面何存，在群僚面前怎抬得起头来。哼！败家儿！败家儿！有辱祖宗，有辱祖宗呀！"袁夫人道："老爷又来了，我是揪心宝儿，才与你说起，你不能说一句好听的么。那天要是救不回宝儿，我也不想活了，你就只知道什么官呀职的，要来何用？我是说，如今宝儿慢慢也大了，是到论婚的时候啦。我看把媳妇娶过门，也好拴住他的心，今后才不会撒野放荒了。"冯融叹口气道："唉！也只有这样了。明儿我就让人去见冼老爷，择吉日为宝儿把婚事办了，也了却我们一桩心事，宝儿将来如何，也操不了那么多心啦！"

转眼数日过去。一天午后，冯宝正与锦儿、玉杏在书房中说着侠女的故事，忽然若砚匆匆走来禀报："老爷让少爷过去，说有话与少爷说呐。"冯宝听了，顿时不自在起来，好一会才道："你说我身子骨都酸痛，正睡下就得啦。"锦儿忙拉玉杏站起："这怎行，少爷快去吧，等下老爷查问

起，怎么推赖得过？"冯宝没法，只好起身，咕哝道："有什么话要说，得得，我去就是了。"才与若砚出屋过来。冯融坐在书房里拿着一本书翻阅，见冯宝来了，便把书放下，道："唔，你来了，坐下说话吧。"冯宝坐了下来，冯融上下看了儿子一眼，道："我已派人与冼老爷商议过了，即为你择吉日完婚。日后有益的书多读些才是正理，再不得胡搅知道吗？"冯宝听了急忙站起身来道："婚姻之事，孩儿以为不必匆促……"冯融打住话道："这还急吗？你说你今年多大了，再不能拖延啦。"冯宝满脸通红，结结巴巴道："只是……只是……"冯融厉声道："只是什么？你敢不听我的话？冯冼联姻，乃多年所定，今日悔约，断无是理。你无故推辞支吾，是不是想着那甚么侠女？我听得别人说，你竟画了一幅美人图敬奉着，我真替你害羞！大丈夫该做大事，似此颓唐糜废之事，于你何益？这都是你平日不肯用功诗书之过，若再不警醒，迟早害你一生。再者这个甚么侠女，她是什么来路，姓甚名谁，你一概不知。依我看来，虽非匪类，亦绝非好人，她敢煽动百姓抗拒官军，只这一桩便是死罪……"冯宝争辩道："父亲错看她了。当时数庄寨百姓无路可走，群情激愤，自发集聚上万人，誓要与你决战到底。若非这姑娘及时出现，舍弃珍宝换来粮食赈济百姓，稳住了局面，别说救我，你带去的三千军马，恐怕是一个也回不来的。那姑娘说的话，真是晓之以理，动之以情，字字千钧，句句在理。实乃大智大勇，大仁大义，旷古未有之大圣贤，岂止是侠女两字就能概括！"

冯融拍案大怒道："强词夺理，一派胡言！男大当婚，女大当嫁，父母之命，媒妁之言，怎能由得你胡来。我意已决，无容变改。冼氏乃数世俚酋，百越豪杰，远近仕民无不敬仰，且冼老爷长子冼挺平叛有功，除授刺史之职，如此清德家声，有何亏你？"冯宝道："冼氏自是势大，这又与我何干？父亲当初就不该答应这门亲事，让别人说父亲身为牧守而无所作为，只会攀权附贵。"冯融吼道："你，你说我攀权附贵？"冯宝道："不是吗？子曰政者，正也。子帅以正，孰敢不正？为政以德，譬若北辰，居其所而众星拱之。父亲总是因不修身齐政，专事附强欺弱，才致民心叛离，境土不治，父亲如若清正廉明，爱民如子，又何须向豪右攀亲……"冯融气得眼珠子都要进出来，怒叱道："住口！你……你这畜生！你……"他掩着心口，指着冯宝大吼："你给我滚，我没你这个儿子！"若砚吓慒了，忙把冯宝拉了出去。

　　冯融满脸青紫，大步走回内室，连叫："气死我了，气死我了！"袁夫人忙迎了出来："老爷，你这是怎么了？气成这样。"冯融呼着粗气道："你还问，都是你养的好儿子，如今教训起老子来啦。"袁夫人笑道："哪有的事。你们爷儿但凡在一起便有争辩，明儿让我和宝儿说吧，休得再生气了。"冯融翻眼瞪着袁夫人："能不生气吗？他口口声声把那个甚么侠女捧上天去，这还罢了，他竟敢骂我治政无能，靠巴结豪右来支撑局面，教训我不该与冼家结亲，看他的样儿，还想悔婚哩。哼！"袁夫人笑道："一定是宝儿放不下那个侠女，一时说的气话，哪里就悔婚啦。是了，这女侠能令宝儿神魂颠倒，肯定长得很俊美吧？"冯融道："人呢确实不错，说起来也真难怪宝儿痴心。可说归说，这女子八成是江湖中人，这类人飘忽不定，来去无踪，且又不知姓名，往哪里找去？何况虽然宝儿倾心，人家未必有意。唉！这事真真有如梦幻，虚无缥缈呀！再者，我与冼来山世代通好，殊非一般，岂能无故推辞，轻易爽约呐。这，这是万万不可的。"袁夫人道："不知冼家姑娘长得怎样，只怕太亏了宝儿。我们这样人家，也不能……"冯融道："冼姑娘八九岁的时候，我是见来，后来再不曾见，应该生得齐整的。哎，这都不足重要，大丈夫当以功业为本，诸葛孔明当年讨的老婆却是有名的丑妇呐。"袁夫人道："老爷亦无须焦虑，宝儿虽然眼下固执，但他情性善良，深识大体，只要慢慢开导，不难转过弯来，这事就让我与他说去，你再别管啦！"

　　当晚，袁夫人带着一个丫环过冯宝书房来，锦儿、玉杏见了，忙上前请安，袁夫人问道："少爷呢，他还没有吃饭吧？"锦儿道："回夫人，少爷从老爷那儿回来后，便在书房睡下了，是没吃饭呐。"袁夫人道："晤，你们不用入来，我进去吧。"说罢推门入去，轻声道："宝儿，娘来啦。"冯宝朝里躺在床上，却不答应。袁夫人笑了笑，走到几案前，揭起那个食盒盖看时，饭菜丝毫未动，不禁双眉颦蹙，抬头四边瞧去，看到墙壁上那幅画已盖上了一块绸布。袁夫人走来掀起盖布，啧啧连声赞道："好俊美的女孩儿哟，怪不得我儿日夜思念，为娘亦爱不过来呢。"回头朝冯宝道："听他们说，既不知道她身居何处，也不知道她姓甚名谁，我儿当时为何不问她呢？"冯宝动了动，挪转身过来，咕哝道："就是知道她的来历也没有用，阿爹还骂她非匪即盗呢。"袁夫人走近床前，笑道："傻儿子，你老子怕你心野，才故意这样说，他暗地里对她赞不绝口呢，只是不便说出来

罢了。孩子，你这次病，是为这姑娘吧？"冯宝脸红起来，许久才轻轻点了点头。袁夫人叹了口气，道："这姑娘平息了一场干戈，又救了你，为娘也感激不尽。但你不能怨恨你父亲，他确实是为我们整个家族着想，更是为你着想呀，我们家世代为方伯，很是不易。如今你父亲已年老，爵禄不久便要传你，你想，如若真的与冼家悔了婚约，你叫他如何面对世人，到时人们便说，冯氏气数尽了，儿子忤逆，老子无信。你老子是个极要脸面的人，你叫他今后如何立足？"冯宝低声道："这道理我懂，可我……我忘不了她呀！"袁夫人坐下床沿，伸手摩挲着冯宝的脸颊，柔声道："娘知道。横竖你现在还未知道那姑娘的下落，就先与冼家姑娘完婚了，日后再使人慢慢打听，皇天不负有心人，总会寻到那姑娘的。"冯宝翻身坐了起来，道："娘，这样做岂不是负了冼家姑娘？"袁夫人笑道："哪有的话，爷们三妻四妾是常有的事，何况我们这样人家，更是平常。好啦，起来吃饭吧！"

大同六年三月初三日，广州传行台任状至，除冯宝高凉郡太守，半月内到任。冯氏举家欢贺，喜气洋洋。袁夫人欢喜不尽，对冯融道："老爷呀！宝儿成室大婚吉日择在三月二十三，今日宝儿仕进喜报又至，岂非天意成合！"冯融笑道："夫人所言正是，宝儿就要上任，不如让他在任上成亲好了。"袁夫人赞同了。当晚，冯融把冯宝叫入书房来，见他并不高兴，神色很是淡漠的样儿，便道："你如今入仕了，竟不满意，却是为何？"冯宝道："又有甚么值得高兴的，横竖我们家的爵位是世袭的，今日不为太守，明日还当刺史呐。"冯融道："胡说！好好！我今日也不想与你论说。我只是告诫你，你自小从没离开家里，如今皇恩浩荡，除授官任，应把平日的心性收敛收敛，从此用心经济才是正经。"冯宝才要答时，袁夫人进来了，笑道："我就猜着你们爷儿俩在这里斗嘴，所以也赶来了。"冯融坐了下来，挥挥手道："下去吧！"冯宝望了母亲一眼，道声："娘亲，孩儿先出去了。"三两步走出书房。

连日来，冯融为了筹办儿子婚事，忙得不亦乐乎，差遣上下人等四出买办彩礼物件一应俱备，初八日才由主簿易谦带数十从人结彩披红，往大堡过礼冼家。至十五日清晨吉时，冯融打点车驾细软，一家子连同众仆从、丫环、婆子数十口陪冯宝来高凉郡赴任，太守焦泽及属下众吏僚接了，把冯宝一家安顿在怡春园。这怡春园坐落郡城东大街，五亩地大小，

四围粉垣碧瓦，共有五进，并两廊计有大小房子六十多间，里面院落庭园，植之奇花，缀之怪石。冯融看了，暗自称羡："我家世袭刺史之职，何曾住过这样的屋子？"焦泽对冯宝笑道："这里椰风拂面，蕉雨敲窗，颇堪夜读呀！"冯宝听了只是笑笑，并不回答。傍晚时分，焦泽又设宴款待。次日交割印信，完妥诸务。冯宝设筵宴为焦泽送行。席间焦泽对冯宝说了好些冷暖的话，又对冯融大赞冯宝少年得意，将来前程无限，冯融不免又唯唯诺诺，谦恭以对，末了才互为珍重，送焦泽上路而去。

冯宝自到任上，连着四五天会见地方乡绅豪右，迎来送往，忙个不停，累得筋酸肉麻，暗地里自叹："这个官并不好当呀！"他本不惯场面上的应酬，无奈官职在身，无法避躲，好在一切繁文缛礼均有吏属从人打点交接，才得以稍事休息。

大婚前三天，怡春园冯府已是里外张灯结彩，上百仆人进进出出，搬箱抬柜，好不热闹。诸州郡州伯府吏，诸酋豪右遣使将彩礼贺仪陆续送至。大婚吉日，冯府门外车水马龙，络绎不绝，众宾客陆续到齐，冯融冠冕堂皇，早与儿子冯宝接出大门外。只听得那礼生尖调呦唱道："——石州刺史封大人到贺，——梁化太守文大人到贺，——新会太守杨大人到贺，——高州刺史徐大人到贺……"又有杜陵、宋康、海昌、永宁、南巴、石龙、高兴诸郡吏长先后贺至。随着唱声，冯融不停躬身打躬作揖，把宾客迎迓入去。傍午时分，礼乐声起，数百宾客纷纷入席。冯融、冯宝父子满脸笑容，频频向宾客称谢劝酒，一时和声四起，举盏飞觞。忽然府外大街传来礼乐声，仆从飞快入报："大堡送亲仪仗已至。"冯融急忙吩咐冯宝："快快迎接新人。"

冯宝被众人簇拥出府门立候，大门外仪仗早已奏响鼓乐。这时大街两侧人潮涌动，人声鼎沸，围观的百姓岂止千万。只见大堡送亲仪仗缓缓过来。前面两百军士衣甲精鲜，精神抖擞，披红挂绿，执仗持旗，尽都骑着红马。跟着便是锣鼓八音的一百名吹鼓手，都站立在十乘大马车上，尽气力吹打。中间便是十八部轿车，随后便是十乘大马车，车上装有嫁妆物件，马奴车夫俱都结彩挂红。最后面便是六百马军提枪执刀，拱卫而来。送亲仪仗由头至尾，将及两里地。郡里百姓哪里见过这个场面，俱都啧啧称羡，那些顽皮的小童成群结队跟着车队起哄奔跑。

冯宝摇首道："太浮费了，冼来山财大势雄，嫁女也自与众不同。别

的不说，只这两百匹纯一色的红马，足见排场。"这时若砚挤过来，递给冯宝一柄折扇，又咬着耳朵叮嘱一番，冯宝笑着点了点头。

　　轿车停在门口，十七部轿车上下来二十多人，却是大堡大丫环武哥、七儿、于止、阿秀、夫辛、孟娘、三彩儿及众小丫环，还有数个婆子，全都打扮得花枝招展，拥向中间那轿车。武哥、子正揭起帷子，扶下那个蒙着盖头的新人来。顿时鼓乐声、爆竹声大起。武哥、子正扶着新人缓步走向冯府大门，轻飘飘地跨过那堆旺火，众婆子喜娘福声不断，将一条结子红绫让冯宝与新人双双持了，冯宝牵曳着新人进入门来。若砚又走过来，低声问冯宝："少爷怎么不打她？"冯宝不答，心里道："我已欺负这冼家姑娘了，还用得着打吗？"原来，众婆子早教冯宝在新人进大门时，用折扇拍打一下新人的肩膀，从此便可镇住新人。

　　饮宴宾客全都起立，笑容满脸地目视一对新人来全大厅。冯融与袁夫人双双坐在高堂，礼乐声中，冯宝与新人拜过天地高堂，礼成，众喜娘扶送一对新人进入洞房。人流里冯宝走出房来，被宾客拉到席中，众宾客不容分说，纷纷贺喜劝酒，冯宝本喜酒，今日偏感戚然不快，接过酒盏，仰头即干，至傍晚时分，不觉大醉。冯融见了忙过来劝阻，让若砚扶冯宝回房歇息。

　　冯宝人到房中，见新人还蒙着盖头端坐床沿，便也不吭声，自在一张椅子上坐了。片时，冯宝酒涌上来，忙又端几上的茶来吃了。冯宝喷着酒气，眼睛若闭若开地乜斜着，两手乱舞，结巴道："你也无须怨我，我……这，这都是父母之命，不……不能违抗的，我们既……既为夫妻，也没有甚么可……可相瞒的，告……告诉你吧，我，我已有心上人了，但……但我又不……不好说。"新人低声道："你既已有心上人，为何又娶我？"冯宝道："我……我是要悔婚的，但……但父母不允，他……他们都是为……为自己着想，怕……怕坏了家声门风罢……罢了。"新人道，"相公能否告诉我，你的心上人是谁？"冯宝拍了拍胸口，打了个嗝儿，道："索……索性说给你听吧，我……我冯宝曾被……匪人掳去，差……差点性命不保，幸……幸……幸得一位侠女救，救了。这……这侠女貌若天仙，比……比天仙还要美，难……难得她大……大仁大义，大大……大智大勇，平息干戈，感动……感动了天地，骤降甘霖，使……使饱受旱灾之苦的百姓，从……从此得救……"新人道："真有这样的事，真有这么好

的人？"冯宝直着眼看着新人，道："你不信？这……这可是千真万确！"他又倒碗茶吃了，道："不怕你笑话，我……我一见到她，就心仪，自别过后，再……再难释怀。"新人问道："那你当时何不向她袒露心迹？"冯宝道："我，我一个俗不堪耐的粗人，自觉形秽，又哪敢坦怀？如今想来悔之晚矣！"冯宝说到这里，蓦觉这新人的声音好像在哪儿听过，疑惑起来，见新人不问了，身子又好像在微微抖动，自思我这样说了出来，肯定是伤了新人的心了，便又喝了口茶，小声道："你也不要太过伤心，我也并非存心气你，我今晚只是触景生情，无意间胡说八道，还望姑娘原谅。"说完低首叹气不已。忽听那新人笑了起来，道："好痴郎呀！你还听不出来吗？你看我是谁。"冯宝突地跳起，酒也醒了大半，一步跨到床前，轻轻揭下新人的盖头来。灯下看得清楚，正是朝思暮想的那个侠女呢，冯宝这一惊不小，大喜之下一把搂过新人，说道："啊呀！怎么会是你？你，你原来是冼来山的千金百合儿？"百合儿挣脱开来，刮着脸笑道："不要脸，我听人说冯宝是个狂士，今日果然。救你的侠女有两个，你怎么只提我？"冯宝忙问道："那么另一女侠在哪呢？"百合儿笑道："她叫赵媚娘，是我大嫂子，在我娘家那儿。"冯宝忙笑道："那好极了，容日必定登门谢恩！"随即走出新房大叫道："快拿酒来！"

　　冯融自冯宝入房后，便放心不下，生怕这傻儿子会做出不肖的事来，一直在留意，这会子听说冯宝又要取酒，很是疑惑，便使人探听，回来报说冯宝在房里大笑大叫，和新人对饮交杯，乐不可支。冯融更是不解，叹口气道："这小子搞的甚么鬼名堂，早先让他与冼家姑娘成亲，百般推托，刚才还是满怀心事，闷闷不乐，怎么一下子却又欢天喜地起来，真是摸不透呐。唉！不管怎样，由他去吧！"一边嘀咕，一边摇头。

　　冯宝与百合儿一边饮酒，一边说笑，直到三更尽方才睡下。忽听有轻微的脚步声步入房来，冯宝问道："是谁？"只听得一人轻声答道："是锦儿。"冯宝翻身起来，掀起帷幔出到外间，看着锦儿道："这早晚了，你干什么呐？"锦儿低声道："少爷，等会儿新人睡着了，你把这东西压在她衣裳上面好了。"说着把一包东西塞到冯宝手里，又叮一句："记得了。"才走出房去。冯宝自个哑然失笑道："这有用吗？"里间百合儿轻声问道："什么事呐？"冯宝掀帷走近床前，笑道："是丫头锦儿要我弄甚么戏法镇你呢。"说着把包打开，却是一块小绢布儿，上面用朱笔画着一个光着身

子的男人，另外又有四枚槟榔。冯宝笑问："你要不要起来看看？"百合儿打个哈欠，笑道："这东西我也知道，不用看了，你就按他们说的压在我的衣裳上好了。"冯宝笑道："我才不会呢，早时婆子也给我一包这样的东西，我把它丢了。我为啥要比你强，若非有你，冯宝恐怕早已不在人世，罢罢，夫妻间应相敬如宾，并驾齐驱，岂能互为挤压，分辨高低呐。"百合儿听冯宝自个儿唠叨，并不答言，只暗地里偷笑。

这一夜，冯宝、百合儿夫妻俩恩爱缱绻，自不必说。从此，十八岁的百合儿也由一俚酋之女成为堂堂高凉郡太守夫人了。

次日一早，冼夫人便催冯宝起来。梳洗毕，夫妻俩带着几个丫环过来向冯融、袁夫人请安。冯融、袁夫人早等候在那里，甫一见冼夫人，都惊呆了。冯融吃惊道："你，你……"冯宝笑道："媳妇就是那献宝赈民、平息干戈的侠女呀！"冼夫人微笑着忙拉冯宝双双跪下。袁夫人喜得流下泪来，上前扶起冼夫人，牵着手儿上下细细看一番，笑道："你就是我宝儿牵肠挂肚的好闺女呀，真真难为你了，我的儿，长得真俊呀！怪不得呢，比宝儿画的美一万分呐！"锦儿喷嘴笑道："哎哟，敢情侠女就是少奶奶呀！今儿一早我见到少奶奶，心口就突的一跳，怎么画上的美人跑出来了呢，我还以为是眼花了呐！"袁夫人一边拭着眼泪，一边拉冼夫人坐下身旁，又是哭又是笑，说了好些体己的话，袁夫人怕她累着，才又让冯宝陪她回房里歇着去。

冯融道："怪不得宝儿昨日前倨而后恭，原来那侠女便是冼家姑娘，这真是天意事呐。哎！你说这件事怎不见冼老爷提起？"袁夫人道："冼老爷正派敦厚之人，哪会斤斤两两。出如此要紧的事，他竟矢口不提，其实也是难得的很了。"冯融感叹道："不枉我与他世代交好，他的为人确令我佩服。你说我们媳妇，容止大方，气定神闲，就是那官宦之家的闺秀呀也难比之万一。"袁夫人道："正是呢，单说那容貌儿就可人得紧，福气十足的。"冯融夫妇都是六十开外的人了，只有冯宝一个儿子，今见媳妇贤淑，且又是才貌双全的奇女子，真是可遇而不可求。儿子生来性格耿直，不知进退转弯，深为仕途所忌，如今成家了，有如此英雄媳妇相辅，必能约束往日那放荡不羁之野性蛮气。更令冯融欢喜的是，冯冼两家共结秦晋之好，从此关系更非一般，别人再不敢等闲视之，施政治民无往而不利，这样想着时，平日那忧闷之情顿然释怀。冯融夫妻住了五七日，官假已满，

便辞了儿子、媳妇回罗州去了。

洗夫人月内归宁。洗夫人和父亲商量后，把韦放、赵媚娘夫妇及武哥、七儿、子正、阿秀、夫辛、孟娘、三彩儿一班丫环都接来衙中，寿儿自然也跟了来的。冯宝一时见来了许多人，热闹起来，高兴不已，又谢了赵媚娘当日救命之恩，弄得赵媚娘怪不好意思的。洗夫人对冯宝笑说道："是要谢的。你平日不会经济，现今当了太守老爷，够你忙的，治政军务，大小诸务都要用人呢。我这些个兄妹都是难得的人才，只怕你寻遍天涯亦难遇到。再说了，住偌大一个府中，空旷旷的，就我们俩也没意思，从今以后可热闹多了。"冯宝是个无可无不可的人，平日里又喜交友热闹，高谈阔论的，见洗夫人如此说了，更是高兴不已，连连点头称是，忙命仆人安排房子住下。

那天，冯宝与洗夫人商议，要保个职给韦放。洗夫人道："这事不急。官职一事含糊不得，韦放虽是将门之子，朝廷旧臣，但他南来已久，有如白身，如今无故授职供禄，难免招致物议，说太守用人唯亲那就不好了，不如让他暂闲着，等有机会再议不迟。"冯宝大为赞赏，摇头晃脑道："夫人不愧深明大义，冯宝庸人一个，确实不及多矣！"洗夫人笑道："你也用不着和我来酸的。不必认为是我的故亲，也不必认为是你的恩人，就显得恩信。好好做你的官吧，别让人看着笑话。"

匆匆一个月过去。冯宝确把往日闲情逸致放过一旁，专心郡事，深得仕民声誉。洗夫人很是高兴，常赞冯宝不复是昔日王孙。冯宝颇为得意，笑道："夫人英明天纵，冯宝安能落后。"洗夫人不善针织女红，府里闲杂事务尽由仆人奴婢管着，每日只在书房中翻阅书籍。冯宝闲书甚多，其中竟间杂有论及兵法、战事之籍典，洗夫人爱不释手，往往读至深夜。洗夫人见韦放夫妇闲着没事，便也经常过来坐谈，与韦放谈起兵法来，不知疲倦。赵媚娘本是绿林出身，见他们谈兵论道，也有听得懂的，也有听不懂的，颇觉新奇有趣，在旁边倒茶取水，其乐也融融。冯宝数番衙中回来，见夫人不在房中，问及武哥锦儿等人，都说夫人在赵媚娘那里坐地，冯宝不喜。

一夜二更了，冯宝回来，洗夫人不在，他嘀咕几句，脱衣上床睡去，辗转反侧，心中焦躁，到底睡不着，便又起床来，让武哥给他取酒来吃。武哥取来一壶酒，给冯宝斟上一盏，便要退出，冯宝叫住她，笑说道：

"你陪我吃吧。"武哥摇头道："我不会吃酒。三彩儿、锦儿能喝，我去把她俩叫进来，让她俩陪你吃吧。"说完出去。只听外间三彩儿咕哝道："三更半夜的喝什么酒，我可不敢，等下夫人回来又要骂我了。"冯宝这厢听了，道："好！你们不喝，我自个儿喝，你们都睡，你们都睡。"外间武哥笑道："夫人半夜不归，老爷闷啦，我们可不敢惹。"正说着话时，冼夫人恰好回来了，武哥忙着揭起帘让冼夫人入房来。冼夫人见冯宝在几案上闷声不响地独个儿吃着酒，笑问："怎么，还未睡下？还吃酒？"冯宝低着头，并不搭理。冼夫人笑笑，与冯宝对面坐下，又道："武哥，你也给我弄个酒盏儿来，我与老爷吃些，然后你们都去睡吧。"

武哥取过酒盏儿，放在几上给冼夫人斟了一盏，然后笑着退了出去。冼夫人端起盏儿，笑看着冯宝问："你生气啦？"冯宝别过脸，道："哼！我冯宝又如何敢生夫人的气，只是也不见半夜三更有那么多好说的，也不怕别人说论。"冼夫人笑道："哟！是为这个生气呀？好啦好啦，我从今以后每晚在家里陪你好了。"说着与冯宝满饮一盏，然后又提壶给冯宝斟上酒，自己也斟满了，道："真是的。我与韦放情若兄妹，缘分师徒，怕什么？"冯宝瓮声瓮气道："别人是不怕，可是我怕。"几盏酒下肚，夫妻俩有说有笑，话就多了起来。冼夫人笑问："我听人说老爷喜欢搜神，也写了不少奇闻异见，我闲来翻书怎么不见？"冯宝笑道："浅陋得很，不敢拿出见人，就藏在这房中柜子底下呢，现在我也没时间理这闲事了。"冼夫人笑道："让我见识见识。"说着站起身，走去书柜翻看，果然在下隔抽屉里找出一抄本来，冼夫人看封面念道："空翁杂记，哎，就是这个吧，怎么起这个名字呐？"冯宝笑道："罗州城北五十里有望泉山，那里尽是竹木，我与张融诸友常聚那竹林下饮酒闲谈，众友人见我喜竹，都怂恿我以竹为号，这空翁两字便是张融所起。嗨，这其实也是闹着玩的，并没别的意思，竹之为物最是高尚雅逸，我哪敢比呀，号之空翁，只是自嘲腹中空空，并无一物罢了。"

冼夫人笑道："先让我看是如何。"将那本杂记拿来灯火下翻阅，见写着《录鬼》，便往下念："南巴邑红花坡有密林，缢死鬼常作祟，凡在其林上吊者俱无不死。二屠户扛抬猪一口至林下小憩，甲戏曰：'人皆言此地邪甚，我便未信。我今试缢之以验，但情急，汝下面托吾足可矣。'乙欣然答应，遂以缚猪笼麻绳系之树木枝丫，乙托甲上结绳围，颈就结毕，忽

见笼中猪挣扎脱，欲亡去，乙大急，弃甲而赶猪，追出一程，始觉甲在树上吊，撒腿奔回，至树下时，而甲已伸舌矣。"

冼夫人笑了笑，又往下念："录鬼二。鸡粥岭，甚僻，但客由此过往，昼无他怪，然夜行有异，尝有一扶杖老者，笑吟吟邀客饮，继之以鸡粥，味奇美。客醉留宿草庐中。翌日客醒，竟寝荒草地里，身旁大堆青蛙、蚱蜢骸骨云。"

冼夫人笑出声来，道："你哪来的那么多鬼呀？"又往下念道："录鬼三。城西长山王某，煮粽鬻于市鼓楼下。早行，至及西门三里许，四围无人家，荒地里乱坟连野，一人在焉，付钱买一粽去。及市，粽卖尽而结钱，短一粽值，然囊中有冥钱一扎，王某不解。凡三日俱如此，窃思途里买粽者，得勿鬼子耶？次日早行，又遇途中，王某曰：'汝鬼乎？予我冥钱，吾本将无矣。'鬼入地而没，从此遂不复见。"

冼夫人再看下面，见写着空翁评语，便又笑念："录鬼一系人戏鬼，死当宜然。录鬼二，此鬼雅甚，孟尝之流也。录鬼三，此鬼公允，买物付钱，不可非议。"冼夫人笑着又翻后面，大都是些不关紧要的怪异奇谈，直至最后一篇，写着"姊妹岭"，刚念了这三个字，冯宝笑道："你看好了，不念也罢。这篇是不久前才写的，我为姊妹俩鸣不平，所谓畅自心灵而宣之简素，罅漏之处，车载斗量，虽然不通顺，故事倒还好。说起来好笑，我就是为了这篇姊妹岭，去凭吊怀古才让人捉去，夫人也由此而建不世之功呐。"冼夫人笑道："噢！那么这篇是非看不可了。"好一会儿，冼夫人看完了这篇《姊妹岭》，才呼了口气，见下面又有《姊妹歌》字样，"哎"了一声，笑道："了不得，还有歌行呢，看是如何。"便念道：

大同六年正月，访南巴泰次张氏，座中同饮有乡老李氏八叔者，演邻邑姊妹岭传奇。世间有斯事乎？遂志之。意难释怀，继作《姊妹歌》。是为序。

南天苍黄南海碧，南海潮平连天际；晨霁朗朗乘风起，有女二人驾舟行。阿问二女系为谁？姊妹相惜渔家女。自幼凄苦失父母，如今长成打鱼姑。橹摇水映纹成锦，网撒手中汗似珠。日晏姊妹停歇处，船中有瓜船中煮。瓜子海中如饭米，忽然骤有祸端起：乌云密布恶风生，天庭震怒施雷雨，叱咤声里渔舟覆，姊妹双双遭荼毒。魂兮飘飘

随浪荡，哭向龙宫诉冤枉。龙王曰：南海焉能问鬼状？姊妹呼：没米下锅已三日，岂有余饭弃海上！夜叉隐恻鸣不平，龙王怒发入天庭。九霄天帝逞天威，人间天师祭妖精。困妖瓶中走雷公，金銮殿上徇私情。说甚么雷神无意伤无辜，免死重罚为丹奴。天师怒甩羽化袖，龙王恨撕彩云旌。人间冤气冲天起，姊妹化成姊妹岭。南海潮退风平静，犹闻姊妹悲啼声。我为姊妹作歌行，当向长天问消息，可怜人间不平事，如今翻作闲笑评。田园叟，南巴生，有酒无？意未足，可知山石斑驳处，便是姊妹血泪凝！

　　冼夫人笑道："别的都不好，怪异而已。这篇好，有其动人之处。有了这篇长歌就更好了。这个姊妹岭便属我乡邑海昌郡境，就在大堡西二十里处，我也不知见过多少遍啦。关于姊妹岭的故事，我听了不少，可没听人说得如此生动，既然你还没有见过，改日我陪你去走一走吧。"冼夫人合上书本，看着冯宝笑问："你喜搜神，曾经遇过什么？"冯宝喝了口酒，笑答："当然遇到过，还是大神哪！"冼夫人急问："真的？是什么神呀？"冯宝呵呵大笑，指着冼夫人道："那就是夫人你呀！"冼夫人也笑道："哪得此理，我是什么神了，你说说看。"冯宝低首沉吟了一会儿，站起身来，先自忍俊不禁，看着冼夫人道："夫人你听好了，小生要说啦！咳咳！高凉山兜冼氏女，乳名百合儿，奇女子也，昼固美妇，然夕为夜叉矣。冼氏女乳长七尺五寸，伸缩从意，夜间供夫为枕而眠。上阵对敌，冼女尝负儿于背，酣战之时，儿饥而啼，冼女即出乳反抛于背，儿得乳自眠云。"冼夫人听到这里，笑得前仰后合，跳起身便追冯宝："好你个贫嘴嚼舌的冯宝，竟敢骂我，看我整治你。"冯宝一边逃一边笑道："昔日张敞在闺中为爱妻描眉画目，被传为佳话美谈，我冯宝就不能为爱妻写真么？"冼夫人笑骂道："你骂了人，还说是写真，还说是佳话，我可饶不了你。"冯宝爬桌底，钻幔下，没路可逃，笑倒床榻上，冼夫人追至，腾身骑住冯宝，笑问："还敢欺负我么？还敢说我是夜叉么？"冯宝笑岔了气，伸两手在冼夫人胳肢窝里乱挠。冼夫人摇首道："任你挠，不酸，不痒。"冯宝大急："你哪儿痒酸哪？"冼夫人道："脚心里。"冯宝两脚乱蹬胡踹，大叫大嚷："怎么好？我够不着呀！"冼夫人这时脸上红晕泛起，吹气如兰，笑道："叫喊也没用，没人救你，谁叫你骂我是夜叉妖精，好，我现在就要吃掉你。"……

一日，冯宝从衙里回来，兴冲冲直奔冼夫人内室，口里大嚷道："大喜事，大喜事呐！"冼夫人正在看书，武哥、锦儿歪在几案上打盹儿，听到冯宝的嚷叫声，一齐都抬起头来。冼夫人放下书，笑问："甚么喜事呀？看你乐的！"冯宝满是笑容，伸着两只指儿比划着，道："夫人，往常你听人说过禾开双穗么？"冼夫人道："听是听过，但未见过呢。"冯宝笑道："可知是哩，我没听过，更未见过，可见真真罕有呀。今天主簿丁方尚告诉我，数庄乡民禀报禾开双穗呐。"冼夫人站了起来，喜道："呀！听我阿爹说过，禾开双穗，不惟是丰稔之年，还主吉庆之兆呢。我已好些天没有出去走过了，闷得发慌，不如这样吧，我日前曾答应伴你凭吊姊妹岭，你就告一天假，明天我与你去乡下走一遭，既看姊妹岭，又看双穗禾怎样？"冯宝拍手称好，连道："好，好，我也正是这个主意。"当下商议定了。

次日一早，冯宝、冼夫人就梳洗整束完毕，武哥、若砚早备好了马匹，众丫环都簇拥着出到门外，冼夫人又吩咐道："我与老爷出门观光去，只一天便回，这番让武哥跟着就可以了，你们都在家里呆着吧。"夫辛撅着嘴，咕哝道："怎么老是我们看家。我也要跟去走走，在这里怪闷的。"七儿笑道："孟娘和我说，随小姐过来这里后，就觉着不如大堡好，老说要回去看看呢。"冼夫人呼了口气，笑道："哎，别说她，我也想得紧，得空了我带你们都回大堡玩去。"若砚看着冯宝乞求道："少爷，你今日也让我跟着吧。"冯宝挥挥手，道："去去，瞎起哄，那么多人跟着干吗？前呼后拥的，我不惯，下回吧。"冼夫人笑了笑，和冯宝、武哥先后上马，向西门而来。

出城朝西走有数里地，迎面连片田野，都是稻禾，举目无际，阵阵和风吹来，稻禾摇曳生姿。骄阳下，很多庄民在田间辛勤劳作，引水润禾。冼夫人三人下得马来，步行到田埂边，看着茁壮成长、沉甸甸垂下来的谷穗儿，喜不自胜。武哥弯下腰，用手点数着道："一，二，三……呀，姑娘，真的很多双穗稻呀，我都数不过来啦。"冼夫人与冯宝都在轻把着谷穗细看，笑答道："是呀！我也看到了，是很多呐，真好！"冯宝放开谷穗，拍了拍手，笑道："我可真开了眼界，好得很呐。"前面草地里一个老汉在牧牛，听到说笑声，便走过来微笑道："哥儿、姐儿是打城里来的吧？还未见过稻谷吧？都看看，都看看，好稻谷呀，老汉活了七十多岁，还是

头一遭见双穗禾呐！"冯宝笑问："今年肯定是好年成啦？"老汉抹了抹拉碴的胡子，笑不拢口，连道："是呀是呀！二十天内若没风筛，这谷子就到嘴啦！哈哈！"

别过那老汉，冼夫人三人又沿途看了大片稻田，几乎都有双穗谷。三人很是高兴，虽是五月伏天，倒不觉热了，边走边看，边看边说。冯宝笑对冼夫人道："前年以来，数百里大旱，颗粒不收，幸得夫人行侠仗义，扶救黎民，从此感得天公怜悯，普降甘霖，救了百姓，这五风十雨、五谷丰登的好年成是由夫人而来哩。小生每当回想起数月前遇救那幕，如今犹浮眼前呀！"冼夫人笑道："你又来酸了。想来也不该救你，你们这些公子土扰，也早该受些苦头，方知百姓艰辛。"武哥在后面搭嘴道："老爷起早还记着那女侠，死活不愿和我们小姐成婚哪，到洞房那夜还唉声叹气，次日，却又是一副嘴脸，我和众姊妹当时就奇，原来这女侠不知就是我家小姐呢。说起来也真是的，小姐当日救了冯公子，多么要紧的事，小姐回家来不说倒也罢了，赵姑娘怎么也不吭声呢，亏她忍得住。"

三人说说笑笑，早又走了二三十里路程，看看来到一片林子里。这里四围没有人家，很是僻静。冼夫人道："天气热，我们到前面林子里歇会再走吧！"冯宝道："好得很，我也觉着累了。"三人下了马，步入林中来。突然武哥惊叫道："老爷、夫人快看，林里有人上吊！"冼夫人、冯宝都看见了，是一男一女吊在树丫上头。冼夫人三人急赶过去，武哥拔剑划断绳索，把两人放了下来，解开脖颈上索圈，放躺在草地上，三人呼唤揉搓了好一会，这两人才醒转过来。冯宝透了一口气，暗称惭愧，道："谢天谢地，幸好及时了。"那两人睁眼看时，知道被人救了，别转脸哭了起来。冼夫人忙道："你俩为何寻短见呀？"冯宝叹息道："奇了！奇了！清平世界，丰稔年成，怎么会有这等事？"

冼夫人道："武哥，快取水来！"武哥去马背上拿来水袋，揭了塞儿，递到那女的口里喝了一点，又递到那男的口里喝了，然后扶他俩靠树头坐稳。冼夫人又问："你俩年纪轻轻的，为何寻死，能告诉我们么？"那男的喘过气来，凄然道："唉！你们救了我俩，是我俩的恩人。可是救了我俩也没用呀！我俩还得死，只有死了，才能一了百了。"冯宝道："你试说说吧，如果非死不可，再想办法。"那男的道："我叫裴洞，她叫三妹，我俩都是这里程庄人，我俩自小青梅竹马，真心相爱，家里都相许了。我家上

有父母，下有弟妹，虽然清贫，还可度日。三妹家里只有老父，并无兄妹，她阿爹为人喜酒好赌，欠下一身赌债，经人介绍向一位爷借了十两银子作赌注，立下欠据。哪知这欠据竟写成典身契，把三妹卖了，她阿爹本不认字，到知道了又无法悔改。三妹誓死不从，百般向老父求告，老父没法，便请体面人向那位爷说去。哪知那位爷咬定不放，说白纸黑字，定要取人。我俩没路可走，哭了数天，只好寻死，生不能同床，死也要同穴。"冼夫人听了，鼻子一阵清酸，心想："还是一对有情人呐，我一定要救了他俩。"便问道："你俩先不用太伤心，这事我看用不着寻死。你快告诉我，你说的那位爷是谁？"裴洞无望地摇了摇头："这位爷来头很大，我们怎么惹得起？"武哥急道："甚么来头！还能大过我们公子、小姐么？"，冼夫人瞪了武哥一眼，又道："他到底是谁呢？"裴洞道："就是山兜大堡的大管家贵儿，贵大爷呀！"

大家听了，都暗吃一惊。武哥涨红着脸，道："胡说！他怎么会干这样的事？"冯宝看着裴洞道："你要弄清楚了，可不能乱说。"裴洞着急起来，道："这事千真万确，我都是寻死的人了，还会说假话吗？"冼夫人摆了摆手，站起身来，道："好！你俩再不用寻死，马上回家去，准备好了，明天上衙门告去。"裴洞道："我听人说，太守冯大老爷就是那贵爷主子冼老爷的姑爷，却不是去送死？"冯宝刚要出声，冼夫人打眼色拦住了，道："这你不用担心，只管告去。我们这位公子与那冯大老爷是至交，我们自然会从中打点，你放心好了。"裴洞见冼夫人这样说了，不应是假的，当时高兴万分，忙与三妹双双跪下。冼夫人道："好了，快快起来。这就别过，我们还得赶路。"裴洞这才与三妹立起身来，又向冼夫人、冯宝、武哥各作了揖，千恩万谢出林去了。

武哥见冼夫人与冯宝站在那里都不做声，便问道："你们都信这两人的话么？"冼夫人扬起头来，道："现在先别说了。武哥，你即和老爷赶回衙去，我要回大堡一次。"武哥道："小姐，不和老爷去看姊妹岭了？"冯宝摇头道："改日吧，今儿不去了，这裴洞、三妹两人今日要是不遇上我们，恐怕又要成夫妻岭了。"冼夫人笑了笑道："快走吧，武哥路上仔细了，别误事！"武哥答应了。三人匆匆上马，冼夫人抖了一鞭，大声道："今晚我就赶回衙里。"那菊白马飞奔而去。

早在三月中，大堡账房管家汪正卓告老还乡。冼来山颇费踌躇，他打

算在本家选人担任此职，他想到冼福、贵儿、亚三、兴儿、三才这几个贴心的仆从。这几个仆从跟随自己多年，忠心耿耿，确实难得。可是冼福不认字，自然不成，另几个年纪太轻，办事不牢。想来想去，唯有贵儿虽然年轻，却是深于世故，处事老到，且能写会算，近两年派他随汪正卓到各庄寨及州府店邸处理租贷诸务，账目有条不紊，汪正卓多在冼来山面前赞赏贵儿勤劳能干，是可用之材。冼来山决定起用贵儿任账房之职，为慎重起见，又派老二冼定兼管此务。

贵儿自当了账房，沾沾自喜，不由轻飘飘起来，出城进州，走在街上，总有认识不认识的闲杂人等挨身搭讪套近乎，说些恭维的话语，贵儿高兴了，赏一碗酒吃也是经常的事。

一日，贵儿去宋康郡城里刚办完事，在大街上遇到同乡侯三抓。这侯三抓是个孤儿，不务正业，游手好闲，终日流落大街小巷，十足一个混混无赖。贵儿本不想搭理他，无奈侯三抓缠住不放，便也只得站住。侯三抓朝贵儿弯腰到地作了一揖，笑道："贵爷，您老今儿发了，不认老乡啦？我是三抓呐。"贵儿只好也笑道："哦，是三抓爷哪，这数年我也不见你啦。"侯三抓笑道："贵爷是贵人事繁，我哪敢见您呀。好，哥们今儿听说贵爷发了，高兴得不行，既然撞着了，说不得，兄弟请你喝一盏如何？"贵儿笑道："我们兄弟见面，自然是要喝一盏的。不巧得很，我今日有事要办，忙着呢，改日罢，我一定相请。"侯三抓头一歪，笑道："哎！拣日不如撞日，贵爷无须客气，兄弟今日一定要请。"贵儿没法，只好笑道："兄弟如此重情义。好，今天我做东，我们就上德合楼叙一叙吧。"侯三抓赶忙点头哈腰，连道："兄弟遵命了。贵爷请，贵爷请。"

两人上得德合楼来，上阁楼找个单间坐了。要了酒菜，两人吃喝起来。侯三抓有一搭没一搭的东拉西扯，尽是奉承贵儿的话，贵儿虽然讨厌侯三抓，但听着听着，甚是耳顺，便也搭起话来。不知不觉几杯酒下肚，这时上来了两个唱的，贵儿扫了一眼，皱眉道："我们哥儿吃酒，不用了吧。"侯三抓赶紧挥手让两个女的下去，笑道："贵爷是何等样的人，这等货色怎能入眼。"他拍了拍胸口，"贵爷如今是大忙人，出入州城，甚么女人没见过。好，都在兄弟身上，包找个好的孝敬贵爷。"贵儿这时已有酒意，笑了笑，道："兄弟有心了，这其实使不得。"又吃了一会酒，贵儿付了账，末了丢给侯三抓一两银子，才摇晃着下楼去了。

数日后，贵儿又在宋康郡城遇到侯三抓。贵儿眯着眼笑道："三抓呀，这几天我正想你哩，怎么老不见你？"侯三抓拍了一下额头，道："好贵爷哎，还说哪，兄弟知道您这两天进城来，到处找您哪。"他挨近贵儿的耳朵道："兄弟为贵爷找到一个好的，真真的天生尤物，贵爷您要不去看一看，您这就冤了。"贵儿微笑道："真的？"侯三抓又拍了拍胸口："我侯三抓几个脑袋，敢骗贵爷您？不消说，贵爷随我来便知。"

侯三抓带贵儿来到北街，又转右向巷里走了近半个时辰，过了玄武观，才来到一所房屋门前，贵儿四向望了一眼，这住所很是僻静，四围四五百步外方有人家，他摇了摇头道："怎么在这样的地方？"侯三抓笑道："贵爷，小的正为您老着想哪，您进去便知道了。"贵儿笑了笑，并不答声。侯三抓伸手轻轻敲门，不一会，里屋传出佩环声，接着门呀的一声开了，一个丫环模样的女子低首笑道："是贵爷来了？"贵儿点点头，然后朝里看时，眼都直了，却是一个身段娉婷、花枝招展、妖艳无比的女子立在屋檐下廊道里。随着一股幽香自门里飘出，贵儿立感双腿一阵酥麻。那女子笑靥绽放，福了一福，娇滴滴道："贵爷，奴家等了好半天，快进来吧，饭菜都凉了。"

侯三抓哈着腰把贵儿让进门去，随即把门关了。两人随那女子进了里屋，丫环早摆好了酒菜。贵儿周围扫了一眼，虽是旧房，却收拾得很是整齐洁净。侯三抓扶贵儿入席，那女子也对面坐了。侯三抓随着坐下，端起盏儿道："贵爷，兄弟先来介绍，这位是梅君甫姑娘，芳年一十九，刚到香翠楼，我便让老妈妈给接出来，安顿在这里，免得让玷污了，还讨了个丫环叫香儿的服侍着。如何？这人您是见了，兄弟这孝心您觉着怎样？"贵儿也端起酒盏儿，笑道："兄弟费心了，日后必报。来，我们满饮此杯。"三人吃个满杯。梅君甫为贵儿、侯三抓斟满了酒，然后自家也斟满了，笑道："奴家刚来，便得贵爷相助，如此厚爱，奴家不知怎么办才好。我敬贵爷一盏。"侯三抓拍手笑道："要的，要的，你两个吃个双杯儿。贵爷从此在城里有家啦，少去多少颠簸，兄弟也放心了。日后这里吃的用的兄弟自然会打理照料，但得你两口子欢喜便好。"梅君甫手里端着盏，眼里眯着贵儿笑道："贵爷呀！你怎么不吃这盏儿哪？"贵儿忙道："好好，这酒定是要吃的。"说着一仰头又干了这盏。三人说说笑笑，很是快活。不知不觉，贵儿已有十数盏酒下肚，连耳根都红透了，他乜斜着眼道：

"这酒，不……不吃了吧。"侯三抓忙笑道："贵爷醉啦，君甫姑娘好生照顾贵爷，小的这就去为贵爷弄些醒酒汤回来。"说着起身去了。

贵儿坐在椅子上，脑袋左右晃动，口里乱嘈道："君甫姑……姑娘，我很好，你美，美呀……"梅君甫忙起身过去扶住贵儿，娇声道："贵爷，我扶你去床里躺一会吧。"贵儿呼了一口酒气，道："好……好的，就听你的。"说罢摇晃着站了起来，与梅君甫相拥着入到那间香气袭人的房里。梅君甫把贵儿轻放躺在那铺软绵绵的床上，柔声道："贵爷终日公干跑路，想是辛苦了，奴家为你揉揉吧。"说着坐在床沿，轻轻解开了贵儿的衣裳，用那软温温的手儿去贵儿的胸脯里揉着。忽然，贵儿那手搭在梅君甫的腰上，把她拥入怀中……

自此，贵儿每出宋康城公干，必来这里与梅君甫厮会，真的把这里当成家了，或过夜，或温存一番便去。梅君甫放出那万种妖娆，百般媚姿，软玉温香，销魂蚀骨，把那贵儿弄得神魂颠倒，无法自已。一晃，一个月过去，贵儿为这梅君甫花了近千两银子，侯三抓不消说也有个三几百儿落袋。

一日，梅君甫对贵儿道："贵爷呀，我自跟了你，丰衣足食，你又疼我，我今生今世本也知足了。只是到底有结束的时候，不知啥时候，贵爷厌烦了又会一脚把我踢开，那时……"贵儿笑道："怎么会？我再不离开你不是得了。"梅君甫道："这不是办法呀，我到底还是人家的人，什么时候老妈妈叫我回去，我还不得回去？那时才是断肠呢，我是好人家女儿，也不想回到那里去呢。就是逼我回去，我也离不开你呐。"说着掉下泪来。贵儿忙伸手为她拭去泪水，安慰道："我也知你对我好，既然这样说了，我干脆赎你出来吧，明儿我托人找老妈妈去。"梅君甫道："这不好，你要出面了，人家日后说贵爷何等样人，竟讨个唱的，你面子往哪搁？何况我既然跟了你，我也要讨个清清白白的，我就自己赎身。"贵儿道："这样也好，改日我弄银子来吧，由你自家办去。"梅君甫道："不是这个意思，还不是你一样出的银子，我是说，我要用自己的银子赎身。"贵儿看着梅君甫，道："你哪来许多银子？"梅君甫笑道："我现在穷光蛋一个，是没银子，不过很快便有了。"贵儿摇了摇头，笑道："怎么就有了？"梅君甫挪挪身子，挨在贵儿身旁，道："是这样的，数天前，三抓带回两个珠宝商在家里坐地，贵爷你想不到吧，这两个珠

宝商竟是我乡党，很是诚实念旧，他们知道我是乡里后，还送我一些珠宝串儿，哟，我也给你带上一串吧。"说着从袖里掏出一根珠串来，双手系在贵儿颈上，又笑道："多贵气，就送你做念心儿也好。哎，我问那老乡，也让我搭伴吧，他两人倒挺爽快，竟答应了，说只要我拿出一万两银子入伙即可。一万两银子呀，不是小数目，贵爷，你就先帮我垫着吧，那时我连本带息还你。我有了银子赎身，那时才真正是你的人，我们再置些田地店邸，好好过日子好么？"梅君甫一边喃喃说着，一边倚靠在贵儿的肩膀上，双手搂抱得紧紧的。

好一会儿，见贵儿没有吭声，梅君甫摇晃着贵儿嗲声道："你不愿意？"贵儿笑道："哦，我……我……我"梅君甫不依了，别转身去，嘟着嘴再不说话。贵儿笑道："别急，你得让我想想，这大笔银子哪里找去？"梅君甫回过身来，两手指儿拈着贵儿的耳垂，笑道："我不管，这办法你想去，还大管家哪！"贵儿捧着梅君甫的脸蛋儿，亲了一口，笑道："好啦好啦，只在五天内，你等我的讯儿。"梅君甫指儿点着贵儿的鼻子道："这可说定了，我等着呐。"便又倒入贵儿的怀中。

两人温存了好半天，贵儿才起身梳洗了，整理衣服要走。梅君甫道："你现在就走，不过夜啦？"贵儿道："下午我办些事就回大堡去，几天后再过来。"梅君甫道："你等等。"从左手指儿上褪下一只金戒来，递给贵儿，道："这戒指儿你与我取去炸一炸吧，颜色都暗淡了。"贵儿接过，收在腰包里，才由香儿送出门来。

直到过午，贵儿办完公干，才来到南大街五福子珠宝店。掌柜周三度忙着把贵儿让了进去，满脸堆笑道："贵爷忙呀，快上坐，上好茶。"贵儿取出那枚戒来，笑道："不用啦，我这就走，周老爷子，你帮我炸一炸这戒儿吧。"周三度接过戒指，递给一店伙道："快去帮贵爷炸好了送来。"接着招呼贵儿坐了，一店伙早沏好茶过来，分放在几上。贵儿端起茶碗，轻啜了一口，赞道："好茶！"忽然周三度看着贵儿胸口的珠串儿，笑道："贵爷这件珠串好货色呐。"贵儿笑道："周老爷子说好，大概错不了，这是朋友送的。"便取下珠串，递给周三度。周三度手里看了一会，连称："好东西，好东西，值十两银子呐。"说完又把珠串还回贵儿。这时店伙送炸好的戒指儿过来，贵儿也接了，站起身来道："打扰啦，我也得走了，改日再叙吧。"周三度诺诺连声，直把贵儿送出门口。

　　第五天正午，贵儿坐着一部轿车来到梅君甫家门，见已有两部轿车停在那里。贵儿下车来，轻轻敲门。门开了，香儿迎出来笑道："今天什么日子，来了一屋子客人哪，贵爷快请进来。"贵儿吩咐车夫道："你把这几只箱子都搬进去吧。"便走了进来。只听得里屋有说话声，贵儿跨进屋去，却是侯三抓与两个人在坐着说话，见贵儿入来，都站起身，侯三抓笑道："贵爷回来了。"贵儿微笑着道："来了。"他打量一下那两位客人，一个约五十左右，一个约三十出头，都生得斯文儒雅，衣着光鲜，忙笑道："不知二位……"那五十岁左右的客人忙拱手作揖，"学生伍俍，请贵爷安。"另一位道："小弟尚光启，拜过贵爷。"侯三抓笑道："贵爷还未知哩，这伍三爷，尚大官人都是大员外，三抓现在跟着两位爷跑腿哪。"贵儿笑道："呀！好得很哪。"这时，梅君甫笑吟吟的从房里出来，道："贵爷来啦！"伍俍忙道："主人翁回来了，我们也不打扰啦，就此别过，容日再会。"说完与尚光启向贵儿作了一揖，辞别而去。侯三抓朝贵儿笑道："贵爷，我也跟二位官人先走，回头再见。"贵儿笑道："去吧去吧，我也不送啦！"看着侯三抓也走了，才回转头笑问梅君甫道："你们都在议买卖的事吧？"梅君甫不好意思地笑笑，道："哪里就谈这些了。早着呢。"上来为贵儿解了上衣，道："快凉快凉快，衣服都湿透啦。"

　　那车夫已搬完几只箱子，香儿给了些碎银打发走了。贵儿与梅君甫入房里来，贵儿一把搂过梅君甫便要亲嘴。梅君甫把他推开，笑道："你这馋猫，越来越坏了，大热天的，干什么哪。"香儿进来了，她手里拿着一条湿毛巾站在那里微笑着，梅君甫接过毛巾，笑道："你去吧，我来服侍。"贵儿笑笑，接过毛巾来，抹抹脸面便丢过一边，伸手又来拽梅君甫。梅君甫娇声笑骂："哟，喂不饱的……"笑颤颤地倚入贵儿怀中。贵儿道："等不得了，老爷要我今晚赶回大堡，有要事商议呐。"梅君甫道："那几只箱子是……"贵儿道："是一万两现银哪，都交与你了。"忽然贵儿看见墙角下有两只大木箱子，还上了锁，便问："这两只箱子……"梅君甫闭着眼睛，喃喃道："就是伍三爷和尚大官人的货，他说放在客栈里不便，先寄放在我们家……"贵儿呼了口气，抱起梅君甫向床榻走去……

　　过了数天，贵儿又上梅君甫家来，敲了半天，却没人开门，贵儿用手一推，门开了，却是虚掩着的。贵儿走了入去，却毫无声息，他轻呼道：

"香儿，香儿。"没有应声。贵儿快步入到正屋，各个房间都走遍了，空无一人，他顿感不祥，后背心透凉，再折回梅君甫房里看时，墙角下那两只大木箱依旧还在。他心口扑扑直撞，赶忙弄来一根大木头，三几下砸开一只箱子，即时懵了，原来箱子里装的都是小石头块儿，再砸开另一只箱子，也是小石头块儿。这时，贵儿双目发黑，心口发堵，脑袋嗡嗡直响，想哭也哭不出来了。

连着几天，贵儿暗地里使人打探，再不见侯三抓的踪影，只查得那所住处邻近的人说，二十三日晚上，那屋里有五个男女搬运几只箱子出来，都上马走了。贵儿捶胸顿足，哭道："就是我送银子来的那天呀！"

贵儿回到大堡，暗责自己不知自爱，色欲熏心，以致鬼使神差，糊里糊涂地便落了局诈。打自跟冼来山以来，小心应付，任劳任怨，好不容易在众仆从中脱颖而出，混出个模样，做了人上人，多么的不容易。可如今，一万两银子眨眼便没了，往哪里去讨来填账呐？纸是包不住火的，时日一久，必然露馅，大堡的家法族规，他是不敢往下想的。别人的冤屈可找人诉去，自己的哑亏向谁说呐？既不敢报官，更不敢让冼来山知道。就是报了官也是枉然，眼见这贼早已远走高飞，如泥牛人海了。他恨恨不已，切齿道："侯三抓呀侯三抓，我找到你，非掏你的心不可！"如此每日担惊受怕，吃寝不安，精神恍惚，贵儿整个人都消瘦了。

一日，冼定把贵儿叫到账房去。冼定正在闲散的翻看账本，看着贵儿神不守舍的样子，冼定笑道："贵儿，你怎么了？你的脸色很差呐，是不是病了？"贵儿忙道："二爷有心，我没病，想是昨夜没有睡好吧。"冼定道："你这两月来，常往宋康城里跑，也太累了。"贵儿道："二爷找贵儿来，不知有什么吩咐哪？"冼定笑道："也没甚么大不了的事。刚才我翻了翻账本，见有几笔出数，我不甚明了，想问问你。"贵儿脑子轰的一声，暗道："糟了，果然让他知道了！"自忖既不能如实说出，也不能推得干干净净，便赶紧扑通一声跪在地上，连道："贵儿该死，贵儿该死！"冼定道："贵儿你要死了，庶莫做出甚么事来？"贵儿道："贵儿自跟二爷理财，树大招风，便有许多远房亲戚找我头上来伸手，我除了月中领有例银，其余吃的用的都是公里的，哪有闲钱可借，不借吧，情面上又过不去……所以……"

冼定双眼喷火，拍案大怒道："你这该死的奴才，至死还说假话，我

前几天到宋康城去，就有人告诉我说，贵爷在北帝庙旁养着一个卖唱的，可有这事？你让那戏子拐去一万两银子，可有这事？"贵儿惊出一身臭汗，"怎么都知道了！"那头像捣蒜一般猛叩不停，哭出声来："奴才鬼迷心窍，落了陷阱，悔恨交加，痛不欲生，这些天来，浑似行尸走肉，魂不守舍，全为此呀！望二爷看在……"冼定厉声道："没得商量，你私自挪用公银，该是什么罪你心里明白。我，我如果不是怕坏了大堡的名头，哼哼！"贵儿又连连叩头，道："奴才罪责难逃，望二爷千万别让老爷知道，不然小的定是没命。这许多银子便在奴才例银里扣吧。奴才知道错了，二爷大恩大德，贵儿没齿不忘呀！"冼定看着贵儿的狼狈相，挥手道："哼！去吧，你也真够胆大的。"贵儿才敢起来，又打了几个拱，伸袖抹掉额头的冷汗，出去了。

一天傍午时候，冼定与贵儿两骑从高凉郡城公干回来，行至程庄一小河溪里，见石板桥下一个村姑正在浆洗衣服。这村姑长得灵巧婀娜，白净秀气，冼定不免多看了两眼，赞道："这姑娘很可爱呢。"贵儿忙笑道："确实很美。哎！二爷要是看上了，讨来做小吧！"冼定摇着头，呵呵笑道："这怎么可能？我是说说罢了，别谈这个。哎，我说贵儿，你得担心，你真是变了一个人，嘴皮子更乖啦，心眼儿也多啦，还未吹风你就下雨呐。"贵儿笑道："哪有的话，还不是跟着二爷跑腿多了，奴才才长些见识。"说着拍马又跟了上来。

两天过去，贵儿暗地里查得实了，原来这桥下浆洗衣服的姑娘就是高凉郡程庄人，父亲姓蓝名古，人称古达旦，缘由古达旦生性好赌，赌起来没日没夜，通宵达旦，才有这个雅号。老婆就因他把家里输得精光，气愤不过，年纪轻轻就上吊死了，只留下一个女儿。这女儿小名三妹，自小没了娘，邻里见她可怜，便东一口、西一口地喂大了她。三妹如今十七岁了，却出落成程庄远近有名的美人儿，大伙儿暗地里纳罕，古达旦狗一样的人，怎地便养了一个好姑娘。

贵儿暗自高兴，这天傍晚，他带了数个从人，来到高凉郡城古达旦经常出没的"老和赌局"。赌局大厅里已是人头涌动，足有十多张方桌，里里外外围满了赌徒赌棍，吆喝声，惊叹声，叫骂声此起彼伏，鼎沸震耳。贵儿找个边角座儿坐了，慢慢吃着茶。一个时辰过去，已是掌灯时分，古达旦果然来了。贵儿顺着从人的手看去，只见古达旦满脸通红，手里还拿

着个酒瓶儿，摇摇摆摆的地到骰子局里，用手扒开众人入去，嚷道："闪开啦，让老子来一手，老子今儿定要翻本。"旁边一人道："古达旦，别赌了吧，你这些时运气不好呐。"古达旦骂道："放你娘的臭屁，老爷甚么时候运气不好啦？"只听一阵噼里啪啦的骰子声响过，跟着一片惊叹声起，众人叫道："啊呀！古达旦这注赢了。"古达旦得意道："可知！这注全押啦！"又听得骰子响起，人丛里又一片声哗："唉！古爷霉呀，只差一点点。"古达旦骂一声道："操他娘的鸡巴羔子，不用慌，老爷又来。"古达旦钻出人丛，手提酒瓶儿走到柜台，涎着脸对掌柜道："嘿，三头爷，说不得，挪些吧。"三头爷喷了喷鼻子，摇摇那个大光头，道："古爷，你欠了多少，还要借？有空了是得结结账了吧。"古达旦笑道："有借才好还呐，得得，再讨些，一起结了。"三头爷别转脸再不理他。古达旦拍地扇了自己一个耳光，骂道："奶奶雄，古爷没脸啦！"

贵儿朝一从人摆摆下巴，随即起身向里间进去了。那从人来到古达旦身旁，笑道："古爷想借本么，随我来吧。"古达旦拧转脖子看了这从人一眼，便跟着来到一间房里。贵儿正在吃着酒，他微笑着道："听说你要银子翻本，我有，要息的哩。"古达旦瞪着眼道："这规矩我懂，爷借我多少？"贵儿笑道："再多我都有，但不能多借，只是十两。"古达旦拍拍额头，道："够啦，老古这几天霉气，输了些不打紧，今日算卦的说我只在今晚便发啦，正望这银子翻本哪。"贵儿道："好吧，我就借与你。"从人把一包银子摆到几案上，古达旦伸手要拿，贵儿把手一拦，笑道："哎，先别急，还未立据哪。"从人将一字据摊在几案上，笑道："古爷画押吧。"古达旦一把抓起几案上的酒壶，对着口，仰脖子咕咚咕咚全喝了，甩了酒壶，在字据上压了指印儿，提起银子就走。贵儿笑道："你不看看？"古达旦道："老古不识字，不看啦。"说完头也不回去了。贵儿呼了口气，眯眼笑了。

刚过午，冼夫人回到大堡，那些丫环婆子一见都围了上来。冼夫人脚不停步，一直往里走，道："快通报老爷。"廊下那虎听到冼夫人的声音，当即蹦立起来，扬首卷尾，好不亲切。冼夫人走了过去，蹲下身来，用手摸着那虎的脑袋，笑道："花儿，我们许久不见了，很想你呀。"那虎依偎着冼夫人，口里发出"呜呜"的声音，用舌去舔着冼夫人的手儿。冼夫人笑道："好啦，今天我没空，等我安顿下了，接你去郡城里吧。"说罢站起

身，进大堂厅里来。众丫环忙让冼夫人坐了，又沏好茶。冼夫人吃着茶，与丫环说些闲话。一会儿，只见冼来山急匆匆过大厅来。冼夫人忙起身迎了上去，跪下便拜。冼来山忙把她扶起，问道："女儿今日来得匆促，不知……"冼夫人扶父亲坐了，自己又才坐下，道："女儿自离家后已有数月，心里老惦念着父亲，一直未便省望，不孝得很。今日有一急事，不得不回，所以不及告知就来了。"冼来山见女儿脸容严肃郑重，不免担心，忙问："是何事？"

冼夫人道："贵儿在吗？快找他来。"冼来山转过头来，道："传贵儿。"仆从去了。一会儿贵儿进来，见冼夫人在座，十分惊喜，忙参拜了，道："不知小姐来家，我们合府上下总在唠叨想念着呢。"随后又小心道："贵儿来了，不知老爷、小姐有何吩咐？"冼来山望了望女儿，冼夫人紧盯着贵儿一会儿，还未开口。贵儿见冼夫人脸若冰霜，早慌了神，忙把头来低了。冼夫人才道："贵儿，我且问你，你想成家了是吧，准备在外找女人了，老爷知道么？"冼来山听女儿这样问，一头雾水。贵儿心里一愣，"这，这"的一时语塞。冼夫人冷笑道："有这回事么？你讨老婆也不问清楚了，你要逼死人命知道么？你且把如何立假文书蒙骗人家女儿一事从实说来。"贵儿知道这事再瞒不住，脸色都白了。冼来山已听出些话儿来，大吼道："狗奴才，在外干了甚么好事，还不快跪下！"贵儿咚的一声，双膝下跪，哭丧着脸道："这事，怎么会死人，都是奴才该死，都是奴才该死。"随即狠命地抽打自己的嘴巴。冼夫人道："人呢，正在上吊时，幸好让我们遇上救了。明天他们就要上衙里告你。"贵儿听说人没死，悬着的心放下一半，喃道："没死人就好，没死人就好，奴才服罪就是了。"冼来山怒问："贵儿，到底是怎么回事？快说！"贵儿见冼来山动怒，这时哪里再敢支吾，便将如何立契据诈骗古达旦的事说了出来。

冼来山摇了摇头，恨道："你要讨老婆怎不跟我说，却用如此下作手段，真是该死！"贵儿小声道："这女孩儿本不是我要的，我……"冼夫人听贵儿似乎话中有话，急问："这女孩儿不是你要的，那是谁要呢？"贵儿欲答不答，吞吞吐吐，冼来山又来火了，大喝道："快说！不然打断你的狗腿！"贵儿跪在地下，双腿打战，冷汗直冒，青紫的嘴唇抖了几下，终于大哭起来："老爷呀，奴才对不起老爷，奴才要死了。奴才在宋康城里结识一个青楼女子，被她拐去了一万两银子……"冼来山呀的一声叫了出

来，手指着贵儿直发抖："你，你……"冼夫人忙道："父亲千万别动火，先听他说。"贵儿又哭道："老爷你别……奴才该死呀。我动用公银的事让二爷发觉了，我怕得要死，求二爷为奴才遮掩。那天奴才跟二爷去高凉郡城里公干，路上遇到一个姑娘，我见二爷喜欢，便……便，便查访清楚了，知得那女孩儿的父亲好赌，又不认字，便立字据借他十两银子，奴才却写成了典身契，问他要女儿……"

冼来山气得浑身战抖，大叫道："该死的奴才呀！枉我抬举你，你竟如此无法无天，快给我绑了！快，快把老二寻来！我……"一会儿，冼定急步来到大厅，一眼看见妹子与父亲坐在那里，老远就叫道："呀！百合妹回来啦。"冼夫人勉强点了点头，淡然笑道："二哥，我回来了。"突见贵儿反绑着跪在地上，冼定心口扑通一下，抬头又见父亲铁青着脸，一言不发，暗道："妹子突然来家，父亲脸有怒容，难道是贵儿挪用公银的事发了？"猛听得父亲大喝道："你干得好事呀！贵儿这狗东西挪用公银，你却为其包庇，连我你都敢蒙骗了，已是该死，而又强占民女，不择手段，更是该死，畜生不如的东西！"冼定见父亲如此震怒，惊得慌忙跪下："孩儿该死！贵儿挪用公银，是让孩儿逮着了。孩儿见他苦苦哀求，一时心软便没有说出去。强占民女这事，却不知从何说起。贵儿是曾说要找个好女子送我，但我还没有见到人呢。"冼夫人道："这就是了。好贵儿呀！你真会为主子效劳呐，二哥逮着你的尾巴，你送好处堵他的口。如今差点逼出人命，你说怎么办？"又看着冼定道："二哥你好糊涂，贵儿给你弄的那个女子，却是自小许了人家的，那对有情人走投无路，双双上吊自杀，幸好救下了，不然……"冼来山怒喝："畜生！你要人，哪里讨不了，却干出这样的事来，你叫老爹如何见人？都给我绑了，送出郡衙里，该杀该剐，我也不管。"冼夫人道："阿爹，我今日回来，就是为了这事，如今都已明了，说不得，我要把二哥、贵儿一齐带出郡衙，才能了结此案。"冼来山道："是该办，给我绑了！"众仆从见冼来山动了真火，只好把冼定也绑了。

这时，冼家兄弟、甘弇、廖明等人得到消息，全都赶来了，见了这个场面，也不敢问。冼夫人脸有泪痕，向众位兄长及甘弇、廖明等人问了好，然后对父亲道："阿爹，女儿不便久留，现在就要赶回郡城里去，容日再见吧。"说着跪了下来，给父亲叩了几个头，那眼泪禁不住往下滴。

冼来山把女儿扶起，不做一声。

　　众人出到庄门，仆从已牵着冼夫人的菊白及另两匹马在等待了。冼夫人命仆从扶冼定、贵儿各上了马，自己也腾上马背，回首朝众人拱了拱手，道："阿爹，你们都回去吧！"随即轻抖缰绳，跟着冼定、贵儿两骑向高凉郡走来。

　　张融啧啧连声，问冯宝道："你知道这四个字是谁写的么？"冯宝道："噢！出自山荆手笔，有何不妥么？"张融吃惊道："是尊夫人墨宝？真真了不得，右军神髓尽聚于斯矣！吾辈不复敢用笔耳，惭愧！惭愧呀！"（见第九章）

　　梁武帝跑下堂来，双手扶起周兴嗣，见他鬓眉花白，大异昨日，怪愕
之下，梁武帝伸手为他除去纱帽，顿时满堂皆惊，原来周兴嗣为编写这篇
《千字文》，呕心沥血，绞尽脑汁，一夜之间竟然毛发尽白了。（见第九章）

满腔赤诚兴教学　一夜白发谱华章

傍晚时候，冼夫人带冼定、贵儿回到郡衙。冯宝见了大吃一惊，但见众衙役在旁，不便细问，只吩咐暂押便堂候审，便与冼夫人匆匆回到怡春园来。刚跨进门槛，冯宝便问："这案是贵儿一人所犯，夫人怎么把二哥也带来了？"冼夫人一头朝里走，一头道："一言难尽，案内有案呢，入屋才与你细说。"武哥、七儿、子正等忙把冯宝、冼夫人迎进里屋，夫辛沏茶过来，冼夫人吃了。刚坐下，韦放、赵媚娘夫妇得讯，也偕三彩儿、阿秀过来询问，都让坐了，冼夫人才把冼定、贵儿犯案缘由细细说了一遍。大伙儿慨叹不已。冯宝搓着双手，脸色凝重，道："这案情是明白了，你叫我明天上堂怎么审理呐？"忽报众僚属在外面等着求见太守，韦放忙与赵媚娘等人起身离去。冯宝整整衣冠，迎出便厅，招呼众僚属落座了，才问道："不知诸位前来是……"主簿丁方尚略为迟疑，道："听得郡主所拘二疑犯，乃是至亲。属下与众同僚心下不安，以为，若非十恶不赦，还望网开一面，另作筹划，大事化小，小事化……"冯宝打断话道："哎！先别说这个嘛，这二人是否有罪现在还未知呐，等明天吧。明天原告一到，便见分晓。"府尉党世钧道："依我说，无须上公堂，不管怎么说，面子上也不好看。有甚么大不了的事。我们看了也不忍呐。"其余僚属各抒己见，均劝说冯宝一通。冯宝笑道："诸位美意，冯宝岂能不知。都请回吧，冯宝或许不会负诸位所望。"劝得众僚属走了，冯宝又匆匆回到后堂，吃过晚饭后，与冼夫人直斟酌到半夜方才睡下。

次日清晨，冯宝草草用过早点，便与若砚上衙里去。冼夫人坐在家

里，一言不发，仆从丫环欲去衙里探看，冼夫人一概不允。韦放、赵媚娘与寿儿、三彩儿、阿秀都来了。武哥道："赵姑娘劝劝小姐吧，她昨晚不吃饭，今天又不吃饭，怎么得了。由是我们怎么劝，就是不听。"说着掉下泪来。赵媚娘听了，眼睛发红，道："这还了得，快取饭菜过来。"冼夫人道："你们都不用慌，我确实不饿，等下再吃不迟。"众人没有办法，只得不声不响地坐着。直到傍午时分，才见冯宝与若砚回来，冼夫人起身问道："怎么样？"冯宝道："判原典身契无效作废，被告冼定、贵儿在郡衙大门口枷号五日，另罚被告冼定赔银一百两给原告。"冯宝说这两句话时，显得无精打采，黯然伤色。武哥道："这贵儿可把二爷害苦了，这么热的大气，太阳底下怎么受得了。"三彩儿道："贵儿罚他一下该的，二爷却不是冤了，何况又没有死人，怎么就……"赵媚娘叹了口气，道："寿儿呀！你给二爷他们送点吃的吧，还要带足水，不然撑不住呀！"寿儿答应去了。

午后，寿儿回来。韦放问："二爷与贵儿都吃过饭了吧？"寿儿道："吃了，是我喂他俩的。"赵媚娘问："他俩说什么话吗？"寿儿道："二爷不吭声，只有贵儿说自己该死，倒害了二爷。可是呢，五六月的大热天，带着枷跪在太阳底下，人都要晒干呐。围观的百姓也有不忍的，叹息着说，恶奴害苦了主子。看守的衙役私下对我说，你回去求求冯老爷吧，枷一天算了，这样下去怕要出人命呐。"大家都看着冯宝，冯宝又掉头去看冼夫人。冼夫人别转脸去，不作一声。

第三天傍晚，寿儿送饭回来，面带泪容，道："我再不愿去送饭啦，让别人去吧，我再受不了啦！今日下午，贵儿晕过去了，二爷还勉强撑着，两人都晒成了铁人，你们都去看看，包管都认不出来了，看着让人心酸。你们无动于衷，那原告裴洞、蓝三妹都心软了，今天一早就陪着跪在地上告饶，围观的百姓都叹息吁嘘，打算联名劝谏老爷开恩呐。啊……"说着哭出声来。若砚看着冯宝道："老爷，你就开声吧，大家都难过呢。"冯宝瞪着若砚，道："你说我心中安乐么？昨天我已收了裴洞、蓝三妹呈上的告饶书子，可是夫人不允，你，你叫我如何……"赵媚娘道："姑娘，既然原告都肯松了，你就……"冼夫人看了赵媚娘一眼，起身入里面去了。

第五天晌午，冼定经受不住暑气，终于也晕过去了。冯宝飞奔回来，不管众人都在，冲着冼夫人吼道："你心肝儿够硬啦！你叫我日后如何面

对二哥，如何面对你的父亲，如何面对你的家人。现在不说众僚属，就是郡里百姓都责我矫枉过正，轻罪重罚，不惟无私，复亦无情啦！冯宝拼着此官不当，也决不愿担此无情无义、六亲不认之骂名。"冼夫人掉下泪来，看着冯宝颤声道："你每常与我谈论，发誓要当个好官，决不负国家，更不负百姓。可如今怎样？我二哥触犯刑律，几乎逼死人命，虽非祸首极恶，实在罪责难逃，枷号惩戒五天，事实轻判了。你看着二哥受苦便觉不忍，林子里一双男女上吊又当何说？言而无信，不能立身，朝令夕改，如何施政？还有胆气耻笑你父亲么？你骂我无情无义、六亲不认，他是我二哥，自小疼我惜我，如今枷在那里受苦，我不心痛？连着五日五夜，我食不甘味，睡不安席，心如刀割，你知道吗？"冼夫人说到这里，再也忍耐不住悲痛，放声大哭。在座上下人等无不下泪。

转眼一月过去。这期间，冼夫人与冯宝回了一次大堡，其余时间足不出户，或在庭院踱步，或在屋里呆坐，沉思时多，说话时少。冯宝以为冼夫人还在念着冼定、贵儿那桩事，所以心里不快。这天，冯宝自衙里回来，见冼夫人又在闷坐，便劝慰道："二哥的事已过去多时，你也无须耿耿于怀。"冼夫人回过神来，问冯宝道："你说甚么？"冯宝纳闷道："我在问你呢，你不是在想着二哥那桩事吧？"冼夫人看着冯宝，扑哧一笑，道："呆公子，我才不再想那件事呐！我在想着另一件事，不过这件事与那件事倒是有些干系。"冯宝一脸茫然，"甚么闷葫芦，这件那件的？"冼夫人笑道："自从二哥那件事后，我想到一个问题，贵儿立伪契欺诈古达旦固然可恶，然古达旦要是认字，这局诈庶几落空。自古以来，俚僚百姓认字者少，中原礼教罕有人知，和风不进户，秽气不能除，所谓闭塞，致被中原人称为化外之邦，荒漠蛮夷。"冯宝脱口笑道："我祖上虽算是中原人种，然我却在百越土生土长，也是半个蛮夷了。"冼夫人笑道："似你自小认字学算，万人之中能有几个。"冯宝道："夫人说了许多，你到底想干什么？"冼夫人头一扬，道："我想办学兴教，让百姓的孩子都读书。"冯宝看着冼夫人，吃惊道："这是大难事呀，一般百姓哪供得起？"冼夫人道："是因为难，我才大费踌躇呀！我这学校并不收百姓厘毫，不拘是谁，只要愿意，都可进来，所谓有教无类。"冯宝摇了摇头，笑道："难得夫人美意，只是这大笔银子从哪来哟？又要盖学堂，又要请先生，都是银子呀！"冼夫人道："学堂我看好办，我就回大堡跟阿参要去，让他腾出西城不就

解决了么。至于先生老师嘛，那就看你的啦！"冯宝大张着眼，摆手道："我哪成？我不学无术，只能误人子弟，况且我现在不比从前，已是官啦，也不容我荒废政务，潜心施教呐。"冼夫人笑道："不是让你当先生。你不是常说你那班高友满腹诗书，才华横溢吗，这可就有了用武之地，能不能把他们请来，这就看你了。不过我先声明，必要耐得寒苦，没有酬薪的，这叫义务。"冯宝笑道："这都让夫人想到了，我怎么就想不起来。这事包在我身上，准保将他们请来。君子固穷，忧道不忧贫，说甚么酬薪不酬薪的，管吃饭就成。"冼夫人笑道："好！就这样定了，我明天就回大堡，找父亲商议去。"

　　第四天傍晚，冼大人与武哥、夫辛从大堡赶回。冼夫人兴奋异常，一见冯宝便大声嚷嚷："公子爷，阿爹答应啦！我也估不到他如此爽利，当即就叫账房拨出银子来置办几案恼凳呐。拟定八月中开学呢。怎么样，你请老师的拜束送出去了么？"冯宝道："你回大堡那天我就让人送出去了，我要张融他们这两天就来。"冼夫人听了很是高兴，正在说着话时，忽报南巴张融，罗州时元、洪通，高州龚自明等人都到了。冯宝大喜，忙不迭道："夫人，我们快迎出去。"冼夫人笑道："你这朋友果然爽快。"一齐迎出便厅来。

　　刚在便厅坐下的张融一见冼夫人，猛古丁地站了起来，"你……你是侠女，怎么……"冯宝哈哈大笑，"泰次兄，你吃惊了吧。山荆正是女侠，我一直未告诉你，这也是你自命清高，不肯附贵攀权，不愿来见我，致有此孤陋寡闻的佳话。不是要你来当教书匠，我还怕你不来呢。好啦，夫人，先让我介绍吧。这个张融你是早认识了的，还有这位是罗州时元，字定绶，这位是洪通，字丹其，也是罗州人，这位是高州龚自明，字允君，俱是高才，冯宝望尘莫及呀。"

　　张融、时元、洪通、龚自明都连忙又向冼夫人打揖施礼。冼夫人笑容满面，忙着还礼，道："太好了，快快请坐。你们都是大贤，能请到你们，真是不胜荣幸呀！"张融、时元、洪通、龚自明都又坐了。张融道："夫人高瞻远瞩，办学兴教，此义举，实乃岭南之先河，俚僚之福祉。夫人功德，千秋不朽矣！融等刀笔小才，止堪供几案之用。说到教授开蒙，只怕力不从心，误人子弟，有负夫人一片苦心呐。"冼夫人笑道："诸位太过谦了。办学兴教，殊为不易，养育子弟，邑人俱应有责，我只不过开个头罢

了。你们都是饱学之士，冯宝所说岂能有假。但望诸位各展其才，为梓里造福吧。"

冯宝设宴款待张融等人，韦放、赵媚娘夫妇也请了过来作陪。韦放知得冼夫人办学校，惊喜不已，大为赞赏，并且主动请缨，与赵媚娘一同回大堡帮忙。赵媚娘笑道："我虽然不会教书，做些杂活儿还难不倒我。"冼夫人笑道："老师、师母都不用忙，等大堡学堂办成后，自然又有你们忙的。我还要在郡城里办一所学校，不惟学文，还要习武，到时你们这文武全才的老师都有活做。"冯宝笑道："怎么又学起武来呐？"冼夫人笑道："我州沿海一带过去常受海贼侵扰，这些年似乎平静了许多，难保什么时候海贼又至，光是郡里驻军应付不来。我让百姓子弟都习些武艺，纵不能杀敌，亦足以防身，至少强身健体，有益无害。我看了许多读书人，都是弱不禁风的样子，便有才华也施展不出来。我说句笑话，希望不要见怪，冯公子、张相公若有些小武艺，当日风林寨几个村民又岂能把你俩捉了去？"众人听了都笑将起来。

大堡学校定在八月十二日开学。冼夫人先把张融、时元、洪通、龚自明等人送回大堡安顿了，又购置了一批笔墨纸砚送回大堡。这些天，冼夫人连续回大堡探视几次，看看都准备好了，心里很是高兴。八月初九一早，冼夫人偕冯宝及韦放、赵媚娘夫妇，并若砚、寿儿众仆从，武哥诸丫环都回大堡来。冼来山率众儿子及甘弁、廖明、张融、时元、洪通、龚自明等人迎出庄外。冼夫人见父亲满脸春风，笑道："女儿从没见阿爹接得如此礼重。花了阿爹这许多银子办学，阿爹心痛么？"冼来山哈哈大笑："不痛不痛，痛快呐。这些天，乡亲父老纷纷到西城观看学堂，一批接一批，都赞我女儿菩萨心肠，圣贤胸襟呐。"

八月十二日清晨，大堡四邻诸乡村寨乡民带学童从四面八方拥来西城，刹那间人山人海，欢声雷动。吉时，大堡学校开学。顿时，鼓角声鸣起，冼夫人偕冯宝、韦放扶着冼来山缓缓步到大门楼，一起揭下门楣上横匾那块红来，立时，黑油发亮，镶着蓝靛"大堡学校"四个大字的牌匾呈现眼前。众村民掌声四起，数百学童欢笑着拥入大门去。冯宝见张融还在看着"大堡学校"四字发呆，笑道："学生都入学啦，你这当老师的还在这里？"张融啧啧连声，问冯宝道："你知道这四个字是谁写的么？"冯宝道："噢！出自山荆手笔，有何不妥么？"张融吃惊道："是尊夫人墨宝？

真真了不得，右军神髓尽聚于斯矣！吾辈不复敢用笔耳，惭愧！惭愧呀！"冯宝笑道："发甚么酸，快进去吧。"劝得张融入去，冯宝也不禁自个摇头晃脑，手舞足蹈起来。

　　直到开学第六天，冼夫人、冯宝才偕韦放、赵媚娘及众、丫环、仆从回到郡城来。这晚，冼夫人直叫全身累得酸痛，冯宝为冼夫人揉着肩膊，关切道："可知累了，你这个月来，大堡、郡里两头来回奔走，劳心伤神，哪得不累！"冼夫人笑道："哦！揉着真舒服呐。哎，累归累，这学校是办起来啦，整个西城生气勃勃，书声琅琅，真是令人精神为之振奋，流连忘返呀！奉义、奉达诸侄都说这个学校办得好了，比塾里好多啦。"冯宝道："这是当然。塾里一个先生，一个学生，顶多十个八个吧，死气沉沉的闷死人。我过去就没这个福，我真羡慕这群孩子呢，赶上了一个知冷知热的女先生。好了，现在学校办成了，你也应歇会于啦！"冼夫人道："我在想着下步该怎么做呐，大堡这间学校是办成了，还有郡里这间呢。"冯宝停下手来，扳过冼夫人，"郡里还要办？眼下是很难呐，不成又去问你阿爹要银子盖校堂？使不得，使不得。"冼夫人看着冯宝道："银子是要使用，只是购置物件，聘请老师的开销。校堂却无须盖了，有现成的。"冯宝迷惑道："哪来的校堂？"冼夫人笑道："我看这怡春园就是很好的校堂，地方够宽敞啦，不比西城差吧？"冯宝吃惊道："你要把怡春园建校堂？我们住哪？"冼夫人笑道："我们住那么大的房屋干么？空旷旷的，孟娘几个丫头还说怕黑呐。我们先在府衙凑合住下，等找到合适的房屋再搬出吧。"冯宝见冼夫人态度坚决，也只好答应了。

　　次日，冼夫人便命搬出怡春园，数十人口都住进府衙里来。

　　眨眼半月过去。这天下午，冼夫人与冯宝刚从大堡学堂回到府办，武哥便报道："夫人回来得巧了，早时从罗州来了一班客人，说是来找老爷和夫人，赵媚娘听说了，已和韦将军接在便厅坐地。"冼夫人略为沉吟，道："罗州来的，是谁呢？"冯宝眉一扬，朝冼夫人道："罗州来的客人找你，噢，莫非是……"冼夫人道："我们过去看看是谁？"

　　众人快步来到便厅。不大的便厅已挤满了人。赵媚娘站了起来，笑道："老爷，夫人，你们回来啦，快看是谁来了。"座上两人立起身来，朝冼夫人、冯宝作了一揖，笑道："请老爷、夫人安。"冼夫人仔细看时，一个是程见贤，一个是赵章逵，不禁惊喜道："啊呀！原来是你们呐，真是

想不到呀，快快坐下，快快坐下，你们怎么找来啦？"

程见贤道："夫人呀，你让我们好找呀！自从你与赵姑娘走后，我们真后悔没有问你名字，村民都责怪我糊涂。夫人的恩德比天还高，比海还深呀，再也无法报答的。半年来，我们四处打听查访，莫想找得着。后来听得有人说冯公子也曾四处查访侠女下落，我们心里一亮堂，哎，公子是官家的人，自然有办法，也许已找到姑娘了。我便与赵章逵等人进州郡求见冯刺史，冯刺史初时不肯说，可能是见我们诚心诚意，到底说了出来，真想不到呀，这侠女就是冼家大堡的千金，却又是早与冯公子定的结发。夫人呀，你那时已知是冯公子啦，真难为你怎么一字不提，唉！现在想起来，岂不是我们的罪过。"程见贤又向冯宝作了一揖："冯老爷不会记恨我们吧？"冯宝笑道："哪里哪里，快不要这样说了。"程见贤又道："我们回去跟乡亲们一说，数庄寨村民奔走相告，全都沸腾了。很多乡亲在家里立了夫人的长生牌位，早晚敬奉呐。"冼夫人笑道："这可使不得，我年轻无知，如何受得起，这要折我的寿啦！"赵章逵道："要得要得。乡亲们都说，夫人的恩德无法报答，唯有焚香顶礼，祷求上天保佑夫人长命百岁，无灾无难呐。"程见贤道："正是这个理。"说着指指地下一个大包，又朝冼夫人道："乡亲们商议了，自愿攒了份子，数庄和凑起来共计有一万五千两银子，让我们带来送与夫人，这是我们的心意，就请夫人收下吧。"冼夫人吃了一惊，忙不迭道："呀！这更使不得啦。我做了些甚么，乡亲们如此厚爱。你们的情义我都领了，银子决不可要，就请你们带回。"程见贤道："夫人若这样说时，只能令我们为难，有负乡亲使命了。"说着双膝着地，跪了下去。赵章逵也与那十七名乡民齐齐跪在面前，一齐道："就请夫人收下吧。"冼夫人见这场景，一时不知所措，竟说不出话来。

赵媚娘笑道："乡亲们的情意，着实令人感动，今日看来，这银子不收下是不成啦。"冼夫人看了赵媚娘一眼，嗔怪道："嫂子，你……"赵媚娘笑道："姑娘不用急，你听我说，你不是又要在郡城里办学校么，正缺银子呐，依我说你就收下这笔银子，就当是乡亲们义募好么。"程见贤道："噢？夫人要兴办学校，这般的事我们还是头一回见哪，可喜可贺呀。赵姑娘说的不错，我们这番心意更不能推了。"冼夫人笑道："这回用不了许多银子。"武哥嘟着嘴道："是不用银子，只是没得住了。"程见贤见冼夫人朝武哥打眼色，问道："夫人有甚难处，不知我们可帮得了？"赵媚娘笑

道："我们是自家人，有话不怕直说。是这样的，夫人兴教办学，不收百姓分文厘毫。上月已在大堡办起一所，学堂便在西城。这学堂办得风风火火，数百孩子入学呐。夫人又欲在郡城里再办一所，苦于没银子建学堂，好好的怡春园腾出来当学堂啦，所以我们数十口人都挤到府衙来了，暂时还找不到房子住呢。"程见贤听了，叹口气道："要不是亲眼所见，怎么能叫人相信呐，堂堂府君连住的地方都没了。夫人呀，这银子你是非收不可了，虽然这是杯水车薪，无济于事，你暂收下吧，让我们再回去想办法。"一个身材魁梧的年轻人站了出来，抱拳道："这事交由我办。"大家望着这年轻人。冼夫人问道："这位是……"程见贤笑道："光顾着与夫人说话，忘记介绍他啦！夫人呀，这位爷便是光寿庄庞拟昌员外的公子庞靖呀。"冼夫人细细打量，笑道："你就是庞老爷的公子呐。"庞靖笑道："便是我呀！我那年得怪疾，药石无方，看看寻死，若不是夫人的仙药，恐怕早已不在人世。夫人再造之恩，没齿难忘。"说罢又跪了下去，叩起头来，眼眶都红了。冼夫人欠身还礼，连道："快快请起。"庞靖又叩过头方才起来，看着冼夫人道："我父亲最近才知道侠女原来便是夫人，惊喜之下嘱咐我备了礼物，随众乡亲来寻夫人谢恩。如今夫人为办学堂，连住的地方都没有了，就让庞靖出点力吧。我家一远房亲戚在高凉郡城西大街报恩桥附近便有一所住处，叫恩铭居的，还算宽敞，我小的时候来过两回。前几年亲戚迁往广州，这房子一直空着，如若夫人不嫌弃，我即刻使人打扫拾掇，这几天即可住进去。"冼夫人还未答言，夫辛拍手答："老爷，夫人，这下好了，终于有地方住啦。我先替老爷、夫人多谢公子了。"庞靖看时，却是一个美貌如花的女子含笑向他福了一福，庞靖顿时脸红了起来。冯宝笑道："夫人呀，先答应下来吧。你都听到啦，府衙里怎么住呀，确实太挤窄呐，连她们都怕了。"程见贤道："是呀！既然庞公子如此恳切，夫人你就应承了吧。"冼夫人沉吟了一会，又看了大伙一眼，才笑道："你们的情义，我，我真是不知怎么说才好呀！"

庞靖使人着手修葺恩铭居，一个月后焕然一新。庞靖请冼夫人择吉日入住了。恩铭居有怡春园一半大小，朝南坐立，九间三进，连走廊厢房计有房子三十多间，四面粉垣围拢，共占地约有三亩上下。冼夫人慨叹道："庞公子让我们住进这么大的宅第，我们受之不安呀！"冯宝摊摊双手，笑道："谁叫你是圣贤，你要是不受，他更不安呐，奈何？"冼夫人摇了摇

头，再不做声。又半月后，怡春园学堂也开学了。不消说全城鼎沸、万众欢腾。

一日，冼夫人巡学回来，武哥报说罗州光寿庄又来客人了，已在便厅坐等。冼夫人问："是庞公子么？"武哥道："不是，客人称是光寿庄管家顾况，有要事要面见夫人呐。"冼夫人略为梳洗，更衣出至便厅，早见那客人起身施礼请安，冼夫人还过礼，又请坐了。冼夫人微笑道："不知顾大管家这次来是……"顾况欠身道："夫人在上，老奴今日奉主人之命，说亲来了。"冼夫人颇觉突然："说亲，这……"顾况忙着站起，又朝冼夫人作了一揖，道："夫人容禀，我家公子幸蒙夫人恩赐仙药，治好了怪疾，已是身强体壮，如今也已十六岁了，该是谈婚论嫁的时候啦！老爷打算为他说亲，公子知道后，借故推托。老爷一生只有公子这根独苗，哪能不急呀，百般追问催逼下，公子才说只喜欢夫人身边的一个丫环，这……"顾况说到这里，竟停了下来。冼夫人微笑道："噢！难得公子一片痴心，这好呀！不知他说的这个丫头是谁？"顾况道："他也说不出名来，只说是耳垂下有一粒黑痣的姑娘。"冼夫人笑出声来："哦哦，我知道了。只是她一个丫环，怕难为了公子，也不知庞老爷对此有何看法？"顾况道："老爷听说是夫人的丫环，欢喜不得了呀，连称这小子真会找人呐，便一口答应，还催老奴从速来高凉提亲呢。"说着又躬身作揖。冼夫人笑道："好！就请顾大管家权且歇下，这事成与不成，明天准有答复。"顾况谢了。

傍晚，冯宝下衙回来。见冼夫人还在翻阅书本，便道："两间学校都办起来了，你也该歇会子了，担心劳神太过。"冼夫人放下书，笑道："我不是正在悠着么，读书怡神，不会累的。噢，我今天又到怡春园学堂里走走了，请的几位先生也很不错呐，教课谆谆，因势利导，还唯恐学生学不到东西呢，确是难得。"冯宝笑道："确实是。前些天他们还对我说起夫人的恩德，使他们学有所用，得其所矣。这还不是要紧的，那韦将军才真真让我吃惊，起先你让他教课，我还暗自好笑，怎么让厮杀汉做这事了，到我听了他的课后才知自己肤浅，后来我又寻便与他聊聊，了不得，才知他竟是大儒呐。"冼夫人笑道："可知自己愚笨了。这些天，我在想着一个问题，这班老师，学问是没说的了，只是这教课还得改进。怎么说呢，学生还未开蒙，你与他说《大学》《中庸》，又哪里听得懂？必须先得认字然后才能释义。可如今教他认字，都是单字组词，老师费了劲，学生未必能记

住，缘因枯燥无味。怎么能有一个本子，组字为句，通篇上韵，读来朗朗上口，背熟后自然记住许多单字了。哎！这是不易的事呀，就让学究们去参详吧。"

忽然外面传入几个丫环的说笑声，只听得三彩儿笑道："你还不回去上头，明天就要嫁了？"又听得阿秀笑道："不要说啦，人家都不好意思了。"好像又在追打嬉戏，又听得武哥道："你们要作死了，里面老爷、夫人说着话呢。"

冼夫人笑了笑，道："还未告诉你，今日光寿庄顾大管家为庞公子说亲来了，庞公子看上夫辛丫头啦！"冯宝惊喜道："有这事？庞公子真真难得，确有眼力了。"冼夫人道："我这些姊妹都是百里挑一的女孩子，怎么庞公子偏看上夫辛了。"冯宝道："可是呢，都是好女儿呀，却让庞公子捷足先登了，我还真有点舍不得呢，唉！"冼夫人盯着冯宝笑："怎么？"她点着头道："你要敢对她们起坏心，我可饶不了你。"冯宝急了起来，道："冤哉夫人，你冤杀晚生啦。冯宝虽然张狂，绝非薄幸之人。夫人横空出世，百花再无颜色。冯宝每常自思，定是祖上荫德，才让冯宝今生得遇夫人，至今想来，犹似在梦中呐。我说舍不得这话是另有意思的，那天龚自明曾对我说起三彩儿，我看他脸红了，就拍胸口为他保媒，后来想起三彩儿在韦将军屋里，怕不好开口，我一直未敢与你说及，所以……"冼夫人笑道："看你急的，我只说了一句，你便有许多话。龚自明喜欢三彩儿，这是好事哪。我也真是的，连着出了那么多的事，倒真把她们的事给忘啦。她们与我自小长大，情同姐妹，如今大了，也早该打发啦，不成一世跟着我做老姑婆呀。三彩儿的事我会说去。"

冯宝笑道："干脆也为张融、洪通、时元都婚配了吧，还有寿儿，甚或若砚都……"冼夫人笑得打跌，"你今儿是干吗呢？你这是乱点鸳鸯谱哪，也不问人家愿不愿意就乱拉扯上来，你愁我的丫环没人要哩，急着往外赶。"

自天监五年始，梁武帝萧衍连番对北魏大举用兵，然而收效甚微，缘因北魏当时也处于鼎盛时期，双方领地互为替代，失而复得，得而复失，不能长久。经过数番大较量，梁武帝知道南梁国力还不足消灭北魏，一统天下，便把那好大喜功的心性稍为收敛。胡太后擅权后，北魏也开始衰乱，内部各势力连年争战，至中大通六年，终于分裂成以高欢主政的东魏

和宇文泰主政的西魏。高欢、宇文泰这两个死对头虽然分别名为东、西两魏的丞相，而实际各自操掌军国大权，魏主皇权名存实亡。高欢与宇文泰两方经过沙苑之战、邙山之战的大较量，都知道不能消灭对方，自此东、西两魏又进入对峙局面。东、西两魏自顾不暇，也再无力大举南侵，因而南北两朝长时间没有发生过决存亡之大战争，只是偶尔出现些小冲突，国境基本平静。

史学家评论梁武帝："历观古昔帝王人君，恭俭庄敬，艺能博学，罕或有焉。"又评："孝慈恭俭，博学能文，阴阳、卜筮、骑射、声律、草隶、围棋，无不精妙。"

西晋末年，中原士族逃奔江南，建立起东晋及后之南朝政权。中原文化也因之向江南大迁徙，出现了文化极盛时期。梁武帝大兴儒、道、释三教，他身体力行，堪为表率，儒、道方面的著述有《制旨孝经义》、《周易讲疏》、《文言》、《序卦》、《乐社义》、《毛诗答问》、《春秋答问》、《尚书大义》、《中庸讲疏》、《孔子正言》、《老子讲疏》等二百余卷。释教方面的著述有《涅盘》、《大品》、《净名》、《三慧》等诸经义记数百卷。天监初，梁武帝设立五经馆，置五经博士，增广生员，修饰国学，所谓正先儒之迷，开古圣之旨。何佟之，贺场，严植之，明山宾等名士先后在五经馆复述制旨。若遇王侯朝臣奉表质疑，梁武帝则亲为解释。梁武帝尊儒若此，至是穆穆恂恂，家知礼节云。大同中，又设士林馆，领军朱异、太府卿贺琛、舍人孔子祛等递相主坛讲学。皇太子、宣城王亦分别在东宫宣猷堂及扬州廨开坛讲学。其中以皇太子萧统讲学最具影响力。萧统是博通众学的文学大家，他广招天下名流文杰，搜罗古今书籍近三万卷，商榷研读，编成上起周代，下迄梁朝的三十卷文学选集《文选》，创文坛名才并集，文学之盛，自晋宋以来未有之先河。于是四方郡国，趋学向风，云集于京师云。梁武帝倡导文学之风确实也起了效果，不惟文士群起呼应，就连那些粗鲁莽夫也不觉斯文了起来。一次，梁武帝在光华殿宴饮百官，席间梁武帝心血来潮，诗兴大发，下旨群臣联句作诗。大将军曹景宗也要参加，梁武帝哑然失笑，道："你行兵打仗是没得说的，说到作文联句，你就免了吧。"这时曹景宗已醉，瞪着眼不依，非要做诗不可。梁武帝无奈，只好道："好，就让你做来看是如何，限竞、病韵，做得不好是要罚的。"曹景宗摇摆着站起身来，念道："去时儿女悲，归来笳鼓竞，借问行路人，何如霍

去病。"宴会上顿时一片惊叹声起。任防赞道："妙！绝妙！气吞斗牛，一洗靡丽之风矣！"

佛教在南北朝时期处于发展状态。北魏自正光以后，四方多事，祸乱纷起，百姓为了逃避赋税徭役之苦，很多人削发为僧尼，以致才二百多万人的国家，竟有寺庙三万多座。南朝的宋齐两代，佛教一直持续发展，至梁武帝时，南朝佛教更是登峰造极。大通元年，梁武帝在京都建康建起同泰寺，从此经常在同泰寺、重云殿讲经释义，名僧硕学、四部听众常有万余人之多。大通元年三月，梁武帝到同泰寺舍身，愿出家当和尚，四天后才回宫来。中大通元年九月，梁武帝舍身同泰寺，设四部无遮大会，公卿以下大臣，出钱一亿万赎身。梁武帝曾作《会二教诗》，竟把佛比作太阳，把儒、道比作众星，所谓"穷源无二圣，测善非三英"。

梁武帝确实是通才人物，文学方面就与当时的大文豪沈约、任防等人齐名。他最负盛名的是洞达儒玄，创三教同源说，以"礼"分贵贱，以"无"止贪欲，以"空"释争夺。

梁武帝才气横溢，艺能博学超迈古今，孝慈恭俭也是空前绝后。梁武帝常对臣子说这句话，"朕任司牧，勤政于民，终日遑遑，犹恐不及。"每日五更天，便起身秉烛视事案儿。寒冬腊月，手冰得拆裂开来，也不会停笔。他每日只吃一顿饭，都是些平常粗素菜，并无鲜肉海味之类。到中午的时候，只用清茶漱漱口便算吃饭。他身上穿的都是普通的布衣，寝室挂的是黑色木棉帐帘，一顶帽了必要戴三载，一面被子必要用两年。后宫自贵妃以下，六宫自三翟之外，都衣不曳地，傍无锦绮。平日不饮酒，不听声乐。任何时候都是衣冠齐整，大暑天也决不袒肩露背。不穿戴整然，决不与人相见。就算对待宫内的侍臣阉人，竟也似接待贵宾一般，礼仪谦恭到无以复加。梁立国初，一些官员劝梁武帝杀掉前齐诸王，以免后患，梁武帝就表示自己的宽容大度。他对惶恐不安的齐南康侯萧子恪、祁旧侯萧子范道："你们大可放心，我干吗要杀你们呐？昔刘子兴自称是汉成帝的儿子，光武帝就说，'即使是成帝重生，也无法再得天下了，何况是子兴呢。'曹志，是魏武帝之孙，而最终做了晋朝的大忠臣。难道我还比不上前贤不成？"但凡诸王犯科作奸，梁武帝一概宥恕，不加深究。梁武帝早年没有子嗣，便过继六弟临川王萧宏的儿子萧正德为嗣。后来生了太子萧统，萧正德只好还本归原，封为西丰侯。萧正德失去皇太子之位，自然怨

227

恨不平，便逃到北魏去，称废太子寻求庇护，冀望北魏起兵攻梁。那时北魏正闹内乱，无暇顾及这闲事，萧正德很是失望，无奈次年又逃回梁朝。萧正德事实是叛国投敌，理应严惩，可梁武帝不惟不罪，反而哭着数落道："傻孩子呀！你真是不懂事呀！怎么跑去他国受苦哪！"照样恢复萧正德西丰侯爵禄。

临川王萧宏自洛口败绩后，常怀愧愤。都中每出盗案，俱说是萧宏所使，有司累奏此事，梁武帝都遮掩过去，不予责备。一次梁武帝幸光宅寺，有刺客伏于骠骑桥下，等待梁武帝晚上出来时好下手。岂料那晚梁武帝福至心灵，似乎预感不祥，便改道朱雀桥过去了。后来抓到刺客，又称是萧宏所使。这次梁武帝该办萧宏的罪了吧。可是，梁武帝又哭着对萧宏道："我人才胜你百倍，当这个皇帝，犹恐不堪重负，你想干什么呐？当日淮南厉王刘长不轨，汉文帝斩了他的头，事犹在目呢。我并非不能学汉文帝，只是念你愚蠢罢了。"

萧宏奢侈放纵，贪欲无度，单是在京师就强抢豪夺宅邸商铺数百间。萧宏王府内堂之后室关防甚严，窗户紧闭，闲杂人等莫想进入。有人怀疑这密室藏着兵器甲胄，暗地里报告梁武帝。梁武帝闻报大惊："这小子不成真的想造反？"他碍于至亲至爱，一下子难于下令搜查，心里又惊又怒，怏怏不乐。一日，梁武帝命人送盛馔来萧宏王府，让萧宏爱姜江氏收了，传谕，今晚皇上过府欢宴。当晚，梁武帝独携故人射声校尉丘佗卿来到临川王府中，萧宏与爱姜江氏早已设好宴席候驾。梁武帝与萧宏、江氏一齐入座，放怀畅饮，无所不谈，甚为融洽乐趣。梁武帝不觉半醉，乜斜着眼对萧宏道："我听人说你的后堂房宅造得雅致有趣，我今日定要逐间参观，如何？"萧宏听了一愣。笑道；"哪里的话，很是平常呐。"梁武帝微微一笑："是么？看了便知。"手一摆，即传舆驾来到后堂。萧宏脸色大变，战抖不已。梁武帝见状，益发起疑，指着上锁闭窗的房子道："这房关得那么实，里面是什么呀，能让我看么？"萧宏哪敢不从，只好叫人开了锁。进去看时，满屋子尽是钱币，每百万钱束一大捆，用黄标悬挂，千万为一库，又悬一紫标。梁武帝又命逐问打开三十多间房子，清一色全是钱币。梁武帝与丘佗卿屈指算计，共有现钱三亿余万。再检视其他房屋，贮积满各类布、绢、丝、绵、漆、蜜、纩、蜡等杂货，竟不知有多少。这时，梁武帝才知道萧宏的后房只是敛藏财物，并无兵器等犯禁之类，他深深地吐

了口气，转头看萧宏时，已是脸无血色，汗流浃背，双腿打战。梁武帝拍着萧宏的肩膀，点头笑道："阿六呀！你真会过活，家当不少哟!"于是重整宴席，直饮至半夜，才举烛还宫。

大同七年三月二日，梁武帝临太极前殿，散骑常侍贺琛启陈四事：其一，以为"北边稽服，正是生聚教训之时，而天下户口减落，关外弥甚，郡不堪州之控总，县不堪郡之衰削，更相呼扰，惟事征敛，民不堪命，各务流移，此岂非牧守之过欤！东境户口空虚，皆由使命繁数，穷幽极远，无不皆至，每有一使，所属搔扰，弩困守宰，则拱手听其渔猎，桀黠长吏，又因之重为贪残，纵有廉平，郡犹掣肘。如此，虽年降复业之诏，屡下蠲赋之恩，而民不得反其居也。"其二，以为"今天下所以贪残，良由风俗侈靡使之然也。今之燕喜，相竞夸豪，积果如丘陵，列肴同绮绣，露台之产，不周一燕之资，而宾主之间，裁取满腹，未及下堂，已同臭腐。又畜妓之夫，无有等秩，为吏牧民者，致赀巨亿，罢归之日，不支数年，率皆尽于燕饮之物、歌谣之具。所费事等丘山，为欢只在俄顷，乃更追恨向所取之少；如复傅翼，增其搏噬，一何悖哉！其余淫侈，著之凡百，习以成俗，日见滋甚，欲使人守廉白，安可得邪！诚宜严为禁制，导以节俭，纠奏浮华，变其耳目。夫失节之嗟，亦民所自患，正耻不能及群，故勉强而为之；苟以纯素为先，足正雕流之弊矣。"其三，以为"陛下忧念四海，不惮勤劳，至于百司，莫不奏事。但斗筲之人，既得服奏帷扆，便欲诡竞求进，不论国之大体，心存明恕；惟务吹毛求疵，擘肌分理，以深刻为能，以绳逐为务，迹虽似于奉公，事更成其威福，犯罪者多，巧避滋甚，长弊增奸，实由于此。诚愿责其公平之效，黜其谗愬之心，则下安上谧，无徼幸之患矣。"其四，以为"今天下无事，而犹日不暇给，宜省事、息费，事省则民养，费息则财聚。应内省职掌各检所部：凡京师治、署、邸、肆及国容、戒备，四方屯、传、邸治，有所宜除，除之，有所宜减，减之；兴造有非急者，征求有可缓者，皆宜停省，以息费休民。故畜其财者，所以大用之也；养其民者，所以大役之也。若言小事不足害财，则终年不息矣；以小役不足妨民，则终年不止矣。如此，则难可以语富强而图远大矣。"

梁武帝览奏大怒，斥责贺琛道："朕有天下已四十余年，公车谠言，每天不知听了多少，所陈之事与你大同小异，大多捕风捉影、不着边际。

此风一开，有害无益。朕苦于事繁倥偬，一直无暇端正整肃。一些不学无术的人老是喜欢自嘘：'咳！我很有能耐，恨朝廷不用罢了。'或故作清高，诵《离骚》道：'荡荡其无人，遂不御乎千里。'或孤芳自赏，诵《老子》道：'知我者稀，则我贵矣。'这类人整日指这责那，看什么都不顺眼。你是个很开明通达的人，怎么也拾人牙慧来了。你指责州府贪残敛财，民不堪命，何不说清楚一些？某刺史横暴，某太守贪残，某尚书、某兰台奸猾、某使者渔猎，这些人姓甚名谁？是谁送的礼、是谁受的贿？明明白白开列出来，该杀则杀，该罢免就罢免，然后再择良材，这才是可行之策。又，你认为士门豪族饮食铺费太过，应该严禁。我试问你，密房曲屋，深宅大户，你怎能知道他是否浮费？倘若家家户户都搜检一遍，何时是个了？恐怕只是无谓的麻烦事。你说士吏穷奢极欲，侈靡成风，到底指谁？若指朝廷，我无此事。我自向佛，再不宰杀牲口，朝中会同燕庆，只是蔬菜罢了，如果连这都减去了，再不知吃什么才好。公宴所用菜肴，都是田园植种之物，一只瓜变为数十种菜式，一种菜烧出数十味来，只是费些工时而已，并不损害什么。我自问历年来，若非公宴，我不吃国家之食，就是宫里所有人等，也不吃国家之食。凡所营造建筑的寺庙浮屠，从不使用材官国匠，都是我出资雇借以成其事。你说宜导之以节俭，朕绝房室已三十余年，至于居处不过一床之地，所有雕饰之物不准人宫内。自受禅以来不饮酒，不听声乐，朝中曲宴，未曾奏乐，所有这些，众大臣都是知道的。朕三更便起床视事，随事多少，事少午前即可做完，事多午后才能吃饭，且常常是每天才用一餐，无日无夜、一如既往。朕昔日腹大过于十围，如今瘦至两尺多一点，旧时腰带犹存，并非乱说。我这样做，为了谁呀？还不是为天下百姓？你又说百司莫不奏事，诡竞求进，你不让我听这些人呈事报告，那么听谁的呢？专门委任一人担此职务么？其他人的话都不用听了？荒唐之极。古人云：专听生奸，独任成乱，秦二世只听赵高一人的话，元后什么事都委决王莽，结果怎么样？呼鹿为马，我应该效法吗？你说吹毛求疵，又是何人？擘肌分理，又指何事？治、署、邸、肆等等这些机构，依你说哪个应减？哪个宜除？何处兴造非急用？何处征缴应延缓？怎么样，答不出来了吧！国宝呀国宝，我知你忠实尽职，但你所奏之事，都应具体列举，还有富国强兵之术，息民省役之宜，都应具体列举，若不具列，便是言之无据，欺罔朝廷知道么？"

梁武帝虽是七十多岁的人了，但气怒之下，底气陡增，一口气把贺琛骂个狗血淋头，贺琛浑身冷汗，哪里再敢吭声。

散骑常侍、尚书右仆射、霄城侯范云见梁武帝深责贺琛，不由心里凄恻，暗道："天子糊涂呀！广袤国土，奄有东南，凡其食用，自其身以及三宫六院，既不是佛祖生产，也不是神仙营造，更不是由西天竺国送来的，有哪一样不出自东南老百姓辛勤之手哪？只不过不使用公银罢了，怎么能说不吃国家之食呢？如若这样说来，那么这个国家又是谁的国家呐？贺国宝说的并不错，更何况只是对这些弊端说了些皮毛，还未切肤切骨，皇帝就如此震怒，护其所短，矜其所长，非要问出贪暴吏长的名字，非要问出劳费的条目，硬要贺国宝陷入理屈词穷，难以应对的困窘境地。自以吃些粗菜淡饭为盛德，终日劳碌为至治，这样做皇帝便是尽善尽美，空前绝后了！群臣的箴规谏劝无须再听。这样下去，日后比贺国宝说得更了确凿的言语，还有人敢站出来说么？这样下去怎么得了呐。"范云忧心忡忡，私下黯然惨淡。

四月十三日，梁武帝接得广州刺史元景隆奏折及高州刺史徐尔复奏事，内表"高凉郡宰冯宝为政简惠，得士民心。妻冼氏女诚约本宗，使从民礼。每共宝参决辞讼，首领有犯法者，虽是亲族，无所舍纵。自此政令有序，人莫敢违……"梁武帝阅折大喜。次日，梁武帝在华林园召会百官，以奏折尽示群臣。梁武帝笑道："都看看吧。可笑贺国宝眼光短浅，容量不大，把一切都看得糟糕。尧为圣主，尚且有四凶在朝，我的周围就不允许有恶人了？河海大泽之中，有龙有蛇，这江河湖海呀，纵然不能说是尽善尽美，也不能说是大恶大丑吧？贺国宝为何不明这个理呢？贺国宝责朕政刑驰纵，臣子在位多贪残。眼见是一叶障目，愚蒙之至，愚蒙之至呀！"众臣工阅过折子，莫不"啧啧"连声，赞叹不已。左光禄大夫、尚书令、领太子少傅沈约拄着拐杖，颤巍巍道："自冯业至冯融，三世为守牧，然他乡羁旅，号令不行，以致掣肘。古人云：'修其教，不易其俗，齐其政，不易其宜'。就是这个道理。冯宝有官声，宜当勉励，冼女贤德，更应旌表呐！"群臣一致附和。尚书右仆射范云道："立人建国，莫尚于尊儒，感俗化民，必崇于教学。冼氏女设训垂范，启导心灵，弘振国学，琢玉染蓝，若此以往，则人伦以睦，忠孝之理自明，君臣之道弥固耳！谁谓化外之域，礼义不进乎？冼氏女奇女子也，虽身居陋地，实实功追古贤

矣!"右骁骑将军、知太子詹事周拾又道:"冼氏女观风省俗,哲后弘规,振民育德,光被黎元,至是去杀胜残,忘私殉公,此举所谓狩岳巡方,明王盛轨矣。这般奇女子,诚前所未有,宜行报各州,以为楷模。"群臣又一致附和。梁武帝甚为高兴,拟旨,"诏冯宝卫海将军,加四品八班,赐朝服一具。诰宝妻冼氏女护国夫人,给东园秘器水精环、玉镂麒麟、金镂玉璧各二枚,金玉如意各二对,朝服一具。"各由吏部、礼部照办。梁武帝背手踱步,沉吟一番,扬手道:"唔,还有一事。冼氏女兴办学校,开启蒙童,那些老师呀少不了依旧是'大学之道,在明明德……'蒙童还未认字,教也无益。于是教认字,而都是'天、地、人、父、母、君、臣……,诵之无味,记又不牢,你说这多费劲呐。怎么得一本好书,集千数单字,字不重复,配之以韵,文为一气就好了。咳!我说的这事也不是新鲜事,前贤也曾去做了,你们都应该知道,三国时期,魏钟繇就曾经写过一篇《千字文》,可惜未行世便在逃难时被雨水淋坏啦,终于没能留下来。东晋时王右军又重新编写,只是文理音韵都不算好,也不能行世。这事儿呀悬在我心里数十年啦,只因事繁务冗,始终腾不开手来。现在我老啦,想做也做不来。沈休文、任彦升、范彦龙、周升逸这些老家伙本也称职,只是都老啦,喘不过气来呐!我思来想去,必要才思敏捷而又年富力强的人方能堪当此任。"说到这里,梁武帝把眼光落在给事中周兴嗣身上,"思纂呀!这事就由你去办吧。"

周兴嗣字思纂,陈郡项人,世居姑苏。他十三岁时游学京师,博通记传,善属文辞。在姑苏时,曾梦见一人对他说:"你才学超迈古今,先是结识贵臣,接而知遇英主。"说完化道金光去了。侍中谢朏当时是吴兴太守,每与周兴嗣谈论文史,不知昼夜。及谢朏告老还乡里,四出为周兴嗣称荐。周兴嗣因才名终于被州里举为秀才,除桂阳郡丞。太守王嵘与他关系融洽,礼之甚厚。周兴嗣任上作《休平赋》上呈梁武帝,其文甚美,梁武帝读后赞不绝口,大为惊奇,诏周兴嗣为安成王国侍郎,直华林省。当年,河南地献来舞马演技,诏周兴嗣与待诏到沆、张率等人作赋为庆。梁武帝看了众人的文章,以为周兴嗣写的最好,即擢拔周兴嗣为员外散骑侍郎,进直文德、寿光两省之任,迁给事中佐撰国史。当时,梁武帝将三桥旧宅改辟为光宅寺,敕命周兴嗣与陆任各作一方寺庙碑文,两人文成呈报,结果梁武帝用了周兴嗣所作碑文。自这以后,举凡《铜表铭》,《栅塘

碣》、《北伐檄》，都由周兴嗣撰文。每文作成，梁武帝无不赞称备至，加赐金帛财物。

今日梁武帝龙颜大悦，雅兴大发，要周兴嗣重编《千字文》，周兴嗣受宠若惊，哪敢怠慢，领旨回府，当晚就加班加点起来。通宵达旦，周兴嗣终于编好《次韵王羲之书千字》一文，放下笔管，也不洗梳整衣，捧卷竟直奔太极殿朝堂而来。众朝臣见周兴嗣衣冠不整，脸容憔悴，且又步履匆匆，正在惊怪，周兴嗣已举卷过顶，朝梁武帝御座跪下，口里道："陛下，臣已作成《千字文》。"书卷呈了上去，梁武帝又看了周兴嗣一眼，才开卷细阅，不禁念出声来。从"天地玄黄"句起，一连气诵完全文。梁武帝惊喜若狂，拍案道，"千古美文！千古绝唱！思纂呀！你人同此文，俱各不朽矣！"梁武帝叹声甫落，庙堂里一片轰然，无不跷指称羡。梁武帝跑下堂来，双手扶起周兴嗣，见他鬓眉花白，大异昨日，怪愕之下，梁武帝伸手为他除去纱帽，顿时满堂皆惊，原来周兴嗣为编写这篇《千字文》，呕心沥血，绞尽脑汁，一夜之间竟然毛发尽白了。

梁武帝久久凝视着周兴嗣不吭声，末了颤声道："朕当亲自摹抄二本《千字文》赠高凉冼夫人，并同诰封行达。"

太清元年三月庚子，梁武帝驾幸同泰寺，停寺省行在所，登坛讲《三慧经》，又发诏告："以今月八日于同泰寺设无遮大会，舍朕身及以宫人并所王境土供养三宝。"直到四月，众公卿大臣以钱两亿万奉赎回宫。守吏部尚书、尚书仆射王克私下对尚书令谢举道："自庚子舍身到丙子奉赎，计三十七天呀！国家万机之事，不可一日旷废，为了佛事而荒弃若此，皇帝忘记天下啦！三十七日呐，天下不知为无君，天下亦忘君矣！"谢举忙阻止他，低声道："你胆子真大，怎么敢说这样的话。皇上崇尚释、玄，自非今日始，并不是新鲜事了。昔日范云尽心事上，知无不为，临繁处剧，精力过人，称为贤相。范云死后，众臣子都以为沈约该揽其职，承担枢官，可皇上偏不让沈约揽担，最后让尚书左丞徐勉及右卫将军周拾同参国政。你猜怎么着？缘因却是沈约素来轻视《易经》呐！"王克听了，但低头叹息不已。

五月乙卯日，梁武帝率百官出南郊祭天。来到秣陵地旷野时，突然车仗停在道边。梁武帝不知何事，便问道："怎么停下来了？"众大臣都围了上来。前面侍官跑来禀报，说有一白发老者挡道。梁武帝低首沉吟一会

儿，挥挥手道："把他带过来吧。"不一会儿，禁卫把老者带到驾前。梁武帝上下打量，这老者须发皆白，拄着拐杖，气喘吁吁，看模样怕有八九十年纪了。这老者笑容满脸，很和气地问梁武帝道："你就是皇帝么？"众大臣见老头子没头没脑的就问一句，却不下跪，尽都骇然。侍官大喝："大胆刁民，无故拦驾，还不跪下？"梁武帝摆了摆手，轻声道："我就是皇帝，你有什么话要说吗？"那老者还是拄杖站着，微笑道："皇上优厚王族公侯、权贵重臣，这些人犯了法，你竟枉法宽宥，不予追究。对老百姓呢又执法如山，丝毫无情，且苛刻过了头，不论老幼俱不能免；一人逃亡，则全家囚禁，罚作苦劳。皇上的法律呀，对民众过于严，而对于权贵又过于宽，这样做法，不是长久之计呀！嘿嘿！如若能倒过来，则天下幸甚。"老者说完这番话，微笑着拱拱手，转身离去。

众大臣尽皆惊愕，以为梁武帝定然拿这老头问罪，可是梁武帝却默然坐着，既不发怒，亦不发话。大伙儿眼巴巴地看着老者去了。梁武帝笑了笑，道："大家继续赶路吧。"众官散去。车仗刚走几步，梁武帝对车旁的朱异道："你去把那老头儿带回宫去，手脚要干净，别惊动众官。"朱异去了。好一会儿工夫，朱异汗滴滴回来禀报："整个查遍了，那老头儿没了踪影，这里方圆十数里都是平川，一眼望穿，就是找不着呐。"梁武帝听了，暗吃一惊，心想："这老头儿偌大年纪，又没有坐骑，怎么一眨眼便没了，上天入地不成？"想到这里，心里一阵寒意，只好作罢。

经这老者一搅，梁武帝意兴索然，祭天仪节草草收场。当晚，梁武帝回到内廷寝宫，但觉满身疲倦，茶饭不思，恹恹上床睡去。忽报中原牧守纷纷来降，梁武帝喜得大片土地，举朝欢庆。梁武帝一个激灵，猛然醒来，原是做了一梦。梁武帝细想梦境，疑惑不已，再无睡意。次日，梁武帝把中书舍人朱异找来。梁武帝道："朕昨夜做了一个奇怪的梦，梦见中原各州郡尽以其地来降，举朝称庆。我向来很少做梦的，每梦必实，你说说看，是何预兆？"朱异听了，满脸喜色，连连称贺道："陛下大喜了，这是天大的吉兆呢，这梦乃宇宙混壹，天下一统之兆呐。"梁武帝听罢大喜，当即重赏朱异。

太清元年六月三日，东魏司徒、河南大将军，大行台侯景遣派其行台郎中丁和为使来建康请降，降表说："臣与高澄有隙，请举函谷以东，瑕丘以西，与豫州刺史高成，广州刺史暴显，颍州刺史司马世云，荆州刺史

郎椿，襄州刺史李密，兖州刺史邢子才，南兖州刺史石长宜，齐州刺史许季良，东豫州刺史丘元征，洛州刺史可朱浑愿，扬州刺史乐恂，北荆州刺史梅季昌，北扬州刺史元神和等，皆河南牧伯，大州帅长，各阴结私图，克相影会，秣马潜戈，待时即发。咸愿归诚圣朝，举州内附。惟青、徐数州，仅须折简。且黄河以南，皆臣所职，易同反掌。若齐、宋一平、徐事燕、赵。"

起初，东魏丞相、勃海献武王高欢以司徒侯景为河南大将军、大行台，统辖黄河以南诸州郡，将兵十万之众防御梁朝。侯景生来右足偏短，行走不便，跑马射箭非其所长，然而自幼熟习兵书，深有谋略。他性格甚为残忍酷虐，治军严整，但凡攻城略地所得财宝，尽皆赐赏将士，所以三军将士都愿意为他效命，打起仗来，胜多败少。当时东魏诸将中，高敖曹、彭乐等人勇冠三军，战功卓林，众将皆服，唯独侯景嗤之以鼻，老大看不起。侯景为河南大行台之前，高欢曾与他坐谈诸将的本领能耐，说到高敖曹、彭乐等将时，高欢问侯景作何评价。侯景嘿嘿冷笑，道："这类人有如笨猪一般，有何本事？"侯景见高欢不作声，又道："丞相如若给我三万兵，并非吹牛，我足可横行天下，随时渡江生擒萧衍老头子，然后我去太平寺当和尚。"高欢眯眼问道："真的吗？"随即哈哈大笑起来。

高欢使侯景将兵十万，治辖河南全境，其势力已足有高欢的一半了，高欢事实上也不是很放心。高欢的儿子高澄经常告诫父亲，不能让侯景权力过大，以为侯景野心勃勃，狼顾鹰视，怕将来难以驾驭。高欢听了只是笑笑，却不回答。高澄厌恶侯景，与他常有小摩擦。侯景当然也不把高澄放在眼里。一次，侯景曾私下对尚书令司马子如道："高澄这小子和我过不去，走着瞧吧，现在高王还活着，我不敢有所作为，将来高王死了，哼！我侯景决不会和高澄这鲜卑小儿共事。"司马子如听了，大惊失色，忙用手掩住侯景嘴巴，环顾左右道："君侯这话要让人听去，那还了得！请勿再言。"后高欢病重不起，高澄摹父亲笔迹召侯景回京，意欲借机除去侯景。侯景接书细看一番，哈哈大笑，道："高澄这小子太小看侯景啦，居然作假书来骗蒙老子呐！"众幕僚问："明公如何看出破绽来？"侯景得意道："当初高王封我河南伯时，我曾与高王约定，我说，如今我手握重兵，治辖远境，为防出乱子，今后但凡高王给我的书信都要作细微标记！当时高王亦同意了，十数年来所约不爽。如今这封书虽署高王名讳，我方

才已细细看过，并无标记，可知是伪书无疑。唔唔！高澄这小杂种起歹心了，想诓我进京，待机除去。"众僚属赞叹道："明公英明天纵，洞察人微，岂是别人害得了的。"侯景恨恨不已，手指北面大骂："高澄小子，我与你势不两立！"数天后，探得丞相高欢果然病重，侯景问计众僚。行台郎颍川王伟道："不论高丞相真病假病，照眼前来看，君侯都不宜进京。可修书复上丞相，就说边境重地，轻易不能擅离。"侯景从王伟之计，于是打定主意，拥兵自固。

大将军高澄自给侯景去书后，每日坐立不安，等待侯景进京。可是十天过去了，影儿也没有。又过两天，才接到侯景的复书，高澄料想侯景可能嗅到风声，不肯就范，心里更是焦虑万分。这日，高澄又过来看望父亲。高欢躺在床上，呻吟了一阵，睁开眼来，看到儿子满脸愁容，很是不解，便问道："我虽然病得很重，恐怕是不能好了。但我的后事已安排妥了，我死后，自然一总内务外事都交付与你。你应该高兴才是，为何还面有愁容呐？"高澄还未回答，高欢又问道："莫非是担心我死后，侯景会反叛？"高澄答道："父亲，孩儿正是为这个担忧呀！"高欢叹了口气，道："侯景专制河南，已有十四年了吧？侯景这个人呐，素有飞扬跋扈之志，只有我能畜养，非你所能御驭呀！如今四方未定，我死后，切勿举哀发丧，以免不测。库狄干这个鲜卑老家伙，还有斛律金这个敕勒老家伙，我素知其秉性忠直，绝不会负你。可朱浑道元，刘丰生，这两人远来投我，我待其不薄，也必无异心。潘相乐性硬直，心和厚，你兄弟定能得其帮助。韩轨少年负气，应宽厚待他。彭乐这人，看不透他的内心，当然应防着点。"高欢喘着气，又道："堪敌侯景者，惟有慕容绍宗了，我故意不重用他，好留下来让你使用，这可是个难得的人才呀！"说到这里，高欢气促起来，脸色青紫，很是痛苦的模样。高澄赶忙又帮父亲揉心口，好一会，高欢又断续道："一日纵敌，数世之患呀！邙山之役，我悔不听陈元康之言，以致遗患与你，我……我死不……不瞑目呀！"原来当年邙山之战时，陈元康曾向高欢进言乘机除去河南王侯景，可高欢不纳，致有今日之叹。

太清元年四月五日，东魏丞相、勃海献武王高欢卒。高欢平日性格深沉，由早到晚总是严严肃肃的样儿，别人莫想猜测他的内心，但遇危急关口，变化如神。他统制军旅，令行禁止，无人敢违，听断明察，不可欺

犯。在用人上，他惟重于才干，如若确有才华，堪当所任者，并不问其亲疏，而有名无实者概不任用。高欢生平节俭，他位极人臣，所用刀剑鞍马并无金玉之饰。他年轻时是出了名的酒豪，自从当了丞相，最多不过三盏便罢。高欢知人好士，但凡功勋旧臣，他始终敬重有加。对俘获的敌国节义臣子，他一律不罪，优厚待之，因此满朝文武百官都愿意与他共事。高欢死后，世子高澄按他的嘱咐秘不发丧，惟一是行台左丞陈元康知道这事。

五月中，侯景去书西魏丞相宇文泰，表示愿意归附。西魏丞相、柱国大将军宇文泰接着侯景降表，微微发笑，竟不迟疑，即行表授侯景使持节、太傅、河南大行台，都督河南诸军事。侯景接诏大喜，次日，又令拟降表上梁武帝。众僚不解，侯景笑道："你们以为我真会与宇文泰共事？我权且买条后路罢了。宇文泰这个精明鬼，连高欢都惧他三分，我怎么会去惹他呐。我现在与高欢为敌，难卜胜负，胜了，可以和宇文泰谈条件，万一败了，宇文泰怎会见容于我，只有南朝才是栖身之所哪。自范云、徐勉死后，萧衍老头子专任朱异。朱异贪赃枉法，专以阿谀为能事，萧衍信任这类谗佞之臣，迟早误国，岂能长久。嘿嘿，我一边上书萧衍，一边派人去找朱异，先送些银子给他用用吧。我既降宇文泰，又降萧衍，你们觉着奇怪是吧？狡兔尚且三窟呐，况是侯景乎！"

梁武帝接得侯景降书，喜得老泪横流。梁武帝做梦得地是在五月乙卯日，及丁和至，又称侯景定计在五月乙卯，梁武帝更为惊奇，"莫非天意？"想到不用费一兵一卒，忽然之间便得大片国土，他又疑在梦中，自言自语道："我国家如金瓯一般，毫无缺损，今日忽受侯景境土，是福是祸呢？如果弄出乱子来，后悔就迟了。"朱异知道梁武帝的心意，道："圣上英明天纵，慈悲为怀，天下归心。至今尚未一统，只因思义归附之臣未得其便罢了。如今侯景携魏土一半来降，这是天意使然，岂是人力可为。若圣上拒而不纳，恐绝后来之望，谁还敢来投圣朝呐？圣上不必再疑，以免坐失良机。"

梁武帝决定接受侯景。行表授侯景为河南大行台、大将军，封河南王，都督河南、河北诸军事。即遣司州刺史羊鸦仁督兖州刺史桓和、仁州刺史湛海珍等起兵三万赶赴悬瓠，并运送大量粮食应接侯景。

梁平西谘议参军周弘正善占星术，之前曾对人说，"我们国家数年后

要起兵乱。"到听说梁武帝收纳侯景，他叹息道："祸端原来在这里呀！"

乙卯日侯景据河南反，颍州刺史司马世云首先起兵响应侯景。侯景又以议事为名，把豫州刺史高成、襄州刺史李密、广州刺史怀朔暴显等一齐囚禁。西兖州刺史邢子才为人警觉，知道侯景反叛，即火速散发檄文到东方诸州，诸州尽都进入备战状态，阻击侯景军。

高澄派遣司空韩轨督诸军讨伐侯景。武卫将军元柱等将率五万大军昼夜兼程袭击侯景，在颍川北五十里与侯景会战，元柱大败。侯景因梁羊鸦仁等援军未至，不敢乘胜向北推进，便退守颍川。韩轨指挥各路大军重重把颍川包围得水泄不通。颍川吃紧，惊急之下的侯景只好同意割东荆、北兖州、鲁阳、长社四城向西魏换取救兵。宇文泰未置可否，尚书左仆射于谨道："侯景少习兵书，奸诈难测，不如加封他的爵位而观其变，暂时不应起兵助他。"荆州刺史王思政以为："侯景虽然奸诈，他情急之下求救于我，愿献土地，不会有假，我们若不乘这机会进取，将来会后悔的。"宇文泰综王思政等人意见，即加封侯景大将军兼尚书令，派遣太尉李弼、仪同三司赵贵将兵一万赴颍川，又命荆州刺史王思政率马步军万余从鲁阳关向阳翟开拔。

侯景私下以土地向西魏换取援兵，恐梁武帝怪罪，忙又遣中兵参军柳昕上表奏启："王旅未接，死亡交急，遂求援关中，自救目前。臣既不安于高氏，岂见容于宇文！但螫手解腕，事不得已，本图为国，愿不赐咎！臣获其力，不容即弃，今以四州之地为饵敌之资，已令宇文遣人人守。自豫州以东，齐海以西，悉臣控压，见有之地，尽归圣朝，悬瓠、项城、徐州、南兖，事须迎纳。愿陛下速敕境上，各置重兵，与臣影响，不使差互！"梁武帝接书笑道："侯景以为我没度量呐！"便复书道："大夫出境，尚有所专，况始创奇谋，将建大业，理须适事而行，随方以应。卿诚心有本，何假词费！"

东魏韩轨围住颍川，探得西魏李弼、赵贵等引兵将至，当即领兵退回邺都。李弼、赵贵在颍川外四十里安营扎寨，派人飞报侯景。侯景请李弼、赵贵进城会见，想借机拘执两人，夺其军马。赵贵心存戒备，不肯入城。赵贵建议诱侯景来营，设伏擒捉。李弼不同意："这时擒捉侯景，毫无把握呀，万一打草惊蛇，再也难得河南之地啦，只不过为东魏除去祸害而已，并不划算。"探得梁羊鸦仁先遣军长史邓鸿已率兵到了汝水，李弼

也引兵先行退回长安。只有王思政入据颍川。

侯景再向西魏乞求援军，丞相宇文泰调遣同轨防守韦法保及都督贺兰愿德等出兵助他。大行台左丞蓝田王悦谏道："侯景与高欢的关系，起先是重乡党的情谊，后又定君臣之分。侯景任上将之职，居台司之位，按理侯景应知足了。可如今高欢刚死，他便叛反，可知侯景野心勃勃，怎肯甘居人下呐！他既能背德于高氏，又岂肯尽节于我朝呐！我们现在派兵助他，岂不是助长他的气势，我怕遗下祸根，惹人耻笑呢。"宇文泰听了，以为有理，便决定诏侯景入朝里来，以便控制。

侯景原想先控制西魏兵马，再背反宇文泰，但这计策落空了。现在韦法保领大兵压境，他再不敢轻举妄动。侯景变着法儿厚待韦法保等人，希望笼络其心收为己用。侯景对外尽力显示与韦法保亲密无间，但凡出入韦法保诸军营，侯景故意少带侍从近卫，遇有会议，他都亲自上人家门来，一点架子都没有。同轨防军长史裴宽对韦法保道："侯景狡诈之人，必不肯入关，他现在对你毕恭毕敬，俯首低眉，服服帖帖的样子，我怕是装出来的也未可知。依我之见，不如设伏兵斩他，以绝后患。如若不然，亦应深防警备，千万不要信他花言巧语，以免不测呀！"韦法保深以为许，不敢对侯景轻举妄动，只是小心提防，不久即寻借口返回同轨镇地去了。驻颍川的王思政亦看出侯景用心，秘密给贺兰愿德等去书，让他们即速分兵进据侯景七州、十二镇后，与侯景回长安缴命。

侯景果然不肯入朝，上书宇文泰道："吾耻与高澄雁行，安能比肩大弟！"宇文泰微笑道："跛奴怎敢如此，将高澄小儿比我？"即命行台郎中赵士宪将支援侯景的军马悉数召回。西魏大军都走了，只有任约带所部千余人归附侯景。侯景拍拍任约的肩头，笑道："君乃忠义之士呀！你愿随我，好，他日定与你共享富贵。"随即又手指西方骂道："宇文泰小子，你白白拿走了我七州、十二镇，老侯迟早与你算这笔账。"

没了西魏援兵，侯景势孤力薄，再无选择，便决意投梁。梁武帝诏侯景录行台尚书。八月十八日，梁武帝下诏大举讨伐东魏，调遣豫州刺史贞阳侯萧渊明，南兖州刺史、南康王萧会理分督诸军。

侍中羊侃向梁武帝建议，在寒山蓄引泗水灌浸彭城，一旦破了彭城，即进军与侯景掎角呼应。梁武帝采纳羊侃之计，让萧渊明大军屯扎寒山，离彭城十八里地断流筑大堤，指定羊侃督管。不到二十天，大堤筑成，羊

侃劝萧渊明乘流进攻彭城，萧渊明不从。

武州刺史萧弄璋率前军攻破东魏彭城郡境碛泉、吕梁两个戍镇。东魏大将军高澄闻报大惊失色："彭城是我国南门重镇，此城不保，大门洞开啦！"忙调大都督高岳救彭城，又欲任金门郡公潘乐为副都督助高岳统军。陈元康建议："潘乐为人呆板、机变不足，主公用他，倒不如用慕容绍宗，而且这也是先王遗命呀！主公只要推心置腹，赤诚对待慕容绍宗，我以为侯景成不了气候。"当时，尚书左仆射、徐州刺史慕容绍宗拥兵镇边，高澄怕这时突然把他召回，会引起兵变，便沉吟不定。陈元康道："慕容绍宗知道我特蒙主公优待眷顾，最近使人送厚礼与我，我深知其意，把礼物收了，还复书谢他呐！我敢担保，慕容绍宗绝无异心，主公尽管放心好了。"高澄大喜，即授慕容绍宗为东南道行台，与高岳、潘乐一起领兵同行。

起初侯景听闻韩轨领兵来时，曾失笑对诸将道："猪阿狗领兵来了，有何作为？"这次听说高岳领兵来，他摇了摇头："兵是精兵，但将是平凡人物呢！"这天他正在行营外遛马，又接得报告："慕容绍宗也领兵来了。"侯景大惊失色，好一会儿才敲叩着马鞍道："咦！是谁教高澄这鲜卑儿起用慕容绍宗来呐？要是慕容绍宗真的来了，这……这……高王肯定未死呀！"侯景即命王伟留守颍川，自提军马赶往彭城。司马世云道："萧渊明拥重兵围了彭城，就算慕容绍宗来了，又何足惧，君侯不必调兵相助吧？"侯景笑道："萧渊明虽然声势浩大，但我看他必非慕容绍宗对手。我好不容易才令萧衍老头子起动大兵，万一这役失利，萧衍再无信心啦。宇文泰再不会助我，如果又失去南援，我的日子不好过呀！"只三日功夫，侯景军便到了彭城，离萧渊明大军营五里下寨。

慕容绍宗领十万大军进据橐驼岘。梁将羊侃劝萧渊明乘东魏军远来乍到、阵脚未稳之机，发兵攻击，萧渊明不从。次日，羊侃又建言出战，萧渊明还是不听，道："未知敌方虚实，不宜轻战呐！"羊侃累劝不从，暗暗叹息，便把本部军马屯扎在堰上。

次日，慕容绍宗引马步军一万来到彭城下，随即向梁潼州刺史郭凤行营发起攻击，顿时喊杀连天，箭如雨发。郭凤独力难支，看看抵敌不住。当时萧渊明正醉卧床上，命诸将发兵救郭凤，诸将见如此猛烈的势头，尽都面面相觑，不敢出战。北兖州刺史胡贵孙对谯州刺史赵伯超道："我们

领兵而来，为了什么呀，如今敌人就在面前，我们怎能不出战哪？"赵伯超惊得答不上话来。胡贵孙哼了一声，拔剑出帐，率本部三千军马杀入东魏军中。慕容绍宗见来了援军，忙引兵退去，胡贵孙部竟斩二百余首级回营来。胡贵孙笑对赵伯超道："你所率军马有八千多人，如果出战，还怕他慕容绍宗么？"赵伯超不应声，私下对部属道："胡贵孙是疯子呐，不知死为何物，侥幸胜了一场罢了。我才不会那么傻。东魏军如此强盛，这仗怎么打呐？连主帅都没法儿哪，我们不如全师回去。"部属俱都赞同，当夜赵伯超悄悄率所部逃走回去了。

慕容绍宗性高傲，善抚士卒而轻于士大夫，平日对朝廷起用公侯为将率军多有微词，常笑对属下道："那些金枝贵胄呀就让他坐享富贵好了，怎能领兵呐，为将惜命，兵士又怎会向前。"这次与高岳、潘乐领兵拒敌，他就戏言："陪王孙游逛去。"高岳见慕容绍宗轻慢的样子，心里老大不满意。彭城下一役慕容绍宗失利，高岳告诫道："梁兵势大，现在又有侯景为羽翼，不可大意呀！"慕容绍宗微微一笑，道："是呀！所以大将军才派我来呀！"高岳被噎得满脸通红。他气愤难消，即上书高澄，说慕容绍宗才能不大，傲气不小，不听劝告，擅自出兵，吃了败仗还自以为是，这样下去，拒敌无望云云。高澄接书惊疑不定，找来陈元康，把书札让他看了。陈元康道："慕容绍宗之过，恃才傲物罢了，不足为患。打仗呐，怎能每战必胜，才开始呢，怎能以一概全？先王遗嘱决非随口而出，我劝主公深信不疑，慕容绍宗就有作为。"高澄注视着陈元康，许久才道："我父亲不在了，这干系都在你身上呐！"遂命慕容绍宗统领总督三军，书状星夜火急送达军营去了。

慕容绍宗既领兵权，准备向梁军发起攻击，即召集诸将会议。彭乐道："梁军势大，更有侯景助之，末将以为只应与之相持，不宜决战。"元柱亦道："侯景世之奇才，军主还应另谋别策，切勿孤注一掷。"潘乐见高岳不出声，便道："朝廷根本都系于军主一身，确应慎之又慎，静观待变。"慕容绍宗笑道："你们这话怎么与高都督如出一口呐。彭城之围一日不解，我们休想睡得安生哪。梁军势大，侯景骁勇我又岂有不知。侯景新降梁朝，梁军对他尚存戒备，同床异梦，势难统一步调。我军现在攻之，或许侥幸取胜。今日不战，明日静观，时日一久，敌方主客融洽，亲密互信，万一让侯景操掌帅权，我们就真的只有挨打的份儿啦。"高岳道："将

军所论，确也在理，可是我们只有二十万兵，梁军兵力不下三十万，加之侯景军马五万多人，我怕难以支持呢。"慕容绍宗笑道："为军之道，不在多寡，只在指挥。我明日用十万兵力攻击梁军，其余十万兵力均伏橐驼山两侧山谷里。那时我发号进攻梁军，再适时佯退，诱梁军追来，君等引大军再从背后猛然袭击，梁军虽多，亦作鸟兽散矣。"当下计议定了。

自赵伯超率队悄悄逃跑后，萧渊明很是气愤。一早正在营中吃闷酒。忽然侯景过营来，看着萧渊明笑道："侯爷吃酒哩。昨夜我使人打探，北军连夜移营，逼近我寨，我怕今日便有恶战，帅爷应马上号令全军从速备战呐。"萧渊明还未答言，探马飞报人来，北军尽起大队军马来至营前十里了。萧渊明惊得酒盏儿执掌不住，掉在地上，大叫道："通令三军火速迎敌。"一时号角鸣响，数十万军马拥出寨外，漫山遍野，一望无际。

萧渊明在众将拥卫下出至阵前，望着前方黄尘滚滚，旌旗如云，东魏大军浩浩荡荡，列队奔腾而来，耀眼的帅旗显出"慕容"两个大字。侯景策马走近萧渊明马旁，笑道："慕容绍宗刚接了帅印呐，他可不比韩轨、高岳呵。等下我军发起攻击，千万别越过橐驼山三里地呀！"萧渊明脸有惧色，颤声问道："该冲锋了吧？"胡贵孙道："不急，待他越过学洋界，我军再扑过去，捉他龟孙子慕容绍宗。"侯景翘首远望，自言自语道："北军约有十万兵力，我们若在右侧设一支伏兵就好了。"忽地震耳一声炮响，鼓角声动地而起，北军呼啸声中盖地冲驰而来。萧渊明宝剑一挥，厉声大叫："三军将士，冲呀！"顿时，三十万军马以排山倒海之势掩杀过去。侯景跑马大呼："诸将约束本部，切勿逾越橐驼山三里地呀！"

慕容绍宗抵挡不住，传令三军后退。萧渊明不知是计，见北军溃败，满心惊喜，手执宝剑，放马猛冲，大呼大叫道："将士们奋力报国，杀尽北奴！"侯景见大军压过橐驼岘，急忙扯嗓子大呼，"莫追啦，快传令三军回撤本营呀……"数十万军马混战中，谁也听不到他的叫声。

突然橐驼山两侧连珠炮响，山谷里拥出十万东魏军来，从背后掩击梁军，慕容绍宗又回师冲杀，梁军背腹受敌，溃不成军，被杀得尸横遍野、四散逃窜。萧渊明、胡贵孙乱军中左冲右撞，无法突围，俱被北军擒捉。侯景本部军马也早已冲散，赖诸将拼死护卫，到底突出重围，混在数万梁军中向南溃逃。北军大呼："——活捉侯景……"千军万马尾追而来，侯景叫苦不迭。忽地右侧堰上炮声响起，突出一支军马来，原是梁将羊侃率

领一万援军到了。只听羊侃一声令下，一万马军齐齐停定，俱持连弩射向北军。但见数十万枝箭矢有如雨发，北军连片倒地，慕容绍宗走在前沿，左臂被射中一箭，他大惊失色，大呼道："三军快往后撤。"仓皇勒转马头引大军退去。

羊侃救了溃败的梁军，结阵缓缓而退，慕容绍宗竟不敢追。侯景深以为异，意图结为己用。他对羊侃道："当今梁将之中，应以君为第一，若肯附我，即愿平分富贵。"羊侃看了侯景一眼，凄然笑道："我等奉天子之命起兵北伐，如今败兵折将，回去难卜生死呐，还敢望富贵么。"即日别过侯景，率兵撤回南地。

　　侯景跑马出列，大叫道："请慕容将军答话！"慕容绍宗在帅旗下朗然
笑道："你山穷水尽，还有什么要说呐！宇文不纳，梁军败去，孤军无援，
死期不远啦！"（见第十章）

中记室参军萧贲为人忠义耿直，见萧绎大军不下长江击敌，甚为气愤。一晚萧贲与萧绎在营中对弈，萧绎指儿拈着棋子，老半天就是不下。萧贲叹气："殿下没有下意呀！"（见第十章）

好大喜功亡国柄　同床异梦纵凶顽

梁武帝自太清元年八月发诏大举讨伐东魏后，他每日坐卧不宁，精神恍惚。这天梁武帝午休，梦见一胡人力士推倒太极殿锦屏，他惊醒后大汗淋漓不已。忽然宦官张僧胤入报朱异有要事禀报。梁武帝惊疑不定："是什么事呐？"便起床更衣，乘舆来到文德殿。朱异早在那里候等，见梁武帝座上坐了，朱异赶忙跪下，行了常朝礼，禀道："陛下呀，寒山失律！"梁武帝听了，"哎呀"一声，几乎跌下座来，张僧胤在旁赶忙扶住。好一会儿梁武帝才捶胸道："皇天哪，老本都折尽了，难道朕要蹈晋家覆辙么？"

太清元年十一月，梁将郭凤退保潼州，慕容绍宗大破之，郭凤弃城逃走。豫州刺史羊鸦仁守悬瓠，殷州刺史羊思达守项城，闻东魏兵至，自知不敌，亦先后弃城走。慕容绍宗都派兵进据之，至此，东魏尽收失地。次月，东魏使军司杜弼作檄文送至南朝，指出侯景背反东魏，先投西魏，后结梁朝，似此朝秦暮楚，毫无信义之人，梁朝纳之实是畜虎为患，自取杀身。梁朝应及早认清形势，悬崖勒马，若再继续做联结奸恶、断绝邻好的蠢事，那么梁朝走向灭亡的时日就不会远了。

梁武帝有他自己的一套，他既不断绝侯景，而又复书东魏，表示愿意与东魏和好，并派遣建康令谢挺，散骑常侍徐陵等出使东魏，议两国和亲通好之计。侯景见梁武帝又与东魏通好，很不满意，即上书梁武帝，痛陈自己与高澄的仇隙已深，只有仰仗梁朝的威灵，以期报仇雪恨，现在梁朝又与东魏通好，使侯景无地自容云云。梁武帝复书安慰侯景，说梁朝与侯

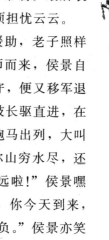

景的关系早已确定，绝不会因为侯景成功了就接纳，侯景失败了就相弃。现在高澄愿意求和，梁朝又怎能拒绝呢？该战该和，国有常制。最后表示，只要侯景清静自居，梁朝对他自然一如故好，所以无须担忧云云。

侯景大为恼火，恨道："萧衍老头子看吧，没有你的援助，老子照样取天下。"遂率本部军马一举攻克城父。探得慕容绍宗挥师而来，侯景自忖只有军饷辎重数千两，马数千匹，士卒四万人，城父难守，便又移军退保涡阳。慕容绍宗统十万大军，旗甲耀日，浩浩荡荡，鸣鼓长驱直进，在涡阳城外列下战阵。侯景硬着头皮，尽率军马迎敌。侯景跑马出列，大叫道："请慕容将军答话！"慕容绍宗在帅旗下朗然笑道："你山穷水尽，还有什么要说呐！宇文不纳，梁军败去，孤军无援，死期不远啦！"侯景嘿嘿笑道："侯景命系于天，将军无须担忧。我只问你一句，你今天到来，是为送客呢还是决雌雄呐？"慕容绍宗笑道："欲与你决胜负。"侯景亦笑道："那好，客随主便。"说着退回阵中。慕容绍宗回首对诸将道："侯景诡计多端，专喜从背后袭击，大伙儿都注意了。"忽然侯景军中鼓角大鸣，数万士卒都身披短甲，手执短刀，汹涌而来，直奔入东魏阵中，低头卷身，只顾乱砍人脚马足，东魏军马惨叫连天，混乱间四散逃窜。慕容绍宗坐骑被削去一足，那马惊痛乱蹦，把慕容绍宗颠了下来。仪同三司刘丰生赶忙把自己的坐骑让给慕容绍宗，眨眼间自己的右脚被砍了一刀，再也无法逃遁，和显州刺史张遵一齐被侯景军擒捉了。

慕容绍宗率败军死命逃到谯城，谯城守将斛律光、张恃显接了，看着慕容绍宗诸将的狼狈相，心里暗自好笑，道："慕容将军天下无敌，高王深为器重，怎么不敌区区一侯景哪！"慕容绍宗笑道："确实是。我自认打仗也不算少了，但从没见过像侯景这般难对付的。你们要不信，可去试试。"斛律光是东魏名将斛律金的儿子，他与张恃显都未见过侯景，听慕容绍宗如此说时，俱不服气。斛律光奋然对张恃显道："张将军，我与你去会会侯跛子，看他神从何来！"

斛律光、张恃显两将随即披甲引兵出战，慕容绍宗追出来道："切勿渡过涡水。"两将头也不回，领兵来到涡水北岸，隔江望去，侯景军马尽扎在南岸。见侯景与诸将临江岸徒步闲行，张恃显手指道："走在前那穿红衣袍的跛汉必是侯景。"斛律光张弓向侯景射去一箭，却没有射着。侯景站住了朝北岸望来，大声叫唤道："看你认旗，你是斛律光吧，我与你

父亲是好友，你怎敢欺心射我？你这小辈不知厉害，竟敢拒我？你不渡江过来，只在隔岸胡射，定是慕容绍宗教你的吧！"斛律光与张恃显一时面面相觑，无言对答。

次日清晨，斛律光与张恃显率军马悄悄蹚涉涡水，突袭侯景大营。侯景早有准备，挥军反击。斛律光、张恃显乱军里各自冲散。斛律光见侯景策马高处，张弓搭箭射去，一连三箭都射不着。侯景笑道："这小子老好射我，又不会射，田迁呀，你教教他吧。"部将田迁得令，张弓一箭射去，正中斛律光坐骑前胸，斛律光大吃一惊，换过马躲人一大树下，田迁又一箭射去，又中坐骑，斛律光吓懵了，忙隐入乱军中。近半个时辰过去，侯景全歼斛律光军，斛律光、张恃显都被捉了。侯景笑道："好小子呀，你怎么不听慕容绍宗的话，硬要越过涡水呐？我要不看你父亲份上，定斩你的狗头。好了，放你回去，让慕容绍宗来吧！"

斛律光、张恃显两人回到谯城，耷拉着脑袋再不敢吭声。慕容绍宗笑道："如何？领教了吧，还敢笑我么？"

侯景与慕容绍宗相持数月，粮草俱尽，司马世云知侯景败局已定，便率本部降慕容绍宗去了。

太清二年三月十四日，慕容绍宗率五千铁骑攻侯景军。南岸侯景大声对本军道："众将士听了，我探得消息，你们的家属都让高澄贼子杀了，我们已无家可归，必要与慕容绍宗拼命，才对得起死去的亲人呐！"侯景麾下三万多将士听了，都大哭起来。对岸慕容绍宗大呼道："不要信侯景的鬼话，你们的家属都在，你们如若迷途知返，当官的官职如旧，当兵的都有重赏呐！"慕容绍宗说罢，在马上披散头发，朝着北斗起誓。侯景的士卒本都不愿到南方去，暴显等当时就率兵投向东魏军中，侯景哪里镇压得住，顿时数万军马丢枪弃甲，争相渡过涡水投降，竟把涡水之流都堵塞了。侯景惊慌之中带心腹近卫仓皇溃逃，自硖石渡过淮水，校点残兵，只有马部军卒八百人。侯景长叹道："慕容绍宗是我的克星呀！"

后面追兵又至，侯景不敢停留，日夜兼程继续南逃，来至小城商下。商下助防霍朝定在女墙上指着侯景笑骂道："跛奴，你今还往哪儿去？"侯景大怒，传命攻城，王伟劝道："王爷别理他吧，赶路要紧呐！"侯景道："这小子竟敢辱我，杀了他我还赶得及。"半盏茶工夫，侯景率兵破城，亲手杀了霍朝定，才又引军南逃。渐渐后面慕容绍宗军马追了上来，众人俱

都叫苦不迭，侯景安慰众将士道："无须担忧，我自有计策退慕容绍宗。"便使人去对慕容绍宗道："如若今日擒捉了侯景，试问将军还有何用呐？"慕容绍宗听了，微微一笑，传命停止追击，放侯景去了。

侯景只顾南奔，一时也不知投哪儿去为是。马头成主刘神茂，素与监州事杨起不睦，闻得侯景到了，忙前去迎接，礼之甚恭。侯景问道："寿阳离这里不远了，城池险固，我想先投那里去，但不知杨起肯不肯容纳我？"刘神茂道："大王尽可宽心，杨起虽然据着寿阳，只不过是个监州罢了。大王来至近郊，他必定出迎，那时乘机擒了他，大事可成。得了寿阳之后，再慢慢启奏，朝廷知道大王南归，高兴还来不及呢，必不会责怪呐！"侯景大喜，执着刘神茂的手道："啊呀！这是天教刘公助我呐。"

刘神茂主动请缨率马步军百人为向导。次夜二更天，侯景军来到寿阳城下。杨起接报，以为是贼盗来了，忙披甲持剑，领兵士登上城楼警备。王伟扯嗓子朝城楼大叫道："河南王战败来投，望速开城门！"杨起朝城下看得清楚，不外千百号人马，便应声道："下官未接朝廷命告，不敢随便开门呀！"侯景对刘神茂苦笑道："怎么办呐，他果然不肯接纳哪？"刘神茂道："不要急，这杨起懦弱寡智，我让人跟他说去。不怕他不开城门。"便派寿阳人徐思玉入城去见杨起。徐思玉见了杨起，道："河南王侯景，深为朝廷倚重，监州又不是不知道。他如今失利来投，你怎能不接纳呢？"杨起道："我职责只是守寿阳，河南王失败了，关我甚事？"徐思玉笑道："国家让你镇守阃外边关，你现在不肯开城门，如果东魏兵赶至，杀了河南王，这责任你担当得起么？你又有何面目面对朝廷呐？"杨起这才慌了，连忙答允。徐思玉回来报告，侯景大喜，连连向徐思玉作揖："活我者，卿也！"四更天，杨起大开城门迎接侯景，侯景连夜派遣军马分守四门，然后命将杨起绑了。侯景骂道："听到我的名字，两魏无人不惧，你小子是甚么样人，居然拒我，左右，与我推出斩了！"杨起吓懵了，结巴道："我……我开门迎纳大王，怎……怎么又罪下……下官……"侯景瞪着双眼，摸了摸杨起满是冷汗的脸颊，随即抚掌大笑道："哈哈，你不用怕，我与你开玩笑呐，你是大功臣呢，我怎么会杀你，哈哈哈，起来起来。"当下传命置酒乐欢燕，分赏诸军士。

太清二年四月二十八日，侯景派遣仪同三司于子悦往建康上呈兵败报告，并自求贬职，梁武帝不许。侯景又上表要求资给粮饷，梁武帝以为侯

景新败，应当抚慰，便答应了。又诏除侯景为南豫州牧，其他官职如故。侍中、太子詹事何敬容叹道："唉！还以为侯景死了呢，原来没死，要是真的死了，那才是朝廷大福庆呐！"此言一出，满堂皆惊。梁武帝不乐，指责何敬容道："你怎么说出这样的话来，侯景既来投我，便是我之臣子，同僚怎么老不相容呢？"光禄大夫萧介劝谏道："陛下呀，何敬容说得在理，不应责备。侯景非常人呐，他兵败涡阳，几乎全军覆没，现在只马来投，陛下不悔前祸，又复容纳，实在令人担忧。臣闻凶残暴戾之人，其性格是永远不会改变的，天下恶人概莫能外。昔日吕布先是杀了丁原来投董卓，后来又杀了董卓而事王允，刘牢呢，先是反王恭归晋，后来又背晋作乱。如此反复无常，为什么呐？这类人狼子野心，本性难移，残暴难驯呀！养着这样的猛虎，迟早必为所害哪！侯景凶残狡猾，天下闻名，过去靠着高欢翼卵的恩遇，位至台司，任居方伯，然而高欢尸骨未寒，坟土未干，他便反口咬人，背叛高氏。只是因为力量不足，才去投靠西魏，到宇文泰不容他，只好又来投身我朝。陛下以江海不拒细流小溪之胸怀，置属国以拒匈奴，这确是好的策略。可是今日侯景亡师失地，只是边境上一匹夫而已。陛下既然与东魏通好联亲，就再不应接纳东魏的叛臣。侯景战败后，兵马伤亡殆尽，河南寸土无存，对我们国家来说，侯景已是更鸣之辰，岁暮之效，还有什么用呐？臣窃以为，这个侯景呀又决非岁暮之臣，他野心勃勃，恩信全无，弃家国如脱敝屣，背君亲如丢草芥，又怎么可能远慕圣德，做我朝忠纯臣子呐！侯景所作所为，已是臭名昭著，天下皆知。臣老朽无能，疾病缠身，本来不应再干预朝政，但楚囊将死，有城郢之忠，卫鱼临亡，亦有尸谏之节，无奈臣是宗室遗老，不敢忘刘向之心呐！"

梁武帝笑道："皇叔忠则忠矣，所见不周呐！昔日伍员奔吴，吴王用了他，结果灭了楚，陈平背项籍而去，刘邦用了他，结果刘汉又兴旺强大多了。侯景背主，魏人当然骂他，这又有甚么奇怪呢。"梁武帝到底不听萧介等众大臣的劝告。

侯景占据寿阳后，即准备反梁，传命举城居民，悉数招募为兵士，商贾市估、田租田税一概停征，百姓的女儿，悉数配以将士为妻，整座寿阳城全民皆兵，整装待发。侯景伪作一份高澄给梁武帝的书信，说愿意送返贞阳侯萧渊明换取叛将侯景。梁武帝不辨真伪，竟一口答允，复书说，萧

渊明早上回来，侯景晚上送返。侯景看了书信，笑对左右道："我早就知道萧衍老头子没心没肺呐！"王伟愤然道："如今听命亦死，举大事亦死，大王你就决定吧，我们都听你的。"侯景把书信收起，嘿嘿阴笑："萧衍老儿呀，你既收留我，又与高澄通好，把我侯景看作是什么人了。哼！我取河北不成，夺江南却是易如反掌。"他背手蹀步，又笑道："这事呀，还用得着萧正德这个废太子呐，还有朱异，又得给他送点钱物用用。"

早在中大通三年，梁昭明太子萧统患病死去，梁武帝立第三子萧纲为皇太子。诸弟萧纶、萧绎、萧纪乃至萧统的儿子萧督都不服气。萧正德充满怨恨，曾私下找萧备道："父皇好糊涂呀，昭明太子殁了，依理应是你继皇太孙位呐，怎么又立六通呢？这个六通，不说比不上昭明，比我还差得老远的。六通不通政事，在家里建个甚么'玄圃'，整天讲说《老子》、《庄子》。连他的老师何敬容都说，昔日晋祖崇尚幺虚，才使中原被胡、羯夺了。现在东宫又痴迷此学，恐怕江南不久亦将让胡奴所并呢！"

萧正德从北魏逃归后，依旧不知耻辱，照旧贪暴不法，梁武帝责备他道："你往年在蜀时，昵近小人，我还以为你是年少无知，由你胡来。可是你在吴郡却敢纵人杀戮无辜，白日劫盗财物。回京师后，竟致夺人妻妾，抢人子女。我每次帮你掩饰，希望你悔过自新。谁知你竟以怨报恩，匹马逃去敌国，样子像要与我拼命呐。你既然又跑回来了，理应闭门思过才是，而又飞扬跋扈，仗节董戎，累累犯禁。真是狼心不改，难道你要把国家弄败了才高兴么？"于是把萧正德免官削爵，贬徙临海郡。可是萧正德还未到临海，梁武帝又心软了，即派人追赦回京，还依朱异所奏，复封萧正德为临贺王，授丹杨尹。萧正德又生反意，暗地里畜养死士，储资积粮，以期国家有变，从中起事。

萧正德的底细被侯景查探得一清二楚。侯景又知道萧正德投魏时曾与徐思玉结为相知，便修书让徐思玉去见萧正德，书中说，"今天子年尊，奸臣乱国，以景观之，计日祸败。大王属当储贰，中被废黜，四海业业，归心大王。景虽不敏，实思自效，愿王允副苍生，鉴斯诚款！"侯景把萧正德捧上天去，喜得萧正德眼泪直流，道："啊呀，君侯之意与我暗合，真真天授我也！"随即复书道："朝廷之事，如公所言。仆之有心，为日久矣。今仆为其内，公为其外，何有不济！机事在速，今其时矣。"

鄱阳王萧范密启侯景谋反。当时梁武帝专委朱异掌管边事，便找朱异

来问，朱异认为侯景必无反叛之理。梁武帝给萧范复书，说侯景孤身势危来投梁，就像婴儿倒入母亲的怀抱，这时的侯景怎么可能谋反。萧范急得跺脚，又上书陈奏："不早翦扑侯景，将祸及生民。"梁武帝再复言萧范，说这事朝廷自有分寸，不需担忧。萧范又请求调合肥驻军征讨侯景，梁武帝摇头道："不要捕风捉影嘛，侯景未反，何先动兵，这不是逼他反么？"朱异对萧范派来的使者道："鄱阳王难道不允许朝廷有一个客人么？"自此，但凡萧范启折，朱异都隐而不报。司农卿傅岐生性耿直，曾面对面指责朱异道："你任居参国钧，荣宠如此。但你不知自爱，名声很不好呐。如果让圣主知道了，怕你很难应对呢！"朱异拍着胸口道："外面对我的诽谤中伤，我早知道了。心中无愧，何惧人言！"傅岐冷笑道："你要死了，恃诏以求容，肆辩以拒谏，闻难而不惧，知恶而不改，取死之道呀，岂能长久！"

太清二年八月初六日，侯景以诛中领军朱异、少府卿徐麟，太子右卫率陆验、制局监周石珍为名，反于寿阳。徐麟、陆验、周石珍三人俱是奸佞骄贪、蔽主弄权之徒，世人称为"三蠹"，而朱异又为之掩奸护恶，所以侯景托以兴兵。侯景先举兵进攻马头。梁武帝才知侯景真是反了，诏调合州刺史、鄱阳王萧范为南道都督，北徐州刺史、封山侯萧正表为北道都督，司州刺史柳仲礼为西道都督，通直散骑常侍裴之高为东道都督，以侍中、开府仪同三司邵陵王萧纶持节总督各路大军征讨侯景。侯景用王伟计，弃寿阳避开萧纶大军，率轻骑直掩台省建康。侯景扬言进攻合肥，而实袭谯州。破谯州，接而又攻下历阳，奔采石而来。

不到两月时间，侯景军势如破竹，直逼建康。梁武帝问计于都官尚书羊侃，羊侃道："快派两千军马进据采石守防，再令邵陵王袭取寿阳，使侯景进不得前，退失巢穴。这群乌合之众自然土崩瓦解了。"朱异在旁道："依我看侯景必无渡江之志。"梁武帝听了，暂把羊侃建议搁下。羊侃痛心道："若是这样，建康危险啦！"

侯景自横江突袭采石，获战马数百匹，军士八千人。当晚梁武帝才命令戒严，将保卫京都建康的重任交付太子萧纲。萧纲手忙脚乱，把中书省权当帅府，指挥抵御侯景军。众官俱都惶恐无策，没有一个敢出声领兵抗敌。当时满朝上下都未知萧正德通敌，太子萧纲便让他领军屯扎在朱雀门防守，又命宁国公萧大临防守新亭，轻车长史谢禧防守六门，从速修缮宫

城，抵御叛军。

才三天，侯景军已到慈湖。消息传来，建康举城震恐，哭声连天，众百姓男女老幼尽都跑出御大街中，一时人声鼎沸，一片慌乱。一些人还趁机劫掠财物，真是雪上加霜，乱上添乱，以致整个大街再不能通行。见此景况，太子萧纲惊得抱头痛哭失声，不知所措。羊侃大步赶入中书省，大叫道："殿下休惊，快赦东、西治、尚方钱署所有奴徒，再赦建康诸牢狱囚徒犯人，即可得兵士两万多人，可保京都呀！"萧纲抽泣道："满朝文武，竟无一策御敌，如今惟望老将军了。"即命扬州刺史、宣城王萧大器都督城内诸军事，命羊侃为军师将军辅助总镇，命南浦侯萧推守东府，命西丰公萧大春守石头，右卫将军柳津及谢禧等分守宫城诸门及朝堂，命始兴太守元贞守白下。义将诸寺库公藏钱物尽都聚集在德阳堂以充军资之用。

侯景军开至板桥扎下。闻得建康起用羊侃助防镇守，侯景叹道："不要以为萧老头儿糊涂呀，他用羊侃抗我，得其人啦！羊侃是南朝韦虎第二呀，依我看，其才不亚慕容绍宗呐！"

侯景发起攻击，敢死都头戴铁面具，悍勇异常，攻入朱雀门，守将庾信弃军逃走。萧正德率军出张侯桥迎接侯景进入宣阳门。侯景乘胜掩至阙下，整个建康城顿时大乱。镇守石头城的西丰公萧大春，镇守白下的谢禧、元贞闻侯景攻入建康，先后弃城逃走。侯景进据公车府，命萧正德据左卫府，宗子仙据东官，范桃棒据同泰寺。侯景将东宫美姬歌妓数百人全都分发给众将士取乐，一时哭声震天，笑声动地。侯景当晚在东宫置酒奏乐，太子萧纲命敢死乘夜纵火焚毁东宫，顿时烟火冲天，台殿馆阁及所聚数百万册图书旦间尽皆灰飞烟灭。侯景发起野来，传命将乘黄厩、士林馆、太府寺也一起烧毁。

次日清晨，侯景率兵包围禁宫台城。所部皂衣铁甲，就连旌旗都是黑色。侯景策马绕台城一圈后，下令攻城，刹那问鼓角大鸣、喊杀连天，侯景军纵火焚烧大司马、东、西华诸门。羊侃命士兵在城楼上往下凿洞，灌水灭火。太子亲自捧着银两奖赏战士，将军朱思率领数百军士来回挑水接应，城门到底烧不起来。侯景大怒，命数十敢死用大斧研砍东掖门。差不多就要破门，羊侃命军士在门扇上凿孔打洞，伸长槊出去连连刺杀敌兵十数人，敢死才又退去。三天后，侯景军制作数百具木驴攻城，城上飞下大

石，木驴被打得粉碎。侯景大怒，又命制作尖顶木驴攻城，这下石头投下来全都顺着尖顶滑落，再也伤不着木驴，侯景正在高兴，羊侃命将士制作火炬，尾端插着羽毛，灌上油蜡，叫做雉尾炬，引火掷向敌阵木驴，俄顷尖顶木驴又着火焚毁。侯景气得暴跳如雷，传命制成登城楼车数十具。这楼车有十余丈高大，准备让兵士站在上面，向城中射箭。梁军看了这庞然大物，尽都恐慌。羊侃笑道："无须担忧，这大家伙有什么用呐，车高底虚，一动即倒。别管他，大伙儿看着好了。"果然楼车甫一向前推动，随即摇摆晃动，眨眼间数十具楼车陆续轰然倒地。

侯景无计可施，急得抓耳挠腮，恨道："羊侃呀羊侃，你是我的克星呀，你怎么不死呀！"又下令筑起一道长围高墙，包拢住台城，把外界隔绝。

朱异、张绾等人认为坐等挨打终究不足办法，应当出兵攻击侯景，太子萧纲拿不定主意，便征求羊侃意见。羊侃道："万万不可！出兵少了，不能破贼，挫伤锐气就不好了。出兵多了，一旦失利，再难支撑。我们只要坚守台城，等外援军至，侯景自然退去。"朱异不听劝告，擅自命张绾与羊侃的长子羊鷟领一千军马出战，才一交锋，便大败溃逃，军士们纷纷争桥渡水，人踩马踏，死伤大半，羊鷟也被侯景军生擒去。

侯景知得羊鷟是羊侃的儿子，喜得手舞足蹈，即刻传命将羊鷟推到城下，请羊侃答话。侯景笑道："羊将军，我知你是人才，当初我劝你随我，你不听从。你逆天而行，今日怎样？你迟早必为我擒，那时悔之晚矣！羊将军，你儿子在这里，你与他谈谈吧！"羊侃已看到城下被俘的儿子，他毅然道："我倾宗报主，犹恨不足，还会计较一个儿子么？请你现在杀了他吧！"侯景暗道："这老家伙铁了心了，我先留着羊鷟，不怕他老家伙不揪心！"五天后，侯景又绑羊鷟来至城下，城楼上羊侃看着羊鷟大喝道："我以为你早已死了，原来还在呐！"说罢张弓一箭射向羊鷟。侯景早有准备，让兵士用盾牌遮挡羊鷟，又退回来。

一月过去，侯景攻不下台城，只好先立临贺王萧正德为帝，即位仪贤堂。萧正德立其世子萧见理为皇太子，除侯景为丞相，并出所敛藏家资悉数充作军费之用。

荆州刺史、湘东王萧绎闻侯景围困台城，大惊之余，即移檄所督湘州刺史、河东王萧誉，雍州刺史、岳阳王萧詧，江州刺史、当阳公萧大心，

郧州刺史、南平王萧恪等火急发兵人援。侯景接得探报，忙召众官商议应对。赵威方道："台城久攻不下，粮草将尽，不如暂时退去。"于子悦道："不能退！大王历尽艰辛，建康唾手可得，功业即成，岂能这时退去。南朝诸王来援，我们可分兵拒敌。"董绍先道："分兵拒敌并非良策，台城喘过气来，我们岂不是腹背受敌？那时想退都难了。"王伟道："必得一支军马绊住南来之敌。"沉吟一会，王伟看着侯景道："大王，元法僧之子元景仲大有可为。"侯景恍然笑道："亏你提起，我竟一时想不起来呐。"

元法僧是北魏皇室支属，父元钟葵，封江阳王。元法僧仕魏，官历至光禄大夫、使持节、徐州刺史，镇彭城，都督徐州诸军事。普通五年，魏室大乱，元法僧据镇地称帝。后魏乱稍定，朝廷诏调大兵征讨元法僧，元法僧怕势孤无援，难以抗拒，便遣使梁朝，表示愿为附庸。当时梁武帝大行揽英招才之策，但凡敌国、他国逃来的叛臣俱都优厚待遇。元法僧来投，梁武帝大为高兴，即授元法僧侍中、司空，封始安郡公，邑食五千户。到后来元法僧实在无法抗魏守土，只好与两个儿子元景隆、元景仲一起逃来建康。元法僧投梁后，官历至冠军将军、车骑将军、太尉、金紫光禄大夫，卒年八十三岁。大儿景隆官历至平南将军、平越中郎将、广州刺史。太清初年，又为使持节，都督广越交桂等十三州诸军事，当年即病死。次儿元景仲继袭其兄广州刺史职务，封宣惠将军，平越中郎将、持节，都督广越等十三州诸军事。当年元法僧与侯景相友善，每每对人称侯景为英才。及元法僧反魏，去密书邀侯景为羽翼，侯景以为元法僧必败，便作书谢绝。

王伟道："大王可派密使至广州面见元景仲，许奉为主，元景仲必提兵北上，那时令他绊住诸王援军，事情就好办了。"侯景深以为许，即修书驱使南来。

广州刺史元景仲召见来使，启阅侯景书札："昔景蒙尊公翼卵，尺寸之进，未敢忘怀。及振声揭竿，天下志士，莫不拭目。其时景犹箭耳，唯人所射，故未得狗走鹰举，至今疚愧于心，惟向君表。至皇室靡暗，高氏把柄，揽君权于一任，夺生杀于四方，是以贤良尘掩，忠进沮步。斯时朝野咸忧'荧惑人南斗，天子下殿走'，诚为怪软？景不见容于高氏，无信于宇文，惶恐无计，沦为丧臣。邦有道则智，邦无道则愚，景所以孤雁只马南奔者，仅期遇英主，竭尽余力，全忠保身耳，焉知南主昏暗贪残，刚

愎有过于高氏者耶！自渡江来，牧守州尊，百姓黎元望风归义，景不胜慨叹也。盖南朝蚕犹朽木，不堪一折矣！当是时也，宗室掠劫于内，诸侯窥觎于外，莫不虎眈鹰视，名为攘贼勤王，实则侥幸妄图于神器耳。君本宗室，德隆声馨，披被万物，登高一呼，群岳俱应，诚乃夜行之灯烛，北斗之星辰！天使率臣等讨伐无道，肃正乾坤，以慰生民。臣景稽颡义再，言难尽及。"

元景仲早有反意，今见侯景愿立他为主，顿时欣喜不已，设盛宴款待来使，又赠赏厚礼，复书克期起兵北上。使者去了，元景仲即召众僚密议。内史范又礼道："州下军兵，自不必说，都由刺史宰主，只怕陈霸先犯上作梗，不听调宣呢。"元景仲道："陈霸先功高自傲，向来不服于我。可命他来广州见我，先与他说，从我万事俱休，若不从时，即行除去，夺其兵符。"当下议定了，分别传兵符印信新州刺史史党承，高州刺史兰裕，双州刺史向敏斌备兵候命。

与会楼船将军汪应川散议回府，当晚吃酒醉了，对妻妾得意道："要打仗啦，州尊让侯景奉立为主，克日进兵北上……哼！陈霸先平日看不上我，刺史这几天便要定计斩他……传……他来广州落网呐！"

近从刘民确听了大吃一惊，暗道："陈霸先有此大祸，我不救他，这命旦夕便没了。"原来刘民确的父亲早年在高要时被恶人冤屈，幸得太守陈霸先救了一命，以此感恩。刘民确寻便乘夜出了广州，匹马飞奔高要而来。

陈霸先当年征讨李贲有功，除振远将军、西江督护、高要太守，督七郡诸军事。及闻侯景反，陈霸先跌足叹道："皇帝身边有了朱异，接着又纳侯景，奸佞居前而不见，大谋颠错而不知，我朝气数将尽了。"陈霸先命所部秣马厉兵，随时准备赴援京师。

陈霸先这夜处理军务至四更天，方才宽衣睡下，忽报有故人来访，陈霸先暗忖："这是谁呢？有甚急事深夜来访？"忙披衣出至便厅，见来客已站立等候，看时又不认识。客人跪拜过，起身笑道："将军不认得小人啦！小的便是刘民确，当年父亲刘敬幸大人救了一命，将军想是忘啦！"陈霸先笑道："哦！是这样呀！些小事呐何劳挂齿。你贪夜至此，不知……"刘民确道："活命之恩，没齿难忘。我父亲临死时曾嘱我，日后大人有难，只要撞见了，必要以死相报。大人呀！元景仲要谋害您呐！"陈霸先一凛，道："此话从何说起？"刘民确道："小人前年经人引荐，投在汪应川大人门下，汪大人见我还算伶俐，办事牢靠，便让我做了从事。小人刚听得汪大人说侯景来使，奉立元刺史为主。元刺史即日便要起兵北上，又怕将军您不从大计，要诓您进广州议事，乘机除去……"陈霸先听了，惊得眼睛大张，半晌方才笑道："啊呀！我真要谢你啦！你不只救霸先一人呀！"陈霸先要设宴款待刘民确，刘民确忙道："我不便久留，现在就得赶回广州去，所说之事，大人切切提防就是。"陈霸先又赠银子财物，刘民确不受，匆匆走了。

陈霸先再无睡意，即命飞马传书，约成州刺史王怀明、行台选郎殷外臣速至西江议事。两天后，王怀明、殷外臣来到西江行营，陈霸先接了，大为高兴。王怀明情急道："元景仲既然联结侯景，意图谋反，将军你就下令吧，怀明自当服从。"殷外臣道："我怕元景仲会先向将军下手，不得不防。"陈霸先笑道："正是这话，元景仲欲诓我入广州，依我看，请柬当在这两天便到。"正在说话时，忽报广州使到，陈霸先笑道："如何？催命鬼来啦！"便起身迎了出去。

信使拜递了书信，陈霸先让他坐了，才启封看时，原是元景仲约他四月初九日进广州赴宴，别的一字不提。使者吃过茶，起身要走，陈霸先让人赏了程仪，拱手道："行营军地，多有轻漫，还望上使见谅。"使者谦辞数句，即拱别而去。

陈霸先回至密室，把书子随手丢给王怀明、殷外臣去看。王怀明抬头望着陈霸先，笑道："明公去不去会宴？"陈霸先笑道："蠢猪才去呐。既然知情了，岂不是送死？我请你们来，并不止是对付元景仲，而主要是援台勤王呀！倒了元景仲后，由谁来镇广州呐，目今朝廷内外交逼，哪还顾得了岭南。我想了许久，意欲迎定州回镇广州，曲阳侯系宗室血脉，我们起兵奉他平叛，气壮理直，名正言顺呀！平了元景仲，我即举师赴台，再无后顾之虞了。"王怀明笑道："明公忠义感怀，成竹在胸，破贼必矣！怀明即回成州，尽起兵甲前来以应大义。"陈霸先命人取过笔砚，草拟敦请奉恭曲阳侯、定州刺史萧勃回镇广州非常书状，与王怀明、殷外臣审校过，重又誊写四份，陈霸先、王怀明、殷外臣三人用过图书名讳画押，俱各收了。另一份，陈霸先用拜匣装好，当众上了漆封，交与殷外臣拜呈萧勃。

　　陈霸先不如约赴会，元景仲惊疑不定："不成陈霸先这老奸闻到了风声。"众僚劝他先行起兵攻击陈霸先，元景仲不从："不行，出师无名，徒招物议，况且陈霸先兵精将广，纠缠起来了，必阻我北上大计。我权且忍耐一时，等诸路兵到，他若抗我，再问罪未迟。"

　　太清三年五月十八日，王怀明、殷外臣率成州六千军马到了西江，陈霸先即起本部军马五千会师南海。扎营才三日，探得新州刺史史党承、双州刺史向敏斌、高州刺史兰裕先后引兵集结广州郊外。陈霸先笑道："来得真及时呀！"即传命驰檄各州郡军马，宣言"元景仲与贼合从，朝廷遣曲阳侯、定州刺史萧勃为广州刺史，军已顿朝亭。"

　　六月十一日，陈霸先起大军包围广州。楼船将军汪应川引军出城搦战。陈霸先大喜，命杜僧明率军出寨迎敌，嘱道："不要伤了汪应川，只活捉过来便了。"杜僧明应命出营，只领一千军马飞出阵中。汪应川立马阵前，破口大骂："陈霸先贼子，怎不出来，老子今天定要擒你！"杜僧明大喝道："贼将休得猖獗，杜僧明来了！"随着叫声，杜僧明挥大刀闪电般驰到面前。汪应川大喝一声，跃马挺枪刺来，一连数枪，刺得杜僧明东躲西藏，手忙脚乱。忽听得杜僧明"哎呀"一声，勒回马便逃。汪应川放马赶来，看看赶上了，突然杜僧明雷鸣般一声大吼，回马一刀背砸在汪应川背上，汪应川一口鲜血喷出，颠倒头跌下马来。广州兵惊叫声起，随即涌来救人。可是还未赶上，杜僧明已俯身一抄，早将汪应川提上马背，箭一般飞回本阵去了。

　　次日辰牌时分，陈霸先率军马掩至城下，列成阵势。元景仲与史党承、向敏斌、兰裕率军马共计一万九千出城列阵迎敌。元景仲在马上指着陈霸先骂道："陈霸先，你无故兴兵围了广州，意欲何为？想造反么？"陈霸先笑道："好呀！刺史这话问得好，我是没法答的。让楼船将军汪应川出来与刺史回话。"汪应川被押出阵来，元景仲脸色骤变，指着骂道："你怎么还活着！你……"汪应川哭丧着脸，说不出话来。陈霸先笑道："汪大人见了刺史不敢说话，我代他说吧，侯景派密使传书刺史，愿奉为主。刺史答应举兵谋反，怕霸先忠义抗命，阻碍大计，故欲除而去之，夺我军兵，是有这回事吧？"说到这里，陈霸先忽然一顿，声色俱厉道："可是天理昭彰，元景仲与贼交通之阴谋败露，朝廷英明决断，遣曲阳侯萧勃为广州刺史，命霸先先行起大兵平叛。元景仲反逆谋叛，罪不容诛，其余州郡

皆为胁从，若然悔悟，一概不问。新州、高州、双州诸府尊，汝等皆身荷国恩，敢抗皇命么？"

陈霸先话音甫落，双州向敏斌、新州史党承先自引兵退去。元景仲弹压不住，气得暴跳如雷。高州刺史兰裕大叫道："陈霸先假传朝命，反迹已露，我们若被他煽惑，徇情误国呀！"王怀明大怒，振剑一挥，引本部军马掩杀过去。兰裕所部高州军马将及一万，训练有素，副将兰京礼是兰裕族弟，他执一杆大铁枪，悍勇异常，连连刺杀数十名成州将士，王怀明抵敌不住，溃败下来。陈霸先部将周文育飞马闯入阵中，挺长矛敌住兰京礼厮杀起来。陈霸先鞭梢一指，与殷外臣挥军冲击元景仲主阵，元景仲不敢接战，率军逃入北门去了。兰裕见广州兵败退，忙传命也随元景仲退入城中。陈霸先大叫道："截住高州兵！"杜僧明大吼一声，引军扑向城门。这时北门已悬上了吊桥。兰裕见再也进不去了，勒转马头大呼道："十弟快撤！"引军拍马向西逃窜，兰京礼持枪断后，周文育不敢十分相逼，由他去了。

兰裕扎军子马山，校点军马，并无大损伤。兰京礼问道："还回高州么？"兰裕叹道："不能回啦！元景仲无谋，如今大计不成，倒露了行藏。陈霸先厉害呀！矫传诏书，私立萧勃为州尊，这一行事就够狠了。元景仲已成败局，我们再不能留在岭南啦，唯有北上投靠侯景，另谋良策。"

兰裕率军绕道北上，投始兴郡而来。始兴内史萧绍基是兰裕妹夫，知兰裕兵败至此，忙把他迎进城去。萧绍基忧心忡忡，对兰裕道："你恶了陈霸先，我怕始兴也守不住呐。"兰裕笑道："这我知道，我不会在这里站脚，路过而已。目今天下纷乱，群雄并起，正是大丈夫建功立业之时。侯景乃天下英才，举重兵困了台城，萧梁气数尽啦，我欲投侯景去呐。"萧绍基吃惊道："这……这怎么可以！"兰裕笑道："怎不可以？天下者，天下人之天下也，萧衍的天下还不是夺人家的。南朝政刑驰纵，纪纲坏乱，臣子在位多负污，百姓嗟怨闻于朝野，能长久么？山中宰相杨陶弘仙逝前曾留下谶言云：'夷甫任散诞，平叔坐论空。岂悟昭阳殿，遂作单于宫！'南梁必为北族取代。侯景系北族，元景仲与我均系北族而仕梁者，杨陶弘之言岂非天意？日前我曾遇一老僧，善能观气占候，他对我说，'紫气生于南越，君当在其中，好自为之。'元景仲危在旦夕，已无作为，这话应在谁呐？兰裕岂能负百姓而安于苟且？"萧绍基听了更为惶惑，再不敢言。

太清三年七月二十七日，陈霸先攻陷广州。元景仲自知罪不容诛，便在拦春阁楼阁自缢了。八月六日，陈霸先率众僚在朝亭奉迎曲阳侯、定州刺史萧勃坐镇广州。随萧勃东归的交越诸州郡吏长有晋兴太守莫启，九德太守董封，九真太守李迁仕，安成太守方人杰，宋平府尉、平虏将军杜三泰，简阳太守沈开昌等文武百官，共率精兵两万多，都在城外扎驻了。萧勃重赏陈霸先、王怀明等有功将士。公告安谕百姓后，萧勃准备调兵攻打新州、双州等随元景仲谋叛州府，所谓除恶务尽。陈霸先劝谏道："前者诸州郡胁从元景仲反，实是逼于形势，今已悔悟退去，刺史当好自抚安，既往不咎。若加兵问罪，他们无路可走，怕是真的反了。"萧勃道："元逆余孽不除，我等焉能施治行政，岂不闻星星之火势可燎原乎？今日元贼已擒，诸凶胆寒，即可乘势一举灭之，若待他们得以喘息，养成气候，贻害无穷呀！"陈霸先还要说时，萧勃笑道："将军忠义之心，勃岂能不知。目今岭南未定，西江军防要地，须臾离不开将军，你还是赶回防地去吧，这样我才安心。"陈霸先连忙答应："刺史所言极是，广州兵事已完，霸先明日即可率军返回驻地。只是下官还有一言，兰裕反后，高州空防，可否调高凉冼挺填充此缺？"萧勃笑道："我听说这个冼挺当年随将军平李贲有功，朝廷诏为南梁州刺史。这人确实不错，无怪乎将军荐举，只是冼挺虽为刺史之职，奈何制外虚编，并无食邑之实，且又是化外俚僚，用之恐违祖制，徒惹纷争，反为不美。既然将军力荐，不如这样吧，阳春郡西巩地乃两粤要冲，险危项领去处，让冼挺屯兵扎守，暂不问政，专事捕盗防乱。其驻地城围土木，即拨公银资造，冼刺史俸禄一如类级，概由公出，这样可妥？"陈霸先再无话说，拜辞萧勃回营地去了。

萧勃命安成太守方人杰、简阳太守沈开昌、九真太守李迁仕、平虏将军杜三泰分别举兵攻打新州、双州诸州郡。向敏斌、史党承等探得消息，尽都率兵弃城北逃，两日后会军始兴。史党承向兰裕苦笑道："新君不容旧臣，没办法，唯有来投明公啦！"兰裕笑道："我料你们必要来找我，萧勃这小子怎会放过你们呐。"

次日，兰裕召集会议。兰裕道："诸公既来投我，我开诚布公，再无隐私可言。前者元景仲约我等起事，无奈处事不周，走漏了消息，以至半途而废，刺史遭遇不测。如今我们势成骑虎，不反万死，反则一生。裕决计北上附侯景，再不回首。"向敏斌激愤道："前者受陈霸先煽惑，有负元

刺史，如今想来犹疚愧于怀。既然萧勃不容，我等又岂能作俎上肉，由其宰割？明公但请传命，敏斌愿为前驱。"众人俱各附和，兰裕大喜，道："衡州重镇，乃钱粮丰足去处，当先拔之。"

临贺内史欧阳頠监事衡州，闻得兰裕率始兴等十数郡叛军来围，顿时惊呆了，"衡州若失，勤王诸军钱粮立断，讨贼大计再也无望。"欧阳頠冷汗直流，情急之下派人飞马传书广州，请萧勃发兵援救。

欧阳頠字靖世，长沙临湘人，年轻时起就与兰裕兄兰钦交好，常随兰钦军旅征讨。兰钦为衡州刺史时，除欧阳頠清远太守。大同十一年，兰钦奉旨助防交州，请欧阳頠同行。大军刚过大庾岭，兰钦便患病死去。却好大行台诏欧阳頠为临贺内史，欧阳頠上书辞呈，乞请先送兰钦灵柩回都，然后赴任，其情笃若此。至侯景叛乱，欧阳頠才受命监事衡州。兰裕以为兄长兰钦生时与欧阳頠有交情，意欲煽动欧阳頠同谋反，便派使者来见欧阳頠，晓之利害。欧阳頠断然拒绝，对来使道："兰高州昆季隆显，兄弟皆荷国恩，目今侯景逆叛，正应赴难援都，岂可自为跋扈呐！"

自侯景叛乱后，萧勃暗有自立的打算。他在定州积极网罗亲信党羽，待机行事。吞并了元景仲，尽得百越之地，萧勃心中好不得意，对群僚道："广交越三州，自古称为恶地，诸王均望而畏之，不愿领封。我却不然。我在岭南日久，这里的山山水水，民情世故无不通晓，了如指掌。武林、新渝相继不治，招致暴乱，非为地恶而事实人祸呀！这地方呀，自古远隔中原，历来为化外居所，种族繁杂，习俗迥异，殊难驾驭。而当年赵佗得之却如大龙人海，数世王治。何故呐？尊土俗顺民风呐！即以夷制夷故。所以卢子雄、孙同束手无策，竟致丧命，陈霸先游刃有余，而得腾升，多好的教训呀！"才半月工夫，萧勃就将亲信或插或补，尽数填充诸州郡空任。他对李迁仕道："你是个晓事通理的人，我把你安到高州，又让平虏将军助你，自有道理，你好自为之。高凉地自古为俚僚部落所居，俚僚人喜相攻击，诸酋中以大堡洗来山为豪雄，如今洗来山虽已死去，然子辈承继其业，方兴未艾，遐迩闻大堡之名无不敛色。当年陈霸先征讨李贲，便是倚大堡之力而成其功。这事你比我清楚，不消细说。陈霸先深有野心，岂甘久居我下，我又岂能不知。他在我面前举荐洗挺牧领高州，其意不言自明。"

忽报衡州监事欧阳頠有急呈到，萧勃接启了，笑道："兰裕纠合始兴

十数州郡攻围衡州，欧阳頠请我发兵援救呐！"李迁仕道："州尊让我引兵前去吧。"萧勃摇首笑道："用不着你，你即日便收拾回高州要紧。兰裕兵精将勇，陈霸先正是对手呐！"

陈霸先接得萧勃之命，即与王怀明、殷外臣等发兵高要，赶赴衡州。围困衡州的兰裕听得陈霸先已破了始兴，笑对众官道："我们都没有退路啦。欧阳頠不达时务，我再顾不得交情了。"遂下令猛攻衡州。欧阳頠激励州中军民，殊死保卫衡州，兰裕叛军连攻数日俱不能下。兰裕焦躁不安，恨得跺足道："这欧阳頠真难啃呀，衡州有多少兵，却累攻不下。"向敏斌劝道："不如弃了衡州北上，陈霸先即将赶来，那时反为掣肘呢。"兰裕道："我们军马总有二万多，目下粮草将尽，不打下衡州，往哪找吃的去？别人怕陈霸先，我会怕他么？等我先灭了他，再找萧勃算账。"

九月十一日，陈霸先率军至衡州，离兰裕叛军三十里下寨。当晚，兰裕使人送来战书，约明日决胜负，陈霸先笑着批复了。次日巳牌时分，两军各自列成阵势，叛军帅旗下兰裕策马走出阵前，大喝道："陈霸先听了，往日传闻你善能用兵，达机知变，是个英才，却原来这等不识时务了。萧勃老谋深算，居心叵测，你却扶他为主。萧勃尽换广州血脉，树立腹心党羽，其狼子野心，路人皆知，你却自蒙在鼓里，为他效力呐。昔日岭南根系，如今只剩明公一支，萧勃之所以暂时留你，只因我还在罢了。他今日调你来抗我，便是驱虎相斗之计，你灭了我，你也活不成。目今南朝气数已尽，故有妖佞相继而生，这是国运呀，决非你我可能左右呐。我敬你是个人才，不若顺天应人，随我另择明主，博一生富贵如何？"陈霸先笑道："曲阳侯乃皇室宗亲，金枝玉叶，非元景仲叛逆可比。霸先戍土之臣，但闻逆叛，必要摧殄，何待上司差遣。你反国叛君，天人共怒，罪不容诛，死在眼前了，尚自做梦么？"兰裕大怒，拔剑挥军掩杀过来，叛军喊杀声震天动地，陈霸先军抵敌不住，向后退去。兰裕、兰京礼冲锋在前，将士无不个个奋勇、人人争先，追至十里康王谷口，突然炮声大起，谷口里左右分别杀出两支军马来，却是杜僧明、周文育伏兵在此截击叛军。哪知叛军军马壮大，杜僧明、周文育三千军马兀自被冲得七零八落。兰裕挥军只顾追赶陈霸先，一路"活捉陈霸先呀——"的呼声此起彼伏，不绝于耳。陈霸先暗暗叫苦，乱军中策马拼命逃窜。突然前面又杀出一支军马来，陈霸先惊得魂飞魄散，几乎坠马。这时兰裕与兰京礼已追了上来，正在危急

间，忽然两箭飞来，射中兰裕、兰京礼，两人先后翻下马来。陈霸先才知来者并非敌军，顿时惊喜不已，勒转马头大呼道："将士们！兰裕已中箭落马，援军来了，杀回去呀！"刹那间，陈霸先军扑翻身又往回冲杀，叛军没了主帅，顿时大乱，像潮水一般向后溃去。忽然前面鼓噪大起，原是欧阳頠率军马与杜僧明、周文育会合杀了过来，叛军腹背受敌，死伤无数，四散溃逃，逃不及的只好纷纷弃械投降，向敏斌、史党承等人都被擒了。

欧阳頠引两条大汉来见陈霸先。欧阳頠笑道："陈将军呀！若非你引军来援，衡州不保呀！当然，这二位壮士亦功不可没。"陈霸先看着两条大汉问道："射倒兰裕、兰京礼的就是你们俩吧！"欧阳頠指着两条大汉道："这是侯安都，这是张偲，他两人俱是始兴人氏，为人豪杰仗义，我在清远任上就结交为友。"侯安都道："欧阳太守为官清正刚直，仕民皆称赞感叹。我与张偲听得太守在衡州起兵讨侯景，便在乡中纠合三千人马前来投奔从军，路上才知得兰裕围攻衡州，正让我们撞上了。"陈霸先道："若非你们这支奇兵突出，不说衡州，连霸先都没了，现在想来犹有后怕呐。兰裕兵多，我欲设伏兵破他，岂知不济呐！我历军多了，从未见有像高州军如此凶悍的。"

陈霸先下令斩了兰裕、兰京礼、向敏斌、史党承等人，把八千多降军尽收编了，然后呈报广州除王怀明为衡州刺史，迁欧阳頠为始兴内史。萧勃接了报告，又惊又怒："好小子呀，你果然灭了兰裕。又将诸州郡都私自除授，这才告知我呀，果然厉害，果然厉害呀！"

萧勃日前已收到侯景来书，侯景许诺只要广州按兵不动，即让萧勃当南越王，萧勃当时就答应了。他现在唯一担心的是陈霸先会举兵北上，破坏他的大计。思量再三，批复陈霸先所呈，并命陈霸先监始兴郡事。

太清二年十二月，良将侍中、都官尚书羊侃病死，台城防守失去依靠，更是一片恐慌。侯景卜令决玄武湖之水淹灌台城，侯景叛军水陆并进，昼夜不息，终于在太清三年三月丁卯日攻陷台城，俘虏了梁武帝。梁武帝百思不得其解，由自己夺来的天下，怎么又由自己丢了。他问侯景："你初渡江时有多少人马？"侯景答："一千人马。"又问："围台城时又有多少人马？"侯景答："有十万人马。"又问："现在有多少人马？"侯景答："整个南朝都是我的啦，你说有多少人马？"

有史学家认为，昭明太子萧统死后，梁武帝应立萧统的儿子萧詧做皇太子，而不应立第三子萧纲为太子。梁武帝所为违悖祖制惯例，名不正言不顺，以致萧纲与诸弟萧纶、萧绎、萧纪之间，萧统的儿子萧詧与诸叔父之间充满矛盾与仇怨云云。侯景叛乱，诸王争权夺位之野心暴露无遗。萧正德记恨梁武帝废他太子之位，引侯景入建康时便约定了，攻破台城，必要杀掉梁武帝与太子萧纲。台城一破，萧正德亲自执刀去杀梁武帝及太子，被侯景阻住，为此萧正德连皇帝名号也丢掉了。萧正德怨恨侯景言而无信，图谋袭杀侯景，事发，又为侯景所杀。援台诸王中，任何一个在当时其实都有足够力量消灭侯景叛军。可诸王只为自己打算，都希望借助侯景之手削弱或摧毁梁武帝和萧纲的地位。所以各路勤王大军只在外围虚张声势，却没有一个王侯宗室愿意与侯景正面对抗。湘东王萧绎屯军郢州武城，河东王萧誉屯军青草湖，桂阳王萧慥屯军西峡，如果诸王上下一心，举大军沿长江而下，侯景势难阻挡。可是萧绎托言必要等天下四方援军都到齐方可进兵，于是坐等观望，停滞不前。中记室参军萧贲为人忠义耿直，见萧绎大军不下长江击敌，甚为气愤。一晚萧贲与萧绎在营中对弈，萧绎指儿拈着棋子，老半天就是不下。萧贲叹气："殿下没有下意呀！"萧绎知萧贲挖苦他，心里不悦。后来接到台城沦陷的消息，萧绎即传命退军回去。萧贲恨得跺足："侯景叛逆，以臣子举兵攻人君，天地不容，人人得而诛之。如果举兵讨伐，我看还未渡江，一个小孩童就可斩杀他，侯景能有什么作为？湘东王拥有十万军马，还未见到叛军的影子就退兵了，这国家是没救啦！"萧绎心中大怒，后来到底寻个罪过杀了萧贲。邵陵王萧纶与临城公萧大连、新淦公萧大成等率军援台，会同宣猛将军李孝钦，前司州刺史羊鸦仁，南陵太守陈文彻等诸路勤王大军公推司州刺史柳仲礼为大都督平叛，可是诸军相互疑忌，都想保存自家实力，全无战意。及侯景攻破台城，萧纶早已逃之夭夭。

太清三年五月丙辰日，八十六岁的梁武帝忧愤成疾，加之侯景诸般虐待，终于含恨去世。侯景让太子萧纲即帝位，是为梁简文帝。十二月九日，上甲侯萧韶冒着危险，从建康逃奔江陵，称受梁武帝密诏征兵平叛，辟湘东王萧绎为侍中、假黄铖、大都督中外诸军事、司徒、承制，其余藩镇一并加位晋爵。萧绎受诏大喜，随即移檄遍令全国诸州郡，咸概举兵援台平叛。

诏命行至高要、始兴诸州郡，陈霸先与始兴内史欧阳頠等商议起兵。大宝元年三月四日，忽报广州刺史萧勃派遣钟休悦来见，陈霸先慌忙接了。钟休悦试探着问："诏命援台，将军打算怎么办呐？"陈霸先吃惊道："霸先不解此言。我已决意北上，曲阳侯难道不遵旨援台不成？"钟休悦语气凝重："侯景骁雄，天下无敌，前者湘东王援军十万，士马精强，然而莫敢撄其锋，致令北奴坐大得志。邵陵王推柳仲礼都督诸军，而又同床异梦，相互掣肘，无意克敌，遂作鸟兽散。将军忠义何人不知，侯爷深为器重亦即为此耳，然将军以区区之众，恐怕未能作为呀！如今闻得岭北王侯又皆鼎沸，河东王与桂阳王相互攻伐，邵陵王与开建王反目为仇。还怎么抗敌平叛呐？将军一直在外藩远镇，与诸王素无仕米，你若北上，投谁去呢？万一投了奸邪不正之徒，反把忠义之名都抹黑了，不如权且停留始兴，审度时势变化，再行定夺为好呀。"陈霸先奋然而起，神情激动："你怎能说出这样的话来！霸先原本是平庸之人，全蒙国家之恩才有今日造就。当日听闻侯景逆贼渡江，我就准备起兵赴援抗敌，只因元景仲、兰裕叛乱，形格势禁，才耽搁了。如今京都覆没，主上蒙尘，君辱臣死，谁敢惜命？曲阳侯系宗室皇枝，救国之任更是重于泰山，不能亲率大军摧锋万里、身赴国难，雪此冤痛，已够令人吃惊了，想不到还会阻我援台呐！霸先行计已决，不容变改，就请为我转述吧！"说到这里，陈霸先声色俱变，眼泪夺眶而出。钟休悦再无话说，辞别去了。

大宝元年五月八日，陈霸先命杜僧明为先锋，侯安都、张偲为副将，先行起兵两千屯据大庾岭。又遣使兼程往江陵，禀呈愿受湘东王萧绎节度。

萧勃知陈霸先必不听劝告，迟早出兵北上，便传书令高州刺史李迁仕火速率兵据大皋，阻击陈霸先军。六月十五日，李迁仕接了萧勃密书，不敢怠慢，忙与杜三泰密议。杜三泰道："陈霸先北上援台，曲阳侯命我们抗阻他，依我之见，此举不妥。"李迁仕道："这我知道，被人骂作侯景党徒，叛国之贼，确实难受。可曲阳侯之命我们又不得不从。"李迁仕压低声音，"侯景许萧勃，只要广州兵不出岭北，即为南越王，你想萧勃能不动心？再者，我与你出身坷坎，累遭折难，权贵们骂我反复无常，时官时贼。而你呢，由贼而仕。因而我俩在交州屡不得志，长居人下。幸好萧勃慧眼识才，才起用授职。目前天下大乱，正应着'荧惑入南斗，天子下殿

走'，利臣而不利于君呀！你知道么？东魏口前已被高氏所代，高澄暴死，其弟高洋当了皇帝，国号为齐呐。台城沦陷后，南朝再无君主。侯景把政，虽立萧纲，也是僭伪。所以诸王乘机奋起，纷纷举兵，名为平叛，实为窃国呀！萧勃不是一般的侯爷，我料定他定能成气候。萧勃知道陈霸先与大堡冼氏交厚，所以才派我任高州之职，加以间疏，岂非无意？萧勃如此情重，我又怎能不报呐！"杜三泰道："冼氏满门尽皆忠义正直之士，我们切勿与之为敌。"李迁仕笑道："怎么会？我还要好生结交呐。这个冼挺，虽无实职，兵力却不小呀，屯在西巩的军马便有六千之多。怎么想个法子，让冼挺率军随我北上就好了。"杜三泰摇首道："这事别去想，冼氏兄弟绝不会答应。"李迁仕嘿嘿笑道："也不能这样说，此一时彼一时呀，我自随机行事，你也别去管了。目今高州可动的军马有八千，先由你率五千军马出大皋口，我自引军随后赶来。"

自大同七年五月冼夫人封诰护国夫人，山兜大堡更非昔日可比，整日沉浸于喜庆之中，远近诸酋接踵登门贺庆，竞相恭维。冼来山自是喜得眼泪直流，浑身上下无不舒坦，免不了向客人吹嘘："老夫从前说过，大堡女孩子，不让男儿汉，如今怎样？过去一些朋友要与老夫较劲，真真可笑！大堡运祚恒昌，受命于天呐，岂是人力可为？"为是老四冼操、老五冼飞还未成家立室，许多名门望族纷纷上门说亲，最后冼来山选定君圣庄、苍梧北望寨结为姻亲，让老四冼操娶了霍廷昭的十一妹，让老五冼飞娶了陈践余的女儿。

太清二年四月二十五日，冼来山去世，享年七十七岁。冼来山死时，满脸笑容，如进美梦。时高州刺史兰裕叹道："冼氏基业安如磐石，固若金汤矣，冼老儿怎能不乐呐！"

至大宝元年，冼夫人已是二十九岁，早有两女一男，大女儿八岁，名典，次女儿五岁，名细，儿子未足两岁，名仆。这日午后，怡春园学堂休学，冼夫人在书房伴着三个子女温习功课，那猛虎花儿躺卧地板上，眯缝着眼睛，侧头静静听着朗朗书声，幼子冯仆捧着一本《千字文》，正稚声奶气地读到"孝当竭力，忠则尽命"，冼夫人笑问："我的儿，孝当竭力，忠则尽命，你懂是啥意思么？"冯仆扑眨着眼睛，迷惑地看着母亲摇了摇头。冼夫人慈爱地笑道："我儿还小呐，是未懂，你先记牢这些字，慢慢会懂的。"忽报大哥冼挺来了，冼夫人忙迎出便厅。

　　冼来山临死时，嘱言冼挺兄弟，大堡上下，冼挺主内，冼夫人主外，若有悖违，非其子孙。所以冼挺每遇大事，必要来恩铭居与冼夫人商议定夺。

　　等冼挺坐下，冼夫人才问道："大哥从西巩赶来吧，叮有要事？"冼挺点点头，道："李迁仕昨夜四更时分，派遣杜三泰悄悄率军北上，不知何意。"冼夫人站起身来："有多少军马？"冼挺道："五千军吧。"冼夫人沉吟一阵，自言自语道："前已接得湘东王援台檄文，李刺史却按兵不动，还谕告辖下州郡慎控军马以防不测。这时突然出军，必有蹊跷，若说援台平叛，应当擂鼓大进，何必偷偷摸摸？"冼挺立身起来，道："甘将军也感到这事古怪，让我讨郡里来找妹子商议。"冼夫人转过脸来，看着冼挺道："大哥你速回西巩，随时留心动态，如有变化，即时报我知道。"冼挺再不停留，辞别回营地去了。

　　当晚，冯宝从衙里回来，对冼夫人道："今日接到李刺史书柬，约我到州里一会。"冼夫人笑道："这李迁仕真的起坏心了。"冯宝听了一愣："噢！夫人此话……"冼夫人道："刺史诳你去一同谋反呀！他昨夜已令杜三泰偷偷起兵北上啦！"冯宝惊愕不已："刺史要谋反？你怎么知道？"冼夫人道："如今台城已破，天下大乱，诸王侯都以平叛复国为名，掠地自立，无不各图己计，乘机而起，以致相互倾轧，亲寻干戈，不是的话，小小一个侯景有何能耐，渡江以来竟如入无人之境，随其暴掠肆虐？目下诸州郡人心悼悼，去从无定，鱼龙混杂，忠奸莫明，梢不留意，即落网罗。之前湘东王诏命援台抗敌，李迁仕称有病在身，不便举兵赴援，你正准备率军出发时，又被他阻住了。李迁仕不肯出军，而又招兵买马，铸造军器，这是何故呐？他现在自个儿悄然起兵，若说援台，断无是理。突然又召你入州议事，定无好意。我料他必是诳你入州拘为人质，好控制你的军马呀！"冯宝眼睛睁大了："不会吧，我高凉郡能有多少军马，夺之何益？况且他李迁仕真敢如此大胆妄为？"冼夫人笑道："李迁仕是何等样人，你孤陋寡闻，想是不知。我听我几位兄长说了，当年交州李贲反时，李迁仕本是德州府尉，被李贲提了，因为惜命遂投了李贲，直做了大德朝的将军呐。后来陈霸先与杨瞟奉旨领大军赴交州平叛，李迁仕看看势头不对，知道李贲必败无疑，便又投陈霸先。你想，像李迁仕这样唯利是图、见风使舵、毫无信义品行的人，你会相信他这时能赤心报国，援台平叛么？你这

时去见他，必落他圈套，李迁仕并不只是单要你高凉郡这几百号人马，他的眼睛死死盯住大哥的西巩兵呐！李迁仕刚来高州上任，就曾两次到西巩找大哥套热乎，大哥知李迁仕意在向他要军马，故此十分防备，婉言拒绝。试想李迁仕拘押了你，那时大堡、西巩投鼠忌器，还不任其宰割。"

冯宝跌足恨道："李迁仕好阴毒呀！叛国投敌，人人得而诛之。夫人呀！似此如何应对呐？"冼夫人笑道："无须到州里去，拖延几天，以观其变。"

次日一早，冼夫人即命人分头到罗州光寿庄请夫辛，到大堡请武哥、三彩儿、阿秀、孟娘、七儿都来恩铭居会合。当年在冼夫人身边的几个大丫环，如今都已有了夫家。夫辛配给罗州光寿庄庞靖，已有两男一女；武哥配给张融，已有一女一男；三彩儿配给龚自明，已有一男两女，阿秀配给洪通，已有两男；七儿配给甘弁，已有两女一男，孟娘配给廖明，已有两男，子正配给寿儿，已有两女，还有冯宝带来的丫环锦儿配给时元，已有一女一男；玉杏则配了若砚，也有两男；其余丫环，适龄的都婚配了。如今冼夫人身边使用的丫环，却是君圣庄霍廷昭使人送来的，共是五个，叫如人、温弈、因里、申雉、阳芯，这五个女孩子才十二三岁，均长得水灵秀慧。后来，罗州光寿庄又送来三个女孩子，叫恩敬、蕿儿、幸雎，也长得可人意儿，冼夫人说用不着许多，都让到赵媚娘屋里去了。

傍晚时分，冼夫人过西厢赵媚娘屋里来。蕿儿正抱着韦放的小儿吹泡泡玩耍。韦放已有一女一男，女儿小名韩儿，已有四岁，儿子小名粲儿，才过百日。当初韦放与赵媚娘结为夫妇，夫唱妇随，好不美满，可是多年过去，还没有子息。冼来山暗暗着急，一天他私下把廖明找来，问道："你随猴药张多年，曾有求嗣方否？"廖明道："老爷问这话，莫非为韦少将军？"冼来山看了看廖明，随即点点头，叹道："唉！韦少将军和赵媚娘男才女貌，真是天地设合，众人无不称羡。只是至今未有生养，我岂能不急？少将军是根独苗，我视为己出，如此大忠大义之人，怎能无嗣。他父亲将他托付于我，我今将老矣，不看着他子女临世，承接香火，我死了不会安乐呀！"廖明笑道："老爷无须担忧，韦少将军命相，绝非无嗣之人，且父子两代忠义，感怀于天，自然人神共悯，子孙满堂。这事我早已留意，在交州时曾求得一方，据说百试不爽，现已制成丸药，可让韦少将军服用。"冼来山大喜，即命快给韦放送去。确实神奇，韦放次年即得一女。

　　冼夫人从蕙儿手里抱过粲儿，亲了亲小脸蛋，那孩儿竟怕痒，缩着脖颈儿吱呀笑了。冼夫人朝小粲儿点着头道："粲儿噢！我的小粲儿，快快长大噢……"韩儿听到声音，奔出来扯着冼夫人的衣裳，口里直叫"姑姑。"冼夫人蹲下身来，笑问："韩儿呀，你阿爹卜学了么？"里面赵媚娘迎出来，笑道："是姑娘呀！她阿爹下学了，正在里间洗脸呐。姑娘也是，你过来说话，怎么老是问孩子阿爹，就不问我呐。"冼夫人笑道："我就兴问少将军，不行么！"

　　韦放出厅堂来，蕙儿忙抱粲儿与韩儿过后院堂去。赵媚娘让冼夫人坐了，幸睢又沏茶过来。韦放笑问："贤妹有事么？"冼夫人道："唔，确实有事与你商议。前天李迁仕突然命杜三泰率兵北上，昨天又来书让老爷进州议事。这事你怎么看？"韦放脱口道："千万别去，这李迁仕怕是要反了。如果北上援台，可直接使太守起兵即可，何必先行举兵然后又找太守商议呐。可派人紧紧盯梢，观其军马动向。"韦放缓了缓，又道："李迁仕从交州随曲阳侯回镇广州，位卑职微，一下子为重镇州尊，可知萧广州倚重之至。"冼夫人点了点头："这次李刺史用兵，广州并无文牒行告，令人不解，李迁仕不会背着曲阳侯吧？"韦放望了冼夫人一眼，却不接话。冼夫人沉吟一阵，又道："陈霸先屯兵高要，早有援台之志，平了兰裕后，去意更决，而萧广州似乎未从其意，多加劝阻。"韦放神色一凛，急问："这消息从何而来？"冼夫人道："从陈霸先给大哥来书可知。陈霸先还叮嘱大哥，西巩之军，轻易别让他人调动呐。"韦放眼睛一亮："如此说时，这次李迁仕用兵，必与广州有关。"冼夫人声色俱厉："国难当头，若有人敢冒天下之大不韪，护国夫人决难坐视！"

　　五天后，夫辛带着两个小丫环从罗州赶到恩铭居，可冼夫人往西巩去了，不在府中，由赵媚娘接了。武哥等姐妹早到一天，大家会齐一堂，嘻嘻哈哈，尽情撒野。大伙儿与夫辛快三年没见面了，有说不尽的话题。夫辛看着堂上"护国夫人"牌匾，问冯宝道："老爷，这牌匾，我上次来似乎还未挂上吧。"原来大同七年梁武帝御笔隶书"护国夫人"匾，冼夫人一直藏在阁里，直到侯景叛乱，才又取出高挂堂上。子正道："我看这字还不及夫人写得好，软软的好没精神。"冯宝扑哧一声笑了，道："皇上草隶，天下独步呐。"子正又歪着头瞧了一眼，道："有甚妙处？我怎么看不出来。"冯宝笑道："皇上不惟字写得好了，且博学能文，诸如阴阳、卜

笙、骑射、声律、围棋，无不精妙。皇上御笔周兴嗣《千字文》，自是传世国宝，冯宝轻易不敢开卷呐。"孟娘笑道："皇帝的字呀，谁又敢说写得不好呢。可能皇帝情有多好，涉猎太广，所以才荒废国务，被奸人所乘，不然怎么会让侯景这乱臣贼子给蒙了。"

忽报冼夫人自西巩回府，大家竞相迎了出去，冼夫人看着夫辛笑道："哎呀，三年不见，你又胖了。"三彩儿笑道："妻胖夫辛呐，可知这死丫头确实找了如意郎君。"大伙儿哈哈大笑。冼夫人又笑道："我这回约你来可不是玩儿，你近来可操练过刀马？这么胖还能打仗么？"武哥笑道："怎么不能，这两天夫人不在，她们可闹翻了天，早时三彩儿、七儿双战胖娘，哪知都败下阵来，三彩儿被夫辛压在地上喘不过气来呐。"大伙儿听了，又大笑起来。

次日，冼夫人把韦放、赵媚娘夫妇请过来，与众姐妹饮燕洗尘。正在谈说时，突然冼挺脸色紧张，大步流星赶入来，喘息道："我才接到陈霸先急信，从西巩赶来。李迁仕果然反了，杜三泰屯兵大皋口，妄图阻遏陈霸先北进。陈霸先让我起兵袭击高州，擒杀李迁仕呐！"说着将陈霸先来书递与冼夫人看了。冼挺见冼夫人眉头收紧，道："我即回西巩，起军马攻打李迁仕。"冼夫人还未答言，又见冯宝自外匆匆赶人，手里拿着书札，对冼夫人道："李迁仕又来书了，说要起兵援台，召我明日速赴州里议会呐。"冼挺骂道："这龟儿子终于也忍不住了，急着动手哩。"冼夫人朝冯宝笑道："李刺史前番召你，不说事故，今番召你，又说援台，岂知尾巴益发露了出来。老爷，李迁仕真的反啦，日前杜三泰秘密出军北上，已在大皋口驻扎，妄图阻遏陈霸先勤王大军。大哥才刚已接到陈霸先的来书了。"

冯宝激愤道："李迁仕反叛成实，我们即可起军攻之。"冼夫人笑道："那是当然。不过我另有谋计，高州守将，惟平虏房将军杜三泰堪称骁将，甚会用军。可是他已领兵人大皋口抗阻陈霸先军，一时半刻回不来的。如今只有李迁仕在州里，能有什么作为？虽然如此，但老爷与众位兄长都不宜引兵前去。高州城高墙固，兵力精强，攻打起来，伤亡必大，且耗费时日。老爷可遣使卑辞往告李迁仕，就说暂时未便露面，先让我去参议诸务即可。李迁仕自然喜而无备。那时我带领千余人都作挑夫打扮，一色步行挑担，担上财物杂货里暗藏军器，一路笑谈闲聊。只要让我到得寨栅，破

贼必矣，这是其一。其二，我已决意助陈霸先出岭北平叛讨贼，大哥、二哥、三哥、四哥留下助老爷守郡州，若遇疑难不决之事，可与张泰次商议。就请韦将军、甘将军、廖将军、五哥起军三千随我北上。其三，我与赵媚娘、武哥众姐妹先行领军乔装袭击李迁仕，韦将军即率军随后接应。万一李迁仕漏网，必定逃北去会合杜三泰，我们随之挥军追击，李贼必为我擒。"

　　蔡路养大笑，对萧摩诃道："摩诃呀，谭大人怕你不能打仗呐！你骁勇有名，但百闻不如一见，你今日可不能落后哟！"萧摩诃见谭世远小看他，当下大怒道："你敢笑话我？我今日就要让你见识小将军的本领。"（见第十一章）

　　火光中一支军马拦住去路，打头大将正是冼飞。李迁仕惊得大叫道：
"这番完了！"杜三泰放马来战冼飞。李迁仕也挺枪夹攻，冼飞力战两人，
犹占上风。（见第十一章）

拔刺凤鸣高凉郡　腾骧龙奔大庾山

　　李迁仕后悔未拘执冯宝便令杜三泰先行出兵北上，可能让冯宝嗅出风声，不肯就范。他考虑杜三泰孤军抗敌陈霸先，必难旷日持久，早已同宋康郡太守何应绍、阳春郡太守龙文密谋起兵增援杜三泰。两郡军马计近四千，已聚高州城郊待命。宋康郡太守何应绍道："冯宝自命忠义之士，刺史干脆明示援台平叛，冯宝不敢不来。"李迁仕深以为许，便又给冯宝去书。李迁仕恨道："当日曲阳侯在西巩设防军，让冼挺把持，纯是为了敷衍塞责陈霸先，不得已之所为。冼挺这老粗俚蛮就真的以为自己是刺史了，不可一世，轻易看不起人啦。我只要拿了冯宝，乘机把这毒瘤去了便罢。"

　　这天，李迁仕与何应绍、龙文等在帐中议事，忽报高凉郡冯宝有书到，李迁仕骂道："这小予奸猾之徒，果然又不来了。"便启书阅道："侯景以不臣逆叛，至是蹂躏江南，荼毒京畿，但是国民，无不欲餐北奴之肉者！君既蒙尘，臣宜赴死。刺史振缨缚凶，宝宁敢不作牛马走乎？岭南时变无常，事多反复，恐未及行台闻达，已为奸人所乘。是以慎行匿迹，身未敢出，惟从遣妇听参。不复冗词赘语，专期令白。"

　　李迁仕笑道："冯宝虽然不来，却派老婆来见我呐。若真这样，却不足天赐其便。我捉了冯宝老婆，大堡顷刻鸡飞狗走，土崩瓦解，冼氏兄弟还不自绑来降？"

　　次日过午时分，报高凉郡太守夫人一行轿仗已至营前。李迁仕大喜，忙整衣率僚属迎了出去，但见轿队里走下近十数贵妇丽人来，环佩响处，

熏风袭人。又见轿队后近千挑夫，尽都挑着满担箱匣杂物，送到营前。赵媚娘满脸春风，高声道："快报刺史大人，高凉郡遣夫人运押军资来了。"

李迁仕走前应道："迁仕恭候多时，郡君路途不易，快请进营奉教。"寨栅里众军士喜气洋洋，都忙着去搬运财物担挑。忽听得冼夫人大喝道："李迁仕谋反，快给我拿了！"顿时，乔装挑夫的兵士纷纷从挑担里抽出兵刃，呐喊着冲了上来，叛军措手不及，当时就被砍杀上百人。变故突起，李迁仕几乎惊懵，他大呼道："快退入寨营里去。"与众僚属在兵士护卫下逃入寨中。寨门还未关上，冼夫人早挥军杀了上来，众兵士砍翻寨栅，汹涌而入，四面放火烧营。烟火里李迁仕已披挂上马，挺枪引大队叛军杀了上来。赵媚娘怒喝一声，率兵士攻了上去。叛军多是马军，赵媚娘步战难占上风。李迁仕得意大笑："你们这班女娘不知死活，自投罗网，等我捉住你们，看冯宝羞也不羞。"乱军里武哥闯来，大叫道："大人呀，这叛军不止高州兵呀！东南两边打着阳春、宋康等郡旗号的官兵也杀过来了，八成也反啦！"冼夫人大吃一惊，暗道："我失算了，不知道阳春、宋康等郡都反了。我这一千步军，对付李迁仕高州兵，纵然不胜，绝不会败。但阳春、宋康叛军一合围，情况不妙呀！必须突围出去，不然后队人马未到，要撤就难了。"想到这里，冼夫人对孟娘道："快去接应赵媚娘回来，一齐从前寨杀出。"叛军见高凉兵向后退走，围得更近了。李迁仕大叫道："冼夫人！你已入我套中，再难逃脱，若要活命，从速投降！"七儿大怒，提弓在手，一箭朝李迁仕射去，却射在那坐骑左眼，那马蹶立起来，李迁仕颠翻地上，叛军一片大乱。冼夫人乘这机会，挥剑喝道："都跟我杀出去！"刚到寨门，一阵鼓噪大起，原来阳春太守龙文已引兵堵住寨门。只听得龙文一声令下，乱箭像雨一般射来，冲在前沿的高凉兵纷纷被射倒地上，只好又退回来。冼夫人大叫："七儿！快把弓给我！"一手接过弓箭，朝着龙文一箭射去，龙文啊的一声，翻下马来。忽地一声炮响，寨外号角连天，只见大队打着"冼"字大旗的军马奔涌而来，野地里卷起一片尘浪。眨眼间，喊杀声中一将闪电般飞入敌阵，狼牙棒起处，叛军纷纷倒地，鬼哭狼嗥，四处逃窜。子正喜得大叫："夫人，五将军来了！"远远听得人潮中寿儿尖声呼号："夫人——菊白、明佛、花儿都来啦——"随着呼声，一白一红两匹宝马和那头斑斓猛虎长嘶咆哮而至。冼夫人大叫道："媚娘，快上马！"两人掠上马背，率队掩杀过去，叛军腹背受敌，死伤无

数。何应绍率队杀来接应，正遇冼飞，他不知厉害，挥刀便劈，冼飞大吼一声，一棒砸掉他的大刀，何应绍大惊失色，伏在马背上由十数个亲兵护卫着落荒而逃。

何应绍引着军马望东而来，遇着李迁仕军马。何应绍惊魂甫定，道："龙文阵亡，高凉援兵已到，怎生区处？"李迁仕道："先退入城内再作打算。高凉兵并不多，只是将猛罢了，高州城足可固守。"遂合兵一处，奔东门而来。刚到城下，忽地一声炮响，左侧密林里杀出一支军马来，当头的三位将军正足韦放、甘弁、廖明。只听得韦放厉声喝道："反贼还想入城么？"李迁仕刚要传命冲杀，忽听得后面鼓噪声又起，"冼"字旗下大队军马又追杀过来。李迁仕不敢再拼，勒转马头率队望北逃去。

这时，冼夫人已和冼飞、赵媚娘等众姐妹率队赶来，冼飞见韦放不追叛军，自率军马便要追击，冼夫人阻道："五哥别追了，天色将晚，敌众我寡，追之不利。"冼飞只得作罢。

高州内史钱生畏表字止之，益州晋熙人，秉性率直，吏事清正，深得州中士民拥戴，李迁仕煽惑他谋反，钱生畏据死不从，躲回家中不出。李迁仕溃逃北去，高州只剩数百军士，当晚钱生畏率城中军民大开城门，迎冼夫人所部高凉军进据城中。州中百姓知是冼夫人来了，无不欢天喜地，列队奉酒食诸物劳军。次日，冯宝赶来高州，冼夫人笑道："几乎不能与你见面，李迁仕早与阳春、宋康郡串通谋叛，若非韦将军率队及时增援，我差点为李逆所逼呐！"冯宝问："叛军计有多少人马？"甘弁道："不下八千。"冯宝看着冼夫人道："我军只有三千人马，如何平叛呐！"冼夫人道："今日虽受了些挫折，其实胜了。现在李迁仕逃北去了，我们已知其底细，破之不难啦！"

忽报城里百姓跪在衙前求告。冼夫人与冯宝众人忙出衙来，只见上千百姓黑压压在阶下跪成一片。一长者颤抖抖手捧万名状，举过头顶："冯太守接豪右以礼，抚小民以惠，清正廉明，公举德布，诚为高凉福祉，百姓父母呐！如今刺史叛去，州中无主，士民彷徨，不知所从。民众愿奉太守主事高州牧领。"冯宝听了大吃一惊，还未答言，转头望冼夫人一眼，却见冼夫人正视前方，但微笑不语。冯宝清了清嗓子，朝众百姓道："诸位父老请起，此举万万不可。勤政爱民，这是职吏分内之事，何得夸耀。宝自知德薄无才，有负治郡百姓，每常自责犹恐不及，今受莫大褒奖，更

觉汗颜。值此国家多难之际，举凡吏民百姓，无不欲饮血沙场，奋力杀贼，复我家邦，报之赤诚。李迁仕背负国家，与叛逆侯景交通，但为国民，即可诛之。如今李逆逃去，宝当率兵追剿，决无姑息。州中诸务，可暂由内史钱生畏代理，宝随之呈报行台，褫夺除授，朝廷自有章制法度。是以奉示。"冯宝说到这里，又朝冼夫人望了一眼，冼夫人还是不言，然而笑靥绽开，点头不已。钱生畏在旁暗暗感叹，对众僚道："冯太守虽然固辞不从，可是在百姓心中已是州尊了。"

冯宝对冼夫人道："宋康，阳春两郡缺出，也应暂补呀！"冼夫人笑道："那是你们官们的事，你应该找钱生畏商量。"钱生畏举荐主簿何子哲、司马严光文候补。冯宝沉吟一会，摇摇头道："这两人都不算好！"钱生畏道："那另找吧。"冯宝笑笑："哎！一时也真不好找呢，既然你提出来了，先报上去吧。"

第二天，冼夫人起军北进，由韦放、赵媚娘、冼飞率军马两千为前锋，冼夫人、甘弁、廖明、武哥、七儿、阿秀、子正、夫辛、孟娘、三彩儿等率军马两千押粮草辎重合后。大军都在郊外集合待发。这次征战难定期日长久，韦放幼子韦粲尚在襁褓中，时刻离不开母亲，所以赵媚娘把他带在军中。冼夫人从赵媚娘怀里抱过韦粲，道："小粲儿呀，姑姑自小没了娘亲，才四五岁便跟着阿爹上战场呐，由此被人称为奇谈。可你今日还未满周岁就跟父母上战场啦，姑姑比不上你英雄呢。"阿秀道："媚娘，我说你让我们后军照顾粲儿吧，你自个儿太累了。"冼夫人笑道："好是好，只是粲儿要吃奶时，你哪弄去？"三彩儿道："可不是，昨天攻李迁仕时，媚娘才离开半天呐，韦将军便说粲儿哭得声都哑了。仗一打完，小粲儿扑在媚娘怀里，半天头也不抬，拼命吮吸，你说可不可怜。"韦放笑笑："还是让粲儿跟着媚娘吧，不然她神不守舍，我心里也不踏实。"

冯宝与钱生畏等州中众僚前来送行，数万州民纷纷捧着食具夹道营前。冼夫人率队缓缓从百姓中走过，朝北去了。

广州刺史萧勃接得冯宝及钱生畏呈表，吃惊不小："李迁仕这蠢材，坏了我的大事，且捅出这么大的漏子。现在冯宝咬住李迁仕不放，必要穷追殄灭。这样一来，再望他截住陈霸先北进不大可能。"诏议参军谭世远道："刺史前者命李迁仕据大皋拒陈霸先，愚以为欠妥，据大皋是抗阻不了陈霸先的，必要在南野就要让其止步。大庾太守蔡路养不服湘东王节

度，现已起兵两万据南康。刺史应和他相结，即可遏制陈霸先。"萧勃呼了口气，道："这计策可行。唔，你去知曲江吧，即日启程。"末了萧勃立起身来，恨道："陈霸先推举我为广州刺史，倒元成功，羽翼已长成啦。陈霸先野气逼人，终非池中物呐。竖子若过岭北，再不可制呀！"

大宝元年七月十三日，陈霸先率军马五千从始兴出发，在大庾岭会合杜僧明前部，直向南野挺进。

据守南康的蔡路养探得陈霸先大军翻越大庾岭，直逼南野，便问计于曲江令谭世远，谭世远道："陈霸先鸣鼓而来，将士精锐，南康纵深不足，势难坚守。我军马数倍于陈霸先，若屯军南野，陈霸先军断不能前进一步。"众将俱都同议，蔡路养大喜，传命近三万军马出据南野、平亭等四城，依山傍水，抗拒陈霸先军。

陈霸先挥军来至南野城下，蔡路养亲率大军出城迎战。阵上谭世远见蔡路养身边跟着一位约十二三岁的少年，也作战将打扮，便对蔡路养道："陈霸先善会用兵，他现下军马虽然不多，可是战将勇猛异常，最为著名的是手下杜僧明、周文育，真真的两员虎将，堪称万人之敌呀！"蔡路养笑道："陈霸先会用兵，我早就听说了。今天不知道他想斗阵呢还是斗将，若是斗阵，他军马不及我多，再厉害也挡不住我。若说斗将嘛，哼哼。"他看了一眼身边的那少年，对谭世远笑道："更占不了便宜。你看不起这孩子吧？"

蔡路养身边这少年叫萧摩诃，字元胤，本是兰陵人氏，父亲叫萧谅，是始兴郡丞。萧摩诃才四岁时，父亲死在任上，萧摩诃从此便跟着姑父蔡路养在南康生活。到七八岁时，这萧摩诃便大异常人，力大无穷。一次蔡路养带着他上永方寺烧香，小摩诃竟把殿外那座石香炉抱举起来，当时寺内的人都惊呆了。蔡路养大喜，即让人教授他诸般武艺，还请有名铁匠给他造了一对重达一百六十斤的八棱镔铁锤，小摩诃舞起这大铁锤来呼呼生风，蔡路养府里诸武官战将都与小摩诃比过武艺，竟无一个是他的对手。

谭世远担心道："我并非看不起小公子，我只是说，打仗呀，是很危险的事呐，不宜带公子爷出来。"蔡路养大笑，对萧摩诃道："摩诃呀，谭大人怕你不能打仗呐！你骁勇有名，但百闻不如一见，你今日可不能落后哟！"萧摩诃见谭世远小看他，当下大怒道："你敢笑话我？我今日就要让你见识小将军的本领。"

说话间，前面陈霸先军马已列成阵势。阵前杜僧明、周文育两员大将拥簇陈霸先出列。萧摩诃见了，并不等蔡路养命令，便飞马舞锤杀了上来，大喝道："哪个是杜僧明、周文育？"杜僧明应道："我便是杜僧明，你这孩子也知道我的名……"杜僧明话未说完，萧摩诃铁锤早到，闪电般砸下，杜僧明举刀一架，"轰"的一声，大刀几乎被砸飞开去。杜僧明大吃一惊，叫道："这孩子厉害，周将军快保护主公！"话音未落，萧摩诃一锤又到，打在杜僧明坐骑后腿股上，那马应声而倒，把杜僧明掀下地来。周文育大惊失色，跃马挺枪接战萧摩诃。慌乱中陈霸先跳下马背，大叫道："杜将军快上我的马！"杜僧明虽然落马，却并未受伤，一个翻滚跃上陈霸先的马，叫道："主公，你快退回阵中。"这时，张但、侯安都等众将士拥了上来，保护陈霸先上马回阵。

蔡路养宝剑一挥，南康兵鼓噪声中掩杀过来，陈霸先军大乱，翻倒头望后溃逃。杜僧明、周文育撇下萧摩诃，随军退走。侯安都、张偲紧随陈霸先，与欧阳頠、王怀明、殷外臣等将在乱军中拼命奔逃。顿时，整个南野旷野尘浪滚滚，遮天蔽日。萧摩诃单骑冲入陈霸先乱军中，双锤舞动，如入无人之境，被他打杀的将士岂止百十之数。陈霸先部将潘达被萧摩诃赶上，一锤下去，连人带马倒在地下，顷刻之间被千军万马踩为肉酱。南康兵像潮水般汹涌而来，奔驰中的蔡路养挥剑冲杀，口里大呼："活捉陈霸先——"，南康军群起呼应，喊杀声震天动地，不绝于野。

陈霸先在众将护卫下，与不足两千马军甩下步军拼命逃窜，后面蔡路养领大队马军紧追而来。陈霸先暗自叫苦，率队逃至五仙坡，突见一队军马横侧里杀出，截住蔡路养追军，陈霸先见来军打着"冼"字旗号，大喜道："我们有救了！"

来军正是韦放、赵媚娘、冼飞所率前锋。韦放见南康军中一小将无人敢挡，所向披靡，大呼道："五将军，快拦住那小将！"冼飞跃马挥棒截住萧摩诃去路。萧摩诃舞锤喝道："你是何人？不怕死么？"随着吼声，大铁锤劈头打来，冼飞举棒一拨，"轰当"一声，火星进射，两人坐骑各退一步。冼飞大吃一惊："这小孩好大的力气！"再不敢托大，随即挥狼牙棒重砸下来，萧摩诃接了数棒，大叫道："你是何人？竟是小将军对手！我今日定要与你见个高下。"当下两将锤棒狂舞，大战起来。

蔡路养所率马军在追杀中已远离后队步军，这时在山谷中被韦放所部

军马截住厮杀，锐气顿无，反觉吃力了，陈霸先又挥军杀回，当下前后夹攻，南康军渐渐不支，副将杜棱、徐度先后弃械投降，谭世远率曲江军混乱之中逃去。蔡路养急得大叫："诃儿快随我杀出！"可是萧摩诃已被冼飞紧紧咬住，再难脱身。只听得萧摩诃大叫道："姑父呀！我走不了啦，这人可恶！"陈霸先朝蔡路养大喝道："反贼还不下马受缚么？"蔡路养大吼一声，率军突出重围，向北逃去。杜僧明率队要追，陈霸先阻道："追了，这蔡路养确也骁勇善战，由他去吧。不然，他若坚持半刻，后军一到，我们难以应对呀！"

这时周文育已和冼飞双战萧摩诃，萧摩诃哪里抵挡得了，看看落败。陈霸先大叫道："冼将军不要伤他性命！"话音甫落，冼挺一棒打在萧摩诃坐骑头上，那马轰然倒地，众军士一拥而上活捉了萧摩诃。

南康军虽然势大，知得主帅战败逃去，这时群龙无首，慌乱之中早作鸟兽散了。陈霸先命会合马部军，就在五仙坡扎营。校点军马，竟损伤近半，陈霸先闷闷不乐。众将深恨萧摩诃，纷纷涌进帐里要杀掉他。杜僧明发狠道："主公，这小杂种打杀数十员将佐，潘达、曹文豹都是他杀的，其余兵士也不知打死多少。我定要斩了他小杂种！"陈霸先板着面孔，好一会儿才道："这一仗死伤那么多将士，我也痛心，这都是我的过错，错估蔡路养呐。他军马多我数倍，我又怎么能与之硬战呢？咳，死的已经死了，杀这萧摩诃虽然解恨一时，但于事无补呀！何况他还是个小孩子，又哪里懂什么忠义叛逆哦？捉住他时，他还嚷叫蔡路养不疼爱他，说要找姑姑告状去哪！这奶声奶气的小孩子，你们就忍心伤他？他既跟我了，我就得作儿子看待呀！这事你们休要再提。"陈霸先回过头来，看着韦放、赵媚娘、冼飞道："若非诸位率军及时救援，霸先今日定难幸免呀！大堡精忠报国，累有恩于我，霸先却无以报答，惭愧呀！五将军呀，我与你们兄弟自交州分别，不觉十有年了吧。不知冼老爷身子……"冼飞道："我父亲已在前年故去了。"陈霸先叹了口气，道："冼老英雄一生忠厚耿直，远近无人不敬，霸先神驰日久，只恨始终无缘拜会，如今想来，实实遗憾哪！"掉头又对萧摩诃道："诃儿呀，你过来。你说只服冼五将军一人，你就多亲近，让冼五将军教你。"萧摩诃听了，转头望了望杜僧明，杜僧明狠狠地瞪起双眼，口里哼了一声，萧摩诃吐吐舌头，扮个鬼脸，来到陈霸先身旁。

　　傍晚时分，陈霸先与韦放在营外野地里漫步。陈霸先道："韦将军，听你口音竟是中原人，你怎么会认识大堡冼来山呐？"韦放停下脚步，望着西山落日，好一会，回头瞄了陈霸先一眼："我本是中原人，家父韦叡……"陈霸先大惊，张着眼道："韦大将军是你父亲？"看韦放点头，陈霸先道："哎呀！有眼不识泰山，这真真是，那你怎么到了南越哪？"韦放叹了口气，苦笑道："说来话长呀！大同二年四月我随临川王北伐，可是临川王怯战，拥百万大军坐等观望，还未交战即溃逃而归。咳！我当时说了不该说的话，惹下祸端，父亲便命我南来投奔山兜大堡冼来山安身立命，至今已有十四年了。"陈霸先摇首叹道："尊公德高望重，用兵之道，古今罕有。合肥之战、邵阳之战威震敌胆，实是我朝开国军旅第一人，堪称战神呀！韦大将军功高不倨，以德服人，诚为我军楷模。当年他奉旨平南，所到之处，无不诚服，至今岭南还留下无数佳话美谈，可惜霸先生不逢时，未能追随听教呀！"

　　韦放见陈霸先如此敬重父亲，感激之情油然而生。两人走了一会，找个草地坐了下来。陈霸先折了一根小木棍，随意划着地，问道："你在大堡十多年了，不打算回去？"韦放道："我逃难而来，这些年其实无时无刻不在思念家乡，十多年了呀，与家里音讯全无，也不知老父母……唉，韦放不忠不孝之罪再难洗清了。"说到这里，韦放咽喉梗硬，流下泪来。陈霸先拍了拍韦放肩头，深叹一声："虽说好男儿志在四方，但又有谁不思念家乡，不思念亲人呐！韦将军无须难过，所谓星移斗转，时过境迁。目今侯景作乱，大行皇帝遗诏讨贼，正是国家用人之际，将军大才便可一展。"韦放抬起头来，"我哪是什么大才呦，将军过誉了。国家兴亡，匹夫有责，所以韦放以有罪之身随夫人应征援台，以尽微力。"

　　陈霸先疑惑不解，看着韦放问："夫人？哪个夫人？"韦放笑道："护国夫人呀！便是冼来山之女，冼挺之妹，冯宝之妻呀！"陈霸先"噢"了一声，道："难得。"韦放看了看陈霸先，笑道："这护国夫人可不是浪得虚名。依我看来，自古至今，不说女子，便是男儿也罕有匹敌，真真的奇女子。"韦放见陈霸先将信将疑的样子，忍不住说了许多冼夫人的故事，直听得陈霸先目瞪口呆，心驰神往，惊叹不已："霸先只知南越冼来山世为俚酋，父子英雄人所共仰，又岂知有女贤德若此。昔日朝廷行报冼夫人德行，我还以为是父兄之功，夫婿之荣所致呐！霸先孤陋寡闻，惭愧呀！"

　　韦放又把这次冼夫人智破李迁仕的故事说了，陈霸先"啧啧"连声："孙吴用兵亦不过如此呀，霸先愿为之执鞭附镫呐！"

　　次日，陈霸先设宴为韦放、赵媚娘、冼飞洗尘，诸将都入席作陪。杜僧明、周文育与冼飞聊起交州故事，情投意合，自是高兴异常，放怀畅饮。冼飞不善饮酒，不觉醉了。萧摩诃见冼飞满脸通红，眯着眼，歪着头，便道："师傅，你吃了酒辛苦是吧，那就别吃了吧！"杜僧明大睁着眼："谁是你的师傅？你小子嚷什么，阻住爷们吃酒。"赵媚娘笑了笑，忙去把萧摩诃拉到自己身边坐了。陈霸先笑道："诃儿呀，你别惹杜爷，他可是有名的凶神呐，我都怕他呀！"说罢哈哈大笑。陈霸先今日特别高兴，喝了不少酒，又频向韦放等人举盏："有你们众英雄助我，破贼必矣！破贼必矣！"

　　忽报高凉郡冼夫人率军马投营而来。陈霸先大喜，摇晃着站起身来，手一挥，道："都随我迎出大营。"

　　冼夫人率甘弁、廖明、武哥、七儿、阿秀、子正、夫辛、孟娘、三彩儿等领两千军马已在大营辕门外了。陈霸先与诸将奔迎出来，都在辕门立定。只听陈霸先拱手．大声道："陈霸先恭候护国夫人！"冼夫人忙策马上前，拱手道："百合拜见陈将军！"

　　陈霸先见女将军队里带着一头大虎，心中已是大奇，见了冼夫人，更为吃惊，脱口道："冯宝何福？得此美妇？若为霸先所有，虽南面而不易也！"冼夫人仰头大笑，道："陈将军满脸春色，确是妙人呀！陈将军披坚执锐，吊民伐罪，为国平叛，而今日欲夺人妻么？百合当为冯宝一哭，尔今世上又多一妻离子散之故事矣！"陈霸先哈哈大笑，"夫人超凡脱俗，恍如天人，霸先凡夫俗子，不觉忘形啦！"冼夫人滚鞍下马，笑道："别人都赞我美，而我并不自觉，今日出自将军之口，受宠若惊呀，可知我真是生得不丑呐！"大家说着笑，一齐步入大帐里来。

　　陈霸先忙又命重设席宴，款待冼夫人。陈霸先道："与蔡路养南野一战，我几乎折尽老本，还望夫人教我。"冼夫人笑道："陈将军用兵如神，岭南有谁不知？将军当年以三千甲兵解广州之围，木筏乘流破敌建交州之功，天下何人可及？至广州平乱，衡州诛凶，但为国人无不鼓舞欢欣，百合何等样人，敢在将军面前谈兵？将军兵发始兴，而令杜将军．先据大庾岭，已占先机，进退两宜。李迁仕虽然狡猾，事实不知兵法，岂有据大皋

可抗阻义师北进的道理。将军越过大庾岭，如蛟龙人海啦。蔡路养败去，必不敢再据南康，我军得了南康，根基便稳了。"陈霸先听了冼夫人一席话，心里暗暗吃惊："想不到岭南境地竟出圣贤了。"这时才知韦放所说并非虚言。

陈霸先又执盏来到廖明面前，廖明赶紧捧盏立起。陈霸先笑道："廖将军呀，你真是扁鹊再世呀，霸先昔日痼疾，赖神手而除。十有年啦，腿疾再无复发，可知根治了。来来，你我满饮这盏。"说罢与廖明仰头即干。众人举盏通陪以贺。

第三天，陈霸先率军进入南康，果然没有守军，陈霸先暗暗叹服．"冼夫人竟有先见之明，霸先不及呀！"陈霸先命人打开州中仓廪，竟空无一物，所有粮食尽都让蔡路养取走。陈霸先心里发急，搓着手不知如何是好。殷外臣道："将军可向州民征粮，以解燃眉之急。"陈霸先望望冼夫人，并不吭声。冼夫人道："这断然不可！请问军中粮草尚可支撑几日?"殷外臣道："不过三日。"冼夫人沉吟一阵，看着陈霸先道："将军勤王平叛，扬义布仁，若强征民粮，虽解一时之急，然恩义尽丧矣。得不偿失呀。况我军又不是在这里做守家翁，坐享不前。我计算过了，凑上我运来的粮食足可支撑七到八天，只要不浮费，暂时不会断炊的。"

陈霸先采纳冼夫人的建议，出告示晓谕州民，义军奉旨援台平叛，对百姓秋毫无犯。又传命三军，但有将士劫掠扰民者，律按军法论处。州中百姓感陈霸先恩德，纷纷尽家中所有劳军，豪右韩鼎、成剪、封庶章等人捐粮近万斛，还领子弟两千人前来投军。陈霸先喜得眼泪直流，看着冼夫人只是笑，竟说不出话来。

大宝元年九月十六日，湘东王萧绎授陈霸先员外散骑常侍、持节、明威将军、交州刺史，改封南野县伯。又报，高凉郡冼齐押援粮军资到大营。陈霸先亲自迎出帐去，大叫道："三将军，我们又见面了，当初我让你们兄弟跟我，你们不肯，如今又来助我，真是打不散的兄弟情呐，岂不是天意。"冼齐笑道："将军为国讨贼，人神共助，大堡岂能落后哪，不过我只是负责运粮差使，太守嘱我交接后即速赶回，不能停留呢。"冼夫人笑道："打仗打的是银子粮草。后方粮草军资源源不绝，前方才能奋勇杀贼呢。"陈霸先笑不拢口："霸先前日坐立不安，如今无忧矣。"

陈霸先命欧阳頠、周文育、杜僧明率军马三千攻赣石，命王怀明、侯

安都、张偲率军三千攻鱼梁。冼夫人道："崎头古城距南康近百里，百合愿率本部攻之，若得崎头，与将军可为掎角之势了。"

十月七日，冼夫人率本部五千军马开向崎头城。崎头守将韩礼忙向赣石蔡路养求救，蔡路养此时自顾不暇，不敢分兵援救。韩礼知得冼夫人兵强将勇，难以对敌，遂弃城率军逃去。冼夫人进据崎头城中，见古城残旧破损，即传命修葺加固，以备抗御。

冼夫人与韦放查看署卫存案，见有一册《江右川谷会要补遗》，开卷看时，竟是地形图本，江州所属诸州郡河川、湖泊、山谷地貌无不尽显其中。冼夫人惊喜不已，捧在手中细细翻阅。韦放见了笑道："这可是好东西噢，怎么就让你找着了。"冼夫人点头道："正是呢。我们领兵来到这里，走一程问一程，多费工夫。且土人只是指示道路去向，至于地形、河川，多难尽述明细。孙子曰，'不知山林、险阻、沮泽之形者，不能行军，不用向导者，不能得地利。'我们对江右地形一无所知，如何打仗呐？有了这册图本，我军就有了眼睛，有了向导啦。当年阿爹抗击孙同、卢子雄联军，也曾缴获一本这样的图本，叫《广交越桂十三州地图会辑》，那时我才数岁，觉着有趣，常拿来把玩，里面好些地名、河流走向、山岭状貌也记熟了，后来随父兄征战外出，竟能说出这是什么山，这是什么河，兄长们很是奇怪，'百合妹从未到此，怎么知道呢？'可知这地图的用处可大了。"

李迁仕自高州败绩，与何应绍率军仓皇北逃，一月后，终在大皋口与杜三泰会师。杜三泰道："曲阳侯不知兵法，胡乱调度，岂有据大皋可阻遏陈霸先北进之理。蔡路养善会用兵，据南野抗击陈霸先，陈霸先大败，却被高凉军救了急，反败为胜，夺了南康，真是可惜呐。"李迁仕懊恼道："这冼家大堡要与我作对头啦，冯宝老婆坏了我大计，几乎为其所困，这婆娘太厉害了。如今她与陈霸先会兵一处，声威大震，我们千万不能轻敌。"忽报赣石蔡路养遣使求援。杜三泰惊道："赣石、鱼梁若失，大皋亦难坚守呀！你守大皋，待我亲率一军去救赣石。"

欧阳颁、杜僧明、周文育率兵围赣石已有五日，却屡攻不下。傍晚时分，欧阳颁又发起进攻，可三番四次，都被蔡路养击退。突然战阵西北角鼓角声起，一支军马勇不可当，杀将过来，为首大将便是杜三泰，他挺着大刀冲入阵中，如入无人之境。欧阳颁大怒，命杜僧明去敌杜三泰。杜僧

明跃马舞刀来战杜三泰，杜僧明大喝道："平虏将军，你是条汉子，我敬重你，今日怎么反叛啦？"杜三泰也喝道："如今天下大乱，鱼目混珠，忠奸难辨，谁反谁呐？废话少说，等我斩了你，忠奸自明。"杜僧明大怒，挥刀砍来，当下两马相交，大战起来。杜僧明虽然勇猛，但事实不敌杜三泰，二十合过后，拨转马头便逃。杜三泰放马赶来，正遇周文育，杜三泰奋起神威，又战败周文育。杜三泰乱军中看见欧阳頠帅旗，飞马突去，欧阳頠大惊，拍马便逃。突听得震天一声炮响，赣石城中冲出大队军马来，顿时里应外合，欧阳頠大败。杜僧明、周文育护着欧阳頠突出重围，向南康奔逃。

陈霸先接得欧阳頠败报，连夜率军赶来增援，途中遇着欧阳頠败军，校点不足千人。陈霸先大怒，会合军马，次日又向赣石杀来。蔡路养与杜三泰已在城外扎下大营，只等陈霸先前来决战。蔡路养对杜三泰道："南野一役，差点捉了陈霸先，却被高凉兵救了，深为可恨。今天有将军助我，必要擒陈霸先。"杜三泰道："陈霸先善于用兵，非常人可比，太守切不可轻敌。他今日亲来，等我先挫其锐气再作打算。"

陈霸先领军马来到赣石城下，面向蔡路养营寨立下阵势。杜僧明又出阵搦战，杜三泰领军杀出，大骂道："败军之将，还敢来找死么？"杜僧明大怒，拍马舞刀杀向杜三泰。陈霸先看着二杜厮杀，叹道："杜三泰虎将也，奈何做贼！"他怕杜僧明有失，又让周文育上去。杜僧明与周文育双战杜三泰，竟只是战个半手，两阵喝彩声大起。陈霸先身旁萧摩诃大怒，手舞双锤飞马杀出阵中，大叫道："我来擒这大个子！"挥锤打向杜三泰。杜三泰见来势凶猛，举刀接了一锤，顿时大惊失色，大叫道："这小孩竟是冼飞第二呀！"萧摩诃大喝道："我叫你认得第一！"说着一锤又砸过来，杜三泰只能招架躲闪。数锤之后，杜三泰浑身冷汗，自知非敌，虚晃一刀，拨转马头便走。陈霸先宝剑一挥，三军鼓噪大起，一齐掩杀过去，蔡路养军大败，向北溃逃。萧摩诃死命追来，蔡路养大叫道："小诃儿，我是你姑父呀！你怎么追起我来了。"萧摩诃听了，才停下马来，看着他逃去。

杜三泰败退中和蔡路养走散，只得率残军奔大皋口而来，将近寨栅，只见遍地都是冼字旗号。杜三泰正在惊疑，忽然一支军马从左侧山谷杀出，领军的正是韦放、冼飞两员大将。只听韦放大喝道："败将走哪里去？

你引军援救蔡路养时，大皋口已被我们夫人袭取了。"杜三泰认得冼飞，再不敢交锋，率兵转头逃去，韦放也不追赶。

陈霸先攻占赣石，王怀明又报已得鱼梁。这时陈霸先军马已近三万，捷报传送江陵。大宝元年十一月初九日，湘东王萧绎授陈霸先通直散骑常侍、使持节、信威将军、豫州刺史、领豫章内史，改封长城县侯。冼夫人道："蔡路养已没立足之地，再难作为，李迁仕失了大皋口后，已奔逃新淦。迁仕虽败，实力尚存，若不剿灭，将军北进则有后顾之忧。南康重镇，李迁仕必来争夺，宜留重兵驻守，以防不测。"陈霸先深以为然。

李迁仕在新淦遇上杜三泰，合兵一处不足三千人，何应绍道："似此投哪去为好？不如回岭南去吧。"李迁仕笑道："我们败军回去，让萧勃治罪呀？我这次北上，正好借着萧勃这个阶梯呐。目今天下大乱，英雄辈出，天高任鸟飞，正是建功立业的时机，遇上明主则辅之，不然亦可自立，岂可受制于人？"何应绍默然不语。

新淦太守左观闻李迁仕入境，惊得弃城逃去。李迁仕率兵入城，才安顿停当，忽报宁都太守刘蔼遣使来见，请李迁仕赴宁都共事。李迁仕大喜，道："我有归所矣！"

刘蔼字孝尚，吴兴人，性刚直粗豪，喜交游，座上之友，墨士、艺工、豪右、剑客无不罗集其中。大同十一年，刘蔼在南野任府尉之职，奉命剿山贼"袁六子"。这袁六子便是袁瑜、袁玑、袁玕、袁珂、袁玭、袁珞六兄弟，这六兄弟个个悍勇无敌，拉着三两千人马占边赤山为王，官府不敢正眼觑视。刘蔼率官兵围攻山寨时，刚好当日吃醉了酒，糊里糊涂地让袁六子捉上山去。六兄弟捧酒过来让刘蔼吃，刘蔼毫不迟疑，仰脖子便饮。一起被俘的副将助防吴子度惊叫道："将军别吃他们的酒，怕有毒呐！"要阻止时已然不及，刘蔼把一坛酒都"咕咚咕咚"地喝个精光。末了瘫坐地上，抹着嘴，美美笑道："吴兄过虑啦！袁六子是强盗，既捉住我们，一刀便可要我们的命啦，何用鸩酒？这酒决然无毒。好……好酒呐！"竟酣然睡去，鼻息如雷。次日刘蔼酒醒，袁六子把他扶到聚义厅正中交椅坐了，然后齐齐倒头便拜。从此刘蔼与袁六子结为兄弟，互通往来。

太清二年三月，朱异门人、常侍郎张尔革巡察江右。诸州郡吏长争相奉献珍稀方物，变着法儿阿谀讨好张尔革，自然又乘机大肆搜刮民脂民

膏，害得老百姓叫苦连天。刘蔼时任宁都太守，偏不给张尔革送礼。张尔革巡视宁都，刘蔼正与袁六子一班友人在府中饮宴，豁拳行令，闹得正欢。刘蔼请张尔革入座同饮，张尔革见满堂吆三喝四，杯盘狼藉，心里很是不快，勉强笑道："府尊就这样迎接我呀？"刘蔼呵呵大笑："怎么？我这座上都是风云人物，平时你想要见也难呐！"不由分说，刘蔼强按张尔革坐下，然后取过两只大杯来，斟满了酒，刘蔼自己端起一杯，道："大人请！"张尔革不肯接，露出厌恶的样子："我堂堂一品大员，你怎敢如此无礼！"刘蔼大怒，把酒杯看地下一甩："大员？大员？狗脚大员！"座中袁珂一蹦而起，左手揪住张尔革胸襟，右手狠狠打了一拳，张尔革杀猪般嚎叫起来。随行护卫刚要动手抓人，却被张尔革阻住了。

张尔革气怒难平，回到京师即准备查办刘蔼，刚好遇上侯景叛乱，这事便不了了之。

侯景围攻台城时，刘蔼已拥有近万军马，有人劝他援台，他却默然不动。到梁武帝死后，诸王之间不顾大局相互倾轧，大动干戈。刘蔼笑道："鼎祚衰微，乾纲鼓侧，我这点兵有啥用呀？去援台？还不是杯水车薪。诸王共计数十万军马，一战即可扑灭侯景，可是都不愿跟侯景交锋，却自家人打了起来，为什么呐？国家破灭，不在外敌，而在内患呢。"湘东王萧绎据江陵，传檄刘蔼起兵勤王，刘蔼不理睬。萧纶据郢州，一面积极准备当皇帝，一面又向北齐称臣投降，希望取得北齐的援助。萧纶向刘蔼招手，刘蔼也不理睬。雍州刺史萧詧据襄阳，向西魏称臣，愿作附庸国。萧詧知道刘蔼势大，也约刘蔼起兵共事，刘蔼同样不理睬。刘蔼笑道："大行皇帝昔日事齐，曾说过，'一国三公，吾谁适从？'不久即建梁灭齐，成了大事。今日故事又演呐！这帮王爷、侯爷都打幌子勤王救国，骨子里又是一套，骗得了谁？现在群王争雄，忠奸难辨，我同样无所适从呀！不革命宁可得乎？"

大宝元年三月丙午日，刘蔼梦见一仙人送他一顶皇冠，他醒后又惊又喜，忙让潘如复为他占卜，却是大横之卦。潘如复惊道："汉文之卦呀！刘蔼心口扑通直跳，又让颜机补算，却遇乾之鼎，颜机道："乾，君也，鼎者，五月卦也。行事宜以仲夏呐。"刘蔼大喜，即召党羽心腹密议起事大计。豪右丁渐、魏鸿基出巨资招兵买马，铸造军器。大宝元年十一月初四日，蔡路养兵败来投，潘如复谏道："蔡路养城府颇深，野气逼人，主

公不宜受纳。"刘蔼笑道："自举大事以来，我不断招兵买马，蔡路养来投我，为何不接呢？成大事者如海纳百川，蔡路养今非昔比，穷途末路啦，岂敢再与我争锋呐！纳之无碍。"数日后，李迁仕又来投。刘蔼更为高兴，执着李迁仕手笑道："素闻刺史乃风流人物，甚会审时度势，料事如神，今来助我，大事偕矣！"

李迁仕私下对杜三泰道："刘蔼为人张狂，又一个李贲呐！"杜三泰叹口气道："我事实不愿再卷入其中，我们不如回交州去吧。"李迁仕道："再不能回头啦！走一步算一步吧。到有了根基，我们不可能寄人篱下。"

大宝二年二月十五日，刘蔼起兵五万，水陆并进，浩浩荡荡直逼南康。探马报来，陈霸先大惊："让冼夫人说中了，贼军果然来犯南康呀。"即命周文育、侯安都、张偲、杜僧明、杜棱起兵拒敌。徐度道："刘蔼不附诸王，意图自立。他形似狂妄草率，然而心地极细，身边多是死士追随，如潘如复、沈定从、褚义等辈，时人称为英杰俊彦，俱为所用。起初蔡路养起军抗击明公，刘蔼曾说，'蔡路养哪是兴国公之对手，虽然兵多，然必为兴国公所擒。我劝他附我，却不买账呐。好罢，先让他吃些苦头，然后才知英雄不好当呢。'刘蔼所言，竟有预见之明，这人不应轻看他呀！"陈霸先笑道："徐将军久居江右，依你说，应如何拒敌？"徐度道："刘蔼兵发宁都，顺梅水而下。其势既大，我军当以大兵拒之中道。梅水与赣水交会处便是赣石，这里有二十四滩，且滩中巨石密布，甚是凶险，行船者至此无不胆寒，稍不留神，船没人亡。我军应据白口立寨筑城抵御，方为良策。"陈霸先心中大喜，频频点头不已。忽报大皋冼夫人有书到，陈霸先忙启封阅了，惊讶道："咦！真是英雄所见略同呀！冼夫人也建言我进据白口。她并非本土人，所说赣石、白口地形竟了如指掌。霸先不及多矣！"即以徐度为参军副将，并周文育、侯安都、张偲、杜僧明、杜棱诸将统军马两万挺进白口。

知得陈霸先出军白口，冼夫人对诸将笑道："我们也要动作啦，陈霸先已调军据白口抗击刘蔼，我们不能落后呀！"武哥道："敌众我寡，我怕抵挡不住呢？"韦放道："刘蔼兵虽多，然而倾巢而来，一战不胜，再无归路。"冼夫人笑道："正是。兵多将广，攻战有利，然相持则弊大于利，若粮草不继，还不大乱？"次日，留甘弁领一千军据守大皋，冼夫人自率大军望白口而来。

周文育、侯安都大军到了白口，依山傍水扎下营城。侯安都叹道："徐度果有见地，这等险要地势，刘蔼怎能过去呐！"徐度命人画好立营图本给陈霸先送去，陈霸先看了吃惊不小："徐度奇才呐，蔡路养若能用他，我怕是出不了南康呢！"连夜使人驰书白口，叮嘱周文育等诸事必要与徐度商议然后定夺。徐度知陈霸先器重自己，也自感激不尽。

三天后，冼夫人率军赶至白口，周文育等将接了。冼夫人看了周文育立营得法，军容整肃，甚为高兴，对周文育道："周将军真是将才呀！将已如此，其帅可知，刘蔼必不能渡。我自引军去东南三十里堡沟谷下寨，以为倚角之势。"周文育已知冼夫人德高望重，深为陈霸先推崇。当下谦恭有加，连道："与大人大才比较，文育等相去甚远呐。今日夫人大军坐镇白口，刘逆必难如意，这是国家大幸呀！"

蔡路养领前军二十余艘战船激流而下，到赣石界，前面险滩港汊密布，蔡路养立甲板上，令战船缓速而行。突然芦苇荡中一声炮响，接着鼓噪大起，涌出数千伏兵来，只听杜僧明一声大喝，无数火箭射向敌舰，顿时三十多艘战船冒起烟火。宁都军大为恐慌，船只乱撞，被滩中巨石碰击得粉碎，众军士纷纷落水，一片大乱。蔡路养被诸将护卫着爬上岸来，上马逃去。杜僧明拍马便赶，直追至一密林里，杜僧明怕有埋伏，才勒马而回。这一役，杜僧明部歼敌五百多人，在水中生擒敌兵三百多人，战船十三艘，军威大振。

蔡路养与十数将士逃跑回来，刘蔼大怒："我军才起兵，你便损兵折将，挫了我的锐气。留你何用，推出去斩了！"众将忙劝阻住了。杜三泰道："陈霸先据白口拒我，确实占有地利，我军不宜再从水路进发，须改旱地行军。"刘蔼传命三军都登岸行进。途中沈定从进言："陈霸先屯军白口，据险阻我南下，此战必然持久，应遣军速运粮草接济，以备不周之务。"刘蔼笑道："我五万大军如泰山压顶，陈霸先想要抗我，这是痴人说梦呀！兵多利于速战，我军一鼓作气推毁敌军，还怕没有粮食？所谓因粮于敌，无穷无尽呀！"沈定从又道："陈霸先善于用兵，白口之军必是精锐，且亦有两万之多，更有东翼高凉冼夫人军为倚角，主公切勿等闲视之。"刘蔼笑道："你过虑啦！一旦击败陈霸先，其余皆不足道。俚人即蛮人，徒有野气，焉能打仗？"杜三泰哆口欲言，却被李迁仕拉住了。

刘蔼军离白口二十里下寨，结连营十三座，前后呼应，左右逢源，这

都是潘如复所授。刘蔼深为得意："等我得了南康，那时攻防自如，进可与诸王争雄，再不济，也可退人岭南，弄个南粤王做做。"杜三泰对李迁仕道："我们又投错地方啦，我怕又没结果呐！"李迁仕笑道："这富家翁还比不上李贲呢。先别急，看情形再说。沈定从所言的而且确，奈刘蔼不听何！因粮于敌，说得容易。哼！学兵法是好事，但一知半解，不如不学呀！冼家军兵精将勇，刘蔼却视如无物，不知厉害。陈霸先已据有南康数州郡，又有高凉支助、援粮不断。而我们呢，倾巢而来，连老家宁都都不要啦。颜机让刘蔼留兵防守宁都，刘蔼不从，万一让人端了窝，就真的无家可归喽！"

周文育与徐度十数骑乘着夜色，探视刘蔼连营。近一里看时，但见营寨严整，座立循法，关防邃密。周文育吃惊道："这连营首尾相顾，深得兵法之妙呀！"再要走近看时，突见营里冲出一队人马来，周文育才率众调转马头回去。

次日，杜僧明率一千人马前来宁都军前讨战。潘如复道："这是陈霸先军打探虚实，不必管他。"袁六子按捺不住上来请战，刘蔼笑道："也好，别管他是不是打探虚实，先杀退他去。"袁六子领命率一千人马迎敌。杜僧明正在那里大声叫骂，忽见寨门开处，奔出一队马军来。袁老大袁瑜大叫道："你是谁？认得老爷们袁六子么？"杜僧明大笑道："却似是绿林强盗呀！"袁六子大怒，众兄弟一齐挺兵器杀了上来，杜僧明挥刀抵敌。斗了数合，杜僧明败下阵来，引军向后便逃。袁六子领军赶杀，追至数里，突见前面杀来一队军马，却是周文育、侯安都领军接应来了。周文育让过杜僧明逃军，一声令下，数百弓弩手箭如雨发，袁六子追军数十人中箭下马，再不敢追，翻转马头退去。

当晚，周文育接到冼夫人遣人送来的密书，连忙启封阅了，心中大喜，暗道："此计当年主公用过，捉了我与杜僧明。"又请徐度进帐，把密书给他看过。徐度赞许道："此计确实可行，将军无须再虑。"周文育即命在营前挖掘壕沟，一夜之间，上万将士挖沟长达五里，几乎围住北向大营，上面再覆盖泥土掩饰。都安排妥了，才又派人连夜送书冼夫人大营。

次日清晨，周文育起大军一万五千前来宁都军大营前列成阵势。刘蔼接报大笑道："周文育这小子要与我硬战，不自量力呀，我正求之不得呢。"当即传命留一万军马守寨，起四万大军迎敌。潘如复谏道："主公

呀！我觉着不对劲呢，周文育是陈霸先手下第一大将，怎会如此鲁莽，与倍敌野战呐。不合情理，不合情理呀！主公切宜慎重，以防其诈。"刘蔼道："我军势大，利在速战。你老是怕粮草不济，现在周文育与我决战，正是天助我呐，这个机会决不可失，当战不战，何日才得南康！"潘如复摇头道："此战必不利呀！高凉军若从旁夹击，后果难以预测呐！"刘蔼大怒："你怎能说这等丧气话，我累器重于你，你却不知所以了。休再多言。"

已牌时分，刘蔼号令进攻，四万宁都大军掩杀过去。南康军抵挡不住，向后退走。潘如复又劝刘蔼："周文育分明用计，主公快传命停止追击。"刘蔼笑道："等我擒了周文育，再与你论理。"遂不听劝，高声大呼道："将士们杀呀！生擒周文育重赏！"宁都军鼓噪大起，奋力追至周文育大营。忽见南康军并不入营，都向两侧退走。宁都军杀至营前，突然一声炮响，南康军营内上千弓弩手发箭射出。刘蔼大笑："这就是用计呀，我四万军马压过去，他有多少箭可射？将士们杀呀，突人大营。"宁都军勇往直前，扑向营寨，顿时惊叫声大作，原来前军都陷人大坑中，后军立脚不住，继续前涌，人踩马踏，惨叫连天，顿时大乱。周文育、杜僧明两侧引军杀回，宁都军大败。乱军中，刘蔼见杜僧明杀来，勇不可挡，正在惊慌时，幸得袁六子一齐截住。忽又见侯安都、杜棱两将突人接应杜僧明，杜僧明精神大振，猛喝一声，一刀斩袁玑于马下。袁瑜见兄弟被杀，才楞得一楞，也被侯安都一枪挑下马来，剩下袁氏四兄弟抵敌不住，勒转马头逃去。杜僧明拍马舞刀，来追刘蔼。刘蔼惊叫起来，不知所措。杜僧明追上一刀劈下，砍中刘蔼左臂膊，刘蔼摇晃一下，几乎落马。杜僧明一刀又到，正危急时，却被一柄大刀抵住。来将正是杜三泰，他奋力杀退杜僧明，护着刘蔼退走。

宁都军退至十里谷口，又听一声炮响，杀出一队军马来，认旗上一个斗大的"冼"字，为首大将正是冼飞，领着两千军马掩杀过来，后面帅旗下，冼夫人率众将恍如从天而降。冼飞突入乱军之中，狼牙棒直劈横扫，遇者非死即伤，无人可敌。刘蔼被杜三泰等人护卫着刚逃过去，见到这队突如其来的奇兵猛将，刘蔼哆嗦道："这也是南康军么？"杜三泰回首道："这是高凉冼家军。"

周文育率军直赶杀十多里才传命鸣金收兵。这一役周文育大获全胜，

歼敌近万，掳获军器马匹无数。周文育迎冼夫人进入大营。徐度诸将对冼夫人谦恭有加，敬如大宾。杜僧明道："夫人用兵如神，令人钦服。只可惜让刘蔼逃了，哼！若不是杜三泰及时救了，我早就斩了他的狗头。"徐度道："这一仗打得确实漂亮，虽然未能捉住刘蔼，但足令他胆寒呀！"冼夫人笑道："这计其实也不算奇，但对付狂妄的对手便有功效。刘蔼自恃势大无敌，因而堕入套中。"徐度道："刘蔼这番受创，会不会退兵呢？"冼夫人笑道："徐将军所料不差，可是他已没有退路啦。我三日前命韦将军、赵媚娘、廖将军率三千军马悄然北上，乘虚袭取宁都啦。"周文育大吃一惊，暗道："高凉军扎在我大营南端，竟神不知鬼不觉绕过我营北上，连我们都蒙在鼓里，这真真不可思议呀！"忙起身又作一揖，道'"刘蔼失了宁都，既没粮草，又没退路，败局已定。末将必呈报主公，夫人实为破贼第一功呀！"

刘蔼败回大营，忙着上药疗伤，他懊悔不已，看着潘如复道："我不听你的劝告，果致惨败，我……我悔不当初呐！"说着眼睛一红，竟滴下泪来。潘如复忙劝慰道："胜败兵家常事。这一役我们误中奸计，虽然损兵折将，但根基并未动摇，兵力犹有四万多，比陈霸先强大呐，所以主公无须太过担忧，还应安心养伤，再寻良策破敌未迟。"刘蔼叹口气道："袁六子对我忠心不二，肝胆相照，为了我却失去两个兄弟，怎不叫我伤心呐？"褚义道："人死不能复生，主公不必太伤感。袁家兄弟为王业捐躯，虽死犹生，得其所矣！当前所急，是援粮未到，军中快断炊了。"忽报吴子度、魏鸿基率军回营，刘蔼略为心安，透口气道："援粮已到，我无忧矣！"这时吴子度、魏鸿基两人满脸恐慌、衣甲不整地闯了进来。刘蔼见两人模样狼狈不堪，大为诧异，"你们……"。吴子度、魏鸿基"咕咚"跪地，叫苦不迭："主公！大事不好啦！我们领军回宁都运粮，谁料三日前高凉军已乘虚袭取宁都。我们并力攻城，怎奈高凉军势大……"刘蔼听了，大叫一声，气往脑门上冲，当时金疮迸裂，晕倒在地。众人慌忙把刘蔼扶到床榻上躺下，救了半天，刘蔼才重重透出一口气，苏醒过来。刘蔼眼泪直流，哭道："我自宁都起兵取南康时，颜景年就劝我留军马守宁都，可我就是不听呀！致有今日之败，宁都没了，何处安身呐？啊……啊……"刘蔼哭得撕肝裂胆，声泪俱下，众人听了无不怆然。

刘蔼气怒交加，伤势逐日恶化，再也起不了床。众僚忧心忡忡，私下

议论，却又无计可施。蔡路养来到李迁仕帐中坐地，叹气道："主公这个样子，我怕不好呢！"李迁仕道："要是……"蔡路养看着李迁仕："万一……依我看明公应该当仁不让呀！"李迁仕摇手笑道："哎！若真是万一，老兄德高望重，理应主持……"蔡路养也忙忙摇手："休如此说，我是什么人？能随明公共事，已是万幸喽，还敢另有他求乎？"李迁仕听了，笑眯眯地盯着蔡路养，好一会才笑道："真的么？"随即哈哈大笑起来。

这天傍午，李迁仕与杜三泰、蔡路养过帅营来看视刘蔼，刚进帐门，便被守把在那里的袁玠、袁珂、袁玳、袁珞四兄弟挡住了。蔡路养道："我们来向主公问安呐！"袁玠道："请安当然可以，但各位大人的佩剑必须暂时取下。"杜三泰张目怒道："你小子敢下老子的宝剑？"当下众人嚷嚷起来。里面刘蔼听到了，问榻旁潘如复："外面干什么呐？"潘如复道："蔡、李、杜三位大人来请安，袁将军兄弟要他们下了剑才能进来。"刘蔼闲着眼，喘一会儿气，道："袁家兄弟真是忠臣义士呀！啊……让他们进来吧，用不着下剑，他们都是忠……忠义之人……"

李迁仕、蔡路养、杜三泰走了进来，在床榻前就要跪下。刘蔼吃力道："不……不用了吧，都起来说话，好……"蔡路养轻声问："主公感觉怎么样了？"刘蔼张开眼，"我心里气闷得紧，我担心呀……"蔡路养又道："军中已断炊，再不解决粮食，恐怕军中起乱呀！"刘蔼道："这我……我知道，可是有……有什么法子……子呢"蔡路养道："不如暂向邻近百姓借粮，以解燃眉之急。"刘蔼挣扎道："绝……绝对不可……就是饿……饿死，也……也不可行此不义……之事……"

突然，李迁仕嗖的抽出佩剑来，"我可不愿随你死！"一剑刺在刘蔼腹中，刘蔼呀的大叫一声，双眼瞪得灯笼一般，挣扎一下便不动了。潘如复惊得跌坐地上说不出话来，杜三泰吃惊道："你，怎么可以……"帐外袁氏兄弟感觉有异，一齐闯了进来。见李迁仕刺杀了刘蔼，袁玠惊叫道："你们杀了主公？"袁氏兄弟纷纷拔剑扑了上来，李迁仕朝杜三泰吼道："你还不动手，等死么？"杜三泰回过神来，宝剑出鞘，抵住袁氏兄弟厮杀。袁氏兄弟像暴怒的狮子，四把剑将杜三泰逼得无路可走。李迁仕跑出帐外，尖声大呼："快来人呀，袁家兄弟杀了主公啦……"顿时营中大乱，众将士涌向帅帐。魏鸿基、褚义挺剑率军士闯入，大喝道："袁氏贼性不改，竟敢杀了主公……"这时袁家兄弟有口难辩，只得撇下杜三泰，一齐

向帐外突出。魏鸿基、褚义挺剑拦住去路，袁家兄弟不管不顾，拼命往外冲，众军士围截上来，刀枪乱戳。袁玠大叫："兄弟们，冲出去！"一阵猛冲，竟杀开一条血路，突出重围外。突然数·卜骑飞奔而来，吴子度在马上大呼道："袁家兄弟！我不信你们会害主公。快上马随我逃命去！"眨眼间，马队来至面前，袁家兄弟闪电般掠上马背。忽听袁玳啊的一声，大家回首看时，袁玳被流矢所中，跌下马来，袁玠哭叫一声："老五呀！"便回马来救，吴子度一手抓住袁玠坐骑缰绳，大喊道："快走呀！顾不得了。"一剑朝马后腿股拍下，数十骑像箭一样冲出大营来。

朝南奔了一阵，袁玠问吴子度："我们逃哪去为是？"吴子度道："投陈霸先去。现在天下大乱，忠奸莫辨，只有陈霸先是英雄。"袁玠道："陈霸先是我们的死敌，他会容纳我们？"吴子度笑道："说不得了，听天由命吧。"又奔跑了一程，依稀可见周文育大营。忽然前面密林道上杀出一队马军，打着"杜"字旗号，领军大将便是杜僧明，他率着两百马军正在巡逻。突见这支马军，杜僧明大喝一声，命将士放马赶来。吴子度刚要打话，杜僧明传令放箭，吴子度险些被射中，再不敢停留，又与袁氏兄弟继续南奔。杜僧明率队随后追赶，吴子度暗暗叫苦，只好绕开周文育大营向南奔去。又奔跑二十余里，看看后面没有追军，才缓下脚步。袁玠道："怎么办？杜僧明这小子不容分说，投降没门呀！"吴子度苦笑道："走吧，走到哪算哪，没处落脚就上山落草为寇。"袁珞笑道："吴大人肯做强盗？"吴子度笑笑："谁愿做强盗？没法子啦！跟你们兄弟学吧。"

众人一路走来，刚转过一处山口，突见一队军马截住去路，为首五员女将英姿飒爽，正是武哥、阿秀、夫辛、七儿、孟娘五人。吴子度暗暗称奇："不知是谁家女眷跑来这里踏青耍戏。"便勒马问道："不知你们是……"武哥笑道："你不知我们是谁，但我却知道你们是谁。你们便是叫甚么袁六子的，是吧？"袁玠惊道："你们怎么知道？"武哥笑道："你也不用吃惊。袁六子虽然在江湖上有些名气，却不是本事了得，只因你们六兄弟脸上都有一大粒红痣，说是与生俱来的，确实有趣，因此认得。我还知道你们被杜僧明追到这里。杜僧明让你们走脱，来到这里，可没有那么幸运了。下马吧，自家缚绑，费事我们动手。"吴子度微微笑道："你这几个娘们要捉老爷？"武哥笑道："不信么？那好，姐妹们，我们一人一个请这爷们下马吧！"说完大喝一声，与众姐妹跃马挺兵器攻了上来。吴子度见来势凶猛，不敢存心戏弄，与袁家三兄弟各持兵器抵住厮杀。刹那间，袁玠惊呼："这娘们劲力奇大！"孟娘大笑道："她是出名的大力胖娘！你今儿可知厉害啦！"声音未落，夫辛一刀击掉袁玠手中铁鞭，袁玠刚要拔剑，可是已然不及，被夫辛一手抓住腰带提了过来，动弹不得。吴子度接战武哥，见袁玠被擒，惊得手忙脚乱，命后面数十马军上来助战。七儿在旁边大喝道："说好捉对厮杀，怎么又不算数了，好！军士们，与我截住这几个马军，别让他们搅局！"那数十马军被七儿领兵士围住了。武哥笑道："你也下马吧！"一枪抖出，吴子度再不能避，向后便仰，武哥那枪尖抵住吴子度护心甲重重一压，吴子度翻下马来，也被擒了。七儿立在马上，笑道："阿秀、孟娘，别玩了吧。"孟娘笑道："好，你也下马吧！"一枪刺中袁珞右手腕，袁珞大刀掉地，孟娘复一枪狠劲拍在袁珞背上，袁珞跌下马来。袁珂不敌阿秀，拍马便逃，阿秀招手叫道："你兄弟都在这里，你一人还逃哪去？"袁珂勒住马，回首望了望，又掉头跑回，也落马投降了。那数十马军竟无一人伤亡，全被活捉。

武哥众姐妹押着吴子度一伙儿回到营寨。吴子度看着迎风飘扬的"冼"字大旗，仰头问道："你们不是陈霸先部么？"武哥笑道："我们是高凉冼夫人所部，怎么，不服么？"吴子度低头不语，心里道："原来这就是高凉军大营呀！往日听李迁仕说过，高凉冼家军骁勇无敌，现在看来果然是实。这座大营依山傍水，布局严整，说是俚蛮所为，谁会相信？"正在那里呆想，忽听得冼夫人升帐。帐外连片声喝传，吴子度与袁氏兄弟都低着头随侍卫进帅帐里来。刚跪下，只听上头问道："你们是刘蔼部属吧？"吴子度答应一声，不由抬起头来，看到上头端坐一女帅，两旁叉手立着七员女将，不觉呆了。吴子度暗道："这女帅貌若仙姬，威若天神，定是冼夫人了。"早把头来低下，遂将李迁仕谋害刘蔼，栽赃袁氏兄弟，袁氏兄弟走投无路，只好投陈霸先的经过如实都供了出来。冼夫人笑道："原来我们却是朋友了呀！多有得罪，多有得罪！快快松绑！"

次日，冼夫人领着吴子度与袁氏兄弟来到周文育大营，把吴子度、袁氏兄弟来投的事说了。冼夫人笑着对杜僧明道："杜将军呀，人家一心来投你，你倒把人家赶走，要不是我接着，这客人还不知流落谁家呢？"杜僧明拍了一下额头，也笑了起来。

当晚三更天，张偬所部押着数十百姓回到大营。冼夫人与周文育、徐

度、杜僧明等人还在帐中议事，接到报告，冼夫人忙与周文育、徐度出帐外来。张偬道："今晚我营军士巡逻时，在黑顶山下遇到这群百姓，半夜三更的，他们说是被官兵押去运粮的。我觉着蹊跷，便把他们都带回来了。"冼夫人看着这群百姓的衣着打扮，举止言行，确实是当地村民无疑。便笑道："你们不用害怕，你们是哪条庄子的呀？"一个约五十上下的村民道："我们是水仙庄的，今日忽然来了官兵，称是平贼勤王，要征缴粮草诸物。我们不敢抗拒，各户都缴纳了。官兵让村里精壮汉子挑着粮米送军营去呐。我们早在傍晚时分就把粮食挑至大营，可不知为啥，军爷却让我们呆在营里，直到天黑了才让我们回庄去。"冼夫人点点头："还要征缴么？"那村民道："听官爷说，明后天又到庆义庄、广德庄征去。"冼夫人笑道："好，乡亲们都回吧。"那汉子才与村民们各自提着扁担出营去了。

冼夫人忙让周文育请徐度、杜僧明众将人中军帐密议。周文育道："叛军粮尽了。"冼夫人笑道："李迁仕虽然控制了宁都军，但粮尽无援，如今狗急跳墙，向民掠粮。粮草一到手，必即向我军发起攻击。当知人算不如天算，李迁仕却恰恰败在这抢粮上头呐！"周文育"噢"了一声，站起身来，"夫人这是……"徐度一脸疑惑，看着冼夫人道："夫人有破敌之策？"冼夫人道："请问周将军，将士中可有庆义庄、广德庄人氏？"周文育道："应该有吧，徐将军所部原南康军都是本土人呐！"徐度道："据我所知，庆义、广德两庄不下三百人在我军中。"冼夫人道："太好啦！哪用这许多，有一百号人足够啦！周将军快从这三百人中选一百名敢死，即日潜回庆义、广德两庄去，等李迁仕军马下乡征粮时，装扮成村民混人运粮队里，放火焚烧宁都军连营。"徐度一拍大腿，赞道："此计大妙，夫人真乃天人也。"冼夫人又与众将商议了一番才辞别了，连夜赶回营地。

次日夜里二更时分，周文育传命三军衔枚疾走，在距宁都军大营近三里的尚怀谷潜伏下来。半个时辰过去，突见宁都军十三座连营先后火光冲天而起，紧接着恐慌的噪声隆隆传来。周文育立在高处，看着像火龙般燃烧的连营，当即传令进攻。顿时，火把齐明，三军将士在鼓噪声中洪水一般掩杀过去。这时正刮着强劲的东南风，南康军杀到大营时，火海里的宁都军已是被烧得焦头烂额，溃不成军，正四散逃窜。乱军中，潘如复在十数骑亲兵护卫下突火而出，正撞着袁氏三兄弟，袁玠大叫道："潘有恩不要走！还我兄弟清白！"袁氏三兄弟放马赶来。那十数亲兵挥舞兵器抵挡，

袁氏三兄弟并力把他们杀败，提马又来赶潘如复，潘如复无路可逃，急得大叫："又不是我害你兄弟，你追我干吗？"袁玢拍马赶上，一把将潘如复从马鞍上提了过来。

李迁仕、蔡路养、杜三泰、何应绍领一万多军马拼死突围。周文育命弓弩手四面围定，但见箭如雨发，宁都军死伤无数。这时，袁氏三兄弟把潘如复推出阵前，命潘如复向宁都军喊话。潘如复扯嗓子大呼道："宁都军都听了，主公是李迁仕所杀，与袁氏兄弟无关，如复当时在场，亲眼所见，并无虚言。"宁都军听了，即时就散去一半。李迁仕弹压不住，急得破口大骂。周文育宝剑一挥，南康军杀了上去。宁都军再也抵敌不住，杜三泰对李迁仕道："败局已定，快走吧！"李迁仕回头看时，蔡路养、何应绍已不知去向。这时再由不得他多想，只好提枪跃马与杜三泰率队向西突去。

走有近七八里地，突然前面一片喊杀声聚起，火光中，杜僧明领着一队军马拦住去路。李迁仕怒道："无名之辈也敢阻道！"提枪来战杜僧明，杜僧明放马舞刀抵住厮杀。杜三泰见李迁仕不敌，忙跃马接战杜僧明，战有十合，杜僧明力怯，败了下来，李迁仕乘机率军闯了过去。杜三泰赶上李迁仕，看着剩下的两千军马，很是忧愁："往哪去好呐？"李迁仕道："不能朝南走，南下便是高凉洗夫人军营，只有向西去才是活路。"杜三泰再不作声，领着军马一直朝西而来。刚至梅江东岸，突然鼓噪声又起，火光中一支军马拦住去路，打头大将正是洗飞。李迁仕惊得大叫道："这番完了！"杜三泰放马来战洗飞。李迁仕也挺枪夹攻，洗飞力战两人，犹占上风。杜三泰大喝道："将士们快冲杀过去！"说罢虚晃一刀，策马也闯了过去。走有两里地，脚下便是梅江，回首不见李迁仕跟来，杜三泰叹了口气，扬缰一抖坐骑，那马跃下江中，直向西岸袯去，上得岸时，随行的军士不足一百。杜三泰浑身湿淋淋，他抹了抹脸上的水滴，看着全都带伤的军士，无力地摇了摇头。忽然一声炮响，野地里火把齐明，杜三泰张目看时，打着"洗"字旗号的高凉兵已四面围定。众女将拥簇下，洗夫人策马上前，郎声道："杜将军，你终于来了！"杜三泰愣了愣神："你就是洗夫人？"夫辛从旁大喝道："护国夫人在此，贼将还不下马？"杜三泰立在马上默然不动。这时，洗飞领着军马也渡过江来。李迁仕捆绑着被军士推到马前跪下。洗夫人扫了一眼李迁仕，道："平虏将军，我听人说，你其实

不算大奸大恶的人，只是走错道罢了。你若迷途知返，我定在陈都督面前力保你，你想想吧！"武哥喝道："夫人惜你是条汉子，你还不下马？"冼飞也道："杜将军，我知你是刚烈汉子，你就降了吧！"

杜三泰凄然一笑，声音颤抖："杜三泰何其不幸，命途多折，由贼而官，复又由官而贼，虽非得已，事实咎由自取，怨不得别人。既已上了贼船，如今罪名水洗难清。冼家于我有恩，拳拳之意，三泰焉能不知？夫人纵不杀我，三泰也无颜再立于人世中了。"说罢早拔出剑来，刎颈自绝。

大宝二年四月初十日，陈霸先在南康下令斩了李迁仕。湘东王萧绎承制授陈霸先江州刺史，其余职务如故，封冼夫人保护侯夫人。命陈霸先即进兵取江州。

冼夫人忙又走上去，从赵媚娘怀里接过小粲儿，笑道："粲儿呀！让姑姑抱抱哟！"说着双手把小粲儿托举起来，小粲儿格格笑着，两只小手乱舞。（见第十二章）

　　冼夫人忙与众人出了听事厅，迎至中堂时，只见王望如与儿子王拙光
着上身，五花大绑，背上负着荆条，双双跪在阶下，后面竟是冼操与一条
大汉站在那里。（见第十二章）

观草园勋臣骂座　落金岛海盗兴兵

　　陈霸先在赣石破了刘蒍、李迁仕、蔡路养诸军，尽得江右七州十三郡。陈霸先心满意得，连着数日烹羊宰牛，犒劳三军。这日，陈霸先、冼夫人与诸将正在大帐中饮宴庆贺，忽报高凉大堡冼齐押粮来营，陈霸先大喜，连忙站起："快请三将军进帐。"冼齐夹着一阵风疾步人来。冼夫人见冼齐神情焦虑，心里很是狐疑，迎上去问道："三哥来了，你……"冼齐从陈霸先手里接过一盏酒，一口喝干，喘着粗气道："妹子，不好啦。家里出大事啦！两月前冯刺史去世，姑爷回罗州奔丧，郡里筹粮一事尽交大哥处理。大哥向州下属郡征粮，诸郡府尊拒不从命，大哥急怒之下，欲起兵攻打诸州郡呐。眼下征粮艰难，因此来迟。"冼夫人失惊道："哎呀！怎么能这样呀？"转身对陈霸先道："陈都督，百合本欲随你援台平贼，现在出了这等大事，我不得不回去。家翁谢世，我不在家里已是不孝，如果这时再闹出兵乱，后院起火，更是不忠了。"陈霸先道："夫人所言极是。岭南是非之地，人物良莠不齐，非夫人不能把持。说实在的，霸先绝不愿夫人离去，但于家国之计，如今只好割爱了。"冼夫人笑道："随我来的将士，不拘男女，俱是忠义之人。如果都督以为可用，尽可留下为国讨贼！"陈霸先道："夫人所部都是良材，霸先都想留下，可是岭南安定，事关大局，霸先难于伸手呀！这样吧，如果夫人允许，乞请留下韦将军助我如何？"

　　冼夫人一愣，随即笑道："都督好眼力，怎么就盯上了韦将军？韦将军学养丰硕，且又是我的老师，本来我不肯放，但都督既然指名要他，我

又如何再敢存有私心呐。好吧，我答应你。"孟娘笑道："夫人不要答应他，陈都督好算盘，这岂不是送一个，又饶三个啦！不止哟，还要饶一个小的呢。韦将军留下，赵媚娘还不得留下，寿儿寸步不离韦将军，寿儿留下，子正还不得留下？小粲儿也得留下。这么好的买卖，都督划得来，我可不答应呢。"大伙儿都笑了起来。陈霸先呵呵笑道："夫人呀，我要了你的爱将，心里也觉愧疚，霸先无以为报，只能送物表心啦！来人，把本督所藏御赐衣甲取来！"

一会儿，两个侍卫从后帐抬出一口漆口鎏金箱子来。陈霸先亲自打开锁，众人看时，却原来是一副雁翎锁金甲胄，一袭银丝抽锦战袍，一披团彩玉色白缎内托绛红九尾丝的大斗篷。陈霸先双手捧着这套衣甲呈到冼夫人面前，微笑道："这副衣甲是我平李贲有功，先行皇帝所赐，我一直未敢使用。这次平贼援台，带在身边，专等朝天阙时才穿着。我把它赠与夫人，就请收下吧！"

冼夫人不敢推辞，赶紧跪接了。

冼夫人传令高凉军拔寨起程。当晚都四更天了，冼夫人还与韦放夫妇、寿儿夫妇在帐中坐谈。韦放道："陈都督要我留下，其实是出于私心，为我着想的缘故。"冼夫人点头道："这我知道。恻隐之心，人皆有之，陈都督性情中人，又岂能例外。他既知你的身世，自然同情，这番你能回去，其实幸事呀！不过陈都督让你随他北上，说起来也不尽为私情。目今国难当头，但为国民，理应效命。你是我朝旧臣，名将之后，更是责无旁贷，义不容辞。千里马惟羡奔驰旷野，不恋槽枥之食。大哥这一去，当展平生所学，报效国家，妹子为你高兴呐。"赵媚娘怀里抱着小粲儿，轻轻拍着，笑道："你别看他一个大男人，有时竟像女孩子呢。昨日听陈都督要留他下来，他颤抖一下，双眼竟发红了。他舍不得你们，舍不得大堡呀！"子正瞪了赵媚娘一眼，不满道："亏你还笑得出来，韦将军是个有情有义的人，哪像你这个没心肝的女贼儿。韦将军在大堡十数年了，与我们像兄妹一样情深，今日一旦离去，还不知何……"子正说到这里，再也忍耐不住，"哇"的一声哭了起来。她朝寿儿肩膀上擂了一拳，哭道："要不是你害了我，我，我也不愿离开大堡，离开姑娘呐，呀……哇……"韦放别过脸去，再不敢抬起头来。

冼夫人见大伙儿都掉泪了，不由心中凄苦，她勉强笑道："耶耶！都

怎么了，好好的哭什么呢！日后我们要见面还不是易事，你们来大堡看我们，或是我们过来看你们，应该不是很难的事。好了，都别哭啦！子正呀，你怎么还像小时候那么爱哭呐，你若再哭，小心把我弄哭了，我可饶不了你。寿儿呀！你怎么也跟着瞎起哄，子正哭，你也哭，这叫妇哭夫随呐……"子正抽泣道："姑娘，你也哭啦……"冼夫人赶紧把眼泪抹去，笑道："好了！这次你们走得仓促，韩儿、永儿、云儿都不在身边，日后我再给你们送来吧。好啦，趁着天还未亮，大伙儿都歇息一会儿去吧，明天我们还要行军呐。"

次日辰时，一阵号角吹过，高凉军早已整装待发。冼夫人身着陈霸先所赠衣甲，神采奕奕，英气天然。她率领诸将快步来到队前，那里陈霸先一早已领众官列队送行，陈霸先捧着大碗酒，双手举呈到冼夫人面前，冼夫人忙笑着接了，回头对诸将道："陈都督盛情难却，大伙儿都吃一碗吧。"冼夫人一口喝干，笑道："陈都督，百合要走了，望你率义师指日荡平逆叛，早朝天阙！"说罢又朝众官连连拱手抱拳一圈。她看到赵媚娘抱着小粲儿与韦放、寿儿、子正站在一起，忙又走上去，从赵媚娘怀里接过小粲儿，笑道："粲儿呀！让姑姑抱抱哟！"说着双手把小粲儿托举起来，小粲儿格格笑着，两只小手乱舞。冼夫人又抱着小粲儿亲了好几口："小粲儿，姑姑定来看你！"武哥已把坐骑菊白牵了过来，猛虎花儿也走来冼夫人身边立定。赵媚娘忙接过小粲儿："让姑姑走吧！"

随着一声虎啸，冼夫人登上马背，一抖缰儿，领队朝南而去。殷外臣望着冼夫人远去的背影，对陈霸先叹道："冼夫人衣锦还乡矣！"陈霸先摇了摇头，笑道："非也！冼夫人非图虚名浮荣之人，她这番回去，是身负国恩皇命，民望众托之重担呐。她的情怀胸襟，实乃天性，虽汉时卫霍亦不可及呐，非汝等所能知者！"

冼夫人起军北上援助陈霸先后，援粮都由冯宝筹措，数月之间，已从高州诸郡运出粮食一百五十万斛，其中高凉、海昌两郡运出粮食就达八十万斛。冯宝知高凉、海昌百姓拥戴冼夫人，才毫不保留，将粮食尽数献出。冯宝感激之余不觉手软："今年收成不是很好，这样下去不是办法呀！百姓赤诚报国，固然可嘉。可是粮食捐尽了，靠什么过活呀？"冯宝考虑再三，让海昌郡出榜安谕百姓：停止捐粮。冼挺提议："现在大堡储粮差不多都捐尽了，再向郡里百姓伸手也实在困难，应向州下诸郡继续统征。"

冯宝看着洗挺，沉吟片刻，点头道："未尝不可。只是这事必要与钱生暨商议才能定夺，一时也急不来。"

这日下午，冯宝刚打算动身往州里拜谒钱生暨，忽报老奴岑万专从罗州赶来。岑万专是个忠实的奴才，跟随冯融近四十年了，已是六十好几的年纪，冯宝对他很是敬重，不当一般奴才看待。打冯宝授职高凉郡守，岑万专从未来过，今日突然过来，冯宝料想必有要紧事，忙迎了出来。岑万专一见冯宝，"哎呀"一声跪在廊下，放声大哭道："少爷呀！老爷仙去了呀！啊……啊……"冯宝如闻炸雷，顿时懵了，双脚一软面朝岑万专跪了下去，那眼泪像断线的珠串儿颗颗直往下掉，呼哭道："啊……啊……啊……父亲去了呀！是何时去的呐？"岑万专搂着冯宝："是昨天中午呀！啊……老爷用午饭时，不慎呛了一下，竟……啊……啊……"

洗挺听得噩耗，吃惊道："呀！这是甚么时候呐，偏……哎！"冯宝写了丁忧书呈，递给洗挺："你替我交与钱生暨吧，我得回罗州奔丧去。本来时局非常，虽丁忧亦不能离任，无奈宝系独出，并无兄弟姐妹，只好……"洗挺把书呈接了。冯宝又与郡里众僚道别，众僚好言相慰，无非都是些诸如节哀顺变的话。冯宝又交代了好些郡里的事务，才仓促收拾了，携儿子冯仆随岑万专、若砚连夜奔罗州去了。

半月后，钱生暨又接得冯宝遣人送来的书信，内具五日后将扶灵柩回新会下葬。钱生暨叹息道："唉！苦哉孟怀公！"忙厚备赙赠令人送去罗州冯府。

月底，洗挺遣人去罗州接冯宝母亲袁夫人及冯仆回恩铭居住下，以便照顾。这天，洗挺来州里拜会钱生暨，商议筹粮之计。洗挺道："义师前方击贼，不可一日无粮呀，偏是冯太守丁忧，这军粮大事全在刺史身上了。"钱生暨道："冯太守在来书里也谈及了，只是军粮数量颇大，我思量再三，再要征缴，唯有召会州下属郡继续协力，方能筹措。"

三天后，高州辖治属郡府尊除高凉的冯宝、齐安的褚俭缺席外，其余杜陵、电白、连江、宋康、海昌、南巴、永宁、阳春八郡都至州署会齐。洗挺也带数十亲兵参会。钱生暨私下对洗挺道："褚俭果然不来呀！"洗挺道："他怎么会来，躲还不及哪！不过我会找他要粮，不怕他不给。"

齐安太守褚俭是本郡人氏，贪婪成性，善于钻营。李迁仕任高州刺史时，他多方巴结，致为党从。褚俭族弟褚麻秘为落金岛海盗，专事贩销贼

赃，而褚俭暗中与予方便，且充当纤手，大发不义之财。新会豪右梁显向冯宝密告褚俭与海贼交通情事，冯宝不敢隐瞒，如实上报李迁仕。李迁仕不以为意，笑道："捕风捉影，不足为凭呀，还应互为宽容，免伤同僚和气。"再不追究。褚俭深恨冯宝，切齿道："不意这俚奴郎如此可恶，迟早让你好看。"钱生畏起初向诸郡征粮援助陈霸先北上，九郡都如时交粮，惟齐安郡不予理睬。杜陵太守潘肃过齐安劝褚俭："援台平叛，非同小可，褚公何得落后？"褚俭冷笑道："陈霸先起兵北上就是平贼？那李迁仕起兵北上又作何解释？高凉郡袭击李迁仕更作何解释？"潘肃吃惊道："褚齐安怎出此言？陈都督举义师讨贼平叛，历尽艰辛危难，实为忠臣志士之表率，而李迁仕结连侯景反国叛君，人人得而诛之。高凉郡及时发其奸情，出奇兵袭之，为国除害，功莫大焉！"褚俭阴沉着驴脸，似笑不笑，慢声细气道："李迁仕是不是叛逆，现时很难定论呀！曲阳侯倚之甚重，其中曲折，非我辈所能知者。我听说当日陈霸先曾举荐冼挺补高州之缺，曲阳侯不允，而让李迁仕任之。这很有意思呀！陈霸先举兵北上，高凉郡即攻打李迁仕，这恐怕不光是投桃报李吧？是前呼后应呢还是里应外合呀？"潘肃再不敢言，匆匆离去。

　　钱生畏在观草园宴请众官，看看都落座了，钱生畏道："今日把大家请来，为的是继续筹措粮草援助陈霸先勤王平叛，还望诸位助我。"此言一出，众官面面相觑，半晌均不出声。钱生畏又道："护国夫人已起兵应征援台。我等皆是服国之臣，戍土之兵，国家有难，埋当赴死，胡置若罔闻，作壁上观哪！"杜陵郡守潘肃扫了众人一眼，微笑道："州尊也莫怪僚属难于启口，诸位都是朝廷命官，国家有难，岂会坐视不顾哟！侯景叛乱，天下震动。而诸王群雄乘机而起，纷纷拥兵自立，名为勤王，实乃割据，孰为奸孰为忠，众口莫辨。依下官愚见，还应谨言慎行，安民守土为上。"钱生畏又道："湘东王受先行皇帝密诏援台平贼，天下皆知。陈霸先起兵北上，受湘东王节度，旗帜鲜明，夫复何疑？"阳春郡守何子哲站起身来："诸王侯都称有密旨信物，承制受诏，以至亲寻干戈，宗室争权，天下志士无不扼腕。湘东王受先行皇帝密诏又有谁见来？只怕护国夫人空负一腔热血，报国无门哪！"宋康郡守严光文摇首笑道："李迁仕起兵也称援台呐，谁知他竟联结侯景反国叛君，之前李迁仕可是曲阳侯所倚重之人，这，这真是令人不解。"

钱生畏呼了口气，道："这个我看暂时无须究诘，今日我们只谈论筹措粮草问题吧！"众人又一阵沉默。潘肃见钱生畏拿眼瞄他，便支吾道："州尊所说极是，只是……只是……这粮草问题嘛，唉！"说着潘肃朝电白郡守温典言瞥一眼。温典言眼神游离："粮草嘛……"顿了顿，两手一摊，道："前番援粮，已尽府库所储，再也拿不出来啦。"

冼挺见众官扯皮推托，很是不满，站起来道："说了半天，就是不愿缴粮呀！前方还要不要打仗？"温典言道："冼大爷发甚么火，我们不是在商议着么？"冼挺脸红起来："你们当然不急，将士们在前方杀敌，赌的是性命，可不是坐着聊天，一日无粮，全军都乱呀！哪像你们拿着国家粮饷，太平之日摇头晃脑，大谈忠君报国，一到危难之际，便诸多推诿，各自敲起小算盘来，甚么君国之念，可还存在么？"钱生畏忙起身拦阻："冼将军切不可动气，请坐下说……"严光文一拍几案，也站起身来喝道："你竟敢辱骂朝廷命官，你……"冼挺瞪起双眼："你们是朝廷命官，难道我不是？"严光文呵呵大笑："哦！南梁州刺史呀！我告诉你吧，那是员外虚职，有名无实。你们俚僚人岂能与吾等相提并论。"众官大笑。钱生畏脸色大变，对严光文道："严大人怎么说出这等话来？这，这不妥吧？"严光文笑道："有何不妥？事实就是这样呀！"

冼挺大怒，大吼道："来人，与我拿下！"随着吼声，门外涌人数十亲兵近卫。钱生畏忙上前阻止，连道："冼将军切切不可！切切不可！"冼挺"嗖"的一声拔出佩剑："我当年随陈霸先奉旨往交州平叛，一刀一枪立下功劳，被朝廷授为南梁州刺史，诏书还在大堡。你们敢蔑视朝廷，便是死罪。这姑且不论，我现在是高州助防，乃曲阳侯所命，命状亦在手中。我虽不问政，而专事治军，国家境土但有危急，挺职当誓死捍卫！"

严光文指着钱生畏骂道："你设下鸿门宴，意欲何为？"钱生畏手足无措，"这这"的一时答不上话来。冼挺环视众官，鼻子哼了一声，道："这是冼挺一人所为，如若有罪，我自己承担。"接着大喝道："左右，与我把他们的兵符印信都收缴下来，由我代管，然后驱赶出去，十天为限，若不如数缴粮，我自会公断。"

众官见了这个阵势，自知再难抗拒，只好留下印信兵符，抱头鼠窜而去。钱生畏目瞪口呆，喃喃道："怎么能这样？怎么能这样？"

诸郡官长在观草园被冼挺褴夺印信兵符，赶了出来，一怒之下，联名

具状火急呈报广州，未了潘肃笑道："诸公呀！气归气，这粮草还得筹措，不然，萧广州书使未至，冼挺发起狠来，这家伙可是说得出做得到噢。"十天后，杜陵、电白、海昌、南巴、连江、阳春、宋康、高凉八郡的粮草都如数交了上来。钱生畏道："齐安不会有的，町是永宁怎么也没声息？"冼挺道："王望如这老家伙也敢与我作对不成？我先捉他来问罪，然后再去找诸俭算账！"钱生畏道："不可。王望如德高望重，是个忠义正直之人，深为士民拥戴，连续十数年被百姓挽留，不能离任，清名远近皆知，你去捉他，有失民望呀！"冼挺道："这些人专会耍嘴皮子，不来硬的他不当一回事。这次放过王望如，别人还不有样学样。说不得，我要拜会他夫。"

冼齐的运粮队准备启程。临行，冼齐对冼挺道："大哥！钱刺史的话说得不错，凡事能忍则忍。妹子已率大队人马助陈霸先去了，大堡兵力薄弱。目前天下大乱，人心不稳，大哥切不可意气用事，以防奸人乘机呐！"冼挺点头道："兄弟快起程吧，这事我会处理，你放心好了。"

永宁郡王望如既不参与联名具状，也没粮食交上去，只躲在府里不出。这日，儿子王拙陪着他在便厅说话儿解闷，忽报杜陵郡守潘肃来访。王望如吩咐"快请"。潘肃进来，看着王望如笑道："老爷子好自在呀！"王望如笑道："彼此彼此。你也坐下说话吧。"潘肃谢过座，叹口气道："永公老呀，那天在观草园，你怎么就一言不发呢？这冼挺也太欺负人了。"王望如望望潘肃，微笑道："我说什么呀！其实呢，冼挺在理呐！那天观草园冼挺骂座，老夫看着精彩，听着舒坦呢！我们老骂那些俚蛮是化外冥顽之民，不觉脸红么？是谁应征往交州平叛，穷山恶水中擒了贼首李贲？是谁在暴风雨中舍死救人？是谁在百年不遇旱灾中开仓赈民，救百姓于水火？这都是俚人呀，都是大堡冼家所为呐，远近皆知，有目共睹呀！冼来山数代为俚酋，势力雄大并不为奇，奇就奇在生了一个好女儿，旷世无双呀！先不说她小小年纪即随父兄征战，智屈冯府州而救百姓于危难之中，先不说她扶夫共参政事，惠民礼士，虽首领兄长有忏犯律法者亦严惩不贷。最为奇者，是创办学校，启导冥蒙，激浊扬清，感化黎元呀！此举乃开岭南千年之先河。依我看呀，虽华夏圣贤也未必及她，我朝封为护国夫人，诚非偶然呐！就说那冼挺，虽然粗鲁，也绝非其父冼来山可比，你听他在观草园那通话，看似无礼尖刻，实实义正词严，掷地有声呀！安知

非护国夫人之精神所染墨者乎？"

　　潘肃笑道："晚生承教诲。只是你的粮草好像还未交上去吧？"王望如缓缓气，笑道："上次已交缴了，现在府库已掏空，再也交不出了。"潘肃笑道："你老不怕冼挺来找你麻烦？"王望如摊摊双手："说不得啦，今年收成不好，老夫不敢向百姓强征暴敛，故此交不了啦！"潘肃笑问："永公老是说学生横暴贪残了。"王望如眯眼一笑："这可是你自己说的。"潘肃起身告辞，心里暗骂一句："老狐狸！"

　　看着潘肃走后，王拙道："父亲，孩儿很是担心，你不想法弄粮食缴上去，冼挺怎肯善罢甘休。您亦应该去取回印信呀！"王望如苦笑道："我不善为官，平日又没积蓄，这时往哪弄去。数月前我已向郡里百姓许诺，今年年成不好，捐税都免了。这时又追交，岂不是言而无信。我交不了粮草，大不了是个死，我宁愿死在冼挺刀下，也不愿死在百姓骂声之中。"

　　次日巳牌时分，探马飞报，冼挺、冼操领军马一千来攻永宁，已在十里内了。王望如忙登上城楼，眨眼间，打着冼字大旗的西巩兵已至城下。王望如对府尉于展道："冼挺是冲着我来的。不必抵抗，以免军民伤亡。我先躲避一时，冼挺捉不到我，自然引兵回去。"说完急下城来，与儿子王拙领着数十士兵开西城门逃去。

　　野地里策马跑了一程，王望如才放慢马步，挥一把汗道："终于逃脱了。"声音未落，前面密林里涌出一队军马来，打头的正是冼挺。冼挺把大刀一摆，笑道："老贼逃哪去？"王望如大吃一惊，勒转马头又往回跑。忽见前面尘头起处，一队军马又迎了上来，打头的却是冼操。王望如进退无路，看看被擒，忽地一片噪声传来，只见右侧里一条大汉率着数百村民，徒步奔涌而来。那大汉手执一根乌黑锃亮的大扁担，望着冼操马头劈去。冼挺见了忙道："四弟莫伤了乡民！"冼操答应一声，随手提枪来拨那扁担，岂知被大汉一扁担砸下，长枪脱手飞去。冼操"哎呀"惊叫，拍马想逃，那大汉扁担又到，重重打在冼操坐骑后腿股上，那马轰然倒地，冼操跌下马来。冼挺大叫一声："四弟！"飞马提刀来救，那大汉翻转身来，朝冼挺大喝一声，竟如虎吼。冼挺坐骑猛然受惊，倒退数步方才立定。冼挺勒马挺刀喝道："你这厮是谁？"那大汉吼叫一声："你敢赶杀王太守，我特来捉你。"声音未落，早又一扁担砸了过来。冼挺大刀一架，那扁担砸在刀头上，轰当一声，火星四溅。冼挺手心发麻，大惊失色："你，你

这是铁扁担?"那大汉道:"你管的着。"接二连三又猛砸过来。冼挺哪里招架得住,拨回马引军便逃。那大汉率众百姓举步要赶,王望如叫道:"乡亲们别赶了,让他们去吧!"这才望着那大汉道:"壮士是谁?好武艺呀!今日要不是你与众乡亲相救,望如定是没命了。"那大汉道:"恩相是认不得我了,我是三桥庄陈政的儿子三官儿,就是虎娃呀!"王望如下马来,笑道:"原来是你呀!十来年不见了,你长成这般模样,不说我哪里知道呐!"

原来永宁郡三桥庄村民陈政,做着樵夫的营生,他为人老实,每日起早贪黑上浮山砍柴,然后挑至市井行卖,换些贴补度日。陈政近五十岁了,妻刘氏曾先后生过两个男孩,可是俱都未满月就夭折了,夫妻俩整日忧愁叹气。一日陈政挑柴担在市里叫卖,见了一个外地来的算卦先生,他便也卜了一卦,问子嗣事,卦文却是"不入虎穴焉得虎子",那先生摇头道:"你求子难呐,顺其自然吧。"陈政叹道:"想不到我陈政诚实待人,却命中无嗣呀!"从此绝望。

一日午中,陈政正在浮山砍柴,忽地草丛里窜过来一只野兔儿,那兔儿似是伤了后腿,一蹦一跛的,跑得不快。陈政见了道:"我捉了这兔儿,有一顿好肉吃哩。"便放开脚步赶来。追至前面密树丛时,却早不见了兔儿的踪影。陈政喘息道:"早知追不到,我就不费这气力,又误了我砍柴呐。"他在地里蹲了一会,刚要起身离去,忽闻一股腥臭味随风传来,陈政掉转头向左侧望去,离这里百十步远近却是一块大青石,足有三分地大小。那腥臭正是从那边传来。陈政立起身来朝那大石走去,离大石还有十来步远时,那腥臭味更是浓烈,且依稀听到咻咻嘘气声。陈政疑心顿起,手握柴刀,轻手轻脚摸近大青石,拨开草丛看时,不由大吃一惊,原来大石下竟藏着一个虎窝,数只小虎正在争吃一条血淋淋的鹿腿哪。陈政毛骨悚然,"这浮山什么时候已有猛虎啦!"他贴着洞口细看,却不见有大虎,再细看那几只小虎时,陈政又一惊吓,那几只小虎里竟有一孩童光着身子,也趴在地里吃那鹿肉呀。陈政揉了揉眼睛,暗道:"不成我遇到妖邪了,怎么有人虎共穴呀?"才急要逃开,忽地想起算卦的事来,"算卦先生说我不入虎穴,焉得虎子。这虎穴里的孩童,莫非是上天怜悯,恩赐我的?趁着母虎不在,我进去抱走那孩子吧。"这般想时,陈政不由胆大起来,当即猫着腰走入洞内来,那几只小虎一见陈政,惊得牙龇嘴咧,嗷嗷

大叫，那孩童与小虎再无二样，也张牙舞爪吼叫起来。陈政上前一把抓住那孩童，抱了起来，那孩童指甲尖利，乱抓陈政，陈政忍住疼痛，死死把那孩童抱紧怀里，夺步窜出虎洞，再不停留，直向山下奔去。

庄里乡亲听得陈政在浮山抱回一个野男孩，感到稀奇，男女老幼都赶过来陈政家里看望，一时门庭若市。可是众乡亲听陈政说了经过，又看了那伏在屋角地里吼叫不止的孩子时，不禁都咋舌摇头。一个有见识的老汉叹息道："这是不祥之物呀，我劝你还是把他送回山里去吧，免得招灾呐！"

陈政可不愿意再把这孩子送回山里去，他与老婆细心照料这孩子，尽量弄来好饭好菜让他吃。饭菜放到这孩子面前，只见他趴着伸脖子凑近那饭碗，鼻子歙嗅一会，就别过头去。刘氏道："孩子不喜欢这饭菜呢，如何是好？"陈政发愁道："这已经是最好的饭菜啦！我们穷苦人家一年到头难得吃上这饭菜呀！"忽然陈政眼睛一亮："我在虎窝里见他与几只小虎吃着鹿腿，血淋淋的，怕这孩子要吃生肉吧？"刘氏道："敢情是哩。你快去弄些生肉来。"陈政讨来些生牛肉，当即切成数块，用碗盛了又放到这孩子面前。这孩子嗅了嗅，终于张口吃了起来。刘氏喜道："这可好了，孩子终于肯吃饭啦！"

陈政给这孩子起乳名三官儿。三官儿怕光，大白天蜷缩在墙角暗处睡觉，到了晚上，可就来了劲，满屋子乱窜，再难安静。更有甚者，那一声紧似一声的凄厉吼叫，数里可闻，令人不寒而栗，不能人眠。乡亲邻里虽然同情陈政，但也不堪这彻夜不眠之苦，纷纷上门求告，让陈政丢弃这野孩子。陈政陪着笑脸，道："我这孩子夜里不睡觉，扰了众邻里烦恼，我这里陪礼了。只是我既抱回了家来，你又叫我怎忍心舍弃呐。我……我陈政没儿没女，就求众高邻放过我吧！"说着流下泪来。刘氏也哭了："三官儿还不懂事，我会慢慢教导他的，他会懂事的，他会懂事的……"乡亲们见了这情状，再不吭声，只能摇头叹息而去。

刘氏道："孩子到夜里想念娘亲哪，就让我搂抱着他睡吧。"这孩子在陈政家里已有近十天了，慢慢地也不太怕陈政夫妻，给他吃的，或弄水给他洗澡，他还算老实，可是要与他同睡一铺床上却是难事，不论陈政夫妻怎样哄他，他也不依，稍为松手，就又跳到地上。陈政没法，只好弄来禾草，铺置地里，夫妻俩与这孩子同躺地上睡觉。

　　陈政在虎窝里抱回一个野孩子的事很快传遍郡里，很多好事的人都争相来看个究竟，每日络绎不绝。这天，郡守王望如也来看视。看着这个浑身上下黄毛茸茸、手脚着地的三官儿，王望如吃惊道："是虎娃呐！北方多狼孩，南方多有虎娃，原是哺乳期的豺狼虎豹把婴孩叼去哺养，竟如己出，事出何因至今未明。这狼孩虎娃长大之后，其野性与狼虎无异。《五回述异》有记述，因此我知道。"刘氏大着胆道："府尊为三官儿起个名字吧，府尊福大，才好镇住。"王望如想了一会，笑道："好！三官儿名寅字斑子可好？"众人都说好。陈政夫妻喜得眼泪直流，忙着拜谢了。王望如离去时，留下三两纹银，道："你们好生抚养这孩子吧，日后我再派人送些补贴来。"

　　不到两个月，三官儿忽然生病了，不吃不喝，日见消瘦，只是伏地而卧，再不起来。陈政四出求医请巫均不见效，三官儿气息奄奄，几近弥留。乡亲们劝道："眼见不成了，放手吧！"刘氏嚎啕大哭："我真如此命苦呀！前两个孩子养不大，这抱回的孩子也养不大呀！三官儿呐，娘疼你，你不要离我而去呀！"陈政双手抱头，蹲在地上无声而泣。

　　陈政夫妻悲痛欲绝之际，忽地来了一位道长。道长蹲下身，为三官儿把了脉，才起身道："这是虎娃呀！轻易怎能养活？"陈政夫妇忙跪了下来，哭道："求道爷救三官儿性命吧！"道长摇了摇头，叹息道："难呀！这三官儿有名字了么？"陈政道："有有，名寅字斑子，还是府尊老爷给起的。"道长笑道："这名字还好，这样吧，你把这孩了舍与我带去，能活下来，我自然送回与你。"刘氏扯着道长衣襟哭道："道爷救活三官儿，我给您当牛做马。"道长笑道："这也不必。"陈政把三官儿从草地上抱起来，刘氏接过，抱在怀里把脸贴在三官儿脸上，久久不愿放开。道长道："快给我吧，不然没救了。"道长一手抢过三官儿，夺门而去。陈政夫妇追出门外，凄厉叫道："三官儿呀！"早不见了道长的踪影。

　　光阴似箭，不觉十二年过去。陈政五年前患病死了，只留下刘氏一人过活，邻里怜她凄苦，不时过来帮她做活打点，还凑些吃用。王望如则吩咐衙役依月过来探视，支些杂用使费。这日，刘氏正在家里做些针线活，忽然几个乡邻带着一个年轻小伙儿来见她，刘氏疑惑不解，呆呆地看着这个小伙儿。乡邻道："大婶娘，这是虎娃三官儿呀，他回来啦！"刘氏昏花的眼睛张大开来。那小伙扑通一声跪在面前，叫道："娘，我是三官儿

呀!"刘氏也跪了下去,手把着三官儿的臂膊,捋起左衣袖看时,三官儿黄毛丛生的手臂上一颗红痣露了出来。刘氏搂抱着三官儿放声大哭:"真是我苦命的虎娃呀!可惜你父亲去世了,他要是还在,见到你回家来,还不乐死呀!"三官儿听母亲说父亲已经不在了,也自凄楚不已,伤心落泪。

众乡亲知道陈政的儿子三官回家来了,全又拥上门来,拉着三官问个不休。整整热闹了两三天。那些年轻小伙儿好奇地抬扛三官随身带回的那根铁扁担细看。一个小伙问:"三官呀!你这铁扁担作何用的呢?"三官道:"挑柴用的呐。是道长专为我造的,说铁扁担耐用呢。"一个小伙道:"真重呀!怕有百多斤呐!"三官道:"刚好一百斤。道长说我父亲砍柴为生,早就让我学会砍柴挑担啦,这根铁扁担再不会折断的。"

三官回来才数天,便提着铁扁担、柴刀上山砍柴,母亲劝不住,由得他去。三桥庄青壮小伙都愿意与三官交友,整日成群结队跟随着他。三官挑着三五百斤的柴担不作回事儿,过涧膛水,如履平地,众人无不惊叹,视为神人。

冼挺起军攻打永宁郡,消息传了开去,陈三官领着众村民进城助防,路上却好救了王望如,又擒捉了冼操,打败冼挺来军。王望如望着这个足有九尺长大,浑身黄毛,骨突筋暴的剽悍大汉,满心欢喜。王望如让村民都各自散去,然后命人牵过一匹马来,独让陈三官进城一叙。路上王望如问道:"那年听说一道长带走了你后,再无消息,这些年你都在哪呀?"陈三官道:"道爷带我进了一座山,也不知道怎样就救活了我。直到今日下山来,我才知道道爷就带我一直住在浮山呢。"王望如暗道:"近在咫尺,恍如隔世呀,这道长有来头。"即笑问:"后来那道长都让你做些什么呀?"陈三官道:"白天让我打柴,夜里教我认字。听道长说,我上山一年后才直起身子走路,两年后才会说话呢。"王望如道:"道长怎么让你回来了?"陈三官道:"道长说,回来处去,往去处来,就让我回家了。"王望如想了想,问道:"你明白是什么意思么?"陈三官道:"不甚明了。这两句话是道长常唱的歌儿,还说是一个砍柴的樵夫教他唱的。道爷称赞这是好歌,说记着这歌不会迷途呢。"半晌,王望如才道:"是好歌!"

回到府衙,王望如设席款待陈三官。王望如笑问陈三官:"三官呀!你长得这般高大魁梧,你今年多大了呀?"陈三官道:"听道长说,我今年该是十六岁了吧。"王望如笑道:"你愿跟我么?"陈三官忙道:"太守是我家恩人，若肯要我，我娘也自欢喜。"王望如点头道："好！好！"王拙道："父亲今日捉了冼家四爷，打算怎么处置呢？"王望如道："先看护好了，不要难为他，我自有安排。"王拙道："不如放了吧，留在郡里不是好事。"王望如笑道："现在不能放。若放了冼操，冼挺没了顾忌，又会找上门来闹事，没完没了。我关住冼操，冼挺就再不敢乱来，这才省事呀。况且我现在又有了三官护驾，冼挺怕虎娃呐！"

冼挺率败军回至山兜，大堡上下震惊。这晚已是四更初，冼挺与张融在书房正要商议对策，忽报冼挺长儿冼奉义带着冼奉达、冼奉捷、冼奉超、冼奉民诸弟全身披挂，各执仗兵器上马要出大堡北门。冼挺眉头一皱，即与张融赶来北门。冼挺气喘吁吁，大吼道："你们往哪去？"冼奉义勒住马头："我们到西城领军攻打永宁，救四叔父回来！"冼挺跺脚道："胡扯！都给我回来！"冼奉义只好下马，咕哝道："四叔父被擒，父亲战败，孩儿没脸见人了。"冼挺双眼一瞪，手指着冼奉义道："你……"随即双袖一拂，"唉"了一声，别过脸去。张融看着冼奉义道："难道你父亲不敌那野小子了？你四叔父不慎失手，你父亲投鼠忌器，故而弃战回来知道么。都回去吧，听你父亲的没错，让我们商议妥了，由你们厮杀去。"冼奉义再不作声，与众兄弟牵着马回到堡内。

冼挺命众护院兵士，没他的命令，任何人不准擅自出去，才与张融又回到书房来。张融见冼挺很是忧心的情状，安慰道："将军不必焦虑，我料王望如必不会伤害四将军。王望如德才双馨，深受百姓拥戴，护国夫人曾多番褒扬。虽然时下局势多变，王望如也绝不会突然反叛。他起初踊跃交粮，便是援义平叛之举，这番无粮，岂非得已？宁担罪名而不负百姓呀！如若王望如真是叛反，一开始便不会缴粮的，何必前恭而后倨呢。将军起兵问罪时，王望如还未接战即逃避开去，这明摆着不愿与将军作对，又岂会造反呐？那用铁扁担的野小子领百姓抵抗将军，事前肯定没有与王望如串通。王望如不会反，四将军也绝无生命之虞。"说到这里，张融笑了笑，又道："王望如捉了四将军，无异得了免死牌。四将军一时半刻是回不来的，依我看呀！护国夫人什么时候回来，四将军就什么时候回来。"冼挺恨道："他敢？"张融笑道："他这时要是把四将军放了，你顾忌一去，气头上起军捉了他，他有口难辩呀，弄不好送了老命不算，怕真的成了反贼了，那时盖棺论定，岂不冤哉！"

见冼挺沉默不语，张融又道："别的州郡也无须担忧，惟独齐安郡切要留意，褚俭奸诈刻毒，贪婪横暴，冯太守早已察其劣迹，无奈当日李迁仕与之朋比为奸，以致为害一方。如今天下大乱，群雄并起，正是奸人乘机之时。护国夫人举义师北上平叛，褚俭敢抗交援粮，不受州治节制，其反意已现，只不过还未举动罢了。为防不测，我劝将军加强治郡防军为要，暂时别理永宁王望如。"

潘肃等人联名指控冼挺、钱生畏褫夺印信的呈状到了广州刺史、曲阳侯萧勃手中。萧勃看了又看，半天不出声。广州助防、平越将军顾道道："冼挺与陈霸先早为奸党，陈霸先北出大庾，冼挺即作乱高州，岂是偶然？应及早剪除，免贻后患！"主簿曾文举道："此举不可！冼挺治军西巩，是主公行的命状，若遇危急之时，即可令行禁止，便宜行事。冼挺的旗号是勤王平叛，向治下郡州征粮理所当然。主公如若罪之，恐遭物议呀！"给事中徐应道："前者侯景来书责主公食言，让陈霸先出了岭北。骂归骂，陈霸先走了是好事呀！现在冼挺势孤力单，正应乘机除去。"典事、羽骑将军史直元道："以何名除之？冼家远非昔日可比，实实在在诸酋之首，百越之雄。就那冼挺的刺史之职，冯宝妻护国夫人封号，都是大行皇帝恩赐，冠冕堂皇呀，若要动之谈何容易。"

众官议论纷纷，各持己见，唯有长史封亭茂缄默不言，萧勃朝他瞥了一眼，随即宣布罢议。众官散去，封亭茂留了下来，随萧勃进密室坐了。萧勃挥挥手，道："说吧！"封亭茂双腿收拢，用指儿掸掸长袍下摆："现在去动冼家为时尚早。皇帝大行，承制依旧呀！陈霸先受湘东王节度，冼家助之，名正言顺。主公虽系皇枝，然非嫡出，故长屈偏隅之地。陈霸先扶主公主政广州，是出于苟且权宜为己之计呐。后一意孤行，挥师北上，置主公将令于不顾，是为忠乎！是为诚乎！与是子共事，夫可得乎？陈霸先与冼家有旧，情志相投，狐狗为朋。所以冼氏惟陈霸先命是从，陈霸先攘臂于大庾，冼氏呼应于高州，这都是情理之中，不足为奇。陈霸先率军在外，冼氏一路护驾援资，致令陈霸先得势，冼家又为此逞功。冼挺颐指气使，千里高凉，几为冼家所役。昔日冼来山虽雄居百越之首，说到底只是一豪右罢了，彼恭则留之，彼倨则去之。大通中俚僚抗官作乱，新渝侯以为南江危急，即在高凉立州，无奈孙同无谋之辈，只知征讨，不善羁縻，终至败北。俚僚愈剿益强，无复再制。冼来山酋雄之位，实由此而

来。时至今日，冼氏皇恩国佑，家运显隆，更非昔日可比。比较处境之难，主公数倍于新渝侯呐，故不得不慎之。"

说到这里，封亭茂停了下来，望着萧勃。萧勃脸上毫无表情，在几案上拿起一方玉镇纸把玩着，然后轻轻地点着头。封亭茂又道："然而人算不如天算，又岂知冼氏又由此而步入衰运乎？己之过正，旁则俱邪。冼氏自命忠君报国，别人稍有逆忤，即视为反叛，故有冼挺观草园骂座之理直，高州郡夺印信之气壮。此时纵是主公责之，冼挺亦不会俯首低眉。"

萧勃盯着封亭茂，又点点头。封亭茂又道："冼挺恃其富强，居其功高，以上凌下，威逼诸郡。而诸郡不堪其苦，水火势成，攻伐在即矣。高凉诸郡牧守，多是兀、兰党徒，与我同床异梦，若能假冼挺之手去之，岂非幸事？若诸郡击灭冼挺，那时主公起兵平叛，一举歼灭兀、兰旧党，复统南江。若冼挺击灭诸郡，那时主公起兵定乱，乘机除去冼氏，威震侔僚。当是时也，主公份定，王业即兴矣！"

萧勃不动声色，轻轻呼出一口气，低声道："就依你说的吧。众官未必明我苦衷，诸事俱应小心，谨言慎发。"

才数日，探马飞报，冼挺起兵攻打永宁郡，王望如大破之。又半月，报齐安郡褚俭起兵一万多攻破高州，高州刺史钱生畏败走高凉郡。萧勃十分震惊，找封亭茂来问："褚俭哪来这许多军马，这消息不会是真的吧？"封亭茂道："千真万确。褚俭与落金岛海盗张昌举结盟，恐怕军马不止一万多呐！"萧勃恨道："这褚俭蓄谋作乱，非今日之始呀！"封亭茂看着萧勃："主公是说……"萧勃道："前者冯宝来书指控褚俭贪残横暴，还与落金岛海盗交通。当时我不大相信，以为是同僚争相邀功，互为倾轧所致，便不理会。后来我又问了李迁仕，李迁仕也说褚俭清正廉明，因此便不究问。今日才知被李迁仕骗了。"

萧勃沉吟一会，又道："这落金岛海盗，我也曾听说，昔日甚是强盛猖獗，不惟截劫海上商船，还掠劫沿海州郡，官兵为之胆寒。似乎三十多年来，沿海再无盗警，却不知竟是何故？"封亭茂道："三十多年来，落金岛海盗匿迹，沿海州郡晏然，据说便是冼氏功绩呢。我曾听说，当年冼来山率大堡军大战落金岛贼首张文德，双方伤亡惨重，最后张文德不敌退去。"萧勃点点头："海盗不惧官兵，却怕冼来山呀！"封亭茂笑道："确有此说。冼来山是有其胆气过人之处，当年孙同、卢子雄数万大军也奈何不

了他，真是令人难以置信，致有洗来山是百越屏障，俚僚靠山的美称。洗挺眼中无人，安知非祖德福荫使然！"萧勃再不吭声。

冯宝在新会闻得褚俭联合落金岛海盗起大兵攻打高州，当时大惊失色，跌足道："若丢了高州，冯宝死罪难逃呀，且再无面目见夫人了。"当下诸务都托付族人，匆匆奔高凉而来。途中听得高州已被叛军重重围困，冯宝情急之下，要进城去，若砚劝道："老爷你这是去送死呀！单人独马的，你也进不去呀！快赶回郡里去吧，也不知那里怎么样了。"

冯宝绕道回到郡治，正遇洗挺火急火燎提军欲往高州救援。张融见冯宝回来，悬着的心放下一半，忙道："太守回来好了，快劝劝洗将军吧。褚俭起一万多大军攻打高州，钱生畏必定守不住了。眼下大堡只有两千军马，二将军领一千守西巩，万万动不得的，我们只有这一千军马去解高州之围，杯水车薪呀！况且我们未知叛军底细，万一让叛军乘虚袭了高凉郡，后果不堪设想！洗将军去不得呐！"冯宝道："泰次说得有理，就目前来看，只能坚守了。"洗挺痛苦万分，跺脚道："恨不听泰次的话，致让奸人得逞。"忽报君圣庄霍廷昭与钱生畏引军来至城下。洗挺大惊道："高州失了。"冯宝忙命开了东城门，把霍廷昭及钱生畏等高州僚属迎进城内。冯宝见钱生畏带伤，忙道："州尊的伤不要紧吧？"钱生畏喘息甫定，道："险些儿见不到你啦！褚俭结连海盗突然起兵，我们丝毫没有防备呀！贼兵势大难敌，尤其一员白袍银甲的贼将，勇不可挡，我只得弃城而逃，若不是途中霍寨主援救及时，生畏一班官僚性命不保呀！"冯宝说了些安慰的话，又命人安顿了高州逃来的官员眷属。

当晚，冯宝与钱生畏、洗挺、霍廷昭、张融等在府衙议事。钱生畏道："高州虽然失了，现在有君圣庄相助，高凉郡可保无恙。应速报广州告急。"洗挺道："要报也可以，只是你别指望他有回音。当初冯太守报褚俭通贼，广州置若罔闻，屁也不放一个，以至褚贼坐大。我征粮援台的事，广州不可能不知吧，潘肃那帮家伙恐怕早就告我的状啦，装聋作哑罢了。"冯宝道："先别谈这个。我想钱刺史可向州下诸郡调兵，讨伐叛贼褚俭。"洗挺哼了一声："想都甭想，他们会起兵来援？他们恨不得看着我死呢？"冯宝道："他们尽管有气，也不敢以私废公。刺史行命状吧。"钱生畏即拟军令，行文州下各郡。

派去的使吏都回来了，报说诸郡以拥兵固守为由，均不肯发兵。冯宝

气得脸都青了。冼挺道："如何？我没有说错吧，这帮家伙平日忠君报国挂在口里，一到骨节眼上，一肚子鬼心计。"钱生畏笑道："目前时局不稳。连那些王侯都同床异梦，心怀鬼胎哪！何况他们。"张融道："诸郡虽不听调，但绝不会反，暂不宜责之过急，免致生变。冼将军、冯太守请速修书罗州借兵救急，另去信西巩，让二将军以大局为重，不计前嫌，助何子哲守住阳春。阳春、高凉两郡是粤西门户，任失一郡，门户洞开矣，后果不堪设想。"冯宝道："泰次兄所说不差，就依此行事吧。"

齐安太守褚俭早有异心，然生性狂妄，又不想受制于人。之前李迁仕撺掇他谋反，他称有疾在身，推托不出。后来李迁仕败走大皋，褚俭对心腹马兆道："李迁仕这人呀狼视鹰顾，而又没主骨，成不了事的。他去抗拒陈霸先，哼！我看是去送死呐！在高州就让冯宝老婆打败了，能抗陈霸先么？笑话呀！李迁仕是回不来了，高州舍我其谁？"马兆道："主公欲举大事，只怕广州伸手干涉，不得不防。"褚俭笑道："你过虑了。萧勃广州之职，并非朝廷所授，是陈霸先矫诏扶起来的，哪个不知？如今萧勃根基未稳，自顾不暇，哪敢再管闲事？再者，高州辖下诸郡多是兰裕旧吏，萧勃岂能放心，他派李迁仕来知高州，用意不言自明，迟早要清理门户呀，只是未得其便罢了。我起兵攻打高州，萧勃必然不问不闻，乐得坐山观虎斗，坐收渔利呐。"马兆深为叹服。冯宝、钱生畏先后两次征粮援台，褚俭一概不理。及至冼挺在观草园夺印，继而问罪王望如的消息报来，褚俭喜不自胜："哈哈，真乃天助我也！这火终于烧起来啦。"即召会心腹党羽密谋一番，诸事都准备妥了，才与族弟褚见、褚品驾舟秘密来落金岛拜会盗首张昌举。

这张昌举便是张文德的长子。天监十六年，张文德起兵掠劫沿海州郡，官兵望风而逃，莫敢婴其锋。时年四十六岁的冼来山率大堡庄兵起而抗击，会战三天三夜，双方伤亡惨重，张文德被冼来山砍了一刀，不敌逃去。张文德伤势过重，一回到巢穴落金岛就死了。张文德临死时告诫张昌举、张昌毕、张昌景众兄弟："不准找冼来山报仇。"张昌举时年仅十七岁，他谨记父言，再不找冼来山麻烦，也再不到沿海掠劫，而专事海上拦截过往商船。

落金岛在齐安郡南端三十多里的海中，由小落金岛、大落金岛组成，小落金岛在西，大落金岛在东，合称落金岛，又称母子岛。张昌举苦心经

营，落金岛逐日强盛，远非张文德昔日可比，不惟富可敌国，且军力发展到两万多人。中大通二年，张昌举自封南海威义王，在大落金岛起宫室、置百官，追谥张文德为诚武王，从此做起孤岛之王来。次年，广州刺史萧映起兵一：厅五千，分乘战船五十余艘，征剿张昌举，未及登岛，便被张昌举击败，萧映军几乎全军覆没，从此再不敢问津。

褚俭与落金岛暗地里往来多年，且与落金岛镇海将军伍尚礼结为深交。之前，褚俭就曾三次人岛和伍尚礼密谋鼓动张昌举起兵，伍尚礼也数番在张昌举面前掇撺，但张昌举只是静静地听，并无袒露心态。这次褚俭打定主意；亲和张昌举陈说其词，上岛后，又来到伍尚礼府中，两人密议一番，褚俭才来求见张昌举。

张昌举深知海贼终究是海贼，只能在水上横行，不能到陆地去撒野，所以任由褚俭从早说到晚，始终不为所动。褚俭忍不住道："大王如今只顾享乐，不记诚武王之仇痛了？"张昌举道："我不会忘记。可先王不让我复仇，这话不是随便说的吧，我也不敢忘记呀！"褚俭道："当初诚武王举岛不过四五千军马，而转略沿海十数州郡，可如今大王拥军近三万，正当驰骋横行，做一番事业，安可长居孤岛，由世人骂为盗贼呐？大丈夫之所为，应审时度世，乘机而起。当今天下大乱，群雄并起，纷纷割据裂土，问鼎于中土，争雄于九州，兵势财雄如大王者，天下能有几个？褚俭尚且不愿老死山林，何况大王乎？大王只在岛上安闲，可知世上人事几番新。萧勃原来不过是曲阳侯、定州刺史，被陈霸先矫诏立为广州之主。陈霸先不安现状，借讨侯景之机而出岭北上，其志不可量呐。高州刺史李迁仕狗一样的人，如今也挥师北去，无非是为分一杯羹罢了。又，大仇人冼来山虽然死了，可他的后人更为猖獗拔扈，如今岂只是俚僚酋雄，简直便是高凉霸主。士民眼中只有冼氏，奉若神明，致使冼氏以下犯上，无端起军袭击李迁仕，遂为高州之主。"张昌举低下头，好一会儿又道："这些事，我虽不尽详，也略知一二。冼氏虽强，于我无碍。我不犯他，他也不会找我。"褚俭失笑道："他不会找你？大王呀！冼氏非一般俚酋豪右可比，家传好大喜功。交趾李贲犯他了么？李迁仕犯他了么？冼氏均起兵讨之，务必斩尽杀绝而后快。前者冯宝指控我与落金岛海贼交通，几乎置我于死地，好在我百般求告李迁仕、萧勃，花了大笔银子才平息下来呀！冼氏从此视我为眼中钉，肉中刺。大王想想看，冼氏明里是在与我过不去，而实质是冲落金岛而来呀！过去的冼来山只是个土豪，你不犯他，他事实也不会来惹你。现在大不一样啦，高凉太守冯宝是冼氏姑爷，冼来山长儿因讨伐李贲有功，被授为南梁州刺史，在西巩蓄有重兵。这倒也罢了·，最了不得的是冼米山生了一个女儿，便是冯宝老婆，被诰命护国夫人。如今的大堡冼氏呀，皇命国恩集于一身啦！冼氏以讨侯景为名，要挟高州刺史钱生畏强向诸郡征粮，郡长稍有微言，冼挺即褫夺印信，限期缴命，真真是胡作非为，随心所欲，将高凉千里之境据为己有呐。大王在落金岛自立为王，当日萧映尚且不能见容，如今的冼氏会让你鼾睡榻侧么？"

　　见张昌举抬头注视着褚俭说话，相国许践道："依你说来，冼氏势力非同寻常，落金岛更不宜与之为敌呀！"褚俭笑道："冼氏虽强，兵力顶多只有五千上下。日前冼夫人已领三千北上，一时半刻是回不来的，大堡可用兵力不过两千号人。"许践道，"冼氏若只有三两千人马，殊不足虑。可是诸郡若起兵抗击，境况迥异呀！"褚俭大笑道："我说是天灭冼氏。冼挺在高州观草园缴夺诸郡印信，又起兵攻打永宁，问罪王望如，诸郡官长早已恨之入骨，期盼冼挺死无全尸呐，还会出头助他？"许践又问："这个暂且不说。我们起兵攻打高州，万一广州援救怎办？"褚俭又笑道："广州更不会管，萧勃乃托名虚立之主，所谓名不正言不顺呐，怎敢轻举妄动？且高州治下属郡都是昔日元、兰党从，萧勃正愁清理门户呐，大王为他铲除这帮人，他还不乐乎快哉！"

　　褚俭站起身来，"当今南越之地，能与大土争雄者，不外乎陈霸先、萧勃、冼氏三家。陈霸先已北去，萧勃与冼氏同床异梦，暂时不敢作为。冼氏虽强，然精锐之师已由冼夫人率往南康，高州几同空城，大王雄师一举，高凉地唾手可得。得了高凉，大王再挥师广州，萧勃还坐得稳么？那时广、交、越尽属大王，进可与天下诸王争雄，退可为岭南霸主，成万世基业呀！"

　　张昌举终于起兵。大宝二年五月十一日，张昌举亲率一万五千军马，乘大小战船四十余艘，由风谷出港，取海路西下，乘夜在水辛洲登岸，包围了高州。钱生畏毫无戒备，只五日高州失守。褚俭请张昌举让他领一队军马攻取阳春，张昌举不允。褚俭虽然心里不快，但又不敢多说，只私下对褚麻道："张昌举若让我提一支军马取阳春，他这里攻高凉，两郡一破，不出半月，可尽得高州境土。唉！"褚麻道："张昌举怎会让你分兵，他如

何放心，这事休说，逐步来吧。"

十九日，张昌举命其弟永平王张昌毕领五千军马守高州，自率一万军马来取高凉。高凉军民拼死抵抗，又得罗州内史全渊、石龙太守苏绶、高兴太守石京、光寿庄庞靖等共引五千军马来援，张昌举连续攻击将及半月，高凉郡岿然不动。张昌举焦躁起来："这冼家军果然厉害呀！我军马倍之有余，竟拿不下高凉城，时日一久，万一粮草不济，就……"镇海将军伍尚礼道："大王应速调援兵，及早攻取高凉郡，我担心冼夫人所部得讯赶回，反为所制呐。"张昌举深以为许，即传命回岛调兵。

张昌举攻城不休，高凉军民伤亡日见增多。冯宝甚为不安。钱生畏道："城子虽然暂时无恙，可这样下去，终是不妥呀！"冼挺道："依我说，杀出去吧！张昌举军马虽多，毕竟是海贼，陆战非其所长。我既能御敌，便可攻敌。"张融道："用兵之法，攻城为下。若要攻城，必要数倍于敌。张昌举虽有一万人马，但还没有破城之力。我们只要再坚守数日，必有转机。"冼挺道："话虽如此，但事有一定，机宜多变。我引兵杀他一场，如若不利，再守城未迟。"冯宝不便再阻，只嘱冼挺小心在意，不可轻敌。

当日过午，冼挺与霍元昭、霍廷章、霍廷麟、霍廷景、霍廷炳兄弟引四千军马，出西门来。去城门四五里处正遇褚俭领着千多军马在巡营，冼挺见了褚俭旗号，怒火中烧，哪里按捺得住，拍马大呼道："叛贼纳命来！"褚俭突见冼挺大队军马杀来，顿时大惊失色，领队仓皇逃去。冼挺挥军赶过前面土坡，一声炮响，杀出一队人马来，为头大将正是伍尚礼，只见他在马上大刀一摆，军马两面分开。伍尚礼大喝道："你就是冼挺？"冼挺骂道："水贼既知我大名，不在岛里躲着，还敢出来找死！"说罢拍马舞刀杀了过来，伍尚礼急忙挺刀迎敌，两个正是对手，大战近五十回合，难分胜负。忽然一阵大喝声起，落金岛军阵里七骑突出，齐齐夹击冼挺。这边霍廷昭大叫道："水贼休得猖狂，认得君圣庄八骏么？"霍家五兄弟各持兵器飞出阵来，抵住厮杀。这落金岛七骑却是孟汤、孟泽、孟洸、孟泓、孟滔、孟洛、孟凉兄弟，凶悍异常，杀人如麻，被人称为落金七蛟。提起这落金七蛟，海上商队无不闻风丧胆。今日霍氏兄弟只来五人，战了半刻，渐渐不支。冼挺大急，猛砍一刀，吼道："撤！"撇下伍尚礼，勒转马头便走。伍尚礼喝道："还想逃么？"大刀一挥，率大队军马呐喊追来。

忽听一阵大喊声起，前面杀来数百军马，却是冼挺长儿冼奉义率冼奉达、冼奉捷、冼奉超、冼奉民众弟领军杀到。冼奉义在大堡知得海贼攻高州，便要来高凉郡助战，但冼挺不允。这些天，又传报海贼攻高凉郡，情势很是危急。冼奉义再顾不得了许多，毅然与众弟率五百庄兵赶来高凉。听闻父亲已领军出城破贼，便也请战，冯宝不答应，张融道："让他们去吧，上阵还须父子兵呐！"冼奉义率军刚一出城，正好遇上父亲败退，他与众兄弟扑上前去，截住落金七蛟厮杀，转眼工夫，两蛟落马，霍廷昭精神大振，与众兄弟扑翻身又杀了回去。冼挺大呼道："将士们杀回去！"随着高凉军呐喊声大起，本来追击敌兵的落金岛军又反胜为败，溃退逃走。

忽听得一片海螺声大发，前面杀出大队人马来。皂旗飘扬处，众将拥簇下张昌举身着皂袍皂甲，骑着乌龙腾雾马立在队前。冼挺也把军马停下了，他左手执刀，右手指着张昌举大喝道："你是贼首张昌举吧！"张昌举嘿嘿笑道："你就是冼来山老贼的孽种冼挺呀！冼老贼死啦！我看你胡子花白，死期也不远了。褚俭劝我提兵报仇雪恨，正当其时，父债子还，下马受死吧！"冼挺大怒道："水贼不知死活，杀人越货，裂土为王，十恶不赦，罪不容诛呀！今又助逆贼褚俭侵州略郡，岂非自投罗网！你眼瞎了，耳亦聋么？冼氏大堡累受皇恩，誓死护国，但是乱臣贼子，定斩不饶，决不姑息。你躲在巢穴里，我尚且要来剿除，今日岂能放过！"说罢，放马挥刀冲杀过来。霍廷昭大呼："将士们杀啊！"顿时鼓噪大起，高凉军掩杀过去。

两军已成混战。冼挺要捉张昌举，匹马直向阵中突来，正遇伍尚礼，冼挺奋起神威，杀败伍尚礼，又冲张昌举帅旗下赶来，左侧里一员敌将挺枪拦住，大喝道："贼将站住，祝冲在此！"冼挺大怒，挥刀便砍，斗有二十余合，冼挺暗自吃惊："这落金岛贼将身手一个好似一个呀！"正在酣战，又听一声大叫："父亲退下，让孩儿擒拿此贼！"冼挺看时，却是一员年少将军，白袍银甲，面如敷粉，眼若朗星，英气勃勃，相貌堂堂，手持一根长矛，骑一匹白龙马，疾跃而来。

这年少将军便是祝冲的义子祝戳。大同元年四月，落金岛海盗祝冲与落金七蛟率队截劫五艘商船，船上商客、卫队近三百人全被杀光，惟独一个刚一岁多的小男孩被祝冲留了下来。原来祝冲虽讨有五个老婆，而都不能生育，所以他想收养这个孩子。按落金岛的惯例，每次劫掠都不能留下活口的。为这事，祝冲几乎与落金七蛟争斗起来，最后还是张昌举松了

口："法外留情吧！祝老三无后，情有可原呀！"祝冲给这孩子取名祝戬。小祝戬长得粉嘟嘟的，左耳垂穿戴一只镶有宝石的金环儿，细看铸有"元一"两个小字。有人劝祝冲取下这只耳环儿，祝冲笑道："老子宫居二晶，哪个敢来争抢这孩子？不怕灭门么？"小祝戬五岁时，祝冲就教他习武学文。祝戬天资超人，学艺专注，太清三年五月，张昌举在岛中大举演兵比武，祝戬技压群雄，神勇夺冠。这时祝戬刚好十六岁，张昌举大为高兴："此子日后大有作为！"即命工匠打造一副环顶八扣银盔甲赏给祝戬。

祝戬还有一项无人可及的神通，他自幼就随祝冲出海飘洋，竟练就了一套观风测雨之法，凭着风势、风温、风味即能断定十天内风云变幻，真真是百试不爽，言出应验。一次，探报有十数艘商船要在距落金岛南面三百里冷礁州经过，张昌举亲自率战船前去截劫。那时祝戬只有九岁，跟父亲随队出发。两个时辰后，十数艘商船已进入张昌举攻击鹄的。忽然，站在甲板上的祝戬对父亲道："阿爹！这天气不对，要起风呢。"祝冲大吃一惊："不会吧，往常刮风下雨，你早十日即知了，你如何这时才说？不会弄错了吧！"祝戬翘首又往远处望去，然后又抽抽鼻子，吸吸来风，肯定地说道："阿爹！不会错，不到半个时辰定要起风，你信我吧！"

祝冲知道儿子的能耐，这时不由他多说，三脚并作两步赶来秉报张昌举。张昌举惊疑不定，伍尚礼看了看海面，摇了摇头，笑道："祝戬虽会观风测雨，我看这次看走眼了，似此风平浪静，哪里就会起风了？"祝冲焦急异常："大王，我孩子不会说谎呐，这可不是开玩笑的事呀！"伍尚礼笑道："孩子是不会说谎，可他也不是神仙吧！"他朝着张昌举道："这十几艘商船，可是数十年未遇的大买卖呀！放弃了岂不可惜。"祝冲跺脚道："珠宝是身外之物，怎么能与性命相比，况且这次是大王御驾亲征，冒不起这个险呀！"相国许践道："祝将军说得有理，大王万乘之尊，是不宜冒这险。祝戬每测必灵，众人有目共睹，我也信他所说不疑，况这天有不测风云，瞬间万变呐，怎么能说现在风平浪静，就不会起风呢？我也劝大王放了这买卖。"

张昌举忙命人把祝戬找来。张昌举道："戬儿呀，你说马上就要起风了，我信你的。可我们现在海中，逃哪去为是？"祝戬道："不怕，这风自南而来，直冲北面卷去，我们只要把船朝东开出二十里远近，这风就刮不到的。大王快下令吧，等会儿来不及啦！"

张昌举再不怀疑，即命全队掉转船头，望东疾行。刚走有近二十里时，只见南面海上乌云滚滚，声如闷雷，一条龙吊自南向北席卷而去。战船上的军士纷纷指着龙吊惊呼："呀！快看，是龙卷风呀！"风一过，张昌举即派人驾船往冷礁洲打探，去探的兵十回来报说，十数艘商船尽都覆没散毁，尸体遍浮海中，惨不忍睹。张昌举暗叫惭愧，重赏祝冲父子。

大宝元年，张昌举辟擢祝戬为卫海大将军。祝冲心下不安，私自拜见张昌举："大王除祝戬卫海大将军之职，臣荷浩荡王德，虽肝脑涂地，无以为报。可小儿只有十七岁，只怕难胜其任，有负王望呀！"张昌举笑道："你过虑了。英雄无问出处，闻道岂论早迟。昔日甘罗年仅十二便为宰相呐，如今祝戬已是十七岁了。有人大器晚成，有人少年得志，又有何奇。我看祝戬必有出息，众人皆不及他。"

武班中，祝戬职位仅次于镇海大将军伍尚礼。伍尚礼虽然对外不说什么，然而心里着实难受。他的心腹找上门来，纷纷表示不平。智武将军宓子川道："乱弹琴，凭着些拳脚刀枪之技，看看天气风雨便爬到卫海大将军，他日再猜中一回天色变化，岂不当上并肩王啦，哼！"落金七蛟更是不服，老大孟汤气呼呼道："我众兄弟随大王出生人死，屡立战功，如今只做个略远、振旅的官职。"伍尚礼笑道："国家大将之任，岂是一勇之夫可担纲。诸位何须动气，日久自有分晓。此话今后再也莫提。"打此以后，伍尚礼时不时在同僚中给祝戬脸色看，祝戬尊他年长辈高，竟不与他理论。张昌举知道了更是赞赏不已，"好个祝戬。年纪小小，难得他如此老成持重，我没有看错人呀！"

这次祝戬父子随张昌举起兵，祝戬身先士卒，亲冒矢石一；举攻下高州，钱生畏说的"白袍银甲贼将"便是指他。今日冼挺要捉张昌举，单刀直闯帅阵，被祝冲父子截住厮杀，祝戬知冼挺是高凉主将，捉住他便可一锤定音，当即挺枪杀来。冼挺见了祝戬，暗道："这小子长得像个美娇娘，要不是听了他说话，还以为是个女孩子呐。"祝戬马随声到，眨眼间刺出数枪，冼挺大为吃惊，用心应对。十合过后，冼挺渐渐力怯不敌，拨回马便逃。祝戬放马赶来，霍廷昭、霍廷景两骑飞马来迎，双战祝戬，才过数合，也败下阵来。高凉军毕竟不及落金岛军势众，混战一阵后，渐渐向后退却，好在高凉军训练有素，虽败不慌，虽退不乱。

忽然鼓角声大鸣，东北角方向突地杀来一支军马，为首大将手抡狼牙

棒，正是冼飞，风驰电掣般来到阵中。冼奉义正在冲杀，见了冼飞，惊喜道："是五叔回来啦！"冼飞问："你父亲呢？"冼奉义还未答言，冼挺、霍廷昭、霍廷景已被祝戬追了过来。冼飞大吼一声，跃马抡狼牙棒向祝戬砸去。祝戬见来将凶猛，忙抖擞精神，提枪迎战。两将战了三十回合，不分胜负。高凉军知道来了援军，精神大振，转眼间又稳住了阵脚。冼挺勒转马头朝冼飞大声问："五弟，妹子也回来了么？"冼飞答："都回来啦！就在后面呐！"

忽地一声虎吼，只见东北角尘头又起，一头猛虎咆哮着飞奔而来。霍廷昭大喜道："是夫人回来了！"一阵鼓角声响过，只见"冼"字大旗下，冼夫人率队驰至。

起初张昌举以大军击败冼挺，打算乘势掩杀过来，忽然见高凉援军接连赶到，忙传命鸣金。落金岛军马向后退去，激战中的祝戬虚掩一枪，也舍下冼飞退走。冼飞暗道："贼军里竟有这般人物，怪道大哥他们抵敌不住。"

张昌举大军退回本寨。喘息甫定，张昌举便命校点军马，知道伤亡不大，才略略宽心。忽见褚俭神色慌张，急步闯入帐来。张昌举道："这一阵我们虽然不胜，但亦未败呀！何故慌张？"褚俭喘气道："大事不好啦！接得急报，冼夫人命冼齐、甘弁、廖明率军乘虚袭了齐安啦！"张昌举惊得手中茶盏掉下地来："呀！这……这……这冼夫人果然了得呀！"他站起身来，踱了几步，猛然顿足道："前日我已命从落金岛调大兵来援，早晚便到。此时岛中空虚，万一冼夫人乘虚袭取落金岛，我无家可归了。快传命退兵，通知高州守军乘夜退兵，乘夜退兵！"

冼挺与冼夫人合兵一处。冼挺不解地问："张昌举鸣金退兵时，妹子为何不乘机掩杀？"冼夫人笑道："张昌举并未败呀！他见我援军到了，不知虚实，故而退去。敌众我寡，不宜追击呀！我看张昌举这一退，不止退回本寨，还要退回老巢落金岛呐。"冼挺更是不解："退回落金岛？"冼夫人又笑道："我回兵时，已派人打探得实，知道褚俭已尽起齐安军马随张昌举攻打高州，便让三哥、甘将军、廖将军引军乘虚袭取了齐安。这早晚，褚俭也应接到消息了吧。齐安为我所得，张昌举还敢留在这里？不怕我端他老巢？所以必定退兵无疑。"正在谈论时，探马飞报，张昌举引大军拔寨退去。冼挺大喜道："张昌举必是知道丢了齐安，贼军此时惊慌失

措了，我们起军追击吧。"冼夫人又笑道："还是不能追击，我已探得落金岛贼军大队赶来增援，这时怕已登岸啦，我们这时追赶，弄不好，反为贼之所制呐。先让他走吧，张昌举的好日子过不了多久啦！"

这时霍氏兄弟及冼奉义兄弟都围拢了过来，冼夫人与他们都相互问了安好。武哥笑着对冼奉义道："好呀！你们这班小兄弟也会打仗啦，都没有丢脸吧！"冼奉义众兄弟都笑了。冼奉义把冼夫人拉在一边，低声道："姑姑，贼已退去，我们快去救四叔父吧。"冼夫人大吃一惊，大张着眼朝冼挺道："四哥怎么啦？"冼挺低下头来："四弟让王望如捉了，现在生死不明呀！"遂把问罪永宁郡的事述了一遍。冼夫人连连跺足，责道："大哥，你好糊涂呀，怎么做出这样的事来？观草园夺印一节我已知道了，虽非得已，事实不该。如今天下大乱，群雄并起，人心叵测，龙蛇混杂，稍有不慎，忠奸只在一念之间。大哥试想，高州属下诸郡若群起抗争，举兵相向，后果不堪设想呐。反贼褚俭眼见得是钻了这个空子，乘机而起呀。褚俭早有图谋，叛反只是迟早的事，倒也罢了。大哥千不该，万不该又举兵问罪王望如，以致四面树敌，把王望如逼上绝路。好在王望如是忠义之士，顾大局之人。不然，他从西向一把火烧来，千里高凉不复存在了。唉！我曾告诫你来，我走后，诸事可与泰次商议定夺，你向永宁用兵，泰次不阻拦你么？"冼挺冷汗直冒，再也说不出一句话。

城中冯宝知得冼夫人回来，落金岛大军退去的消息，忙与钱生畏、全渊、苏绥、石京、庞靖、张融等一队人开城门迎了出来。众人相互问安毕，冼夫人传令军马都在城外安扎了，才率众将进入高凉郡城。

当晚，冼夫人即命冼挺引军随钱生畏一班吏员收复高州城。冼夫人奇兵退敌，高凉郡军民欢欣雀跃，整座城子都沸腾了。冯宝对冼夫人道："现在贼军已退，局势暂时稳了，只是四哥至今未知安危，我很是担忧呢！"冼夫人道："你不必担心，四哥不会有事。王望如是什么样的人，岂会做此蠢事？只在这两天，四哥必有消息，你放心好了。"冯宝透了口气，又道："褚俭逆贼早有图谋，乘着夫人北上之机，纠合落金岛海盗作乱，本在意料之中。可是征粮援台平叛，何等大事，诸郡竟敢推撞塞责；高凉被围告急，诸郡竟坐视不顾，实在令人气愤呀！这，这平日的节义之臣都跑哪里去了？只恨冯宝无能，不然，害群之马，决难留在枥中！"冼夫人看着冯宝，笑道："噢噢，你又来了。我还以为只是大哥一人犯傻呢，原

来你也一样呐。时值非常，纵是智者亦难把持去从呀！褚俭作乱，王望如诸郡能沉默冷静，不为所动，不为虎作伥，这就难得。应全之其义，不宜责之小过，水至清则无鱼，这个道理你比我清楚。"冯宝笑了笑，又道："夫人还打算北去么？早间听武哥说韦将军随陈霸先了，我一时舍不得呢，唉，虽是可惜，亦复可喜，韦将军得其所矣！"冼夫人笑道："我暂时不会北上啦。韦将军留在陈霸先军中，确如你所说，得其所矣！这个陈霸先，非常人呀，依我看来，他最终必能平贼定乱。"

次日一早，冼夫人传命将士们修复破损城墙诸工事。午中，钱生畏与冼挺从高州城过来，冼夫人知高州城诸事已安，心里甚为高兴。众人正在衙中议事，忽报永宁郡王望如负荆来见。冼夫人忙与众人出了听事厅，迎至中堂时，只见王望如与儿子王拙光着上身，五花大绑，背上负着荆条，双双跪在阶下，后面竟是冼操与一条大汉站在那里。王望如厉声道："罪官王望如请护国夫人处置！"冼夫人疾步上前，双手扶起王望如，笑道："王太守安能如此。"忙亲手为王望如父子解了绳索，这才看着冼操笑道："四哥，欠伙儿都为你担心呀，你可好？"冼操红着脸走上前来，笑道："我虽被王太守捉了，却是好吃好住，有如大宾呐！"王望如深叹一声："望如若不是请了四将军坐镇永宁，下官恐怕今日没命来见夫人了。"王望如望着冼挺又作一揖，"望如老朽无能，为势所逼，还请将军海量！"冼挺转过头去，并不搭理。王望如讪讪笑着，掉头道："三官呀，你过来参拜夫人，仿不是说要来投奔夫人吗？"陈三官走了过来，朝着冼夫人跪下便拜。冼夫人道："这……你是……？"冼操笑道："他姓陈名寅，字斑子，小名三官儿，有趣得很，是他父亲从虎窝里抱回来养的。后得一道爷领去浮山传了武艺，他力大无穷，用的兵器却是一根铁扁担。"冼夫人笑道："铁扁担？这倒新鲜。"这时，两个兵士为陈三官扛来铁扁担，众人都围上去观看，莫不称奇。冼飞拿在手中掂了掂，没有吭声。阿秀细细看了，笑道："这扁担还有字呢，唔！二马并驾驰，敢为天下先，铁肩担道义，柔怀纳众川。哎！啥意思？"王望如听了，略一咀嚼："不是诗，倒像谒语，竟是……"他心里猛省，暗自吃惊，却不敢作声。原来这根铁扁担浑身上下铸满花草样饰纹，这些字混在其中，轻易看不出来。钱生畏笑道："浮山住有活神仙，我还是头一遭听说呢。孟怀兄，得空我们定要探访一番。"冯宝笑丁笑，道："这浮山高七百尺，据传尧时洪水泛溢，众山俱没，惟

此山独浮水面，灾民集居山上得免沈垫没顶之苦，自此浮山之名流传于世云。吴赤乌八年七月，江海泛滥，建业几成巨浸，赵达曾作诗曰：'忍见三吴水，何来谒帝都。云烟南越远，古岭不重浮。'可知这浮山早有美名呀！说来惭愧，昔日泰次、定绥诸公数番促我登浮山访仙，因故皆未成行，岂不是好高骛远，失之眼前呐！好！刺史有此雅兴，冯宝定当奉命就是。"王望如忙道："好极好极，望如请缨在前，为诸大人引路。"

全渊、苏绥、石京、霍廷昭、庞靖即日辞过冼夫人、冯宝、钱生畏、冼挺等，分别引兵回去。

王望如负荆请罪这消息传开，高州辖下诸郡官长都坐不住了，纷纷拥至宋康会议。会中诸郡均忧虑冼夫人这次回来定要追究罪责。潘肃笑道："诸位毋忧，依学生看来，有吉无凶。王望如拒不交粮，且又捉了冼家四爷拘在府里，如今却也无事呀！那个甚么虎娃也让冼夫人留在身边效命呐。我们何不学王望如，上高凉请罪去，护国夫人深明大义，洞察秋毫，绝非冼挺等辈可比，想必不会太为难我们。"

潘肃一班人匆匆赶到高凉郡。果然如潘肃所说，冼夫人丝毫不咎前情，且多加抚慰，设盛宴款待。严光文感激流涕，厉声以言："护国夫人鼎鼐之胸怀，菩萨之心肠，令我等惭愧欲死。自今以后，夫人但有差遣，严光文义无反顾，愿为马前卒！"

送走潘肃一班官长后，已是傍晚时分。冼夫人笑对冯宝道："哎呀！这些事暂时都理完了。我这才觉得累了啦！嗯！我回来已有七八天了吧，我还没有去见婆婆呐，孩子们都想死我啦！"

《冼夫人》上册后记

　　长篇历史小说《冼夫人》是一边写一边连载的，所以写得很辛苦，肯定也很粗糙。《冼夫人》在《电白新闻》及网上发表后，反响较为热烈，这是我始料不及的。一些读者还向我提出一些学术上的问题，让我回答。当时我只能这样解释："能有那么多读者看我的作品，我很高兴！不管对我的作品赞赏或者批评，甚至是指责，我都高兴。因为读者已经读了我的作品，付出了劳动，就这一点来说，就足令我感动了。但是，目前一些读者向我提出的一些问题，我暂时未能——作答，就请大家谅解吧。到什么时候，时间允许了，我一定逐一向热心的读者答复他们所提出的问题。"现在《冼夫人》上册已经脱稿付印，趁这机会，我就向敬爱的读者谈谈我写作《冼夫人》的一些心得体会，权当作我的写作汇报吧。

　　二〇〇五年三月，我已写出三章《冼夫人》文稿。当时，《茂名晚报》因《水浒人物札记》一书采访我时，记者发现了我写的部分《冼夫人》书稿。说老实话，我自己当时对能否写好《冼夫人》心里都没底，只想偷偷写完了再作打算，竟是"暗箱操作"呐。我便郑重其事地请记者千万别将这事捅出去。后来到底让县有关领导知道了我写《冼夫人》一事，市文联张慧谋同志还让我把《冼夫人》第一章文稿送去阅了，于是有了后来的《崔伟栋印象》一文。县领导与宣传部等有关部门的同志阅了部分《冼夫人》文稿，决定在《电白新闻》连载。我当时真的是诚惶诚恐，五味俱全，自知不是金庸之才，边写边连载，实实要了我的命，如今上了马背，不跑也得跑了。

　　我写《冼夫人》的消息公开后，得到县委县政府以及县政协的肯定和支持。领导们在各个场合多次表示关切我写作的情况，还有文化界以及社会各界的领导、专家学者均给予支持，提出了不少宝贵的意见。我县"冼夫人研究会"会长蔡智文同志赠送我大量有关冼夫人研究的资料，我捧着这沉甸甸的宝贵资料，自是激动不已，心里想，写不写《冼夫人》，能否写好《冼夫人》，不光是我一个人的事了。

　　到今日止已三年时间过去，我只写出上册十二章二十八万字，即是完成整部书的三分之一左右，在《电白新闻》报也差不多要载完，能否成功塑造出冼夫人的光辉形象来，现在书未写完，还不敢说，就算写完了，也不敢说，要说也得由读者说去。在这里，我只能谈谈关于《冼夫人》上册创作中一些"历史"问题的处理。

一　应如何写冼夫人时期的岭南俚僚生活背景

　　一些同志看了《隋书·列女·谯国夫人》里面写到高凉冼氏"世为南越首领，跨据山洞"，便以为当时南越俚僚人平时是住山洞的。这其实是误会了。这个"跨据山洞"是指冼氏据险称雄罢了，并不是住在山洞的意思。同是《谯国夫人》传里另一句"海南、儋耳归附者千余洞"这个"洞"也不是山洞的意思，这个"洞"是指部落村庄，如同我国各地对村庄的称谓各有不同，有的称村，有的称庄，有的称屯，有的称寨，有的称洞。岭南一带不同于我国大西北，大西北天气干燥，住在山洞可以。南方不同，溽暑多雨，在山洞里作暂时性的躲风避雨还可以，长期居住则不行。所谓"湫隘嚣尘，不可以居"（《左传·昭公三年》）。还有些同志甚至认为当时俚人不会耕种，每到谷熟时节，即群出劫掠作物果实。所有这些说法，实是牵强附会。当时俚僚人的生活水平、生产技术诸方面或者较汉人落后，但他们也不至于落后到类如原始社会时期的"茹毛饮血"。《汉书·高帝纪》十一年诏文："越人之俗，好相攻击，前时秦徙中县之民南方三郡，使与百粤杂处。会天下诛秦，南海尉赵佗居南方长治之，甚有文理，中县人以故不耗减，粤人相攻击之俗益止，俱赖其力。"从这里我们可以知道，早在秦时，岭南已是汉俚杂居，且汉族之文化已开始影响当地俚僚人了。

二　我如何根据"正史"、"野史"、"稗史"、"地方志"？及民间传说来创作《冼夫人》

（一）首先我重点依据"正史"《隋书·谯国夫人》以及《资治通鉴》关于中心人物冼夫人事迹的记载。我不能忘记我是在写历史小说，所以凡是"正史"记有的我都尽量采用。其他主要人物的事迹描写，我也尽可能依据"正史"。有些人物因没有出现在正史冼夫人传记里，但在另一些人物的独立传记中又可以查找到他们与冼夫人的活动有直接或者间接的关系，所以我也得重笔描写。如蔡路养、刘蔼，这两人在正史冼夫人传记里并没有出现，可在陈霸先的传记却有记载。于是，我在叙述"白口之战"时，重笔描写冼夫人直接或间接协助陈霸先全歼李迁仕、蔡路养、刘蔼联军。再如李贲这个人物，在史料记载中与冼夫人没有干系，但与陈霸先却甚有干系，陈霸先就是因为镇压李贲有功，从而奠定他在岭南的地位。我描写李贲，至少解决一个难题。在《隋书·谯国夫人》传里，陈霸先、李迁仕这两个人物于冼夫人来说起着重大的影响。冼夫人是如何看出陈霸先的"忠"与李迁仕的"奸"呢？依据是什么呢？通过李贲"叛乱"的整个过程，读者便能找到答案。这个难题一解决，从而也为日后冼夫人与陈霸先结成深厚战斗情谊打下坚实的基础。

（二）野史、稗史与方志关于冼夫人的记载大都以正史为基础。但也记有正史所无的"史料"。如《广东通志》载："谨案粤中见闻，别有冼氏身长七尺；乳长二尺余，秦末五岭扰乱，冼集兵保境，蛮不敢侵。及赵佗称王，冼赍军资物用见佗，与论时事及兵法，智辩纵横，莫能折。乃委以治高凉。"这个记述与唐刘恂《岭表录异》所载大同小异。这个"冼氏"，两本书都说是秦末汉初时人，显然不是冼夫人了。但宋《太平寰宇记》又载有"冼氏墓，高凉人，乳长七尺"。虽然没有说明这个"冼氏"就是谯国夫人，但似乎较为接近冼夫人。在《冼夫人》创作中，这些材料我是不能直接用在冼夫人身上的，如果按这样描写起来，冼夫人岂不是怪人一个？与我塑造的美女冼夫人是不能相称的。于是我在小说中将这野史记述改造成冯宝与冼夫人的闺中戏语。再如马来西亚增江冼太庙的所谓《冼夫人庙祭奠歌》，又称"神咒"。这首"祭奠歌"基本上是介绍冼夫人的生平，如"高凉郡主冼太娘，丁村出世雷洞乡。父亲之名冼辉耀，母亲之名唐月华。父母所生三兄妹，冼太聪敏四海扬。幼时姑嫂去采葛，采取

葛麻造衣裳。三从四德皆通晓，文韬武略亦高强……"从遣字造句的风格来看，便知是明清以后的文章，属于民间山歌一类，里面记述虽然似是细致，但所描写的冼夫人比"正史"来说，就肤浅得很了，因此不能用。

（三）民间传说中虽然也有很多关于冼夫人的故事，但大多是说冼夫人死后如何显灵保民，惩奸除恶。有些虽然是说冼夫人生前的，但多是说冼夫人如何巧妙处理一些乡间邻里的小纠纷问题。我要写的冼夫人是大军事家、大政治家、大思想家。因而这个冼夫人必须是大智大勇之人，而不是弄巧卖乖的小聪明，因而多不能用。

《冼夫人》里描写到的一些传说类，是我刻意去民间搜集来的。如"猴药张"的传说，是我在石苟乡访到的。石苟乡离冼夫人的出生地山兜乡很近，关于冼夫人的传说也不少，但我只用这篇。再如"冯宝搜神记"中那个"姊妹岭"的故事，我也是在距冼夫人出生地不远的树仔镇乡间搜来的，这个故事对塑造冯宝形象很有益处，因而我也采用了。

三　关于冼夫人办学的问题

要全面反映冼夫人对岭南的贡献，我想必须写她办学兴教的故事。历史上的冼夫人有没有办学呢？正史上没有记载。根据我的研究，冼夫人办学的可能性也是有的。《广东通志·列传》卷二载，冯融"能礼义威信镇于俗，汲引文华之士相与为诗，蛮中化之"。又如《广东通志·列传一·冯融传》载："蕉荔之圩，弦诵日闻。"又如《天下郡国利病书》关于广东的记载："隋唐之际，冯冼内属，荒梗之俗为之一变。"又如《古今图书集成·职方典·高州风俗》载："渐袭华风，休明之化，沦洽于兹。椎跣变为冠裳，侏离化为弦诵，才贤辈出，科甲蝉联，彬彬然埒于中土。"这都是在冼夫人有生时起才出现的汉文化在南越俚人部落大渗透的记述，不能说与冼夫人无关。如今在海南黎族百姓咏史民谣中尚有"冯公指令读书诗"之句，也能说明当年冼大人办学的可能性。

四　冼夫人结婚时到底是多大的年龄

这个问题困惑我很长时间。文艺作品不同于史学，史学上说冼夫人在十三岁时与冯宝结婚可以，但文学上甚或在影视作品里就不好表现，一个只有十三岁的姑娘结婚，你叫哪个演员去扮演这个角色呀？

　　关于冼夫人生平的记载，最早出现在《隋书》的《谯国夫人传》，因为是"正史"，因而最具权威性。可惜的是，这部书没有交代冼夫人确切的生卒年月。后来的历代方志关于冼夫人的记述大致都以这"正史"为本，也不能提及冼夫人的确切生卒年月。冼夫人的生卒年一直是个悬案。严肃地说，所谓冼夫人享年或曰八十七，或曰九十，或曰九十三，或曰九十六，都难免牵强附会之嫌，清谭应祥考冼夫人"当以寿九旬为断"亦不可信。考史绝不能抱乡愿臆断的观点。现人冯仁鸿的九十一岁说，梁成材的八十岁说等都不能令人信服，因为都无所本。我还是较为同意吴晗的观点，他认为"冼夫人的生卒年都不清楚，只知道她于梁大同初年（535年左右）结婚，陈永定二年（558年）她的丈夫冯宝去世，儿子冯仆才九岁。隋仁寿初年（601年左右）冼夫人死，存年当在八十三四岁左右（518—6017）"。吴晗为何说冼夫人的生卒年龄都不清楚呢？显然他是以《隋书》为本的。正史既然说冼夫人在仁寿初卒，那就是当在601至602年之间，不能绝对说在601年。如果按正史编年惯例，应为仁寿元年。不过，吴晗认为冼夫人享年当在八十三四岁左右，他也是为了说明冼夫人结婚年龄当在十八岁左右。

　　我在写长篇小说《冼夫人》时采取"冼夫人享年八十"的说法。这样一来，似乎又出现另一个问题，涉及到冼夫人结婚年龄在十三至十四岁之间。很多学者曾对这个问题表示质疑，用冯仁鸿的话说，"有可能吗？"

　　姑且不论历史上的冼夫人是否真在十三四岁结婚，但事实上在十三四岁结婚的女子在旧时确实存在。不过就文学创作而言，要描写冼夫人在此年龄段结婚确实难于处理。弄不好会写成"老小人"或"小老人"了。《隋书》中写道："梁大同初，罗州刺史冯融闻夫人有志行，为其子高凉太守宝聘以为妻。"注意，这里是说"聘妻"，并非"娶妻"。聘妻与娶妻是两个不同的概念，娶妻是指结婚，而聘妻则是已行聘礼而未结婚之妻，亦即订婚，即所谓文定。所以史书上说的很有可能是冼夫人与冯宝在大同初年订为姻亲，并未结婚。我在小说中写冼夫人与冯宝的订婚时间是在"大同初年"，亦即十三周岁时，而结婚年龄则安排在十八周岁时。我在《冼夫人》第二章中写到："百合儿（冼夫人）十三岁时就许字罗州刺史冯融的公子冯宝。罗州刺史冯融与冼来山（冼夫人父亲）是通家，世代交好。冯融与冼来山过从甚密，情忠志笃。一次两人对饮，都有醉意，冯融笑对

冼来山道：'我有犬儿，你有虎女，不知肯俯就否？'冼来山亦笑答：'你若不怕驱犬人虎口，我也无话可说。'两人对视一阵，抚掌大笑。"

五　冼夫人智袭李迁仕的故事是发生在统领海南之前还是之后

谈这个题目之前，我想先谈谈冼夫人统领海南的问题。虽然"正史"并无载有冼夫人统领海南的经过，但是从正史上仅有的记载"海南儋耳归附者千余洞""赐夫人临振县汤沐邑一千五百户，赠仆为崖州总管"来看，又从《中国历史地图》来看，我们更形象地了解到这个"悬孤海外"的朱崖洲在南梁版图上称为崖州，就标志着这个长达580年"久乱不统，不能一日相聚以存"的海南岛终于又隶属中央政权的统辖，终于又回到祖国的怀抱之中。冼夫人统领海南的可信度相当高。根据多年来众多专家学者的研究，关于冼夫人统领海南已经成为不争的事实。陈雄先生在其著作《冼夫人在海南》中"从正史记载，从当时的政治背景，从当时的社会经济条件，从民间对冼夫人的纪念，从民间传说，从冯氏后代族谱记载，从专家学者的考证"来论证冼夫人来过海南的事实。

二〇〇六年三月间，我应邀参加海南海口市举办的"冼夫人文化节"，在去新坡镇参加开幕式的途中，发现海口市南郊有"丁村"地名牌，竟与冼夫人出生地山兜丁村同名。当时我心里一动，便在次日与张乘云先生专程赶来寻访。首先我问村民这丁村是古名还是新近才有的，村民告诉我这丁村由来已久，说不上哪个年代就有了。人到村里找几个年老的村民来问，他们说这丁村姓冼的村民占近七成，而且都是冼夫人的后代，是从广东过来的，再具体就说不出来了。我告诉他们，冼夫人的故里就在广东省电白县电城镇山兜丁村。回电白后，我把这个无意中的发现向县有关领导作了汇报，领导很是兴奋，当即组织专家组再次探访海南那个"丁村"。是否冼夫人当年的族人搬迁海南后，把村名也搬过去呢？这应该不是巧合的事吧。

回过头来谈正题，冼夫人智袭李迁仕是在统领海南之前还是之后？学者们的考证，普遍认为是在统领海南之后。我以为这个问题值得商榷。《隋书》载冼夫人只带区区千余人袭击李迁仕成功，之所以成功，就是出其不意。李迁仕根本不相信冼夫人有这个能耐，结果吃了败仗。这里且允许我引用《三国演义》里的两个故事来说明这个问题：魏将夏侯惇引十万

兵攻打新野，不怕刘备伏军，结果在博望中了孔明的火攻之计，一把火烧个精光。孔明成功了。又，街亭失败后，蜀军只有二千司百军守在西城，孔明命大开城门，而自己"坐于城楼之上，笑容可掬，焚香操琴"。而拥有大军十五万的司马懿怕中了孔明的"空城计"，最后引兵退去。孔明又成功了。为什么会出现这么奇怪的事呢？答曰，新野一战，孔明还未有名气，夏侯惇当时还不知有孔明这个人物，更不知道孔明的能耐。西城一役，孔明已名震天下，老对手司马懿知道孔明的本事，以为孔明平生谨慎，没把握的事是绝不会做的。如果冼夫人在智袭李迁仕之前已统领海南，试想能令海南"千余洞来附"，该是怎样的人物，该是怎样的势力。小小一个中级州的长官李迁仕，还敢与冼夫人为敌吗？对付一个小小的中级州刺史，冯宝夫妻还用得着藏头藏尾，躲躲闪闪吗？为何学者们认为冼夫人智袭李迁仕是在统领海南之后呢？根源就在海南地方志关于梁大同中置崖州的记录。诸如明清时期《琼台志》、《琼州府志》乃至现存碑文关于冼夫人的事迹大都是摘录《隋书》或《北史》而来，没有多少变化，方志的编纂显然找不到更多关于冼夫人的资料。现代学者把冼夫人"请命置州"的时间界定在大同中，分明是猜测臆断。学者们在读《隋书》、《北史》冼夫人传时，误会了原作的叙事次序。原本从"谯国夫人"起至"海南儋耳归附者千余洞"止，应为一段，即所谓"大纲"，下面才是冼夫人生平的细节描述，如"梁大同初"、"陈永定二年"、"仁寿初"及"后"之字样。而首段"大纲"是没有这样的字样的。学者们正是在这地方犯了错误，见"海南儋耳归附者千余洞"后，跟着出现"梁大同初"，才有在时间的次序上将冼夫人袭击李迁仕安排在统领海南之后的错误。这个错误，其实与前一问题中的"聘妻"之误都属同样的错误，都是粗心大意的表现。陈雄著的《冼夫人在海南》中题为《珍贵难得的志文和碑文》一节中论及《宁济庙冼太夫人碑记》时曾对"谯国夫人者，吾高州冼氏女也"中的"吾"字发了一通议论："从称呼的感情色彩，我们可以看出称呼者和被称呼者的关系。如《宁济庙冼太夫人碑记》中的两段称呼：'谯国夫人者，吾高州冼氏女也。……及归高凉太守冯公宝，约束本宗，政令有序，人莫敢违。''吾高州冼氏女也'就比《隋书·谯国夫人传》中的'谯国夫人者，高凉冼氏之女也'多了一个'吾'字，'高凉'也明确地写成了'高州'。虽然这里面仅有一字之差，但却为我们提供了许多有益的线索。

吾者，咱们也。这句话翻译过来的意思是：谯国夫人是咱们高州姓冼人家的女儿。这句话提示了两个问题：一是揭示现在儋耳县中和镇一带的部分居民是从现在的高州迁移过来的；二是揭示了冼夫人就是现在的高州人，与'咱们'的祖先是同乡。"

陈雄同志显然不知冼夫人时代的"高州"不同于现在的"高州"，不知此碑文作者林召棠是何许人。在《中国历史地图集》中，我们知道冼夫人时期的"高州"却原来在现在的阳江市。在《清史稿》、《高州府志》等资料中，我们知道林召棠原来是吴川人。清代时吴川与电白同属高州所辖，故电白山兜丁村出生的冼夫人，理所当然被林召棠称为乡里了，就有"吾高州冼氏女也"的说法。

六　冼夫人兄长冼挺为南梁州刺史的问题

《隋书》、《北史》都有冼挺为南梁州刺史的记录。南梁州在哪里呢？我们翻开《中国历史地图集》查看梁版图，分别发现有"北梁州"、"东梁州"、"南梁州"。在梁以前是没有北、东、南梁州之分的，只称梁州，属古九州之一。三国时梁州治所在沔阳（今陕西勉县东），晋时移治南郑（今汉中），辖境相当今陕西秦岭以南，子午河、任河以西，四川青川、江油、中江、遂宁、壁山、綦江等县以东，大溪、分水河以西和贵州桐梓、正安等县地。东晋十六国时属成蜀境，一直到南北朝宋魏时地名辖境基本都不变，梁州则在宋领地内。至齐魏时，原宋梁州境沦为齐魏边界线，齐将梁州移至秦州以南设置，而北魏也在秦州西北面的武都设梁州。至梁魏时，南北两朝边境治郡经常易主，至此才有北梁州、东梁州、南梁州之设置。北梁州约在今眉县一带，东梁州约在今石泉、汉阴境内，南梁州还在汉中境内。

南北朝时，战争不断，双方君主出于政治的需要，都以十统天下为己任，一方面通过战争领占土地，一方面将敌占区的行政辖地名称尽量设在己方的领土上。如广州本是南朝的治郡，北朝也设广州，治地在襄城。北朝有定州，辖地在卢奴（今之河北定县），南朝也设定州，辖地在今之广西桂平。梁武帝萧衍好大喜功，大同五年（公元五三九年）采纳散骑常侍朱异的提议，将州郡分为五品等级，其牧守职位高低，参僚属吏多少，都以等级来区别，上品州郡二十个，次品州郡十个，三品州郡八个，四品州

郡二十三个，五品州郡二十一个。五品以外，还有二十余个州郡根本不知处所。共计一百零七州郡。五品以下州郡多在边境镇戍之地。朝廷在荒僻村落设置州及郡县，刺史守令都用地方豪右担任，有时一人领两三个州郡太守，徒有州名而无实土，却起到倚重将帅之才，尊重地方习俗的效用，所谓"羁縻政策"。这些地方，山高水远，朝廷与州郡很难上传下达，贡税几乎都免了，实为自治。南北朝治郡本就复杂，这样一来，似乎更乱了。致令史家摇头感叹："南北朝建置郡县最为难考。"

冼挺被朝廷除授南梁州刺史之职，很有可能便属五品以外的州郡之列，徒有州名而无实土，同属虚有其名而无实职的官长。说到底属"定编"以外设置的官员，即所谓"员外"之类。所以我们要在古高凉境内寻找当年冼挺的"南梁州"恐怕是踏破铁鞋无觅处了。

我在《冼夫人》小说里就按这观点去处理冼挺任南梁州刺史的问题。冼挺就在高凉境内办公，或在"大堡"（冼府），或在"冼家岭"军事驻地（西巩），绝不可能跑到汉中的南梁州去。如果冼挺在汉中的南梁州上班，"恃其富强，侵掠旁郡"的话，那么受害的当是益州、巴州、并州、潼州一带，怎么会在大老远的"岭表苦之"？

上面所谈的是创作《冼夫人》中的一些心得，错误肯定难免。我诚恳地请同志们继续关注我的写作，不忘多提点意见，指出我的错误，使我能够不断提高，不断进步，尽量将《冼夫人》写得好些。

感谢欧初同志、蔡运桂同志为拙作写序。感谢书法家陈光宗先生为拙作题写书名。还有一如既往支持我创作《冼夫人》的老师和萧钦华等同志，我这里一并感谢！

崔伟栋

2017 年 6 月 18 日